U1076029

中国民间文化遗产抢救工程
THE PROJECT TO RESCUE CHINESE FOLK CULTURAL HERITAGES

中国民间故事全书

吉林·四平卷

《中国民间故事全书》系国家社科基金特别委托项目中国民间文化遗产抢救工程系列成果之一

『十一五』期间国家重点图书出版规划书目

总 主 编 白庚胜

本卷主编 陈明宏 韩昆辉

知识产权出版社

中国民间故事全书总编委会

顾　　问：贾　芝　冯元蔚
名誉总主编：冯骥才　金荣华
总　主　编：白庚胜
执行总主编：罗　杨　杨亮才　白光清　欧　剑
执行副总主编：向云驹　赵铁信　吕　军　王锦强
总　编　委（按姓氏笔画为序）：

才旦多吉　马雄福　门书文　于志海　邓　毅
王一之　王作栋　王　恬　王映雪　王益章
王锦强　韦兴儒　韦苏文　乌丙安　白光清
白庚胜　白新民　冯志华　冯　莉　冯骥才
过　伟　叶少波　向云驹　吕　军　关艳如
刘守华　刘晔原　刘笑海　刘铁梁　刘辉豪
刘魁立　刘锡诚　那　顺　农冠品　阮可章
孙　昕　汤腊冬　朱芹勤　陈劲榛　陈勤建
陈德来　杜　芳　李耀宗　苏鹏程　汪秀珍
吴祖德　杨利先　杨亮才　杨宝林　杨继国
张世平　张　苏　张劲松　欧　剑　欧光明
金荣华　金茂年　罗学光　罗　杨　孟　燕
郑一民　段宝林　郝苏民　柯　杨　夏　秋
夏挽群　赵　书　赵铁信　赵寅松　胡福生
陶立璠　陶　阳　陶思炎　索南多杰　殷海山
曹保明　常嗣新　傅广典

中国民间故事全书吉林省编委会

顾　　问：谷长春
名誉主任：吴景春　李文瑞　苏赫巴鲁
主　　编：曹保明
副 主 编：傅胜华　焦洪学　张洪江
编　　委（按姓氏笔画为序）：
王松林　丛树兰　由守义　孙守信　巩志强
江汉力　祁　鸣　何　平　张守智　张洪江
李成飞　陈明宏　范书华　金乃祥　郭胜林
常焕臣　曹保明　傅胜华　焦洪学　程永刚

中国民间故事全书四平市编委会

总顾问：刘喜杰　于国志
主　任：李　鸥　祖国华
副主任：崔永刚　杨　文　李云飞　孙守信　左今明　李　罡
温亚龙　聂振中
主　编：陈明宏　韩昆辉
副主编：赵四达　孙喜臣　韩志坚　魏敬东　房振林
编　委（按姓氏笔画为序）：
孔庆宁　王　华　王秀梅　王德智　田　园　关丽梅
刘　帅　刘春丽　孙宇策　孙喜臣　毕志杰　吴　琼
张霜冰　李秀杰　李春华　杨晓丽　陈　昊　陈明宏
岳　男　房振林　郑长春　郑军辉　姜铁忠　禹　梅
赵四达　高志明　崔艳杰　黄亚斌　韩志坚　韩昆辉
韩若文　魏敬东

中国民间故事全书四平市编委会领导成员

总顾问：	刘喜杰	中共四平市委副书记、市长
	于国志	吉林省旅游局党组书记、局长
主　任：	李　鸥	中共四平市委常委、副市长
	祖国华	吉林师范大学副校长、教授
副主任：	崔永刚	四平市文化局党委书记、局长
	杨　文	四平市政府副秘书长、四平红嘴高新技术开发区党工委书记、管委会主任
	李云飞	四平市财政局党组书记、局长
	孙守信	中共四平市委宣传部副部长、市文联党组书记
	左今明	四平市文化局副局长
	李　罡	四平市文联副主席
	温亚龙	李连贵风味大酒楼总经理
	聂振中	四平二龙湖水库管理局局长
主　编：	陈明宏	吉林师范大学管理学院党总支书记、副研究员四平市民间文艺家协会常务副主席
	韩昆辉	四平市旅游局党组书记、局长

1.四平市略图

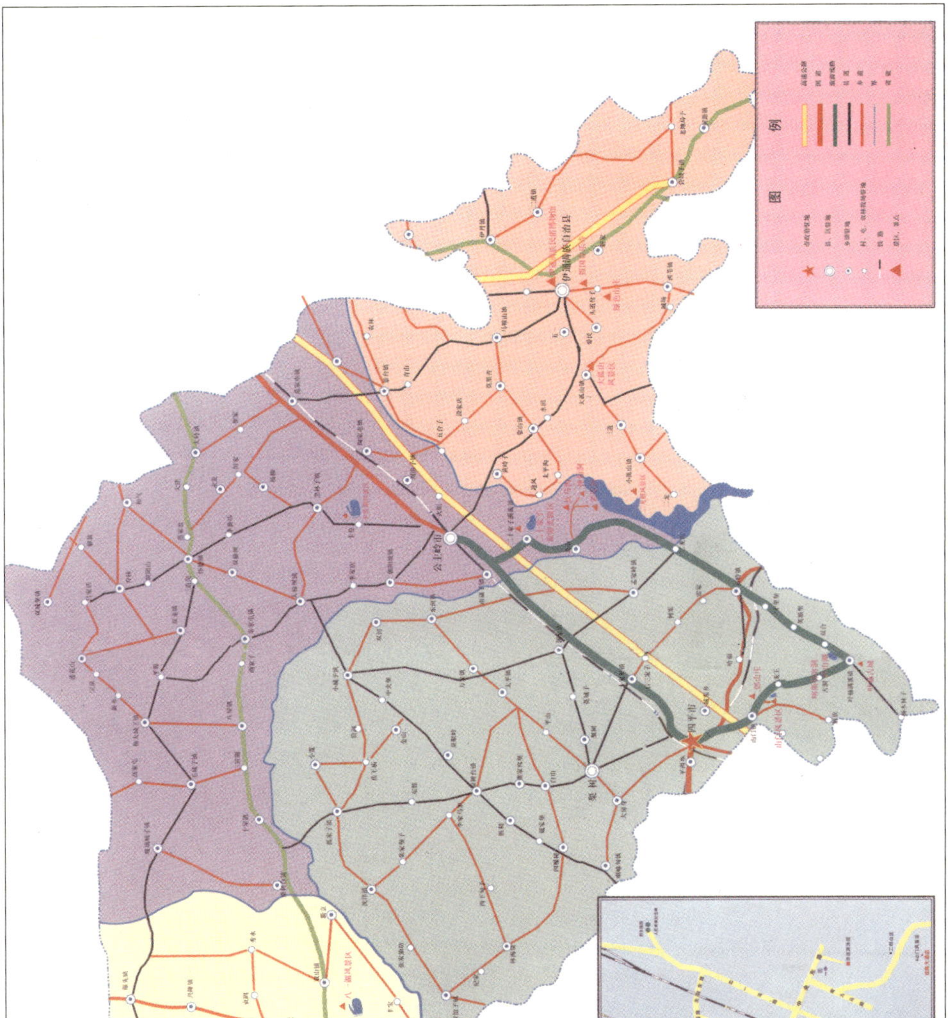

2

3

4

2.四平市烈士纪念塔
3.四平市英雄广场
4.四平战役纪念馆
5.布尔图库门边遗址
6.吴俊生大帅府（双辽）
7.韩州（梨树偏脸城，为金朝北方重镇）刺史印

5

6

7

8

9

8.二龙湖畔的燕国古城遗址
9.叶赫古城遗址
10.伊通满族自治县满族博物馆
11.吉林师范大学满族民俗馆

10

11

12

13

14

12.满族民俗——娱乐
13.满族民俗——祭祀
14.满族民俗活动
15.叶赫部疆域图
16.四平红嘴高新技术开发区一瞥

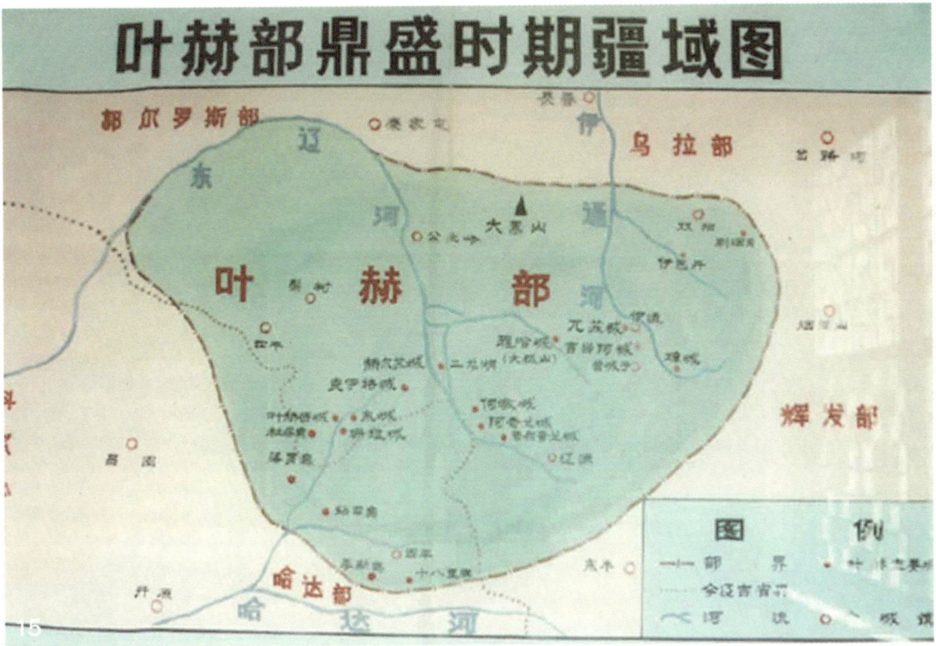

17

18

17.二龙湖水库
18.大孤山石林
19.位于仙马泉源头的神奇古榆树
20.伊通火山群

19

20

21

22

23

21.四平卷编委会主任李鸥
22.四平卷编委会主任祖国华
23.四平卷编委会顾问于国志
24.四平卷主编陈明宏
25.四平卷主编韩昆辉
26.四平卷部分编委

24

25

26

27、28.中华老字号——李连贵大饼

春天的故事（代总序）

白庚胜

对于中华民族来说，21 世纪是与中国民间文艺保护的春天一起来到神州大地的。

正如 20 世纪新中国历史开篇注定要从知识界对民间文艺的关注及其从中寻找现代化的资源与动力开启那样，经济全球化背景下的中国精英阶层乃至普通群众，在新纪元伊始之际亦把深沉的目光投向了中华大地上五千年积淀丰厚的民间文艺遗存：几多焦虑，几多审视，几多期待……

辛巳之春，在送走整整一个世纪的痛苦与欢乐、牺牲与胜利之后，随着 4 月的和风一寸寸染绿京城的街头，中国民间文艺家协会终于完成了新统帅部的组建，并在冯骥才主席的倡导下作出了用 10 年时间在全中国境内实施“中国民间文化遗产抢救工程”的战略决策。其内容是对 960 万平方公里土地上 56 个民族的民间文化作一次“地毯式”的大普查，最终编纂出版县卷本《中国民俗志》(3 000 卷)、省卷本《中国民间美术图录》(31 卷)、专题集《中国木版年画集成》(20 卷)、《中国剪纸集成》(50 卷)、《中国唐卡集成》(20 卷)、《中国古村落民居集成》(50 卷)、《中国服饰集成》(60 卷)、《中国彩塑集成》(10 卷)、《中国民窑陶瓷集成》(10 卷)、《中国皮影集成》(10 卷)、《中国民间杰出传承人集成》(100 集)、《中国史诗集成》(300 卷)、《中国民间叙事长诗集成》(500 卷)，并命名一大批民间艺术家，建立一系列民间文艺之乡与民间文艺保护基地、传承基地，建设民间文艺数据库。其目的，不外乎是固守中华文明根脉、传承中国文化薪火。

想当初，没有上级的指示，没有企业的支持，没有出版社的承诺，一切都只是一个发生在初春里的梦。于是，多少赞叹如春潮涌起，多少怀疑似涛声依旧，多少讥讽穿行在街巷，多少风险横陈于前路。但是，紧迫感、责任心使我们义无反顾，民间情怀、国家利益令我们坚定前行，中国民间文艺家协会众志成城，誓将梦想化现实。

由于顺应了发展多元文化的时代潮流，也顺应了弘扬民族精神、实现中华复兴的党心、民意，春天的梦想一天天成长：在党的“十六大”报告明确提出要扶持优秀民间文艺及国家级大型文化工程之后，中宣部决定襄助中国民间文艺家协会主持实施的中国民间文化遗产抢救工程。在获得民间文艺界前辈贾芝、冯元蔚诸先生的全力支持后，中国民间文化遗产抢救工程新闻发布会于2003年2月18日在人民大会堂举行，中国民间文化遗产抢救实施工作会议于2003年3月25日至26日在北京正式召开，第一批实施省区及专项随之开展行动。

作为主干项目，编纂出版包括《中国民间故事全书》在内的“中国民间文学全书”从中国民间文化遗产抢救工程动议之初就被提到了议事日程。这是因为：作为这项工作重要基础的“中国民间文学三套集成”工作的组织系统仍然存在；其省卷本编纂工作仍在进行；大多数地区都已编定有关县卷本。我们相信，它定能成为中国民间文化遗产抢救工程的第一批收获。

难忘啊，从1984年起，中国民间文艺家协会（当时称中国民间文艺研究会）曾先后动员200多万名民间文艺工作者从事有史以来规模最大的民间文学普查，先后收集到40亿字的文学资料。其中，包括184万篇民间故事，302万首民间歌谣，748万条谚语，各种专集4 000多种。这是一笔多么丰厚的遗产！如今，作为这项工程的最终成果《中国民间故事集成》、《中国歌谣集成》、《中国谚语集成》省卷本的编纂出版正在接近尾声，而曾经主持这项工作的钟敬文、马学良、姜彬等领袖人物却长眠大地，再也看不到这赏心悦目的收获，还有许多民间文艺传人早已作古化春泥，许多“三套集成”工作者从“青青子衿”变成了“白发老翁”。面对这一切，除了继续做好“三套集成”省卷本的后续工作之外，我们还有什么理由能够拒绝编纂出版他们苦苦收集到的民间文学原始资料？

怀着如火燃烧的激情以及对民间文艺事业的忠诚，我们经过两年多的准备，于2004年4月正式启动《中国民间故事全书》专项。那时的杭州，正是“江南草长，落英缤纷，群莺乱飞”，一派明媚的春光。

在实施这项工作的过程中，多少感人的故事就发生在我的身边：中国民间文艺家协会主席冯骥才先生以他作家的情怀与文化领袖的睿智，始终坚持将包括《中国民间故事全书》在内的“中国民间文学全书”编纂出版工作纳入中国民间文化遗产抢救工程，并具体过问它的体例设计、出版、文本审定、封面设计，真正做到了事无巨细、精益求精，自己的文学创作却因此被束之高阁；杨亮才先生是中国民间文艺界的老同志、老领导，他不仅参与了中国民间文化遗产抢救工程的全部策划，而且还主动承担了《中国民间故事全书》的整体设计、并不顾七旬高龄奔走于湖北、云南、山东、河南、河北等地摸底游说，直至回老家部署大理白族自治州12卷示范本的编纂工作；赵寅松是白族文化专家，他任所长的大理白族自治州白族文化研究所并不从属于文联系统，但他在得知中国民间文艺家协会正在主持实施中国民间文化遗产抢救工程后主动请缨，不仅承担了《云南甲马集成》大理部分的编纂工作，而且还以极快的速度、较高的质量完成了《中国民间故事全书》大理白族自治州12卷示范本的编纂工作。他说：“抢救遗产不分内外，保护文化岂等文件经费！”这是他的心声，也是全中国民间文艺工作者的深愿；与赵寅松先生一道为示范本的编纂作出贡献的还有湖北省民协主席傅广典先生及宜昌市民协主席王作栋先生。在他们的主持下，“当阳卷”示范本的编纂亦高速优质，一锤定音。

随着河南信阳文联主席廖永亮、山东枣庄民协主席王善民、内蒙古民协主席那顺、中国民协副主席兼吉林省民协主席曹保明、江苏省徐州市民协负责人殷召义等先后加入到《中国民间故事全书》的编纂工作中来，早日高水平出版这些成果便成为当务之急。也就在这个时刻，经过不断挫折，我们最终与知识产权出版社喜结良缘。该社有胆有识的社长董铁鹰先生与总编欧剑先生、副总编王润贵先生决定投巨资以圆这套“全书”的出版梦。这使我们感到鼓舞，也更使我们坚信中国尚有出版家，而不仅有追逐名利的出版商！促成这段良缘的是一位名叫孙昕的年轻女士。她曾在2002年与2003年两次采访过我，以报道中国民间文化遗产抢救工程在无“红头文件”、无一分钱的背景下组织实施的壮举。那时，她是一名记者。2004年，她从《中国知识产权报》转调到知识产权出版社后的第一件事，就是给我打电话了解这项工程的进展以及有关成果的出版问题。当她了解到我们虽已获中华书局斥资帮助出版《中国木版年画集成》、黑龙江人民出版社出资帮助出版“中国口头与非物质遗产推介丛书”，但《中国民间故事全书》出版维艰之后，决定向本社领导反映抢救工程面临的困难。对此，我心存疑，而被知识产权出版社的出版家们铁肩担大义，断然允诺。

这，都是发生在21世纪春天里的故事。

在这个春天里，我十分荣幸能成为中国民间文艺家协会最高统帅部的一个成员，并奉调协助冯骥才主席主持协会日常工作及中国民间文化遗产抢救工程的组织领导工作。可以说，这四年里，我是与中国民间文艺的梦想一起不断成长的。尽管衣带渐宽、双鬓初霜，我与我的同仁们却无怨无悔，抱诚守贞，一直执著于为祖国文化遗产的保护、传承、创新、发展而努力。这是因为我时刻听到来自田野的呼唤：暂先放下你的寸管，作民间文化遗产的抢救与保护；我亦不断被冯骥才主席对国家文化命运的关切所震撼：暂先离开你的书斋，走到人民群众中去。是的，暂先放下，是为了永远拿起——学术；一时离开，是为了不朽的存在——人民文化。

在这部洋洋 3 000 卷的《中国民间故事全书》即将问世之际，我觉得有必要对这项工作的缘起与经纬作一些简单的诠释。

关于名称　《中国民间故事全书》名副其实。它之所以以“中国”相冠，表明其中所收作品遍及内地及港、澳、台地区。港、澳、台地区民间故事作品入“全书”是藉台湾中国文化大学教授金荣华先生之力才得以实现的。这在“三套集成”时代是不可能、也是没有做到的；所谓“民间故事”沿用的是《中国民间故事集成》中所使用的广义性概念，它泛指一切散文体民间口头创作，包括神话、故事、传说之属；“全书”之称，因它基本反映了中国民间故事的基本情况而定，它的确在内容、形式、地域、民族、体裁、题材等方面都比较全面、客观。以它的编纂出版为标志，中国民间故事的形象将不再残缺星碎、模糊不清。

关于关系　中国民间文化遗产抢救工程与“中国民间文学三套集成”工作有千丝万缕的联系。我在中国民间文化遗产抢救工程工作会议上的讲话《精心组织实施、全面开拓创新》中即已作过明晰的阐释：“‘抢救工程’与‘中国民间文学三套集成’同是中国民间文艺家协会主持承办的民间文化工程。‘抢救工程’是‘三套集成’工作的一种继承与延续，也是对‘三套集成’工作的一种拓展与深化、发展。两者之间既有联系、又有区别，但其抢救保护民间文化遗产的精神是一致的。在文学意义上，‘抢救工程’是对‘三套集成’的范围扩充，增加了史诗、民间叙事长诗；在艺术意义上，‘抢救工程’增加了民间工艺美术，为‘中国民间文艺十套集成’中缺少的相关部分作了‘补天’；在文化意义上，‘抢救工程’把‘民俗文化’作为重点工作之一，力求一网打尽，理清了民间文学与民间艺术存在基础的关系。在‘抢救工程’实施过程中，还将最终完成‘三套集成’工作的遗留问题，不仅争取出版《中国民间文学集成》，还将对历时20年的‘三套集成’进行总结、评奖，并探讨有关资料的活化与应用问题。”

也就是说，在最初的创意之中，周巍峙主席所主持的“中国民间文艺十套集成”工程之组成部分“中国民间文学三套集成”县卷本是拟在中国民间文化遗产抢救工程中以《中国民间文学全书》的形式加以编纂出版的。后来，由于经费方面的原因，不得不改弦易辙，决定先编纂出版县卷本《中国民间故事全书》，歌谣、谚语、史诗、民间叙事长诗等则留待今后再相机启动编纂出版。显然，《中国民间故事全书》的编纂出版并不是平地起高楼，也不是刻意另起炉灶，它基本属于“三套集成”《中国民间故事集成》县卷本资料的系统编纂出版。

关于原则 在2004年3月26日至28日召开的“中国民间文化遗产抢救工程推动会议”上，我受主席团的委托，作了《用优异的成绩编好〈中国民间故事全书〉》的报告，对编纂出版这部“全书”提出了以下原则：1. 分批实施、推进，用五年左右的时间完成全部编纂出版任务；2. 示范本先行，先编云南大理白族自治州12卷示范本及湖北省当阳卷示范本；3. 对未编过县卷本的地区进行普查并编纂县卷本；4. 对已编纂县卷本但未作过普查的地区进行普查，以补充原有县卷本资料；5. 对已作过普查并编有县卷本的地区进行补充调查，以丰富原有文本；6. 对已有少数民族文字县卷本进行翻译并补充有关资料，以编成汉语文县卷本；7. 制定体例及出版方案，进行统一编纂及集中出版；8. 成立从中央到省、市、县的四级领导小组、工作委员会、专家委员会领导此项工作。虽然进度不一，但一年多来这项工作始终是按此原则实际进行的。

关于动机 我们的最初动机是：1. 中国民间文化遗产抢救当然包括对民间文学的抢救，抢救性保护是一个永恒的话题；2. 大量的信息表明，由于种种原因，从1984年起被搜集到的民间文学资料正面临着各种厄运：或佚失无存，或藏诸私家，或变卖造纸，或鼠啮虫蛀，或风雨侵蚀，必须加大对它们的再抢救；3. 通过《中国民间故事全书》的编纂出版，为日后编纂出版《中国歌谣全书》、《中国谚语全书》、《中国史诗集成》、《中国民间叙事长诗集成》等积累经验，并最终完成“中国民间文学三套集成”各层级卷本的全部编纂出版；4. 为方兴未艾的故事学、传说学、神话学及类型学、母题研究等提供最生动的资料，推动这些学科的发展进步；5. 强化民间故事作品的社会应用，使之在人文精神建设、学术建设、道德建设、和谐社会建设、文艺建设、文化产业建设等过程中发挥应有的作用……

亲爱的朋友，《中国民间故事全书》摆放在您的案头并正一天天增高的今天，也正是全中国民间文艺工作者为您祝福、供您享用的盛大节日。为了这一天，我们付出了我们应该付出的一切；为了这一天，我们为自己的正确抉择、坚定信念、审慎工作而感到自豪。

自豪，来自人民群众的伟大创造！

光荣，展示了精神家园守望者的无私与智慧！

我们确信，春天的故事永远没有结束，她只会延伸为一次又一次秋天的收获。

2005年8月13日酷热中

于北京潘家园寓所

目　录

故　事

笑　话

传奇的土地　隽永的史诗（代前言）

李　鸥

吉林省四平市位于中国东北中部的松辽平原，下辖公主岭市、双辽市、梨树县、伊通满族自治县和铁东区、铁西区，总面积一万四千多平方公里，散居着汉、满、蒙古、朝鲜等多个民族。这里资源丰富、气候宜人、土地肥沃、物产繁多。从六千多年前的新石器时代至今，这里一直是中国东北各民族繁衍生息的沃土宝地。“碧水映青禾，肥鱼嬉健鹅，闲鹊醉驿馆，秀女竞廷歌”的风土民情，让这片鱼米之乡在莽莽林海绵延接天的白山黑水之间宛若关外江南，并由此积蕴了丰厚的历史文化遗存，当地各民族绚丽多彩的民间传说就是这一传奇土地的隽永史诗。

从近年来本地新发现的双辽后太平村文化遗址群出土的大量文物显示，早在三千多年前的殷商时代，这里已有成熟的青铜文化。到了距今两千八百多年前的西周时代，这里已经有了繁盛的农耕文化、渔猎文化、游牧文化。从四平二龙湖畔出土的燕国古城遗址显示，这里曾是公元前三世纪的春秋战国时代燕国治辖的北方重镇。而从本地出土发现的460多处新石器早期文化遗址、新石器晚期文化遗址、商周文化遗址、春秋文化遗址、战国文化遗址、两汉文化遗址、辽金文化遗存遗址、元明文化遗址，更反映出在这片土地上的东北各族先民文明的源远流长。

明清以降，四平大地一再在跌宕起伏的中国东北历史风云中发出亢鸣逸响。

距今五百多年的明代中叶，一支来自蒙古族的牧猎部族那拉氏部在这片风水宝地定居，并将此地定名为叶赫，后世为了将这支“那拉”姓氏与其他满、蒙部族的“那拉”姓氏相区别，称他们为叶赫那拉氏。叶赫的洌水沃土不仅令成千上万叶赫那拉健儿后来成为满军八旗中最骁勇善战、定东平西的铁骑武士，更令叶赫那拉美女成为满、蒙王公、贵族、部族首领竞相争娶的妻妾之选。叶赫那拉家族出过爱新觉罗皇室的三后七妃：孝慈高皇后叶赫那拉·孟古（叶赫部长杨吉砮之女，努尔哈赤次妃，皇太极生母，清国“国母”）、慈禧太后叶赫那拉氏（咸丰帝贵妃，同治帝生母，光绪帝、宣统帝的指定者）、隆裕皇太后叶赫那拉氏（光绪帝皇后，中国末代皇后，清帝退位诏书签署人）；努尔哈赤侧妃叶赫那拉氏（孝慈高皇后叶赫那拉·孟古之妹）、皇太极侧妃叶赫那拉氏（叶赫贝勒叶赫那拉·阿纳布之女）、惠妃叶赫那拉氏（康熙帝之妃）、舒妃叶赫那拉氏（乾隆帝之妃）、璷妃叶赫那拉氏（咸丰帝之妃）、璹嫔叶赫那拉氏（咸丰帝之妃）、玉嫔叶赫那拉氏（咸丰帝之妃）。叶赫那拉家族的血液在大清历代帝王的体内流转，叶赫那拉女人导演了大清帝国的兴衰，叶赫那拉家族与爱新觉罗家族的爱恨情仇深刻影响了近代中国的历史。

三百九十年前，努尔哈赤在这片土地上，面对数倍于己的大明帝国四路大军的围剿，四出奇兵以少胜多，打胜了从根本上扭转战略态势的萨尔浒之战，并顺势灭掉了与明朝结盟的叶赫那拉国，结束了统一北方女真的最后一战，从此，后金政权从战略防御转入战略进攻，最终灭掉大明帝国。历史往往总是巧合地重复。三百三十年之后，国共双方集中百万精锐部队展开了四战四平拉锯战，人民解放军在毛泽东“化四平为马德里”的指示下，经过长达两年的浴血奋战，取得了最后胜利，也从此拉开了人民解放军所向披靡解放全中国的战略总攻序幕。林彪、孙立人这两位共、国两军在抗日战争中的不败战将，在四平战役中倾尽全力斗智斗勇，也最终决定了这两位中国现代名将军事生涯的功败垂成。中华人民共和国成立后，四平市与南昌市一道被人们誉为“英雄城”，以纪念开启人民解放战争胜利之门的这座红色城市。

战火硝烟毕竟是历史的风逝尘云，和平生息才是文明的妙曼旋迴诗章。好山好水滋育出来的四平各族儿女，用自己勤劳灵巧的双手让这片传奇沃土日益美丽富饶。如今，作为世界“黄金玉米带”、国家重点产粮区、国家级卫生城和国家级园林城的崭新四平，以其舒爽的气候、透亮的天空、绿色的田园、恬静的环境、纯朴的民风、珍奇的佳肴，成为在喧嚣的现代生活中难得的世外幽乡。

当落日西垂，你在一座苍松掩映的千年土堡上，望着山下锦云落浴的澄澈平湖、接天拱日的无垠翠野、星罗棋布的火山烬峰，尝着粗如指、长如筷的二龙湖银鱼，品着用数十种山菇野蘑大锅炖制的笨鸡汤，嚼着炭香溢野的烤羊腿，饮着丹汁漾怀的农家鹿血酒，听着远远随炊烟袅袅飘来的轻歌曼曲，不由你不去追想：这片美丽的风华大地，该有多少神奇的动人传说。

千百年来，四平各族人民创作了丰富的民间传说故事。这些民间故事当中，不仅有远古神话、山水传说、帝王将相的轶事奇闻，也有各族人民打猎放山的历险故事、抗日英雄的战斗故事，还有像张学良与于凤至的婚恋佳话这样美丽动人的爱情故事。四平各族人民通过这些神话、传说、故事，记载历史，诵咏风物，赞颂英雄，歌唱爱情，寄托愿望，祈求幸福。

在四平市民间文艺家协会的组织下，四平市文化工作者深入民间，广泛采集了上千篇民间流传的神话、传说、故事，从中精选一批汇编成此书奉献给读者，并为让历经数千年孕育而成的四平大地丰厚的非物质文化遗产得以传承后世尽一分绵薄之力。

这部民间传说故事选萃，仅仅是了解四平风华大地的一扇璀璨之窗。就像面对一瓶色泽诱人的美酒，不亲口细品一下，永远无法知其真味。如果想要真切感知四平大地的天歌民韵，还是亲自到四平来走走，看看，听听，感受感受吧。

2008 年 3 月 13 日

神话

七星山的来历

伊通县有大孤山、小孤山、东尖、西尖、李家屯尖山、马鞍山和莫里青山七座孤山，在县城西部，横跨伊通河，东北西南走向，长勺一般排列，被称为“七星落地”。

说到七星山的来历，有一段美丽的传说。说在盘古开天辟地的时候，上天有两组七星，一组北斗，一组南斗，相互辉映。后来分了工，北斗照夜晚，南斗照白天。照夜晚的好多了，太阳一落，北斗值班了，虽然月光很完美，人们还是看到了北斗的光辉，还有人靠着北斗赶路。南斗呢，每天白日出来，有太阳一晃，谁也看不着。天长日久，南斗就觉得不是滋味，就和北斗商量换一换，南斗照夜晚，北斗照白天。

北斗当然不高兴，两方就打了起来。那是兵对兵，将对将，两方都是七颗星，一个对一个，棋逢对手。只打得天昏地暗，日月无光。到底是北斗星夜出日往，经过磨炼，再加上有那么多人靠它引路，都向着它。打来打去，南斗七颗星“噼里啪啦”都被打下天庭。

七颗星憋一肚子气，飘飘悠悠到下界寻找落脚之地。找啊找，中原南北，长江大河都找了，一直没找到可心的地方。

这天，七颗星来到长白山脚下，看见一条山脉由东向西直连富饶美丽的东北大平原。清亮碧透的伊通河滚滚滔滔，像一条玉带，穿过伊通州直奔松花江。河两岸水草丰美，山川壮丽，是一个天上难找地上难寻的人间宝地。七颗星连连称赞，哥几个一齐降下云头，横跨伊通河，在伊通大地落下了脚。为了显示当年的威风，七星还像在天庭一样，长勺一般地摆开，与天上的北斗七星，相互媲美。

据说，天庭怕南斗再打架，从此改为南斗六星，而在伊通州，七星落地的美丽传说，越传越远。

正是：远山近水钟灵毓秀，深沟高垒御侮折冲。

讲　　述：李桂之　80 岁
记　　录：李吉昌　40 岁

传说

二龙戏珠

有一条叶赫河，河的北岸有一座山，山头圆圆的，像个大馒头。早些年，山上光光的，草木不生，人们都叫它北光山。北光山的对面是一条大沟，沟的两侧是两座矮趴趴的漫岗子山。别看它们不起眼，这里还有段关于慈禧太后的传说呢。

听老年人讲，这北光山是皇帝的玉玺，两座漫岗子山是两条没出世的龙：一条是石龙，一条是土龙。当时这两条龙年纪还小，就天天、月月伸着脖子，抻着腰，往前长，都想先够着北光山。人们都说，这是二龙戏珠。谁的龙头先越过叶赫河，够上北光山，谁就能转世投胎成为真龙天子。可没等龙头搭到叶赫河河沿呢，就被慈禧太后派来的阴阳先生把风水给破了，所以这两条龙至今也没有够着北光山。

叶赫这地方古称叶赫国，叶赫国的人都姓那拉，所以人们都说这里是慈禧太后叶赫那拉氏的老家。一打她嫁给皇上，就忙着争权夺势，总也没空回老家看看，也怪想的。她当上太后垂帘听政后，就更忙了，虽说大权在握，但也成天提心吊胆，怕有人推翻她。那些巡边的大臣，一回到京城，都向她夸赞叶赫是多么多么的美丽、如何如何的富饶，更加激起她的思乡之情，可就是脱不开身。想来想去，就把她妹妹派了回去。慈禧的妹妹乘着描金绣凤的轻纱小轿，顺着北京至吉林（今吉林市）的大御道，一路上游山玩水，风风光光地来到叶赫。到了叶赫一看，果然名不虚传，清清的叶赫河水滋润着两岸的肥田沃土，五谷丰盛，山花烂漫，绿野芬芳。山山岭岭连绵起伏，覆盖着莽莽森林，雉鸟啼鸣，野兽成群。山坡上、沟塘里生长着人参、百草、榛子、白蘑。慈禧的妹妹在叶赫一连住了五六天，才恋恋不舍地返回京城。她向姐姐献上了叶赫的特产：榛子、白蘑、人参、鹿茸、熊掌……慈禧很高兴，就向妹妹打听家乡的风土人情。她妹妹说："咱家乡太美了，有山有水，物产富饶，风景也好，就跟画上似的，要多美有多美。就是河的北面有一座北光山，不长树，也不长草，光秃秃的，老乡们都说它是皇帝的玉玺。对面还有两条像龙的山脉，天天往前长，谁要是先够着北光山，谁就能成为真龙天子。”

慈禧的妹妹，本来是当笑话说的，可万万没想到，慈禧却害怕了。因为当时各地都闹义和团，砍洋人、杀贪官、攻州夺县，天天都有告急文书报到朝廷，弄得慈禧整天坐卧不安，听妹妹这么一说，心里怎么经受得了。怪不得这些年天下总不太平，原来是这两条孽龙作妖。我一个人坐天下还江山不稳呢，再有两个天子与我争夺，那还有好！哼，老娘非平了你不可！于是她在京城找来一个手艺最高的阴阳先生，命他去叶赫镇抓住那两条孽龙。

阴阳先生来到叶赫，先在东边的石龙半当腰挖了四眼大井，断了龙的血脉；又在西边土龙的半当腰盖了一座“虫王庙”，万虫压身，让它不再伸长。阴阳先生镇住了两条没成气候的幼龙，回去向慈禧禀报，慈禧听后，心里总算安稳了一些。但大清江山还是没有保住，不久就被孙中山领导的民主革命给推翻了。

不过二龙戏珠的故事却流传到现在，两条龙腰上的四眼大井和虫王庙的遗迹至今还在。

讲　述：付金山
记　录：刘　明　59岁　大学文化
采录时间：1998年

人参仙子

在东山里有座山叫石砬子山，山川秀丽，景致宜人，还藏有大量矿产和名贵药材。说起这座山，还流传着一个神奇的故事。

从前，在石砬子山下居住着爷俩，父亲叫李二宝，儿子叫李栓虎。父子相依为命，常年以采药为生，日复一日，年复一年，一晃栓虎长成大小伙子，他相貌堂堂，老实厚道。

一天，栓虎和父亲去采药，不料天降大雨，电闪雷鸣，狂风大作，爷俩刮得东一个西一个。栓虎惊慌失色，不断地呼喊着父亲，他找遍附近沟沟坎坎不见踪影，心里十分着急，树枝划破了栓虎的脸，嗓子也喊哑了，风雨越来越猛烈。累得筋疲力尽，一不小心踩空了，从半山腰滚下山崖，也不知掉到啥地方去了。

不知过了多久，栓虎渐渐地醒了过来，这时雨过天晴，东方现出了彩虹，雨后的森林显得那样宁静，太阳的光线从树枝中透过，使叶片上的小水珠反射出水晶光芒，像天上的星星在眨眼睛。

栓虎觉得浑身疼痛，他踉踉跄跄地爬起，寻视着周围，发出微弱的声音说："这是哪呀？父亲，你在哪里？"他定睛观看，山谷里居然开满了火红的小花，花繁叶茂，透着浓浓的清香，栓虎又惊又喜地喊道："人参！我找到人参了！我找到人参了！"他这一激动坏了，不料伤口受到强烈抻动，他疼得又昏迷过去。

太阳渐渐地落山了，忽然有棵人参在抖动，只见一道红光闪烁，从山谷里走出一位漂亮的姑娘，身穿粉红色的连衣裙，头顶红色花环，脖子佩戴翠绿的珠串，翩翩而来。她玉手一挥，刹那间变出一座豪华宅院，正房厢房青堂瓦舍，屋内金碧辉煌，墙上挂满了山水字画，桌上摆满了古玩玉器，院内开满了参花。姑娘将栓虎让进屋，她轻轻地给栓虎包扎伤口，用参花上的露水珠滴进他的口内。

一连七个日日夜夜，姑娘陪伴在栓虎的身旁，在她的目光中充满了期盼。栓虎的伤慢慢地好了，他对姑娘的照料十分感激，好奇地问道："你是哪家的小姐?"姑娘娇滴滴地回答说："我是人参仙子。在此山修炼千年，上方神仙输注给我的灵气，已登仙班，不料前些天碰见你摔下山崖，我见你为人厚道，孝敬父母，起了怜悯之心，把你救回家中。"栓虎连连施礼道谢说："感谢小姐救命之恩，小生终身难忘!"人参仙子感到很羞涩，红扑扑的脸上流露出绵绵的爱慕，栓虎更是热情如火，脸上泛起了红晕。

人参仙子和栓虎经常散步在人参谷中，谈笑风生，几只棒槌鸟在他们身边鸣叫，为他们奏起爱情的交响曲。天气显得那样柔情，青青的草地，红红的花朵，相配得格外优美，释放出丝丝缕缕的爱情火花，深情万斛倾注在彼此的身上。二人同食共寝，白天散步在河边草地上，晚上流连在花前月下，整天形影不离，并立下海誓山盟，天为媒，地为证，两个人私订终身，在当夜结了婚。洞房里点燃了蜡烛，摆上了酒宴，人合，心合，天地合，夫妻恩爱无比，过着幸福的日子。小两口早起晚睡，精心培植谷中人参，用各种药材配制了许多种能医治的良药，人参仙子，夫唱妇随，互敬互爱，在谷中不时传来仙子甜甜的笑声。夜晚，夫妻俩紧紧地搂着，默默无言，两颗心在"砰砰"地跳动，沉浸在无限的甜蜜之中。

栓虎非常想念自己的父亲，人参仙子看出丈夫的心思说："夫君，我知道你思家心切，为妻愿意与你长相厮守，哪怕粗茶淡饭，胜似山珍海味，我们马上动身去寻找老人家。"

父子相见抱头痛哭，老人自从父子失散后，始终病卧在床，哭瞎了一只眼睛。栓虎将事情经过告诉了父亲，人参仙子上前给公爹行礼，老人因有这么好的儿媳妇转悲为喜，忘却了往日相思之痛，一家人和和美美过上了幸福生活。

天有不测风云。有个当地的财主叫管万里，领着狗腿子打这里经过。看见人参仙子在为别人医病，当时一愣神说："这是哪家的美人儿?"狗腿子张三说："是李栓虎这个穷小子的媳妇。""什么?他娘的，这个穷小子还能娶上这么漂亮的媳妇?这不是鲜花插在牛粪上了吗?"管万里色迷迷的眼睛眯成一条缝，心里暗暗打定了鬼主意。

晚上，人参仙子将白天管万里所说的话告诉了栓虎，一家人心里忐忑不安。不一会儿，管万里带着很多家丁，团团围住了李家的房子，还抬来一顶大花轿。管万里一脚踢开了房门，进屋破口大骂道："好小子，你他娘的娶媳妇怎么不告诉我一声，方圆几百里都是我说了算，山是我的山，地是我的地，人也是我的人。"说着向人参仙子扑去。栓虎奋力保护自己的妻子，因她已怀了身孕，可是猛虎架不住群狼，老父亲也上前与家奴们拼命，因年迈体衰被家奴们活活打死，栓虎也被打得头破血流昏死过去，管万里再次扑向人参仙子，人参仙子急忙跑到院子里，腾空而起，一甩袖子，狂风大作，飞砂走石。狂风过后又飞来无数马蜂子，爬来无数条毒蛇，向管万里和家丁们袭来，挨蛇咬的，被蜂子蜇的，工夫不大，这群恶人中毒身亡。接着这些护参的蜂、蛇全都散去。

人参仙子给栓虎灌下几粒丹药，瞬间栓虎醒过来了，夫妻俩埋葬了老父亲，一同回到人参谷，过着幸福美满的生活。

讲　　述：崔立元　59岁
记　　录：崔艳杰　女　36岁　高中
采录时间：2003年

海水为什么是咸的

很早以前，一个老妇人带着两个儿子过着贫困的日子。尽管生活贫困，但她还是竭力去供大儿子读书，一心想让他出人头地。到了后来，大儿子还真当上了一个不大的官儿。

大儿子当上了官，心肠就变坏了，只顾自己吃喝玩乐，把供养他的老娘和弟弟都忘了。老太太想儿子眼睛都熬瞎了。弟弟急了："我去找哥哥去。"他爬过一座座山，蹚过一条条河，脚都走出了血泡，终于找到了哥哥。可是哥哥一见衣衫褴褛的弟弟，心里这个气呀！有心不认吧，还怕弟弟闹扯起来对他不利，便把弟弟打发到厨房，告诉厨子给弄些吃的就走了。厨子看这小孩怪可怜的，临走时给他带上点干粮和一块熟肉，留着路上吃。他哪舍得路上吃，他要给老娘带回去。一路上，渴了喝点河水，饿了吃把野菜，肉香味馋得他直流口水，可是他还是舍不得动一口。当他来到一座山脚下，歇歇脚儿，准备登山时，面前来了一位讨饭的老太太："孩子，可怜可怜我吧，我都快饿死了。"看到老太太骨瘦如柴，可怜得很，他一狠心说："这块肉给你吧。"老太太吃完肉说："孩子，你的心肠太好了，我知道这肉是留给你老娘的，为了报答你，我送你一件宝吧。"说着掏出一块石头，告诉他说："这是一块出盐宝石。"又教给了他怎样放盐，怎样停止。他谢过了老太太又继续赶路。原来，他碰上的老太太就是盐神。

回到家后，他和母亲一起靠卖盐为生，日子一天天好起来，母亲的眼睛也渐渐地好了。母子俩又盖起了新房子，穿上了新衣服。过了一段日子，在外做官的哥哥听说弟弟发财了，就回来问弟弟："你是怎么发财的？"忠厚的弟弟把这一切都告诉了他。哥哥暗自高兴，便略施小计骗走了宝石。

他要到国外去做大买卖，发大财，于是雇了一只大船出发了。当船快到岸时，他想：我何不先把盐放出来，到岸上立刻就卖呢？于是就叨念着放盐的口诀，宝石就向外喷盐了。不一会儿，整个船舱就放满了，船开始往下沉了，可是盐还在增加。由于当时发财心切，他只学会了怎样放盐，现在急得团团转，也无法让宝石停止放盐。

就这样，宝石和人都随船一起沉到海底下去了。宝石一直出盐……

从那以后，海水就变成咸的了。

讲　述：张绍良
记　录：张秀云
采录时间：2004 年

棒槌女为媒

说这话可有年头了。关东围里有个财主叫钱有财，靠挖人参发了家，置了几处窝堡，买了百十多垧地，雇了三四十个长短工，可谓是这一带首户富翁。

钱有财五十挂零，老伴长他两岁，膝下只有一女，叫钱宝宝，年方二九，长得如花似玉。老两口视女儿为掌上明珠，真乃是搿到脑袋顶上怕吓着，含到嘴里怕化了。媒人踏烂了门槛子，没一个中意的，可是女儿钱宝宝早就有意中人了。长工里面有个小伙子叫万宝库，虽然长得不俊，瞅着倒也顺眼，做得一手好庄稼活，为人憨厚老实，人们都挺喜欢他。看得出他和东家的小姐钱宝宝有情有义，几次向钱有财提媒，都被拒绝了，嫌万宝库家穷，门不当，户不对。尽管钱有财百般阻挠这件婚事，怎么也拆不散两个人的感情。于是二人立下了山盟海誓，非她不娶，非他不嫁。

钱宝宝恐怕夜长梦多，变着法托人向她爹求亲。钱有财把脑袋摇得像拨浪鼓似的。断然告诉女儿，要想做我的女婿，除非给我挖棵千年人参，不然死了再托生吧。钱宝宝反复一合计，只有一线希望，就是让万宝库上山挖参。她把这个主意和万宝库一说，万宝库满有信心地说："挖不到千年人参，誓不回来见你！"钱宝宝准备了不少干粮和盘费，又给了一条绣花手巾，千叮咛万嘱咐说："遇到困难或想我的时候，看看绣花手巾，上山一定要小心，挖着大参早点回来。"万宝库带好一切应用之物，一步一回头，恋恋不舍地上路了。

万宝库来到深山老林里，也不知翻过多少座山，越过多少道岭，衣服也刮破了，鞋也掉底了，仍然不灰心。最后用树枝子搭了一座小土屋，白天上山采参，晚上回来就宿。每次回来都不空手，挖些个二甲子、三品叶、灯台子一些小参，着急的是始终挖不到一棵像样的大参。干粮吃光了，就吃野果子、喝泉水、嚼树皮充饥，眼见天气渐冷，衣服又单，日子越来越苦，他毫不动摇，每天继续上山寻找千年人参。

一天，万宝库饿得实在没法了，摸了摸口袋里还有一捧干粮，刚想要吃，突然从林子里走出了一位少女，长得千娇百媚，头上扎红绒绳，身穿粉衣紫裤，带着一股香气，轻飘飘地来到万宝库近前儿，用娇滴滴的声音说："这位大哥，求个方便，小女去姨娘家串门，不料走迷了路，已有两三天没吃东西了，讨口干粮充饥。"万宝库饿得眼睛都冒花了，心想，干脆可我一个人饿吧，反正没头绪，救她一时饥饿之急，也算积了点德。想到这，眼巴巴地把干粮递给了姑娘，自己也直咽唾沫，姑娘捧着干粮千恩万谢地走了。

万宝库身上一点劲也没有了，支撑着身子，拔了几把绿草嚼巴了一顿，掏出绣花手巾往脸上贴了贴，仿佛看见钱宝宝在路口上等待着自己，立时振奋精神，拄着镐把，晃晃悠悠，坚持往前走。走着走着，忽然眼睛一亮，发现前面红光闪闪有棵大人参。当时力量倍增，不顾一切向人参奔去，只差十多步远，猛然间飞出一群马蜂子来，落得满身全是，蜇了十多块伤。他咬着牙，忍着疼痛继续往前走，眼见差两步远，刹那间，一条大蛇盘在他的脖子上，越勒越紧，憋得脑袋发胀，出不来气。正在危急关头，讨干粮的那位姑娘又出现了，指着蛇、蜂喝道："孽障，这是我的恩人，还不快松开！"只听"啪啦"一声蛇松开了，乖乖地顺着草丛溜走了，马蜂也都飞走了。姑娘走到近前说："恩人，你受惊了，刚才这些孽障都是护参的，你对钱宝宝一片诚心，本姑娘早已知道了。我是万年棒槌王，见你心地善良，就送你一棵千年人参，回去及早成亲。"说着话往手上吐了口唾沫，往万宝库被蜂子蜇的伤口上搽了搽，顿时消肿不疼了。棒槌女又把刚才的那捧干粮还给了万宝库，然后帮着万宝库挖出那棵千年人参。万宝库小心翼翼地把参装进口袋里，跪在地上给棒槌女磕了好几个头，含着眼泪下山去了。

钱宝宝在家盼望着万宝库早日归来，天天在路口守候张望，望眼欲穿，急得整日茶不思饭不想，渐渐面容憔悴，眼见就要病倒了。这天万宝库突然回来了，她急忙跑到近前问道：“宝库哥，挖到千年人参没有？咋这些天才回来呢？都快急死人家了。”万宝库掏出千年人参一举说：“宝宝，你看这是啥？”钱宝宝又惊又喜，接过人参跑回家里，见着钱有财喊道：“爹，宝库哥真的把千年人参挖回来了，这回该答应我们的婚事了吧？”钱有财接过人参一看，黄里透红，和人的形状差不多，是棵宝参，只是赞不绝口地夸这宝参，就是不提两个人的婚事。摆弄了好大一阵子，吩咐家人说：“摆酒设宴，好好款待万宝库！”席间，钱有财眯缝着三角眼说：“宝库啊，本东家念你挖参有功，赏你一百两银子，我做媒，把我的叔伯侄女嫁给你如何？”万宝库一听肺都要气炸了，强压怒火说：“东家，如此说话不算数，我也不娶你的侄女，也不要你的一百两银子，还是把那棵人参还给我好了。”钱有财把三角眼一瞪说：“你说什么？我是你东家，你是我雇的长工，也算我花钱雇你挖的人参，这参属于我的，你要不识抬举，什么也不给你，只给你个工钱罢了。要是跟我过不去，现在就把你赶走。”万宝库刚要分辩，就听门口有一女人说话：“钱东家，为人处世可要讲良心，要不是你答应此事，万宝库也不能舍生忘死去挖参，挖来参你又赖账。如果你以势压人，必遭报应，不但宝参留不住，连你女儿也毁了。听我良言相劝，咋说咋办，不然悔之晚矣。”万宝库顺着声音一看，正是棒槌女，急忙起身相迎见礼。正在这时，丫环来报：“老爷，不好了，小姐非要自杀不可。”钱有财一听，扁担沟眼睛——长长了。

钱有财没办法，立刻吩咐丫环说：“快去告诉小姐，说我答应她的婚事也就是了。”说完转身指着棒槌女问道：“你是何人？”没等棒槌女开口，万宝库插嘴说：“东家，这棵宝参是这位恩人送给我的，没她帮忙，恐怕今生今世也回不来。”钱有财仔细一打量，这位女子长得可真漂亮，有仙人气度，大概是仙女下凡吧？要真是仙女点化，就不能违背。想到这，便顺水推舟地说：“既是仙姑驾临成全此事，小人一定照办！”棒槌女点点头说：“好！东家办事倒是个明白人！爽快！如果不反悔的话，今天就成亲！”钱有财一想，话已经说出去了，成亲就成亲吧。吩咐家人马上操办，棒槌女为媒，又是主婚人，张灯结彩，鞭炮齐鸣，吹吹打打，两位有情人终成眷属。棒槌女喝完喜酒，飘然而去。

讲　　述：孙忠田　78 岁
记　　录：孙喜臣　53 岁　中学文化
采录时间：2000 年

媒人是只老蜘蛛

那一年，长白山林子里来了个挖棒槌的小伙子，名叫赵才，是个腿肚子贴灶王爷——人走家搬的光棍汉。他在山里转悠了两个多月，一无所获，立誓不挖着千年棒槌决不下山！于是他就在山脚下挖了个地仓子，盖上一层茅草，往里一住满舒适的。晚上寂寞时，拉起自己心爱的胡琴解闷，琴声悠扬悦耳，曲调婉转动听。

一天晚上，他正在拉胡琴，突然有人在身旁鼓掌叫好说：“小伙子的胡琴拉得真妙！”他扭头一看，是位老者，穿青挂皂，笑吟吟地夸奖自己。赵才觉得奇怪，在这深山老林里咋还会有人呢？他放下胡琴问道：“您老贵姓？家住哪里？天这么晚了咋一个人到这里来了？”老者捋着胡子回答说：“啊，我姓朱，人们都叫我朱二爷，离这不远有座仙蛛山，我家就住在这仙蛛山仙蛛洞里，是你动听的胡琴声把我给引来的。”赵才见老者挺和善，不像坏人，便打消疑虑，跟老者攀谈起来。老者说：“兄弟，我想跟你交个朋友，不知你意下如何？”赵才急忙倒身下拜说：“朱二哥，小弟赵才给您见礼了，能跟朱二哥结交朋友，那是我的造化，求之不得的事，以后咱们就是兄弟，常在一起相伴了。”

自打那日后，每到夜晚，老者必来，和赵才坐在地仓子门前的青石上闲聊，唠家常，讲故事，无话不谈。高兴时，赵才拉胡琴，朱二哥用双手打着节拍，快活极了。好景不长，不知不觉盛夏已过，秋风阵阵扑面生寒。赵才又急又愁，挖不到棒槌不要紧，天气越来越冷，没棉衣服穿可受不了。朱二哥看透赵才的心思，便说：“赵老弟，看来咱哥俩的缘分已尽，以后我要做我自己的事情，没时间陪你了，你也应该及早下山找条生路。”“二哥，我不想离开你，你走到哪里，我就随你到哪里。再说我已经发过誓，挖不到千年棒槌决不下山。即使下了山哪有我的生路呢？”“哎，老弟，二哥叫你下山自有安排，明天你随我去挖棒槌，一棵棒槌足够你活一辈子。”

第二天，赵才随着朱二哥来到一个山坳里，在茂密的杂草丛中找到了一棵大棒槌，赵才乐得直蹦高，激动得流下了眼泪说："二哥，我下山把棒槌卖掉，这笔钱咱哥俩享受。""傻兄弟，你哪里知道，我非凡间之人，是千年蜘蛛修炼成仙，钱财对我来说没用。日后你还要成家，娶妻生子，衣食住行，用钱的地方多着呢。只要你有了着落，我也就放心了。"说着从怀里掏出颗珠子，递给赵才说："兄弟，你把这颗珠子带着，危急之时必有大用。"赵才接过珠子"扑通"一声跪在地上："二哥的大恩大德兄弟永世不忘，不知何年何月何日再能见着二哥？""只要咱哥俩有缘分，自然会有见面的机会，兄弟保重！"朱二哥说完，一眨眼的工夫不见了。赵才往空遥拜了几拜，然后挖出人参，回到地仓子里卷起铺盖下山了。

赵才来到一条大河边上，正赶上船家刚要起船，他急忙跳了上去，渡河的人还挺多，没地方坐，只能站着。这时天阴了下来，一阵阵刮起了西南风，浪头一个比一个大。当船行到河心时，风越刮越大，就见四周浪头有一人多高，只要一个浪头打过来，立刻船毁人亡。奇怪的是船附近风平浪静，照样行驶，船家停船问道："哪位客官身带宝物了？请马上交出来，要多少钱给多少钱！"连问数声无人答应。船家无奈，指着如花似玉的女儿说："如有交出宝物者，将小女凤仙许配给他做媳妇！"赵才忽然想起朱二哥给的那颗宝珠来，急忙来到船家近前问道："船家，你说话可是真？""客官，船上有的人做证，我这么大年纪哪能跟你说谎。"赵才从怀里掏出珠子往前一递说："船家，是不是这颗珠子？"船家接过珠子看得都呆了，说："就是这颗避风珠救了一船人性命，好，从现在起你就是我的姑爷了，以后要好好待我女儿。"接着船继续往前行驶，到了对岸后，船客们纷纷来拜谢赵才，船家也过来盘问姑爷的姓名和住址。赵才毫不隐瞒地叙述自己的身世和来长白山挖参的事。船家一听，赵才挖着棵千年人参，更是喜上加喜，急忙把姑爷领回家中。

船家姓潘，名叫潘玉，外号叫潘大赖，家里就爷俩，常年以摆渡打鱼为生。潘大赖为人奸诈，表面上仁义道德，背地里一肚子坏水。女儿凤仙倒挺贤惠，经常规劝父亲为人要正直，做事讲良心。潘大赖嘴上答应，可该咋做还咋做。他一见赵才身上带着千年人参，垂涎三尺，眼珠一转，心里打上了鬼主意。打了几壶酒，炒了四个菜，殷勤地劝着赵才喝酒，一口一个姑爷叫得可亲了。喝了这杯倒那杯，赵才本来不会喝酒，十几杯下肚，就觉得天旋地转趴在桌子上睡着了。潘大赖急忙吩咐女儿凤仙说："闺女，你去把西下屋收拾一下，让你女婿在那屋睡！"凤仙觉得赵才挺憨厚，见父亲表情也挺满意，心里自然高兴。一切安排完毕，爷俩将赵才搀扶到西下屋安顿好，这才各自回屋睡觉。

傍三更多天，潘大赖操起事先准备好的绳子和刀，悄悄地来到西下屋，打开房门往里一探头，觉得好像撞到一张网子上，用双手一划拉，坏了，胳膊和腿都被粘上了，怎么也挣不脱，越扑腾越紧，几乎将整个身子捆住了，动又不能动，喊又不能喊，只好等天亮再说吧。赵才一觉睡到天亮，酒也醒了，睁开眼睛一看，"唉哟，朱二哥啥时来的？"说着急忙下地见礼，朱二哥笑眯眯地说："我三更天就到了，来晚一步兄弟你的命就没了。""二哥，究竟发生什么事了？""兄弟，你到外屋一看便知。"赵才开里屋门往外屋一看，愣住了，有张大网，网上粘着个人，仔细一瞧，原来是丈人，心中纳闷，怎么会这样？一时丈二和尚摸不着头脑。朱二哥指着潘大赖说："潘大赖，你把你昨夜三更天所作所为对你姑爷说说。""我我我，没做什么呀！""地上的绳子和刀是怎么回事？你不想说实话，我就让你吃点苦。"朱二哥一抖袖子，只见网越收越紧，勒得潘大赖嗷嗷直叫，急忙求饶说："老仙，快饶了我吧，我全说！"

原来潘大赖想把赵才悄悄弄死，然后销尸灭迹，女儿若问起人来，就说赵才出远门卖棒槌去了。得了这棵千年棒槌，就有了享不尽的荣华富贵。再给女儿另找个有钱有势的人家，岂不是两全其美。不料半路上杀出个程咬金来，到底弄漏了馅，只好向姑爷求饶说："姑爷，都是我一时糊涂，财迷心窍，做出蠢事，求姑爷原谅！”朱二哥点点头说：“这还差不多，不过放你得有个条件，必须由我做媒、主婚，眼瞅着我兄弟和你女儿拜完堂，咱们一事了，百事无。不然我随时都可以来取你性命！”潘大赖诺诺连声说：“喜事马上办，你说咋办就咋办！”

潘大赖不敢再生歹心，急忙择良辰选吉日，杀猪宰羊，请朋邀友，由朱二哥主婚，吹吹打打拜堂成亲。婚事办完，朱二哥不知啥时悄然离去。从此，一家人过上幸福美满的生活。

讲　　述：孙忠田

记　　录：孙宇策　31 岁　大专文化

采录时间：2003 年

人参娃娃

很久很久以前，关东边里这儿来了个老和尚。他见到这里山清水秀，炊烟袅袅，景致宜人，倒是念佛求经、修身养性的好地方，便四处化缘盖了座庙。

一天，他正在庙中打坐，忽然远处有婴儿啼哭声，他顺着声音找去，在山下大河里漂来一个木盒，婴儿哭声是从木盒里发出来的。老和尚立时起了善念，自言自语地说："阿弥陀佛！善哉！善哉！可怜的小生命，该着你不死，大概你与贫僧前世有缘吧。"嘴里叨咕着顺手将木盒捞了上来，打开盖一看，竟然是个女婴，便起了怜悯之心，收养为义女。

日复一日，年复一年，女婴长到八岁，像一朵含苞待放的花骨朵，老和尚给她起了个名字叫彩霞，她聪明伶俐，活泼天真，哄得老和尚笑口常开，视为掌上明珠。

一天，彩霞上山采药材，见一只蝴蝶飞过，她紧忙前去追赶，追了很久也没追上，返身往回走，走来走去，走迷路了，怎么也找不到回家的路，坐在地上哭泣起来。忽然在不远处传来了清脆的歌声，她定睛望去，是一个和她一般大的小女孩向她走来，嘴里唱着山歌，穿着一身红衣服，扎着绿围裙，头上系着撮红缨，打着红色的蝴蝶结，蹦蹦跳跳地来到近前。彩霞好奇地站了起来，她看她，她瞅她，那女孩问道："你叫什么名?""我叫彩霞，你是谁?""我叫人参娃娃。"两个孩子兴高采烈地玩耍起来。

天色渐晚，人参娃娃帮彩霞找到了回家的路。人参娃娃说："彩霞，我将我的宝贝送给你，作个纪念。"人参娃娃从衣兜里掏出十粒参籽说："这是我身上的宝贝，天天都把它藏在衣兜里，来年开春把它种在林子里，将来会有许多伙伴陪你玩。"彩霞也将自己的宝贝佛珠送给人参娃娃。

打那以后，彩霞天天到山里找人参娃娃玩耍。老和尚便觉得奇怪，又从彩霞的房间里发现两粒参籽，心中起了意念。晚上彩霞乐颠颠地回来了，老和尚将做好的美味端了上来，哄她说：“女儿，爹今天特意给你做些好吃的，快吃吧！这些天玩得高兴吗？”彩霞说：“可开心啦。”“是你自己玩吗？”“不，还有一个小妹妹，她不让我告诉别人。”

老和尚一听心中暗喜，这可该着贫僧发财，得着人参娃娃无价之宝。接着说：“女儿，你放心，爹不会告诉别人的，她叫什么名字啊？”彩霞说：“叫人参娃娃！”老和尚心里暗自庆幸，默默地念了声：“阿弥陀佛！感谢佛主施恩，赐给我一棵千年宝参，吃完了宝参就能成正果，成仙成佛，与天地同寿。”

第二天一早，彩霞照常上山找人参娃娃去玩，老和尚悄悄地跟在后面。果真见一个小孩，俊俏无比，心里又惊又喜，世间罕见奇宝，馋得他直淌哈喇子，怕惊跑了人参娃娃，又小心翼翼地溜了回去。

晚上老和尚又给彩霞做了些好吃的，花言巧语说：“女儿，你已经八岁了，应该学会做针线活，我给你和人参娃娃各买一根针一团红线，你们俩学针线活还是个伴儿，如果她不要，你就偷偷地把针纫上红线，别在她的围裙上，这样针线不就都带回去了吗！”彩霞以为是件好事，说：“爹，你真好！”

第二天，彩霞又上山了，和人参娃娃捉迷藏、猜谜语，一直玩到晚上，彩霞掏出针线送给人参娃娃，人参娃娃不收，彩霞就照老和尚说的去做了。夜晚老和尚顺着红线找去，果不其然，针线别在一棵又粗又大的人参秧上，叶片大得出奇，花盘像杯口。老和尚乐得手舞足蹈，先拜了山把头，然后用红线拴在秧棵上，以免宝参跑掉，再用铁锹将周围的土闪开，接下来，一点一点往出扒拉土，整整挖了一夜，将宝参完整地挖了出来，用衣襟兜着，狂笑着回庙了。

老和尚怕女儿知道，诓彩霞说：“女儿啊，昨天山里来了一条巨蛇，吃了好几个活人，就连人参娃娃也被吃了，连骨头都没剩下。”彩霞听到这，放声大哭，发誓长大了要为人参妹妹报仇！彩霞从此不敢再上山玩耍，可她十分想念人参娃娃，将十粒参籽种在山坡上。

一天，老和尚偷偷地将人参娃娃放在一口大锅里，添上水，加上柴，需要煮上七七四十九天，吃了才能成仙、成佛。老和尚坐在灶台边，一边烧火，一边念经。在煮到三十五天的时候，山下来了一个小和尚说："阿弥陀佛！师兄，我奉师父之命请你到圣安寺听讲经文大法，不得有误。"老和尚没等小和尚说完，立刻推辞了。

第二天，小和尚又来请他，老和尚无奈地对彩霞说："女儿，为父前往圣安寺听经讲法，你要好好看守家门，按时烧火，切不可打开锅看，两个星期后爹就回来了。"老和尚再三嘱咐不可揭开锅盖，连续嘱咐几次，老和尚才走了。

到了第四十七天，彩霞不耐烦了，便觉得奇怪，爹为什么不让我打开锅盖呢？到底是什么秘密瞒着我呢？不行，我非要看个究竟不可。起身将锅盖打开，此时一股香气扑鼻，彩霞往锅里一看，大吃一惊，"哇"地哭了起来，"人参妹妹，你死得好惨哪！都是我害了你啊，我怎么能救活你啊……！"突然从空中荡起了人参娃娃的声音："彩霞姐姐不要哭，我没死，现已成仙，我的真身在天上呢。"彩霞说："人参妹妹，我要到你那里去！"人参娃娃说："彩霞姐姐你回头把煮好的人参吃掉，很快就能到这里来了！"彩霞想到义父恩养了八年，这样的好事怎么能独吞，只吃了半根人参，便腾空而起，在空中与人参娃娃相聚，姐妹俩腾云而去。

七七四十九天，老和尚回来了，发现女儿不见了，打开锅盖只剩半根人参了，他大哭一场，痛思女儿，自己成仙还想着爹，给爹留下了半根人参，真是我的好女儿，哭罢多时，将半根人参吃掉，然后把汤也喝个精光，就觉得脚下生云，冉冉升起，驾云而去。

因老和尚收养了彩霞，积了天德，吃了宝参升天成仙了。

讲　　述：崔立元

记　　录：崔艳杰

采录时间：2003 年

赫尔苏门的故事

梨树县孟家岭镇大沟村的北侧，现有古庙和“边壕”的痕迹。听老年人说，这里是赫尔苏边门，庙是清朝政府拨款建造的“九堂神尸庙”。

“边壕”南面是汉人，北面是蒙古人，以“边壕”为界。“边壕”从伊通州起始，到辽东省清原县，全程三百六十里，每隔六十里有一座“边门”。东边头一道门就是“赫尔苏门”，往西“半拉山门”、“棉花街门”，还有“乌拉堡门”。“边门”有三个作用，一是过边的通道，如果不在边门过，就是犯法，无论人车，过边得交“关税”；二是东北与关内的通信站，送信的骑马，也叫“跑信”；三是“驿站”。

赫尔苏边门南面的东侧有座“大老爷府”，大老爷管辖着“边门”和周围的村民。“大老爷府”的西侧有座“关公庙”，是为了求得神佛保“边门”和百姓的太平。

有一年，伊通州到哈尔滨一带起了响马，为首的叫李怀明，另一个叫赵强。这伙匪徒是抢男霸女，无恶不作，闹得百姓鸡犬不宁。两个匪首本领特别大，官府多次派兵也抓不住。

赫尔苏边门首领大老爷也十分仇视这两个响马。有一天，大老爷给关公庙上香许愿说：“在三日内让我抓住响马，我重修庙宇，佛像再镀金身。”也巧，二十四个官兵一枪没打，在“哑巴场子”把两个响马抓住了。

大老爷禀告了清朝政府，得到大力支持，拨了一大笔款，重新建造关公庙。建造了前后大殿，钟、鼓二楼，佛像全用金子镀的，眼睛是用玛瑙镶嵌的。金光闪烁，栩栩如生，活灵活现。庙里的大钟一敲传出几十里，十分气派的一座“九堂神尸庙”落成了。

正当边门和大庙兴隆的时候，不幸的事情发生了。在“边门”的北侧，有一家姓孙的人开了个车店。有一天，店里住下一个搬家的车，一家十几口人，还有东西。晚上，搬家人有一个五岁的孩子病了，当地又没有大夫，只好捱着。第二天过“边门”的时候，又遭到了守卫士兵的毒打。这时，有病的孩子死了，搬家车也没过去边门，返回了孙家店。孙家店店主非常同情，住店吃饭不要钱，还拿钱帮助搬家人去告状。哪曾想，状没告赢，反把孙家店给扯进去了，说是要把孙家全都斩首。

孙家店主听到信后，把店卖了，家里的东西全卖了，把家人都打发走了，一人用车拉着银子去告状。

孙家店主遇上个赃官。在大堂上，赃官问：“告状人，你说边门士兵打死小孩有凭证吗？”店主说：“当时，我的罗锅麻脸大哥在场，它能说清。”赃官一听，明白罗锅麻脸是银子，准了状，把守边门的十二个人全定了罪，发配云南，并且在脸上刺了字。

十二个人死了十一个，跑回一个姓孙的，住在二道沟村，就这样，“边门”萧条了，也没人把守了。

又过了几年，开始跑“毛子”。老毛子把“九堂神尸庙”毁了，珍奇的宝物全抢走了。

后来，当地的村民集资，造了一座方八尺的庙。请来道人叫林占一，没过几年换了四个道人。有方明亮、刘姣云，还有一个姓郑的。最后是个尼姑，叫王把招。

讲　述：胡玉焦

记　录：宗　玉　康国臣　郑连庆

水淹偏脸城的传说（一）

在梨树县城的东北，有个地方叫偏脸城，早先年这里是个热闹的小城。有这么一天，从外地来了一个白胡子老头儿，身上穿得破破烂烂，手里端着个破碗，走一家要一家饭。开始，有的人在他的碗里放块饽饽，再不就给碗稀饭，老头儿每天三顿饭全是要着吃。

天长日久，人们就有点烦了，家越富有的越不愿给了，觉得天天这样要就给，这穷老头儿也不走也不死，谁供得起？后来老头儿要东西就更难了。有的人家看老头儿来了急忙关门关窗，有的还叫狗咬。连着好几天，老头儿啥吃的也没要到，没办法，就来到了城外一个破庙里。

刚好有对小两口儿正在吃饭，听到老头儿说得更苦冰冷，就亲亲热热地叫老头儿一起上桌吃饭。吃完了饭，男的对老头儿说："老人家，您这么大岁数了，又无依无靠，总这么要着吃怎么能行？你若是不嫌弃的话，就在我这儿吃、在我这儿住吧。"女的也说："老大爷，你没儿没女，我俩又没个老人，你就把我俩当亲闺女亲儿子吧，反正也不多你一张嘴。"

就这么的，老头儿住进了庙里。小两口像对亲爹一样伺候老头儿，啥玩艺宁可个人不吃也得给老头儿吃。

一晃有四五个月过去了，城里的人早把老头儿忘到耳前脖子后去了。忽然，有一天，老头儿没有了，小两口各处找得团团转，咋的也没找到。就在这时，下起了大雨，小两口只好跑回庙里避雨。快到半夜，雷电轰响，雨越下越大，一直到亮天，雨才住。

一早，小两口出门又要去找老头儿，可刚出屋，便愣住了：除了这庙，偏脸城全被淹没了。

后来，人们都传说，那个老头儿就是海龙王变的，只因为小两口心地善良，才留下小庙，使他们小两口保住了命。

讲　　述：刘春江　82岁　农民
记　　录：郭连顺

水淹偏脸城的传说（二）

听老人讲，从前在偏脸城南门口有一家姓赵的财主，为人挺刻薄，家里使唤着一个七八岁的小孩儿。这小孩儿没家没业的，说话有点关里口音，脸上星崩地长着几颗麻子。赵财主把这小孩当大人使唤，张口闭口叫“麻二”。一到傍秋儿，财主白天就叫麻二跟大年子一起下大田扒苞米、捆谷子。天儿一黑就把麻二撵出去放猪。

麻二人儿小，不抗磕打，天黑往地里一蹲就打瞌睡。这天晚上麻二往谷垛上一靠就迷瞪着了。这回可惹了祸了，有口老母猪钻进了赵财主的白菜地，一气儿祸害了十来棵大白菜。

第二天赵财主知道了，不容二话就把麻二按在当院心打开了，打得大年子看不下去，上前就拉住东家，说：“东家呀，东家，这孩子人小，活又没少干，一年到底又不拿东家一个工钱，老虎也有打盹的时候，东家要是实在不饶，那几棵白菜就记在我身上吧。”这赵财主听大年子这么说，就不再打小麻二了，把麻二轰出去接着干活，三顿不准吃饭。

到了晚上，没见小麻二回来，有人看见说他往河沿去了。大年子领人去找，在河心摸了半宿也没摸着。

晚上大年子做了个梦，梦见小麻二，告诉大年子说他受不了赵财主的虐待，才去跳河的，还说他见着河神爷了，河神爷来气了，七月二十五要发水淹偏脸城。大年子醒来，和伙计们合计合计就悄悄地走了。

到了七月二十五，大水果真来了，在偏脸城里打了个旋就回去了，城里城外一人未损伤，只是赵财主家十八口人都被大水卷走了。

讲　　述：李守仁　81 岁
记　　录：王　月

梨树城的传说

早先年，梨树城叫“奉化屯”。传说在这以前叫“凤凰屯”。更早先年根本没有什么屯名，只住着几户穷人家。

屯里有一对青年男女，小伙子名叫桂阳，忠厚老实，吃苦耐劳；姑娘名叫玉凤，温柔贤惠，心灵手巧。他俩从小青梅竹马，长大了，俩人更是亲近。

一晃，俩人长大成人，乡里出了个媒婆一说合，就定下了婚事。

快要结婚那年，桂阳为了让玉凤过了门能生活好些，就整天拼命地干活，想积攒些钱，给玉凤买几样像样的嫁妆。于是他起五更爬半夜，没多久人就累得不行了，走路直打晃。玉凤看了心疼地不知劝了他多少次，可是桂阳还是不肯休息，不声不语，一个劲儿地干。

再说玉凤，也是一样，起早贪黑地干。有时白天帮桂阳干活，夜晚缝缝补补，还时常背着家里人刺绣一件什么东西。后来，她怕点灯熬油，就摸着黑绣。这姑娘可真是心灵手巧，不用灯亮，照样绣得好。她偷偷地绣啊绣啊，不知绣了多少个晚上，手指扎破了多少处，鲜血染红了绣布多少回——第二天她还要把绣布偷偷地洗干净。

有天晚上，桂阳干完活儿从地里回家，扛着重重的一大捆柴火。走到半路，突然感到胸口发闷，随着就吐了一口鲜血，挣扎了几步就晕倒了……

玉凤听说了，心急火燎地跑到了桂阳家。到那儿一看，他躺在炕上昏昏沉沉，嘴里一个劲儿地叨念着玉凤的名字。玉凤听了心疼得像刀割肠子一样难过，她痛苦地扑到桂阳的身上大声哭起来，还一劲儿地喊着他的名字。可是桂阳还是咽了最后一口气。

人们见桂阳已经死了，就把姑娘扶回了家，劝慰她不要过分伤心，保重身体。还有的好心人劝说：“一家女，百家求，你们俩天生不是夫妻呀，好在没有结婚，不然就更苦了你了。”

玉凤像是什么也没有听见，沉默不语……

当天夜里，玉凤还是摸着黑，绣着那件没有绣完的东西，她绣啊绣啊，整整绣了一夜。第二天太阳出来时，玉凤终于把那件东西绣成了。

乡亲们要给桂阳送葬了，先是在离村不远的地方选好了墓地，接着，又让人去给玉凤送信儿。

玉凤听说人要埋葬了，就带着那件绣好的东西去了墓地。

玉凤究竟绣的是件啥东西呢？连家里人也不知道。

当初，她想绣一个最心爱的图案方巾送给桂阳作为订婚的信物，因为没有钱到外地去买丝绒彩线，她就用了家常白线刺绣，打算绣完后再染上喜欢的颜色。可是谁知没等绣巾完工，人就死了……现在这姑娘要把这素色的绣巾送给她心上人，作一个永别的留念。

玉凤悲哀地来到墓前，看着那死去的心上人。桂阳虽然死了，可是不知为什么，他脸上还微笑着，还和从前一样，厚道可爱。

玉凤把素色方巾蒙在了桂阳的脸上，这时乡亲们凑近前一看，方巾上绣的原来是一幅“丹凤朝阳”图，虽说没有颜色，但看上去却是精美得很。

再说玉凤跪在墓前，哭得死去活来，两只手抓心挠肝地说：“我和你生不能结下姻缘，可是死也要做一对鸳鸯鬼!”说着她就要撞头自尽在墓前，多亏乡亲们七手八脚地拽住了她。正在这时，大伙发现了一个奇迹：

那幅蒙在桂阳脸上的绣巾渐渐地活起来，白色凤凰变成五颜六色，金光灿灿，白色的太阳也变得鲜红夺目。大伙全都惊呆了，玉凤也感到非常奇怪，这明明是一块白色绣巾怎么蒙在他脸上就……正当大伙惊奇时，绣巾突然不见了，出现一只五光十色的凤凰鸟，站在了桂阳的胸脯上，那颗太阳变成了一个彤红的小圆球，在桂阳的嘴角半含着。只见凤凰用那尖尖的嘴衔起了小红球，塞进了桂阳的嘴里，随后飞上了天空不见了。

不一会儿，桂阳就渐渐地苏醒了，他睁开眼惊奇地看着玉凤和大家，自己也不明白这是怎么回事。玉凤和大家又惊又喜，急忙把桂阳扶了出来，大家伙儿前呼后拥把他俩送回了家……

第二天，丧事变成了喜事，俩人成了亲。

从此，"丹凤朝阳"绣巾图的故事，就成了老梨树城人们的世代佳话了。外地人就给这个屯起名叫"凤凰屯"。可是后来叫白了音，叫成了"奉化屯"。

讲　述：刘　生
记　录：文　竹

努尔哈赤攻打叶赫城

传说，努尔哈赤攻打叶赫两次战败后，就把人马撤到离叶赫三十多里外的半拉山门东山沟里，扎下大营。

这条大沟，两侧是高山，山上古树参天，沟里林木茂盛，十分隐秘。努尔哈赤布下暗哨，命令对来往行人，只准放进，不准放出，严密封锁驻营消息。然后他把几员大将叫到自己帐里，连夜商讨破城之计。努尔哈赤暗想：知己知彼，百战百胜。最好是到叶赫城内探探军情。可派谁去呢？想来想去，还是感到自己去最为妥当。

这天一早，天刚放亮，努尔哈赤就化好了妆。他身背药篓，脸上乌雀麻黑，就像钻了多少天深山老林一般。一路很是顺利，没有碰上一个行人，村落里空空如也，既没炊烟，也没犬叫，人都到城中避难去了。他顺着山根儿先到西城，绕城走了一圈儿。这座城，三面是峭壁悬崖，居高临下，易守难攻。只有一处山门设在北面。虽然坡度较缓，但守兵如林，只要城门一闭，就是鸟儿也飞不进去。要想偷袭，万万不能。

努尔哈赤穿过茂密的柳林，蹚水过河，又来到东城。虽然他前两天打过此城，但因战事紧急，并没有仔细观察。努尔哈赤离城百步外，隐隐穿行在没人深的蒿草棵子里，围城观望。这座城池平地突起，视野开阔，无论何方进兵，都能发现。城墙陡立，是夯土筑成的，高约四丈，只有一处城门设在东北。城上守兵密密麻麻，个个荷枪持弩，精壮强悍，更是易守难攻。他心想，如果硬性强攻，不论是单打一城，还是兵分两路，都不能取胜，唯一的办法是巧使离间计，让两城失盟，不能互相援救，然后先破一城，才能取胜。最好能混进城去，豁出点金银，收买一个那庆王身边的亲信，里应外合，这条计策才可实现。可是，现在城门紧闭，内外隔绝，插翅难飞。即使进去了，城中没有一个熟人，找谁联系呢？谁又可以收买呢？想到这，他紧锁眉头。忽然他想起了来时路过的一座寺院：

不妨到那里碰碰运气，也许和尚没去城中躲避。

努尔哈赤来到寺院，庙门虚掩，他叩门叫问，也不见回音，于是便推门而进。院中有株柳，院外古树环绕，很是寂静。努尔哈赤挨个屋子寻找，也不见和尚踪影。此时将近晌午，天气十分闷热，他也感到肚子很饿，便坐到树下，从药篓里拿出一只狍子大腿，吃了起来。不想连日劳累，困得难受，吃着吃着，打了两个呵欠，一栽歪竟枕着镐把，呼呼睡了起来。

不一会儿，和尚从西城回来，推开庙门，发现有个大汉躺在树下，很是奇怪。心想，兵火连天之日，难道还有人来烧香还愿？走到近前观看，原来是采药的，又仔细一看不像！这大汉虽然衣着褴褛，面容污秽，但身材魁伟，相貌堂堂，天庭饱满，地阁方圆，一副英雄气概。更使他奇怪的是，大汉躺在树西，时日过晌，树影早该移到东面，可是树影仍在西面给大汉遮凉。和尚心想，这大汉可不得了，连日头爷都为他谋福呢！再一细看，不觉惊讶地喊了起来："哎呀！这不是努尔哈赤吗?"

这和尚怎么认得努尔哈赤呢？原来他睡觉时，把鞋脱了下来，把一条腿搭在另一条腿上，脚心冲外，被和尚看见他脚心上的七个痦子了。当时人们都传说老努尔哈赤是紫微星下凡，两个脚心都有七个红痦子，排列成七斗形状，整个女真人人皆知，和尚当然也早就有耳闻。

努尔哈赤听和尚一喊，朦胧中以为有人抓他，急忙摸起镐把，翻身站了起来，摆出一副打仗架势。

和尚急忙后退两步，双手一合，施了一礼，说："阿弥陀佛！我们出家人，慈善为本，王爷不必多疑。"

努尔哈赤见眼前站着一个和尚，这才放下心来。心想：这和尚怎么知道我是王爷呢？真怪！他这时也猜不出和尚是好心还是歹意，于是说："师父，你认错了，我是个采药的，进来歇歇脚。"

和尚顿时哈哈大笑："好一个采药的！要真采药的，刚才哪来的那股机灵劲儿！分明是久战疆场，行动敏捷的军人。"接着和尚便说出判断的根据。

他见和尚面带慈善，又猜得在理，只好承认了。和尚一听，越发亲热，说："你身为全军主帅，孤身一人，冒险深临敌境，侦探军情，着实令人钦佩。"原来这和尚是个深明大义之人，虽然身入法门，修身养性，但对天下大事，动荡时局，无所不知。各邦诸国，谁个昏君，谁个圣贤，都一目了然。他早知努尔哈赤贤明仁厚，深得民心，终久造成大业。而那庆王残暴专横，不得民心，早晚必然灭亡。前两天听说他来打叶赫，和尚心中十分高兴，恨不能助上一臂之力，早日灭了叶赫，好从此天下太平。

几句话，两人言投意顺。努尔哈赤消除了顾虑，便大胆把来叶赫的目的和准备智取的打算，全都说给了和尚。和尚也把两城的矛盾和他所知的全部情况，统统讲给了努尔哈赤。

他见和尚提供这些情况，又能接近那庆王，心中大喜。他深思了一下，想出一条妙计，说："师父，看来只有你去施个离间之计才为恰当。破城之后，定为一千两黄金酬谢，不知师父意下如何？"

和尚听完此话，顿时把脸一沉，说："一千两黄金，买一个王国，太便宜了！不知哪里还有？我也买一个，也好当当国王。你呀，也太看不起贫僧了，出家人是不贪财的。"

他见和尚如此重义气，轻钱财，又爽快，又明智，心中更是喜欢。两人又周密地商议一番，和尚这才离开寺院，去往东城。

和尚一到东城，由亲兵引领进了王宫，见了那庆王。那庆王见和尚十分亲热。别看他对别人心毒手狠，但对和尚从不慢待。虽说他从不行善，但却崇敬佛爷。他认为这些年连连顺利，都是佛爷保佑的结果。

客套过后，和尚装作有机密相告的样子，凑近跟前，说："王爷，贫僧听列一个不祥的消息，这对我叶赫国来说，简直又是一场火灾大难，所以，冒死前来相告。"

那庆王大吃一惊，忙问："什么消息？"

"那林要造反了。听说不久就要自立为王，与你作对。他那些大将，全跟他一个心眼儿，听说他们还要杀进东城，活擒王爷。这真是外敌刚退，内祸又起！”

狡猾的那庆王，眨了眨眼睛，忙问道：“你是听谁说的？”和尚不慌不忙地说：“前日庆功，王爷拿出了上等的美酒，金银帛缎，奖赏他们。可是这些没心肝的家伙，不但不领情谢恩，反而还怨王爷奖赏不公，心怀不满。那林为了收买人心，一回到西城，就拿出自己的私财，重新颁赏，大摆酒宴，还把我请去念了喜经，那林喝醉了酒，把什么话都告诉我了。还说努尔哈赤再来攻城，西城再也不发兵援救了。要眼看着王爷掉了脑袋，他们才解恨呢！这些话我亲耳听，亲眼见，王爷不信，可派人前去访听访听，如有半点不实，贫僧就输了脑袋。我知道你和那林是亲生骨肉，但为了王爷的安全，我思虑再三，还是冒死前来相告。”

和尚一席话，说得比月亮还圆。那庆王完全信以为真，气得胡子直撩打，大肚子一鼓一鼓的。一气之下，就要发兵前去攻打西城，可又转念一想不妥，硬打非得吃亏。不如点起烽火，把他们调来。要是那林不来，正好说明他有了反心。如他领兵前来，就此机会，捉拿问罪，当场砍头，有和尚在此作证，还怕他抵赖！想到此，那庆王问：“我要调西城人马对质，你敢不敢给我作证？”

和尚毫不含糊地回答说：“敢！”

于是那庆王便下令点起烽火。

西城那林见烽火，以为又发生了战事。急忙带领人马前来援救。眼看离东城越来越近，但听不到半点喊杀之声。那林心中犯了疑，勒住马头，派出探子。不多会儿，探子回报，根本没发生战事。那林猜想：也许哥叫我有什么事情？有事就派个人呗，怎能拿军令当儿戏呢！那几员大将也是怒气冲冲，七嘴八舌，说啥的都有，要求收兵回城。那林好说歹说，大伙才算住声，勉强跟随前进。

西城人马来城下，只见城门半开，城上戒备森严。那庆王传下话来，只准那林一个进城，其余全在城外待命。那林手下有几个心灵的，知道出事了，劝那林千万不要进城，于是那林把人马撤离城外一箭之地，然后派人进城，去质问哥哥，到底为何，竟然如此。

那庆王此时也正在气头。一看弟弟果然不敢进城，便派大将长三木前去捉拿。

西城人马一看大事不好，慌忙护着那林，掉头就往回跑。大将扈不弩箭法最好，他扭回头，对准长三木“嗖”地就是一箭，不偏不斜，正中心窝，长三木倒下马来。

那庆王一看这还了得，干脆一不做二不休，立即领全城人马紧紧追赶，捉拿那林。

那林跑回西城，刚刚关了门，便望见东城人马已经赶到，那林忙令兵士撒下滚木檑石，乱箭齐发。东城人马死的死伤的伤，那林王急眼了，挥舞长枪，在后督战。东城人马摇旗呐喊，死命攻战。一场内战，直打到天黑日落，那庆王见一时攻打不下，方才罢阵收兵，一检点人马，损伤一半。他咬牙切齿，决定明天再来攻打。

再说趁混乱时候，和尚早就溜回寺院，向努尔哈赤报告了详情，并立即和他一同返回大营。

第二天拂晓，努尔哈赤便率领大队人马前来攻打东城。

那庆王不敢迎战，急令点烽火向西城求救。可是狼烟冒有天高，足足烧了一天，却不见西城来一人支援。

就这样，努尔哈赤便很快攻克了东城，那庆王也做了俘虏。当那庆王看见和尚和努尔哈赤并肩骑马，有说有笑，他才发现自己上了大当，但后悔已经晚了。

接着，努尔哈赤又一鼓作气，攻克了西城。后来听说和尚留发还俗，当了努尔哈赤手下的一员大将。

讲　　述：徐井春　68 岁
记　　录：房振林　43 岁　大专
采录时间：2007 年

响铃公主的传说

在清朝初年，科尔沁草原是蒙古巴鲁图达尔罕王爷的领地。他占有着千里草原，有牛羊数万，有千百奴隶听他使唤。到乾隆年间，在郑家屯（今双辽县城）有一位色布腾巴勒珠尔的鲍王爷，是巴鲁图王爷的后代子孙。鲍王爷掌管着包括公主岭一带的数百里草原、土地，这里的人们供他驱使，给他纳兵饷王租。

这一年，鲍王爷的福晋生下一个小公主，不久，福晋就去世了。鲍王爷非常痛苦，命人从奴婢中挑选一个身材壮美、奶水多又好的汉族奶妈。王爷认为汉族人聪明。结果，选出了汉族奴婢张奶妈。

张奶妈的男人一年前给王爷当奴隶累得吐血死了。她带着自己不满三岁的儿子给王府当奴隶使唤。王爷命她从此不许离开王府。张奶妈痛哭了一场，只好丢下自己吃奶的孩子，把孩子寄养在娘家。娘家只有弟弟一个人，也给王府当奴隶，每天牧马放羊，年过四十岁，还没讨上老婆。

小公主是王爷的独生女儿，由于张奶妈的细心哺育，出落得活泼、可爱，王爷爱如掌上明珠。当小公主到了会走路、会学话的时候，得了一场病。王爷为了小公主长命百岁，请来寺院喇嘛诵经驱邪，特意给她打制了一串小银铃，围在腰间，叫“驱邪铃”。小公主每天戴着它，走起路来叮当作响，又好看，又好听，全府上下，都叫她“响铃公主”。

小响铃公主含着张奶妈的奶头一天天长大了。她身材苗条像杨柳，脸比鲜花还好看。头上戴着珠翠，插着鲜花，身上穿着装饰花边花袖的蒙古小旗袍，脚下穿着又薄又软的鹿皮靴。春天，张奶妈常常领她到附近的草原玩耍。

张奶妈看着小响铃公主成长，也时时想念自己的儿子。当小响铃公主能脱开身的时候，她偷着回家看望自己儿子。儿子长高了，就跟在舅舅的身边，帮助放羊。儿子比小响铃公主大两岁，很俊，很乖，活活泼泼，生龙活虎。舅舅给起了个名字，叫张龙。他从舅舅那里听来许许多多的美丽故事。张奶妈有时把儿子收拾得干干净净，偷偷带进王府里。小响铃公主非常喜欢他，愿意跟他玩。玩骑马呀，射箭呀，打狼打老虎呀，讲故事呀，小响铃公主常常玩得入了迷。几天不见小张龙，就想得慌，非要张奶妈领来和她玩。她特别愿听小张龙给她讲草原的雄鹿、森林中老虎的故事。有一次，叫王爷看见了，说张奶妈违犯了府规，把她大骂一顿，以后不准她再把儿子带进府里。要不是看她奶小公主的分上，就要把她儿子打死，喂野狼。就这样，王爷硬把小响铃公主和小张龙给拆开了。奶妈只好哄骗小响铃公主，说小张龙跟舅舅到远处放羊，得好长时间才能回来。小响铃公主听了，大哭一场，一连几天闷闷不乐。

不久，王爷为女儿请来了先生、乐师和武师，教她读书识字，跳舞唱歌，骑马射箭。小响铃公主心灵手巧，几年工夫，学会了诗文、歌舞，还射得一手好箭。

光阴似箭，日月如梭。一晃又是几年过去了，小公主已长成漂亮的大公主了。她美丽、善良，扎的花，刺的绣，像真的一般，描的龙，绣的凤，像活的一样。十多年里，响铃公主对张奶妈像自己的亲妈妈。她从张奶妈那里听到许多她所没听到的新鲜事。她认为蒙古人压迫、歧视汉族人是不应该的。父王的封建、自私、专横、残暴，对奴隶像牲口那样任意打骂、杀戮是不人道的。更恨父王因张奶妈回去看望儿子，听信大管家依布哈的谗言，把张奶妈撵回家去。

响铃公主十七岁了。许多旗王府小王爷纷纷向鲍王爷求亲。鲍王爷想找个门庭显赫的小王子把女儿嫁过去。响铃公主百般不干，提出得先自己中意。王爷只好依顺女儿要求：和小王子会文比武。这些小王爷，文，会不过公主；武，也比不过公主，她一一拒绝了他们的求婚。王府的大臣们私下里议论纷纷，王爷心下焦急。响铃公主常常伤感，她想念着死去的母亲和奶妈。

这年春天，风和日丽，草原上百花盛开，百鸟和鸣，响铃公主带着四名随身丫环，骑马来到宽阔的草原，游猎玩耍。她看到这片草原水草丰茂，鸟雀欢叫，处处有牛群、马群、羊群。她高兴极了，和丫环们一会儿赛马，一会儿唱歌，一会儿跳舞，清脆的响铃声伴着银铃般的歌声，尽情欢乐。玩累了，就坐在草地上休息。忽然，她想起了张奶妈，也想到了张奶妈儿子小张龙。他今年已经十九岁了吧。一晃十多年没见了，如今该是大小伙子了吧，他们在哪里呢？他会讲很多很多有趣的故事，现在有张龙给讲几个故事听该有多好哇。正在这时，忽听远处有人高喊："不好了，狼群奔羊群来了！"响铃公主从来没见过狼，不免心下有些惊慌，她和丫环们赶忙站起。这时，只见一个小伙子飞马直奔狼群，拈弓搭箭，一连气射倒六七条狼，狼群吓跑了。响铃公主心里暗暗佩服这个勇敢年轻的猎手。人们喊叫声和群狼的奔跑声，冲起水草边上的两只大雁，大雁在空中盘旋。丫环们齐说："公主，快射大雁！"响铃公主急忙从箭壶中取出一支箭来，开弓向头雁射去。弓弦响处，只见这只大雁一头栽了下来，丫环们齐声喝彩。响铃公主取箭刚要射另一只大雁时，大雁却从空中跌落下来。公主心下吃惊，不知怎么回事。正在这时，只见驱射狼群的小伙子飞马来到落雁的地方，捡起两只大雁，上马朝这里来了。小伙子跳下马来，走到响铃公主跟前，躬身施礼，献上大雁。忙说："不知是小姐神箭射下头雁，小子斗胆，竟射下另一只，现在一并交还小姐，请小姐原谅！"丫环说："什么小姐？这是王爷府的响铃公主。"小伙子这才看到公主腰上的一串很熟悉的小银铃。慌忙打千，连说："不知是公主驾到，多有冒犯，恕罪，恕罪！"响铃公主问道："你叫什么名字，在哪里听差？"小伙子说："奴才叫张龙，给王爷牧马放羊，妈妈就是公主的奶妈。"响铃公主听了，心下一惊。说道："原来是张龙大哥。"张龙连说："不敢，不敢。奴才便是。"响铃公主敢忙扶起，说："张龙大哥，一晃十多年没见了，奶妈她老人家身体可好？"张龙眼含热泪说："妈妈她……""她怎样了？""她已经死去快两年了。"响铃公主听了，几乎晕倒，张龙赶忙扶住。公主泪流满面，哭叫着："奶妈呀，你……"张龙说："妈妈死时还叫着你和我的名字，老半天才闭上眼睛。"公主听了泪如雨下。张龙说："妈妈死后，我顶妈妈给王府牧马放羊。"丫环们见此情景，悄悄地离开了。二人便坐在草地上互相诉说着自己的不幸，回忆着童年的往事。响铃公主见张龙这样英俊、勇敢，并亲眼看到射狼、射雁的本领，心中非常高兴，对张龙剖白了自己的心事，愿以身相许。张龙他当然喜不自胜了。但他也非常担心：奴隶终究是奴隶，主子终究是主子，王爷怎肯将自己心爱的女儿，嫁给一个汉族奴隶！公主安慰他说："我回府劝父王，求父王先把你派到府里听差，慢慢再想办法。"二人直唠到天晚，才恋恋不舍地分手了。

这一天，昌图小王爷勒日布知道响铃公主聪明、美丽，又文武双全，要自己择婿，便派老管家出面，带着重礼物，偷偷来到鲍王府大管家依布哈家中，求他为王爷做媒，把响铃公主许配勒日布小王爷。事成之后，还要重重谢他。依布哈接受了礼物，请老管家放心，这事包在他身上。但因公主要以会文比武择婿，须得慢慢来。老管家回去后，他曾向鲍王爷讲了昌图小王爷求亲的事。王爷知道昌图小王爷勒日布无才少德，年近四十，已有了妻室。他仗着势力大，钱财多，常常欺压附近的旗王，鲍王爷没答应这门亲事，只说婚事须待和公主商量。

再说张龙，不久被派到王府听差，响铃公主出门，他给赶车勒马。张龙车赶得也好，不管什么样的烈马，在他手里都像绵羊似的。从此，二人见面的机会多了，心也贴得更紧了。不想，这个事叫大管家依布哈知道了，他向王爷告了密。王爷大怒，认为是败坏门风，当着响铃公主的面，大骂她违反祖宗礼制，和奴隶婚配是死也做不到的，并要当着公主的面杀死张龙。公主见父王已知道了她和张龙的事，便向父王挑明了她和张龙相爱，以身相许，要和张龙成婚。并说由她会文比武择婿是父王同意的。王爷说："我正准备接受昌图小王爷勒日布的聘礼，数日后就来迎娶。"公主说："我不管他是勒日米还是勒日布，我就爱张龙一个人。如果不答应，我就要自刎于父王面前。"王爷见女儿这样坚决，脸上气得青筋暴跳。正要发作，狡猾的大管家依布哈向王爷丢个眼色，王爷知道女儿性情刚烈，不能强拧瓜，只好改变颜色，假意应允说："好吧！

我可以答应你们。但可有一样，王府的公主，总不能嫁给一个无官无爵的奴隶，必须有功于王府，这就要等待时机了。”响铃公主和张龙双双跪在地上，叩谢王爷，退了下去。

这时，从外面进来一人，报告说：“禀告王爷，在东南三百里处的黑山嘴密林中，最近出现一头斑斓猛虎，连伤数人，无人能够捕杀，请王爷派能人打虎。”大管家依布哈听了，来了坏主意。奸笑了一下，说：“退下吧，王爷知道了。”来人退下后，依布哈凑到王爷近前说：“这正是驸马报效王府，立功的好时机呀。”接着，便对王爷附耳如此这般地讲一遍，鲍王爷听了，脸上顿时露出了笑容。

王爷命人请来了张龙。说：“方才来人报告说：东南同昌图交界的黑山嘴，出现了猛虎，已死伤数人，请王府派能人捕杀老虎。我想，这正是你立功的好机会，不知你敢不敢打?”张龙听了，心中高兴。说道：“小人愿往。”王爷说：“为了早日消灭老虎，为民除害，不能久待时日，今日就得起身!”张龙说：“遵命!”王爷高兴地说：“好!”命人取来一把短刀，说：“这是祖宗传下来的七星宝刀，今日赠送给你，愿你用它杀死猛虎，为王府立功，明天就听你的捷报。”张龙双手接过宝刀，说：“谢谢王爷!保证不负重托。”

王爷又命大摆酒宴，为张龙饯行，以壮行色。王府酒宴大厅里灯火辉煌，张龙喝得酩酊大醉。王爷命人把张龙扶上马，替他挂好弓和箭壶，张龙迷迷糊糊，跟随两个家人连夜向黑山嘴去了。

再说鲍王爷，当和大管家在殿上定计时，已派出人去昌图，约勒日布小王爷到两府交界处的黑山嘴山下相会，以便商议迎娶响铃公主事宜。之后，又派出几十名弓箭手去了黑山嘴。张龙走后，他和大管家带着家丁、兵马也随后出发奔向黑山嘴。

张龙在天交四更时分来到了黑山嘴下。他拖着麻木、疲惫的身子，拴好马，独自一人向山上森林中走去。他不知走了有多远，突然，一阵风声，从林子蹿出一只吊睛猛虎，一声吼叫，向他猛奔过来。他急忙从背上取下弓，回手向箭壶取箭，可他用尽了气力，怎么也拔不出箭来，摘下箭壶一摸，才发现用铅水灌住了，再抽七星短刀，也抽不动，也是被铅水牢牢地灌住了。他吓出一身冷汗，酒醒了。这时，才发现自己中了王爷的毒计，上了大当。说时迟，那时快，猛虎已向他猛扑过来。张龙凭着自己的力气和本领，同猛虎展开了搏斗。弓打折了，就用带鞘的短刀和猛虎厮打。老虎的扑、扫、掀三招全失败了，便怒吼着纵身跳起空中，张着大口向张龙泰山压顶般地扑来。张龙一闪躲过，随即把带鞘的短刀猛劲捅进老虎嘴里。老虎吼叫一声，一头瘫在地上。可是，张龙的右手和胳膊也受了重伤。他就势翻身骑上虎背，连踢带打，终于把老虎打死了。张龙也累得筋疲力尽，汗水淋淋，张着嘴喘粗气。他心想：王爷呀，你太狠毒了，暗害我，没害成，我打死了老虎，立下了功劳。你还有啥可说，这回可以和公主成亲了。他刚从死虎身上下来，不防树林里“嗖，瞍”射来了两支冷箭，把张龙从后心直穿前胸，他惨叫一声，倒下了。

五更，天明了，王爷和大管家依布哈兴奋异常，王爷连连称赞依布哈计谋高明。他说：“这一龙一虎，正是我心头之患，如今除掉了猛虎，射死了张龙，你立下了大功，待回府后我要重重赏你。”依布哈听了，眉开眼笑，谄媚地说：“谢王爷，这是王爷洪福齐天！”说罢，骑马下了山。这时，昌图小王爷勒日布也带着人马来了。勒日布接到依布哈的信，非常高兴，带人连夜赶往黑山嘴。天亮了，来到了山下。鲍王爷以礼相见。说道：“这里出现猛虎伤人，刚才把猛虎除掉了。咱们马上回到我的王府，商议迎娶公主事宜。”小王爷勒日布高兴极了。

正在这时，从西北飞来五匹坐骑。到了跟前，才看清是响铃公主和随身丫环。这又是怎么回事呢？原来，响铃公主听到父王应允了她和张龙的婚事后，回到后宫，越想越兴奋，心里暗暗感激父王。想到不久张龙为王府立下功劳，就可以幸福地生活在一起了。晚间倒在床上怎么也睡不着。到了二更天，似乎听到前厅有人马动静。她便吩咐丫环打探。丫环回来报说，“王爷在酒厅大摆酒宴，为张龙饯行，到黑山嘴打虎，张龙大醉后跟两个家丁已经走了。”

响铃公主一听，心中犯了疑惑：派张龙打虎，父王为什么没有告诉我？而张龙临行前为什么也没派人告诉我？他又联想到父王平日的为人，以及大管家依布哈的阴险，不免提心吊胆，心里不安。急忙起床，叫丫环到前厅再探。丫环回报，王爷和大管家刚才也秘密去黑山嘴了。响铃公主感到事出突然，其中一定有诈。便带着四名贴身丫环骑马连夜从后面赶来了。响铃公主心急如火，恨不得一下子来到黑山嘴。

太阳出来了，她赶到黑山嘴下，见父王正和一位王子坐在草地上饮酒。响铃公主近前下马。问道："父王，张龙在哪里？"大管家依布哈狡诈地上前说道："回禀公主，张龙上山打虎，不幸丧生。公主快快请回王府，昌图王爷已来商议迎娶公主事宜，一会儿也去王府。"响铃公主听了大惊失色，大骂依布哈设计害死了张龙。然后，骑马到了山上。发现张龙箭透前胸，惨死在老虎身边。他扑向张龙尸体，哭得死去活来。丫环捡来了铅水灌的箭壶，响铃公主什么都明白了。心恨父王和大管家依布哈设计害死张龙，要昌图王子勒日布前来迎亲。想到自己的美好理想，全被狠心的父王给埋葬了，不禁又伏在张龙尸身上痛哭起来。

这时，王爷和大管家依布哈同勒日布王子骑马又赶到山上。大管家依布哈奸诈地一笑，说道："公主啊，不要伤心了，看哭坏了身子，张龙只不过是个奴隶，如今已死。勒日布王子牛羊如云，金银如山，胜似张龙千百倍，快快起身回府吧！"鲍王爷也说："孩儿，父王我都是为了你好哇。"勒日布说："公主，你已经是我的人了，不该哭张龙了！"公主收住了眼泪，仰天哈哈大笑。说道："张龙是个奴隶？……都是为我好？……你的人了……哈哈哈……"王爷见女儿这个样子，忙说："对，对，快跟父王回府吧！"响铃公主两眼如火，说："感谢父王对女儿的疼爱，感谢大管家对我用尽了心计，也感谢勒日布王子的一番苦心。但是，我的夫君张龙死了，你们的心机也算枉费了！我不负前言，我要以死殉情！"说罢，抽出宝剑，众人拦挡不及，响铃公主自刎于张龙身旁。大家惊呆了。鲍王爷见女儿身死，放声大哭。这时，想到把女儿逼到这步，全是他听信了大管家依布哈的谗言，上了他的圈套。不禁心中火起，二目圆睁，抽出宝剑，对依布哈说：“都是你干的好事，害死了我的女儿！”说罢，一剑刺进了大管家的胸膛。依布哈惨叫一声，蹬了几下腿完蛋了。勒日布王子见公主和依布哈已死，感到没趣了，哼了一声，对鲍王爷说了声“再会”，骑上马，带着兵丁回昌图去了。

鲍王爷命人在黑山嘴为张龙修了一个圆坟。（后人不知真情，称为“鞑子坟”），又请来喇嘛，在离黑山嘴东六里处，选择了一块群山拱抱、绿水环绕的“九凤朝阳”之地，为响铃公主修了一座陵墓。墓前修了三间飨殿，派人常年看守，岁时祭祀。每年旧历正月十五、三月初三、十月初一，来人给公主祭扫，飨食三天，一直到伪满初年。

鲍王爷把张龙和公主分葬两处，意在他们只能永久相望，而不能团聚。但是，响铃公主美好悲壮的传说，无人不知，无人不晓，一直流传到今天。至今民间还流传着赞美公主、谴责封建王爷的一首民谣，歌词是：

秀丽公主真英才，
仁德奴隶实可哀，
可恨王爷计毒歹，
爱侣一双被葬埋！

讲　　述：辛殿儒　57岁　中专文化　干部
记　　录：杨彤峻
采录时间：1987年3月

哈拉巴山的传说

在公主岭西部与双辽县接壤的区域，有一座哈拉巴山。

相传，很早以前，哈拉巴山是一座宝山。里面有一匹金马驹子，终年累月为贫苦的农民拉磨造福，使居住在山周围的农民们不受饥饿寒冷。这个消息被一个南方来的风水先生知道了。他偷偷地来到山前，东张西望，终于发现了这座宝山的秘密。经过七七四十九天的寻找，他终于得到了开山的两件法宝——“雪里站”和“瓠子”。那雪里站浑身乌黑发亮，生有四个雪白的蹄子，那瓠子可惜还未成熟，就被他摘下来。他骑在雪里站的背上，手里提着瓠子，得意忘形地向哈拉巴山走来。到了山脚下，狂笑着抽打着雪里站，围绕着哈拉巴山拼命飞跑……一圈、两圈、五圈，雪里站累得浑身汗气腾腾。只听“轰隆”一声巨响，山门开了，里面放射出万道金光。这个贪婪的家伙狠狠抽打着雪里站，向山门里冲去。由于雪里站劳累过度，“扑通”栽倒在地，累死在山门旁。风水先生闹了个狗抢屎，急匆匆爬起来，将瓠子支在山门上，便一头扑了进去。只见那金马驹子周身金光闪闪，光芒四射。一声嘶鸣，震得大山瑟瑟发抖。风水先生一头扑过去，企图抓住金马驹子。结果，被金马驹子撞了个仰面朝天，死去了。金马驹子呢，跑到桑树台北榛柴岗一个屯子去了（即今桑台榛柴岗子村）。当地群众起名叫“金马驹子屯”。

讲　述：阎成义
记　录：阎世春
采录时间：1987 年 5 月

清代孝慈高皇后

在吉林省四平市铁东区叶赫满族镇，流传着许多帝王和后妃的故事，其中清朝开国皇帝努尔哈赤的皇后，孟古姐姐的故事最为感人。

讲起孟古的故事，还得从叶赫部落说起。明朝时，叶赫是海西女真（满族先人）的一个部落，史称叶赫国。国王杨吉努是一个能征善战、智勇双全的人。他用武力征服了乌拉、哈达、辉发等四个小国，还结成了四国联盟，自然杨吉努成了公认的盟主。有了四个小国的朝贡，他的国力更加强大。杨吉努素怀雄心大志，一心想要统一整个女真，进而好和明朝对抗。要想达到这个目的，也不是件简单的事，因为叶赫国南面，有一个强大的对手建州部，酋长努尔哈赤更是非凡了得。

努尔哈赤领导的建州部，当时还没有叶赫强大，尤其是他的领地紧挨着明朝的地界，总受明朝的欺侮。为此，努尔哈赤要联合女真各部，共同反对明朝。

于是他带领弟弟舒尔哈齐，来到了叶赫国。叶赫国王杨吉努早就闻听努尔哈赤英雄盖世，如今一见果真相貌堂堂、气宇不凡，如果能把他笼络过来，听从自己的指挥，那么统一整个女真也就唾手可得，夺取大明江山也就更加有了希望。可怎么能把这位英雄拉到自己身边呢？杨吉努还真费了一番思考。这样的人，用金钱是买不动的。他思来想去，决定用联姻的办法，把女儿许配给努尔哈赤，这种办法在各个部落的纷争中，一般都很奏效。杨吉努有两个女儿，大女儿年方十六，但长相一般，努尔哈赤恐怕不能中意。小女儿孟古长相端庄秀美，可惜年岁太小，只有九岁，也不合适。杨吉努竟一时拿不定主意。

再说孟古，虽然年幼，但却十分聪明乖巧，小小年纪已经崭露出国色天姿的韵味，颇有高贵典雅、超越凡人的气质，举止神态非常成熟。这天傍晚，她来到阿玛议事的殿堂，陪伴阿玛。杨吉努对这个小女儿十分疼爱，视为掌上明珠。不管公务多么繁忙，只要小女儿一出现。他就会喜笑颜开，心情格外轻松，然后放下公务，与小女儿玩耍一番。今天他把孟古拉到跟前，双手捧着她的脸蛋，仔细地端详起来。他有许多话要对女儿说，可要说把九岁的女儿嫁出去，却实在难以张口。小孟古看出了阿玛的心事，说："阿玛，你有话就说吧，也许我能替你分担一点忧愁呢。"

杨吉努叹了口气说："孩子，阿玛真有一事，想与你商量，只可惜你太小了。"接着杨吉努说出了想与建州联合，壮大国力，要把她许配给努尔哈赤的打算。小孟古眨了眨眼睛，用一种大人的口气说："阿玛不必太过劳神，当女儿的为阿玛分忧是应该的，如果能使国家强大，我愿意嫁给努尔哈赤。但女儿的婚姻大事，请阿玛一定要我看一看这个努尔哈赤，看他是否合我的心意。如果嫌我太小，那就把这个婚事暂时订下来，等我长大再完婚，不也是很好吗。"杨吉努见女儿的话很有道理，就同意了她的要求。

第二天，杨吉努以议事为由，把努尔哈赤请到自己的殿堂，孟古躲在屏风后面，倾听他俩的谈话，又见努尔哈赤谈吐不凡，言语中处处表露出深谋远略，治国良策。她探出头来，又偷看了一眼努尔哈赤的形象，更是让她喜欢，努尔哈赤身材高大，伟岸威严，颇有帝王之风。等努尔哈赤离去，杨吉努忙问孟古，愿不愿意嫁他。孟古回答说："愿意！"杨吉努大喜，又重新召见努尔哈赤，说要把小女儿许配给他的打算。努尔哈赤自然十分高兴，但他还是有些疑惑，说："我听说大王有两个女儿，既然大王同我缔结姻盟，那么，为什么不把大女儿嫁给我呢？是不是大王还有别的意图呢？"

杨吉努说："不是我舍不得大女儿，你不是一般的人，恐怕我的大女儿配不上你，小女儿姿色端丽，风度高雅，虽然年幼，但见识超人，她才是你的佳偶啊！"

努尔哈赤听了虽然高兴，但他急于和叶赫国结成联盟，就说："若大王真的有心和我联盟，还是把大女儿嫁给我吧。"杨吉努说："我说我的小女儿是天下无双的美女，你可能不信，那我就把她叫出来，与你见上一面，你就能相信了。如果我的小女儿配不上你，那我就把大女儿嫁你。你看如何？”

努尔哈赤说：“那就把你小女儿孟古叫出来吧。”于是杨吉努派人叫来了孟古。努尔哈赤一见，眼睛顿时闪亮了许多，这个小女儿孟古果然是天上的小仙女下凡哪，瞧那个小脸蛋，面如桃花，风姿艳美，除了个子像小孩，一举一动，全是大人的样子。努尔哈赤问：“你真的愿意嫁给我吗？”孟古说：“久闻大王英雄盖世，伺候大王是我的福分。再有大王姓氏爱新觉罗，乃金子之意，我叫孟古是银子的意思。金银合璧，我想乃是上天之意。大王如不嫌弃，就请等我几年，我一定做你的妻子，和你共图大业。”

孟古小小年纪，竟出语不凡，令努尔哈赤万万没有想到，心中更加喜欢。尤其是她说爱新觉罗是金，孟古是银的话，更是让他震惊，恐怕真的是天意撮合。于是努尔哈赤爽快答应下来。杨吉努设宴请了王公大臣还有家族长者，共同庆贺这一姻缘的成功，然后派重兵把努尔哈赤和随从一直送到建州首府赫图阿拉（辽宁新宾）。从此两个部落王国互相照应，关系日益密切。

努尔哈赤和叶赫缔结了盟约，没有了北方的威胁，用全部精力收复了建州各个小部落，国力强大起来，连明朝也不敢小瞧，努尔哈赤开始招兵买马，打造兵器，囤积粮草，准备和明朝一夺天下。

叶赫部也不例外，自从和努尔哈赤订了盟约，没有了南部的威胁，国力更加强大起来。但早已被他降服的哈达部，仗恃有明朝的援助，不久就背叛了叶赫。这让叶赫国王杨吉努分外恼怒，亲率重兵去攻打哈达。哈达部国王孟格布录和明朝串通一气，设计以误判为由，诱惑杨吉努进了开原城，杨吉努连同随从人员三百多人全部被杀。这还不算，明朝的开原总兵马林，害怕叶赫和建州联合起来，共同与明朝开战，危及明朝江山，于是率领三千人马攻打叶赫，叶赫国危在旦夕。

接任叶赫国王的是杨吉努的儿子、孟古的哥哥纳林布录，纳林布录赶紧派人去给努尔哈赤送信，希望能得到他的援助，然而不知何故，努尔哈赤并没有派来援兵。这时孟古挺身而出，她对纳林布录说：“哥哥，我今年已经到了十四岁，应该为国分担忧愁了。你赶紧把我送到建州首府赫图阿拉，嫁给努尔哈赤，我有办法劝他出兵援助叶赫。”纳林布录无计可施，只好亲自率领人马，乘人不备，把妹妹送到赫图阿拉，去和努尔哈赤完婚。

努尔哈赤大喜，以女真族最隆重的结婚仪式举行了婚礼，大宴三天。新婚燕尔，努尔哈赤非常喜欢这位美如天仙的妻子孟古。孟古虽然享受了努尔哈赤的百般宠爱，但她想念的还是自己的国家。她忧心忡忡地对努尔哈赤说：“大王，我嫁给你，是我一生的幸福，也是叶赫、建州两国和好的结果。现在叶赫国正处在明朝兵马的包围之中，即将亡国。我想哈达已经归顺了明朝，叶赫国再一灭亡，那么明朝就可专心对付建州了。如今我已经嫁给了你，就是建州的人了，我不想看到叶赫灭亡，更不想看到叶赫灭亡之后，明朝转过身来又攻打建州。大王，你要三思，你现在还没有能力与明朝单独作战哪！如果叶赫国不灭，建州还有军事上的伙伴，它可以在北方牵制明朝的力量。等到大王国力彻底强大的时候，我可以劝说哥哥归顺建州，帮你夺取明朝天下。”孟古一席话，终于打动努尔哈赤，他决定出兵去援助叶赫。

在送走纳林布录之后，努尔哈赤派出兵马三千，采取围魏救赵的策略。首先去攻打哈达，哈达城很快被建州拿下。明朝总兵马林见努尔哈赤断了自己的后路，感到大事不妙，赶紧从叶赫撤兵，回了哈达。这时努尔哈赤完成了援救叶赫的任务，在马林到来之前，就把兵马撤回了赫图阿拉，未损一兵一卒。

叶赫得救了，叶赫国暂时出现了和平的局面，可是叶赫国王纳林布录是一个不讲信义的人。他等到明朝不敢对叶赫用兵，就继续扩大自己的实力。他把东边的长白山女真、蒙古的释尔沁部等好几个部落收复过来。叶赫国又强大起来。纳林布录忘了建州部援助叶赫的恩德，竟然召集了九部人马共三万多人，去攻打建州，他要打下建州，一统东北整个女真部落，然后再和明朝争夺天下。

消息传到赫图阿拉，努尔哈赤怒气冲冲地对孟古说：“自从咱俩结婚，我哪点对不住你？哪点对不住你们的国家？如今你的哥哥还要打我们建州。当时你能把我劝通，派兵去援救叶赫，那么今天你能不能想法去劝说你的哥哥退兵呢？我不想两国刀兵相见，你说应该怎么办？”

孟古心里很是怨恨哥哥忘恩负义，她也知道叶赫发兵三万，这对努尔哈赤是个很大的威胁，弄不好，建州就会战败亡国。结婚五年了，她又为努尔哈赤生了个儿子，取名皇太极（这个皇太极后来做了大清国第二个皇帝），母以子贵，努尔哈赤非常喜欢这个孩子，也就更加宠爱孟古。

努尔哈赤有众多的妻妾，孟古的到来，使她们几乎都被冷落。于是她们就在努尔哈赤面前，说孟古的坏话，可努尔哈赤总是充耳不闻，仍然宠爱着孟古，这令孟古十分感激，如今该是她报答丈夫的时候了。她说：“大王，你的难处，就是我的难处，我虽然生在叶赫，但建州现在就是我的国家。我不能看着两国刀兵相见，互相厮杀。更不想看到我们的国家毁于叶赫。大王请给我一匹马，让我去劝说我的哥哥退兵，两国重新和好。”

努尔哈赤答应了她，并派了四名武功高强的护卫保护她。努尔哈赤一直把她送出城外，望着她的背影，直到看不见。就在孟古来到叶赫阵地前沿的时候，突然来了一匹快马，把她召了回去，说是大王有令，让她千万不要去冒那个风险。原来努尔哈赤回到王宫，听到爱子皇太极找妈妈的哭声，就感到大局不妙，万一纳林布录扣押了孟古，作为人质，那就吉凶未卜，万一狠心的纳林布录杀了自己的妹妹，那么皇太极也就没有了母亲。自己丧失了心爱的妻子，儿子没有了母亲，这是多么残酷的事情啊。再说自己堂堂一国之王，怎能让一女人去做说客呢？于是努尔哈赤赶快派人追上了他们。

孟古虽然没有达到去说服哥哥退兵的目的，但她的勇敢，深深受到努尔哈赤的佩服。

也许天意不让努尔哈赤的建州灭亡。就在叶赫部三万兵马，在先锋大将布斋的带领下，一路急奔，直逼建州阵地，即将攻破第一道防线的时候，突然，布斋的坐骑马失前蹄，布斋摔倒在地，被建州兵士迅速捆绑捉拿。叶赫部兵马没有了领头人，立刻军心大乱，望风而逃。努尔哈赤率领建州兵马，一路追赶，斩杀无数。

叶赫国所辖九部再也不听调遣，国力从此衰退。再说先锋布斋被押回努尔哈赤的大营，害怕砍头，要求面见孟古。因为孟古是他的叔伯妹妹，有孟古说情，或许能免一死。努尔哈赤让孟古去见这个叔伯哥哥，布斋跪地哀求孟古替他说情。孟古答应了，可是见到努尔哈赤又不好意思说出口来。努尔哈赤问："爱妃，你这个叔伯哥哥，应该怎么样处置啊？"

孟古回答："我的本意是想饶他不死，因为他毕竟是我哥哥。但，这次叶赫兵犯建州，如果不是老天相助，恐怕建州必亡，那么大王也就没有了性命。对于两者的选择，丈夫比哥哥重要。何况这是两国之战，是国家大事，我想大王还是依照国法从事吧。"孟古的话句句合情合理，于是努尔哈赤下令杀了布斋。

此次战役，建州部军心大振，努尔哈赤一鼓作气，接连攻下了原先归顺叶赫的哈达、辉发、乌拉三个部落，只剩下叶赫一部。

叶赫部上次战斗失败后，转向投靠明朝。军事上虽然没有了几个部落的盟友，但有明朝的支持，对建州部还能抵抗一阵。在这个时期，也是孟古最难过的日子。她一方面受着努尔哈赤的宠爱，一方面又不断受到努尔哈赤部下的非议。因为叶赫部从来没有放弃对建州部的挑衅，有人向努尔哈赤进谗言，说她里通外国，早晚是建州的祸害。孟古从亲信丫头嘴里，时常听到这些流言飞语，内心非常痛苦。因为她是忠于丈夫的，忠于建州国的。她太委屈了，但表面上还要装出笑脸，左右逢迎。为了排遣心中的苦闷，她把精力全部用在对儿子的辅导上，这也是她的儿子皇太极，若干年后能当上皇帝的重要原因。尽管有努尔哈赤的宠爱和信任，但孟古所生存的环境，到处充满了险恶，她无时无刻不在承受着心灵痛苦的折磨，她终于病倒了。弥留之际，她想见一见亲爱的母亲，努尔哈赤为了满足爱妻的愿望，连忙派出一班人马去接岳母。可是狠心的哥哥纳林布录就是不允，只派了一个女佣前去探视，这让孟古很伤心。努尔哈赤恨不得立刻发兵去攻打叶赫，但被孟古制止了，她说："大王，我是为了叶赫、建州两国永远和好，而来到大王的身边。但大王是个帝王之才，将来必平天下，两国永远和好只是我的一个愿望而已。大王，我即将入土归天了。我不想在我生前，看到两国交兵，屠杀人命了，还是不要去攻打叶赫吧。但我想我死亡后，叶赫、建州迟早是要血战一场，拼个你死我活的。我向大王提个要求，真有那么一天，大王若是取胜，请你不要滥杀无辜，不要杀害我的亲人。你要把他们都收留在建州的部下，也可壮大自己实力。你能答应我这个要求吗?”努尔哈赤望着这个聪明、美丽、通情达理、识大局，对自己忠心耿耿而今奄奄一息的爱妻，流着眼泪说：“我答应！我答应！我一定按照你说的去做，不杀你的亲人!”

孟古听了丈夫的话，安详地闭上了眼睛（时年 29 岁）。努尔哈赤悲痛万分，把孟古的灵柩停在自己居住的院子里达三年之久，才把她安葬在叶赫国阿拉的尼亚满山岗上，足见努尔哈赤对她是何等的思念。

后来，努尔哈赤随着国力的日益强大，先后收复了原先归顺叶赫的哈达、辉发、乌拉三个部落小国。时机一到，又去攻打叶赫国。攻下叶赫国之后，努尔哈赤果然按照孟古的遗言，没有滥杀无辜，只把孟古的侄儿布扬古杀掉。因为布扬古虽然投降，但桀骜不驯，对努尔哈赤十分不恭，努尔哈赤看出了他潜在的危险，才把他杀了。其余叶赫国人全被努尔哈赤带走，有许多人还被重用。

再后来，大清国建立，努尔哈赤当上了皇帝，定都辽阳，又把孟古的灵柩迁到辽阳东京陵。又过五年，天聪三年（1629 年）大清国定都沈阳，又把孟古灵柩迁到沈阳石咀头山，就是福陵。孟古先是被谥为孝慈武皇后，后改谥为孝慈高皇后。再后来，又多次加谥为“孝慈照宪敬顺仁徽懿德应显承天辅圣高皇后”。享尽了清代 270 多年的供妃香火。努尔哈赤有众多爱妃，但享受皇后殊荣的只有孟古一人。

采　录：刘　明

童养媳奇遇

从前，有这么个童养媳叫春妮。自春妮进了婆家门后，受到婆婆百般刁难和凌辱。整天缝缝补补，洗衣做饭，挖菜喂猪，支使个脚不沾地。身上时常被婆婆打得青一块紫一块，折磨得死去活来。

一天，春妮做完早饭不小心掉锅台上块锅巴，心想，扫扔了怪可惜的，捡盆里还粘上灰去了。她吹了吹土就塞嘴里吃了，不料被婆婆看见，不问青红皂白，操起棍子就打，一边打一边骂："你这偷嘴的畜牲，穷鬼，贱货，我非打死你不可……"打了好一阵子，婆婆也打累了，从仓库里拿出一条头号大麻袋往春妮眼前一扔，恶狠狠地说："今个头晌不挖满一口袋菜，你就给我死到外边，别回来见我。"春妮哭哭啼啼夹起口袋提着筐刚要走，丈夫怕妻子出点啥差错，急忙跑过来拦住春妮悄悄地劝道："咱娘那么大岁数了，再活能活几年。"丈夫说完掏出两块饭团塞进她口袋里，转身下地干活去了。春妮一想，也倒是，虽然婆婆狠毒，丈夫倒是个好心人，看在丈夫的分上只好忍耐。

她来到地里一看，野菜挺多，也顾不得吃饭团了，把口袋和饭团往地头上一放，提着竹筐进地就挖。挖呀挖，眼见小半晌了，她觉得又累又饿，准备吃几口饭团再挖，哪知回头一看，一帮老鸹落地头上正啄自己的饭团。她急忙跑到地头，饭团已被老鸹吃个精光。老鸹还不甘心飞走，落在旁边的大树上，"呱！呱！"地叫。

饥累难挨，身上的伤痕阵阵疼痛，她越想越伤悲，越琢磨越没路，坐在地头上放声大哭："天那，我的命咋这么苦呢？婆婆刁难我给我气受，狠心肠的老鸹也欺负我。"哭到伤心处，两脚使劲连蹬带踹。一个时辰过去了，地头上蹬出很深很深一个大坑，突然坑里面露出一块光滑滑一尺见方的石板，她一看挺奇怪，立刻不哭了，伸手揭开石板一看，底下有个坛子，坛子里装满了黄橙橙一坛金砖。她立时转悲为喜，急忙伸手去拽坛子，刚摸到坛子边手又缩回来了，心中暗自琢磨，这样拿回去若被旁人看见，恐怕惹出来是非，莫不如夜间来取安全一些，她按原样把坛子又埋上了。又挖了一阵子菜，总算把口袋挖满了，回到家里已经过晌了，婆婆早把剩饭藏起来了。春妮饿得头迷眼花直闪脚，就这样，婆婆还逼她干杂活。

可下子挨到了晚上，丈夫给她偷了点剩饭，春妮吃巴完了，就把白天挖菜遇金子的事和丈夫说了。丈夫问道："妮，你记准地方了吗?"

"记准了，就在北大洼子地头，旁边还有棵大杨树。"春妮刚说到这，不料被婆婆在窗外听见了。婆婆心中暗想，亏得我好听声，不然怎能得到这坛金砖呢，等我把金砖取回来，非把你这个贱货休了不可，给我儿子说个有钱有势人家的姑娘，日后跟着能沾点光享点福。想到这，她找了把锹，到地里一挖，果然有这个坛子，她乐颠颠地捧回家去。进屋往炕上一倒，哪里是什么金砖，明明是一炕黄乎乎的癞蛤蟆，四处乱蹦，恶心坏了。她顾不得许多，紧忙把癞蛤蟆又装回了坛子里，心里暗暗骂道："小婊子，尽谎话，这坛金子干脆留你自己用吧。"她捧着坛子来到下屋一看，下屋窗户没关，顺窗户就把一坛癞蛤蟆倒进屋里去了。

小两口正唠嗑呢，突然见有人往屋里扔东西，点着灯一看，是金砖。春妮高兴得蹦了起来："我说的那坛金砖自己跑来了，就是这样金砖……"丈夫开玩笑地说："金砖瞧你心眼好，怪可怜的，它就奔你这来了。"春妮得了财宝再也不受婆婆的气了，从此过上了幸福美好的生活。

讲　　述：王淑文　女　60 岁
记　　录：于金艳　女　28 岁　中学文化
采录时间：1998 年

张大胆李大胆捉妖

张大胆和李大胆夜间看麦子，张大胆看头一宿，李大胆看第二宿。天交三更左右，突然来了一股旋风，裹着风沙，带着响声，直奔麦地边上坟头而来。

张大胆吓得趴在麦地垅沟大气不敢出，瞪着两眼静静地看这个鬼怪，只见怪物落在坟旁不动了。风也停了，夜也静了，借着月光仔细一瞧，喝！从来不知道咋叫害怕，这下立时起了一身鸡皮疙瘩。这只怪物头像柳罐斗子，两眼如两盏灯，巨齿獠牙支出唇外，尤其是两只手像两个小簸箕。怪物坐在坟旁，憨声憨气地说：

"老张啊，今天夜里我算计是你看麦子，咋不过来陪我唠唠嗑呢?"。

张大胆一听，这下藏不住了，得赶快出来应付一下，如果应付不了，手里有洋炮，给他一家伙。于是他把洋炮装上药，压上炮子，端着洋炮出来了，炸着胆子说道：

"妖怪，我来了，你想唠什么就唠吧！"

妖怪点点头说："好样的，不愧叫张大胆。你有烟先给我袋烟抽，然后，再唠别的。"

张大胆一想，干脆给你一洋炮得了，便对妖怪大声说：

"妖怪，张嘴，给你烟！"

妖怪把嘴一张，张大胆端起洋炮，对准妖怪嘴里，"砰！"就是一洋炮，妖怪晃了晃脑袋没在乎，大声嚷道：

"这烟好冲，真有点劲，我肚子里好饿，把你身上的肉让我吃点吧！"

张大胆一看事情不妙，抹身藏进麦地里。妖怪喝道："张大胆，赶紧给我出来，不然我逮住你把你脑袋揪下来。"

张大胆不管妖怪怎么吵，就是不吱声。

妖怪不耐烦了，站起身来说："好，你不出来我也能把你趟出来。"说着话连手带脚一起往里趟，一个来回趟八条垅。张大胆心中好笑，妖怪虽然很凶，倒挺好玩，照这么趟没个趟着，你趟这边，我上那边，你回来我再过去。折腾了大半宿，天快亮了，妖怪一股旋风走了。张大胆心中暗自合计：今天夜里发生的事不能和李大胆说，等明夜里看看他的热闹。

第二天晚上，轮到李大胆看麦子，傍三更天左右，妖怪带着风声又来了，往坟头上一坐，憨声憨气地说：

“老李啊，今天轮到你看麦子了，你过来咱俩唠唠嗑！”

李大胆从没看见过妖怪啥样，这下子遇上了，看得真切，不免心里有些发慌，头发茬子发竖。炸着胆子说：“妖怪，你有啥嗑就唠吧！”“你身上带烟没有？先给我抽一袋，完了咱俩再唠！”李大胆心想，趁这个机会给你一洋炮，装上药，压上炮子，对着妖怪说：“张嘴！”妖怪一张嘴，李大胆照着妖怪嘴里，“砰！”就是一枪，妖怪摇了摇头说：“这烟咋都这么冲，老李啊，我肚里饿极了，把你身上的肉让我吃了吧……”李大胆见事不好，一头钻进麦地里，再也不出来了，妖怪左等右等没动静，立时火了，吼道：“好小子你也学会这招，看我抓住你把你撕成一块一块吃。”说完稀里哗啦地在麦地里折腾起来，一直闹腾到天亮，妖怪气得直喘粗气，脑袋一晃，一股旋风走了。

李大胆回家和张大胆一说，张大胆笑了：“我早就知道坟地边上坟圈子里闹妖，不过我没告诉你，试试你的胆子如何。”李大胆说：“张大哥，这可不是闹着玩的，这样下去早晚会被妖怪吃掉的，咱俩得想个啥办法把妖怪治住，日后也省得提心吊胆的。”

张大胆一听，可也倒是，不治住妖怪不会安宁。于是他俩商量来合计去，决定用酒来对付妖怪。

第三天晚上，张大胆和李大胆老早就藏到麦地里去了。三更天左右，妖怪又来了，往坟头上一坐，说：“老张老李你俩今夜都来了？”“都来了！”“你俩谁有烟给我一袋抽，抽完烟再合计吃你俩谁的肉。”“妖怪，你张嘴吧！”妖怪一张嘴，两个人“砰砰”两枪，妖怪巴达巴达嘴，晃了晃脑袋说：“这是什么烟，这么有劲？差点抽醉了。哎呀，我肚子里好饿，把你俩身上肉让我吃点吧。今晚你俩想跑是跑不了，我有办法抓住你们，我把麦子拔光了看你俩还往哪藏。”张大胆说：“妖怪，你不就是要吃肉吗，我们这有酒有肉，足够你吃的了。”两个人从麦地里抬出半大管箩死猪肉，又捧出两大坛子烈性好酒。妖怪抓起肉就吃，捧起坛子就喝，工夫不大，酒肉吃了个精光，打了个哈欠，伸了伸懒腰，便呼噜呼噜地睡起大觉来。张大胆一捅李大胆说：“兄弟，快动手，到火候了。”两个人拿出事先准备好的铁链，将妖怪牢牢地锁在一棵大杨树上，泼上洋油，划着火一点，只听“轰！”的一声，妖怪全身都着了，烧得妖怪嗷嗷直叫，动弹不得，不一会儿便现了原形，原来是一只大黑瞎子精。

讲　　述：王淑文

记　　录：王海山　53 岁　大学文化

采录时间：1990 年

刘贵巧治吊死鬼

从前，山门有个差头叫刘贵。刘贵抓差办案是个老手，胆子特别大，从不听邪。

一天，太阳快压山的时候，他办完公差骑着自己的枣红马往家走。县衙离他家二十多里地。大约走出十多里地，庄户人家也就上灯了。这时，一轮明月悄悄地从东方升起。

突然前面闪出一个女子，高高的个儿，披头散发，穿着一件长衫，虽然月光挺亮，却看不清什么颜色，手里不知拿的是什么东西，一边往前走一边悲悲切切地啼哭。

刘贵心里觉得有些蹊跷。黑灯瞎火的这女人是打哪出来的呢？走道怎么轻飘飘的和正常人不一样呢？莫非是鬼，不如赶到近前看个明白，省得猜疑。想到这，他快马加鞭往前追赶。

说来也怪，就差十多步远，怎么也撵不上。刘贵心中暗想，不管你是人或鬼怪，非弄个水落石出不可。又往前走了一里多地，前面就是自己的老丈人家，偏巧这鬼就奔丈人家里去了，只见她轻轻一推，大门“吱呀”地开了，随后反手又把大门轻轻地关上。

刘贵赶到大门前下马，用手一推门，里面插得牢牢的，他使劲敲打门环，向里面招呼道：“开门！开门呀！”

工夫不大，老丈人披着衣服出来了，开大门一看是姑爷。便疑惑不解地问道：“姑爷，这么晚来有事吗？”

“爹，今晚上我从县衙往家走，半道上碰见个女鬼跑你家来了，所以我就跟来了。”

“尽扯淡，哪来的鬼，想是你看错了吧？快进来吧！”

丈人家是四间口袋房，一进屋是灶房，重屋三间间壁开了，外边两间是丈人丈母娘住，紧里屋是小舅子两口子住。今天一大早，小两口拌了几句嘴，小舅子一赌气出外做工去了，要好几天才回来，家里只有老两口和儿媳妇三人。

刘贵进院把马拴好，一进灶房就觉得害怕，于是他就在灶房里四处搜寻，突然发现供灶王爷香碗里有红绿两个球。他想起来了，听老年人讲，这就是吊死鬼迷人用的阴阳授界球，他顺手把球拿过来揣在怀里。

这时丈母娘也被惊动起来了，开门把姑爷让进屋里，丈母娘问："姑爷这么晚来想是没吃饭吧？我去给你做点吃的。"

"娘，您别忙了，我已经吃过了。"

"你要是吃过了就以实为实，要是今晚不走，你就在北炕睡吧。"

"爹，娘，您二老先睡吧，我在北炕抽会烟再睡。"

老两口睡后刘贵在北炕盘腿大坐，叼着烟袋，"吧嗒吧嗒"一袋接着一袋地抽。

约摸二更天左右，就见里屋掌上了灯，小舅子媳妇和女鬼小声说话："你说活着有啥意思，真不如死了好。"

"我就是吊死不长时间的，你要愿意死我这有根绳，你就吊死吧，我帮你把绳搭檩子上……"

刘贵悄悄下地扒门缝一瞧，可不得了，女鬼抱着小舅子媳妇上吊呢。女吊死鬼嘴里叨咕着说："再往上点，抬抬下巴就够着绳子了。"

刘贵不由分说，操起马鞭子，一脚把门踹开了，进里屋"乒乓"两鞭子把吊死鬼打得一溜火光跑了。

小舅子媳妇这才像做梦刚醒似的，揉了揉眼睛问道："姐夫，半夜三更的不睡觉折腾什么呀？"

"弟妹，还闹个我折腾啥，要不是我把吊死鬼打跑了，早被吊死鬼给勾去了，你看看绳子都给你搭好了。"

小舅子媳妇一看，可不是么，吓得也不敢自己在里屋睡了，便拿着被褥搬到婆婆跟前去了。

老两口早就被惊醒了，丈母娘急忙起来披上衣服，下地操起姑爷的马鞭子，在屋里的犄角旮旯乱抽一气，嘴里不住地骂道："这个臭不要脸的吊死鬼，跑这闹邪来了，再来我就打死你……"

老丈人也坐了起来，生气地埋怨道："妈拉个巴子的，深更半夜的不睡觉，瞎折腾个啥呀，哪来的鬼呀，就是有鬼还能把人吃了？尽他妈的胡扯，都给我躺下睡觉。”

丈人这一骂，丈母娘和小舅子媳妇都乖乖地躺下睡了，刘贵还是坐在北炕抽烟。工夫不大，女吊死鬼又来了，站在刘贵近前，披头散发，眼珠向外凸凸着，舌头吐出唇外，滴着鲜血，相视了半天说道：“刘贵，咱俩犯个商量，把我那对阴阳授界球还给我，保证今后再也不来了……”

“呸！你这个不要脸的东西，即使你不来这，也要去害别人，我决不能放过你这个害人精。”说着话抬手又是一鞭子，打得吊死鬼一溜火光又跑了。接着院子里可就翻江了，牛也叫，狗也咬，小鸡子也炸架，毛驴也刨槽，顿时成了一锅粥。老丈人一硝身就起来了，指着刘贵骂道：“操他个妈的，刘贵你不愿呆给我滚犊子，你招魔斗鬼的不睡觉，在我这瞎折腾……”刘贵一看老丈人僵眼了，心里一合计，我不走这块也不消停。他提着鞭子来到院里，把马解了下来，开开大门上马就走了，到家一看，跟丈人家那一样，猪也闹圈，狗也咬，骡马羊牛不是好声叫唤。一进门媳妇也埋怨道：“打算回来不早点走，深更半夜的把什么妖魔鬼怪都给带家里来了，吓死个人。”刘贵怕媳妇害怕，没敢说实话，只推说不知道咋回事。可下子算挨到天亮了，院子里才算消停。刘贵一琢磨，有办法了。

第二天上午，他找了五六个棒小伙子，在后院葡萄架下挖了一个两人多深的大坑，坑口上蓬上席子，盖上了薄薄一层浮土，旁边预备了几桶粪汤子和两盆狗血。一切准备停当，刘贵就把小伙子们打发家去吃饭睡觉，天一黑马上到坑附近去埋伏起来，刘贵轻轻地把阴阳授界球放在席子上面，然后回到屋里等待吊死鬼来取球。

约摸三更天左右，吊死鬼一阵旋风真的来了，站在刘贵近前问道：“刘贵，我再问你一遍，你倒是还不还我的授界球？如果今晚再不还我，我叫你们这一屯子人永远不得安宁。”刘贵佯做认输的样子说：“好吧，我斗不过你，把球还给你就是了，在后院葡萄架下放着呢。”女吊死鬼二话没说，转身奔后院去了，来到葡萄架下一看，真的在地上放着呢。她刚伸手去拾授界球，只听“轰隆”一声，脚下塌了下去。要是往常吊死鬼完全可以逃掉，可现在眼见到手的球，又滚落到坑里去了。她哪里能甘心不要，随着塌下去的席子也落下去。在这一刹那，埋伏在附近的五六个小伙子一齐上前，往坑里浇粪汤，洒狗血，没容劲，一顿锹镐把个吊死鬼埋到坑里去了。

讲　　述：孙忠田
记　　录：孙宇策
采录时间：1988 年

牛姑爷

很早以前，在柳条边里龙王庙这块，住着这么三十几户人家，多数都姓田，屯里十家有八家是财主田大疤瘌的租地户，大疤瘌心狠手辣，生来就一肚子坏水，屯里人们没有一个不恨他的。

一年，年头大旱，大地裂得像龟背似的，河水旱干了，庄稼旱枯了，草木旱黄了，人们都为这年头发愁，担心到秋交不上大疤瘌的租子。最难过的还得说老羊倌父女俩：老伴去世好几年了，为发送老伴欠大疤瘌三十块大洋，二斗小米子，本滚利，利滚本，怎么也还不起这笔阎王债，只好白白地给大疤瘌放羊还债。大疤瘌有话，丢一只羊或饿死一只羊，要罚二斗粮。年头旱得这么厉害，上哪去找青草放羊呢？羊群连渴带饿，个个瘦成一堆骨架。大疤瘌看见就吵，见着就骂，埋怨老羊倌把羊放瘦了。老羊倌有话说不出，只得忍气吞声受窝囊气。真是越瘸越架棍点，不知什么时候少五六只羊，田大疤瘌恶狠狠地说：“老羊倌，如果你找不回来我的羊，我就拿你女儿顶账！”

老羊倌一听，吓得直发抖，连连哀求说：“东家，求求你先宽容我几天，等我上山找找看，我估摸着不能丢……”

大疤瘌翻着白眼说：“好吧，我给你十天限，到期找不回来我的羊，别怪我无情。”

老羊倌连连点头说：“是是是！”于是他翻山越岭，找啊找，一连找了七天七夜。毫无踪影。

劳累，饥饿，困乏，他再也走不动了，稍一失神，一脚蹬空，从陡坡上滚了下来，立时摔得昏了过去。

也不知过了多长时间，总算醒了过来，往起一爬，右腿不听使唤，伸手一摸腿断了，伤口一会比一会痛。老羊倌一边痛苦地呻吟着，一边吃力地往回爬，爬了半天也没爬出多远，正没着落，冷不丁听背后有人说话：“田伯伯不必着急，我来给你治伤。”

老羊倌回头一看，是个英俊的小伙子，长得非常标致，像个漂亮大姑娘。小伙子蹲在老羊倌跟前，用手捋了捋老羊倌的右腿，从怀里掏出几粒丹药送到老羊倌的嘴里。

说来也怪，不大工夫，腿不疼了，恢复了原状。老羊倌感激得不得了，带着颤抖声音说："感谢恩人相救之恩，请受小老儿一拜！"小伙急忙上前扶起老羊倌说："田伯伯，快起来，点滴小事不必在意。"

"恩公，你我非亲非故，又素不相识，能救我这个穷老头子，叫我怎么感谢你呢。唉，不管怎说，今生报答不上，来世做牛做马也要补报，但不知恩公家住哪里，怎么称呼？改日小老儿好登门拜谢！"

小伙子笑嘻嘻地回答说："我姓鹿，叫鹿仙，家住在这五架山后，孤身一人，常年以采药为生，每次出来采药都碰见你老在这放羊，咱们爷俩相伴已有不少年了，始终没到一起叙过话。前几天我出来采药，看见五六只死羊，一猜就是你老人家的羊，我把它们救活了，圈在山洞里，等你老人家再来放羊时，就顺便赶回去了……"

老羊倌一边点头道谢，一边心里暗自合计：如果我女儿嫁给这么个心肠好又漂亮的小伙子，那该多称心啊！又一回忆不对，放了这么些年羊从没见过这个小伙子，每次来放羊碰见的只是一只梅花鹿，莫非……！老羊倌跟着鹿仙来到山洞里，把羊赶了出来，心里觉得有些蹊跷。羊好像比以前胖了，内中定有缘故。看来家里那些羊饿得那么瘦，山上又没青草，早晚非饿死不可，不如明天把羊群赶来让鹿仙看看，治好了省得以后提心吊胆的。

老羊倌回家后，就把上山找羊遇见鹿仙的事和屯子里的人们说了。一时人们当做奇闻传扬开了，一传两，两传三，一下子传到大疤瘌耳朵里去了，大疤瘌也觉得纳闷，决定尾随老羊倌上山去看个究竟。

第二天，老羊倌赶着群羊又来到五架山，老远就看见鹿仙在山上采药，他来到鹿仙近前"扑通"跪倒在地："鹿恩公，小老儿又来打扰了，还得求你救救我这帮羊，杀人杀个死，救人救个活，小老儿给你磕头了!”

鹿仙急忙伸手把老羊倌搀起来说:“田伯伯，快起来，你的羊我包下了，保你老的羊半月之内腰肥体壮。”鹿仙说完，打了一声呼哨，工夫不大，从山后蹦蹦跳跳跑出来个穿红兜肚小胖孩，手里拿着一棵草，顽皮地走到鹿仙跟前说:“鹿兄，叫我有事吗?”

“参弟，田伯伯的羊眼看都快要饿死了，求你帮我想个办法，救救这群羊，不然饿死一只羊，田伯伯就得赔人家二斗粮。”

小胖孩答应道:“既然鹿兄说了，小弟一定照办就是了。”说着话将手里的那根草向山坡上一扫，然后又吹了口气，眨眼之间，满山枯草由黄返青，绿油油一片，青草夹杂着鲜花，异香扑鼻。群羊争抢上前啃着嫩绿的小草，老羊倌高兴得合不拢嘴。躲在树后的大疤瘌看呆了，半晌如梦方醒。原来大疤瘌也是个老跑山的，眼睛独，一眼就认出关东三样宝，他没敢声动，悄悄地跑了回去。

时隔两天，大疤瘌安排了一顿丰盛的酒席，招待老羊倌，老羊倌很纳闷，大疤瘌从没舍过善，今个葫芦里卖的是什么药呢?不去又怕得罪了大疤瘌日后找麻烦，无奈只好硬着头皮去赴宴。酒过三巡，菜过五味，大疤瘌没笑装笑地说:“我说老羊倌，今个找你来给我办点事，事成之后，把你以前欠的账一笔勾销。”

“东家，你是知道我的，我除了放羊以外，别的还能有啥用处呢?”

“前天你上山放羊遇见的事我都看见了，那个小伙子是一只成仙得道的仙鹿，那个穿红兜肚的小胖孩是棵八两多重的宝参，手里拿的是一棵灵芝草，明天你再上山放羊时，碰见那个小胖孩，你就把这个带线团的针别在小胖孩的兜肚上，就算事情办成。等我把仙鹿、宝参、灵芝草得到手后，我赏给你五只羊。”老羊倌一想，鹿仙和小胖孩救了我，我怎么能去害人家呢，于是他把心一横，眼一瞪说:“东家，你让我干啥都行，这个事说啥我也不能去，人家救了我，我不能丧良心，愿去你自己去吧!”

大疤瘌把脸一变说:“老羊倌，你别敬酒不吃吃罚酒，不识抬举，明天限你一天，把欠账还上，一事了百事无，如到期还不上，一个是拿你女儿顶账，再就是叫你坐大牢！”大疤癞说完一甩袖子走了。

老羊倌这下可傻眼了，顿时脑袋里成了一锅糨子，晃晃悠悠回家去了。到家一头栽倒在炕上，犯起愁来。女儿金凤过来关切地问道：“爹，你老有啥心事吗？不妨说出来，女儿也能帮你出出主意。老羊倌听女儿一说，觉得有道理，他坐起身来就把大疤癞为难他的事说了一遍，金凤想了想说：“既是这样，何不去找鹿仙和参娃他们帮帮忙呢？”老羊倌心里一合计也倒是，鹿仙和参娃他们都是成仙得道之人，相信他们会有办法的。

第二天一早，老羊倌急忙吃了口饭，赶着羊群上五架山了，半路上正碰上鹿仙和参娃，他一把鼻涕一把泪地说：“恩公，快想办法救救我们爷俩吧！”

“老人家，别着急，你的事我全知道了，大疤癞想算计我们，真是做梦娶媳妇——净想好事，你老回去就答应他，我自有办法惩治他。”老羊倌点点头，心里总算有了底。

晚上，老羊倌放完羊回家一看，糟了，女儿不见了，左邻右舍一打听，才知道叫大疤癞给抢走了。他急忙到大疤癞家去要人，大疤癞皮笑肉不笑地说：“老羊倌，你来得正好，实话告诉你吧，你女儿确实在我这，你是想要人，还是还我的账？再就是答应帮我办那件事呢？三条路由你选了。”

老羊倌跪在地上哀求说：“东家，求求你放出我的女儿吧！我答应帮你的忙就是了。”

“这就算明白人，既然你答应帮我的忙，我也不留她，不过得暂在我这抵押一夜，明天事情办妥，当时放人，你放心，金凤在我这不会出事的。”

老羊倌只好赔笑说：“全靠东家你了。”老羊倌说完垂头丧气地走了。大疤癞望着老羊倌的背影得意地点了点头说：“放人？等着瞧吧，美女、宝参、仙鹿、灵芝草我都要！”

第二天天刚亮，大疤癞领着狗腿子们埋伏在五架山附近。老羊倌按鹿仙和参娃所说的，把针别在参娃的兜肚上，参娃装做不知道，蹦蹦跳跳地走了。大疤瘌见事已成功，领着狗腿子偷偷地绕了出来，顺着线绳往前找，吓，真的找着了，好大一棵人参！能有八两多重。他急忙掏出红绒绳往上一套，眨眼间宝参不见了，就成个胖娃娃，连说带笑地往前跑。大疤瘌哪里甘心，随后就追，参娃跑到一个悬崖边上停下了，大疤瘌跑到近前往上一扑，参娃机灵一闪，大疤瘌闪了个跟斗。爬起来刚站稳，突然背后出现一只梅花鹿，犄角七岔，一声长鸣，将大疤瘌顶下山崖。有几个不怕死的狗腿子，拿着棍棒一齐上，梅花鹿像头发疯的狮子，一犄角一个，一连气挑死好几个狗腿子，其余的见事不好一哄而散。鹿仙就地一打滚，又变成个英俊小伙子，走到老羊倌近前说："田伯伯，去接你的女儿吧，昨天夜里我把她救了出来，安顿在山后山洞里，亏得我去得及时，不然被大疤瘌给糟踏了。"

老羊倌感激不尽地说："鹿恩公，小老儿无法感谢，把女儿许配给你，不知意下如何？"

鹿仙只是微笑，老羊倌和女儿一说，女儿心里早有此意，参娃做媒，插草为香，简单地拜了天地。鹿仙和参娃建议，到别处去定居，免得再生是非，父女俩欣然同意，于是一家人赶着羊走了。这一家到哪里去了？谁也不知道了。

讲　　述：孙忠田

记　　录：孔庆宁　女　38岁　大学文化

采录时间：1988年

蛤蟆郎

从前，有这么个王员外，人送外号叫“王大善人”。他家虽有良田千顷，房屋百间，只苦得无儿无女继承家产，整天愁眉苦脸，唉声叹气。南庙烧香，北庙磕头，祈祷上帝保佑，哪管有个像蛤蟆疙瘩那么大个儿子混眼睛，也就心满意足了。

一天晚上，老两口正在烧香祷告，突然打外面蹦进来一个小蛤蟆，进屋就给老员外和夫人磕头，然后说：“爹、娘，您二老不是常说，有个像蛤蟆疙瘩那么大个儿子混眼睛，也就心满意足了吗？今天我是给您老当儿子混眼睛来的。”

老两口一听，乐得合不上嘴，老夫人急忙把蛤蟆儿子捧到了床上，老员外吩咐家人赶紧摆酒宴，庆贺一番。第二天，街坊邻居，南北二屯的人们都知道了，道喜的，送礼的络绎不绝。老员外像得了宝贝一样，蛤蟆儿子要啥买啥，出外面溜达打发家人、院工陪着，这可真是放脑袋上顶着怕吓着，放到嘴里怕化了，又给儿子起了个名字叫宝蛙。一切事都挺随心，唯有儿子的亲事老两口挺发愁。怎么办呢？老员外想啊想，想了七天七夜，终于想出了个好办法来，他吩咐管家王九把所有的佃户都找来，然后摆上酒宴盛情款待。

酒过三巡，菜过五味，老员外打了个唉声说：“诸位，老朽有个愁人的事，也就是我儿子宝蛙的婚事，谁能给我儿子周全个媳妇，事成后所欠的债一笔勾销，种我的地归为己有。”

有个佃户叫大酒包陈四，他有个女儿叫云芝，年方二八，容貌虽不及天仙，但也超过凡间女子。陈四心想：我若把女儿嫁给东家，不但以前的欠债一笔勾销，往后喝酒就更不犯愁了。虽说苦了女儿一些，也落得个富贵荣华。想到这，他和员外一说，员外更是求之不得，满心欢喜。急忙叫王九取过文房四宝，当时立下字据，又拿出二百两雪花白银作为订礼。陈四一见员外拿出这么多银子，高兴得不知所措。接过银子乐颠颠地回家了。

到家后，他跟老伴和女儿撒了个谎说："东家有个侄子，过房给他当儿子，叫王什么来的我都忘了，他就相中了咱的女儿云芝了。今天一早，东家托人把我找去，提起了这门亲事，我一看，公子长得年貌相当，才华过人，我就替你们娘俩把这门亲事定了下来。"

女儿听了抿着嘴笑，老伴高兴得不住嘴地夸陈四会办事。陈四脱鞋上了炕，老伴和女儿在地下忙活了一会儿，炒了四个菜，烫了两壶酒，端上桌来，一家人欢欢乐乐不在话下。

哪知乐景不长，一拜天地露了馅。云芝一看丈夫是个蛤蟆，顿时觉得心如刀绞，气得又哭又闹，埋怨爹爹害了自己。宝蛙在一旁得意地蹦来蹦去，调皮地说："娘子，不要哭，您实在讨厌我的话好办，暂时您先跟我享两天福，过些日子我帮您找个称心如意的白面郎君……"云芝心里本来就很烦躁，听宝蛙这么一说，气上加气，找了根树条子，使劲地抽了宝蛙两下，宝蛙一边往外蹦一边喊："娘，快来呀，我媳妇打我了！"

真巧，老夫人对儿子放心不下，在门外已经听了半天，儿子一喊挨打了心疼得了不得，急忙闯进屋去，抱起了宝蛙，生气地对云芝说："儿媳妇，娘跟你放个商量，凡是家里的一切事都能依你，唯独打我儿子不行。我儿子要是有个好歹的，找你家老人算账……"老夫人说完把宝蛙往床上一放转身走了。云芝转念一想，虽然误了青春，等公公婆婆一死却也落得个万贯家产，自己爹娘也跟着借点光。想到这，她转忧为喜，捧起宝蛙，用自己的脸蛋亲了一下，宝蛙呱呱地叫了两声，玩笑地说："娘子，我就知道你爱我和我的家产。"说得云芝哭笑不得，打那以后，云芝把宝蛙当成了玩物，整天连哄带逗，玩得挺开心。

光阴似箭，一晃半年过去了。一天天很热，火辣辣的太阳烤在人身上像下火一样。云芝在绣楼上闷坐，忽听楼下敲锣打鼓。凭窗向下一看，原来是一伙耍猴的，旁边围着不少看热闹的。云芝心想，正好无聊，趴窗口看他一会儿。看着看着打北边过来一位公子，骑着个黑毛驴，公子长得可真漂亮，面白如玉，眉清目秀，唇红齿白，真是一表人才。云芝见了哪里还顾得上看耍的了，把眼光都集中到公子身上了，如痴如呆。就见公子热得汗流满面，不时地用袖子去擦脸上的汗。云芝长长地叹了一口气，自言自语地说："人活一世，摊着这么个丈夫该有多幸福了。"说完从怀里掏出个手帕团成个团扔到了公子身旁。

公子下驴捡起了手帕，擦了擦脸上的汗藏在怀里，回头望着楼上点点头，上驴走了。

工夫不大，耍猴的散了，人们也都离去。云芝刚想上床睡午觉，宝蛙就回家了，嘴里叼着个手帕，蹦到了云芝跟前说："娘子，恭喜你呀!"

"喜从何来?"

"我有个朋友相中了你，非要娶你为妻，他拿着刚才你赠给他的手帕，求我做媒，给你俩撮合，我一想，这倒是一桩美事，就把这事定下来了。"

云芝一听，坏了，这点事全让宝蛙知道了，就是浑身是嘴也说不清啊，并且地上放着刚才扔出的手帕，真要宣扬出去还了得。云芝觉得脸上无光，越想越不是滋味，干脆一死万事皆休。于是，她把衣服往脸上一蒙就要撞墙。只听宝蛙哈哈一笑说："娘子，你睁开眼睛看看我是谁。"

云芝睁开眼睛一瞧，愣住了。原来，刚才的那位美貌公子就是宝蛙变的。蛤蟆皮放在一边。云芝一下子扑到宝蛙的怀里，不知道是高兴的还是怎的，甜酸苦辣一齐来。云芝抓起蛤蟆皮就要烧，宝蛙说："娘子，烧不得，如果把皮烧了我就活不成了，你把皮藏好就是了。"

老员外和老夫人听说这个事后，起初还以为是云芝有外心把儿子给害了呢，后来宝蛙当场给二老变一回，老两口这才相信。打那以后，一家人过着美满幸福的生活。

讲　　述：刘占一　68岁

记　　录：刘春丽　女　35岁　中学文化

采录时间：1988年

五马换六羊

有个老员外，家里钱财无数，只有一事不称意：生了个傻儿子，这么大个家业，以后谁来继承呢？老员外愁得整天吃不香，睡不好。后来管家出了个主意，让傻子出外闯荡闯荡，见识见识，锻炼锻炼能耐，再给他娶个精明媳妇，不愁挺不起门户。

老员外同意了管家的意见，牵出五匹黄骠马，又拿五十两银子，让傻儿子出外闯荡。临走时老员外一再嘱咐傻儿子："出门办事长点心眼，尽量别吃亏。"傻子不耐烦地说："知道了，要长心眼，不吃亏。"说完牵马走了。

一天，傻子来到一个镇子上，在一家旅店住了下来。这时有个老客，赶着六只羊，也住在这个店里。他和傻子唠了几句嗑，就看出他傻来了。老客眼珠一转，来了主意，对傻子说："老哥，咱哥俩做把买卖，我用六只羊换你的五匹马，你看多合算。""不换！不换！我的马多值钱呐，你还是该干啥干啥吧，别耽误你的路。"老客说："老哥，你有所不知，我这是种羊，比你的马值钱，何况我的羊比你的马还多一只呢。"傻子一听，觉得多一只划得来，换就换吧。

第二天，傻子赶着六只羊上路了，走到天将晌午时，走得又渴又累，就找了个树荫歇了下来。他屁股还没挨地呢，打前面过来个挑着挑子的汉子，来到树下坐下也不走了。

傻子伸脖往挑子里一看，挑的是兔子，一色雪白，太逗人喜欢了，便搭讪问道："老哥，你挑的这是什么兔子，这么逗人喜欢？是卖的吗？"

那汉子一看傻子傻头傻脑的，便编了个谎说："我这是玉兔，世间罕有的兔子，你要是喜欢就换给你好了。"傻子摇了摇头说："我不换，我这是种羊，最值钱的了。"汉子说："我说老哥，你别不识货，我这玉兔价值连城，还能变美女呢，你不换会后悔的。何况我这兔比你的羊还多一只。"傻子一听，觉得合算，换就换吧。

傻子挑着七只兔子高高兴兴地往前走。走着走着，碰见个年轻小伙子，怀里抱只大公鸡。小伙子看了看傻子，又瞧了瞧挑子里的兔子问道："老哥，你挑子里的兔子是卖的吗?"傻子摇了摇头说："我这是用六只羊换的，到家还让这玉兔变美人呢。"小伙子看出这老哥是个傻子，干脆也糊弄糊弄他得了。于是，小伙子笑眯眯地说："老哥，我抱这东西叫报晓，也叫小凤凰。我拿这小凤凰换你的玉兔，你可愿换?"

傻子摆摆手说："不换！不换！不合算!""老哥，你真不知多少，我这凤凰能变大，你骑上凤凰能上金山取金子，上银山取银子，取多少有多少，你要是不换，待会我还不换了呢。"傻子一合计，觉得这么便宜的好事，得赶紧换。

傻子抱着只公鸡又继续往前走，走到天黑，找了个店住了下来。碰巧有个山西人也住这儿，从怀里掏出一瓶醋，在左右摆弄。傻子觉得有趣，上前搭腔道："这位大哥，你瓶子里装的是什么玩艺?"山西人见他傻里傻气的，想逗弄逗弄他开开心，就一举醋瓶子说："老哥，看没看见，我这是一瓶仙醋，吃了这仙醋模样能变好看，还能长生不老。"傻子一听，能长生不老，这可是好玩艺，赶紧商量说："大哥，咱俩做把买卖，我用我的报晓换你的仙醋怎样?"山西人装做不愿换的样子，在傻子一再央求下，山西人才答应换就换吧。

第二天，傻子拿着瓶醋乐颠颠地往家走，当他走得实在太累时，打后边过来一辆大马车，拉着一车布匹过来。傻子拦住马车说："老哥，捎个脚吧!"赶车老板说："不捎，你没看我这车都拉不动了吗?"傻子说："拉多拉少也不在乎我一个人，我多给你银子。"车老板听说给银子，就答应一声："上车吧。"

车走到一个古岗，一不小心翻到沟里，傻子甩到壕沟里，醋瓶子也碎了。傻子一看醋瓶打了，急眼了，抓住车老板的衣领，说这是无价之宝，非要车老板赔不可。车老板无奈，只好赔他一板布。

傻子扛着布匹回到家里后，老员外就问，这几天出门闯荡得怎样了?傻子得意地说："五马换六羊，六羊换七兔，七兔换报晓，报晓换瓶醋，翻车打了醋，讹人一板布。”

老员外气得眼角都瞪裂了，上去给傻子一个嘴巴，骂道：“畜生，还有脸回来，五匹马多少钱？一板布多少钱？不图你赚呗，你也别赔这么多呀，还不如死到外头得了。”

傻子也火了，上去给老员外两个嘴巴，指着老员外说：“你打我一个嘴巴，我打你两个，还赚一个，这叫多长心眼，不吃亏。这不就是闯荡回来的本事吗？”

讲　　述：孙忠田
记　　录：孙喜臣
采录时间：1998 年

祭灶的由来

早先年，每到腊月廿三祭灶的时候，人们就念叨着："灶王爷，本姓张，骑着马，挎着枪，上上方，见玉皇，好话多说，赖话少说。"提起这几句话来，还有一段故事哩。

传说在很久很久以前，在一个很大的屯子里，住着一户姓王的木匠，家有三口人。王木匠老实巴交的，手艺还不错，前村后屯、左邻右舍需要做点什么，都愿意找他。他的独苗儿儿子金龙，长得眉清目秀，聪明勤快。王木匠的老婆刁氏事多，总是打东邻，骂西舍，今天一阵风，明天一阵雨。大伙都离着她远远的，恐怕叫她撞见惹出是非来。虽说这样，人们也都看王木匠的面子，没人和她一般见识。一家人凭着木匠手艺，日子过得倒也不错。两口子对金龙，如掌上明珠，真是含在嘴里怕化了，顶在头上怕吓着。光阴似箭，一晃金龙七岁了，到了上学年龄，于是爹娘就把他送到学堂去念书。从金龙家到学堂有三里多地，途经一座山神庙，每逢刮风下雨他就到庙里避一避。冬去春来，转眼金龙已经十四岁了，先生教给他的书背得滚瓜烂熟，出口能成章，提笔能写梅花篆字，有过目不忘之才，把个老先生乐得胡子翘起老高。有一天，金龙刚放学，天就阴了，正走到山神庙附近，就掉起了雨点。金龙一看要挨浇，急忙躲进了山神庙。刚进庙门雨就像瓢泼似地从天而落。他一屁股坐在山神爷的神像旁边，想靠着神像坐一会儿。忽然觉得神像移动，靠近不得。金龙感到挺蹊跷，定了定神，奇怪地问道："山神爷，你为什么老躲着我？"话音刚落，只见神像的嘴角动了几下，随后就听神像说："金龙，小神本不该泄漏天机，皆因你是真龙天子，久后必坐天下，因此小神不敢和你平起平坐。"说完便恢复了原状。这时外面的风也停了，雨也住了，金龙半信半疑地跑回了家，到家就把在山神庙里发生的事向爹娘说了一遍。刁氏听后，乐得眉开眼笑，嘴里不住地说："这回可好了，我儿子要当皇帝了，天下归咱家啦！"并且对金龙说："等你当上了皇帝，对以前和咱家闹别扭的，欺负咱的人，有仇报仇，有冤报冤。”王木匠在一旁听老婆说的话很不在理，就劝说了几句，可这哪管用呢？从此以后，刁氏对这件事逢人就说，遇人就讲，闹得人们心里很不安宁。

时光一晃进了腊月门，人们都在准备过年。就在腊月廿三升灶王爷的那天，刁氏边升灶王爷边叨咕以前说的话，还说：“灶王爷上天，要保我儿子早点当皇帝。”说完磕了三个头进了内房。事情也真巧，灶王爷上天后把人间的事向玉皇大帝一一奏上，玉帝听了刁氏在人间的所作所为非常生气，对灶王爷说道：“金龙虽是龙体，但尚未成器，本应归天治罪，又念此事并非本人所为，待来年盛夏时，抽回龙筋，免得日后百姓遭殃。”然后，命两员天官下凡，访察金龙一家的行为。

在第二年夏季的一天夜里，狂风大作，雷电交加。金龙睡得正香，突然感到周身疼痛。他翻身打滚，哭天喊地，汗珠子像黄豆粒似地往下滚。半个时辰过去了，左邻右舍也被惊动起来，进屋一看，王木匠和刁氏都哭成泪人一样，金龙躺在炕上已昏死过去了，但谁也不知发生了什么事情。自金龙的龙筋被抽走以后，整天无精打采的，在家足足养了七七四十九天，身体好了很多，又能念书了。可是他觉得这场病来得突然，总像有一场大祸要临头似的，心里十五个吊桶打水——七上八下。一天，他在放学回家的途中，心想我何不到庙里问问山神爷去？于是，他来到庙里，恭恭敬敬地给山神爷像施了个礼，问道：“山神爷，前些天，我害了场大病，险些死了，这场病有些蹊跷，望山神爷指点。”只见神像慢慢地睁开了眼睛，憨声憨气地说：“你得的并非是病，是被玉皇大帝把你的龙筋抽走了。皆因你母亲不行善，道破了天机，灶王爷见怪，腊月廿三告到了玉皇大帝那里，玉皇大帝十分恼怒，派值日神将抽了你的龙筋。来年的今日，玉皇大帝要派雷公将你全家人五雷轰顶。”金龙急得哭了起来，一边磕头一边哀求说：“山神爷，求求您给我想个办法，救救我一家吧。”山神爷说：“这件事我办不了哇，还是去求灶王爷吧。腊月廿三祭灶那天，你给灶王爷烧几炷香，供几个大馒头，磕几个头，然后你就念叨说：‘灶王爷，本姓张，骑着马，挎着枪，上上方，见玉皇，好话多说，赖话少说。’念上两遍，方可免去祸灾。”山神爷说完闭上眼睛又恢复了原状。金龙又给山神爷磕了几个头，千恩万谢地走了。到家和爹娘一说，一家人吓得不得了。

自打那日后，刁氏再也不敢作恶了，金龙和爹爹经常为屯里的人做好事。一晃又到了腊月廿三，金龙按着山神爷说的话，一样一样都做了，果然一家人四季平安。后来，金龙把这事告诉给村里人，打那以后，一传十十传百，人们每逢腊月廿三祭灶时，就给灶王爷烧香、上供、磕头。口中念叨着：“灶王爷，本姓张……”

讲　　述：孙忠田
记　　录：孙喜臣
采录时间：1986 年

笨媳妇做裤子

有个笨媳妇，啥也不会做，气得丈夫总发脾气。一天，丈夫的裤子坏了，上街买了块布料，准备让邻居王二媳妇给做。笨媳妇羞愧地说："哎，我的那个他，别让别人做了，自己家又不是没女人，不会做学着做呗，谁能天生就会。我先做做试试，做不上再找旁人，中不？"

丈夫一听倒也是，干脆让她试一把。丈夫把布料扔给媳妇就下地干活去了。笨媳妇在家将布料翻过来掉过去，不敢下剪子。怎么办呢？费了好一番脑筋，还是找邻居王二媳妇帮忙吧。刚一出门，一眼看见西下屋门前那把料叉子，有点像丈夫的两条腿。她灵机一动，就把料叉子拿回屋了。操起剪子，三下五除二剪完了，随后飞针走线缝在料叉子上，可往下脱时怎么也脱不下来，只好等丈夫回来让他自己脱。

晌午，丈夫回来吃午饭，一进门笨媳妇一指料叉子说："脱下来试试吧？"丈夫一看，当时就火了，举手打得媳妇不是好声嚎叫。

正巧这时丈人来了，心疼地问闺女说："咋的了？"闺女哭得更凶了："咦，咦，你姑爷，连连打我好几下。"

丈人听了，二话没说，操起镐把照着闺女屁股又打了好几下，姑爷愣了，疑惑不解地问道："你为啥打她？"丈人瞪着两只怪眼说："你打我闺女，我就打你媳妇。"

讲　　述：张玉田　女　76岁
记　　录：关丽梅　女　35岁　大学文化
采录时间：1998年

门灶子申冤

清初，关东边里有一个二十多户人家的小屯落，叫太平屯。屯西有座大宅院，十多年没人居住了，因经常闹鬼，主人搬到沟里去了。

城里有个田二先生，嫌住城市闹哄，想到乡下去住，清静。经亲属介绍，来到太平屯一看，这里山清水秀，鸟语花香，挺满意。美中不足没有闲房子，只有村西大宅院挺宽敞。听人说闹鬼，他一琢磨，不如开办个学堂，准能压住邪气。于是招了十几个学生，就开张了。

一天，田二先生要进城里办事，临走时嘱咐学生们说："今天我要出门办事，你们不准私自回家，乱打乱闹，好好复习功课！"田二先生走后，学生们哪听那些，玩起县官断案来。有个大一点孩子叫二牛子，装县大老爷，还有几个孩子扮衙役，其余的孩子全装作告状的。二牛子把桌子一拍，喝道："堂下可有人告状吗?""大老爷，小人冤枉！刚才狗剩子踢我两脚，望大老爷给我做主！"狗剩子说："大老爷明断，是三丫子先打我的。"两个孩子正在分辩，突然从炕门灶子里钻出一红衣女人，蓬头垢面，跪在地上喊道："大老爷，我冤枉啊。请大老爷替我做主！"学生们被这突如其来的女人吓得趴在桌子上不敢看，有的钻到桌子底下藏起来，女人喊了两声没有动静，抬头一看，原来是孩子们在玩游戏，抹身又钻回门灶子里去了。

第二天上午，田二先生打城里回来一看，学生们一个没来，到各家一问，才知道学堂闹鬼了，而且是个冤鬼。他反复一合计，要不替女鬼申冤，永远不会消停，尤其自己为人师表，要给学生们树立一种正气，见义勇为的精神。决意替女鬼申冤！他把学生们召集到一起，让学生们继续玩县官断案，并且教给二牛子怎样问案。学生们有老师壮胆就不怎么太害怕了，可玩了一天女鬼也没出来。一连玩了五六天还是没有出来。田二先生费了好一番脑筋，编出一个案子来。

七天头上田二先生亲自扮演县太爷，把惊堂木一拍喝道："把罪犯李六带上来！"接着两个大一点学生押着矮个学生进来了。田二先生说："大胆李六，偷老张家的牛。还不如实招来！""大老爷，我冤枉啊！""给我打！"两个学生拿着棍子往一捆草上打，矮个学生佯做妈呀妈呀地叫，喊道："大老爷我招，我全招！"正这时女鬼忽地从门灶子里钻了出来，跪在地上喊道："大老爷，我冤枉啊！"田二先生问道："下面那女子，有何冤情尽管讲来，本官为你做主！"只见那女鬼一边抽泣一边叙说自己被害经过。

原来宅院主人叫张东，外号张疯子，靠祖上留下些财产，在这块称富。张疯子有两个儿子，大儿子叫张福，在皇宫里当太监，二儿子叫张禄，是个书生，虽然一表人才，却满身是病，常年卧床不起。张疯子怕张禄有啥不测，急忙给他娶了个媳妇想留条根，哪料，刚入洞房，张禄就一命呜呼了。

媳妇叫田云秀，是个穷人家孩子，因家贫有欠债，以二百个铜钱身价卖到张家。她哪里知道丈夫是个病危之人，更没想到他死得那么快，正在六神无主之际，张疯子进来了。他凑到田云秀近前说："二媳妇，实话告诉你吧，没曾想他死得那么快，为了给我二儿子留下后，今夜我就得和你睡觉，过了时间有了孩子人们不会相信的，等有了孩子既是儿子，又是孙子。以后你要怎样就怎样！"田云秀见张疯子不怀好意，哀求说："公爹，不要啊，这是乱伦的事，我死也不从。"张疯子脱掉自己衣服，然后扒光田云秀衣裳，像只老虎似地扑了上去。田云秀拔下头簪，猛力刺去，一下正刺张疯子左腮，鲜血立时淌了一炕。他恼羞成怒，两只大手狠狠掐住田云秀的脖子，等他清醒时，人已经死利索了。

张疯子这下慌了手脚，他像热锅上的蚂蚁，转了好一阵子，稍一镇静，有了主意，他拿把尖刀在儿子尸体上捅了几下，然后将炕面掀开，给儿媳穿好衣裳，抱着儿媳妇尸体放进炕洞里，又重新盖好。扯着嗓子喊道："不好了，杀人了！"街坊邻居过来一看，都惊呆了，怎么会这样？张疯子干嚎着说："两口子刚入洞房，就吵起来了，谁知这婆娘这么狠，杀死我的儿子她跑了。可要了我的老命了……”人们也弄不明白究竟咋回事，莫名其妙。张疯子说要报官，后来也没报。给儿子安葬后，说房子闹鬼，搬走了。

田二先生听完女鬼的叙述，又吩咐道：“田云秀抬起头来！”女鬼长出了一口气，抬起头来，分开面部头发。田二先生仔细观看，女鬼长得果然漂亮，又问道：“以上所述情况属实吗？”“奴家不敢说谎，尸骨就在炕洞子里，请大老爷做主！”“既然是这样，七天后将你的仇人绳之以法，你下去吧！”“谢大老爷廉明清正！”说完又钻回门灶子里去了。

第二天，田二先生给学生放假七天，他亲自去县衙替女鬼告状。县衙离此一百多里地。走了一天多才到县衙。买了两个烧饼，一边吃着一边击鼓鸣冤，县太爷闻鼓急忙升堂问案。田二先生就把女鬼田云秀的冤案诉说了一遍。县太爷吩咐捕快班头骑快马勘察现场，捉拿凶犯。

几个时辰过后，捕快班头回衙交差，并将田云秀尸骨和张疯子一并带到大堂。起初张疯子狡辩抵赖。县太爷让田二先生当堂对质，又将田云秀尸骨摆在堂上作证，在事实面前张疯子不得不招认。县太爷立刻将张疯子关入死牢，并上报朝廷待秋后问斩。

讲　　述：孙忠田
记　　录：孙喜臣
采录时间：2001 年

叶赫古城里的金马驹

叶赫有两座古老城堡。传说东城堡有二眼井，曾锁过一匹金马驹儿。关于它，还有一段颇为神奇动人的故事哩！

很早以前，天宫里，阿布卡恩都力❶设置了一处万兽园，专供诸神欣赏游玩。万兽园里的动物，全是金铸的，有金马、金牛、金羊、金虎、金豹、金鹿、金狐等好多好多动物。这些动物，金光闪烁、千姿百态。其中一匹金马驹儿，更是栩栩如生，活灵活现，深得诸神喜爱。每逢阿布卡恩都力和诸神来游玩，总爱在金马驹儿身旁多站几刻或抚摸一阵。天长日久，日久天长，也不知过了多少年，这匹金马驹儿传上了神气，有了真魂。忽然有这么一天，它眼珠子一转，眼皮一眨，前腿一跃，后腿一蹬，腾空而起，跳出了万兽园，踏着一片白云，来到了人间。一阵阵野草鲜花的芳香，沁入了它的脾胃，山川、河流，万千气象，金马驹儿欢畅极了。

在人间，它与牛羊相伴，和麅鹿为伍。金马驹奔驰过的草原，长得格外丰美；金马驹穿越过的山林，长得格外茂密；金马驹饮吸过的河水，水势格外旺盛，味道格外清甜。

一天，天宫里的阿布卡恩都力和诸神又到万兽园里游玩，发现平素他们最喜爱的金马驹儿不见了，大吃一惊。难道有人竟敢偷盗天宫里的宝物？还是它成了气候私自跑到人间？阿布卡恩都力大怒，立即派了他斯哈恩都力❷带领天兵，到人间寻找。

他斯哈恩都力腾云驾雾，拨动云头，日行万里，夜走八千，找遍了奇峰异洞，名山大川，河谷平原。忽见在一片草地上，一匹金光闪闪的骏马，正在和一群牛羊安闲地吃草。他斯哈恩都力定睛一看，正是万兽园里的金马驹。他一个筋斗，折了下来，恰好落在金马驹儿身旁，伸手就要捉拿。金马驹机灵地躲过，放开四蹄，箭也

---

❶阿布卡恩都力：满语，天神。
❷他斯哈恩都力：满语，虎神。

似地逃开。他斯哈恩都力仗着人多势众，撒下包围圈，终于把金马驹儿逮住，带回了天宫。阿布卡恩都力下令，把金马驹儿鞭打五百，以儆效尤。之后，仍锁在万兽园里，磨炼野性。却说这金马驹儿已成精灵，又在人间自由惯了，怎能受得了这般囚禁。心中烦躁，虽铁锁在身，却终日跳跃奔突，一心要挣脱出去，回到人间。

一天，阿布卡恩都力和诸神品足了美宴，饮够了仙酒，来到万兽园里闲游，看见金马驹儿正卧地歇息，以为被驯服了，便凑到跟前，伸手抚摸。不防，金马驹儿一跃而起，怒冲冲地向阿布卡恩都力撞去，幸亏一位嘎什哈[1]手快，把他护住，才没被撞倒。阿布卡恩都力气得咬牙切齿，恶狠狠地吼道："来人！这个孽畜，放着天庭之福不愿享受，那就把它打入人间地狱，让它永生不见天日。"

这趟官差派在勒富恩都力[2]的身上，他带领天兵，押着金马驹，一路风驰电掣，穿云越雾，翻落云头，恰好落在叶赫国地界。忽听城里鼓乐喧天，歌声嘹亮，不知何故。勒富恩都力派一员天兵化做凡人，进去打探。原来这是叶赫国的都城，因城筑于丘顶，吃水十分困难，得到城外两里多路的河里去挑。新近打了一眼十五丈深的大井，刚刚竣工，国王一时高兴，下令全城歌舞庆贺。

勒富恩都力正愁没有地方处置金马驹儿，听报大喜，心想正好把它葬入井底。待到夜深人静，勒富恩都力带领天兵，飞越城墙，来到井边。用一根百丈长的铁链锁在金马驹儿脖子上，又坠上一块三千斤重的大石，并在井沿上钉了一根一丈长的铁橛子，拴住铁链的上端。然后，猛劲一推，金马驹儿"哐当"一声便掉进了井底。

不料，这件事被一个经常在夜间修炼法术的巫答有[3]看见。她想，这匹金马驹儿一定是触犯了天规的神物。我若是把它弄到手里，那可是一辈子也享受不完的富贵，何苦再干这个人不人、鬼不鬼的勾当。等勒富恩都力走后，巫答有像兔子一样快地跑到井边。

---

[1]嘎什哈：满语，亲兵、亲随。
[2]勒富恩都力：满语，熊神。
[3]巫答有：满语，女巫。

只见井里通亮闪光。她握住铁链，一把连一把往上使劲地拽着，手麻了，腰酸了，出汗了，累得她筋疲力尽，也没有拽上两丈长。手稍一松劲，铁链就“哗”的一声滑到井里去了。巫答有想，凭我的力量是永远也拽不上来的，最好是报告国王，他兵多将广，只要能拽出金马驹儿，对我一定会有重赏。

这时天刚放亮，她不顾一夜的疲劳，急忙跑到古龙德音[1]，守门的嘎什哈领她见了刚从睡梦中醒来的国王。巫答有编造说：“尊贵的陛下，昨夜，阿布卡恩都力给我托梦说，他赐给陛下一匹金马驹儿，为了考验陛下的国力，把马驹锁在深井里面，望陛下派人前去打捞。金马驹儿是世上罕见之宝，价不可估，陛下要是得到它，那将成为世上最富有的国王。”国王大喜，当即派了二百名士兵，并亲自跟随，去打捞金马驹儿。打捞开始后，国王站在井沿，贪婪地望着井里。士兵们轮班拽着铁链，一个个累得呼哧带喘，如有人稍一松劲，铁链就会滑到井里。这样反复多次，足足拽了三天三夜，也没有拽上金马驹儿。国王不死心，对巫答有说：“既然你的法术通天，那么你就施展法术，把金马驹儿弄上来，否则我就把你杀掉。”

巫答有吓得魂不附体，她明白自己的法术全是骗人的，毫无半点正经用途。可是王命如山，怎敢违抗。没办法，她只好在井边搭起了法坛，披头散发，手执腰鼓，口中念着咒语，连扭带舞，装模作样地折腾了一天，也不见金马驹儿上来。国王一气之下，以妖言惑众之罪，真的砍了她的脑袋。

后来，又有许多痴心人，抱着发财的美梦，来拽金马驹儿，可都连影子也没有见到。不过井水却更加甘甜，不管你多么疲劳，只要喝上口井水，就觉得身体特别的清爽惬意，疲劳就会立刻消失。

时间一年年地过去了。有一年，叶赫城里有一个穷苦的猎人，他一连生了九个儿子，他很高兴，心想按照传说再生一个儿子，就可以打捞金马驹儿了。但可惜，第十个孩子却是个女儿。猎人并没

[1]古龙德音：满语，宫殿。

有失望，他严格训练着他的孩子，从小就教他们骑马射箭，长大了个个身强体壮，力气十足，并且勇敢、善良，不足的是都不会水。猎人决意要找一个水性好的姑爷，当做他的儿子。猎人选姑爷，选了九十九个都不如意，第一百个才可了他的心。又择了一个吉祥的日子，带着九个儿子一个姑爷，来到井旁。姑爷听从老丈人的吩咐，顺着铁链溜到井里，然后又一头扎进井底。他睁开眼睛，费了好大的劲，才解开了三千斤重的大石头。金马驹儿摆脱了沉重的石头，好不轻松，“腾”地一跃，出了水面。井上，爷十个齐心合力，加劲地拽着，终于把金马驹儿拽到井上，只见金马驹儿用头亲昵地蹭了蹭猎人的手背，又舔了舔猎人的手心说：“善良的救命恩人，我是个神奇的宝物，我奔驰过的草原会长得格外丰美；我穿越过的山林，会长得格外茂密；我饮吸过的河水，水势会更旺盛，味道会格外清甜；我行走过的土地，会更加肥沃。你们得到我，只能富了你们一家，如果把我放掉，我会使你们整个王国的山川更加美丽，物产更加富饶，生活在这块国土上的人民，都将得到利益。善良的救命恩人，两条路，你任选其一吧。”

猎人听后，和他的儿子、姑爷在一起商议了一下，然后对金马驹儿说：“如果真像你说的那样，为了黎民百姓的利益，我们愿意放掉你。”

金马驹儿一连点了三下头，表示谢意。然后一撒欢就跑远了。多少年来，金马驹儿的足迹踏遍叶赫的山山水水。

从此，叶赫的山川更加美丽，物产更加富饶，被人称誉为百宝山。

讲　　述：付　金
记　　录：刘　明
采录时间：1995 年

鬼爹杀子

从前，有个耍钱鬼叫张广仁。房子露天，炕席露土，老婆孩子衣不遮体，吃了上顿没下顿。

腊月三十，家家悬灯结彩，户户鞭炮齐鸣，屯里的人们喜气洋洋，杀猪宰羊准备过大年。唯有张广仁家，灶坑里没柴，锅里没米，三口人冻得抖成一团。儿子叫喜儿。嚷嚷要放鞭炮．妻子唉声叹气，张广仁心如刀割，抓胆揉肠。心一横，操起把菜刀，撸起裤腿就要下刀，妻子急忙上前拦阻说："喜儿他爹你要干什么?""我对不起你们娘俩，让你们受罪了。别人家大鱼大肉，我想让你们娘俩也吃上肉，把我的腿肚子肉割下来煮上，有了伤疤记住疼，再也不赌啦!"

妻子拼命地将菜刀抢了下来，流着眼泪说："只要你能悔改，少过个年没啥！你去喜儿他姥姥家，见着我爹我娘你就认个错，表示今后不再赌了。就说我说的，借点钱粮过年。"张广仁有些不好意思，大过年的怕让丈人骂一顿。妻子看出他的心思说："喜儿他爹，如果你决心忌赌就赶紧去！不想改，你就接着赌。"经妻子这么一将，张广仁劲头上来了："去就去，反正我是诚心改过。"

到了丈人家，老少正忙年呢，没人正眼看他。他跪在丈人近前磕头说："岳父大人在上，小婿给您拜年了！这回我下死誓，以后再不赌了，您老再听说我上赌场，我就把自己的手剁下来给您。"老丈人一听，姑爷改恶从善是好事，一肚子气全消了，扶起张广仁说；"知错能改就好，等来年开春，我给你买块地，好好过日子，生活错不了。管家，给姑爷弄两方子肉，一袋面!"张广仁又向岳父下了一番赌咒，扛着肉和面回家了。

走在半路上，路过一家赌场，就听里面哄喊道："我赢了！我赢了!"张广仁竭力控制自己，暗下决心，这回说啥也不赌了。可脚不听使唤，手痒痒着，干脆看看热闹，自己不赌没人敢强行。他扛着肉和面进了赌场，赌徒们一看高兴了："快给老张让个位，老张啊，整两把，正起点时候，赢两把过年也宽敞宽敞。”张广仁摇了摇头说：“我忌赌了，卖会呆儿就走。”“瞧，男子大丈夫，宁肯忌饭也别忌赌啊。”正说着，押赌的又赢了。

张广仁心里有些发痒，趁着点高，押上一方子肉，碰碰运气，赢了给孩子买点鞭炮，输了还有一方子肉，也凑合过年。谁知一眨眼工夫输了，他越想越晦气，不行，我再往回捞一把，输赢在此一举。他颤抖着把另方子肉押上了，刚放稳，又输了。心里“格登”一下，索性把面也押上。等他清醒时傻眼了，面也输掉了。他出了赌场，栽了两栽，摇了两摇，险些摔倒。脚上的泡自己走的，家不能回了，无脸再见老婆孩子，找棵歪脖子树吊死算了。

妻子一直等到天亮，也没见丈夫回来。到娘家一问，才知道张广仁三十晚上扛着肉和面走的。上哪儿去了呢？是不是又赌输了？妻子心里焦急不安，忙找亲戚求朋友四处寻找，一直找到正月初三，在离家八里之遥的一个松林里，张广仁直挺挺地吊在一棵歪脖子树上。娘俩大哭一场，当时天寒地冻，无法动土，只好割些蒿草，砍些树枝，将尸体掩盖上了。

张广仁死后，被一鬼王收为鬼卒，不算阴间的人，在阴阳界上修炼，取日精月华，吃人心喝人血，能现形能隐形，不到一年的工夫，张广仁把鬼王本领都学到手了。鬼王把张广仁叫到近前说：“徒儿，你可以到人间闯荡啦。必须吃了九十九个活人，然后再吃你自己儿子的心，你的魔力就成气候了，就是大罗神仙也斗不过你。”张广仁给鬼王磕了几个头，化做一股黑风走了。

张广仁到了人间给一家叫张福成的财主当长工。张福成有钱有势，良田千顷，骡马成群，牛羊成帮，使奴唤婢，还雇了七八个看家护院的武林高手。宅院里四面设四个大炮台，炮手们都百发百中，就这样，时常还有强盗前来骚扰。张广仁来后，把这一带强盗几乎收拾干净了，张福成很赏识他的才干，奖励了不少银子，工钱加倍。但奇怪的是。从没见张广仁吃过饭，也没见他睡过觉，每夜二更天出走，四更天回来，往返不走大门，翻墙而过。

一晃半年过去了，财主家的护院和炮手，隔一些日子就失踪一个，剩下两三个炮手吓得也辞工了。其余的长工和丫环婆子们也全都不干了。张福成心中犯疑：张广仁行踪不定，夜里经常出没在东炮台，不如去看个究竟。张福成来到东炮台里一看，吓得“扑通”一声坐在地上，只见里面一大堆骷髅，我的娘啊，张广仁原来是妖精，这可如何是好？这堆骷髅叫官府知道了，不杀我的头也得蹲大牢。趁着没人知道，赶紧收拾出去。于是他把骷髅装了好几口袋套上大牛车，拉到东壕沟扔了。到了晚上，张福成把门窗闩得紧紧的，又用桌椅板凳顶得牢牢的，还预备一杆扎枪，他大气不敢出。把窗户纸抠个窟窿，观察外面动静。三更天左右，外面刮过来一股大旋风，直奔东炮台而去。眨眼工夫又回来了，凑到了窗前，张广仁现了形。他把两个骷髅往窗台上一放说：“东家，你已经知道我是吃人的魔鬼，但我不会吃你的，我也不在这干了，把我的工钱结了。另外你把那些人脑瓜骨弄哪去了？”张福成战战兢兢地说：“好，我这就给你结算工钱。人脑瓜骨让我扔东壕沟去了。”说完顺窗户窟窿送出五百两银子，张广仁捧着银子来到东壕沟，仔细一数，整整九十九个骷髅。他哭了几声，又笑了几声，提着银子，化做一股黑风奔苏州去了。

张广仁到苏州城后，租了几间门面房子，开了个杂货铺，白天卖货，晚上到很远的地方去偷，回来贱卖，杂货店一天比一天兴隆，又雇了几个伙计，买卖越开越大。又买下了酒馆、日杂店、绸缎庄，一时成了苏州城里的首富。张广仁什么事情都随心，唯有吃自己儿子的心没下手机会。

一天，张广仁正在街里闲走，偏巧遇见本屯李二瓦盆。李二瓦盆老远招呼说：“张大哥，你怎么会在这呢，你不是死了吗？”“李二兄弟，什么风把你刮城里来了？那日我上吊寻死后，被一仙人用法术救活。我想长长志气，不混出个人样决不回家！现在是有了钱却没闲工夫，你来帮哥哥个忙，给我老婆孩子捎点钱，改天再把我儿子小喜儿带来，不让你白跑，给工钱。”“看大哥说哪里去了，乡里乡亲的谁用不着谁。”张广仁领着李二瓦盆到自家店铺转了转，请了顿饭，临走时拿出一百二十两银子说：“李二兄弟，二十两银子是你跑道钱，这一百两银子交给你嫂子。”李二瓦盆高兴得不得了。李二瓦盆回到村后，急忙把一百两银子给张广仁妻子送了过去，说：“嫂子，那年大哥吊死后，被一位老神仙救活了，没脸回来，打算干出点名堂再来见你。如今在苏州城里开了好几处买卖，有的是钱，本想回来看看你们娘俩，生意太忙，脱不开身，让我给你捎点零花钱。还让我改天把小喜儿领过去，他爹想他，过些日子再把你也接过去。”妻子捧着一百两白花花的银子，信以为真，谢过李二瓦盆，急忙给小喜儿洗衣裳，补裤子，收拾鞋袜。

第二天，天刚放亮，李二瓦盆领着小喜儿上路了，走到晌午就到了苏州城。苏州城太美了，小喜儿看啥都新鲜，忘记了乏累，这瞧瞧那瞅瞅，一眼看见路边围着帮人，挤进去一看，见有个猎人，牵着一只白狐狸叫卖。白狐狸见着小喜儿前腿跪下，直掉眼泪。小喜儿挺喜欢这只白狐狸，急忙拉住李二瓦盆的衣角说：“我要买这只小狗玩！”李二瓦盆心里一合计，买就买吧，反正他爹有的是钱。一问价，五两银子，李二瓦盆掏出银子买了下来。小喜儿牵着狐狸，跟着李二瓦盆继续往前走，白狐狸不挣也不跑，顺顺当当地跟着走。小喜儿索性把缰绳盘在狐狸脖子上，让它自己走。又走了一段路，小喜儿回头一看，狐狸踪迹不见了。他连哭带闹说：“二叔，我要小狗，再去给我买一只吧！”李二瓦盆劝道：“小喜儿听话，二叔兜里钱不够，改天叫你爹领你买，啥样狗都有。”李二瓦盆劝了半天总算劝好了。

张广仁见到儿子小喜儿，悲喜交加，爷俩抱头大哭，哭了好一阵子，张广仁说：“儿啊，都怪爹不好，让你们母子受苦了，这回爹再也不要钱了，咱们家就过上好日子了，算起来你已经十四岁了，再过个三年五载的，你就得撑起这个家业。”说着掏出二十两银子赏给了李二瓦盆，李二瓦盆乐得都找不着北了，揣起银子，作了好几个揖抹身走了。张广仁叫过管家吩咐说：“领我儿子去换换衣裳洗个澡，他要吃啥就买啥！晚上我们爷俩亲近亲近，唠唠家事。”管家点点头说：“东家放心，奴才这就去办！”说完领着小喜儿走了。

小喜儿梳洗打扮完，立刻换了个人似的，显得格外潇洒英俊，他把下人先撵回去了，自己在这趟街遛遛，那趟街逛逛。忽然听到胡同里有人叫他："小喜儿，这边来！"小喜儿扭头一看，是个白发白胡子老头，好奇地走到近前问道："大伯你咋知道我叫小喜儿呢？""你是救命恩人哪。"小喜儿更是疑惑不解："大伯，我刚来苏州，没救过谁呀！""哎，小喜儿，你下午救的那只白狐狸，就是我，今天我也救你一回，实话告诉你吧，你爹他不是人，是吃人的魔鬼，他已经吃了九十九个人了，今天夜里就轮到你头上了。吃够了一百个人，就是玉皇大帝也奈何不了他。"小喜儿一听，吓得差点瘫在地上，跪在地上磕头哀求说："大伯，救救我吧！""我就是来救你的。"老头从腰里掏出四件东西：短剑、镜子、木梳、手帕，说："天一黑，你就藏在卧室的天棚里，三更天，你爹要动手吃你。等他上天棚去抓你时，你就照着他脑袋狠狠地刺一剑，然后你从天棚里跳下来往外跑，骑上院子里的一匹白马，直奔西南方向。你爹必然追来，见着影先把镜子撇出去，再见着影把木梳往后一扔。眼看快撵上时，再把手帕抛在地上。只要见着人家就有救星了。"小喜儿收起四件宝贝，给老头磕了几个头抹身回去了。

天渐渐地黑了下来，小喜儿心咚咚直跳，老早爬进天棚里，静静地注视着里外动静。正在又恨又怕时，张广仁破门而入，一边往炕上划拉一边叫道："小喜儿，爹来了！小喜儿，快出来，让爹来亲亲你！"掀起被褥一看，里边空的。他立时一愣，掐指一算在天棚上，脑袋一晃"咔吧"一声，身子长到天棚那么高，脑袋像柳罐，眼睛铜铃般大，血盆大口，巨齿獠牙，十指如钢钩，大声吼道："小喜儿，快下来！你要是不听话我就把你吃了！"话音未落，小喜儿照着张广仁脑袋猛刺一剑，"扑通"张广仁摔倒在地上，昏死过去。小喜儿乘机跳了下来，夺门而逃，一匹白马等在门口，小喜儿上马就跑。

小喜儿跑了一个多时辰，就听后边喊道："小喜儿，站住！你跑不了……"小喜儿理也不理，掏出镜子扔在后头，立刻变出一片湖泊，张广仁的魔法施展不了，只好稀里哗啦蹚了过去。小喜儿见鬼爹追来，急忙又把木梳撇了出去，眨眼间变成一片密树林，张广仁气得嗷嗷直叫，连拨带扳，费了好大劲才过去。一袋烟工夫又快赶上了，小喜儿紧忙把手帕抛在地上，瞬间变成一片火海，烈焰腾空。张广仁有天大本事也过不去，只好扭头回去了。

小喜儿骑着马继续往前跑，跑得饥渴难挨，简直上天无路。正在绝望的时候，突然发现前面隐约有三间草房，心里松了一口气。他直奔草房而来，到了近前一看，篱笆小院，院门大开，里面种满了鲜花和蔬菜。他翻身下了马，将马拴在门旁一棵柳树上，匆匆地走进去。不料房门前趴着一条没尾巴狗挡住去路，小喜儿急忙向屋里喊道："屋里有人吗？给看一下狗！"屋里人问道："谁呀？有事吗？""我是逃难之人，想到您家躲一躲，日后一定加倍报答！""进来吧！狗不咬人。"小喜儿找了根棍子，捅了一下狗脑门说："秃尾巴狗。一边趴着去！"没尾巴狗起身奔后院去了。

房门"吱呀"一声开了，出来个白发苍苍老太太，看了看小喜儿问道："小伙子，刚才你是不是捅我的狗来着？"小喜儿心想，反正狗也不会说话，我就不承认，忙说："老奶奶，我是求救您来的，哪敢捅您的狗呢。"

接着小喜儿就把鬼爹要吃自己的来龙去脉述说一遍。老太太说："我这一大把年纪可打不过魔鬼，你还是快点去求我那条狗吧，只有它能救你。你爹搬兵去了，很快就会追来。"小喜儿心里后悔不该捅狗一棍子，没办法，只好厚着脸皮去央求那条狗。好话说了三千六，没尾巴狗睬也不睬，急得小喜儿跪下了，磕了几个头，没尾巴狗才点头答应。

再说张广仁没抓到儿子就找到了师父，将始末根由叙说一遍，鬼王气得"哇哇"怪叫："本王给你三千阴兵阴将，布下天罗地网，看他还往哪里跑。"张广仁谢过师父，率领阴兵阴将，分空中、地上、水里三路出发，顿时天昏地暗，尘土弥漫，所过之处，百姓死伤无数。

老太太给小喜儿一筐饽饽和一罐子水。小喜儿正饥渴难耐，不一会工夫，将饽饽吃个溜光，捧起水罐一饮而尽。吃喝完了，就觉得自己个头长高了，身体也壮了，浑身有的是力量。

突然，从东北方向，阴风滚滚，鬼哭狼嚎，无数阴鬼铺天盖地而来。秃尾巴狗摇了一下脑袋，腾空而起，接着“咔嚓”一声霹雷，乌云翻滚，随后下起了冰雹，最大的像盆那么大，打得阴兵阴将死伤无数，活着的四散奔逃。有几个鬼卒冲了过来，被小喜儿一顿木棒打死。张广仁不顾一切直奔小喜儿扑来，老太太不慌不忙，掏出净瓶喝道：“张广仁，快进来吧！”张广仁化做一股黑烟被吸进净瓶。这时秃尾巴狗收住冰雹，按落云头，飘落在地上。老太太指着秃尾巴狗说：“小喜儿，救你的这位就是老百姓传说的秃尾巴老李。”小喜儿紧忙跪倒磕头谢恩，磕头工夫，老太太和秃尾巴老李踪影不见，房子和院落也没了，原来，老太太是观音菩萨。

小喜儿回到苏州，接管了父亲的买卖，又把母亲接了过来，娘俩过上了好日子。

讲　　述：孙忠田

记　　录：孙喜臣

采录时间：2002 年

神仙洞

二龙湖东岸，有一座山，叫神仙洞山，山上有个石洞，叫神仙洞。

传说，很早以前，二龙山里有一户姓王的猎户人家，老头叫王老猎，老婆人称王大妈。老两口没儿没女，祖祖辈辈狩猎为生。王大妈五十岁那年，忽有一天，不孕而生一女。虽说是个奇事，可毕竟有了后人，老两口乐得合不上嘴。小女孩天真活泼、聪明俊秀，生下三天就会说话。这天，老两口商量给她起名，没等大人想好，她倒自己说了话："我叫百花，我叫百花。"三天的小孩会说话，喜坏了老两口，连忙抱起她，亲了又亲说："好，就叫百花。"

一年小，二年大，百花一晃十八了。她跟爹爹学了满身的武艺，上山打猎，怎样凶狠的恶狼猛虎都不怕。她越长越俊美，双眼像秋月那般明亮，脸蛋就像清晨含着露珠的鲜花。人们都说山沟里生了只五彩凤，天上的仙女也比不上她。十里八村都传说着她的美貌。她家天天都有求亲的人，但她全都拒绝了。因为她早就爱上了一个小猎手，名字叫李大。

还是在百花十五岁那年，有一天爹爹有事在家，百花为了试试自己的箭法，背着二老，背着弓箭上了山。当她发现野猪，正在瞄准时，冷不防一只猛虎，从背后张牙舞爪向她扑来。在这千钧一发之际，只听对面"嗖"地射来一箭，射瞎了老虎的左眼，疼得老虎"嗥嗥"直叫。百花忙从箭盒里抽出一支箭，就势插进老虎的肚子。老虎发疯了，张着血盆大口，后腿站立，扑向百花，恨不能一口把她吞下。这时，只听"嗖"一声，又射来一箭，射中了老虎的右眼。登时，老虎瘫软无力，倒下了，鲜血淌了一地。百花踩着死去的老虎，向对面山上望去，一个英俊少年正在向她招手，他就是李大。

百花万分感激他的救命之恩，并领他回家见了爹妈，从此，他俩兄妹相称，经常来往，感情日益加深。不久，李大便同百花订了亲。乡亲们知道以后，都说他俩是天生的一对。只有山主胡大赖，听说这件事以后，气得山羊胡子直撅达。胡大赖是这一方最大的山主，家有千顷良田、万顷山，长工、佃户不算数，光看家护院子的家奴就有一百多。他阴险奸诈，荒淫无耻，有五房妻妾还不知足，看见谁家姑娘媳妇长得漂亮，就想弄到手。他早就想把百花娶到家，给他做第六房小老婆，可托了三次大媒都被顶了回来。他恶狠狠地说："我当是要找个什么富贵人家，却原来找了个穷跑山的。他妈的，给我抢，看你能跑出我的手心！"当下，他派了五个家奴，手持刀枪棍棒去抢百花。

百花正和妈妈忙着做嫁妆，见五个恶神一般的家奴闯了进来，急忙撂下手里的针线，顺手操起一把打猎的钢叉，对准了他们。五个家奴本来就不是百花的对手，又不敢伤害她，打了几下，不得近前，只好狼狈逃走了。

饱经世故的王大妈对百花说："孩子，胡大赖决不会放过你，快去上山找你爹和李大，商量个法吧。"

百花点点头，背起弓箭上山了。

山太大了，沟太多了，爹爹和李大在哪儿呀？她从这山跑到那山，嗓子都喊哑了，也没找到爹爹和李大。她爬上一座高山，正举目远望，忽听山下有人喊她："百花姑娘，下山吧！我们老爷来了，跟我们老爷成亲吧！保你有吃有喝有钱花，享不尽的荣华富贵呀！"百花仔细一看，原来是胡大赖领着家奴追她来了。她不由满腔怒火，咬紧牙关，拉弓搭箭，瞄准了胡大赖。没等百花松箭，忽听头顶"咔嚓"一声巨响，惊天动地，从山顶滚下一块巨石，足有五间房大。说来也怪，巨石越过百花的头顶，叽里咕噜向下滚去，吓得胡大赖和众家奴急忙抱头鼠窜。接着又是"咔嚓"一声巨响，巨石崩炸，碎成无数大大小小的石块，一一砸在胡大赖和家奴的头上，个个被砸得脑浆迸裂。百花这才解了心头之恨，回头向山顶望去，刚才滚下石头的地方出现了一个石洞，洞里流出一股清清的泉水。

百花好生奇怪，这块大石头从自己的头顶上方滚下来，竟连一根毫毛都没伤着，难道是神仙点化？她来到山洞，更觉奇怪，洞里摆着石桌、石凳、石碗、石筷。石碗里还有两个大馒头，冒着香喷喷的热气。跑了很多路途的百花，又饥又渴。她顾不得多想，用石碗舀了一碗泉水，坐在石凳上，拿起馒头就吃。她刚咽下最后一口，就听背后响起一阵阴阳怪气的笑声。她回头一看，坏了，是天上的雷公来了。

只见雷公瞪着两只圆眼，射着凶光，但口气还挺温和："百花，你的仇人已被我震开的山石砸死了，快跟我返回天宫吧。若不与我返回天宫，可休要怪我无情，王母娘娘有旨在先，你要至死不归，就将你变成石头。"

百花咬咬牙，坚决地说："变吧，变成石头，我也要留在人间。""好！"雷公喝了一声，然后念起咒语，向百花吹了口法气。顿时，活灵灵的百花，变成了一尊冰冷的石像。

消息传开，李大第一个跑上山来，抱着石头百花，哭得死去活来。夜深了，也不肯下山。眼泪哭干了，身子哭乏了，渐渐也就睡着了。半夜里，有人轻轻地推了一下李大，李大睁眼一看，原来是百花。他惊喜地抱住了她，说："百花，你可活过来了，告诉我，是谁把你变成石头的？"

百花说："我本是天宫里的玉女，王母娘娘的丫环，名叫百花，只因向往人间，便趁王母不备，私自下凡。一晃一十八年，也就是天上的十八天……"她还告诉李大，是善良的七仙女不忍他们这对恩爱夫妻分离，想了一个分身法，把真身带回天宫，留下分身与李大为妻。

末了，百花告诉李大，天明以后，从一百个山头上，采来一百种山花，用洞中的泉水糅合，天天沐浴石身，百天之后，便可复活……。说完，她轻轻地推开李大，飘然离去了。

李大张开两手，急忙去撵，只见洞外群山朦胧，星光闪烁，却原来是一场梦。

第二天，李大不顾疲劳，跑遍了一百个山头，采来了一百种山花，然后用洞中的泉水糅合，天天沐浴石像。一百天过去了，石头百花缓缓地舒展了一下身子，慢慢地睁开了双眼，就像刚刚睡醒，片刻，便亭亭玉立，神采动人。百花复活了，她和李大很快成了亲，生活得很美满。

从此，留下了这段神奇的故事。这个山洞人们叫它神仙洞，这座高山也得名神仙洞山。

讲　述：李长林
记　录：康国臣　55 岁　大学文化
　　　　刘　明
采录时间：1989 年

鲁班显圣

明末清初，在八面城境内有个苏四爷，财大势大，方圆几十里的土地都是他家的。他有个二哥，在朝廷翰林院当官，所以他在这一方跺一脚，整个八面城地皮都颤，整死个人如同捻死个蚂蚁，地方官府就更不放在眼里。

当时地方官府要建老爷庙，这样的肥差事自然要归苏四爷。苏四爷一琢磨，官府限一个半月完工，国库银子一拨下来，这边就将工程转手包给别人，工期缩到一个月，限期完不成，不但得不到工钱，还要赔工程款，交官府治罪。想啥办法也不让他按期完工，这笔工程款全归自己了。

苏四爷将工程包给了大包工头子张仁发，两个人起草了文书，签了合同，立即开工。张仁发一算计，如果砖瓦木料准备停当，一个月时间就轻而易举拿下。一切设备现成的，铺开摊子就干上了。哪料，工程干到一半时，砖瓦木料啥都丢，张仁发一边紧急进料，一边雇人看守，工程照常进行。

眼见工期剩五六天了，一天夜里，突然来了一伙蒙面人，一齐往木料堆上射火箭，树皮刨花立时起火，人们跑出来奋力扑火，从火中往出抢木料，好几个人被烧伤，还有的衣服和辫子也烧了。折腾到天亮，大火总算扑灭了，清点一下木料，烧了三分之一，张仁发顿时挠头了，再进料来不及了，这回彻底栽了，等着赔款蹲监狱吧。

张仁发愁眉苦脸正没着落呢，弟弟张仁财走到近前说："大哥，勿忧，我倒有个主意能解燃眉之急，把咱家后盖的那几间房盖拆了，木料不就够了吗，这个工程完事，回手买木料再上那个盖，时间就容空了。"张仁发一拍巴掌说："对呀，我咋就没想起这招呢？快，赶紧动手！"

还有两天工程就到期了，正上梁时发现檩子和椽子都截短好几寸。张仁发心头火起，分明是有人有意里勾外联破坏工程，外边人抓不住没办法，内部人看你还往哪里跑。领着人急忙追查，追来追去，查着了，这些木料都是杜木匠一个人截的。张仁发再找杜木匠，早已溜之大吉了。张仁发又傻眼了，就是有现成的木料也不赶趟了。急得像热锅上的蚂蚁。张仁财说：“大哥，要么把咱家房子都拆了？尽量往前赶，赶哪算哪？”“来不及了，现在就是鲁班神仙显圣，也无回天之力了，等着吃官司吧。”

到了晚上，张仁发一合计，反正也这么回事了，这些天工匠们挺辛苦，给他们撮一顿。马上派人买酒买菜，工地上所有的人都来尽兴。宴席上张仁发宣布：“各位三老四少，兄弟朋友们，你们放心，尽管有人算计我，使工程违约、赔款、吃官司，由我一个人顶着，可我张仁发宁肯倾家荡产，一文钱也不少给你们。”众人齐声说道：“张工头，别说了，为了保证工期，你把自己家房子都扒了，让你自己赔我们有点于心不忍。要赔大家一起赔吧！”

众人吃着、喝着、议论着，突然有个老头端着菜碗站起身来喊道：“大师傅，这菜太淡，给我加点盐！”人们一瞅老头六十多岁，声音挺洪亮，谁也不认得。厨师急忙把半匙盐放到老头菜碗里，老头拌了拌，吃了一口说：“大师傅，再给我加点盐！”厨师又加了半匙盐。没吃两口老头又要加盐，厨师很生气，过半勺盐倒在老头菜碗里。老头火了吼道：“我叫你加盐就加盐，不愿加就拉倒，一下子倒这些，你想齁死我呀！没好良心，我不吃啦。”说着将碗撇了过去。厨师闪身躲过，菜碗摔了个粉碎，众人吃了一惊，再看老头时踪迹不见。

张仁发反复解这个谜，琢磨了半个时辰，突然眼睛一亮，明白其意：鲁班神仙点化，加三次盐，意思叫自己加三层沿，对呀，加三层沿木料不就够长了吗？众人也来了精神，异口同声说：“张工头，我们夜战吧，保证到期完工！”工地上点起灯笼火把，亮如白昼，木瓦工一齐动手，“叮叮当当”忙得不可开交。一直干到亮，木活完工。吃完早饭，歇了歇，接着上盖上瓦，没到中午工程结束了。

苏四爷一看，几次阴谋没得逞，又有鲁班神仙相助，不得不认输。只好乖乖地把工程款付给了张仁发。

讲　　述：高淑珍　女　80岁

记　　录：晁正升　53岁　中学文化

采录时间：2002年

桑树的传说

在山门镇英城子村与辽宁杏山村交界处，有片桑树林。林子里有两棵又粗又高的大桑村，每到夏季，树上结满了红登登的果子，味甜可口，附近的人们摘也摘不完。据上年纪的老人讲，这两棵树是一对恋人所变。

很早以前，在英城子村，住着一家姓桑的老两口，养个独生女儿，名叫桑艳艳。桑艳艳见父母年纪已高，就承担起一切家务，每天还要上山砍柴卖柴维持生活。

杏山屯有个姓柴的小伙子，名叫柴顺。桑艳艳常和柴顺在一个山下打柴火，慢慢地就认识了，有时两个人碰面交谈几句，渐渐地产生了感情。有时柴顺帮着桑艳艳把柴火送到家里，然后再回到山坡上把自己的柴火背回去。

桑艳艳父母有病，为了借钱看病，欠本村财主田大疤瘌五斗小米，利滚利，越滚越多，怎么也还不上田大疤瘌的阎王债。田大疤瘌有个儿子叫田秃子，见桑艳艳长得漂亮，心灵手巧，聪明贤惠，常想把姑娘娶到家里做媳妇。

一天，田秃子穿上一身丝绸衣，拿着把白绫扇，领着几个狗腿子，摇摇摆摆地来到桑家讨债。明着讨债，暗里却带了一些聘礼，进屋就说："老桑头，今天我来清账，把欠我家的债还清！"

一家人连隔夜粮都没有，哪有钱还债，老两口央求说："少东家，再宽容一些日子吧，我把房子卖了还你的钱。"

田秃子在屋里搜了一遍，确实没啥，突然装出一副同情的样子说："乡里乡亲的，没有也不能要命。"说着话从怀里掏出一把银子，递给老两口说："老人家，这些银子你先拿着，给桑艳艳做几身衣裳吧！"

桑家老两口感到很纳闷，田家的人从来没这样善心过，今天送银子，是黄鼠狼给鸡拜年没安好心。

这时，桑艳艳和柴顺背着柴火回来了，看见炕上放着白花花的银子，心里明白了几分。

桑艳艳气冲冲地问："这是咋回事？"还没等田秃子开口呢，桑艳艳就把银子撇出大门外去了。田秃子刚要发火，一眼看到柴顺手拿镰刀怒目而视，吓得缩头藏颈，从地上收起银子一溜烟地跑回家去了。

没隔两天，田秃子派管家来要账，限三日内把账还清，过期就拿桑艳艳顶账。

老两口进退两难，桑艳艳对父母说："女儿至死不嫁田家！我早就有人家了，他是北屯老柴家的，名叫柴顺。"父母愁得直打唉声，干着急没办法。

柴顺知道这个事后，来找桑艳艳合计，逃走吧，老人受牵连。不走吧，又还不上人家的债，怎么办呢？

一晃来到第四天头上，眼见田秃子领着人来抢人，两个人手拉手，从后角门就往经常打柴的那个山坡上逃跑。田秃子领着人就追，追到近前怎么也找不着人了。

田秃子恼羞成怒，一摆手吩咐道："给我放火烧山，看他们还出不出来！"大火把山坡上的草木烧光了，也不见两个人出来。带人到山坡上仔细搜查，哪里有他俩的踪影，只好垂头丧气地和狗腿子们走了。

打那以后，桑艳艳和柴顺再也没回来，桑家老两口天天到山坡上去找女儿女婿，仍没音信。奇怪的是，老两口总有吃不断的粮，烧不完的柴。

没隔几年，山坡上相依长出两棵大桑树，越长越粗，越长越高，年年开花结果，繁殖了很多桑树，日子一久，变成一片桑树林。

讲　　述： 刘少忠　70 岁
记　　录： 刘桂珍　女　33 岁　中学文化
采录时间： 2004 年

头痛箍

从前，有这么穷富两个鬼，穷鬼问富鬼说："大哥，你咋总有钱花呢？你是咋弄来的？"富鬼回答说："兄弟，你有所不知，我有个头痛箍，只要戴在人脑袋上，就疼得受不了，很快就会有人烧纸给你送钱来。""大哥，可怜可怜兄弟吧！把头痛箍借我用一天！""兄弟，不是大哥吝啬，你给我弄坏了或弄丢了，大哥就没来钱路了。""兄弟用脑袋担保，晚上奉还！"

富鬼把头痛箍借给了穷鬼，穷鬼如获至宝。在道上等了大半天，过来一队人马，为首的是员武将，威风凛凛。手下士兵雄赳赳，气昂昂，穷鬼没敢动手。不一会儿又过来一乘八抬大轿，鸣锣开道，好不威严，穷鬼又没敢上前。快到晚上了，过来一个农夫，扛着锄头往家走，穷鬼见农夫累得筋疲力尽，容易下手，追上前去将头痛箍戴在农夫脑袋上。

农夫回到家里，脑袋疼得要胀开了，翻身打滚地叫唤。妻子说："想是冲着鬼了吧？烧点纸，打对打对野鬼，头疼马上就会好的。"农夫一咬牙，到外屋厨房操起把菜刀说："我就不信邪，把脑袋砍两半，看这脑袋还疼不疼了。"说着奔自己脑门劈来，穷鬼见事不妙，怕劈坏了头痛箍，交不了差，扑上前去抢下头痛箍，抹身就跑，紧忙把头痛箍还给了富鬼。

第二天，富鬼领着穷鬼来到岔道上，远远见一个满脸凶相的财主，骑着大马，马后拴着两个交不起租子的穷汉，身后跟着四个恶奴，大摇大摆地过去了。富鬼撵到近前，伸手将头痛箍给财主戴上了，财主回到家后，脑袋疼得直撞墙，大老婆让小老婆去烧纸，小老婆烧了一大抱纸，财主脑袋仍然在疼。富鬼现形告诉财主说："把两个穷汉放走，你脑袋就不疼了！"财主急忙吩咐管家说："管家，把两个穷鬼放了！"说来也怪，脑袋立刻就不疼了。

穷富二鬼化作一股阴风走了。穷鬼一竖大拇指羡慕地夸赞道："大哥真了不起！敢给恶霸戴头痛箍，令我佩服！""兄弟，都说你穷，这个头痛箍送你，你也不会用，欺软怕硬，抓那些穷人哪有钱给你。我这头痛箍是专给那些巧取豪夺有钱人戴的，这叫取之有道。”穷鬼更加服气。

讲　述：张玉田
记　录：刘春丽
采录时间：2005 年

吹牛吹出个女鬼来

早年间,在关东围里小叶赫沟这儿有个叫李宝的小伙子,长得五大三粗的。掏狼窝、看死尸,胆子比倭瓜都大,还能吹牛,人们叫他李大胆。

一天，屯西头道上爬来一条大蛇，足有一丈长，人们围住大蛇惊叫着喊道：“打！打！打！”可喊了半天谁也不敢打，李大胆走到近前将蛇头按住，像捡绳子似的，甩了几下，然后往脖子上缠了三圈说道：“冰凉的，太舒服了！”众人一看，都惊呆了，不愧叫李大胆，这要咬上可就没命了。叔伯大爷老德爷说：“孩子，快扔了，咬着可不是闹着玩的，非死不可。”李大胆说：“大爷，别瞎操心了，多大个事，现在山上没有老虎，要是有老虎的话，我就是第二个武松，而且我两拳就能把老虎打死！”

说来也巧，没隔两天，他到五十里外赶集回来，走到半路上天就黑了，突然背后有两个毛乎乎的东西搭在自己肩上。李大胆心里判断，准是狼，没敢回头，扬起扁担，往后使劲一砸，狼被打昏。他急转身紧接着就是一顿扁担，狼脑袋打烂了，四条腿也被打断了，只剩下一口气了。他把狼扛回屯里，吊在屯头大柳树上，给狼活扒了皮。然后用大锅煮熟，摆了三张桌子，让乡亲们吃狼肉，又用狼皮做了副套袖，这下更有吹的了，走到哪里炫耀到哪里，打死个狼算什么，哪天我找个女鬼做媳妇那多神气！屯里人们既羡慕他胆大，又怕以后说不定又遇见啥险事。

清明节到了，他老早起来用纸镊子打了些纸，深一脚浅一脚来到他爹坟前，画了个圈，把纸点着。说来也怪，刮起一股旋风，火苗旋成一圈，直向李大胆袭来。李大胆赶忙躲开。紧接着听见女人说话声：“李宝，我和你爹是邻居，给我点钱花吧！”李大胆说：“多大个事，你能否出来让我见见你的面目。”

李大胆顺着声音一看，在他爹坟旁小坟里塌了个大窟窿，接着伸出一只长胳膊，五指像钢钩，三拱两拱，钻出来个女人，身穿蓝布大褂，梳着披肩发，眼睛淌着血泪，口吐绿沫，门牙足有半尺长，支出唇外。从不知啥叫害怕的李大胆，立时觉得毛骨悚然，身上起鸡皮疙瘩，直打冷战。女鬼怪叫了两声说："李宝，你常说娶个女鬼做媳妇才神气呢，今天我给你做媳妇。"说着像阵风似地扑过来，李大胆想跑，可腿肚子转筋不听使唤。女鬼搂住李大胆在脸上亲了几口，李大胆被女鬼亲了一脸绿沫子，肿起老高。李大胆左挣右挣，好不容易挣脱出来，拼命往家跑。

哪知李大胆跑回家一看，见女鬼躺在炕上啃人骨头呢，滴答一炕血。女鬼龇着大牙哈哈大笑说："我丈夫回来啦，还剩几口肉，给你啃吧。"说着一骨碌身起来了，血淋淋的一条胳膊递了过来。李大胆魂都吓飞了："我的妈呀，快救命啊！鬼跑我家来了！"街坊邻居见李大胆吓得都差声了。说不定真见鬼了，仗着人多胆壮，到李大胆家趴窗户一看，可不是嘛，女鬼正啃骨头呢，弄得满嘴巴子是血，人们觉得头发茬子发竖，身上发冷。这时女鬼用手一指说："你们有啥好看的，以后李宝就是我丈夫，这就是我的家，愿看进屋看个够。"说着将上扇窗户踹开，一条大腿迈了出去。众人一看，哪还敢瞧这热闹，吓得四散奔逃。

屯里人们吓得全关门闭户了，大人孩子钻到被窝里大气不敢出。有几个胆大的互相一合计，这样下去鬼会把屯里人吃光的。乡亲们也一致同意出钱，便花重金请来个法师。法师在李大胆家门窗上各贴一道符，女鬼被镇住了，躺在炕上动弹不得，法师吩咐众人往女鬼头上浇七只乌鸡血、二十一只黑狗血，然后用一张驴皮蒙上。法师念动咒语，就见一道黑烟飞出窗外，眨眼间不见了。

法师对李大胆说："年轻人，进屋去吧，没事了。"李大胆急忙后退说："我可不敢进去，屋里有鬼。"背后有人悄声说："李宝，你不说找个女鬼做媳妇才神气嘛。"李大胆羞愧地说："别提这茬了，这都是我吹牛惹的祸，以后再也不敢了。"

讲　　述：赵先生
记　　录：孙喜臣
采录时间：1988 年

“阿弥陀佛”的由来

相传，唐僧师徒四人去西天取经，在回东土途中，路遇通天河。师徒正愁无法过河，突然从河里钻出来个大白癞头鼋，一边在水里来回游，一边探着头叫道：“老师父，我在这等了你好几年，却才回也?”行者笑道：“老鼋，向年累你，今岁又得相逢。”三藏与八戒、沙僧都欢喜不尽，行者道：“老鼋，你果有接待之心，可上岸来。”那鼋即纵身爬上岸来，师徒一行高高兴兴地上了鼋背，行者一脚踏着老鼋的脖子，一脚踏着老鼋的头叫道：“老鼋，好生走稳着。”那老鼋踏水如行平地，驮着师徒四人，连马五口，径往东岸而来。行经多半日，将近东岸，老鼋忽然问道：“老师父，我向年曾央到西方见我佛如来，与我问声归着之事，还有多少年寿，可曾问否?”三藏是个老实憨厚之人，他一心取经，专心拜佛，却把老鼋嘱托之事，忘了个一干二净。老鼋一问，三藏无言可对，只是沉吟，不曾答应。老鼋既知不曾替问，将身一晃，呼喇地淬下水去，师徒四人连马并经尽皆落水，亏得唐僧脱了凡胎，成了道，徒弟们又都有水性，才没有被淹着。等他们师徒上岸后，老鼋早已逃得无影无踪了。行者施展神通，将经包衣服，鞍辔等物件，一一打捞上来，晒了半日方干，师徒们收拾收拾包裹继续往前赶路。不料这事被如来佛知道了，他把通天河里的所有精灵都召集到了一起，便责问道：“你们哪位驮佛过河了？把佛经都弄湿了?”众精灵见状吓得浑身发抖，战战兢兢地说：“我没驮佛！我没驮佛！我没驮佛!”如来见问不出结果，只得作罢，皱了皱眉头道：“好吧，没驮佛者都可以成仙成佛。”说完驾着祥光而去。打那以后，出家人为了修行成佛，竟把这句话当成佛号念了，未从说话先道了声：“我没驮佛!”后来念来念去把这句话念成“阿弥陀佛”了。

讲　　述：赵先生
记　　录：孙喜臣
采录时间：1985 年

红娥与黄羊

记不清是哪年了，总之，在很久以前吧。吴家大院里雇着一个放羊的小伙子，谁也不知道他的名儿，就连他自己也不知道自己叫啥，因为他姓黄，又是放羊的，人们就顺口叫他黄羊。别人叫他黄羊，他总是笑眯眯地答应，看得出，他很喜欢这个名字。

黄羊十六岁就到吴家放羊，一天到晚除了放羊，还要打柴、割草、喂牛、喂马……只有夜里睡觉，才算休息。一晃黄羊在吴家大院放羊已有五年了，天天如此。黄羊人长得好，心肠也好，每当遇见要饭的老头、老太太，还有残疾人或小孩，只要赶上黄羊在吃饭，那就准把自己吃的饭舍出一些。

一天，黄羊赶着羊群回来。在路上，正在寻思着心事，忽听背后有人招呼他："哎，小伙子，等一等！""嗯！"黄羊回头一看，见是个老太太，便走了过去。一看见老太太痛苦的脸就问道："大娘，您怎么了？哪儿疼啊？""唉哟，疼死我了，小伙子，求你帮个忙，刚才我在树上采桑粒，不小心滑落下来，一下子扭伤了脚，动弹不得。我唤你来给我家捎个信，叫我女儿红娥来接我。""大娘，我送您老回家吧？""那不太谢谢你了。""哎呀，大娘，瞧您说的，来，我扶您。"说完黄羊扶起老太太，赶着羊群往回走。到家把羊赶到圈里后，又送老太太回家。到家已经掌灯了。只听老太太喊道："红娥呀红娥！"院里答应道："哎，我来了。"随着话音，门"吱呀"一声开了，从里面走出个二十四五岁的年轻媳妇，原来是她的儿媳秀娘。一见婆婆的脚扭成这样，心疼地问道："娘，您的脚咋的了，咋回来的？碰见红娥他们哥俩了吗？""他们哥俩找不着我，一会儿会回来的，先别说别的，快请客人到屋！"老太太说完，忙对黄羊说："小伙子快到屋歇歇，喝点茶，今天多亏这个小伙子，不然说不上什么时候爬到家。秀娘，快去泡茶，让恩人歇歇脚。""哎！"秀娘答应一声烧水去了。黄羊摆了摆手说："不不不，别忙了，天晚了我该回去了，以后有时间再来喝茶，告辞了。”说完转身走了。老太太望着黄羊的背影，对儿媳妇秀娘说：“这个小伙子的心肠可真好！我女儿找这么个女婿，我也就心满意足了。”婆媳夸奖了一阵回房休息去了。

一天早上，天气晴朗，万里无云，黄羊起来吃完早饭，又赶着羊群来到山坡上。看到地上绿油油的草，和一朵朵芳香的野花，心里格外舒畅，他正看得出神呢，忽听背后有人笑。回头一看，原来是一群采桑粒的姑娘，只听姑娘们说：“哎，红娥，你在望什么?”那位叫红娥的姑娘，好像没听见姑娘们的取笑话，还是含情脉脉地望着黄羊发呆。姑娘们感到没趣，回头就笑黄羊说：“黄羊哥，你在想什么？是不是想心上人了？你看你的心上人来了。”说完姑娘们用手一指，便嘻嘻哈哈地下山去了。黄羊顺着手指一看，看见红娥正望着他呢，不觉得脸一红，红娥也脸一红，低头摆弄着竹筐。黄羊低头想了想，抬头望着红娥唱道：

靠山村里一条河，一只黄羊上山坡。

看见青草妹呀妹呀地叫，不知青草名字叫什么。

红娥听到这里，也想了想，抬头望着黄羊唱道：

靠山村里一条河，一只红娥下山坡。

遇见黄羊对面叫，羊叫妹来娥叫哥。

刚唱完，只听有人说话：“哎呀，唱得可真好！怎么不唱了，哥呀，妹呀的，我还没听够呢。”“哎呀嫂子，瞧你说些啥。”说完红娥瞅了一眼黄羊，脸一红跑了。

黄羊回到家，把活都干完以后，回到屋里睡觉，想到白天的事，哪能睡得着呢。

第二天，黄羊起来又把羊赶上了山坡，抬头一看，红娥早已等在一棵槐树下边了。黄羊想了想唱道：

高高山上一棵槐，一只黄羊上山来。
看见花儿有心采，不知花儿几时开。

红娥听到这里，看了看黄羊，红着脸唱道：

风不吹，柳不摆；
雨不打，花不开。
要有采花心，得长采花手；
要有采花心，你就快些来。

黄羊听到这里，为难起来，因为他知道，要想找媒人必须要有银子，可是眼下，他哪有银子呀。想到这，黄羊低头想走，还没等走呢，红娥上前拦住说："黄羊哥，我知道你很穷，我嫁鸡随鸡，嫁狗随狗，决不后悔。给，这是我绣花挣的钱，你回去先找个媒人来，我等你，一辈子也不变心。""红娥，这，你爹妈能同意吗？""你放心吧，有我呢！"红娥说完，红着脸跑了。

黄羊心里美滋滋的，拿着银子赶着羊回到吴家大院。俗话说，哪有不透风的墙。这事被财主婆知道了，多嘴的财主婆娘把这事给吴财主说了。吴财主眉头一皱，计上心来，把黄羊关了起来，把银子也抢了去，硬说黄羊偷了他家的银子，指着黄羊说："像你这样的穷小子，也没打听打听老爷是谁，还敢偷我的银子娶媳妇，别忘了你还欠我许多账呢，这回我让你一辈子也还不清，你个穷光蛋，竟然偷到老爷头上来了，我非好好治治你不可，看你下回还敢不……"说完，吴财主气冲冲地走了，黄羊越想越气，天底下没有这么欺负人的，有理没处讲，打又打不过，他难过得哭了一场。

自从红娥跟黄羊订下终身以后，天天盼呀，盼呀，盼望着黄羊早日请媒人来，可是一天过去了，两天过去了，一直等了十多天，也不见媒人上门来。红娥以为黄羊没把这事放在心上，只想到自己马上就要和黄羊成亲了，不觉高兴起来，晚上掌灯时，红娥到自己的房间里，置办起嫁妆来，绣幔帐，绣枕头，绣花鞋，绣得花鸟虫鱼活灵活现，绣得山水人物像真的一般，心里美滋滋的。

一天晚上，她又拿起绣花针和绣花鞋绣了起来。绣着绣着，突然打了个喷嚏，不小心，绣花针把手扎了，她看了看出血的手指，苦笑了一下，自言自语地说道：

二八佳人女娇娥，点上银灯绣花鞋；
一阵凉风吹粉面，盼着黄羊找红娥。

红娥说完，仍然继续绣着花鞋，也没在意这话。说者无心，听者有意，可这话偏偏让看望红娥的爹爹听见了。老头心里想，哦，女儿有外心了，便急步走回自己屋里，对老伴儿说："咳，女儿大了真不能留……"老太太奇怪地问道："老头子，你这话是说谁呀，是说红娥吗？"老头不耐烦地说："我还会说谁，你听她说些什么？"老太太急着问道："她说些什么？"老头就把红娥的话说了一遍，最后说："赶快把红娥嫁出去，别留在家里再丢丑了。""老头子，明天你去请个媒人来，我做主给她找个人家。""我？"老头刚想说什么，儿媳妇秀娘走了过来说："爹，你说黄羊这小伙子怎样？""怎么，你说是黄羊？""依我看妹子跟黄羊倒很般配的，黄羊小伙子人长得不错，心肠也好，又勤快，又能干，对了，娘，就是那天送你回家的那个小伙子。""啊！是他？他就是黄羊？""他就是黄羊。""嗯，我看小伙子不错，但不知人家干不干？""娘，你就放心吧，黄羊早就看中咱家的红娥了。""照你一说，咱们正好是穷拉穷，富拉富了。""爹，我看这样再合适不过，妹子相中了黄羊，而黄羊也看中咱家红娥了，以后成亲会幸福的。""你怎么知道你妹子相中了黄羊？""这……"秀娘知道自己说走了嘴，只好把红娥和黄羊订下终身的事说了出来。老头和老太太听完说道："如果二人都有意，那黄羊为什么不请媒人呢？"秀娘无话可答，只好顺着公公婆婆说了："是呀，也许快来了吧？"

第二天，红娥又和嫂子秀娘上山采桑粒了，刚出大门，迎面飞来一匹青马，马上坐着一人，这人歪戴帽子斜楞眼，脖领子上插着一把扇子，看样是一个书生。秀娘一捅红娥说：“红娥你看，那人骑马多猛，我们到门后躲一会儿吧！”“哎！”说完姑嫂俩往门后一闪就不见了。这个骑马的人，他就是吴家大少爷，名叫吴清，他这是刚从学堂回来，马跑着跑着，一抬头看见一对女子，便飞奔过来。看得出来，他是一个好色之徒。没曾想来到门前不见人影，吴清奇怪地东瞅西看，一低头看见门后露出四只绣花鞋，便哈哈大笑，然后说道：

吴清打马下山坡，巧遇一对女娇娥；
来到门前不见影，门后露出绣花鞋。

秀娘听后说；“这个无赖，真不知害臊，非得好好骂骂他不可。”“嫂子，你瞧我的。”说完走了出来，对着吴清背影说：

无赖骑着青走兽，跃马扬鞭往前走。
光明大道你不去，到处寻花又问柳。

吴清听到这里，不觉大怒，回头想骂，转过马头一看，原来竟是一个天仙似的美女，一对柳叶弯眉，一对杏核大眼，瓜子脸白里透红，唇红齿白，乌黑油亮的青丝发遮肩盖颈，真乃绝色佳人，不但人长得漂亮，嘴也很巧。吴清看得发呆，哈喇子淌出多长仍然不觉。红娥根本不想理他，随着嫂子走开了。

吴清自从看到红娥后，像掉了魂似的，茶不思饭不想，整天打听是谁家女子，正好问到他娘这儿。他娘说：“我儿，红娥姑娘长得虽然漂亮，可是门不当，户不对，再说凭咱们这人家找啥样媳妇没有，哪能说穷人家的姑娘，也不怕外人笑话！”吴清跪在地上哀求说：“娘，儿已下决心，非她不娶。我不管什么门不当户不对的，只要把她娶来，就是吃糠咽菜，我也愿意。没有她我也不活了，望娘给孩儿做主，孩儿给您磕头了……”老太太没办法，说：“我儿，你起来吧，只要你喜欢。娘就给你娶来。”

第二天，媒婆来到红娥家，还带了许多彩礼，进屋就说：“恭喜了，亲家！”红娥的父母奇怪地问道：“多嘴婆，我们家喜从何来？”“我是给你家红娥找婆家的。”“哦，但不知对方是谁家？”多嘴媒婆得意地说：“就是这一带有钱有势有名的吴大财主家，我们家少爷叫吴清。”老两口对了一下眼色忙说：“哎呀，真对不起，你来晚了，我家红娥早已许配人家了，你还是到别处吧！”“哎呀呀，我家少爷就相中你家姑娘了，非她不娶，这也是红娥的福分，如能和我家少爷成亲，日后享不尽的荣华富贵……”“多嘴婆，我已和你说过了，我家红娥已经订亲了，再说我家穷，高攀不上，你还是换一家吧！”说完老头说：“送客！”媒婆一听，气得站起身来说：“好不识抬举，敬酒不吃，吃罚酒，你以为我们少爷是好惹的？”“不好惹又怎么样？”“你去也得去，不去也得去！”“你敢抢？”“来人！”这一喊不要紧，外面进来几个家奴，拖着红娥就走。老两口气得抖抖索索地喊道：“你，你，你欺人太甚，没王法了……”说完老公母俩气昏过去了。

家奴们把红娥抢回吴家后，威逼成亲，红娥至死不从。吴清大怒，把红娥打入牛棚，脏活累活都让她干，不顺心就拿树条子抽她一顿。红娥也不说话，一声不吭地忍受着，一晃一年多，红娥受尽了折磨，从不落泪。

一天，吴清又拿着树条子来打红娥，刚走到鸟笼这儿，一只鹦鹉说话了：“公子别打了！公子别打了！”吴清听了非常生气骂道：“你这个畜牲，多嘴多舌的，哪儿都有你，我非打死你不可。”说着话操起棍子把鹦鹉打死了，总算消了口气，转身回房去了。红娥见吴清走了，便来到鸟笼跟前，捡起死鹦鹉说：

你为嘴巧住鸟笼，
我为嘴巧住牛棚；
你多言多语丧了命，
我不言不语难诉苦情。

红娥这句话，正被吴清听见了，他听红娥说话了，高兴得不得了，急忙跑到上屋，对父母说："爹，娘，红娥说话了，红娥说话了，明天赶快做衣服入洞房。"吴财主没办法，只好让小丫环去量红娥的身形。红娥一看，啊，要给自己做衣服呀，问道："为什么要给我做衣服呢?"小丫环不敢说实话，吞吞吐吐地说："明天，明天，明天是吴家大喜日子，所以都做身衣裳穿。"丫环量完尺寸就快步地走了。不到两天工夫，衣裳做完了，红娥穿在身上，正在照着镜子瞧呢，就见一个小丫环跑过来说："红娥姐，恭喜你!""喜从何来?""你知道东家为什么给做衣裳穿吗?""为啥?""让你今晚上和少爷成亲。"红娥一听如五雷轰顶："啊呀"一声栽倒在地上，人事不省，昏死过去。等她醒过来时，天已掌灯了，就见自己躺在洞房里，禁不住大哭起来。哭了好大一阵，才止住悲声。想到自己的父母、黄羊哥及自己的遭遇，心一横，咬破中指，在手绢上写下四句话：

棺材板上一颗钉，红娥身上一条心；
棺材烂了钉也烂，红娥烂骨不烂心。

写完便上吊自尽了。

自打红娥死后，黄羊被吴老财又关了几个月。吴老财觉得关他也没啥用，另外还没人放羊、干零活，又把黄羊放了出来，仍然放羊、割草、干杂活。只是黄羊很久没见着红娥的影子，心里感到奇怪。于是，他天天来到经常与红娥约会的槐树下，等候红娥。等啊等，也不知等了多少个日日夜夜，只是见树不见人，心里一阵阵好不凄酸。这天，黄羊正在槐树下见树思人，呆呆发愣，忽听背后有人喊他："黄羊哥！黄羊哥!""嗯，红娥妹妹!"黄羊答应着回头一看，远处跑来一位女子，黄羊以为是红娥，迎上前去一看，不是红娥，是红娥的表妹秀娥，黄羊急着问道："你找我有事吗？是红娥让你来的吗？红娥她怎么了？是她父母不让出来，还是……""黄羊哥，别问了，红娥姐她……她……""她怎么了，你倒快说话呀，她到底怎么了?”“她被吴清逼死了。”秀娥说完大哭起来，黄羊一听，好像晴天打个霹雷似的，当时昏了过去，等了好久才苏醒过来，放声大哭，哭得眼睛都出了血。秀娥见黄羊过度悲伤，怕出意外，上前劝道：“黄羊哥，别难过了，人死不能复生，保住身体要紧，哭也哭不活了，你要记住，红娥姐留给你一颗心，一颗爱你的心，虽然她死了，骨烂心不烂，年年节节的想着到坟前多烧几张纸……”说完秀娥掏出红娥用血写的遗书递给了黄羊，转身哭着走了。黄羊看了看秀娥的背影，又看了看血书上写的红娥烂骨不烂心这句话，又痛哭了一场。来到河边，看着翻滚的河流，流着眼泪唱道：

靠山村里一条河，一只黄羊一只娥；
吴清害得红娥死，剩下黄羊跳下河。

唱完，黄羊嘴里喊着红娥的名字，跳下河去，滚滚的河水顿时将黄羊吞没了。

讲　　述：孙忠田
记　　录：孙喜臣
采录时间：2001 年

接福神

有句俗话："有福不用忙，没福跑断肠"。这句话是怎么来的呢？

相传，从前有个张员外，家大业大，人也好说话，还不贪财。租种他家的地，凭心思交租子，能交多少就交多少，收成不好，少交也行，不交也可以。就凭这个，得了个外号，叫"张大善人"。

这一年，年头大旱，地裂得像王八盖子，颗粒没收。"大善人"没收租子，还开仓放粮救济灾民。

到了年三十儿晚上，财神和喜神搭伴儿下界，推着车子挨家逐户散财送喜。他俩来到这个地方一看，大吃一惊：这一带大旱成灾，人们咋还能乐呵呵地过年呢？两位神仙一打听才知道，原来是张员外开仓放粮了。财神对喜神说："老兄，你看张员外这么行善，我先给他送点财宝去吧。"说着话，他就到了老张家门口。哪曾想啊，他足足等了一个时辰，老张家也没人出来接神。他只好上前敲门，大声喊："开门哪，我是财神，给你们家送金银财宝来啦！"张员外在屋里一听，没加理会，回了一句："你走吧，我不要。"财神压根就没想到这人家不贪财。他很扫兴，摇头叹息地走回来。

喜神等了半天，一看财神脸上没点儿笑模样地回来，挺纳闷儿地问："老兄，为何烦恼？莫不是张员外慢待了你？"财神摇着头说："老兄，别提了。我说你都不能信，从古至今，哪有财主不贪财的？可这张员外大门不开，财宝不受，还赶我走，这可真是天下少有！"喜神一听，乐了："老兄，你别错怪了他，大过年的，也许他遇着不顺心的事儿啦，待我走一遭，给他送喜，他就收了。"喜神说着就来到张家门口："开门哪！我是喜神，给你们家送喜来啦！"张员外一听，还是那句话："我不要，你走吧！"喜神也被顶回来。财神问："老兄去送喜，大受欢迎了吧？"喜神打了个唉声："不怪你说，这老头儿可真怪，送财送喜他都不要，那他可想要啥呢?"

两位神仙正在琢磨，福神赶来了。他听了这码事儿，哈哈大笑地说:"好！我倒要见识见识这位'大善人'!"一转身，奔老张家去了。财神和喜神嘀咕了几句，也跟着过去了。到了老张家门前，福神叫门:"开门哪！我是福神，给你们家送福来啦!"张员外一听，心中大喜，急忙吩咐老婆孩子齐动手，排香案，摆供品，点蜡烛，放鞭炮，开大门接福神。忙活了好大一阵，才把三位神仙接进上房。财神喜神一看这阵势，没好气儿地问:"方才我们给你送财送喜，你不理不睬不开门，他福神一来，怎么全家就隆重接待呢?"张员外恭恭敬敬地说:"两位神仙千万莫怪，小老儿怕的是没'福'啊！若没'福'，保不住财，也留不住喜；福神一来，才能恭'喜'发'财'，这就是'有福不用忙，没福跑断肠'啊!"

讲　　述：孙忠田
记　　录：孙宇策
采录时间：2002 年

鬼怕不要命的

早年，东山里有个大财主叫张福成，活着的时候心狠手辣，人们都怕他，一死后闹开鬼了，人们就更怕他。

张福成死后按风俗习惯发丧七七四十九天，可到七天头上就成气候了。每逢半夜三更天，灵堂里的棺材盖“咔吧”一声开了，张福成长满了一身红毛，瞪着两只绿灯似的眼睛，“嗷嗷”地怪叫了两声，一阵旋风走了，鸡叫前提着个骷髅回来了。

少当家的叫张继才，为此事非常烦恼，他一看，这可不得了，早晚要吃到自己家人的头上来，赶紧打发家人到各处以重金请大胆前来降鬼。大胆倒找来不少，到地方一听这个情况都吓跑了。有两个胆大的留了下来，没等治住恶鬼，大白天的反叫恶鬼给掐死了。恶鬼越闹越厉害，吓得人们白天都不敢出门了。

张继才的妹妹叫兰芝，二九妙龄，长得如花似玉。她比谁都着急，整天吃不好，睡不宁，费了好一番脑筋，想出个主意来。她吩咐管家写几十份告示贴出去：谁能治住恶鬼，本小姐愿以身相许，家产分一半。

告示贴出没几天，来了一个小伙子叫刘大愣，长得五大三粗的，打冷眼瞅好像一尊天神。兰芝小姐一眼就看中了刘大愣，亲自下厨房做饭做菜，陪酒把盏。刘大愣见兰芝小姐美貌多情，心里立刻鼓起了勇气。答应兰芝小姐，晚上就去降恶鬼。

太阳刚一卡山，刘大愣老早就藏在灵堂供桌底下。他等啊等，可下子挨到三更天，只听“咔嚓”一声，棺材盖又开了，红毛绿眼睛恶鬼从棺材里面走了出来。提鼻子一闻，点了点头说：“哈，真有胆大的，竟敢找上门来和我作对，今夜抓住你非撕成碎块吃不可！”说完，伸出像钢钩似的大手四处划拉，屋里全划拉遍了，也没找着，刚想奔供桌底下去找，鸡叫了，恶鬼只好又回到棺材里。

从来不知道啥叫害怕的刘大愣，这下头发茬子立刻竖了起来，看样恶鬼不好对付，贸然下手，一旦治不住恶鬼，岂不白白送了自己这条性命，得好好摸摸底细，再寻找机会下手。

第二天夜里，刘大愣心里一合计：今夜得换个地方，他往灵堂四周一踅摸，哪儿也藏不住，抬头往上看了看，有了，干脆猫房梁上恶鬼就找不着了。他爬上去不一会儿，棺材盖又开了，恶鬼打里面慢慢地走了出来说："刘大愣，你胆真肥，昨夜你躲到供桌底下，没找着你，便宜你多活一天，今夜看你还往哪儿跑。"说着话，向供桌底下猛扑了过去。一下子没逮着人，差点儿把供桌撞翻，疼得恶鬼嗷嗷直叫，恼羞成怒，满屋乱翻，一直折腾到鸡叫，恶鬼摇了摇头回到棺材里去了。

第三天夜里，刘大愣老早就躲在棺材后头，三更天果然恶鬼又出来了，揉了揉眼睛说："刘大愣，你害得我两夜没吃着人，今夜我就是把房子拆了也要抓住你。"恶鬼嘴里叨咕着，一晃脑袋喝了声"长！"，随着话音，恶鬼的个头一下子长到和房梁一般高，伸出钢钩似的手，在房梁上来回划拉。刘大愣趁这个空当儿，敏捷地钻进棺材里躺下了。

恶鬼犄角旮旯都翻遍了，也没找着，气得直跺脚，骂道："他娘的，怪了，难道钻地里去不成？今夜非把你抠出来不可！"恶鬼又挨排搜了一遍，还是没有。这时鸡已快叫了，恶鬼刚要往棺材里钻，却见里面躺着个人，吓一跳，看样此人就是刘大愣，猛地伸出两只利爪向刘大愣扑去。刘大愣手握尖刀，往恶鬼爪子上一捅，恶鬼疼得嗷嗷直叫，刘大愣说："恶鬼，有胆的你倒进来呀，我在这里陪你躺着。"

刘大愣正和鬼较劲，恶鬼一看，不进去时辰来不及了，硬的不行来软的，便央求说："刘大愣，咱俩无冤无仇，你何必老找我的麻烦呢？你让我进去，以后咱们各走各的路，井水不犯河水……"刘大愣表示同情的样子说："好吧，那你就进来吧，我陪你睡一觉就走。"刘大愣往一边靠了靠，腾出一半空儿，恶鬼坦然不疑，钻里就躺下了。

恶鬼折腾了多半宿，也累乏了，躺下就睡着了。刘大愣不敢轻易下手，经三天夜里观察，恶鬼魔力很大，一下治不住，一切全完了。恶鬼睡着睡着，突然从嘴里吐出一枝莲花，莲花冒着蓝光，越伸越长。刘大愣一琢磨，恶鬼的魔力就在这朵莲花上，要想治住恶鬼，非得先把这朵莲花销毁不可。想到这儿，上去一刀，将花蔓割断，抓起莲花站起身来就往外跑，恶鬼起身就撵。

兰芝小姐等到鸡叫二遍了，不见刘大愣回来，会不会出事了呢？她操起把菜刀向灵堂奔去。刚到门口，迎面撞见刘大愣，正打里面往出跑。刘大愣急忙把莲花交给兰芝小姐说："快，把这朵莲花拿上屋去烧了，恶鬼就好对付了……"话还没说完，恶鬼从身后一把就将刘大愣的脖子给掐住了说："好哇，刘大愣，言而无信，看我不掐死你才怪呢。"刘大愣依仗着膀大腰圆有力气，使劲一甩，将恶鬼甩开，返身把恶鬼的脖子掐住说："恶鬼，我不除掉你，你还会继续害人。"恶鬼伸手又把刘大愣脖子掐住。人鬼厮打在一起。

这时屋里人们拿着钓竿铁尺也都跑出来助战，恶鬼失去魔力，被人们七手八脚捆上了，倒上油点着了，烧得恶鬼吱吱直叫，工夫不大，就化为灰烬。

没多久，刘大愣和兰芝小姐成了亲，分到一半家产，从此过上了太平幸福美满的日子，从此在民间"鬼怕不要命的"这句话也传开了。

讲　述：孙忠田
记　录：孙宇策
采录时间：2000 年

人狼之交

在榆树沟子这儿，有户姓魏的人家，三口人，男的叫魏福兴，妻子叫郝三娘，儿子叫石头，家里有六亩多地、两头黄牛、一匹老马。虽没攒下钱财，可也不欠谁家的。

在屯西四里之遥有个大沟堂叫秋后背，古树参天，雀鸟乱飞，狼蛇随时可见，大白天的两三个人不敢进沟。羊倌进沟放羊，每次去都糟损两只，眼瞅着狼叼羊不敢撵，尤其太阳一压山，好几只狼往道上一坐，眯缝着眼睛，耷拉着舌头。见人少就不动地方，人多了头狼装瘸，领着群狼慢悠悠地让道走开。屯子里人们很少进这个沟。

一天，石头进山掏鸟蛋，一下子把两个狼崽掏家去了。喂饭它不吃，喂苞面饽饽也不吃，一个劲地吱吱叫唤。郝三娘埋怨儿子说："石头，你是不是想把娘气死，不惹天祸惹地祸，这要是让母狼碰见，活把你给吃了。等你爹回来不揍你才怪了。明天赶紧送回去！"石头心想，好不容易抱回来的，还养着玩儿呢。他从邻居田二婶家要来一碗羊奶，找了把汤匙喂狼崽，两个狼崽不一会儿就把一碗羊奶喝光了。石头还在屋里给狼崽修了个窝。

到了夜间三更天，坏了。公狼和母狼来了，前窗户一个，后窗户一个。老狼用嘴巴子拱破窗户纸，对着屋里"嗷嗷"地怪嚎。嚎得让人瘆得慌，头发茬子发竖，身上起鸡皮疙瘩。魏福兴操家伙要打，郝三娘拦住说："石头爹，打不得！深更半夜的，不知来多少狼，赶紧把狼崽子顺窗户眼送出去，老狼自然就退了。"石头也害怕了，将狼崽抱了出来，爷儿俩胆战心惊地将狼崽送了出去，果然外边没动静了。

三天后的夜里，魏家人被一阵挠门声惊醒，魏福兴披上衣服，下地开外屋门一看，吓一跳，一只像牛犊子那么大的狼，叼来只半大狍子，放在门旁，朝着魏福兴点了点头转身走了。魏福兴愣了半天，才将狍子弄到屋里，对郝三娘说："石头娘，快起来！老狼给咱们送只狍子来，你帮把狍子皮扒下来，明天早上煮狍子肉吃。”郝三娘说：“看来老狼通人气，当时亏得没动手，不然咱们这一家人非让狼活吃了不可。这是老狼报恩来了。”打那以后，每隔三五天，老狼就给叼来只猎物来。

日久天长，人狼混熟了，有时魏福兴开门把狼放进屋里坐一会。石头好奇地说：“狼大叔，改天能把你的孩子领来吗?”老狼点点头起身走了。第二天夜里，公狼和母狼领着两个狼崽来了，小狼崽活蹦乱跳地在屋里跑着玩儿，石头喜欢极了，抱起狼崽连搂带亲，玩儿够了，石头就把事先准备好的熟肉拿给狼崽吃，约摸四更多天了，老狼领着狼崽走了。

有一天郝三娘灵机一动，对丈夫说：“石头爹，我有个想法，打算把咱家搬到秋后背去住，那个地方土质好，开点荒。山货又多，整点啥都是钱。咱们跟狼交往这么长时间了，不会骚扰咱们的。单靠咱这六亩多地，刚撵吃撵穿，日后石头大了，用啥给他娶媳妇啊?”“你说得有道理，可咱住这房子咋整?”“咳，活人叫尿憋死了，让邻居田二婶照看一下不就行了吗。等石头成家时还用得着。”“好主意！就照你说的去办。”

转眼间两个多月过去了，魏福兴在秋后背建起了三间草房，四周风景秀丽，篱笆小院，鸡鸭鹅狗，又压了个马棚，把牛往院外榆树上一拴，犹如世外桃源，与世无争。一家人日出而作，日没而息，南山北坡开了不少荒地，又养了不少头猪。魏福兴膀大腰圆，勤劳能干，半夜起身赶着花轱辘车，拉着山货去赶集，每次回来都赚好多的钱。

魏家日子过好了，惊动了本屯恶霸周大麻子。周大麻子又狠又毒。恶到啥份上？只要老婆顶他一句嘴，不管手里拿啥家伙，上去就是一下子，死活根本不在乎。他看中谁家东西，早晚就得成他的。屯里的人们都怕他，躲得远远的。像魏福兴这样老实巴交的人家，他压根就没放在眼里，见秋后背这地方是块肥肉，他早就垂涎三尺了。

一天，周大麻子挎着猎枪，领着狗腿子，牵着猎狗来到魏家，进院皮笑肉不笑地说："魏兄弟，几年不见发财了！"魏福兴一愣，心想，夜猫子进宅，准没什么好事，赶忙赔笑说："哎哟，什么风把周大哥吹来了？快进屋！"周大麻子脑袋晃了晃说："不了，跟你说个事，这一带的山和这一带的地都是我的。算起来你已经种三年多了，该交租子了吧！"魏福兴听了心里一翻个，笑着说："大哥真会开玩笑，自打我记事那时起，这个地方就没主儿，我开成了地，咋又成你的了？""老魏，我就知道你不相信，管家，把山照和地契拿出来让他看看！"管家周歪嘴拿出山照和地契在魏福兴眼前晃了一下说："看见了没有？不是假的吧。"周大麻子把脸往下一拉说："限你三天，如果不交租子，马上给我搬家！"说完转身领着狗腿子们走了。

周大麻子走后，一家人慌做一团，魏福兴唉声叹气，骂周大麻子阴损缺德，怨恨世道不公。郝三娘说："石头爹，光骂光恨不行，想点啥办法为上策。亏得老房子没卖也没拆，如今就得做两手准备，把值钱的东西挪到那个家去，这儿放些眼前应用不值钱的东西，大麻子要动真格的，咱们就搬回老宅，随后到衙门告他们去！"魏福兴点了点头说："也只好这样了。"一家人趁着黑夜，把部分东西悄悄地运走了。

第四天，周大麻子领着狗腿子们耀武扬威地来到魏家，进院就问："老魏，想好了没有？你是交租子呀，还是搬家呢？""租子我也不交，家也不搬，看你能把我怎样？""呀哈，老魏呀，胆子不小啊，竟敢和我放横，给我砸！"狗腿子们蜂拥而上，锅碗瓢盆全撇出去了，炕也扒了，烟筒也拔下来了，弄得鸡飞狗跳墙。魏福兴实在压不住心中怒火，就操起扁担，周大麻子急忙放出猎狗，魏福兴用扁担抡了好几下，不但没打着，反倒被猎狗把腿肚子肉扯掉两块。魏福兴忍着疼痛，照准猎狗的脑袋"啪"的一下，猎狗"哼"的一声，伸了伸腿，再也不动弹了。周大麻子红眼了，端起猎枪，对准魏福兴下半身"砰"一枪打了个筋斗，狗腿子们上去五花大绑给捆上了，然后套上花轱辘车将魏福兴送交当地官府衙门。

到了县衙，尽管魏福兴满身是理，可县太爷不理不审，打了一顿板子，往牢里一塞没事了。郝三娘拿出家里积蓄，在衙门里上下打点，又买通了牢头，帮着求医买饭。魏福兴蹲了两个月笆篱子放出来了，回家调养了半年才恢复过来。几次想跟周大麻子拼命，都被郝三娘拦挡住了。

再说周大麻子，美滋滋地搬进了秋后背，又盖了个四合院，院墙高垒，四周设有炮台，牛舍羊圈修得非常妥帖，把屯里最漂亮的千人爱、万人迷、胭脂罐子、大红梨这四大美人也接了过去，整天寻欢作乐鬼混。好景不长，住上没多久，闹开狼灾了：隔两天丢一只羊，大牛往外一放，准得让狼咬死。派专人轮班看也看不住，鸡鸭鹅狗别想剩下。雇了五六个猎手打狼，怪了，猎手整天在南山北岭转悠，连个狼影都没见着。一到夜间狼就都出来了，牛舍羊圈修得再牢固，狼也能进去。周大麻子不服气地说："我就不相信，这狼成神了，能掐会算，我倒要亲自试试。"于是他天天晚上端着猎枪出去踅摸，有时天亮才回来。

一天晚上，太阳刚压山，在南沟岔道上碰见一只老狼，稳稳当当坐在道上，见有人来，才不紧不慢一拐一瘸地往树林里走。周大麻子心想，要是狼多了就不打了，就这一只狼，还是只瘸狼，决不能放过，靠近些再打吧。他紧撵几步举枪要搂火，老狼见事不好，立刻也不瘸了，撒腿就跑。眨眼间就要进林子了，进树林就没法打了，容不得多想，一扣扳机，"砰"地一枪，老狼被打了个筋斗，随后一骨碌身又站起来了，这下正打后左腿上，真的被打瘸了。只见老狼拖着一条腿躲到树后，嘴巴子往地上一插，"嗷嗷"地怪嚎了几声，瞬间从草棵里、树林子边上，蹿出无数只狼，直扑周大麻子。周大麻子撂倒了两只狼后，压子弹工夫，一只老狼扑上身来，一口咬住周大麻子的脖子，按倒在地，接着群狼也都跟了上来，你撕我扯，一袋烟工夫，硬把个大活人吃剩下一堆骨头架子了。

周大麻子的小妾叫李巧妹，长得非常漂亮，做姑娘时硬让周大麻子给霸过来的，过门后经常挨打，跟别的男人唠几句嗑，过后非挨顿揍不可。回娘家日子多了，也得挨顿狠打，时常身上被打得像青树叶似的。她见大麻子死了，不但没掉泪，特意杀了两头猪，请全屯子人们吃了顿喜宴。

李巧妹来到魏家，对郝三娘说："三姐，我家大麻子把你家坑得够戗，没曾想天报了，也给你们全家解了恨，屯中少个祸害。这回我做主，把秋后背还给你们。咱俩家的恩怨也就摆平了。"郝三娘说："妹妹，看你说哪里去了，有你这句话，三姐的心也就摆平了。恶人娶了个贤妻，老天不公呀。如妹妹不嫌弃，咱姐俩拜干姐妹吧？""好，我也正有此意。"两个人排摆香案，互相盟了誓，拜为姐妹。后来李巧妹在郝三娘的劝说下，改嫁给魏福兴的弟弟魏福祥做媳妇，婚后，夫妻俩生活得幸福美满。

自打魏福兴二次搬进秋后背，群狼经常出入魏家，亲戚朋友去串门，以为是他家养的狗呢。群狼隔两天就给叼只猎物，魏家逢年过节的给群狼杀两头猪，人狼之间感情相处得非常亲密，魏家的日子越过越富裕。

讲　　述：孙忠田
记　　录：孙宇策
采录时间：2003 年

刷帚头子成精

边里张家大院，上下三十多口人，白天老当家和闺女儿子都下地干活，剩下婆婆和几个媳妇在家喂猪打狗，织布纺线，洗衣服做饭，看孩子。一大家子人倒挺和睦。

一天，大门外来了个货郎，挑着针头线脑、袜子手巾围脖。货郎正在吆喝叫卖，打院里走出五六个大姑娘，一色穿着青纱连衣裙，长得一个比一个俊，嬉笑打闹。走到货郎挑子近前，你挑这个她选那个，最后看中绸布叠的小花，一人选一朵戴在头上，互相捅了一下说："货郎，我们出来时忘带钱了，一会儿给你送来。"

货郎在大门外左等也没信，右等也不出来，等了一个多时辰不见踪影，索性找进院去，见到婆婆问道："老太太，你家的几个姑娘买了我五朵花没给钱，看样您是当家人，是不是把钱给我，我好赶路。"婆婆一听，愣了，姑娘们都下地干活去了，几个媳妇不可能去买花呀！不行，我得去问问。

婆婆到了几个媳妇房间问了一遍，都说没出门。货郎奇怪地说："我眼瞅着进了你们家院。"婆婆说："货郎，如果你不信自己去找！"货郎说："反正我不会屈赖你们的，找就找。"婆婆陪着货郎，前后院翻找，最后在灶房发现墙旮旯几个刷帚头子上插着几朵鲜花。货郎惊奇地说道："老太太，您看，这就是我卖的花。"婆婆心里明白了，刷帚头子成精了。吩咐媳妇们，把刷帚头子烧了。谁知点火一烧，几个刷帚头子竟然出了血。后来婆婆才想起来，一天她切菜不小心把手指划破，血甩在刷帚头子上，日久天长却成了精。

讲　　述：刘占一
记　　录：郑　佳　女　14岁
采录时间：2005年

人狐亲家

早年，在东山里这儿住着一户姓李的小两口，小伙子叫李宝，媳妇叫田苗。家里三间草房，养了三头牛，种了八亩地，日子过得蛮不错。

小两口结婚三年多，妻子田苗才怀孕，李宝望着绿油油的庄稼丰收在望，见妻子的肚子一天比一天大，到了冬天就当爹了，心里美滋滋的。

一天，李宝吃过早饭，赶着三头牛，哼着送情郎的调子进山了。走着走着，迎面碰见本屯猎手王一枪。王一枪左肩挎着猎枪，右手拎着只受伤的火狐狸，乐颠颠地打招呼说："老弟，上山放牛去呀?""嗯呐，放牛去！吓，今天王大哥的运气好，打着只这么漂亮的火狐狸！""可不，我踅摸它好几天了，今天才把它弄住。"两个人正唠着呢，就听那只火狐狸"吱吱"地叫了两声，然后流下了眼泪，用哀求的眼光瞅着李宝，一个劲点头。李宝立时起了怜悯之心，问道："王大哥，这只狐狸值多钱?""这个季节卖不上价，多说能卖三两银子。""王大哥，我家你弟妹结婚时就嚷嚷让我给她弄个狐狸皮围脖，我给你三两银子卖给我算了。""那就别怪大哥财黑了，三两银子你拿去！"李宝接过狐狸说："王大哥，你在这给我看会儿牛，我把它送回家去，连给你取银子。"两个人成交后，李宝抱着狐狸回家了。

小两口把狐狸左后胯的枪伤治好后，放回林子里，火狐狸朝着夫妻俩点了点头，钻进树林不见了。

光阴似箭，转眼来到腊月十五，一场大雪纷纷扬扬，洒满了整个山川大地，天气变得嘎巴嘎巴地冷。妻子田苗早早起来烧火做饭，觉得哈腰肚子坠坠地疼。李宝见状心里明白个八九分，妻子一定是要生孩子了。怎么办呢？近处又没有接生婆，只得到二十里外的高家镇去找。他把妻子扶到炕上，又给灶坑添了几根木头，穿上皮大衣走了。

数九天气，寒风刺骨，雪越下越大，每走一步都很艰难。走出不到十里，发现前边有个白发白胡子老头，心想，正好结伴而行，他紧走几步赶上前去，和老头搭起话来。老头问李宝说："小伙子，这么大雪，啥事这么急?"李宝就把实情告诉了老头，老头说："不用急，我老伴就会接生，并且医道还挺深呢!"李宝急切地问道："大伯，你家有多远?""过了眼前那道岭就是。"

老头领着李宝穿过山岭，眼前闪出一座青堂瓦舍四合大院。老头走到门前，用手叩了三下门环，接着就听"吱呀呀"两扇门大开，打里边走出个如花似玉的大姑娘，看年纪有十七八岁。老头介绍说："这是我女儿盈盈。"盈盈急忙见礼道了声："万福!"

二人来到正房，炕上坐着个六十多岁的老太太。老头说："这是我的老伴，接生是她的拿手活!"李宝急忙上前见礼："伯母好!"接着向老太太说明来意。老太太听后非常同情，急忙吩咐管家胡大赶紧套车，罩上防雪棚。二人上车，胡大马上加鞭，就听车外风声"呼呼呼"三响，一袋烟的工夫，车停风住，下车一看，已到家门。

李宝把老太太让进屋后，老太太果然身手不凡，不到半个时辰，田苗顺利地生下个男孩。邻居帮忙做好了饭菜，老太太说啥也不肯吃，上了车回去了。没隔半月，李宝拿着礼物去酬谢老两口，到老地方一看，哪有什么四合院，分明是一片杂草丛生的空地。

星移斗转，日月如梭，小孩已经七岁，长得虎头虎脑的，夫妻视如掌上明珠，将孩子送进了学堂，先生给他起名叫李龙。李龙天生聪明，老师一教就会，一点就通，讲过的课程，对答如流，就这样一连读了十年书。转眼间，李龙十七岁了，浓眉大眼，鼻阔口方，邻居们都说孩子有福相，将来能做大官。

一天，李龙帮父亲上山砍柴，因疲劳过度，再加风寒感冒，发高烧，似睡非睡，朦朦胧胧。这时屋门开了，走进来一位十七八岁的姑娘，李龙如痴如醉，随口问道："你是谁家的姑娘，我怎么不认识你呢？""说起来你就知道了，你还是我娘接生的。这几天没见你上山砍柴，我一打听，听说你病了，我特来给你送药，再给你按摩按摩，病很快就好了。"说着从兜里掏出两粒丹药塞到李龙嘴里，然后用手在李龙脑袋上、脖子上、身上挨板摩挲了一遍。李龙觉得身上舒服极了，病立刻就好了。两个人攀谈起来，越唠越投缘，彼此产生了爱慕之情。李龙正要与姑娘拥抱接吻，忽拉醒了，原来是个梦。虽然是梦，却给他留下了深深的思念。

一天，先生走亲戚，临行时给学生们留下一道题：啥大啥小，啥低啥高，啥厚啥薄，啥乐啥笑，啥有恩当报。李龙回到家里苦思冥想，思索了很久，也没找着答案。这时门开了，梦中的那个姑娘迈着轻盈的脚步走了进来，来到书案前，道了声："李公子万福！"李龙高兴地站起身来说："小妹妹，想死我了，我这道题正好答不上来，帮我参考一下。"姑娘看了一题，稍加思索，顺口答道："国法大，私情小，水低山高，酒越喝越厚，钱越要越薄，鹰扑食乐，得食者笑，羊有跪乳之恩，乌鸦有反哺之报。"说完嫣然一笑，李龙听罢，赞不绝口："真乃世间奇女子！"接着问道："妹妹，不知你家住哪里，贵姓芳名？从那日梦见你后，我日日夜夜在思念你。"姑娘脸一红，把事情的因果原由叙说了一遍。

原来在十八年前，李宝救下的那只火狐狸，是修炼三千多年的狐仙，因和仙友喝酒过量，现了原形，被猎人王一枪打中后胯，多亏遇见李宝买了下来。为了报答李宝的救命之恩，特派老伴给李宝妻子接生，有意将女儿盈盈嫁给李宝的儿子李龙。虽然盈盈年轻貌美，已有八百年道行。李龙听完这段奇缘，心里暗自惊喜，两个人四目相对，情深意绵，正要搂抱亲吻，门外母亲喊道："龙儿，吃饭了！"盈盈姑娘说："公子，我该回去了。"说完抹身飘然而去。

自盈盈姑娘走后，半个月没来，李龙整天茶不思，饭不想，终日闷闷不乐，想念盈盈肝肠寸断。书也不念了，到盈盈住的地方去找，除了草木没看见什么人家，他觉得日子太难熬了，实在支撑不住了，就昏睡在一棵大杨树旁。

朦胧中见盈盈姑娘来了，满眼含着泪水说：“公子，原想与你结为夫妻，白头到老，哪料，被你们屯的猎手王一枪发现了我们家族洞府。在洞口附近下了多盘踩夹和套子，又挖了不少陷阱，想要逃命插翅难飞，如若与妹再见面，惟有托梦三更天。”“妹，难道就没有解救办法吗?”“公子，如你不嫌我是狐类，愿和我做夫妻，在你眼前二十步远的那棵大柞树下，有个石洞，你把洞口旁的踩夹、套子、陷阱拆掉，我就能出来与你相会。不过得小心陷阱，掉里不死即伤。”李龙醒来乃是南柯一梦。

他按梦中盈盈说的地方一看，前面不远处果然有一棵大柞树，小心翼翼地来到近前一看，可不是嘛，洞口摆满了踩夹和套子。他又气又恨，用石头将踩夹和套子砸得稀烂，撇到山下去了。随后用石头又把陷阱填平。

李龙正在四处张望时，盈盈在身后出现了，打扮得花枝招展，身穿碧绿色连衣纱裙，白里透红的脸蛋相衬美极了。口吐清香，娇滴滴地说：“公子，你又救了妹妹一命，叫妹妹无法报答，我们成亲吧!”李龙巴不得要这句话，背着盈盈回家了。

二人回到家后，跟父母一说，老人自然同意，选良辰，择吉日，下请帖，杀猪宰羊，布置新房，吹吹打打拜了天地。正在喜庆欢乐之中，王一枪也前来喝喜酒。席间，王一枪咋看，盈盈是只狐狸，醉眼矇眬地上前去抓盈盈说：“你是狐狸精变的，我不能让你跟我李家大侄子成亲!”众人以为王一枪喝多了，急忙上前劝解，将王一枪拉拉扯扯送走了，人们回来接着喝，新娘子气得哭哭啼啼地回新房去了。

王一枪快到自己家门时，突然发现眼前有只火狐狸，他捡了根棍子随后就追，追来追去，狐狸竟然跑到自己家里来了，在院子里来回转悠。王一枪回屋取出猎枪，这时狐狸跑到院子里的那堆柴草垛，王一枪端起猎枪，瞄了又瞄，一勾扳机，“砰”一声，枪响同时，狐狸不见了，倒把柴草垛打着火了，正赶这时起了阵风，火借风威，越着越旺。街坊四邻都来救火，怎么也扑不灭，连房子都烧了。王一枪悔不该打狐狸，把猎枪踹折了，以后再也不敢打狐狸了。

李龙和盈盈婚后孝敬父母，过上了美满幸福安逸的生活。

讲　述：刘占一
记　录：刘春丽
采录时间：2003 年

披着人皮的狼

早年，在边里这疙瘩有这么孤吊吊一户人家，是从关里逃荒过来的，丈夫叫张大年，妻子叫田梅。小两口非常勤俭，上山砍了很多木头，一锹泥、一把草地垒起了两间草房，又在附近开了两垧多地，农闲时采些山货到集市上卖，换些油盐酱醋。小日子比上不足，比下有余，夫妻俩倒也幸福美满。

转过年来，又添了个白胖小子，张大年喜欢得不得了，不让妻子下地干活，在家烧火做饭看孩子。孩子叫小宝，天天抱惯了，不下炕，午饭和晚饭就得趁着孩子睡觉才烧火。

时至初夏，正铲二遍地，五月天气，太阳火辣辣地晒得人干渴难挨。张大年从中午铲到晚上，又饿又渴，虽说离家近，农活忙也不舍得耽误工，尤其雨水勤，又是生荒地，草苗一条长。累了就拄着锄头杠歇一会儿，往家瞅一瞅，看看烟筒冒没冒烟，不知孩子睡没睡觉。

傍太阳压山时，张大年觉得腰酸腿疼，想直直腰歇一会儿，往家一瞅，从东头过来个人，头戴着顶草帽，肩扛着锄头，溜溜达达直奔自己家走去。进院后，将锄头放在门旁，开门进屋去了。他以为是过路人口渴，进屋讨水喝，哪料进屋就没见出来。等了一袋烟工夫，仍不见出来，心中犯疑，放心不下，扛着锄头拎着水壶回家了。张大年进院，故意咳嗽了两声，将锄头往地上蹾了几下震乎震乎，端着锄头进屋了。田梅见丈夫形态挺可笑，连忙摆手示意，不要说话，小宝刚睡，怕吵醒孩子。张大年见妻子没有异常变化，看样是哄孩子睡觉。怪了，进来的人哪去了？田梅纳闷地问："孩子他爹，今天是咋的了，好像捉贼似的？你瞅着孩子，我去做饭。"张大年说："慢！刚才进来那个人哪去了？""哪个人呐？""装啥糊涂，把人藏哪去了？"田梅生气地说："这疙瘩就咱们一家，上哪见着个人呢，别想啥说啥，望风捕影。"张大年就把铲地见着的情景对妻子说了一遍。

田梅心想，自打结婚以来，夫妻相亲相爱，互相从没猜疑过，不知今天闹的什么邪风，倒委屈得掉了眼泪，饭也没做，搂着孩子头朝下躺下了。张大年心里百思不解，心里也憋屈，头朝下躺在炕头上。天渐渐地黑了，妻子和孩子都睡着了。张大年咋也想不开，心里想事睡不着。到了定更天，夜静得掉下个树叶都能听着。突然听见外屋柴火堆里有动静，他警觉地翻身坐了起来，顺手操起把钢叉，瞬间从外屋蹿进一个黑乎乎的东西，直奔小宝扑去。张大年手疾眼快，照着黑影就是一叉，就听"噗哧"一声，那黑影"嗷"一声怪叫，掉头就往外跑。张大年眼睛都红了，不管你是人，是鬼，还是兽，决不能放过，非弄个水落石出，端着钢叉紧追不舍。那物受伤，跑得不那么快，追到近前又是一叉，挑下一件东西，拿到手里一看，是顶草帽。他心里更气，即使不是嫖客，也是不怀好意，是奔自己老婆孩子而来。加快脚步拼命地追，撵到近前又是一叉，又挑下一物，拿到手里一看，是件衣服。他甩掉衣服又撵，不料那物回头奔自己扑来，稍一愣神，手慢了点，被那物把肩膀咬掉块肉。他忍着痛，照着那物连刺两叉，那物不动了！借着月光仔细一看，原来是只老狼。张大年怕它不死，又连几叉，这才放心地扛着死狼回家。

田梅在梦中被惊醒后，怕出意外，紧忙护住孩子，又担心丈夫被野兽伤着，一边哭一边祈祷："菩萨保佑！"这时丈夫回来了，扛着死狼进屋了，急忙道歉说："对不起，孩子他娘，都是这披着人皮的狼干的坏事，我给你煮顿狼肉为你赔罪！"田梅见丈夫肩膀受伤，心疼得不得了，急忙上药包扎。

原来老狼精在这踅摸了好几天了，它见张大年身强力壮，不敢冒犯。想了好久，把一个过路老头吃掉了，穿上老头衣服，化装成人，潜入张家，让夫妻产生矛盾，好放松警惕性，趁小两口睡觉之机好下口。哪料，张大年心里想事，睡不着听动静呢，更没想到每到夜里张大年身边放把钢叉。经常吃人的老狼精，一时失算，死在张大年的钢叉下。从此，这一带太平了。

讲　　述：孙忠田　**记　　录：**韩志坚　大专
采录时间：2006 年

仙人炕与金泉水

相传，大孤山是伊通界内天降“七星”魁首。这座平地拔起的孤山，共有四峰，怪石嶙峋，层林叠翠，方圆数十里，颇为出奇。说奇，倒也真奇。单说东北部山峰，山峭壁陡，石砬如林。峰下有一石洞，高五尺，深丈余，洞内有一狐狸修炼成仙，变成了一个美貌女子，亭亭玉立，如出水的芙蓉。忽一日，来了个金童子。你道这金童子是谁？就是在南面老虎峰下的金马驹。这金童子长得鼻正口方，眉清目秀，身高五尺有余。狐女与金童子两人一见钟情，终日结伴同行，嬉戏游耍。一天，两人来到北部山峰之上，见一石，顶天立地，甚是雄伟。金童子问道：“你能否把这石柱砍断?”狐女遂从腰间抽出宝剑，一剑砍去，将石柱斩为两段。你说奇也不奇？这石柱埋在地下的一段方圆足有三丈，平展如炕，后人称之为“仙人炕”。上边的一段飞到了西北面的山峰，横卧山腰，成了一门镇山“石炮”，能降妖镇宅，为民除害。金童子一见，喜从天降，也从腰中抽出宝剑，在炕上一穿，居然从炕上涌现出一口清泉，泉口足有三寸，名叫“金泉”。这口金泉说来就更出奇了，泉水清澈透明，甘甜爽口，不枯不溢，终年不断，能医治百病。从此，狐女与金童子同住一铺炕，同饮一泉水，结为恩爱夫妻。那以后每年四月十八日，上山讨药求水之人，络绎不绝，恩泽四方。

斗转星移，也不知过了多少年，来了两个道人寻找金马驹。金童子返回故里，回到了老虎峰下。狐女将金泉水喷向了天空，变成了一朵白云，笼罩在老虎峰上。从此以后，狐女隐姓埋名，走到了很远很远的地方。直到如今，每当清晨，人们都能看到老虎峰上的那朵白云，那就是狐女的情思。

采　录：佚名

仙女泡子的传说

很早很早以前，大萝卜山下有个小康庄，庄上住着三十多户人家，家家都靠种地过活。秋天到了，人们都忙着在地里收割庄稼。忽然，一个电闪雷鸣，只见天上露出有一扇门大的一条大缝。一个五大三粗、红发黑脸、眼似铜盆、嘴像簸箕、一手操着刀、一手拿着戟的神将站在云里向下喊道："下界百姓，快快将朝贡给玉皇的古物珍品全拿来。"小康庄的人们十分恐惧，只有庄上的王三道："都说天上有仙女，可是一辈一辈都过去了，谁也没有看过。"今年给玉皇送古物，就让我王三到天上开开眼界吧。

庄上人不敢违背神仙旨意，将古物准备好，准备派王三送到王宫去。王三刚刚备好衣物，就看见天门开处五彩祥云托着一位身着艳服的仙女，飘飘悠悠地从天上降了下来，王三立时惊呆了。

仙女说道："玉皇让我来取下界庶民的古物。"此时，天已经晴了，庄上的人闻讯都来看天上下来的仙女。

仙女见王三虎背熊腰，生得可爱，便喜欢起他来，将王三拉到一旁说："我不回天上去，愿和你结成夫妻。"王三一听乐傻了眼，庄上的人更是高兴，于是大家帮助他操办婚事。一晃三年过去了，小两口也有了一对胖胖乎乎的小娃。忽然，有一天，仙女在屋里痛哭起来，王三慌了神，忙问媳妇为何啼哭？媳妇说：今天我务必返回天宫，咱俩人间姻缘已经到头了。仙女她舍不得这一对孩子，也不愿离开王三。没办法，她只得与王三和孩子洒泪相别。临别时仙女说："奴家没有啥留给你的，就给你一件绿纱、一壶水。只怕这一去再不能回来了。"

王三痛不欲生，接过这两件宝物就向外扔去。不曾想，一壶水顿时变成了一个波光粼粼的大湖，绿纱顿时变成了一片大苇塘，这就是仙女泡子的来历。世世代代，人们在仙女泡里打鱼摸虾、割苇编芭，过上了安居乐业的生活。

讲　　述：张士荣　记　　录：默　语

婚姻佬

有个光棍汉叫秋生，秋生卖油为业。有豆油，有荤油，还有灯油。这些日子他每天早上起来发现外屋靠马窗户台的荤油坛子盖开了，荤油下去不少，有时荤油凝脂时，被抠个坑。肯定有人偷荤油，他下决心抓住这个偷油贼。于是他一黑天就蹲在外屋马窗户台旁守着。

一天夜里三更天，突然一只大手掀开马窗户伸了进来。秋生不敢怠慢，上去一把将大手抓住，大声喝道："偷油贼，看你往哪里跑，我非把你手砍掉不可！"就听那人说："年轻人，不要莽撞，我是婚姻佬，用你的荤油配婚姻，成全了不少人的终身大事，也算你积了份阴德！"秋生没好气地问道："你总拿我的油给别人配婚姻，你咋不给我配一个呢？""哎，你的婚姻我早已配定了。""是哪家闺秀？""是你上屋张家刚出生的女娃子。""婚姻佬你这不是坑我吗？那女娃子哪百年能长大？""要不是使你的荤油配婚姻，你连这个女娃子都得不到。"秋生松开婚姻佬的手说："婚姻佬太偏心了，我不能再供你油了，你走吧！这个女娃子我也不要了！"

秋生心想：我已经二十七八了，这个女婴长大了，我也老了，娶了媳妇还有啥用？不如我把她砍死，兴许能给我配个岁数大一点的。主意已定，趁着上房家大人不在，操起把菜勺子，溜进屋去。女娃子正在摇车子里睡觉，他上去使劲一勺子，转身就跑。心想这是人命，回屋收拾一下钱和物，逃之夭夭。

一口气跑出一百多里地，在一个集镇上落了脚，租了两间房子，干起老本行。

一晃十八年过去了，秋生已经四十多岁了，积攒了些钱财，虽然不算富有，也算上等户。有一天来了个讨饭老太太，领着个大姑娘。姑娘长得特别漂亮，美中不足，额头上有个月牙疤，头发一挡不大明显。秋生做了些饭菜，给娘俩吃，吃完天也黑了。秋生说："大婶，天这么晚了，别走了，我家有好几间房子，住哪间都行。"

老太太一看，天黑了，也没处去了，娘俩只好住了下来。

交谈中老太太得知，秋生是个光棍汉，便动了心思，有意将女儿许给秋生。可人地两生又找不着媒人，只好自己说媒，秋生当然求之不得，没过三天就结了婚。

婚后，说起姑娘额头的月牙疤，老太太说："当初我家下屋住着个跑脚汉，跟你同名同姓，也不知啥时得罪了他，趁着大人不在家，用勺子砍了我家孩子一下，这个王八蛋也不知跑哪里去了。"

秋生一听，后悔不迭，当初不砍她一勺子，不知该多好看了。看来人别起邪念，坏人坏自己。这可是千里姻缘一线牵，是婚姻勺砍不散。

讲　述：张玉田

记　录：孔庆宁

全神庙的传说

从郑家屯向北走十多里，有一条已经干枯的河，叫巨流河。河岸上有一座庙，叫全神庙。关于这座庙，很多老人都会对你讲起一段优美的传说。

相传在很久以前，巨流河边有一个小村落，叫马家坨子，马家坨子附近有二十几户人家。

部落有一个姓马的财主。马财主为人狡诈，表面上看很和气，其实内心十分凶狠。乡亲们对他恨得咬牙切齿，可由于马财主财大气粗，乡亲们只好忍气吞声。有一年春天，从山东逃难来一个姓王的小伙子。这小伙子长得浓眉大眼，五大三粗，往地下一站，像座黑塔似的。因为他个子高，为人处世老实厚道，见过他的人都叫他“王大个儿。”

马财主听说屯子里来了一个壮小伙，高兴极了。他马上派人把王大个儿找来，让王大个儿给他当长工。王大个儿在马家坨安下身来以后，除了给马财主干活，还抽出身帮乡亲们干这干那。乡亲们看他憨厚朴实，都很喜欢他，有几个上岁数的老人还想帮他找一个姑娘，成个家，好在马家坨子过生活。

第二年春天，种子刚下地，老天不知刮的什么风，干打雷不下雨，乡亲们急得编了一条假龙在巨流河岸边日夜求雨。

四月十八那天，乡亲们又到龙王庙前拜神求雨。王大个儿因为马财主叫他蹚河边的一块地，无法脱身去龙王庙，急得直打转转。

太阳快要落山时，王大个儿连饿带累一点力气也没有了，他扶着犁一步三摇地向地头走去。走着走着，迎面有一个十八九岁的姑娘和一个十二三岁的小男孩向他走来。俩人来到王大个儿跟前，小男孩满面带笑上前施礼：“这位大哥，前面这条河水有多深呀?”

王大个儿停下犁杖，望着哗哗流淌的河水，然后看着俩人焦急的神色，慢声拉语地说：“小兄弟，这河水有一人多深呀。”

“哎呀，这可怎么办呢？”那个姑娘听后，脸色突变。

小男孩一听，一手拉着姑娘，一手拉住王大个儿：“姐姐，你不要怕。大哥哥，今天我和姐姐去赶庙会，回来晚了，渡口的船没有了，你帮帮我们吧！”

王大个儿紧皱眉头，看了看渐渐黑下来的天色，沉思了一会儿说：“这样吧，我牵着马，你拽住马尾巴，一吆喝马就能蹚过去！”

“太好了！”小男孩高兴得拍着手，连蹦带跳地叫了起来。

那姑娘微微抬起头，用两只大眼睛看着王大个儿。王大个儿卸下犁杖，牵过马，先把那姑娘扶上马，然后让小男孩拽住马尾巴，自己在前头牵着马一步一步向河里走去。

春天的河水很凉，走一步都刺骨头。但是，为了这姐弟俩，王大个儿一点都顾不上了。不知不觉，三人已到河中间，不知什么东西绊了一下，那匹马一失前蹄，险些跌倒。这一下可把马背上的姑娘吓坏了。王大个儿紧忙上前扶住马上的姑娘。那姑娘惊恐之中从马背上落下来，正好趴在王大个儿的后背上，王大个儿趁势将姑娘背在背上。

三人走走停停，渐渐到了河对岸。姑娘羞羞答答地从王大个儿背上跳下来，拽了拽湿漉漉的衣裳，低声说道：“大哥哥，我真不知道该怎样感谢你。”王大个儿慌乱得不知说什么好，抬起头望望远方，不由得惊叫一声：“哎呀，天都黑这样了，你们姐俩赶紧赶路吧。”

姑娘抬起头，呆呆地望着王大个儿好一会儿，才拉起小男孩，一步三回头地向勃勃吐山下走去。

打那以后，王大个儿常常想起这件事，常常想起那姑娘和小男孩。

转眼间半个月过去了，王大个儿又来到河边地。歇气的时候，王大个儿把自己的双手垫在头下，仰面躺在草棵里，似睡非睡地想着心事。忽然，耳边传来一声呼唤“大哥哥”。王大个儿从沉思中醒来，揉揉双眼向河边一看，河对岸有一个姑娘和小男孩正轻飘飘地向王大个儿走来。王大个儿定睛观看，几乎高兴得跳了起来。眼前这两个人正是他朝思暮想的姐弟俩；王大个儿急忙上前迎去。可这姐弟俩不知为什么没蹚水，却贴着水面向自己走来。大个子望着眼前的姐弟俩，一时不知说什么好，只是傻乎乎地笑着。

小男孩一步跨上河岸，拉拉王大个儿的手说："大哥哥，这些天你过得好吗？我可想你了。自从那天我和你分手后，我总梦着你。我姐姐也很想你，她天天夸你的心眼好，对人诚实。我今天一张罗看你，她马上就带我来了。"听小男孩这么一说，站在一旁的姑娘不好意思地说："小弟，乱说什么呀？"没想到调皮的小男孩竟然钻了那个姑娘的空子，他笑眯眯地对姐姐说："我可没乱说，是你自己催我快来的。"姑娘忙上前堵住男孩的嘴。小男孩一扭身藏到了王大个儿的身后。这一下可把姑娘闹愣了，只见王大个儿站在自己的对面，一双眼睛正呆呆地望着自己。

王大个儿长这么大还是第一次同一个姑娘站得这么近，他心呼呼跳，一句话也说不出来。躲在大个子身后的小男孩见俩人相对无语，禁不住从身后跳出来说："姐，你和大哥哥在这说话，我帮他蹚地去。"大个一听，忙说："小兄弟，你太小，还是我自己蹚吧！"这时，姑娘一步上前，用恳切的口气对大个子说："大哥哥，你放心让他蹚去吧！"男孩一听姐姐发话了，操起鞭子吆喝着马儿就蹚地去了。

河岸上只剩下姑娘和王大个儿。王大个儿慢慢抬起头，见姑娘面如三月桃花，微风吹来似落上一片红云。大个子一见姑娘正注视着自己，不由得低下头去。

"大哥哥，咱们坐一会儿吧！"姑娘见大个子那腼腆样，自己首先发话了。

王大个儿顺从地坐在离姑娘不远的土坡上。相视片刻，姑娘又开口说话了："大哥哥，你家住马家坨，妻儿老小是否同居一堂？"王大个儿长叹一声："我哪里有什么妻儿老小。我老家在山东，因为家乡久旱无雨，才逃荒到此，父母年迈经不起一路上的颠簸，先后被埋入黄土。现在只剩我孤身一人，为马家耕种土地，混口饭吃……"姑娘听了王大个儿的自述，不由得流下泪水。她一边安慰王大个儿，一边从衣兜里掏出几个煮熟了的野鸭蛋，捧到王大个儿面前。王大个儿见此，不由得伸出双手接过野鸭蛋。

从此以后，姐弟俩天天来找王大个儿。每次都由男孩替王大个儿蹚地，姐姐陪王大个儿唠嗑。天长日久，王大个儿和姑娘的感情越来越深，一天不见面急得猴跳似的。有一天两人在草地上订下终身以后，姑娘对王大个儿说："王大哥，我看你心眼好，为人处世不存二心，我只好告诉你吧，我家住在勃勃吐山，如果你有什么为难之事就来找我，我住的地方你不知道，但你一过西辽河就能见到一棵大榆树。你在榆树的左边连拍三下，就能看见我。王大哥，我们俩的事不要告诉别人，不然的话，我就会再也见不到你了。"说完，姑娘用手一指，河面上立刻出现了一个弯弯曲曲的小桥，姐弟俩一前一后走向对岸。

时间久了，屯子里的人都说，王大个儿蹚地不用犁杖，只要在地头一站，土地就会变成一片黑黝黝的波浪。可是，一旦人们向王大个儿说起这件事，王大个儿总是闭口不答，似乎这件事和他一点关系没有。

一晃夏天到了，马家坨一带的庄稼都蔫了，乡亲们吃上顿没下顿，只好到地里挖野菜。一连十几天过去了，屯子里饿死了不少人。马财主一见十分高兴，他想，发财的机会到了。有一天他站在屯子里的一个高台上大声喊叫："乡亲们，你们没吃的了吧，我也是没办法，谁能弄几个金元宝，我就让大家渡过难关。"人们一听直摇头。这时候的穷人连锅都揭不开，到哪里去弄金元宝啊。

平时一向沉默寡言的王大个儿看着面黄肌瘦的乡亲们，心里十分难过。夜里，他刚刚闭上眼睛，突然那姑娘笑着向他走来："王大哥，你忘了，我不是告诉你有什么困难来找我吗？你怎么不来！"说完，那姑娘又飘飘而去。王大个儿睁开眼睛，屋里空荡荡的什么都没有。王大个儿再也睡不着了，他披上衣服，决心去找那姑娘，为乡亲们解除痛苦。王大个儿迈步如飞，一口气蹚过西辽河来到勃勃吐山北面的老榆树下，轻轻拍了三下。

过了一会儿，只见山坡上走过来一个手提灯笼的人。走近前一看，是小男孩。男孩上前打招呼："大哥哥，我姐姐知道你遇到困难了，请跟我去取乡亲们需要的东西吧。"说话间，男孩用手一指，勃勃吐山的北面立刻敞开一扇大门，王大个儿惊奇地随男孩走进山门。

只见那山洞里亮如白昼，一棵百年古木，耸立云间，满地的花草喷发着一股香气。在一个小楼门前，那姑娘笑容满面地向王大个儿打招呼："王大哥，你早就应该来！"王大个儿走进小楼，见家什摆得整整齐齐，地中央的一个方桌上放着一个柳条筐，上面用红绸子蒙着。姑娘含笑走到桌前，让王大个儿先歇一会儿。王大个儿哪顾上休息，他恨不得把屯子里发生的事全告诉姑娘。姑娘好像知道王大个儿的心事，站起身沉思一会儿说："大哥哥，我知道你来干什么。那不，桌上的东西就是给你准备的，你先吃点东西，然后把需要的东西拿回去。"

王大个儿伸手掀开蒙筐子的红绸子，发现筐里装着十几块金光闪闪的大元宝。王大个儿感动得不知说什么好，他给姑娘鞠了一躬，然后一口气跑回屯子。这时天光大亮，乡亲们正围在马财主家的门前。王大个儿一见忙喊："乡亲们，都来取金元宝吧！"

乡亲们听到喊声，半信半疑地走到王大个儿身边。当他们确认是金元宝时都很惊奇，有的问："王大个儿，你从哪弄来这么多金元宝哇？"王大个儿什么也没说，只是把那十几个金元宝分给了大家。

马财主听到了喊声，开始以为王大个儿喊着玩，可出院一看，分给大伙的真是金元宝。他心想王大个儿是个长工，哪来的元宝呢？一定是偷的。这时马财主来到大个儿跟前说："你哪来的金元宝？分明是偷我家的，家丁，快给我抢回来！"王大个儿气得一把拽住马财主说："你凭什么抢我的金元宝？"马财主冷笑一声："你哪来的金元宝，一定是偷的，我要到衙门去告你。"说完，一声令下，让打手将王大个儿捆着送到县衙。

马财主把王大个儿送到县衙以后，随手塞给县令几个金元宝。县令见钱眼开，惊堂木一拍就将王大个儿打得皮开肉绽。

乡亲们听说贪官不问青红皂白就把王大个儿打伤，大伙抱着不平把王大个儿抬回屯子，为他擦洗伤口。有个小伙子心想，王大个儿平时和我们一样穷，哪来的这些元宝呢？王大个儿是诚实人，不会偷别人的东西，那这金元宝是从哪弄来的呢？我要向王大个儿问个明白。乡亲们经过再三劝问，王大个儿终于把自己遇到姐弟俩的事说了出来。乡亲们听了又惊又喜，一位上年纪的老人捋着胡子说道："孩子，你一定是遇到神仙啦，眼下你摊上这件事，只有找他们才能救你呀。"

乡亲们走后，王大个儿一人躺在炕上越想越生气，恨不得把马财主弄死才解心头之恨。对，应该去找那姐弟俩帮忙，王大个儿撑起身子，趁着夜深人静就上路了。

马财主听说王大个儿不见了，真有些害怕，但他表面上还装着不在乎的样子。

一天夜里，乡亲们劳累了一天都进入了梦乡。突然一阵急促的喊声，将沉睡的人们惊醒。家家户户打开门一看，是西辽河发了大水，往日平静的西辽河，现在仿佛像一匹脱缰的野马，打着漩涡，吐着白沫，向马家坨扑来。这水势也真怪，沿着屯子中间的道走，围着马家的大院撞。马财主站在房上领着全家人看，用拳头敲打着自己的脑瓜："这下可完了，我那几百垧地全完了。"马财主一边哭一边喊，水势不但没有减弱，反而围着他脚尖转。马财主左闪右躲，双脚没等迈步就被涌下房顶，顺着水漂走了。马财主的儿子见状，急忙带领全家人跪在房顶上直磕头："河神，我爹作孽了。我们再也不敢欺负穷人了。你饶过我们吧，我给你修庙立位，唱三天大戏……"

马家的人折腾了一宿，天亮时水还真的撤下去了。人们定眼一看，家家户户门前没有一滴水，只是马家门口冲出条大沟，水顺着这条沟向西缓缓地流着。乡亲们心里明白，是那位姑娘替王大个儿报仇来了。

再说水撤之后，马家从县城请来驴皮影班子，唱了三天野台戏。马家为了保全自己的家业，还在河边杀羊上供。过了几天，他们又请了几名能工巧匠，在河边修起一座庙。

庙修好了，为神请位，可他们不知道河水里都有什么神，只好让一个落第秀才帮忙想办法。这个秀才闭目思量很久，方慢慢说道："不知是哪路神仙，那一定全神都有才行。"于是把庙定为全神庙，把从马家门前经过的河叫巨流河。

从此以后，人们再也不见王大个儿。有人说王大个儿吃了那姑娘的药，病很快就好了，他与那姑娘在山洞里结下百年之好以后，也得道成仙，每天在勃勃吐山采药时还经常向马家坨张望呢。

讲　　述：林万福

记　　录：张惠民

仙庙的来历

多少年来，东围里的人们每逢二、八月，总能看见东南半天空影影绰绰一座小庙，有时还能听见庙里的钟声和狗咬鸡叫声。天好的时候，还会看到庙门口有一个倒吊的人影。

早先年，东围的山沟里有一座小庙，庙里住着一老一少两个老道。小的才十来岁，老的估摸五十多岁，借小老道的光，人称他“大老道”。这“大老道”心毒手狠，小老道来到庙里两年多了，他没给过小老道一顿饱饭，一不顺心连打带骂，把个小老道折磨得骨瘦如柴，长得只有六七岁孩子那么高，干巴拉瞎的。

庙里养了一头牛、一头毛驴、一条狗和几只鸡。小老道来到庙里，大老道一不让他打坐，二不让他念经，一天三顿烧火做饭，喂鸡喂狗。稍有空闲就得去打草喂牲口，慢了点儿，大老道就连打带骂，打得那小老道天天提心吊胆，没一点笑脸。

这年夏天的一个晚上，冷不丁大老道瞅小老道乐么滋儿的，和往常不一样。他瞪起三角眼，来到牲口圈，看看小老道这两捆草，黑绿黑绿的、粗实的、齐刷的、三尺来长，得什么样的宝地才能长这么好的草哇。他大声喊来小老道问：“你这草是从哪打来的？”“在西河沿那棵大树下边。”大老道心想：怪了，那边儿我常蹓跶，咋没见过这路草？他越琢磨越蹊跷，不行，明个儿我去看看。

第二天，大老道往西河沿大榆树下走去一看，回来气汹汹地把小老道叫到堂前跪下，抄起板子，先暴打一顿，打累了，才问草到底哪来的。小老道哆哆嗦嗦，把底里一说，大老道听了喜笑颜开。

原来，开春以来，小老道每天去打草，一到西河沿就跑来一群光腚娃儿，穿着红兜兜，吵吵闹闹地跑到他跟前，和他一起玩儿，打把式，藏猫猫。小老道从进庙也没这么高兴过，一玩起来什么都忘了，等到日头落，才想起来还没打草，就哭了起来。光腚娃娃们问他哭啥，一听说没打草怕回去挨揍，有一个胖娃娃往大榆树下一指，那边有草，小老道走到大树下一看，齐刷刷的三墩子草，七下八下割下来，背回庙去，就这么的，小老道和光腚娃娃玩了一个多月。

大老道听到这儿，气全消了。他小眼球一转，出了个道儿，他没再难为小老道。他躲这屋里三天没出来，第四天晌午，他把纫着粗线的一根大针交给小老道，让他把这根针别到一个光腚娃娃的红兜兜上，还告诉他，别让人家看见。

叫大老道折腾得傻巴愣的小老道，哪儿知道大老道的鬼道眼。下晌，跟胖娃娃们玩时，就把针别在最胖的娃娃的兜肚上了。

天刚亮，大老道顾不上吃饭，就顾着自己放的那根长线，走啊走，走了五天五夜，到了没有人烟的大东沟里，才看见线埋在山坡的土里。他用带来的铁锹挖了四五尺深的坑，得到了一个又白又胖的大人参。他把人参拿到家里，在灶上架起火，锅里添上汤，把人参炖上，就去找他的亲朋好友。临走，嘱咐小老道别忘了烧火。

小老道烧着烧着，就闻见锅里飘出的香味。长这么大，他还没闻过这么香的味道呢。他想掀开锅看看是什么东西，忽地那帮光腚娃娃笑嘻嘻地走到他跟前说："锅里是个千年人参，你这受苦受难的人，赶快吃了它吧，吃了你就能成仙得道，不会再遭罪了，剩下的汤你围着庙倒一圈。"说完，娃娃们不见了。小老道怕大老道回来，赶紧吃完人参，端起锅，走到庙门口，从东往西倒了个汤圈。刚倒完汤的时候，大老道一脚跨到汤圈里，一脚还在汤圈外，小老道就升天了。

大老道这个没吃着人参的凡人，一只脚卡在那仙汤圈上，一个倒栽葱栽下来摔死了。

记　录：郭春洁

干鱼庙

从前，有个书生进京赶考，昼夜兼程，直奔京城。

一天，他在一个庄里歇脚。天刚蒙蒙亮，他便起身赶路。刚出庄不远，听见土道旁有扑楞扑楞的响动，走近一看，见是一只羽毛漂亮的野鸡，被套子套上了。

书生想那野鸡到天亮后就要被人擒住，成为下酒的菜，便动了可怜之心。把野鸡从套子上摘下来。野鸡飞出后，书生心想：人家好容易套只野鸡，让我给放生了。总该留点什么包赔人家才对，干脆，留下一点干鱼吧。于是，解开包袱把干鱼套在了套子上，挑着书担匆匆地赶路了。

书生到京城后，考中状元。不久，他坐大轿，沿着他当年挑着书箱进京城的路回乡祭祖。途中，他发现一座新庙，上面牌匾写着：干鱼庙。

状元感到不解，天下有各种的庙，他略知一二，这干鱼庙还是第一次听说。为弄明白，他走访百姓，得知一个农夫下套套野鸡，却套住了干鱼，这干鱼怎么会被套住，一定是干鱼仙显神了。于是，在这里建起了一座庙，自然起名干鱼庙。状元听罢，哈哈大笑，随即吟诗一首：

去时野鸡套，
回来干鱼庙。
世上无鬼神，
都是凡人造。

讲　　述：李　军
记　　录：陈　军

龙湾庙

传说，很早以前，东海龙王派了两条白龙，到村子里管这一方的风雨阴晴。它们常住在哈拉巴山脚下的泡子里，在大雨大雾的天气里，有人见到在大泡子搅水。年年雨水调和，人们生活安乐。

有一年，白龙化为白胡子老头到人间体察。他看到一些财主家粮食满仓满囤，随便糟蹋，还有一家财主逼租讨债，把佃户打得死去活来。白龙全看在眼里，恼怒在心。回去后决心一年不下雨，惩罚一下这些财主。

第二年，人们种的庄稼小苗都长出来了，也一点雨不下，可急坏了庄稼人。人们盼呀盼，急红了眼睛也不顶用。有人想出个法子："淘龙湾"。在水沟里边淘边念叨："淘龙湾，淘龙湾，大龙小龙不得安，大雨下三时，小雨下三天。"五月十三这天，家家孩子、大人跪地上向东祷告。白龙见此情形，心软了。它想：这么办不行，惩治的不光是财主，还有那么多的平民百姓。所以，他变做一个白胡子老头，来到人间，把祈祷的人们一个个从地上扶起来，劝回家去。不一会儿，白胡子老头不见了，即刻天由晴变阴，电闪雷鸣，下起了大雨。伴随着大雨，还有鸡蛋大的冰雹，雹子一条子、一块的，都打在财主家的地里。干枯的小苗，喜逢好雨，气儿吹似地长在平民百姓的地里，人们高兴极了，杀猪宰羊庆贺，唯有财主家哭天嚎地。

村中有威望的张老汉带领百姓们闯到财主家，教训了他们一番，然后让他们出钱，请人修庙，并取名龙湾庙。

从此，农历五月十三这天，就是人们所流传的"雨节"了。

讲　述：赵　氏
记　录：高原龙

玻璃山的来历

在双辽县境内，有一座玻璃山，传说有这样的故事。

相传此山是一座宝山，山里头有一头小毛驴、一盘磨。驴成天拉着磨转，五谷哗啦啦地从磨盘中淌出来，磨一停，山就裂个大口子，五谷就会从口子里涌到山外。住在山上的人们过着富裕的生活，谁也不愿离开，人们便把这座山叫做“不离山”。

可这口子一年只开一次。有个青年就想：如果让它经常开来，那该多好哇。于是，他就白天黑夜地想办法。转眼，一年过去了，山口又快开了，这个青年找来最粗最粗的大树来支山口。山口缓缓地开了，五谷喷出来了，青年人使尽全力抱着大树支住山口，可那山口一闭，大树被刀切一样地断了。那青年并没灰心，继续寻找支山口子的东西。一年一年地过去了，脚不知磨了多少层泡，鞋子不知穿破了多少双，也没找到能支山口的东西。一天夜里，青年人又在绞尽脑汁想办法，忽见一个老人向他走来。就听老人说：“要想山永开，必用金葫芦掰。金葫芦在山边，熟成二百天。”没等青年开口，老人飘然不见了。老人的开导，又使青年人信心百倍。他踏遍山野，可一个葫芦秧也没看见。青年人有些失望了，惆怅地坐在山脚下，不想就在身边发现一棵嫩芽，仔细一看，正是葫芦秧。于是忙给葫芦秧培土，浇水，铲草，昼夜守护在秧旁。葫芦秧渐渐地长大了，结了一个大葫芦——外皮金黄色，一到晚上，金光闪闪。青年人盼啊盼，只盼第二百天快些到来，就在第一百九十九天的时候，天突然就冷了起来，还下起了大雪，秧苗冻死了，青年人怕把葫芦冻坏，忙把它从秧上摘下来。新的一年又到了，山口缓缓地开了，这时金葫芦开口了：“可惜，只差一天没成仙，山支不开。”猛然，一声巨响，金光四射，葫芦碎了，山口又闭上了，此后山再也没开过。后来，人们为了生活，相继离开此山，只是每年还从远方奔波来看望一次这座山。时间一长，人们又把此山叫做“玻璃山”了。

讲　　述：李文春　记　　录：李兴华

玻璃山的传说

相传很早以前，天上的王母娘娘出来巡视。她带着几个天女，天女们手中托着装有随用宝品的盘子，随着王母飘来飘去，争看着人间景色。一个天女不小心，把手中的宝盘弄翻了，七件宝贝顿时落下天来，到地上立刻变成七座孤山，人间称之为七星落地。这七座山分别坐落在北国平原上，有勃勃吐山（现在的大土山）、大哈拉巴山、小哈拉巴山、大吐尔基山、小吐尔基山、玻璃山、苇子山。单说这玻璃山，原是王母娘娘经常用它舀水的玻璃瓢，被天女丢下来，扣在了双辽县同科左中旗的交界处，像一个大葫芦瓢，尾巴朝西头朝东。

早先年，此山北坡较陡，是一个山门。相传在山根底下的小村里，有一家农户姓王，夫妻俩和一个十来岁的小孩子叫王宝。因为家里很穷，小王宝经常到地里挖野菜。有一天，王宝在野地里捡到两个会滚动的小泥球儿。放在手里，那俩泥球儿来回滚动，捏一捏，还挺硬实。王宝感到很稀奇，就把它揣到兜里了。

王宝刚把泥球揣到兜里，眼前突然出现了一个老者。王宝想：这荒山野地怎会出现个老人呢？他正纳闷之时，老者说道："孩子，你兜子里那是宝哇。"王宝说："老人家，那是两个泥球，不是宝。"老者说："孩子，那两个泥球放到一起就是一个开山门的钥匙。这座山北面立陡之处，就是山门。只要将两个球往上一扔，碰到一块儿，山门即会敞开一刻钟，那里有的是宝啊！"王宝刚想再说什么，可老者却无影无踪了。

小王宝半信半疑的，心想试一试吧。第二天就悄悄地来到北山坡，从兜里拿出来那两个泥球儿往上一扔，啊！奇迹真的出现了！只见吱呀呀地山门大开，往里一瞧，金光四射，十分耀眼。小王宝捡起泥球儿，揣到兜里就走了进去。山洞里，一个金老头儿赶着一个金马驹子正在碾盘子上轧金豆子呢。小王宝刚跨进门去，这些都不动了。王宝走上前去问那金老头："老爷爷，你在这里干什么呢？"那金老头一句话也不说，连眼皮都不眨巴。王宝上前推了推，像扎了根似的，纹丝不动。王宝又去拉那金马驹子，那马驹子就像铸到那里一样。王宝一看：这也没什么拿的呀！那金块子一堆一堆的，他愣是不认得。他看碾盘上有金豆子，用手一推，圆溜溜的乱滚。小王宝心里高兴了，心想：这么多铜球儿拿回去点儿该多好玩儿呀，随手就往兜里揣了几把。哎哟，这东西怎么这么沉呢？把前大襟都坠得一长一短了，可别把我的小破布衫给坠坏了。他不再往里装了，用手托着衣兜，溜溜达达就出来了。刚出山门，山门“咣当”一声就合上了，可把王宝吓坏了，心都快蹦到嗓子眼了。心想，这要是晚出来两步，非得挤死到那里不可。

王宝回到家里，就把揣回的金豆子往他的小破罐子里装。咣啷啷，咣啷啷，让他爸爸给听到了，走过来问：“小宝子，又弄些什么砖头瓦块的，把罐子砸得直响啊？”王宝说：“爸爸，是黄铜球儿。”他爹爹说：“竟扯淡，哪来那么多的铜球儿啊？你拿过来我看看吧。”嘿，这一看可不要紧，差一点儿把他爹给吓傻了。这分明是金子嘛。王老头哆哆嗦嗦地问儿子：“小宝子，这金豆子是从哪里弄来的？”王宝一听说是金豆子，可乐坏了，便把一切都告诉了爹爹。爹爹赶忙说：“孩子，再也不能去了，这些金子足够咱们用的了。”王宝说：“我知道了，再我也不去了。”

王老头卖了几粒金豆子，得了很多钱。除了买些粗米细面外，又添了一些新的家什用具，最后又给全家人都买了几件新衣服。这一下子轰动了整个村落。这事让村里的老财主知道了，他听到王家发了财，不知是得什么宝了，便立即跑了去。他一进门就皮笑肉不笑地说：“哎呀，恭喜王大哥得宝发财了。”说完一屁股坐到炕上。王老头儿忙说：“发什么财，东家到我家有什么事呀？”老财主只得说：“啊，我想算算你们欠我的账。”还没等王老头说话呢，小王宝忙从罐子里拿出一颗金豆子说：“东家，这一颗金豆子够不够还你的？”老财主一看金子，顿时乐得眉开眼笑，忙用手接住说：“足够、足够。”刚想揣到兜里，可转念一想：我何不摸摸他的底细呢？于是便翻过来倒过去，左一眼、右一眼地看，然后阴阳怪气地说：“这，这金豆子好像我家丢的那颗。”王宝知道他是在耍滑头，便乐呵呵地说："嘿，金豆子都是一模一样，你怎么能看出来是你的呢？你丢了几颗？"财主忙说："两颗，两颗。""才两颗呀，我家有的是，都一模一样。你看，哪颗是你的？"说着，小王宝便从罐子里抓出一小把来。财主一看金子，惊得不知说什么好了。"哎呀，小老侄，你是从什么地方得来的呀？"王宝不假思索地说："从这玻璃山里呗。"财主忙问："山上净是石头，你是怎么进去的呀？"王宝傲慢地说："我有开山门的钥匙。"财主急不可待地说："那里面都有什么呀？""哎呀，全是金子，有个金老头儿，还有个金马驹拉着金碾子，轧着金豆子，老多老多的。"老财主听到这，伸出来的舌头惊得半天没收回去，涎水流得前大襟都湿了。好半天才央求说："小老侄，你把那开山门的钥匙借给我用一回不行吗？"小王宝说："那可不行，你有那么多钱财，还想要金子，我受穷怎么办呢？"老财主眼睛都红了，忙说："你借给我用一次，我把我的全部家产都给你，行不行？"小王宝说："那也不行，你得把乡亲们种你的地都变成他们自己的，我就借给你一次。"老财主一想：我要搬出个金马驹子来，我这些地，这些家产算个什么呀！不如那金马驹子的一根毫毛值钱。想到这连声答应："行行行。"王宝说："这空口无凭怎么行呢？"老财主忙说："快去找证人，签字画押。"王宝出去不大会的工夫，就找来不少的乡亲们，当场画了押，王宝就把那两个泥球儿借给了他。老财主捧着两个泥球儿都快乐颠馅儿了，他飞一样地跑到家里，立即带上老婆孩子和得力的家人，跑到玻璃山下。老财主上气不接下气地拿出钥匙往山门上一扔，只听得吱呀呀一阵响声，山门大开。老财主不顾一切地第一个冲了进去，一头扑到金马驹子身上。十多个人围了上来，七手八脚地使出了吃奶的劲，愣是没搬动。老财主这个气，骂道："你们这群废物，一点力气都没有。先别弄这金马驹子了，咱们快去搬这金老头吧。"十多个人转过身来，又搬这金老头儿。弄来弄去，一刻钟的时间到了，只听得"咣当"一声，山门关上了。老财主的一家子人全都关到里面闷死了，连那开山门的钥匙都关到里边了。

讲　　述：张　富　**记　　录：**张献晨

三眼井的来历

很早很早以前，伊通还是个荒山野草甸子，伊通河还是个大溪流，有个挖宝人经常到这来挖宝。

有一天，他忽然挖出一棵大人参来，这参足有七两多重。挖宝人十分高兴，心想我挖了这一辈子宝，也没见过这么好的大人参。于是，他就牢记这个地方。原来挖这棵大人参的地方旁边是一个大泉眼，在往南不远就是一条又深又长的大沟，往北望去几十米远处是一条流水不断的大溪流，这个大泉眼便是永不会消失的标记了。

这个人又在这个地方挖了很多人参，发了大财。他认为挖人参的地方是块福地，因此决心在此处修座庙，就永远住在这里。于是，他就用挖宝挣来的钱在泉眼旁修了一座财神庙，又用一块方石头，上面凿出三个圆孔放在泉眼上。因此，就叫三眼井。这三眼井都是一个大泉水眼，所以人们常说："一步三眼井。"

自从这里有了庙，有了井，来往的人也就多了。因为人们听说这里是福地财地，所以许多人家都陆续来到这里居住，三眼井这个地方就首先成为人们聚居的集中点（即现在的洼坑市场，财神庙即洼坑北头现在旅店的地方）。人们看到这地方有山有水确实是个好地方，就越聚越多，终于形成了伊通州。直到现在，一提起伊通，人们就会想到洼坑，想到三眼井，想到那个挖宝人。

讲　　述：刘凤英

记　　录：全国泰

大孤山的传说（一）

大孤山镇南八里路有一个大榆树屯。村里有一家姓王的农户，当家的叫王富。王家种的庄稼和蔬菜都比别人家的好。这一年，王家的菜园里种了几垄豆角，到农历六月，有一棵豆角秧上结了一个特别大的豆角，长到二尺长的时候，豆角的颜色由浅绿变成深绿，王家的人都感到很稀奇。这件事传遍了全村，后来传到外村。

七月的一天，从南方来了一个赶骆驼的人，还带着一个随从。这个赶骆驼的人能认识珍宝，听到村里人的议论，他来到了王家，向王富提出要买这个特大的豆角，愿拿出五十两银子作为价码。王富心里感到很惊异：这个豆角可以换十头肥猪，也可以换四头耕牛，一定大有用处。不管他给多大的价码，也不能卖。于是对拉骆驼的人说："这是我家的稀世之宝，怎么能卖呢？"尽管拉骆驼的人几次加价，直加到五百两银子，主人说啥也不卖。

拉骆驼的人不甘心地走了。过了一会儿，王富回到屋里对儿子如此这般地嘱咐一番之后，王富的儿子便去追赶拉骆驼的人。拉骆驼的人走到哪里，他就跟到哪里。赶骆驼的人和随从发现这个紧跟的青年是个聋子，经过几次试探，证实了这个青年的耳朵确实聋。这样一来二去，谈话唠嗑也不背着他了。

他们从大榆树屯走出第十六天的傍晚，赶骆驼的人住进一家客店里。王富的儿子也住进了这家客店，他们住在一个炕上。晚上，随从小声问赶骆驼的人："前些日子你要用五百两银子买那个大豆角，有什么用呢？"赶骆驼的人低声对随从说："那个豆角是开大孤山的钥匙。"随从又问："怎么能让山门开？"赶骆驼的人说："等到豆角长到一百天，把它摘下来，拿到大孤山前从左往右跑三圈，大喊三声，山门就会开的。"随从接着问："山里有什么东西呢？"赶骆驼的人说："山里边全是金银宝贝。等过些日子咱们回去多给王家一些银子，一定把'钥匙'买来。"

第二天，赶骆驼的人和随从继续赶路，"聋子"却不见了。

“聋子”回到家里，跟父亲叙述了这些经过。父亲很高兴，大豆角也越长越大，差不多有三尺长，颜色也逐渐变黑。估计着差不多够一百天了，就把豆角子摘下来了。

王富没告诉别人，自己拿着大豆角来到大孤山前，从左往右跑了三圈，大喊三声：“山门还不开?”话音刚落，只听得山崩地裂一声响，山门果然开了。往里看去，黄橙橙一片，金光耀眼，全是金银财宝。王富急忙把大豆角放在山门边，几步冲进洞里，拿起金银宝贝往衣袋里装，不一会儿，衣袋装满了。王富有心回家取大布口袋，恐怕来不及，只好把衣服脱下来，扎上袖口，往袖筒里装金银。眼看快要装满了，因为豆角没有长足一百天，这时候山门嘎嘎作响，山崩地裂一声响，山门合上了，贪心的王富和大豆角都被关在山里边。

从此，再也没有人能打开大孤山的山门了。

讲　述：孟秀英

记　录：张凤林

大孤山的传说（二）

早先年间，在山南的一个屯里住着一户人家，只有老两口，养了一头过口的老骒驴，靠做豆腐为生。有一年，毛驴揣了驹，把老两口乐够呛。心里话，毛驴下驹长大后，也该替换替换这头老驴了。从打毛驴揣驹那天起，老两口就天天盼，恨不得一时把驹下了才好。人常说："猫三狗四，牛七马八。"这毛驴揣驹到八九个月也该下了，可硬是没下。老两口盼啊盼啊一直盼了三年才总算盼出来了。

毛驴下驹那天，老两口像办喜事似的，添草加料，垫起驴圈足足忙活一大天，驴驹直到晚上才生下来。哪曾想，生下的驴驹长了六条腿。老两口见后心凉半截，一下子由高兴变成忧愁。整死吧，活蹦乱跳怪可惜的，养活吧，又怕长大后不能干活。正在老两口眼望驴驹无可奈何之际，一回头，不知什么时候身后站着一个手提龙头拐杖白发苍苍的老人。白发老人见老两口看着六条腿的驴驹愁眉不展，便说："不用忧，不用愁，养好驴驹有奔头。"老两口听老人话里有音，就问起养这样的废物，不知有什么奔头。老人详详细细地把其中奥妙说了出来。

原来大孤山是一座宝山，山里有一头金母猪，带着九头金猪崽。山顶上有一块像铺炕那么大的方石，方石侧面有个窟窿里斜长出一棵核桃树，有大碗口粗细。三年后，把六条腿毛驴套在核桃树上，围着山尖跑三圈，北坡的山门被拉开，这窝金猪就可以到手了。老两口听老人讲到这里，心里一乐，又看看六条腿驴驹。一回头，白发老人不见了。老两口心里有了这个底细后，化忧愁为欢喜，每天一边做豆腐，一边精心饲养毛驴，只等三年后开山取宝。

俗话说，世上没有不透风的墙。两年后老两口家得了一条能开山取宝的六条腿毛驴驹的事，不知不觉就传到住在山北一家财主的耳朵里，乐得这个财主三天三夜没有合眼。他买通了县衙，带着人到老两口家，把毛驴夺了过来。然后带着狗腿子来到大孤山顶上，套上驴没命地赶起来。

当毛驴跑完第一圈时，就见山尖慢慢向四下分开，到第二圈快扣圈时，听大孤山呜呜作响，山北坡开始向两边分开，露出一座山门。当毛驴跑到两圈半时，山门“咚咯吱”地自动打开。财主不顾命，纵身跳进山门，抡鞭就往外赶。还没等把猪赶出山门，就听“咔嚓”，一声巨响，山门又自动合上，把财主活活关在里头。

原来，毛驴驹没养到三年，气力不足，只跑了两圈半多点，活活累死在山坡上。毛驴驹一停腿，山门立刻又合个溜严，财主葬身在山里。山门关闭后，四下分开的山尖和北山坡分出那条进山门的沟再也合不拢了。所以，至今大孤山顶还保留四个尖，北坡上的那条长长的沟还照样存在。

山门关门时，山顶上冒三天黑烟，周围下三天大雨。从那以后，每到阴雨天，大孤山总是烟雾缭绕，人们一见大孤山顶烟雾缭绕，就知道大雨要到来了。

讲　述：刘咸儒　77 岁　靠山镇下沟村
记　录：刘荣第

小孤山的传说（一）

相传很久以前，小孤山这儿根本没有山，是一马平川。住在这儿的人勤劳、善良，他们靠自己的双手养活自己，日子过得很安宁。

不知什么时候从哪来了一个妖怪，吃人，抢东西，无恶不作，村里的人恨透了它。可是，恨又有什么办法呢？人们稍一反抗，妖怪就兴风作浪，闹得田园荒芜，人畜遭劫。

这时有个叫小孤的年轻人，见人们被妖怪欺压，恨透了，决心杀死妖怪，为民除害。于是便与大伙商量，很多人都说："妖怪会法术，凭你这点本事怎能打过它呢？"小孤听后一寻思，是呀，要杀妖怪非练一身本事不可。

心里这么打算，便在第二天告别乡亲，外出学艺去了。路上，他翻过七七四十九座山，过了九九八十一道河，历尽千难万险，整整去了八八六十四天，来到一座高山，累得昏睡在一棵大树下。朦胧中见一位白胡子老人出现在眼前，笑呵呵地对他说："小伙子，你的来由我知道了，给你这颗宝珠，把它含在嘴里，就能战胜妖精。"老人停了停又说："千万记住，不能把宝珠吐出来，更不能咽下去。如要吐出或咽下，你就会变成山了。"小孤接过宝珠正要道谢，老人忽然不见了。醒来才知道原是一场梦，可自己手里却多了一颗宝珠，他连忙把宝珠含在口里，朝家走去。

回来后他就背上腰刀找到妖怪，不容细说，就打了起来。这场恶斗，打得天昏地暗，飞沙走石，一连打了七天七夜。这时小孤已筋疲力尽，怎么办呢，难道自己就这样白白死吗？想到这，妖怪的利爪已抓向他的咽喉，想用刀挡已来不及了。危急之中，嘴一张，把珠子向妖怪猛地吐去。珠子正打在妖怪身上，把妖怪打进地里一丈多深，而小孤却变成了一座石山，压在上面了。

后来人们为了纪念小孤斗妖、舍己除害的事，就把这座山称为小孤山。

讲　　述：周王氏　女　75岁
小孤山镇东大友围子屯
记　　录：周鹏飞

小孤山的传说（二）

据说，很早以前，小孤山这个地方是个非常大的水泡子。泡子北岸住着一个财主，他家有个放牛娃叫王二小，家里只有一个老母亲，娘俩就靠二小放牛维持生活。

一天，二小放牛回来已经很晚了，一进大门，财主硬说牛没放饱，逼二小贪黑去割草。二小被逼无奈，只好拎着镰刀就着月光到地里割草，眼瞅着到小半夜了还没割上一捆。二小想，干脆回家，宁可饿死也不遭这份罪了。想罢，他拎着镰刀就往回走。刚走十多步，只见有一铺炕那么大一片青草，长得又高又嫩，十分招人稀罕。二小心里一乐，抡起镰刀就割，一口气割足了一背，才免遭毒打。

第二天，二小赶着牛又来到昨晚割草的地方，不由得大吃一惊，发现昨晚割过的草又长出一茬。二小看了一阵，抡刀又割，直到牛吃饱才住手。奇怪的是，一连几天都是如此。二小心中很纳闷儿，回家就把这事悄悄告诉了娘。二小娘听后说："想必这里有什么宝贝，明个放牛时带把锹挖挖就知道了。"

第二天，二小一到地方先把草割完，随后就挖起来。约摸一袋烟的工夫，挖出一个小泥盆，二小把牛送回去，拎着盆回家了。二小娘用盆喂鸡，当把糠放在盆里，"咕咕咕"一叫，真奇怪，盆里的糠一个劲往上长，一直长得往外淌。娘儿俩把糠倒出来，放一把米，再"咕咕咕"一叫，又长出一盆米来。娘俩又放几枚铜钱一叫，又长出一盆铜钱来。母亲喜出望外地拉一把二小说："孩子，想必这盆就是常说的'聚宝盆'吧！"

自从王家母子得了聚宝盆，二小再也不给人家放牛了，娘儿俩整天带着盆给穷人要米要钱。一来二去，这事传到财主耳朵里，他便整天盘算着怎么把聚宝盆弄到手。

一天，财主带着一群打手闯到王二小家。一进门就皮笑肉不笑地对二小娘说："老嫂子，听说你家得了个'聚宝盆'，兄弟我想借用三天，看在乡里乡亲的份上，老嫂子一定会答应吧！”二小母子为人老实厚道，又见财主苦苦哀求，就答应他用三天。财主把聚宝盆拿到手，眼珠子一转，便破口大骂起来：“这盆是我家祖传之宝，被你家小王八羔子偷了来。来人哪，把他家的小马架子点着。”二小母子一听，肺都气炸了，怎奈老的老小的小，上哪挡住这帮凶神？结果房子被点着，盆被抢走。

再说财主把盆抢到家，关上大门，拿出几块金子放在盆里，不住嘴地“咕咕”起来，一直“咕咕”到金子无处存放为止才住口。财主怕王二小联络穷人来夺聚宝盆，就把盆藏到门前大泡子里。

屯中一些小孩天天用砖瓦石块打水漂玩，有些砖瓦石块沉到水中落到聚宝盆里。一天早上，太阳还没出来，财主全家还在睡早觉。这工夫飞来一只布谷鸟，落在财主家门口的歪脖柳上，“咕咕，咕咕”地叫起来。这一叫不要紧，掉在盆里的石块就往起长，不一会儿，一座石头山从大泡子里长出来，把大泡子的水全挤出来，一下子把财主家冲个房倒屋塌，财主家老少十几口，全都被淹死。

这只布谷鸟一直在这儿叫三天三夜，石头越长越大，小孤山便出现了。

讲　述：刘咸儒
记　录：刘荣第

小孤山的传说（三）

很早以前，小孤山附近的一个屯子里，住着一个大财主，雇个女佣人，给他家喂猪。

财主家的猪圈里，有一个猪食盆子，盆子添多少食都不满。可是，添进去一点食，猪怎么吃也吃不完。一天，她把剩下的饭倒在这个猪食盆里，猪怎么也没有把剩饭吃了。正巧，这事被老财主看见了，老财主很生气，把女佣人大骂了一顿，并说："我再看见你用饭喂猪，就扒你的皮！"女佣人盼着猪把剩饭吃了。可是，几天过去了，饭还在食盆子里。她觉得很奇怪，以为是谁在她不知道的时候添进去的。过几天，老财主又来到猪圈，看到猪食盆里还有饭，回去后就把女佣人暴打了一顿。这一来二去，女佣人因为这个破盆子挨了不少打。她一气之下，把这个盆子扔到附近的大泡子里。可是盆子怎么也不沉底。她就往盆里扔了几块石头，这下盆子沉底了。她调头往回走，只听大泡子里"咕噜，咕噜"直响。她回头一看，大泡子中间水柱蹿得老高老高，水翻着花一劲往上冒，她吓得赶紧往屯里跑。第二天人们一出门，都惊呆了，往常的大泡子不见了，从泡子中间钻出一座尖尖的山，山顶上还有块大石头。

这座山，就是现在的小孤山。

讲　述：祝新敏
记　录：庄旭东

小孤山的传说（四）

在辽河东岸边有座小孤山，至于这座山的来历还有一段故事流传至今。

据说在很久以前有位老员外，他有两个儿子。大儿子娶了一位有钱人家的女儿叫月娇。二儿子娶的却是一位穷人家的女儿名叫兰儿。兰儿为人心地善良，忠厚老实。而月娇却生性刁蛮恶毒，她仗着娘家有权有势，在婆家横行霸道，还经常欺负兰儿，在公婆面前常搬弄是非，说兰儿的坏话。这还不算，背地里她跟丈夫经常盘算怎样将兰儿夫妇赶出家门，自己独霸家产。有一天机会终于来了。

五年后公婆双双去世。常言道父母不在长兄为父，这个家自然就由老大夫妻俩来当。这个恶毒的女人先把老大老二派到外地去谋生，然后在家里变着法地虐待兰儿。她整天东走西串，却把一切家务活都推给兰儿。她穿绫罗绸缎，却让兰儿穿破衣烂衫。她吃大鱼大肉，兰儿只能吃些残汤剩饭。兰儿的日子苦不堪言，只有盼着丈夫早日回来夫妻团聚。

这天兰儿放猪回来，当她推开房门时，被眼前的情景惊呆了。只见大嫂正跟一个和尚赤裸裸地躺在一起，吓得兰儿忙关上房门跑了出去。月娇坐在那呆呆地发愣，突然她却哈哈大笑起来，心生一计。傍晚她把兰儿叫到自己房内，假惺惺地拉住兰儿的手说："好妹妹，自从你大哥和老二走后，家里的活计全靠你了，真是辛苦你了，嫂子我今天要和妹妹好好喝几杯，谈谈心叙叙情。"兰儿不知是计，便举起酒杯一饮而尽。可谁知一杯酒刚下肚就觉得头晕晕的，便什么都不知道了。当她醒来时，发现自己赤身裸体地跟和尚躺在一起，她还没明白是怎么回事，就听大嫂恶狠狠地骂道："你这个小贱人，不要脸，竟然跟和尚私通。这还了得，明天把你送到道德堂，让堂主们来惩罚你。"兰儿一切都明白了。在这个村里有个规矩，如果女人不守妇道，跟男人私通，就要被送到道德堂，然后由堂主决定怎样惩罚她们。

第二天早上，道德堂的堂主们按照村规把兰儿绑在木筏上，然后在木筏下面拴上石头将她推进河里，奇怪的是兰儿和木筏并没有沉入河底，而是顺着水流，向下游漂去。原来就在兰儿被推下河的一刹那，有位好心人将木筏下面的石头偷偷解开，兰儿这才侥幸活了下来。当木筏漂到河对岸时，她被一位好心的打鱼人救了上来。乡亲们见她无依无靠怪可怜的，便把她留下来，帮她盖起了草房，从那以后她就生活在这个村子里。

有一天兰儿进山打柴，见地上有个金盆在闪闪发光，她捡起来放到柴火捆里背回家。她把家里剩下的最后一把米和一个铜钱放进盆里，奇怪的是盆里的米怎么吃也吃不完，钱也花不尽，兰儿心里明白了，原来这是个聚宝盆。

她的日子一天比一天好起来，但她不忘乡亲们对她的救命之恩，经常拿出一些钱和米来帮助乡亲们。

毒妇月娇除去兰儿之后，又设计将丈夫害死，便与和尚整日鬼混。不几年就将老员外留下的家业挥霍得一贫如洗，和尚见她人老珠黄，便拂袖离她而去。月娇只好靠乞讨过日子。这天她来到兰儿居住的村庄，嘴里喊着："大爷大娘帮帮我，给口饭吃吧！"兰儿听到门外有人在乞讨，便从房内端出一碗饭递给她，月娇连忙向兰儿点头说："谢谢大娘。"兰儿听这声音特别耳熟，仔细打量了一下要饭人，这才发现原来是月娇，便惊讶地说："原来是你！"月娇猛地抬起头一看，吓得她一下子坐在地上，声音颤抖地问道："你是人还是鬼?"兰儿走上前说："月娇嫂子不要怕，我是人，当年侥幸被人救起，便隐居在此地。"月娇赶忙跪在地上说："好妹妹，请你原谅我吧，我错了，我不得好死。如果你不原谅我，我永远跪在地上。兰儿心软了，便把大嫂让进屋里，又留她住了下来，还惊喜地把捡到聚宝盆的事情向她说了一遍。月娇听后，心中又起了恶念，便想：我若得此盆岂不是又过上了花天酒地的日子了，便寻找机会偷聚宝盆。几天过后，月娇趁着兰儿不在，将木柜劈开，捧起聚宝盆撒腿就跑，跑到了辽河岸边，不知往何处去，只听兰儿在后面呼喊追来。月娇吓得腿一软，一下子滑到河里，因水流湍急，被波浪卷去淹死了。

兰儿望着河水，流下了惋惜的泪水。突然河水立即成叠，从河里神奇般地长出一座山。河水向两侧流去，形成了东辽河、西辽河。当地的人们都前来看此奇观。因为此山不与群山相连，人们便取名为小孤山，小孤山的传说流传至今。

讲　　述：刘占一
记　　录：刘春丽
采录时间：2003 年

东尖山的传说

伊通县城北有座峻秀的孤山，叫东尖山。传说，以前的东尖山并不是死山，而是一天天生长的活山。

相传，杨二郎把东尖山挑到伊通以后，为了保护它，派遣神奇的青白两条大蛇来到人间，隐藏在东尖山中，管辖这座山里的一切。

杨二郎在离去前告诫青白二蛇："你们要时刻提防妖孽的暗算。离这不远，有一银毛狼妖，此妖善变人形，魔法高强，它就是三百年前在我枪下溜掉的那个妖精。"青白二蛇每天都遵照二郎神的旨意行事，倒也过得平安舒适。

日复一日，年复一年，一晃几百年过去，东尖山伴随着二蛇共同生长着，慢慢地，越来越高。

一天，从东尖山的西南方走来一个其貌不扬的人。只见他身穿一套全黑的衣服，头上的"白发"根根都竖起来，硬硬的，深陷的双目射着凶光。他走到山脚下，在一块平台上盘膝坐了下来，从腰间解下一把拂尘，只轻轻一抖，便有一条小蛇游出，顺从地把身体盘起，围成一个小圆圈儿。接着那人不停地甩着拂尘，一条接一条小蛇相继游来，盘起身体聚成一条又粗又大的怪蛇。最后只见那人把拂尘缓缓地放在膝上，双手合十，不慌不忙，手持拂尘向天空一指，那条盘卷着的大蛇突然腾空而起，在空中又分化成无数条小蛇。转眼间，每条小蛇又化成无数把弯月形的短剑，飞向青白二蛇，青白二蛇躲闪不及双双死于短刀之下。

那人把青蛇白蛇的眼珠挖下来，又把自己的双臂挖破，将青蛇的两个眼珠儿塞进了两只胳膊，再依此法把白蛇的两个眼珠儿塞进了他两只小腿上。只见这个人得意地一跺脚，接着一纵飞上天去。这个人是谁？他正是银毛狼妖变的。

原来，银毛狼妖大难不死，被二郎神及众神将杀败后，逃到一处隐蔽的地方，潜心修炼，决计复仇。于是，便首先来找二蛇报复。二蛇几百年来一心一意地保护东尖山，丝毫没有继续修炼，以致惨遭杀害。

二郎神得知青白二蛇死去的噩耗后，率神兵终于置银毛狼妖于死地。他痛惜青白二蛇，就把怒气洒向东尖山，下令永不让东尖山继续生长，判它为死山。从此，东尖山就成一座死山了。

讲　　述：孟秀英

记　　录：李凤林　48 岁　教师

西尖山的传说

“七星落地”，本是神仙点化的。所以，从前人们都在各个山顶上修建庙宇。

在西尖山顶上，人们费了好大的事，修了座魁星庙，庙里塑一座魁星神。谁知，只过了一夜，山顶上的庙便无影无踪了，跑到山底下来了。人们纷纷凑到一起，一合计，都认为这魁星神坐不得这西尖山顶，定是压不住这颗星辰落地的奇山了。大家经过商量，只好修一座玉皇大帝的神庙，才能平安无事。于是，大家动手在山顶上又修了一座玉皇大帝的神庙。玉皇大帝的泥像稳坐中心，庙宇修得更是威风。此庙修完后，果然平安无事，于是人们便前往烧香求神。

讲　　述：李树贤

记　　录：金国泰

沈阳的传说

相传在明朝万历年间，辽阳总兵李成梁在一次郊外狩猎时，险些被一只猛虎伤害，幸亏有一个满族少年小憨拼死相救，方转危为安。李总兵为了报答小憨对自己的救命之恩，竟然同意将他留于自己帐下。

李总兵回到辽阳以后，设家宴款待小憨。小憨一见慌忙施礼说道："小奴不才，承蒙总兵大人收留，便十分感激，今日又有此举，小奴实在不敢当啊。"

李成梁一听，手捋长须笑吟吟地说道："小憨休要这样，你是我的救命恩人，理当重重酬谢才是。"李成梁说罢，用眼睛暗示家人。家人立刻把小憨引到李成梁身旁落座。

家宴开始以后，李成梁的部下纷纷给小憨敬酒，小憨来者不拒，举起酒碗一饮而尽。酒过三巡，菜过五味，李成梁突然站起身来说道："小憨，老夫也敬你一杯。"李成梁离开座位向小憨摇摇晃晃走来。就在这时，李成梁的三夫人端起酒碗轻悠悠走到李成梁面前说道："大人，你一天奔波劳累，还是让我替您敬小憨如何？"李成梁一听，连声说道："三夫人代老夫敬酒，好，好。"说罢李成梁又走回自己的座位。

三夫人走到小憨面前，深施一礼，然后朱唇轻启："谢憨壮士救我家大人一命，请连饮此三碗酒，以表我们的感激之情。"小憨慌忙站起身来，低着头将三夫人斟满的酒倒在一个大罐子里，然后一仰脖，把酒全部喝净。李成梁见憨子接过三夫人递给他酒碗之后，双眼盯着酒碗，一副憨头憨脑的样子，不由得暗暗点头。因为三夫人年仅一十八岁，在总兵府内是上下一致公认的美人。三夫人面容俊俏，体态轻盈，平日里举止端庄大方，深得李成梁的喜爱。其他二位夫人对此十分怨恨，她们常常趁李成梁不在府中之时，派一些人去三夫人院中戏弄她。李成梁早有耳闻，但一直未能想出更好的方法。今日见小憨一举一动，顿时有了主意。

酒宴将要结束时，李成梁对府内众人宣布："小憨是我的救命恩人，从今以后，就留在府中，专门守护三夫人，周围庭院，其他人不得入内！"

从此以后，小憨就留在总兵府中。早晨起来，他习文练武，夜晚便在三夫人的庭院周围巡逻放哨。有一天中午，小憨躺在大树下的一个凳子上睡着了。这时，三夫人手下一个丫头经过这里，看见小憨脚心有七个红痦子，心中十分奇怪。丫头回到三夫人的阁楼，将小憨脚心有七个痦子的事向三夫人说了。三夫人一听，大吃一惊。她心里想，李成梁说他脚心有五个痦子便当上了总兵。有七个痦子的人便是真龙天子啊！三夫人仔细回想小憨进府后的一切，越发感到小憨是个有来历的人。

第二天，小憨从树林练完武从三夫人门前经过，三夫人立刻让丫头将小憨唤上阁楼。小憨不知三夫人唤自己何事，立在一旁一声不吱。三夫人让丫头退下以后，说道："小憨，我看你举止不凡，定是一个有来历的人，请你对我如实讲来，我会帮助你的。"

小憨进府很长时间，从未用正眼看过三夫人，今日听三夫人看破自己，不由得抬起头来，双眼盯着三夫人，沉思半天才说："三夫人，我看你是诚实之人，对你讲来也无妨。"小憨将自己出身经历讲了一遍，然后又说："我想将来起兵，与明朝争夺天下。但不知汉人是如何带兵作战，所以冒死救下李总兵，想在他手下学习一些东西，以备将来治国安邦之用。今日听夫人说愿帮助我，我想请夫人帮我找一些兵书来读。"三夫人听罢，对小憨的雄心壮志十分钦佩。于是，她答应了小憨的要求。

三夫人为小憨借来兵书以后，小憨白日里抽不出空来，就常常秉烛夜读。有一天，小憨有两个战例弄不懂，几次想去找三夫人讨教，但一考虑男女有别，便打消了去询问的念头。这件事不知怎么被三夫人的丫头知道了，她把小憨面有难色之事向三夫人说了，三夫人立刻告诉丫头，让小憨遇有解不开的问题可以亲自找她。就这样，小憨一有解不开的难题就来找三夫人。一来二去，三夫人对小憨竟然产生了爱恋之情。

一天，李成梁到三夫人房中过夜，李成梁询问起小憨守护庭院之事。三夫人将小憨夸奖一番。李成梁一听忙说："小憨武艺高强，我想让他给我当个先锋官。"三夫人一听心中暗喜，她随口说道："小憨岂止能当先锋官，我听丫头说，他脚心有七个红痦子，将来说不定要当皇帝呢。"李成梁一听，惊得呆呆发愣。过了一会儿，他急忙要回府衙。三夫人不知何故，但见李成梁要走，便满脸带笑，用手拉住李成梁的衣服说："大人，现在已是夜深人静，有什么事，明天再说不迟。"说着，三夫人让丫头重新备上酒菜，与李成梁痛饮起来。李成梁边吃边叹气，三夫人见状忙问："大人，今夜奴家陪你喝酒，你为何如此长吁短叹？"李成梁说："三夫人，你有所不知，如今各地都在风传，说辽东一带将有真龙天子出现。皇帝听说此事，龙颜大怒，令本官要在辽东抓获此人。想不到此人竟在我府中。我明早一定提审小憨，看他脚心是否有七个痦子。"李成梁说罢不由得又是一声长叹。三夫人连连劝酒，李成梁此刻已是满脸醉意。酒菜撤下以后，三夫人亲自扶着李成梁上床安睡，自己坐在床前不由得一阵紧张。她见李成梁鼾声如雷，轻轻给他放下幔帐，便转身下楼。

走到小憨的房前，三夫人轻轻叩门："小憨，快快醒来！"小憨梦中听有人呼唤自己，一翻身跳下地来。当他打开房门一看是三夫人，以为他俩之事被人知道，吓得目瞪口呆。三夫人进屋后，一下扑进小憨怀里说道："憨郎，是我失言，险些害了你性命。李成梁要抓脚心有七个痦子的人就是你，你赶快逃走吧！"小憨一听，顿时如五雷击顶，他急忙收拾一下东西便走出房门。三夫人领着小憨走进马棚，抓住一匹大白马，小憨刚要翻身上马，一见三夫人满脸泪痕，心中有些不忍说："三夫人，明早李成梁发现我不见了，定要拿你是问，你还是同我一起走吧。"三夫人说："我不会骑马，你一人跑得快，你还是走吧。"说着，用手一个劲推着小憨，小憨见三夫人执意不肯同自己一起逃走，翻身上马以后，顿生一计说："三夫人，你的大恩大德，我永世不忘，临别之时，让我再好好看看你。你上前来呀！"三夫人一听，轻移双脚走到马前。小憨一见，立刻伸出双手，将三夫人拦腰抱住，放在马背之上。

第二天清早，李成梁一觉醒来，发现三夫人没有与自己同床共枕，便问丫头三夫人为何不见。丫头说三夫人半夜出去至今未归。李成梁一听，顿时如梦方醒。他急忙下床穿好衣服，命人迅速点齐三千人马捉拿小憨和三夫人。

再说小憨和三夫人逃离辽阳城以后，快马加鞭，拼命往前赶。中午时分，走到一片草滩边正在休息，忽然远处传来一阵马蹄声。小憨把三夫人抱上马背，自己也翻身上马。又向前跑了一段，突然，在前面的山岗上也出现了李成梁的伏兵。小憨一见，立刻从身后摘下自己的短剑。三夫人回头一看忙说："憨郎，你看前后都有追兵，我们还是分头走吧。"小憨说："你一个女子怎能抵挡住这些追兵呀？"小憨正说着，前面突然跑来一群羊拦住了去路。三夫人用手牵过马的缰绳，大声喊着："憨郎，你快快下马把羊轰走。"小憨翻身下马，刚要轰羊，三夫人趁势掉回马头，说了一声："憨郎，多多保重。"然后骑着马向远处奔去。后边的追兵和前边的伏兵见大白马跑了，就分头向三夫人方向撵了过去。小憨知道三夫人是为了自己才豁出命去与李成梁的追兵周旋，他悲愤已极，大叫一声昏了过去。

不知又过了多长时间，李成梁的追兵又赶了回来。原来他们用乱箭射死了三夫人，没有看见小憨，所以又开始在羊群周围搜查。这时，小憨已经苏醒过来，他的耳边到处是马蹄声，可因为羊群把他遮挡着，追兵竟然没有发现他。傍晚，李成梁的追兵陆续撤了回去，小憨才支撑身子走回了自己的部落。明朝末年，小憨带兵路过羊群救过自己性命的地方，认为这群羊是天上降下的神羊，因此把群羊附近的城池改为神羊城。三夫人为了自己在此献出了生命，小憨每次想起都要痛哭一番。后来，人们根据神羊的谐音，把神羊城改为沈阳城，这就是今天沈阳的来历。

讲　述：赵明山
记　录：秋　石

楼上屯的传说

很久以前，东辽河下游有一个屯子，虽然地势不高，但河水淹不着，丈高水头从屯头过来，很快就消失得无影无踪。

屯子里有一户姓高的财主，家中有田千顷，粮万石。

高家有一个小姐，长得眉清目秀，尚未婚配。高小姐常在井边踢毽子，她一气能踢几百个，高兴时站在井的栏杆上踢，无论男女，谁也赢不了她。毽子飞来飞去，加上她苗条的身材，真是美丽多姿。

高财主家雇有几十个长工，其中有个老实厚道的小伙子，经常在劳动之余看小姐踢毽子，有时在旁边失声喝彩。一次，小姐踢的毽子飞到小伙子头上，惹得观看的人们哄堂大笑，羞得高小姐和小伙子都不知咋的好。

高小姐喜欢小伙子的憨厚，渐渐地还爱上了他，俩人背地里，偷偷地订下了终身。

不料，这事被高财主发现了。为防止他们往来，高财主把小姐关了起来，把小伙子也解雇回家了。

隔年，高财主夫妇出远门，正赶上东辽河又发了大水，良田被淹，房屋被冲倒，大水包围了受难的人们。逃又逃不出去，人们一窝蜂似地都挤到高家避难来了。说来也巧，小伙子也来到了高家。

高小姐见到小伙子，分外高兴。情人相见，怎能不亲近，各自诉说着想念之情。

大水退了以后，人们没吃没烧，更没有站脚之地。小姐让小伙子把高家的粮仓打开，把粮食分给穷人吃，把房子让给穷人住，人们打心眼里感谢小姐和小伙子。

高财主夫妇从外地回来后，看到粮食和房子没有了，一气之下便捆起了小伙子，关起了小姐，使两人永不相见。

高小姐由于思念小伙子，身患重病，不久身亡。小伙子也因遭受摧残，命归九泉。

后来，人们出于感激小姐和小伙子开仓济贫，就在小姐住过的地方重新盖起了一所大草房。房子又高又大，远远望去，就像一所楼房。后来人们就把这个屯叫楼上屯了。

讲　述：刘文义

记　录：尹维福

马鞍山的传说

很久很久以前，相传马鞍山东北有一个大泡子。泡子西南住着一个财主，家里雇了一个十二三岁的小孩给他当马倌儿。孩子名叫李小五，没爹没娘。小五为了放好马，常常把马赶到大泡沿周围。马饿了吃泡沿上的青草，渴了喝大泡子里的清水。时间长了，把马放得滚瓜溜圆。财主见马不加草料自来膘，又是欢喜又是纳闷儿。

这天深夜，财主五更半夜就把睡在马棚里的李小五骂起来："小兔崽子，啥时候了，还不赶快起来放马？"小五无奈，只好摸黑去放马。小五想起了死去的爹和娘，又悲伤又害怕，不由得放声痛哭起来。正在这时，忽听有人喊他："小孩子家，何事伤心？"小五听到声音，定神一看，见道旁草丛中站着一位白发苍苍、手拄龙头拐杖的老人，一副慈祥的面容。小五走过去，深施一礼，把自己的身世和东家的虐待，一五一十地告诉了老人。

老人安慰小五一番，然后问道："孩子，你天天去大泡子边上放马，可曾见一个穿白兜肚的小孩，总骑一匹黄马驹吗？"小五眨巴一下眼睛，天真地说："见过呀，我俩还天天在大泡子里洗澡呢。"老人家神秘地说："孩子，这泡子里有两宗活宝，一个是银娃娃，一个是金马驹。跟你在一块玩的那个小孩就是银娃娃，他骑的马就是金马驹。想得到它也不难。回去后，你买一把新剪子，再买三尺红绸子，等到端午节那天正当午时，跳进大泡子里，先抓住银娃娃，把他的兜肚剪下来，用绸子包好，再把金马驹抓住，剪下马尾，也用绸子包好，上岸别回头，一直往家走，银娃娃和金马驹就会跟你走。"小五又给老人施了个礼，当他抬起头来，那位老人已经不见了。

孩子毕竟是孩子，放马回来后，小五不小心在东家跟前说漏了嘴。财主知道大泡子里有这等天上难找、地上难寻的稀世活宝，顿时喜出望外。连夜，他把小五勒死，把尸体扔到大泡子里，然后找出剪子和红绸布，专等端午节的到来。

端午节这天，财主领着儿子，带着剪子和红绸子，大清早就来到泡子沿上，一动不动地守在那里。好不容易盼到天交午时，财主忙三迭四地脱下长袍大褂，一头扎进水里，找了好半天，猛然发现小五和银娃娃正在水底下玩呢。

原来，小五尸体被扔进大泡子后，银娃娃大吃一惊，急忙把小五的尸体接住，放在一块大青石上，嘴对嘴往小五口中吹了三口气，小五“哎呀”一声苏醒过来。小五把被害的经过一学，银娃娃火冒三丈，决心替小五报仇。这时财主一把抓住银娃娃，急忙去摸剪子，这才想起剪子忘在岸上了。他急中生智，一手拽着银娃娃一手伸出水面，向儿子要剪子，仰了半天，也不见递剪子，只好把手缩回来，用牙把银娃娃的兜带咬断，把兜肚塞在裤腰里，松开银娃娃，又去抓马驹，半天，总算把马驹抓住，他拽着马驹的尾巴，把手伸出水要剪子和绸子。

再说守在泡沿上的财主儿子，好长时间不见泡子里有动静，还以为老子淹死了，忽见水里伸出一只手来，吓得“妈呀”一声，拔腿就往家跑，找长工打捞老子。当长工们慢慢腾腾来到泡沿时，见东家尸体已经漂上来，浑身上下都是蹄子印。原来是他伸手接剪子和绸子时，被金马驹给踢死了。财主的儿子刚要嚎叫，突然，水面露出一副金光闪闪的马鞍子。这小子蛤蟆没毛——随根，跟老子一样，见财眼红，哪里还顾得打捞老子，他伸手抓住鞍子用力一拽，把鞍子拉出水面，扛起就往家跑。开始，还觉得挺轻巧，跑出一段路，鞍子越来越沉，腰都被压弯了。他扭头看看金灿灿的马鞍子，真舍不得放下，又咬牙挪了几步，实在不行了，才想放下歇歇。谁知，还没等撂下，马鞍子突然变成一座马鞍形的山，把这小子压在底下。这时，银娃娃叫李小五骑上金马驹，闭上眼睛。李小五只听耳边一阵哗哗水响，当他睁开眼睛时，发现自己正坐在一朵荷花上。人们把李小五拉上岸一问，才知道事情的终尾。再看看那朵白莲花，开得十分鲜艳。从此后，银娃娃和金马驹不见了，人们把大泡子起名莲花泡，那座山起名为马鞍山。

讲　述：刘咸儒　记　录：刘荣第

莲花泡子的传说

在马鞍山东侧不远的地方，有一个莲花泡子，吸引着不少游客。相传，很早很早以前，天庭玉帝手下有一个命官，他共有七个女儿，最小的叫莲花。莲花从小娇生惯养，家人对她都很溺爱。因此，她出入天庭，无论干啥都很随便。

她曾几次来到人间，与放牧的孩子们在一起玩耍。渐渐地她迷上了人间，特别是她爱上了小马倌儿刘三儿。她把心事和母亲悄悄地说了，母亲不但不同意，还把这件事透露给了命官父亲。父亲听后很恼火，派人把莲花姑娘锁在一个屋子里，整天困在那里。莲花的愿望没有实现，并失去了行动自由。她哭了三天三宿，最后决定死也要死在人间。

一天夜里，她挣脱了束缚，溜出南天门，看准了她向往的地方，一头栽了下去。顿时，从地面冒起一股白烟，烟雾消失后，地面陷进去挺大挺大的坑。坑里渐渐出了一下子水，不过三日，水坑里长出一棵嫩嫩的莲花。

一日，天兵天将寻踪到这里，一看莲花姑娘葬身到这儿，只好回去禀报命官。

刘三儿知道这件事后，来到水坑边看莲花。莲花见他一个劲地摇头，水里一个劲地往上冒泡。刘三儿流着泪，回过头跑了，把莲花姑娘送给他的马鞍子埋到了他们常在一起玩耍的草坪，这里立即长出了一座山，形如马鞍子。他匆匆地返回水坑边，一头扎在水中。据说刘三儿的尸体始终没有漂出来。从那以后，这里的莲花一年比一年多，后人说，这里叫做莲花泡子。

讲　述：李玉莲

记　录：赵国臣

狗和狼

传说在很早以前，猎人家家都养活一只狗和一只狼。狩猎时除了带点吃的、喝的以外，那狗和狼是必须得带着的。据说这狼能帮猎人捕捉较大的猎物，连叼带拖地运回来交给狗看管。狗也常常猎取些野物。要是没有狼和狗的帮助，猎人就啥玩艺儿也打不到。就是打到点东西，也要累得没精打采的。

传说有这么一天，一个老猎人带着吃的喝的和狗、狼去打猎了。爬山穿林地走哇走，走哇走，都两天了。要搁往回，早就会打到好多好多的猎物，可这一回是啥玩艺儿也没碰到。狗和狼累得直耷拉舌头，猎人也累得筋疲力尽了。吃的东西都光了，连想打点野物烧烧吃都没指望了。猎人看看狗和狼累得那老样子，就把狗和狼喊住了，在树林里划拉出个地儿倒下了。不大一会儿，猎人忽忽悠悠就睡着了。狗趴在猎人身后，守护着主人，两只耳朵支楞着，听动静，眼睛不住地往各地儿瞅着。

这时的狼呢，饿得它都前腔搭后腔了，它张着那血盆大口直往猎人那儿凑合。它用尾巴试探着抽打着猎人的身子，一看猎人睡着了，咋抽打也不动，就拉开了扑向猎人的架势。

狗在猎人身后都瞅着了，一看狼是要吃主人哪，冲着狼就汪汪汪地叫开了。狗突然这么一叫，狼就溜溜地晃荡着向远处去了。猎人被狗叫声吵醒了，看看身旁啥动静都没有，就狠狠地对狗说：

“你穷叫唤个啥？吵得我想呆一会儿都不行，再叫我打死你!”狗只冲着主人轻声地叫了一声，眼睛瞅着主人又趴在地上不动了。

猎人这个烦哪，歇一会儿还得赶路呢！你穷叫个啥劲儿，狼就不像这狗老嗷嗷嗷的，想着想着，猎人又睡着了。

狼看猎人又睡下了，又跑到猎人跟前了。猎人动一下胳膊，狼就退后一步，猎人不动了，狼就往前挪蹭着，慢慢地又凑到猎人身边了，用尾巴轻轻地扫着猎人。猎人想，刚要睡着，什么玩艺儿抽打我身上，睁眼一看，是狼尾巴。狼看猎人睁眼睛了，像没事一样仍然东一下子西一下子用尾巴扫动着，猎人一看没啥事就放心地睡着了。不大儿工夫，就打出了呼噜声。

狼一听这回可是真睡着了，马上调转身，张开血盆大口，扑向猎人。这时，狗像见了猎物一样，汪汪汪地不是好声儿叫开了，随后蹿起来向狼扑去。狗这么一叫，狼出溜溜就跑远了。狗守着猎人冲着狼叫，猎人冷不丁听到狗这么叫，“嗖”地一下坐了起来。四下一看还是没有什么动静，气得把狗狠狠打了一顿。打完了狗，猎人心中也有点纳闷：我一躺下刚睡着时狗就叫，一起来就啥事也没有，这是咋回事呢？猎人想看看到底是咋回事，也没吱声就又躺下了，狗又趴在他身旁了。

猎人躺下来眯缝着眼睛，假装睡觉，还打起呼噜来。这下子他可看到了：狼一点一点地往他跟前磨蹭，又用尾巴抽打他了，他全明白了，狼要吃他。他随便地把手扔到猎枪上，狼出溜溜退了几步。猎人又打起呼噜，狼一看猎人再也不动弹了，张开大口要向他扑来。狗叫着向狼扑过去了，猎人趁机就地一滚，随手端起猎枪，狼和狗已咬到一块儿去了，猎人喊回了狗，一枪打死了这只狼。狗又蹿过去冲着狼汪汪汪地叫着，使劲咬了狼一口……

猎人领着狗回家了。人们一看那只狼没了，就问是咋回事。老猎人向他们学了一遍在林子里险些被狼吃掉的经过。猎人们这才知道，原来狼饿了，不管你是主人不是主人，只要有肉，它就要吃。还是狗哇，忠实于主人，你打它也不跑，狗才是狩猎的助手呢！

从此以后，猎人家再也不养活狼，只养活狗了。猎人们狩猎时常带的，当然也只有一条狗了。

讲　述：马秀青

记　录：王立德

黑鱼沟的传说（一）

伊通南边有一片深山老林，宣统年间曾经有一伙强人在这片老林子里占山为寇，后来挪窝了，扔下一片残屋断壁。又过了几年，来了一伙猎人，在这残屋断壁上搭窝棚。这时有几个人来到山下草甸子上的大水池子跟前想取水，突然发现水泡子当中，竟平展展地出现了一个戏台，台上有一穿黄袍玉带的黑面大官，有几个跟随者在水中上蹿下跳，敲锣打鼓，好不热闹。猎人们都惊呆了。可是又一想不对劲呀，这老林子里哪会有当官的呢？再说，水中哪会有戏台呢？莫不是什么怪物？几个人便操起猎枪，朝水中开枪射击。顿时池水变成了红色，随后池水猛涨，顺池口往下边沟里淌去。红水淌没了，又淌黑水，连淌了几天几夜。听别人讲，这水泡子里有个黑鱼精，被猎人开枪打死了。红水是黑鱼的血，黑水是黑鱼的化身，人称为黑鱼沟。

又过了不少年，有一些从关里过来的人到这里开荒、种地，在这盖房，有了人家。人家一多，成为一个屯。这个屯逐渐扩大，又分成两个屯，以沟为界，称为上黑鱼沟屯和下黑鱼沟屯。

讲　述：王泽普

记　录：陈　跃

黑鱼沟的传说（二）

在发展乡立新村南约十里路有一个屯子叫黑鱼沟。

据说在很早以前，黑鱼沟屯住着几十户人家，这个屯原来不叫黑鱼沟，叫刘家屯，因为这屯里有一户姓刘的财主，所以此屯由此而得名。姓刘的财主家大势大，拥有土地近百垧，家里养着打手近百人，全屯和近处的一些农户都是他的佃户，他残害死的百姓近几十人，他害人的办法是：把人绑起来装进麻袋，趁黑夜扔进屯南大水沟里，这条大水沟长几十米，宽十几米，水深不见底，由于死在这里的人很多，据说深更半夜经常听见在水中有人啼哭，并喊："还我命来……"就这样，提起这条大水沟就令人毛骨悚然，谁也不敢在此经过。

有一次，刘财主的牛倌王三和刘财主顶了几句嘴，刘财主就把王三扔到了大水沟里，王三临死前大骂刘财主："我死了要变条黑鱼，非把你这狠心的豺狼吃了不可。"王三死后不长时间，有一天早上，满天大雾笼罩着刘家屯一带。到了中午，大雾虽退去了，可屯南大水沟上，忽然乌烟瘴气，水中不断黑雾上升，在雾中人们隐约看见有一条大黑鱼，上下翻腾，鱼长十几丈，张着血盆大口，一直延续到天黑。这可把刘财主全家吓坏了，闭门不敢出屋。

第二天早晨，人们老早起来一看，大水沟上风平浪静，烟雾消散，黑鱼露着脊梁，安然地浮在水中，而刘财主的屋里却空无一人，连那一百多个打手也不见了。人们猜想，一定是让黑鱼吃了，以后全村的人再也不受刘财主的欺压了。过了很多天，这条黑鱼也不见了。

以后人们就把这个水沟叫黑鱼沟，远近的人们都把这个屯叫黑鱼沟屯。

讲　　述：范海山　70岁　发展乡立新三队农民
记　　录：高永帮

望儿楼山的传说

营城子镇四间村有一个望儿楼屯，屯东有一座山，叫望儿楼山。

传说很久以前，开荒占地时，这座山没有名。山下住着一户人家，只有一个老太太和几个儿子。老太太的几个儿子一天天长大了，官府扩兵来抓丁，把老太太的儿子强行拉走。那年头当兵，经常打仗，九死一生。老太太舍不得儿子，儿子也舍不得离开娘。儿子临走时告诉娘："如果要想我时，就到山上往北望望。"儿子走后，老太太想儿子心切，就天天到山上往北望。后来，老太太的儿子当兵打仗很勇敢，当了官，回家看望老母亲，可是老母亲已经死到山上了。老太太直到临死时，还在山上扶着大树往北望着。后来，人们就把这座山叫望儿楼山。

讲　述：刘海丰　62岁　营城子镇四间村农民
记　录：阎玉文

土门岭的传说

在二道乡黄家村西边与新家乡交界处，有一道岭，远远望去，就好像一条青龙似的横卧在这里，中间被人们挖开，一条通道，两边山峰立陡，这就是如今的“土门岭”。

提起这道岭，还流传着一段动人的故事呢……

早先这里仅有一个小漫岗，岭前岭后两个屯。

有一天，前屯的小哥俩来到这里放猪，两个人坐在山岗上边玩边唠：“小哥，都说咱们这里有‘七星落地’，你听说了吗?”“听说了。”“咱们屯要是落一个该多好哇!”“那可不是随便落的，听人说，星星落到哪儿，哪就有宝。”说来也巧，第二天两个孩子来放猪，就觉得这漫岗长高了。一些过路人走到这里，也有这样的感觉。过了一天，再来看，又长高了，比原来高出三丈多，岭两头跟两边的山连在一起。这一长高可不起眼儿，一下子挡住了过往行人的去路。岭前岭后互相来往，到城里办个事，赶个集什么的，得绕二三十里路。漫岗变成了大岭，自古以来还真是件新鲜事儿。一传两，两传三，很快传遍了十里八村。

岭长高了，人们的话也多了。有的说：“说不定又有‘七星’落地了吧!”有的说：“这山里肯定有宝，咱们挖开看看。”有的老人说：“这里可不一般，不能轻举妄动，要是触犯了山神，以后咱们的日子可就不好过了。”可到底是咋回事，谁都是丈二和尚摸不着头脑。一天，几个好信儿的年轻人没听那份儿邪，合计合计就带着铁锹、镐头就来挖山。他们挖出来的全是黑黝黝的土，一点别的掺合都没有。几个人感到挺好挖，商量了一下，就回到屯里叫来了好多人，大伙摆开阵势，挖的挖，刨的刨，挑的挑，一天就挖掉了三尺多深。可是到第二天一看，和没挖一样。

大伙感到很奇怪，可也没灰心，继续挖，又挖掉三尺多深。到了第三天，人们来到这一看，挖掉的山又长平了，挖掉多少长出多少，大家伙都很纳闷。有的说：“这里有神仙，别挖了，得罪了山神可不是闹着玩的，那是要遭殃的。”有的说：“这里有龙，是一条龙山，有真龙天子，要挖就把风水挖走了，咱们别挖了。”可有几个人就是不信这个邪，非要挖它个水落石出不可。怎么挖呢？却想不出什么好法儿。

一天，有一位老人到山上去放马，也想看个究竟，他翻来覆去地瞅，一直瞅到“老爷儿”落了，也没有看出什么子午卯酉。快眼擦黑时，马也吃饱了，老人坐下来想抽袋烟好回走。他点着烟，忽听背后好像有人说话，也没来得及看看是谁，就仔细听起来：“这几天可把屯里的人累了够呛，他们想把咱当腰儿给断开，那没门儿，咱不怕，他们挖多少，咱长多少。但可有一样，就怕他们用黄粪烧，咱可受不了。”老人想再听个头尾，却什么也听不见了。老人站起身来，左看右看，南找北找，连一个人影也没见着，觉得很奇怪。老人定了定神，磕磕烟袋，牵着牲口下山了。

回到屯里就对人们说：“今天我可得了个好消息，要想挖山嘛，我有个好办法。”大家一听，齐嘞啦地都围上来问：“你有啥好法儿？”“快说！快说！”老人装上了一袋烟，一边儿抽，一边把他在山上听到的话一五一十地讲给乡亲们。大伙一听，乐得直蹦高。这个说：“这可是个诀窍。”那个说：“明儿个咱就干！”

第二天早上天刚放亮，屯里的男女老少，大车小辆往岭上运黄粪，足足运了一整天，一堆一堆地排在岭上，又准备了干柴。一切都备齐了，就把黄粪挨堆点着了，整整烧了一天一夜。烧完后，岭上刮起了大风，狂风呼叫了三天。第四天，人们又去挖山开道，干了一天，挖掉三尺多深，过两天一看，果然不长了。这回人们可来劲了，一连挖了十几天，终于把这条岭挖通了，人们的心里就像打开了两扇门。大伙高兴地说：“这回再不用爬山越岭了。”

据说，人们在挖山时，挖出了好几根细长的骨头。一些老年人看了说：“这是龙骨啊！”从此，人们就把这条漫岗叫“土龙岭”。

挖通后，中间能走车马，像个大门似的。所以，人们又管它叫“土门岭”。

讲　述：姜海山　71岁
二道乡黄家村三门杨家屯
记　录：金国峰　38岁
二道乡文化站

三星泉的传说

传说很早以前，南山沟里有个村子，人们男耕女织，过着安定的日子。不知何年何月出了个无恶不作的大财主，名叫周百万，钻心抹眼地欺负穷人。

有一年天遇大旱，别人家地里的苗都快旱死了，惟独周百万家地里的苗还是水灵灵的。因为，他家地里有一口天然的井，井水长年不断。虽遇大旱，井里的水还是咕嘟咕嘟往上冒。村民们都去求周百万，给点水浇苗，可周百万却说："谁要是用我家的井水浇苗，就得先交十两银子，不交银子谁也别想动一滴水。"那时候，人们连饭都吃不饱，到哪去整十两银子呢？只好眼睁睁地看着禾苗慢慢枯死。村里有一个叫三星的人，他为人善良耿直，谁家有个大事小情的，只要和他一说，他总会尽力帮忙。这天晚上，他躺在炕上，想着地里的禾苗都要旱死，不知不觉地流下了眼泪，哭着哭着就睡着了。忽然，金光一闪，眼前出现了一个白胡子老头，拄着龙头拐杖，拐杖上挂着一个用五彩带系着的宝葫芦。老头问三星说："小伙子，你想要水吗？"三星连忙说："那当然了！""那你有了水怎么办？""我一定去告诉人家，让大家一起用水浇苗。""那好，我告诉你，在南山有一墩子绿色扁叶草，你把草割下来，再用锹挖，挖九九八十一下，就会挖出一颗'神水珠'。我教你几句咒语，只要你一念，水就会出来的。你不要忘记我说的话。"说完化作一道金光就不见了。三星从炕上一下爬起来，擦擦眼睛，原来是一个梦。他连忙拿着镰刀和铁锹跑到南山上，找了几天，终于找到了那墩子绿草，他按老头的话做了，真的挖出一颗神珠。这颗神珠确白确白的，一个黑点都没有。里面像装着一汪清水那样透明，真是一颗神珠啊！他乐颠颠地捧着宝珠下了山，把神珠放在自己家的地里，念了一遍咒语，水真的出来了。他连忙把村民叫来，挨家挨户给大伙浇苗。这事被周百万知道了，他带着家丁怒冲冲地来到地里，见三星正拿着神水珠给大家放水呢。他叫家丁上去抢神水珠，又说："谁要是帮助他，就把谁抓去见官。"村民们都怕他，不敢动弹，在两旁呆呆地看着。三星寡不敌众，眼看神水珠就要被抢去了，他急中生智，把宝珠放在嘴里咽了下去。家丁们再找三星，已经不见了，在三星站的地方，出现了三个泉眼。泉眼里咕嘟咕嘟地往外冒着清凉的泉水，一股往东面的地里流去，一股往西面的地里流去，还有一股向周百万家流去，这条泉眼流得最猛。周百万一见泉水直奔自己家，怕冲走了家里的金银财宝，就带家丁们往回跑，刚走到院里，院里已进满了水，很快就把周百万和他的家丁们连同房子都淹没了。

后来，人们为了纪念三星，就把这个泉眼叫三星泉。

讲　述：施亚茹
记　录：樊庆梅

宝石柜

在新家满族乡料浅子东边那疙瘩，有一座大青山，山顶有一块大石头，老辈子人说这是一个宝石柜。

从前，离这山不远的团山道东，有一个大池塘。池边住着一户人家。家里只有一个寡妇额娘❶领着一个十二三岁的哈哈济❷乌苏哈哈过日子。每天，额娘坐在织机旁织布让乌苏哈哈拿到市上去卖，乌苏哈哈也经常去大青山上砍柴，到池塘里弄些鱼，用布、柴和鱼换些钱来维持生活。尽管这样，娘儿俩的日子也还是挺紧巴。一天乌苏哈哈吃了晚饭就睡下了。睡到半夜，他朦胧中看见窗前很亮，以为是讷讷❸在纺线织布，没在意，一翻身又睡过去了。可是，一连三天，总是在夜里看见那窗户很亮。他一骨碌爬起来，一看，天灰蒙蒙的，眼看就亮了。仔细一瞧，这光却是从大池塘里发出来的。他挺奇怪，穿好衣服，拿上砍刀，就悄悄出了家门。

到了大池塘边，池塘里的光更强了。乌苏哈哈把砍刀放在岸边，脱下衣服，一纵身就跳下了水。他在水里瞪着眼睛找了老半天，也没找到这光是咋回事。他上了岸，蹲在衣服旁边咋也想不明白，猛一抬头，看见大青山上一闪一闪地发着光亮。他来不及多想，穿上衣服，把砍刀往腰间一别，顺着这亮光上了大青山。

他爬呵，攀呵，衣服刮破了，胳膊上也擦出了血，伤口叫汗水一浸，火燎燎的钻心痛。他顾不得这些，一个劲往上爬。好不容易，乌苏哈哈爬到了山顶，一瞅山顶上啥也没有，那发光的东西也不知啥时候不见了，只有一个四四方方的大石头放在山顶上。乌苏哈哈泄气了，靠在这大石头上，闭上眼睛，想歇一会。猛一想，不对呀，往常砍柴到这儿没有见过这块石头哇，这石头是哪来的呢？

---

❶额娘：满语，母亲。
❷哈哈济：满语，小小子。
❸讷讷：满语，妈妈。

乌苏哈哈跳起来，围着这块石头，仔细打量起来。这石头大得出奇，也平得出奇，棱是棱，角是角的，面儿平得直放光，再看这石头的前面还挂着一把闪闪发光的大金锁。

一看见大金锁，乌苏哈哈乐了，敢情是你放光调理我又下水又上山的呀。他觉得这放着金锁的大石头，太像一个柜子了。柜子都是装东西的，这石头柜子兴许也能装东西，要不它挂锁有啥用啊。

乌苏哈哈找了几块石头垒起来，搭了一个石阶，踩着这石阶，取下了锁头。可他力气小，怎么也打不开这石头柜盖，只能欠开一个小缝。他顺着小缝往里一瞧，这石头柜里装的全是珠宝，红的、绿的、蓝的，五光十色，好看极了。乌苏哈哈都看傻了，他哪儿看见过这么多宝贝呀。他小心翼翼地挂上了锁头，摘下钥匙，一阵风似地下了山。

这寡妇额娘一大清早就不见了儿子，日上三竿还没回来，可把她急坏了。正在这时，乌苏哈哈兴冲冲地跑进屋来。进门就把大青山上见到的一股脑地讲给了额娘。

“讷讷，这回咱可要过上好日子了，咱也修门楼，盖大房，买车，买马，买土地，您也不用织布了，找两个丫头侍奉您。”

“那我不成财主婆子了。”“是又咋样，兴他们有，就不兴咱们有。”寡妇额娘一听不高兴了，对乌苏哈哈说：“最富有的不是金子、银子和珠宝，最富有的是劳动。日子要想好，得靠劳动去获得。以后千万不要上石柜那去了，不然会惹祸的。”

乌苏哈哈很听额娘的话，果然再也没去看那宝石柜，每天到池塘捞鱼，在附近的山上打柴。就这么过了挺长一段时间。

有一天，一个南方人打这儿路过，见天色已晚，就借宿在这里。到了晚上后半夜，他也看见了那池塘里的光亮。天刚亮，他就悄悄地问乌苏哈哈。乌苏哈哈不会撒谎，把宝石柜的情况一五一十地说给了这个南方人。

南方人一听乐得不得了，连忙问：“你怎么不去把那财宝都拿来呀?”乌苏哈哈回答说：“我讷讷不让，她说那是没有来由的钱财，不能要。”南方人说：“你讷讷老糊涂了，快领我去看看。”说完拽着乌苏哈哈就走。走到大池塘，那个南方人一把抢下乌苏哈哈手里的钥匙，把他推下了大池塘。

南方人连跑带颠地上了大青山，一眼就看见了宝石柜子。他连忙掏出钥匙打开了那把金锁头，掀起柜盖，一片耀眼的光芒刺得他眼睛都睁不开了。这个南方人乐得哈喇子淌了挺老长，他跳进柜里，想把这些宝贝全都拿出来。这时突然来了一阵风，宝石柜盖"咔嚓"一声，又严严实实地合上了，把这个贪心的南方人关在了柜子里。他拼命地喊呀、叫呀，不一会儿，就再也喊叫不出来了。

乌苏哈哈呢，他从小长在池塘边，是捞鱼摸虾的行家里手，被南方人推下水不一会儿，就又游上岸来了。

记　录：邱　贵　孙廷蔚

神牛湖

从前，有一个十多岁的小男孩，名叫刘童。有一年暴雨成灾，父母双亡，只剩下一头老黄牛和小刘童相依为命。白天在一起耕作，晚上就睡在一起。

一天，刘童清晨起来放牛，把牛牵到一个荒草甸子上，自己用柴刀砍了一根细竹，做了一根笛子，坐在山坡上吹了起来。这时候，老黄牛慢悠悠地走进了财主家的菜地，还没吃几棵菜，财主的管家就带着几个家丁用大石头把老黄牛砸死了。刘童吹了一阵子笛子后，发现老黄牛没有了，就到处找，找来找去在财主家的地隔子上找到了。他见自己心爱的老黄牛被打死，趴在牛身上就大哭起来。这一哭不要紧，招来财主的家丁一大帮，抓起小刘童就是一顿拳打脚踢。一个家丁喊道："你的牛吃了老爷的菜，我们把它打死了。三天以后，你到老爷家当长工！"说完这话家丁们就走了。刘童趴在牛身上哭了两天两宿。

到了第三天，刘童趴在牛身上还是不愿起来。这时，天空刮起一阵风，一个胡子拖地、满头白发、手持拐杖的老翁突然出现在刘童面前。他对刘童说："孩子，你不要哭了，南边儿有片竹林，竹林里有一头神牛，它能日耕八百，夜耕九千。但想找到神牛，必须用一棵发绿光的神竹做成笛子、笛音会吸引神牛走出竹林。可你千万注意，那棵竹子旁边有三只饿狼。"刘童半信半疑，想问老人什么，只见白发老人一阵轻风般地就消失了。刘童想，反正明天也得给财主当长工，不如试一试，找找神竹，或许能找到。刘童拿上柴刀就一直向南走去。一直走了三天三夜，还是不见竹林。他想，反正出来了，就不能回去，我定弄个水落石出。他不停地走，不知走了多少路。渴了喝点泉水，饿了吃点野菜充饥，困了就卧在树下睡一觉。十几天过去了，还是没见到竹林。刘童不泄气，还是一个劲儿走。一天下晚，月亮刚露头，他影影绰绰看见，远处黑呼呼的一片。"啊，竹林！"他惊叫起来，飞快地向竹林跑去。进了竹林，他还是一个劲地向南走。不知道这竹林有多大，十几天过去了，也没走到头，也没看见发绿光的神竹。可他不灰心，想起白发老人说的话，两只脚走得更来劲儿了。他走啊走，走啊走，又是三天过去了。这天清晨，他爬上一棵最高的竹子向远望，一眼望去，还是看不见竹林的边沿在哪。忽然，他眼睛一亮，发现远处南天边有绿色光芒，他兴奋得不知如何是好，一下子从竹子上滑了下来，向那发光的方向拼命奔跑。摔倒了，爬起来。野草划破了皮肤，他也不管不顾，一直跑到三星出来，他看到了绿光神竹，也看到了三只守在神竹旁的饿狼。他用柴刀破了一根竹子，做了一张弓和三支箭。然后，悄悄地向神竹走去。离神竹不远了，他拿下弓，搭上箭，对准一只狼就射，那只狼应声倒地。剩下的两只狼一蹿箭儿，向他猛扑过来。刘童一箭又射死了一只饿狼。还没等到刘童再搭上箭，第三只饿狼已扑上来了。刘童拿着箭和它厮滚起来，趁狼缓口之机，将竹箭深深地刺进饿狼的肚皮，三只饿狼全没命了。刘童走近神竹，用柴刀砍下一小枝竹子，做成笛子，赶忙走出竹林，爬上一道山梁，坐在一块大石头上吹了起来。这笛音别提有多好听了，直吹得天上飞禽停止飞翔，地上走兽停止嚼食。各种飞禽走兽都围在刘童周围静听那一首首动听的歌儿。一直吹到第二天中午，神牛向他走来，他骑上神牛，回到了自己的家乡。

回到家后，刘童见到别人家的谷子已经抽穗了。心里别提多上火了。他想，今年种粮食不赶趟了，多少种点青菜吧。他把牛牵到地里，耕了起来。这牛果真好使，耕完一垄，一大片地就全耕完了。他带着试试看的想法种了几粒谷子，果然一大片谷子就全都种完了，而且眼看着小苗从土里钻了出来，不到一天谷子就抽穗了。小刘童更加喜爱神牛，有点什么吃的，自己不吃，也要给神牛吃。

刘童得到神牛这事儿让财主知道了。财主带着几个家丁来找刘童，硬说神牛是他们家的，说着就让家丁把牛牵走。刘童死也不放神牛，被家丁们打得死去活来。到了晚上，刘童思念神牛，吹起了神笛，不一会儿，神牛就跳过财主的高墙来到了刘童身边。财主闻讯就把刘童关了起来，把神笛也抢走了。第二天，财主要亲眼看看神牛耕地，把一家老老少少都领到地头上，让他们也亲眼见见神牛是怎么耕地的。家丁们把神牛牵到一块最大的地里，让神牛耕。神牛耕一条垄，就耕了一大块地，财主和家人乐得闭不上嘴。一家人正兴高采烈的时候，就听呼隆一声响，整块的地从神牛站的那条垄齐刷刷地全都陷下去了，财主一家人连老带小也都陷下了，整个一片地变成了一个湖。从此，人们就把这湖称为神牛湖。

讲　述：王淑琴　女　67岁
记　录：荆少华

哞哞泡

大约一百多年前，在伊通的西北角上有一个方圆四五里地的大泡子（现在的和平水库）。每当晚上或下雨、阴天的时候，泡子里总是发出不断的哞哞声，谁也不知道究竟是什么东西发出的叫声。有时在下雨或天黑的时候，水面上影影绰绰地看到一个像黑柱子似的东西。黑柱子竖在水面上时，就会发出更大的叫声。大伙根据这东西的叫声，管这东西叫“哞哞”，这个大泡子就叫“哞哞泡”。

哞哞泡旁有个屯子，自从这泡子有了“哞哞”，屯子里的人们日子越过越好，旱时不旱，涝时不涝，连年大丰收。

后来，不知从哪儿搬来一户人家，就在泡子旁盖起房来，住在了泡子沿上。这人姓于，叫于化龙。于化龙来到泡子旁没住几天，这“哞哞”就开始大叫起来，一连叫了三天三夜，声音越叫越大。第四天一早，人们便听不到“哞哞”的叫声，纷纷跑到泡子旁来看。只见从泡子的东北角划开一道深沟，一直奔东北方向伸延而去。大家一看就明白了，准是“哞哞”已经从地下走了。

说也奇怪，自从“哞哞”走后，只一年工夫，长年存水的“哞哞泡”竟变成了一片洼地，一点水也没有了。更奇怪的是，这地根本没人来种，到了秋天，却长出满满一地大白菜，又粗又大，心长得也满。这一年，全屯都来拔白菜，拔不见少。南北二屯的人们也来这里拔白菜。到了第二年，这泡子又不长白菜啦，长出密密麻麻一片苘麻来，又粗又高。处暑一到，屯里人又纷纷来割麻，家家都收了很多麻，因此又是个丰收年。到了第三年就开始长起了芦苇，这芦苇长得又高又大，成为当地最大的芦苇塘，于是，每到秋天就会有很多人到这儿割芦苇。“哞哞泡”年年都给人们带来好处，所以，在这儿住的人谁也不愿搬家。

讲　述：刘凤英
记　录：金国泰

三门杨家的传说

二道乡黄家村有一座山，样子像一只猛虎，有虎头、虎尾、虎爪。因此，人们便给这座山起了个名，叫虎头山。

山前住着几户人家。有一家姓杨的，他家死了人，把坟埋到了山脚下，位于虎口之下。事隔一年后，他家接连死人。于是村里人就说："虎吃羊（杨），赶快起坟吧！"这家起了坟，也就搬走了。

后来从山东又来了三户姓杨的人家，他们听说这事后，谁都不信，便在这屯落了户。他们偏要斗斗这只"虎"。一看这座山上的石头能烧白灰，于是就开山采石，垒个白灰窑，烧起白灰。这三家姓杨的把坟埋在山脚下。这回姓杨的不但没有家败人亡，反而兴旺发达起来，生活也富裕了。后来人们就把这屯叫"三门杨家屯"了。

讲　述：杨　桓　75 岁　二道黄家村
记　录：李银俭

王八石沟的传说

伊通县莫里青乡杨木林子村后山有一道沟，叫王八沟。沟的东面山脚下有一块一间房子那么大、圆古隆的大青石，形状就像一个脑袋插进地里、屁股朝上翘的乌龟似的，人们称之为“王八石”，王八石沟也就因此而得名。提起这块王八石，还有一段来历呢。

说不准是多少年以前，杨木林子屯住着一户姓王的哥俩，老大是农民，老二是石匠。老大靠种田为生，老二靠给人家凿碾子磨度日。

有一年，老大在北沟（即王八石沟）里开了十几亩地，种上五谷杂粮。由于侍弄精心，那庄稼长得像水葱一样，简直没有比得上的。有一天早饭后下地，老大发现庄稼被扑蹬倒好几大溜，他心疼地把扑蹬倒的庄稼一棵一棵扶起来，也没看出是人还是牲畜扑蹬的。隔两天，他又到地里看看，嗬，又被扑蹬倒好几大溜，比头回还厉害。老大气得直跺脚，无奈，又花一天工夫，把倒下的庄稼又扶起。就这样，老大一连扶了三四次，也没挡住扑蹬。这是谁干的呢？他心里很纳闷。

这天，老大把倒下的庄稼扶起后，回家吃完晚饭，悄悄地来到地附近，躲进柳树趟子里，偷偷地看起来。那晚正是十四五，大膘月亮，一点云彩丝也没有，一瞅多老远，都真灼的。约摸三更光景，忽听东山坡上稀里“咔嚓”一阵响。老大就着月光仔细看了看，只见两个像房子的东西，黑呼呼的，从山坡爬下来，一直爬到地边，他才看清，原来是两个石头王八，一公一母从自己的地里爬过去，到西山脚下泉眼喝水。喝完又顺原道爬回来，把庄稼又压倒两三溜。老大心里暗骂，原来是你们这两个孽种糟踏我的庄稼，明儿个我就找人治治你们。

第二天老巴早，老大来到老二家，把石头王八下山喝水祸害庄稼的事告诉了弟弟。老二听后，带上凿石头的全部工具，跟哥哥一块来到北沟，见两个石头王八正趴在东山脚下，脑袋插进土里，四个爪子露在外面，屁股对着山顶。原来这对石头王八只能夜间行动，太阳一出来，它们就动弹不得了。哥俩来到石头王八跟前，不由分说，老二操起家什，老大当小工，叮叮当当地凿起来。凿了一天，把其中一个的四条腿都凿下来了，另一个只凿下一条腿。哥俩看看天色，太阳已下山了，也都饿了，便决定先回家吃点饭，饭后贪黑再凿另一个石头王八剩下的三条腿。

晚饭后，哥俩带着家什灯火来到北沟一看，三条腿石头王八早无影无踪了。原来回家吃饭时，月亮已升起来了，石头王八能动弹了，早悄悄地逃命去了，再也不敢回王八石沟了。剩下这只无腿的石头王八再也动弹不了啦，直到现在，仍然是那个老样，身上长满了青苔，周围还有几只像王八腿、王八爪子的石头。

讲　　述：程积海　35岁
　　　　　靠山镇下沟小学教师
记　　录：刘荣第

石牛山的传说

黄岭子烧锅村北面有一座山，山下有一口清泉，清清的泉水，源源不断地流出，形成一个圆圆的泉池。泉水清凉、甘甜，人们都爱喝这个泉眼里的泉水。

一年天大旱，太阳火辣辣的。地上寸草不生，滴水难寻，惟有这泉碧水清澈如故，方圆几里的人们都到这里来提水。

一日刚过正午，一个小伙子到这里提水。来池边一看，愣住了，半天转不过劲来：怎么一池水只剩一个底了，真是怪事，难道是被人提干了不成？他只好挑了一担水回家了。一连几天都是如此。小伙子是个细心的人，非要弄个水落石出不可。

这天，不到中午，他就来到泉眼的附近隐藏起来。正午刚过，他见到北面的山上下来一头青色大牛，远远就听见呼哧呼哧的喘气声。大牛直奔泉边走来，到了泉边把嘴伸到池子里，只一口便把泉水吸干了，然后转身便回到山上。小伙子回到村里，把事情一说，几个勇敢的青年一合计，要到山上看看。他们带着各种工具，来到山顶找了一大圈子，也没看见大青牛。只有一块大青石卧在那里，形状似牛，头东尾西，大家议论纷纷，认为一定是它在作怪。青年中有一石匠说：“凿掉牛腿不就不能动了。”他立即拿出工具，就在石头右侧凿去，凿得很深，又凿了几处，大家就回去了。

从此，大青牛再也没下来，泉眼里的泉水总是满满的，多少人用也用不竭，人们给那座小山取名石牛山。

讲　　述：傅守忠
记　　录：陈广华

新开河

马鞍山镇西北部，有一条新开河。这里很久很久以前有一个大泡子，大泡子方圆五六十米，深不可测。大泡子年年泛滥，淹没庄稼，在泡子附近的庄户人家时时受害，生活贫困就不用说了。

一天，从山东来了一个大汉，这人看去大约有四十岁上下，长得高大，红黑脸膛，一双豹子眼，两道扫帚眉。他对屯里的人们说："你们后边这大泡子里有个独角蛟龙，它的两只眼睛是两颗明珠，乃是无价之宝，要把它挖下来，就再也看不见道了，不能兴风作浪，池子水也就不能泛滥了。"

人们问山东大汉："你能治吗？"山东人回答，"俺能治！"一个叫刘好信的老头听到大汉答得爽快，就把这人领到家摆酒伺候。饭后，山东大汉叫刘好信派人去买回五色纸。山东大汉用五色纸做成无数的五色旗，旗上用墨笔不知写了些什么，别人都不认识，嘴里还叨咕着。做完旗天色已晚。第二天早饭后，刘好信领着山东大汉来到大池子，把五色旗围泡子沿插了一周。刘好信问："这是什么意思？"山东大汉说："这好比摆下了一座阵势，封锁了这个大泡子，蛟龙跑不出这个圈圈。外地有道行的鱼鳖虾蟹龙来抢救也进不去。再用绳子系在我的腰上，你在河沿拽着绳子，我拿这口宝剑下去和蛟龙交战，不论泡子里发生啥样变化你要壮住胆。"刘好信答应一声"记住了"。山东大汉手提宝剑沉入水底。刘好信手拉绳子坐在泡沿上呆呆地等着。霎时间，狂风大作，水浪掀起一丈多高。刘好信刚想丢掉绳子要跑，只见扑来一个大水浪，浪打池沿，就听耳旁"哗"的一声把刘好信卷入水底。过了一个时辰，风平浪静，泡子里的水像镜面一样的平静，那山东大汉和刘好信踪影不见了。

此事过了一年多，又从山东来了一个小孩，十五六岁的样子，说寻找他的父亲。刘好信的儿子刘成功把自己父亲和他爹怎样治蛟龙、水掀起大浪、双双被卷入水底的事，详详细细地说了一遍。这个山东孩子气得只咬牙，虎目圆睁，告诉村里人，准备两车石灰运到泡子沿。只见小孩从腰里掏出两把尖刀，对大家说："你们要看水翻上黄浪花，往里扬石灰，把蛟龙眼睛给呛得睁不开，我就趁机上前把蛟龙的眼睛给挖掉。"就看这孩子腰上也不拴绳子就钻进水里。刹那间刘成功看水面翻起黄浪，他就告诉大家快往里扬石灰，两车石灰，不一会儿工夫都扬进水底。呆一会儿又看见水面翻起白浪，只见山东小孩手捧着龙眼从白浪里钻出来，浮上水面，游到泡子沿。大家都围上来，看这龙眼，霞光万道，瑞气千条，异口同声地高声喝彩："真是无价之宝。"大伙都很敬佩孩子的能耐，为民除害。山东小孩说："这条龙的眼睛虽被挖下来，但没有斩死，还恐怕闹事，你们要修一个镇蛟台，压住蛟龙永远再不会发水的。"山东孩子走后，大伙用石头修了一座镇蛟台。果然泡子的水再不泛滥了。五谷也不再被水淹，人们过上了美满幸福的生活。

不知过了多少年，有个姓侯的财主大修宅院，缺少石头。他看镇蛟台是石头砌的，就叫伙计们扒掉镇蛟台给修宅院。伙计们扒掉最大一块石头时，只听里面"哗"的一声，独角蛟龙用犄角划了一溜大沟，形成了新开河。

讲　述：刘树生
记　录：刘振一

城子山的传说

在景台镇五台子村东南侧五百米处，有一座风景秀丽的大山，当地群众都叫它城子山。

据说薛礼征东时，来到五台子驿店。当时，五台子已建立烽火台，成为传递官府文书的人中途休息的地方。官府派一个叫安荣的总兵驻守在此，把守关隘要道。

从京城起兵时，安总兵把自己两个心爱的女儿带在身边。哪知，刚来到五台子不久，两个女儿都因暴病同日而死，安总兵别提心里该多难过，发丧就是七七四十九天。然后，便把两个女儿埋在了附近的大山上，并陪葬了很多的金银珠宝。为了严防有人盗墓，安总兵又花了三年零七个月时间，围着大山修筑了一条高二米的城墙碴子，派人日夜轮流看守。人们把这个墓地的遗址，取名为“城子山”。

讲　述：曹文生　70岁
景台镇五台子村农民
记　录：吕子荣

疙瘩屯和泉眼沟

大孤山南有个屯子叫疙瘩屯，这个屯子的东山有两道沟，一道叫做大泉眼沟，一道叫小泉眼沟。每个沟中各有一口泉眼，泉水终年流淌，清凉洁净。这里还流传着一段故事呢。

很久很久以前，杨二郎挑着两座山来到人间，当走到伊通境内时，天色已晚，他不小心摔了一跤，把扁担弄折了，他就去大孤山找孙悟空借金箍棒，可孙悟空早已回花果山去了，杨二郎只好连夜起身南行。

他一路上看见很多人迎面而来，往大孤山上走。有独自一人的，也有三五成群的；有挑着水桶的，背着水壶的；有端着水碗的，也有拿着水瓢的……杨二郎感到非常奇怪，就拦住了一大群人问道："你们这是干什么去呀?"这群人七嘴八舌地说："唉！我们这疙瘩没有好水，也打不出一口好井，常年吃这埋汰水。自打孙悟空搬来了大孤山，山上有一口泉眼，从这流出的泉水特别好喝，我们到山上取水去。唉，真远啊！"

杨二郎又问："你们在什么地方住呀?"人们用手一指说："就在那疙瘩。"

杨二郎不懂东北方言，不知道"那疙瘩"的意思就是"那地方"，还以为叫做"疙瘩屯"呢，便随口说道："疙瘩屯的百姓们，你们都跟我回去吧，我在那儿给你们打井，你们永生永世吃好水。"人们半信半疑地跟着杨二郎回去了。当回到了屯子东山的一个沟里，歇了一会儿，杨二郎说："就在这里打吧。"说完，他伸出小拇手指，猛地朝地扎了一扎，又猛地拔出，一股清清的泉水随之流了出来。人们惊呆了，半天才醒悟过来，齐刷刷地都跪下了，有个老头对二郎说："人过留名，雁过留声，请问这位仙人，尊姓大名?"

"我就是天上的杨二郎啊。"

一听说是杨二郎，人们更是惊喜，头磕得更响了，喊声更大了。

杨二郎说了几句客气话，继续赶路了。刚刚翻过一座山，杨二郎忽然听到后边有人喊："杨仙人，等一等！"他回头一看，刚才那群人正向自己跑来，等到跟前，都"扑通"、"扑通"地跪下来，一个个一句话也不说，只大口大口地喘着粗气。杨二郎不知发生了什么事，急忙扶起一个年老的汉子问道："怎么啦？泉水不流了吗？"这个人上气不接下气地说："不，泉水还流。可是这股泉水只够我们这些人吃用，附近十里八村的人，还要去大孤山取水。杨仙人，你就救人救到底，再为我们这疙瘩打口井吧。"杨二郎一听，哈哈大笑："这有何难？"一面说着，一面伸出大拇手指，猛地朝地下一扎，又猛地拔出，一股比刚才那口泉眼更旺的水哗哗地流了出来。从此，这里的人们都吃上了好水。

人们不忘杨二郎打井赐水之恩，把杨二郎错认为的"瘩瘩屯"作为这个屯子的名字，把东山里北侧杨二郎用小拇手指扎泉眼的山沟，叫做"小泉眼沟"，把南侧杨二郎用大拇手指扎泉眼的山沟叫做"大泉眼沟"。

讲　述：黄显阳　72岁　农民
记　录：李清泉

石牛沟的传说

二龙湖水库的西边，有个张家沟。张家沟屯西边不远，有条大沟，山坡上布满了石头，看上去像躺卧的一群大牛，这是传说中的“石牛沟”。这里流传着这样的一个故事。

传说很早以前，这里只有几户人家，都是苦巴苦业的庄稼人。有一年夏天，庄稼长得特别好。可不知怎么回事，几天工夫，都倒的倒，歪的歪，庄稼地里还有很多蹄子印。大伙儿都说不清是咋回事儿。

村里有一个姓杨的石匠，决心要弄个水落石出。一天晚上，杨石匠带了一支火枪，悄悄地来到山下玉米地头，趴在老槐树上，刚到半夜就听“哞哞”几声吼叫，只见凶猛的几只野牛蹿下山来，狂蹦乱跳地向玉米地头跑来。杨石匠一见是野牛，用火绳点着火枪，对准一只野牛就是一枪。铅弹打在野牛的肚子上，只见这只野牛连蹦带叫地向山上跑去，其他几只野牛也跟着逃跑了。

第二天人们都到玉米地去看，地里尽是似牛非牛的蹄印。人们顺着蹄印来到山顶上，蹄印没了，眼前是一群石牛，其中一头较大的石牛肚上有块白色的点子。原来糟踏庄稼的就是这些“妖孽”。

这些石牛再出来吃庄稼，怎么办呢？人们到处请高人治妖，但请不到。村里的一个女巫婆说：“这是神牛，治不得。”杨石匠听了，气坏了，他愤愤地回到家中，拿起平日用的铁锤和钢钎上了山。

杨石匠找到了那群石牛，举起锤，先向那只最大石牛的右眼狠砸下去。谁知，用力过猛，一锤下去，一块尖尖的石碴飞进了杨石匠的右眼里……

杨石匠出事的消息，传遍了整个村子，这时老巫婆披头散发地来了：“哼！我说治不得就治不得，怎么样，神灵怪罪下来了吧？”话音没落，只见杨石匠一虎身爬起来，气呼呼地说：“少拿这个吓唬人，我活大半辈子，还怕什么神鬼！”一句话呛得老巫婆只好溜走了。

第二天杨石匠拎着锤子和钢钎又上山了。几天以后，乡亲们惦念杨石匠，就一起上山来找。一进沟，人们都惊呆了。一个个石牛脑袋滚落在山沟里，石牛角被铲成数段，散了半山坡。再看那掉了头的石牛，背上被冲出了一道道深沟。人们找到了杨石匠，他躺在那群石牛旁，手里还紧握着那把铁锤，累死了。

从那以后，庄稼再也没被糟践，也没看石牛下山。人们为纪念杨石匠，把他捧钎斩牛的那条沟叫“石牛沟”，这地名一直沿用到现在。

讲　述：张大娘
记　录：张淑芬

二龙泉的传说

从前，伊通县境有个叫羊草沟的村子。村子里有两眼清泉，无冬立夏水流不断，泉水清凉甘甜非常好喝。人们喜爱这清泉，都叫它二龙泉。关于这二龙泉还有一段动人的传说呢。

据说早先年前，羊草沟是个到处长满羊草、干旱无水的沟岔子，这里住着的几十户人家，全靠种点荒山薄地打羊草维持生活，日子过得很贫困。村里人到处打井，可就是打不出水来。吃水要到三十里地以外的地方去担，人们盼望能有股清泉从地里冒出来，也许日子能好过些。

这一年久旱无雨，眼看满山羊草枯黄，地里庄稼收成也无指望，不少人都抛家舍业拉儿带女逃荒去啦。羊草沟的人家都快走光了，只剩沟里破庙中的老和尚和一些走不了、爬不动的老弱病妇，只等渴死饿死在羊草沟，那情景十分凄凉悲惨。

有一天晚上，突然来了两位大汉，走到破庙找宿。老和尚见两位膀大腰圆的大汉，长得心慈面善的样儿，说话又和气，就答应他们在庙里住下，还做了几个糠菜饽饽给他俩充饥。临睡觉的时候，两个大汉想洗洗澡解解乏再睡，这可把老和尚难为住了，忙说：“二位不知道，咱这荒山沟里几个月没下一滴雨，人吃的水都要出去三十多里地挑，哪还有水洗澡呢！”

两位大汉听了只好作罢，便和衣而睡。

第二日他俩一觉醒来，想感谢老和尚的热情款待，跑出三十多里地，给老和尚足足挑满两缸清水。村里没走的乡亲，都眼巴巴地看着他俩给老和尚挑的水。老大看在眼里，心里很不好受，对老二说：

“兄弟，乡亲们实在太苦啦，咱哥俩把水给引来，叫乡亲们在这里安居乐业地过日子不好吗?”

村里人听了老大的话，都高兴得不得了，回家把自己仅有的一点吃的拿来，叫两位大汉在路上吃。两位大汉见乡亲们这样恳切，顿觉身上气力倍增，就告别了老和尚和众乡亲，上路找水去啦。

一走走了七七四十九天，来到一座山上。两位大汉走得又饥又渴，正要坐下来歇歇气吃口干粮再走。这时，打山那边走来一个手拿葫芦的小孩，两位大汉正不知该往何处去呢，老大向小孩问道：“小弟弟，你能告诉我们，这山前山后哪有泉水吗?”

小孩说：“二位大哥哥找泉水干啥呀?”

两位大汉将羊草沟因干旱无水人走逃亡的情形和决心要给乡亲们找水的心情述说了一遍。

小孩说：“二位哥哥舍己救人之举，确实可敬。那就请二位跟我走吧!”

两位大汉见小孩这样有把握，心想十拿九稳可以找到泉水啦，心里一阵高兴，跟小孩向一座更高的山顶爬去。小孩领着两位大汉来到一个幽深莫测的山洞里，他三人摸黑向里走，走了一程，忽见洞内明亮起来，两位大汉仔细观瞧，没想到这洞内景色美极了，到处都有山泉瀑布，这可把两位大汉乐坏啦。老大急忙问道：

“小弟弟，这是什么地方?”

“这里是有名的九龙泉!”

老大数了数，果然有九眼大泉咕咕嘟嘟地往外冒水。

“那我们怎样才能把泉水给乡亲们引到羊草村呢?”老大又问。

“要想把泉水搬到人间造福黎民百姓，那也容易。不过，你们俩就得变成龙，泉水就能随你带到羊草沟去!”

老二说：“那好办！大哥，从今往后咱俩就叫大龙二龙吧!”

小孩说：“那可不行，若不变成真龙，泉水搬不去的。你们要是真心实意救乡亲，就得不怕自己痛苦才行!”

老大说：“小弟弟，只要你能帮助我们把泉水搬到羊草沟，就是把我们俩变成什么都行!”

小孩见他俩心还真诚，就说道：

“那好吧，你俩看我!”

只见小孩把手中葫芦朝他俩头上倒去，葫芦里流出像山泉瀑布一样的大水来，从他俩头顶哗哗往下浇，霎时间两位大汉就变成两条活蹦乱跳的青龙。老大老二各自钻进一眼泉水里，泉水顿时往上翻花，不一会儿，从泉中冒出两股青烟，向羊草沟飘去。

这工夫，庙里的老和尚正在睡觉，他做个梦说，是两位大汉变成两条龙，向羊草沟游来。老和尚醒后，就把梦见的事，告诉了众乡亲，正在这时，打外边跑来个不认识的小孩，手指天空说道：“你们看，那两条真龙把泉水给你们搬来啦！”

老和尚领着乡亲们来到两条真龙跟前，两条龙不住地向老和尚和众乡亲们点头行礼，钻进地里，两眼甘甜可口的泉水就从地里翻花似地往出冒。

再一找小孩也不见啦。从此，羊草沟人得了泉水。

大伙非常感激两位大汉，叫子孙后代永远记住他俩，就把两眼清泉取名叫二龙泉。

讲　　述：石宝民
记　　录：王济华

乌拉草的来历

很久很久以前，长白山脚下住着两户人家：一家姓李，白发老汉领着个皎皎美貌的姑娘；一家姓吴，双目失明的老太太跟着独生的儿子。那姑娘叫李椿儿，温柔，孝顺；那小伙子叫吴拉，勤劳，勇敢。这两家人家过来后，便在白头山脚下松花江旁伐木建屋，把家安顿下来了。两家中间虽然隔堵墙，但却像一家人一样亲热和气。

白天，吴拉和李老汉一起上山打猎，李椿儿和吴老太太在家里烧火做饭。晚上，四口人便凑到一块，围着油灯闲唠家常，每天都扯到很晚很晚才各自回家睡觉。转眼间，三年过去了，吴拉和椿儿成了棒小伙和大姑娘。不知不觉，两人感情越来越深，两家老人一合计，就在这年秋天给孩子们把婚事办了。

中间的那堵墙一拆，两家真正成了一家人。吴拉通情达理，看李老汉年岁大了，腿脚不便，便不再让他上山。椿儿更是能干，炕上地下的活儿样样精通。小两口勤勤恳恳，高高兴兴，侍候着两位老人，小日子过得很红火。

转过年来，椿儿生了个白胖胖的大小子，小两口心里甜滋滋的不说，两位老人也乐得没法。这虽然是件喜事，但毕竟是添个人，多张嘴。为了让大伙填饱肚子，吴拉每天不得不起大早上山，回来也是一天比一天晚了。这年冬天，天特别冷，雪下得又特别大，山上的野兽很少出来。吴拉有时跑一天，却连一只野兔也打不着，家里眼看着要断顿了，吴拉心里十分着急。倒是椿儿总安慰他，劝他不要犯愁，天暖和了就好了。

这一年冬天像是特别的长，日子过了一天又一天。天不仅没有暖和起来，反倒越来越冷了。一天，吴拉顶着呜呜的北风在山上追赶一只野猪，那野猪非常狡猾，绕着山窠子拼命地跑着。吴拉在后边紧追不放，一不小心，一只腿陷进了雪窠子里，等拔出腿来时，野猪早已跑得无影无踪。吴拉的一只掐脸棉鞋却落到了雪窠子里，找不到了。

晚上，当吴拉披着月光回到家后，椿儿看着他那只冻得又红又肿的脚，心像刀割的一样。她赶紧捧起吴拉的脚放到自己的怀里，给他焐着，流着泪，翻出活计包，连夜给吴拉做鞋。可是底子纳好了，家里一点棉花也没有。椿儿背地里偷着把自己的棉袄拆了，从袖口里揪出棉花给吴拉絮到鞋里。吴拉见了，说什么也不让，但又有什么办法呢？一家人都等着他揭锅呢！他看见椿儿那双穿着夹鞋片的脚，脚上横七竖八地裂着许多口子，心里别提有多难受啦。他有心想说：椿儿，你做双棉鞋吧。可话到嘴边又咽了下去——让她用什么做呢？

"听爹说白头山上长着一种草，说是用它打鞋可暖和呢！"椿儿一边给吴拉试鞋一面顺口说道。

"什么？"吴拉赶紧问李老汉："爹，是真的吗？"

"真的倒是真的，"李老汉磕了磕旱烟袋，重装上一袋烟，一边吸烟一边说道，"你听说过天池里有个鲤鱼精吧，这鲤鱼精有个女儿住在天池边的陆地上，这种草就是鲤鱼公主的后花园里的一种仙草。鲤鱼公主特别喜爱这种仙草，把它看做命根儿，每天都派人在花园里看着。单说这花园一般人就很难找到，何况就是找到了那个花园，也是取不来那仙草的。"

"只要它有，俺吴拉就是上刀山、下火海，也能把它弄到手。"椿儿生怕丈夫出事，忙劝道："为了两双鞋，跑那么远，担那风险干啥！"

"咱山沟子里好多猎户都没有棉鞋穿呢。再说如果能弄回点仙草的种子种上，不也解决了以后穿鞋的事了吗？"

椿儿听吴拉的话在理，也就不吱声了。李老汉知道吴拉的脾气：他要是认准了一条理，就是十挂牛车也休想把他拉回来。姑爷儿要去，他却真有些不放心，忙说："要去，咱爷俩一起去！"

山里人性子急，说走就走。第二天天一亮，椿儿用家里仅有的一点棒子面蒸了几个窝头，给爷俩带上，两人便准备上路了。邻居们听说吴拉和李老汉上白头山给大家弄仙草，也都纷纷赶来送行。

两人辞别了众乡亲，顶着冒烟雪，直溯松花江源头水，深一脚浅一脚地向白头山爬去，整整走了三天三夜，才爬到了白头山顶。

山脚一尺风，山头十丈雪。只见白头山上，冷风呼啸，大雪漫卷，到处是白茫茫一片，哪里有什么鲤鱼公主的花园？两人在山上整整找了一天一夜，连点蛛丝马迹也没看到，手脚却早已冻得像猫咬一般难受，偏偏翁婿俩带来的几个窝头也吃光了，他们又冷又饿，又累又乏，竟倚在大石头窝子里睡着了。

不知过了多久，吴拉醒过来，猛然间，他发现身边的老岳父没有了。他赶紧爬起来，在山上寻找，使足劲大声地喊着。可是，除了高山传回一阵阵空旷的回音之外，什么也没有。吴拉有些着急了，只觉得眼睛上像是生了一层翳雾，连眼前的东西都有些看不清了。但是他仍然不停脚地在山上转着，走了好大一会儿，吴拉朦朦胧胧地看到前面有一只五彩缤纷的大蝴蝶，在翩翩地飞舞着。他感到很奇怪，便循着那蝴蝶追了下去。说不上追了有多远，忽然那蝴蝶闪过两个小砬子空隙，悠然不见了。他更加纳闷，凑到石砬子跟前，触到石砬子刚要看个仔细，那两座石砬子却“哗哗”地一下向两边闪开了一道空隙，像两座门桩子一样立到了两旁，中间出现了一条宽阔的通道。吴拉想也没来得及想就迈进了“大门”。可是，他脚刚一进来，只听身后又是“哗”的一声，两座石砬子又合到一起了。后路切断了，吴拉不管这些，只顾向前走去，刚拐过一个山脚，便有一股扑鼻的香味迎面而来。这时，他的眼睛似乎也亮了许多。放眼望去，这里却别是一番世界：险山上挂着飞瀑，池水里游着水鹜，奇花异草争芳斗妍，万紫千红。吴拉心里不由得一乐：这怕就是鲤鱼公主的大花园了！他顾不得欣赏那些使人眼花缭乱的艳丽花朵，四处张望，寻找椿儿说的那种仙草。

突然，他发现左边花池里，无数朵姹紫嫣红的鲜花拥簇一池碧绿碧绿的水草，那水草叶茎细长，顶尖挑满了绿褐色的花。微风拂来，轻轻起伏，宛如一池清澈的湖水随波荡漾。吴拉用手轻轻地握那柔软的叶梗，顿觉手上热乎乎的。他高兴了，刚要用手去拔，忽觉背后被人猛击了一掌，回头看时，两个蛤蟆螃蟹样的怪东西已站到他的身后，不由分说，扭住他的胳膊便拉走。吴拉想要挣脱，但他毕竟是一天多没吃东西了，身子虚弱得很，哪里是两个怪物的对手，只得束手就擒。

两个怪物把他押到了一座宫殿上，对着殿上一个女子报道："启禀小姐，又抓住了一个偷拔仙草的贼人。"

殿上，那小姐正倚着青籐丝椅，对镜梳妆打扮。听到禀告，连头也没回，生气地说道："今天贼人怎么这么多，给我拉下去砍头！"接着又吩咐虾兵蟹将，"对仙草要严加看护，仙草要丢了一棵，我就要你们的命！"

吴拉听到这儿，心里也明白了八九分，这女人一定是鲤鱼精的女儿鲤鱼小姐了。看来岳丈是被他们捉来了，只是死活还不知。倘若自己再被他们杀了，谁还能往回弄仙草呢？这白头山不是白来吗！想到这，他冲着殿上喊道："小姐，莫要饱汉不知饿汉饥，你们在这花天酒地，可山下的猎户到现在连棉鞋都没有！你要杀了俺，莫说乡亲们上山平了你的大花园！"

小姐听到这洪亮的嗓音，不觉一惊，回头一看，殿下站着的竟是一个漂亮的小伙子！只见他浓眉大眼，虎背熊腰，浑身上下透着一股机勇剽悍的气概，心里不由得有些欢喜。

这鲤鱼小姐年已十八，却尚未择偶，今天见到这样美貌的小伙子，不由得暗下思忖：若是我能嫁给他……她真想下殿亲手为小伙子解绑，但她毕竟还是个姑娘，怎能失此体面？只见她眉头一皱，向虾兵蟹将们吩咐道："慢！这贼不老实，先把他押到宫后的大牢去，明天加重惩治！"

吴拉听了小姐的话，不由得有些糊涂了，方才还要砍头，我说了句话，却要加重惩治，难道这鲤鱼宫里还有比残杀更厉害的刑罚吗？

吴拉被押到了后宫的一幢房子里后，虾兵蟹将给他松绑，便出去了。他定睛一看，嗬，明亮的屋里摆设着白椅、象牙床，器具上镶嵌着金银珠室，显得富丽堂皇。这哪里是大牢，简直像是天堂呢。吴拉越发有些纳闷了。

正在这时，打门外走进来一位打扮得妖艳的老太婆。见到吴拉后，面带笑容，先自称是小姐的奶娘，接着向吴拉吐露来意：她是给小姐来说媒的，并告诉吴拉，只要他同意这桩婚事，小姐便派人把仙草送下山去。吴拉听罢，心里不由得一惊，自己和岳丈一起上山，岳丈至今下落不明，家里有贤妻老母和乡亲们等自己回去，不知多么着急呢！我怎么能在这里纳妾娶妻？他当下就拒绝了。

老太太威胁道："你要识些抬举！小姐把这仙草看作命根一般，莫要说是偷，就是谁摸一摸，也要砍他的头的。今天小姐已经吩咐砍了一个老汉的头，如果不是小姐看中了你，怕你的脑袋也早就像那老汉一样，搬了家呢！"

吴拉听到这，心想那被杀的老汉一定是岳丈了，不由得一阵痛心。他火冒三丈，大声骂道："我吴拉就是死在白头山上，也不娶你们这些鲤鱼王八精！"

老太婆见事难成，赶紧向小姐回报。小姐听罢，气得紧咬牙齿，脸儿红一阵白一阵的，她命令重新把吴拉绑起来，明天一早投到天池里去。

这回，吴拉真的被投到大牢里去了。晚上，他看着地牢里潮湿的墙壁，望着从石窗缝进来的清淡月光，更加思念老母、妻子和乡亲们，他决心从这里逃出去。

他把背上的绳子对着墙壁上的石头磨呀，磨呀，一直磨到后半夜，绳子磨断了。他攀着石壁慢慢地爬到顶上，缩紧腰身，钻了出来。

吴拉不敢怠慢，跑到后花园中，甩掉衣服，拔起仙草。他拔呀拔，拔了好大一捆，看看天也要亮了，他赶紧用绳子捆好，准备下山。可就在这时，他被鲤鱼小姐发现了。吴拉扛起仙草便跑，鲤鱼小姐命令虾兵蟹将在后边紧追，吴拉跑到石砬子跟前时，前面没有路了。他想把这石砬子推开，却怎么也推不动。就在这时，虾兵蟹将们赶到了，吴拉再一次被抓住了。

鲤鱼小姐望着她那被拔得乱七八糟的仙草池，伤心地大哭大叫，命令虾兵蟹将马上把吴拉砍了，把那些被拔掉的仙草重新栽上，并把吴拉的尸体埋到了仙草根下……

这仙草很快地又都活了，而且长得特别茂盛，鲤鱼小姐对这池仙草看得更紧了。

几天以后，突然从这个仙草池里飞出了一只小鸟，它在仙草的花穗上跳来跳去，久久不愿离去。第三天头上，它叼着一个花穗开始向山下飞去。它没有先落到白头山管地，而是沿着松花江两岸，把花穗撒到最远的地方，然后再飞回山上，这样，一天要飞十几个来回。

冬去春来，秋至夏往，小鸟一直飞了接近一年，松花江两岸几乎撒满了这种仙草的花穗。这年秋天，江两岸长满了绿茵茵的仙草。小鸟不再往山上飞了，它整天徘徊在白头山脚下，希望能够找到它所熟悉的那个家。可是不知为什么，它却怎么也找不到家了，只好沿着松花江两岸寻找，并且不断地叫着："吴拉——吴拉，割了——割了——"意思是告诉母亲、妻子和乡亲们："我是吴拉，仙草长好了，快割吧！"

乡亲们听了以后，都拿着镰刀到江边去割仙草。这年冬天，长白山脚下的猎人们都穿上了絮着仙草的棉鞋，上山打猎再也不愁没鞋穿了。人们为了纪念吴拉，就把这仙草起名叫吴拉草，后来大家叫白了，就写成了乌拉草，把那小鸟叫做乌拉鸟。

讲　述：包文兴

记　录：李　沫　韩　冬

白马救主

早年，有这么个书生叫程万德，屡试不第，只好弃文从武。他想当兵打仗，战场上立功，才能有出人头地的机会。于是他带足盘费，背上行装，告别妻子上路了。

到了部队非常勤快，剿匪杀敌总是冲在前面。不到二年，升为统领官。为了自己前程，早已忘记家中妻子。

一天，邻居给他捎信，说他妻子死了，他悲痛欲绝，快马加鞭往回赶路。到家后，满目凄凉，院里冷冷清清，灵棚还在，纸钱乱飞。他将白马拴在院里一棵柳树上，来到西屋一看，棺材放在屋地上，见景伤情，撕心裂肺。打开棺材盖一瞅，里面是空的，心里有些蹊跷，疑惑不解地来到东屋。见妻子好端端地坐在炕上，更加纳闷：这捎信人怎么捎的信，妻子不是活得好好的吗？他乐了，认为娇妻很久见不着自己，想跟自己开个玩笑。高兴地问道："我的心尖，是不是想我了？"妻子笑嘻嘻地说："夫君回来了，你吃饭了吗？""还没有呢！"妻子忙下地说："我给你做饭去！"他很感动，心想，还是妻子关心自己，把她一个人扔到家里真难为她了，等妻子忙完好好安慰安慰她。可他总觉得屋里发瘆。趴门缝往外屋一瞅，立时吓得魂飞魄散，就见妻子把自己左腿撅下来一条凑到灶坑里，用嘴一吹，着火了，冒出紫色火苗，顿时锅水就翻花落滚地开，她捏着鼻子，"哧哧"地往锅里甩鼻涕，鼻涕入锅后变成了粉条。水开了几个滚后，妻子对着灶坑又吹了一口，火灭了，把腿又从灶坑里抽了出来，照原位又安上了。随后又把脑袋拿了下来，一只手拿着脑袋，一只手梳头，不时地用舌头舔，不到一袋烟的工夫，打扮得花枝招展。程万德再也看不下去了，亏得自己是员武将，不然非吓死不可。看样从外屋是逃不出去了，只有跳窗户，他端开上扇，悄悄地迈了出去，刚跳在地上，妻子早已等在外边，左手一把薅住脖领子，怪声怪声地叫道："好你个没良心的，我给你做饭吃，你却不领情，偷着要跑，今天我非把你的心抠出来不可，只有吃你的心，我才能变成鬼仙，那时大罗神仙也斗不过我！”程万德想反抗，哪里能挣得动，鬼妻伸出钢钩似的右手，直奔他的喉咙掐来。

正在危急之时，白马用嘴咬断缰绳，冲上前去，掉身就是一个蹶子，把鬼妻踢出一丈多远。程万德翻身上马，闯出院门。他心里万分感谢，白马战场上几次救过自己的命，今天又得白马相救，信马由缰拼命地跑。

他往前跑着跑着就听后面狂风大作，回头一看，妻子恼羞成怒，摇身一晃，长成一丈二，青面獠牙，两只手像两个簸箕，行走如飞奔他追来。再往前一看，一条大河拦住去路，这下傻眼了，哪知白马纵身跳下河去，水性挺好，蹚了几蹚到了对岸。回头再一看，鬼妻早已上了岸，他抽出防身宝剑，与鬼妻打斗在一起，只一个回合，鬼妻将宝剑抢在手里，折为两段，抓住程万德摔在地上。

鬼妻伸出巨爪刚要挖他的心，就听有人轻轻地念了声佛号说：“无量天尊！将军，不要担惊害怕，贫道特来救你！”说着甩动拂尘直奔鬼妻抽去，鬼妻闪在一旁，摘下自己脑袋砸上老道，老道用拂尘一抽，人头落地，立时起火，变成一堆骷髅。

程万德急忙上前跪倒磕头说：“感谢道长救命之恩，不知道长老仙居何处，法号怎么称呼？我程万德日后一定前去拜谢！”“将军不必客气，贫道一向云游四海，四海为家，降魔除怪，出家人本分，拜谢就免了吧！回去好好安葬你妻子吧！”说完飘然而去。

后来程万德才知道，妻子与本地地保勾搭成奸，并怀了身孕，她怕事情败露，就服毒自尽了。被一鬼仙收为徒弟，炼得一身魔法，没等吃丈夫的心，被白马救了，死于老道之手。

讲　　述：潘笑妹　女　68 岁

记　　录：王　华　女　33 岁　高中文化

狗为什么撵猫

过去有个樵夫，以打柴卖柴为生，日子过得很紧巴。看人家的日子过得好，也想发财，这让他犯了难。

一天，他又去上山砍柴，回来的路上，在草丛里发现了一条小蛇。小蛇身上受了伤，不能动弹，身上的花纹非常特别，于是他就把蛇抓回家去，给蛇上了跌打损伤的药。不久小蛇的伤就好了，樵夫就把小蛇养在自己家里。

一个道士去他家化缘，进屋一眼就看见了那条花纹奇特的蛇，他喜爱的心情无以言表，乘樵夫不在屋，将蛇偷走。

樵夫回来一看蛇没了，他房前屋后犄角旮旯都找遍了，不见踪影，他坐在炕上抽泣起来。樵夫家里养了一条黑狗，跟主人感情很深，它瞪着眼睛，看着主人悲伤的样子，明白了一切。它急心找到正在晒太阳的小花猫，商量怎么把小花蛇找回来。黑狗说："猫妹妹，咱们俩得把小蛇偷回来。"小花猫点了点头。当它们走了很久，来到一条河边时。小花猫说："我不会水呀！"黑狗说："我把你背过去！"猫狗来到老道住处，碰巧老道没在家。小花猫就从窗口跳进去，找到了小花蛇，把它叼在嘴里，又由黑狗背着过河回到了家。主人见小花蛇找回来了，喜出望外。小花猫抢功说："这条小花蛇是我费了千辛万苦找回来的。为了主人的利益愿赴汤蹈火！"黑狗听了非常生气，心想，没有我背你过河，你能找到蛇吗？主人相信了小花猫的话，经常喂它鱼吃，并且让它和人住在一个炕上，却冷落了黑狗，让它在地上睡。从此狗对猫怀恨在心。

后来黑狗见着花猫就撵，主人非常偏袒花猫，把狗赶出屋去。从此以后主人就让狗在外边看门。

讲　　述：王　义　60岁
记　　录：王　华
采录时间：2006年

元宝山的故事

在黑林子镇东南大约五公里左右，有一座小山，高不过十几米，山的四外一马平川。相传，这个山中有个金马驹子，叫一个南方蛮子给惊跑了。不然的话，这座山至今说不上有多高多大了。这座小山也因此得名，叫元宝山。

传说，有这么一个人，在小山下种了一垧多地的香瓜。瓜苗出得齐，长得壮，加上侍弄得好，这瓜结得这个多！进瓜地干脆下不了脚。尤其是地当间那个大瓜，长得又大又水灵。究竟那是个什么瓜？种瓜的也从来没见到过。这一天，种瓜的人正在瓜窝棚里打盹，听到一个人在外面说话。他想：瓜还没开园，一定是过路人找水喝吧。种瓜的人想到这里，便迎了出去。他一看，来人是算命先生打扮，说一口南方话。瓜倌把他让到窝棚里。来人说他家住在云南，走遍了千山万水，以探宝、看风水为业。种瓜的人听到这里，就问蛮子："这里有没有宝哇？"蛮子看了看种瓜的人，接着大笑起来，笑得既自信又神气。后来，他告诉种瓜的人。他说："这座小山里有个金马驹子，拉金尿银，要能得到它，真是无穷的富贵。可有一样，必须得有四样东西。现在已经有了两样：一是你瓜园里那个大瓜，它叫瓠子，是支山门用的；二是山西南那棵小歪脖榆树，是开山的钥匙，现在还缺一头毛驴和一棵灵芝草。四样缺一不可。你瓜地那个瓠子，我买下了。今天，把钱先给你一半，等我得到金马驹子后，一定有你的份。你必须把这瓠子养到九九八十一天才能摘下来。我这就去找毛驴和灵芝草。"

种瓜的人心想：这一个瓠子，就等于卖了一垧地的瓜钱还多。蛮子去后，种瓜的人多了个心眼，他想：今年蛮子弄不去金马驹子，明年不还得来吗？明年我还种瓜，再得它一笔钱。种瓜的人提前三天把瓜摘了下来。蛮子正好在九九八十一天回来了。听说瓠子头三天叫马给绊掉了。打了个"唉"声，也没说什么。几天过后，在半夜子时，蛮子把小毛驴套在歪脖子树上，左拉三圈，右拉三圈，左右各拉九圈的时候，就听山的正南面，“咔嚓”一声巨响，山门大开。蛮子用瓠子把山门支上，从怀里又掏出灵芝草，往里边走去。来到山中间，看金马驹子正拉着一盘磨飞跑。蛮子用灵芝草一晃，金马驹子伸出鲜红的小舌头，朝他奔来，吱哇乱叫。蛮子手举灵芝草，倒退着往出走，金马驹子撒欢尥蹶子跟着，想吃那棵草。眼看要到山门了，支山门的瓠子已经弯得不行了，山门就要关上了，蛮子转身就往出跑。刚把后脚迈出来，山门已经关闭了。蛮子没得着金马驹子，垂头丧气地走了，再也没来。从此，这座元宝山再也没有长高。据说，金马驹子叫云南蛮子给惊跑了。

讲　　述：朱连元　64岁　四年文化　农民
记　　录：朱俊奎
采录时间：1987年7月

葫芦头沟的传说

在公主岭市双城堡镇西南（今万盛店村），有一小屯叫葫芦头沟。别看小屯四周高，中间低，是个葫芦样。但是，这里风光秀丽，景色宜人。最令人陶醉的是这里流传着一个美妙的传说。

早些年，葫芦头沟没有名字，只有十几户人家。那时，这里流传着一首歌谣："黄土满山坡，砂子石头多，野鸡不站脚，兔子不絮窝。"可见当时葫芦头沟的情景。然而，就这样一个不毛之地，还要受到官匪的欺压。屯南二龙山上有一伙强人，为首的叫冯麻子。此人心狠手毒，杀人如麻，强抢妇女。他要定期到葫芦头沟来向人们索要钱财，葫芦头沟的人总是提心吊胆地过日子。

有一年，不知从什么地方来了一个瘸老头，领一个姑娘，这姑娘二十一二岁，模样长得俊俏无比。令人奇怪的是，她来到屯中好几天，所卖的针线全部装在身上背着的那个小葫芦里，里面的针线也不见少。人们都说这姑娘不是个一般少女。

姑娘的到来，被冯麻子知道了。他对葫芦并不感兴趣，最感兴趣的是姑娘。附近的少女已被他强占无数，对外来的当然要另眼看待了。冯麻子立刻集中所有土匪，连夜去捉拿这个卖针线的姑娘。当天深夜，匪徒们便把小屯团团围住，指名要搜拿一个外来奸细。一个匪徒找到了卖针线的姑娘，便兴冲冲地把她推到冯麻子面前。火光中，冯麻子见姑娘貌似天仙，便不顾后面有人，就要动手动脚。他刚接近姑娘，猛然间，姑娘身上挂着的葫芦大放光彩。葫芦口渐渐扩大，里面不但有针线，还有金银珠宝。不一会儿，葫芦已从姑娘的身上落到地下，变得更大了，里面能容纳几十个人。那些匪徒一见，没命地钻进去抢金银珠宝。冯麻子此时也顾不得姑娘了，同匪徒们一起往葫芦里钻。就在匪徒们都钻进葫芦的刹那间，天崩地裂的一声巨响，葫芦沉入地下。小屯的四周不断升高，由原来的平地变成葫芦形状。

据说，那个卖针线的姑娘就是八仙之一的何仙姑乔装改扮的。

她借了铁拐李的葫芦，惩治了强人。后来，人们便把小屯起名叫“葫芦头沟”。

讲　　述：韩立峰　高中文化　教员
记　　录：于兴龙
采录时间：1987 年 9 月

五棵松

唐太宗年间，高丽打来反表，太宗皇帝御驾亲征。太宗拜薛仁贵为大元帅，带精兵几十万，追杀高丽大元帅盖苏文。盖苏文沿着辽阳、千山、首山往下败，薛仁贵紧追不舍。

这一天，薛仁贵兵马到海城内驻下。薛仁贵住在一个大庙里，庙里有和尚二三百人。薛元帅叫和尚包饺子，和尚不敢问，七手八脚就忙乎开了，包饺子的包饺子，烧水的烧水。不一会，盆盆碗碗都占上了，往哪里捞饺子呢？只好把喂猪用的槽子放在锅台上，往里捞饺子。大兵开了饭，和尚们都提心吊胆，这么多兵丁吃饭，二三百人怎么能供得上，个个累得顺脸淌汗。说也奇怪，当大兵吃完饭，猪槽子里还满满一下饺子。薛元帅感到奇怪，本来打算让先锋兵丁吃饺子，也不过三千人。可是，现在十万兵丁都吃饱了，怎么还剩那么多？一定是这些和尚用了什么妖术。他叫来住持和尚，住持和尚说不知道。再问其他和尚，个个都说不知道。这下子可气恼了薛元帅。认定和尚私通盖苏文，以妖术扰乱军心。他把和尚全都杀死，二百多个和尚都做了刀下之鬼。薛元帅还是余怒不息，继续叫兵丁搜查。兵丁在柴火栏子里看见一个衣服破烂的和尚，仰天大睡，打着呼噜，睡得正香。兵丁把他叫醒，拉着去见元帅。

薛元帅一看，是个傻和尚。傻和尚半言半语地听兵丁们说了，他寻思元帅是嫌喂猪那个槽子太埋汰了，才把别的和尚都杀了。原来这个傻和尚就在这个庙喂猪。这个猪槽子铜不铜、铁不铁、方不方、圆不圆，看外表是没一点样，可是用它装猪食，多少猪也吃不了。元帅一听，叫人把那个猪槽子拿过来，仔细一看，在槽子的底上有三个蝇头小字："聚宝盆"。元帅一看，这三个古怪的字，难怪和尚们都不知道，是自己错杀了和尚。

薛元帅带着聚宝盆，拔营起兵。走了一段路，战马通身是汗，口吐白沫。他知道这个聚宝盆太沉，带着行军不便利，就在路边一排五棵松树的中间那棵松树下，用宝剑剜了个坑，把聚宝盆埋在里边，打算回兵再取。薛元帅把盖苏文追到鸭绿江，盖苏文自杀，高丽投降。薛元帅得胜收兵。当他来到埋聚宝盆的地方一看，满山都是五棵一排、五棵一排的大松树，聚宝盆埋在哪儿，也没法去找了。

从此，五棵松山的松树，都是五棵一排，没有二样。

讲　　述：朱连元
记　　录：朱俊奎
采录时间：1987 年 7 月

黑山嘴子与辽河

站在公主岭郊外向西北远眺，朦胧中可望见黑山嘴子。那影影绰绰的山脉尽头，是一条川流不息的东辽河。这里山水相映，碧波荡漾，两岸的肥沃良田，盛产稻谷、鱼虾，可谓鱼米之乡。远在很久以前，这里有个关于龙脉与“辽河”的传说。

相传，古时这条黑山龙脉，山形自东而西，年年月月不断延伸。龙脉先长尾、腰，后长头、颈，如果长到了龙头，这条龙脉将会变成一条巨大的黑龙。黑山龙脉偷偷地延伸西长，惊动了天地。玉皇大帝在九天得知后，派石磙神大将拦截龙脉。石磙神大将奉玉皇大帝御旨，在南天门降下，拉着石磙向北一直拉到黑山龙脉的西部边缘，急驰过去。后来，石滚神迷失了方向，曲曲弯弯或向北，或向西，沿着低洼处一直滚了下去。他所磙轧之地，拖轧成很深很硬的一条大沟。玉皇大帝随即又降旨，要河神逐流接应。河神昼夜不舍地跟在石磙后面，所过之处，水流湍急，白浪滔天，成了一泻千里的大河。石磙神拉着石磙转弯向南，河水也跟着来，一直至渤海口。石磙掉在海里，河水也跟着蹽到海口，才算罢休。

昔日这条石磙神轧成的河，后来的人们就俗称“辽河”了。被河水截断的龙脉，从此化为黑山，被河水拦住。破了风水的黑山龙脉，再也不能向西延伸了，就终止屹立在辽河东岸上。人们给它起了个名字——黑山嘴子。

讲　　述：张树曾　42 岁
高中文化　干部
记　　录：孙文礼

白龙驹山的传说

在公主岭市凤响乡泡子沿村和长春市郊区的接界处，有一座突起的小山，名叫大屯山。大屯山原来的名字叫白龙驹山。那么，这个名字是怎么来的呢？

传说，有这么一年初夏，乾隆皇帝到关东盛京祭完祖后，又东去吉林巡狩。一天，来到一座山下，只见山上苍松遮日，翠柏成荫，獐狍野鹿出没其间。山下柳绿花红，青草如茵。蛙声阵阵，百鸟和鸣。一派繁荣景象。乾隆皇帝心中大喜。问这座山叫什么名字，官员们都不知道。他便命随行官员驻马，在山脚树荫中摆下午宴。

正当君臣们酒酣兴浓时，只听山上长鸣一声，一匹雪白雪白的马驹，从山上跑到山下，围着君臣们的宴席绕了一圈，又从山下跑回山上。马驹身体雄健，四蹄腾空，奔跑如飞。乾隆皇帝和群臣看得那样出神。陪驾的二位大臣说道："龙驹出现，呈祥献瑞，是我皇上洪福，大清永享太平。"乾隆皇帝听了，兴奋异常。顺口说道："这是一座白龙驹山哪！"从此，"白龙驹山"就叫开了。

后来，山前有了人家，并渐渐形成很大的村落，起名大屯，白龙驹山也不知不觉地叫大屯山了。

讲　述：王治国　56 岁
高中文化　干部
记　录：杨彤峻
采录时间：1987 年 7 月

凤凰岭的传说

公主岭北部杨城子镇境内有一条岭叫凤凰岭。

古时候，这条岭没名，岭上草木葱郁，怪石嶙峋，岭下住着几户和睦的人家。李家的阿凤是个美丽、善良又勤劳、勇敢的少女。乡亲们对她十分钟爱，见面都喊她凤姑娘。

一年夏天，天气热得像蒸笼，滴雨不落。乡亲们热得透不过气来，四肢酸软浑身滚烫。不少人吐泻不止，一夜间竟有三人死去，大家都特别忧惧。阿凤更是忧心忡忡，辗转反侧。

一天夜里，她在朦胧中，见一童颜鹤发的老人，拄着拐杖对她说："凤姑娘，无名岭上有棵玉泉树，树下有眼玉泉，泉水清凉甘甜，饮用爽心怡神，驱瘟去邪，能治百病。"她一骨碌爬起来，揉了揉眼睛，才知是做了一个梦。

凤姑娘渴望能有这么个泉，她要去闯一闯。第二天，东方一亮，就往岭上爬去。秀发乱了，衣裙破了，稚嫩的皮肤划出道道伤痕，不见玉泉水。身疲了，腿软了，脚胀了，还是不见玉泉树和水。远处传来虎啸声，她毛骨悚然。"快回去，找玉泉，救乡亲。"渴望的火在燃烧。云密了，雷响了，雨劈头盖脑。她艰难地攀登，脚下一滑，摔倒在巨石下，晕过去了。殷红的血透过了衫裙。醒来时，红日在西了。她要挣扎起来，忽见一只兔子蹲在身边。姑娘抚摸着兔儿的绒毛，轻轻地说："白兔啊，你可知道我的心愿?""我知道。"白兔转着红亮的眼睛说了话。凤姑娘惊喜不已。"你跟我来。"白兔仰起头说。她紧跟在白兔后面，心里怦怦地跳。疲劳、伤痛早已无了踪影。左弯右拐，上攀下跳。忽然，白兔不见了。一个青发白面的怪兽横在面前，张牙舞爪，向她扑来。姑娘精神一抖，豁出一死，跟怪兽搏斗，转眼怪兽不见了，姑娘连累带吓，昏昏沉沉躺在草丛中。

"哈哈，勇敢的凤姑娘，玉泉树你找到了!"不知是从哪里传来了这声音。像解冻的溪水，冲走了一切，带给她一股新鲜的力量。她站了起来，向前望，看到了一棵五搂粗的大榆树就在前面。“玉泉树！”她眼睛亮了，心像抹了蜜。跑到跟前，不见泉，心又凉了。“怎么树下长满荷花呢？”她心里嘀咕着。顺手拔了棵荷花。咕噜……一股清清的水涌了出来，玉泉找到了，凤姑娘欢喜的泪顺着面颊簌簌地流下来，一滴滴落在泉水里。

她飞一般往回跑。乡亲们跟凤姑娘上岭。走着走着，她一阵心闷，倒下去了，又爬起来，咬着牙带大家奔向玉泉。她指着前方，那就是玉泉，又倒下了。乡亲们奔去捧来玉泉水，给凤姑娘。姑娘微笑着，像朵初绽的荷花，合上了双眼，躺在花草茵上。

乡亲们的病除了。他们把凤姑娘葬在玉泉树下的玉泉旁边。

几天以后，一只金色的凤凰落在玉泉树上，鸣声婉转，恋意依依。

为了纪念凤姑娘，乡亲们把这座岭命名为凤凰岭，把这个屯叫凤凰岭屯。

讲　　述：王中宪　高中文化　干部
记　　录：刘金贵　王中宪
采录时间：1987 年 7 月

白龙驹山传奇

很久很久以前，在长春郊区（大屯）与公主岭市交界的地方，有一座大山，叫大石山。山上怪石裸露，悬崖峭壁，一棵草都不长。每逢清晨，太阳还没有露头的时候，山头射出像朝霞一样道道金光，五彩缤纷，十分好看。

传说，此山有宝。但多少年来，只见进山挖宝人，都是高兴而来，扫兴而去。有的还被藏在山里的强盗害死。有一年春天，一个拉骆驼的南方蛮子，在大石山上看了很多天，便向山西面的范家屯走去了。他在范家屯找了一个客栈住了下来。这个蛮子很怪，和谁也不交往接触。一天三次，只到对门一家姓范的油炸铺里吃丸子，喝浆子。一连在这家铺子里吃了七天。每次吃罢，还多给些银子。当然，店主非常感激这个蛮子。到了第八天，这个蛮子愁眉苦脸地来铺子里，店主人感到非常奇怪，便问道："客爷，今天咋这样的不高兴？"蛮子只是摇头叹气，一句话也不说。店主人说："你有什么为难的事，能不能和我说说呢？"蛮子沉了好一阵子说："这件事只有你才能帮助我，但是，又怕为难你。"店主人说："什么事我能帮助你呢？"蛮子说："我不要别的，只要你家每天捞油条炸丸子的柳条笊篱。你要多少钱？""这笊篱是我家祖辈传下来的，到我这辈子已经整整三代。你要我家什么东西我都给你，只是，这把笊篱，给多少钱也不能卖。再说，你买它有什么用呢？"蛮子没有办法，只好说："用你的这把笊篱，可以得到一件宝贝。如果你愿意的话，以后分一半给你，今后你享不尽荣华富贵。"店主人听后，十分高兴。并答应明天带着这把笊篱和蛮子一起去大石山。

第二天，天刚放亮，蛮子和店主人就吃点丸子上路了。走出范家屯大约二十里地的大石山前，蛮子叫住了店主人。叮嘱说："你把笊篱一根一根地拆开，然后，再一根根地点燃了。记住：一是不准挪动一步，二是不准剩一根，必须全部点着了，三是不论出现什么情况，都不许把笊篱条子扔掉。"蛮子千叮咛万嘱咐，店主人说："我已经记住了，你也太啰嗦了！"蛮子才放心地走了。蛮子先从左向右绕着山峰转了三圈，又从右向左绕了三圈，嘴里不停地念动咒语。这时，笊篱条子已经烧了一半了，只听蛮子大喝一声："宝贝，还不出来，等待何时？"突然，只听山崩地裂一声巨响，一道白光直冲云霄，从山里跳出一个雪白雪白的银马驹子来。只见它一声咆哮，四蹄腾空，绕着大石山跑了起来。开始跑得速度很快，越跑速度越慢，最后，眼看银马驹子快要累趴下的时候，笊篱条子也烧到剩半根了。这时，银马驹子摇摇晃晃地跑到了店主人跟前，店主人再也不顾蛮子所说的话了。他扔下半根正在燃烧的笊篱条子，跑过去伸手抱住银马驹子。突然，银马驹子长嘶一声，飞起一蹄，将店主人踢倒在地，蛮子拼命赶来抓银马驹子，被一脚踢死。银马驹子长嘶一声，便无影无踪了。有人说，银马驹子是一匹龙驹，又回到山里去了。也有人说，银马驹子是上天了。究竟跑哪去了，至今也没人知道它的下落。但是，人们看到的只能是山上的红麻子石。

从此，大石山就叫白龙驹山了，一直流传到现在。

讲　　述：赵国昌
记　　录：林长春
采录时间：1987 年 10 月

抓龙沟的传说

莲花山南岗上有一趟大土沟，当地人都管它叫抓龙沟。不起眼的大土沟，为啥叫抓龙沟呢？这里有一段神奇的传说。

传说，早在明朝末年，还没有这条土沟以前，在岗下住着一户姓任的财主。任家的三间场院房就在这道岗上。就是这三间场院房出了说道。原来呀，任家有一少女，名翠萍，长到二八一十六岁这年，出落得别提多俊俏了。求亲的人，也不知道有多少。闺女一个也没相中，俩老人也觉着得好好挑挑选选，不说嫁个龙子龙孙吧，也不能白送给哪个凡夫俗子。

事情就这么怪，像做买卖似的：买主越多，价钱就抬得越高，卖主也就越拿把，岂不知，这东西也就越不好卖。天长日久了，准出啥说道。要不，咋叫夜长梦多呢！说来也怪，一天傍晌午，冷不丁地来了一位穿白衣的书生。小伙长得没那么英俊的了，他是到任家找水喝。这时，正赶上小翠萍在井旁边采野花。二人一见面，两对儿眼珠都瞅直眼了。各自心想：真是今生有缘，老天做美，该着我俩配成对。他俩越看越爱，越爱越亲。看得书生忘了喝水，看得翠萍忘了采花。他俩都觉着心口窝嘣嘣直跳。没说一句该说的话，只在心里暗暗打定了主意。

当天，书生故意称病借宿。第二天早晨，书生说是得赶奔京城科考，像是走得太着忙，竟把一个白缎子小包落下来。翠萍一看，天呀！里边尽是些金银财宝，还有猫眼石、夜明珠之类，还落下一把象牙小折扇。任老财主知道后，吩咐家人不要乱动，等书生回来。心想：这么贵重的东西，他一定得回来取的。果然，傍晌午，穿白衣的书生又回来了。他一看宝物一件没少，心里很感激。把包内宝物全都送给了任家父女，只拿了一把象牙小折扇就要走。翠萍的父母一见这书生这么好，就非要把女儿嫁给他，让他做倒插门养老女婿。说是先成婚后再科考，这叫“冲喜”，保准得中头名状元。书生巴不得如此，就一口答应下来。说是家乡太远，来去不易，需托人告诉父母一声，三天后回来完婚。

三天后，书生回来了。说家父只有他一子，不能入赘。任财主一听，便答应把岗上三间场院房装裱一新，让书生与翠萍委曲将就一时，尾后另修宅院。二人自然高兴，当天操办了喜事。人客散去，二人双双入了洞房，这时，天已经擦黑了。突然，天上乌云密布，飞沙走石，一时间天昏地暗，好险没把三间场院新房给抬走了。一向胆小的翠萍，此时并没害怕。有如意郎君做伴，她光觉得甜美了。心里想着：一福压百祸呀，怕啥。可是，书生却有些不安。他不解衣，不上床，只是面对翠萍坐在灯下看书，手拿象牙小折扇一个劲扇风。老天闹得一阵比一阵大发。新娘拉过新郎，依偎在他的怀中，不好意思地使着眼色，让他早些上床休息。谁知正当翠萍一把夺过小扇让新郎入睡时，“嘎巴”一声闷雷，把房门劈碎。随后，飘飘悠悠、骨骨碌碌地滚进一个通红通红的大火球，直奔书生而来。翠萍一见，也不知她哪来的胆子，一把抱住书生，把他护住。说也怪，那火球蹿两蹿，蹦两蹦，转了两圈，拐了俩弯，从烟囱根那儿顺窗户眼出去了。这时，书生哭着对翠萍说：“真难得你对我这么好，实不相瞒，我犯了事了。刚才那个大火球是雷公的大神锤，要把我击死，多亏你舍命相救。”翠萍一听，惊呆了。问道：“你是神是鬼，犯了什么天条？他们为什么要如此害你？”书生说：“我原是一条得道千年修成人身的白蛇，爱慕小姐美貌，一时贪恋红尘，才私自闯入凡间。本想能与你成百年之好，哪怕舍弃千年道行，我也心甘情愿，只恨上天不容。”小翠萍听了，半天没说啥。心想：蛇哪有这般英俊、这般好心肠？书生见她痴呆不语，就解开衣襟，露出前胸，让翠萍观看。翠萍只见无数胸毛，密密麻麻，仔细再看，原来是无数手脚，聚聚连连地直动弹。看到这些，翠萍也有些害怕，再看书生脸面，还是那样英俊。就说：“你我既已成婚，我就是你的人了，就该生死在一起。”书生说：“不中。苍天无情，强持下去，定要连累当地众生灵。你我必须分手。”翠萍说：“那你怎么走呢？”书生说：“你要真心救我，就如此这般……”翠萍一口答应。她把书生扣在锅腔子里，自己坐在锅肚脐上，手拿象牙小折扇，不住地扇打着。这时，只见无数火球在身前后转动，霹雷闪电，交加出现。她足足坐了一宿，傍天亮时，风停了，雨也住了。她小心地掀开大锅，再找书生，早没影了。只见锅腔下有一个半搂多粗的大圆洞，她顺洞出去一看，眼前出现了一趟好深好深、老宽老宽的大土沟，直通岗下，沟里还留下几片莲花叶大小的鳞片。这时，乡亲们都来道喜。一见没了新郎，眼前又出现了大沟，探问翠萍。翠萍没说她丈夫是大蛇精，而说是一条大白龙上天，不准他在人间娶妻，前来抓他，他借土遁避难，回东海去了。

从此，这条土沟，人们就叫做“抓龙沟”了。

讲　　述：王志春　53岁　小学文化
记　　录：阎世春　傅明忠
采录时间：1987年9月

苇子沟的传说

据说公主岭街边的苇子沟原来不叫苇子沟。很早很早以前，苇子沟还没有名字，那地方只是一片盐碱地，土地瘠薄，荒无人烟。后来，有几户跑关东的来到这里落户，这儿才有了居民，种起了庄稼。春天，人们把种子撒在地里，精心侍弄着，可是，每到雨季，遍地积水。大水过后，小苗苗只剩下四五成苗，所以收成很低。

后来，这地方搬来一户姓卢的人家。一家三口搭起了小窝铺，在这地方开了一片荒地。因为他们为人善良，肯帮助别人，所以这里的乡亲们都喜欢和他们一家子来往。他们的孩子起名叫“卢苇”。虽然是根独苗，但是，并不娇生惯养。卢家夫妇常常告诉孩子要勤劳、善良、助人为乐。转眼之间，卢家在这住了十年，卢苇长成了一个体格健壮的小伙子。父母心里高兴，也常常忧愁。高兴的是孩子勤劳健壮、心眼好，愁的是日子过得这么紧紧巴巴，将来怎样才能给孩子说上媳妇呢！卢苇也常常发愁，他愁的是，乡亲们辛辛苦苦干了一年，收不了多少粮食。可是，自己家还不富裕，又怎么能去帮助别人呢？

这一年，地里的庄稼比哪一年都好，乡亲们的脸上有了点笑模样。正在人们高兴的时候，天突然下起了瓢泼大雨，一下就是七天七夜。地里的庄稼十有八九被淹在水里。乡亲们的房屋有一半泡在水中。卢苇家更惨，他家的房子被水冲跑了，家具也没抢出几件。幸亏卢苇的力气大，帮助父亲把家里的粮食抢出来大部分。不然的话，连粥也喝不上了。他们一家三口，来到一块高地搭了个临时小马架子安身。卢苇面对一片白茫茫的大水，发起愁来。他心想：自己家和乡亲们今后的日子可怎么过呢？他吃不下饭、睡不好觉，整天对着白茫茫的大水苦思苦想。

有一天，他又面对茫茫的一片大水发起愁来。忽然看见远远地漂来一件什么东西。那东西越来越近了，到了近前，原来是一个白胡子老头。老头满脸蜡黄、憔悴，一看就知道又累又饿了。他双手紧紧地抓住一块木板顺水漂着。卢苇赶忙跳到水里，把老人家拉上高处。老人气喘吁吁，已经无力说话了。他把老人背到自己家的临时马架子里，父母又端来米粥喂他。老人家头上戴着一顶破毡帽，腰里别了个破布袋，身上穿了件破衣衫，一看就知道是个讨饭的。他喝了两碗粥，才有了精神，说自己讨饭时不小心掉到了水里，被冲到这儿来了。幸亏遇到了卢家这样的好心人，不然就得淹死了。吃完了饭，他向卢苇要了个木棍子拄着就要走。可是，卢家三口人再三挽留，他也就在卢家住了下来，一住就是三天。卢家三口人就像对待自己的老人那样对待他。他们一家子喝菜粥，却给老人家煮米粥。老人不过意，几次想走，都被他们一家子挽留下来。还对他说，你要是不嫌弃，就算是我们家的老人，常住在这儿好了。老人心里非常高兴，就在他家住了下来。

一天夜里，卢苇睡不着，又跑出马架子外去查看水情。可是，水退得很慢，他又发起愁来。忽然，他觉得有人拍了拍他的后背，他回头一看，正是那个讨饭的老头在他跟前。老人家问："小伙子，你咋每天对着这大水发愁呀？"卢苇说："这水不退，乡亲们今后的日子咋过呀？""这好办，你看，这水是由东南向西北流的，只要挖一条又长又宽的水沟，把水排出去就好了，今后，再也不愁被水淹了。""这么大的水可咋挖呢？""你想不想干吧？""想呀！""怕不怕累？""不怕！""怕不怕危险？""不怕！"老人家把自己的破毡帽摘下来交给卢苇说："你把这个帽子戴在头上，每天夜里起来，顺着这东南西北方向，去挖一条宽宽的、长长的水沟吧。直到大水退下，庄稼露出来为止。可是，一定要记住，天亮之前一定得回家睡大觉，要是继续挖下去是有生命危险的。"卢苇接过帽子刚要说什么，老人忽然不见了。卢苇觉得非常奇怪，怎么突然间老人家不见了呢？要说是做梦，可手里明明拿着老人家的毡帽头。他回到马架子里找，也没有老人家的影子。他把父母叫醒了，对他们说出这件奇怪的事情。父母也很奇怪，都认定：这是神仙来指路救乡亲们来了。卢苇说："我现在就去挖排水沟吧！"父母再三吩咐他要小心，别忘了老人家的话。天亮之前，一定快快回来。卢苇把毡帽戴到了头上，说也怪，他立刻觉得自己浑身好像增添了千斤的力气，他拿起家里的铁锹，就跟拿起一个挖耳勺那么轻。他按着老人家指的方向刚刚来到水边动手挖沟，面前的水立即就分开了。他挖到哪里哪里的水就退下来了。他挖过的地方，水立即跟过来。他看到这种情形，越挖越高兴，越挖越来劲。要不是他想起了老人家的话，他会一直挖下去的。当他往回走的时候，他看见一部分水退了下去，庄稼露了出来。他高兴得简直没法说了。

父母一夜没合眼，望着东方的天空在等他。他回来了，父母才放心地睡了一会儿。天亮时，卢苇还帮助爸爸妈妈去干活。

第二天，卢苇挖沟回来，天已经快放亮了。他觉得昏沉沉的，好不容易才回到家里。爸爸妈妈不安地说："千万不要忘了老人家的话啊。"他虽然头发晕，但是，他看到水又退了一部分，露出水面的庄稼又多了一些。所以，他还是非常高兴。第三天，他挖呀挖，为了叫水快些退下去，叫庄稼快快露出来，他比哪天挖的都快，比哪天挖的都多。他只顾挖沟，把老人家的话也忘了。挖着挖着，他觉得头有些发晕，原来，东方发白了，天快亮了。可他眼瞅着大水快全退下了，庄稼就要全露出来时，他强忍着头昏眼花，还在继续挖着。挖呀挖，挖呀挖，水沟全挖通了。太阳出来了，他头上的帽子忽然离开了头顶，向远处的天空飞去。紧接着，翻滚的大水流进他挖过的沟子里。他一下子被大水淹没了、冲走了。好心的卢苇为了解救乡亲们的苦难，再也回不来了。从此以后，这地方就留下了一条东南西北方向的河沟，两侧庄稼不再被水淹了，土地也变得肥沃起来。

人们为了怀念卢苇，把这条沟叫做"芦苇沟"。后来，为了顺嘴，就把它叫成了"苇子沟"。

讲　　述：田老奶奶　潘桂珍

记　　录：汪雅琴

采录时间：1987 年 11 月

响水河的来历

响水河位于公主岭东南丘陵地带，距长春约二十公里。这里的山水、林田丰茂，盛产五谷。现在的响水乡名称就是按响水河的河名所起。可是，响水河的原名却不叫响水河，而是叫“懒汉沟”。那么，懒汉沟又怎么改为响水河的呢？说来倒有段来历。

那是在前清时期，在腐败政府的统治下，这个方圆几十里的懒汉沟，盘踞着两大户，一户姓王，一户姓周。王家在县衙有做事的，私通官府上下，人们送号“王一霸”；姓周的占有良田千顷，是出名的“周百万”。这两家，一户有权势，一户有财势。

一天夜里，周家发生了一起无头案，明摆着是王家所为。周家便到县衙里去诉苦，那个时候是：“衙门口朝南开，有理无理拿钱来”。周家豁出了钱财银两，拧成绳似地往县衙里送礼；而王家呢，为了不输官司，也一个劲儿地勾通官府，谁也不肯示弱。这一闹扯，可难坏了县衙。判了王家吧，王家私通官府上下，权势大，真有些招架不了，弄不好，县太爷的宝座难保；若是判了周家吧，周家的钱财银两已送到份了。“吃人家的嘴短哪！”县太爷左右为难，只得顺水推舟，拖延时间。无奈，他想下去私访，以明察事情真相。

县太爷出访时，够威武的了，真是车水马龙，前呼后拥。到了懒汉沟，住了数日，也没调查出个子午卯酉来。县太爷愁的，整天拉拉个脸子。这一天吃饭后，一个小衙役进来献计说：“老爷，今晚风和夜静，何不去沟谷观赏观赏风景，散散心去！何苦坐在屋里闷闷不乐，伤身劳神？”老爷一想可也是，便和这个衙役来到懒汉沟。只见沟宽谷长，坡上花草，清香扑鼻，沁人肺腑。沟的上头，一股水流冲下一条小河，河水哗哗作响，原来是水击石鸣。县太爷信口说了一句响水河，他想：周王两家的案子这样不就断完了吗？

次日一大早，县官下令击鼓升堂。传来了周、王两家的主事人。众乡邻百姓都来瞧判案，把衙门外围个水泄不通。县太爷猛地一拍惊堂木，大声道："此地凶杀案甚多，是懒汉沟这个地名的缘故。懒汉生闲事呀，本官有令：从今天起，懒汉沟改名'响水河'。这样，此地再不会出凶杀案了。周、王一案，周家也不用告了，王家也不用争了，就算到此了结。"众百姓一看，哪有这么断案的呀！根本也没弄个水落石出，个个都大眼瞪小眼儿，失望地走了。周家的钱财花个一空，王家的脸面丢个干净，贪官搂个沟满壕平。从此，懒汉沟就改为"响水河"了。

讲　　述：郭 氏 女　70 岁
记　　录：吴国昌
采录时间：1987 年 7 月

一剑石的传说

在伊丹镇碾子山南岗主峰上，有一块巨石，长3.5米，宽1.3米，高1.35米，像个被斩杀的乌贼。肚子上有一条长长的剑痕，这就是有名的“一剑石”，也叫“乌贼石”。它是怎么来的呢？这跟八仙有关系。

相传八仙过东海，各自用宝物渡海。俗称“八仙过海，各显其能”。这一举动惊动了贪财的龙王父子。他们夺走了蓝采和的花篮，引起了一场争斗。后经太白金星的调解，让龙王父子赔礼道歉。由于起因错在龙太子，龙宫的损失也只认倒霉了。八仙认为冤家宜解不宜结，同意了调解，后回到蓬莱阁。不久他们又游历天下。当时龙太子表面同意调解，暗中却较劲，偷偷叫来乌贼将军，面授机宜，让它暗中跟随八仙，抓机会害死他们。乌贼说：“太子殿下，我本领平常，也离不开水呀，怎能杀死他们呢？”太子说：“乌将军，你不会用毒汁烟幕弹吗？抓机会把他们迷倒，不就可以杀死他们吗？至于离不开水的问题嘛——我赐你一个水灵珠，把它带在身上，身体永远不干燥，跟在水里一样。再给你一根隐身草，别在头上，别人也看不见你，这样可万无一失了吧？”乌贼说：“殿下，我妻子已有孕在身，我一旦有个三长两短，望太子照顾好我的儿女。”

八仙前脚离开东海，乌贼将军随后也跟了前去，八仙去哪，它也跟到哪。这一天八仙游历到伊通州碾子山区，欣赏山景。吕洞宾是个多才多艺、知识面广的人，他向同伴介绍碾子山的情况：这个是青蛙石，这个是酣睡石，这是峰上峰，那个是怒吼石……大家听得高兴，玩得愉快。不知过了多少时间，大家有些累了，就在南山岗山林中休息。乌贼将军心想，机会来了。他们在山林中休息，我站在山头，向他们放毒汁，等他们中毒后，再杀他们。想到这，它爬向高处，向八仙放毒汁。由于慌乱弄出了响动，惊醒了年老的张果老。他一看一股黑水向他们冲来，果老大喊：“大家快闪开!”

这一喊惊醒了其他七人，马上躲开了黑汁，也惊得乌贼现了原形。原来隐身草别在乌贼头上，果老一声大喊，它一害怕，头一甩，草掉了，结果马上现了原形。大家一看是个大乌贼在作怪，七手八脚把它捉住，问它是谁让它来加害大家的？

乌贼一看，事已败露，只能是“不成功便成仁”了。它面对大海大声喊：“太子呀，我乌将军有负殿下了。”大家一听，原来还是龙太子不甘心太白金星的调解，暗自派乌贼来害他们。八仙有心放了乌贼，可乌贼认为自己有些道行，对自己的罪行不但不认错，还挑衅地说：“你们能把我怎样？我隐身草虽然丢了，可水灵珠还在，就在这儿同你们耗上十年八载，我也不会渴死！”大家听了来了气。年青的韩湘子、蓝采和首先动了手，用宝物不几下就把乌贼头打掉了。吕洞宾一青锋剑就划开了乌贼的肚子。忽然掉下一颗宝珠，水灵灵的。吕洞宾把宝珠送给果老说：“今天多亏你发现得早，不然大家就危险了。这宝珠你老就带在身边吧。”果老知道这水灵珠的功效，摇着双手说：“我不要，我不要，我一把年纪了，要它何用？这样吧，咱们八人只有何仙姑是女流，还年轻，把水灵珠给她吧，让她美丽一生，青春常在。”大家一致同意，仙姑谢过大家，收起宝珠。

再说乌贼的身体，一失去水灵珠，马上风干，变成了石头，身上还带着一剑痕。在南岗北坡松林里是一片黑土，那是被乌贼的墨汁染过的结果。乌贼将军虽然被斩杀了，它的妻子不久生下了不少儿女。所以大海中没有灭绝这种动物，这也是后话了。

讲　　述：白力清　78 岁
记　　录：陈明宏　45 岁　大学
采录时间：2004 年

巨龟望湖

在伊通县小孤山山顶，有块巨石两米多高，形如乌龟，头高高抬起，远望二龙湖。这巨龟怎么来的呢？

很多年以前，东辽河龙宫的右龟丞相，早听说小孤山的庙会规模很大，集上各种小吃、酒家更是吸引人。有一年四月十八，右龟丞相向龙王请求说："大王啊，我在这东辽河龙宫也有千儿八百年了吧？我还没到过人间，听说小孤山庙会很热闹，人间美酒更是香醇。大王，今天我想去见识见识。"龙王说："龟爱卿，我怕你到人间贪恋红尘，耽误你的仙缘。"右龟丞相说："不会的，我到庙会上看看就回来，绝不会误事的。"龙王说："好吧，我答应你，务必在午时前回来，否则你就永远回不来了。到人间别招惹是非，更不要贪杯误事，切记，切记！"

右龟丞相见龙王答应了自己的要求，别提多高兴了。它借水遁，顺小孤山河逆流而上，到了小孤山街西桥下，它看下自己，就这个容貌怎能赶庙会呀？它摇身变成个白衣秀士，身穿秀才服，头戴书生帽，也随人们走入庙会。哎呀！这庙会真热闹哇，有买有卖，有男有女，尤其摊床上各种小吃应有尽有。它想，我一生就是爱酒，都说人间美酒比龙宫的玉液强百倍，今天我得尝尝。它信步走入酒家，要了菜和酒，自酌自饮，越喝越爱喝，忘了龙王的忠告，不知不觉有些醉意。心想，不好！可别耽误看庙会。它一摸怀里，忘带了银两，只好把玉笏板抵给酒家。它踉踉跄跄地随人流到了山顶，往西南望，可见辽河。这时酒劲发作，觉得天旋地转、头晕眼花，只好在高处找个树荫坐下休息，渐渐睡着了。时间一分一秒过去了，不知不觉到了正午，可它还没醒来，一直到申时才醒来。一看日头早已偏西，想起龙王的话，早已过了回归时间。它大惊失色，想站起来回龙宫去，可它一动也动不了，并慢慢现了原形——大乌龟，只好高高抬起头，远望东辽河，落下悔恨的眼泪。时间不长，龟丞相变成了石龟，永远留在了小孤山山顶。

后来，人们修了二龙湖，二龙湖即在东辽河的龙宫位置。巨龟望东辽河自然也就成了巨龟望湖了。

讲　　述：白力清
记　　录：王　华
采录时间：2006 年

青蛙石的传说

在伊通县伊丹镇，有座五百多米高的碾子山。在崇山峻岭中有块近一米高的奇石，形如青蛙，惟妙惟肖，人称青蛙石。

这块奇石，有个神奇的传说故事。

传说青蛙是海龙王的远房内弟，当初也生活在大海中，他很善良，又肯助人为乐，大家都很喜欢他。有一年，玉皇大帝接到下界伊通州各路神仙的联合奏章，说伊通州伊丹一带连续三年大旱，并伴有虫灾，百姓苦不堪言，请求玉帝施恩降雨，解救百姓之苦。玉帝准奏，命海龙王去布雨。龙王接到御旨后，带领本部诸神去执行任务。他的远房内弟小青蛙借此机会也要到人间看看。龙王拗不过它，只好答应了。他们到伊通州伊丹乡碾子山一带，按旨意下了甘雨，旱情得到了缓解，可虫灾依旧。小青蛙看在眼里，急在心头。龙王一再催它回去，小青蛙不愿离开。龙王说："内弟呀，这次布雨本无你事，你非要来，你可知道私自到人间是有时间限制的，布雨任务已完，如再不回去，可永远回不去了！"青蛙说："姐夫哇，虽然这里下了雨，可虫灾不除，百姓照样活不了哇。"龙王说："灭虫不是咱们的职责，不要多管闲事了！快走吧，不然来不及了。"青蛙说："我宁可不回大海，也要帮百姓做些力所能及的事，帮他们排忧解难。"龙王没办法，带领本部诸神回天宫复旨去了。

再说小青蛙站在碾子山上，施展法力，把它儿孙及家族调来，分派到各地帮人们灭虫。它长年累月站在山上监视灾情，不知过了多少年，慢慢变成了石蛙，从此以后青蛙家庭生活在陆地上，做了人类的好朋友，海里自然也就没有青蛙了。

讲　　述：白力清
记　　录：崔艳杰
采录时间：2006 年

山门古溶洞的传说

在山门镇古洞村西面的群山中，有一个深不见底的溶洞，当地人称它为古洞。洞外峰峦叠嶂，逶迤连绵，树木葱茏，千岩竞秀。洞内寒气料峭，深邃幽暗，倒悬的钟乳石参差不齐，千姿百态，瑰丽非常。有一个古老的传说，更给它增添了神奇迷人的色彩。

相传，唐朝末年在半拉山门这块地方，有一位叫刘名的书生。他多次赴京应考，屡试不第，遂生超凡脱俗之念，想找一个幽雅寂静的地方修道成仙，以摆脱人世间追名逐利的烦恼。

一天，他突然发现了老古洞，觉得这个洞是个修行的好地方。他钻进洞里一看，里面黑咕隆咚深邃莫测。他不敢贸然前行，急忙回家取了盏油灯来，借着油灯的光亮小心翼翼地向前行走。他越走越感到奇怪，洞内道路弯曲，怪石嶙峋，洞洞相套，大的似窝，小的似瓮。他一想洞里这么奥秘神奇，干脆一不做，二不休，非弄他个水落石出不可。可是走着走着灯油点干了，他只好摸着黑往前走。也不知走了多远，他突然发现前面好像有灯光，待他走到近前一看，有两个道士在一起喝酒，桌上摆着一颗夜明珠，正闪闪发光。

两位道士发现了刘名，其中的一位说："年轻人，过来喝点吧！我们哥俩和你一样，是在人间不得志，来这里修行的，彼此不要见外。"

刘名一听更加疑惑。有心不去吧，酒香扑鼻，馋得直咽口水，于是就大胆地凑了上去。三人推杯换盏，各诉衷肠。

酒过三巡，菜过五味，刘名突然站起身来说道："两位兄长，失陪了！兄弟我准备回家安置一下妻小，回来好一心无挂地修行。"

一个道士说："既然这样，望兄弟早去早回。"

另一个道士顺怀里掏出一颗夜明珠来递给刘名说："兄弟，你把这颗珠子带上，以备出入洞时好用。"

刘名回到原来的住地一看，妻子儿女，房屋田产一无所剩，原来人世间已过去一百多年了。他只好返身回洞去找两位道士修行。至于修没修成仙，已无人知晓，但也没人看见这位书生出来过。后来人们把这个洞叫老古洞。

到了明末清初，努尔哈赤兵洗叶赫那拉，大兵所到之处，火光冲天，尸骨遍地。

从叶赫逃出一股难民，他们穿山越岭跑到了半拉山门。正喘息一下，只见后面尘土飞扬，人喊马嘶，追兵由远而近。

有一难民说："附近有一老古洞，能容纳好多人，何不到那里去避一避。"

大家急忙跑进了老古洞，躲避起来。可是他们钻洞时被追兵中一小卒发现，追兵们忽地将洞口围了个严严实实。

有个小校打发几个兵卒进洞搜索，结果进去便没出来，又进去几个还是有去无回，只好命人往洞里放火。

当堆好柴草刚要点火时，突然，洞里一股狂风冲来，一时间刮得洞外飞沙走石两眼难睁，接着窜出无数只斑斓猛虎，虎吼声如雷贯耳，震得山摇地动。这群虎见人就咬，吓得追兵失魂落魄，四散奔逃。群虎一直把追兵撵出十几里地外才慢慢散去。

后来这伙难民就逃到现在的山门镇新兴村五队落了户，开始重建家园，繁衍后代，这个地方取名小叶赫沟。

记　录：孙喜臣　李万盛

二龙湖的传说

到过二龙湖的人，看见锦山秀水间飞来的两条土龙，都想知道二龙戏珠的美丽传说。

那是很早以前，一天王母娘娘举办蟠桃盛会。这蟠桃会每隔三十年一次。王母娘娘很高兴，吃得酩酊大醉，栽倒在玉椅上，头上的金钗脱落，“哗啦”一声，发饰珍珠散了花，急得天仙侍女们赶紧往起拾掇。说也凑巧，头上三千六百颗珍珠，偏偏少一颗，这颗珍珠扑簌簌滚下了天庭。王母酒醒了，发现少了珍珠，又气又急，嘴都起了泡，慌忙报请玉帝，派两个得力的天神到下界寻珠。茫茫天宇，渺渺乾坤，到哪里去寻找高粱粒大的一颗珍珠呢？两个天神可不敢怠慢，腾云驾雾，慧眼闪烁。找啊找，找得日月一出一落，找得大地一青一黄；找啊找，找了八百年，足足把天上、人间梳篦子似地梳了一遍，最后在现今的二龙湖心（那时还有一丁点水）发现了一个闪闪发亮的东西，像颗珍珠。两个天神降到地面一看，果然是王母头上那颗珍珠，可把他们乐坏了。因为王母有令，找不到珍珠，不许回天庭。可是，就在他们刚要伸手去捡时，那珍珠的光“啪”地熄灭了，就见高粱粒大小的一颗珠子“吱吱”往起长。像豆粒——像酒盅——像脸盆——像大锅，最后变成了方圆二里、高有五丈的一座小山。两个天神可吓坏了，赶紧禀告王母。王母一听，气得三魂暴跳，怒骂两个天神无用，误了时辰，使珍珠变成了人间土山。不由分说，降一道旨，把两个天神轰出天庭，贬到这珍珠山，化作两条土龙千年万代环顾着珍珠山。王母娘娘还是不解恨，又想了一条毒计：派一个天神下凡，安一条锁链，拴住两条土龙的鼻子。两条土龙本来是两个天神，在天上享尽了荣华，此时被贬为土龙，就够呛了，又被拴上鼻子，哪受得了这个屈儿。再说，渴也渴死了。王母见了，又发了善心，在锁链上安了个神瓢，经常给土龙舀水喝，可是又不让土龙喝饱，水是“滴答滴答”落下来的。人们给这个地方起了个名字叫“滴答嘴子”。别看这个地方水滴小，可是滴滴答答，常年不断。滴水穿石呀！一天天，一年年，滴出一眼几十丈深的清湛湛的深潭。头些年的过往行人，还可以抓过神瓢，“咕嘟”一阵井拔凉水。好事的，也可以拽住锁链倒腾着玩儿，可是倒腾老半天，也倒腾不到头，一缓手，“哗啦”一声，又退了回去。据说，谁要是将锁链拽尽，就会山摇地动，云飞石走，“滴答嘴子”将泛出汪洋大水。

二龙戏珠的传说就这样在东辽河畔传开了。

讲　述：刘李氏　女　65岁

记　录：施立学

仙马泉的传说

十家堡镇境内有一条水沟，沟里有一个泉眼。传说这个泉眼中有一匹马驹。马怎么能钻进泉眼呢？故事还得从头说起。

据说在很久很久以前，在十家堡境内的后山上有一匹马，浑身特别红，没有一根杂毛，长着一对特殊的耳朵，一双圆溜溜的大眼睛。听说有一年，一些外国人来这里开山取石，他们用大炮崩开了这座大山。那匹马被惊得从山中一跃而起，跑了出来，一边奔跑一边喊："救人哪，救人……"一溜烟似地奔向小水沟。人们看到这情景，就跟在后面，感到非常奇怪。这匹马脖子上盘着长长的铁链，大约有四五十尺长，它直奔那条小水沟的泉眼跑去，跑到了泉眼旁喝了点泉水。不一会儿就消失在这眼泉里了。从那以后人们就叫它"仙马泉"了。

后来当地人们就在泉眼旁立了一个牌子，上面写着三个大字：仙马泉。

讲　　述：京春青　学生
记　　录：李顺彬

二郎神挥鞭劈成半拉山

在山门镇东侧，有一处由大书法家溥杰亲笔题字的胜地——二郎山庄。山庄建造在半拉山上，这里风景秀美，山姿奇伟，流传着许多的迷人传说。

相传在很久以前，这里尽是高山密林，山连山、岭挨岭地围成一个大半圆，三面无路，只在山的南面有一条山间通道。山坳里有一块不太大的平地，人烟稀少，住着几户人家。人们日出而作，日落而息，长年累月在这里耕耘，生活过得还算充实，但就是交通不便，要是向北走亲串友，经商做买卖，就只能绕道而行，这可难坏了居住在这里的人们。此事让玉皇大帝派到人间的巡查知道后，立即禀报了玉帝。

有一年端午节的午时，晴朗的天空突然狂风骤起，满天飞沙走石，雷声滚滚，只见一道金光闪过，随后就是一声巨响，原来是玉皇大帝派二郎神下凡，让他把挡住人们北行的那座山挑到海里去，既可打开通道，又可移山造田。二郎神挑啊挑，挑累了就躺在一个山坡上休息一会儿。

二郎神躺下不大一会儿，只听山后传来“啪，啪，啪”的声响，接着就觉得山在向前走动。二郎神急忙爬起来顺着声音找去，找了半天终于找到了：原来，在山脚下有两只大蛤蟆也在移山。让二郎神奇怪的是，蛤蟆轻轻地甩一下尾巴，山就向前移动，二郎神心里一琢磨，何不用蛤蟆的尾巴做把赶山鞭，把山赶到海里去，这样岂不能更省劲了吗？于是他抢步上前，伸手去抓蛤蟆，不料蛤蟆用尾巴轻轻一甩，将二郎神扫了个筋斗，摔个嘴啃泥。二郎神爬起来后，心头起火，于是抡起大斧照着蛤蟆屁股就是一斧，蛤蟆往旁边一闪，躲过斧头，甩起尾巴就和二郎神厮打在一起，从日出打到日落，从日落又打到日出，只打得天昏地暗，日月无光。一连打了七七四十九天，蛤蟆气力不支，终于被二郎神抓获。二郎神举起大斧，用力向蛤蟆砍去，“咣咣”两斧子将两个蛤蟆的尾巴都剁了下来，蛤蟆疼得直蹦。自打那以后蛤蟆就没了尾巴，只能蹦着走路了。

二郎神将剁下来的两个蛤蟆尾巴拧成一把鞭子，向大山上甩去，这么一试，还真灵。于是就把山一群一群地赶到海里去了。当他赶到现今的“山门”时，只听“咔嚓”一声巨响，一座大山一下被分成两半，一半跑到山门的南面，为神树山；另一半就是现在的半拉山。本地人为酬谢二郎神的开路之恩，在当地修建了二郎山庄，建造了二郎神台。每逢端午节时，人们都在这里祭拜二郎神。

到了康熙年间，清王朝为了保护“龙兴之地”，在这里修了一条边壕，将半拉山以里的地方作为封禁区，禁止边外人入内狩猎、采伐。还沿边壕设有边台和边门，派兵丁把守。就在半拉山脚下，修建了一座布尔图库边门，是柳条新边的四座门户之一，因其在半拉山下，故又把它叫“半拉山门”。

记　　录：何秀超

灵芝草的来历

在很久很久以前，一个村子里住着几十户人家。其中有一家姓王，家中三口人，老两口和一个叫灵芝的姑娘。还有一家姓张的，挨着老王家。老张家是老两口领一个小子。两家处得很好。

这一年，老王家养鸡发了财，每天都捡不少鸡蛋。不知怎么，以后就捡不到了。王家说是张家偷了，张家说是没偷，因此两家关系一点点疏远了。可是王家的灵芝姑娘和张家的小伙还很好，两人总在一起上山采药材，成天不在家。张家和王家都下地干活去了，两家都无人看家。王家鸡蛋还是丢了，张家很奇怪。

张家小伙对灵芝姑娘说："我家没偷你家的鸡蛋，你说鸡蛋怎么没了呢？"灵芝姑娘也不知是怎么回事。

第二天，两家又都干活去了，他俩就藏在鸡架后，看鸡蛋到底是怎么丢的。过了一会儿，母鸡下完蛋个个都走啦，一条大蛇向鸡窝爬来，把蛋都吃了个精光。他们看后把事情告诉了爹妈。灵芝姑娘的父母和张家的老两口才明白是怎么回事。

灵芝姑娘和张家小伙商量一下，要把这条蛇整死。王家老汉说："听说蛇洞口有一棵特殊的草，要是把这棵草夺回来，除蛇就好办了，不然的话是除不了这条蛇的。"

有一天，蛇吃完鸡蛋又走了，他俩跟在后面。这条蛇爬回洞中，另一条蛇正守在洞口旁的一棵草边，这棵草非常好看。灵芝姑娘对小伙子说，它是蛇的命根子，要是把它夺来就好办了。说完小伙子就与蛇激烈地搏斗起来，经过很长时间的搏斗，蛇终于被小伙子打死了，可是小伙子也累得不行啦。这时洞里的大蛇扑来，灵芝姑娘又与这条蛇厮打起来。因灵芝姑娘手脚麻利，打了半天还没怎么累，最后把蛇打死在悬崖上，蛇的头伸在悬崖下。灵芝姑娘为了看蛇到底死没死，也伸头去看，不小心滑落在悬崖下。

张家小伙子把这棵草采回去，为周围不少的老百姓治了病。人们为了纪念灵芝姑娘，就把这棵草叫做"灵芝草"。

讲　　述：潘丽梅　记　　录：王桂杰

狼石的传说

早年，在柳条边南，有个狼洞沟。沟门有块石头，形状像狼，守在一个破房框子旁，好像在等人。这块石头还流传着一段动人心弦的故事呢。

那一年在狼洞沟门上住着一户姓郑的人家，就娘俩，小伙子叫郑宏，以砍柴卖柴为生，母亲在家纺线织布，缝缝洗洗，娘俩的日子紧巴紧。

一天，郑宏去集市上卖柴火，半路上遇见一个地痞，调戏一个大姑娘，眼见就把姑娘按倒了。姑娘大声呼道："救命啊！"郑宏实在忍耐不住了，抽出挑柴火扁担，奔着地痞打去，一下击中后背，地痞"哎哟"一声，也没来得及穿衣服抹身跑了。姑娘整理好衣裳，来到郑宏面前轻轻道了个万福说："谢谢大哥搭救之恩，奴家日后会涌泉相报！"说完转身走了。

第二天，姑娘来到郑家，拿了很多礼物，有水果、点心、衣裳和绸缎，并向他倾诉了自己的爱意，说出自己的名姓。姑娘叫田甜，家住南山里，姑娘长得越看越美，像月里嫦娥。郑宏欢喜地把她搂在怀里说："世上只有你长得最美，爱你爱到天荒地老！"田甜说："可我不是人，我是狼仙家族，异类怎能成为夫妻？"郑宏说完当天晚上拜了花堂。婚后夫妻和睦，妻子非常孝顺老娘。

再说那个地痞，打听来打听去，得知这个姑娘嫁给了郑宏，气得暴跳如雷，七窍生烟，发誓一定要报此仇，一心想把姑娘夺回来做小妾。

一天，郑宏卖柴回来，那个地痞领着一帮歹徒拦住去路。地痞问道："姓郑的，识事的把你媳妇让给我，写下休书，咱们一事了，百事无，你卖你的柴火各不相扰。不然让你死无葬身之地！"郑宏说你就是打死我，我也不会让给你的。地痞一声令下："给我打！"歹徒们棍棒齐下，将郑宏活活打死，装进口袋里，扔进大河里。

田甜见丈夫一夜没回来，她到处寻找，找遍了方圆百里，毫无踪迹。她伺候完婆婆仍然坐在家门前，盼着丈夫回来，也不知过了多少个春秋，渐渐变成这块狼石。

讲　　述：李铁华　女　60 岁
记　　录：颜晓郁　女　36 岁　大专
采录时间：2007 年

故事

姑

巧媳妇戏斗大烟鬼

下坎赵顺嗜赌如命，成年在外头耍钱，输得家里一贫如洗。妻子田妹整天以泪洗面，经常自言自语嘟囔说：“这日子没个过，摊着这样老爷们，有他不如没他，要么就死在外面……”

要说田妹个头模样百里挑一，心灵手巧，贤惠能干，做得一手刺绣好活，绣出来的花鸟虫鱼活灵活现，绘出来的山水人物栩栩如生。每到集日，她背着四岁男孩铁柱去赶集，将绣出来的枕头、手巾、围裙、门帘、花鞋等手工艺品，摆在市场上，被抢购一空。

赵顺输光了就回家管媳妇要钱，家里输得时常揭不开锅。田妹觉得日子太难熬了，不如一死了之，可又割舍不得孩子。为了把铁柱拉扯长大成人，没日没夜地干，家有半垧好地，白天下地种菜，夜里刺绣，孩子一吵饿，她就掉眼泪。不料她经常哭泣被一个大烟鬼听见了，正愁找不到替身呢。

一天夜里，田妹正在灯下刺绣，铁柱在梦中喊道：“妈妈，我饿!”接着吧嗒了两下嘴又睡着了，一想到明天早上就要断顿了，大人好办，孩子咋整呢？这样下去啥时是个头呢？不知不觉又掉下了伤心泪。她摩挲着铁柱的头，越想越觉得无路可走，便哭出声来，眼泪模糊了眼睛，绣花针不时地扎在手指上。

傍三更天左右，忽听房后有男人哭，哭得悲悲切切的，她操起烧火棍直奔房后而来，借着月光一看，是个中年人，刀条脸，骨瘦如柴，蹲在地上正在抽泣，便上前问道：“你是什么人？深更半夜地跑到我家房后啼哭？”那男人用袖子抹了两下眼泪说：“我是你们家邻居，听见你哭得很凄惨，非常同情，不免有些同感。随着你也就哭了起来。赵大嫂，有啥难心事这样悲伤？不妨告诉我，也许能帮上你啥忙……”

田妹一听，心里纳闷，这块就这么孤吊吊一家人家，后墙外是一片坟地，莫非是鬼？又一想，不管是人是鬼，看他能帮我啥忙？于是她就把一切苦衷都告诉了他。那男人一听哈哈大笑说：“赵大嫂，苦海无边，回头是岸，只有一死，一了百了，啥烦恼事都没了。”“大兄弟，说到死太难了，上吊、跳井、抹脖子太遭罪了，没法死呀！”“这有啥难的，当年我抽大烟，借财主不少钱，后来还不起驴打滚的债，吃了块大烟膏，啥账都没了，烦恼和痛苦自然也都消失了。”田妹一听，原来是个烟鬼找替身，心里有了数。

田妹装出一副为难的样子说：“大兄弟，说起容易，我们家穷成这样，哪有钱买大烟呢？”“赵大嫂，既然我说帮你，就帮到底，你先回屋等着，我给你弄一块去。”约摸半个时辰，大烟鬼回来了，不知从哪偷来像烟袋锅那么大一块大烟膏，递给了田妹，田妹接过大烟往嘴里一比划，佯做嚼了两口咽下去，其实一倒手就塞进袖筒里去了。烟鬼坐在一旁静等，半个时辰过去了，没有反应，田妹仍然坐在灯下绣着花枕头。烟鬼心想，兴许没犯药劲，又等了半个时辰，眼看天快亮了，田妹还那么精神，烟鬼没办法，只好一跺脚走了。

第二天夜里，大烟鬼又来了，见田妹仍然坐在灯下绣花鞋，走到近前说：“赵大嫂，看来你的抵抗力挺强，吃那么大一块烟膏没咋着，今夜我再给你弄块大一点的！”说完转身又走了，不到半个时辰，又偷来比鸡蛋黄还大一块烟膏，递给田妹，田妹接过烟膏上去咬下半拉，嚼了两口，乘烟鬼没注意，把嘴里那半块和手里的那半块都塞进袖筒里去了，佯做一闭眼咽下去。烟鬼见田妹到天亮还是没死，扫兴地走了。

到了第三天夜里三更天，大烟鬼又来了，拿来块像鹅蛋那么大块烟膏递给田妹说：“前两天夜里我也没太注意你吃没吃，今夜我得眼珠不错地瞅着你吃。”田妹一听，心里“格登”一下，看样今夜要糊弄不过去。她镇静了一下说：“大兄弟，别急，今夜吃了大烟再不死，我自己用刀抹脖子死。”大烟鬼一听，这才放下心来，便放松了警惕，把鞋脱了上炕等待。田妹心想，烟鬼呀烟鬼，我得跟你蹭时间了，耗到天亮我就算赢。烟鬼一再催促，田妹只推说：“快了，这对枕头绣完马上就吃！”

快到五更了，烟鬼迫不及待地让田妹吃，田妹点头答应说：

“大兄弟稍等，待我亲亲儿子再死！”烟鬼一想，人之常情，顺口答应说：“快亲吧！”田妹磨磨蹭蹭地来到铁柱近前，轻轻地在睡熟了的铁柱脸上亲了两下，抚摸着铁柱的头说：“儿啊，你好命苦啊，没摊着好爹，娘实在没办法了，只好弃你而去……”

烟鬼等得不耐烦了，凑到田妹近前说：“你在耍我，看来我不往你嘴里塞，你是不会自己吃的。”说着拿起烟膏就往田妹嘴里塞。田妹见事不妙，“呸”地一口吐沫，正吐烟鬼脸上，烟鬼倒退了好几步，田妹见烟鬼怕吐沫，也就不害怕了，撵着烟鬼吐。把烟鬼追没招儿了，回头吹了几口气，冷风煞骨。就在田妹一愣神工夫，烟鬼反扑过来。田妹镇静了一下，心想反正你怕吐沫，我就接着吐！

双方正在僵持不下，就听院外“咕咚、咕咚”响起了脚步声，田妹有了胆量，操起笤帚疙瘩就打，烟鬼也听见了脚步声，由远而近，烟鬼见事紧急，抹身就跑。

赵顺快进房门了，突然跑出个男人，追了几步没追上，回到屋里不问青红皂白，抓住妻子便打。田妹气急了，上去咬了赵顺一口，随后操起剪刀要自尽。赵顺见状傻眼了，急忙上前劝阻说：“孩子他娘，有话好好说，虽然我做对不起你们娘俩的事，可我还是爱你的呀，快把剪刀放下，这次你勾引男人我就不计较了。”“你放屁！刚才你碰见的是人吗？那是个大烟鬼，想抓我当替身，要不是你回来得及时，我死定了。”接着她就把近几天发生的事叙说一遍。顺手拿出三块大烟膏说：“你看，这都是大烟鬼拿来的，让我吞烟膏死。”田妹把烟膏递给了赵顺，赵顺接过烟膏看了看，还是半信半疑。田妹说：“你要不信，烟鬼的两只鞋丢这儿了，我拿给你看！”

田妹从地上捡起烟鬼的两只鞋递给了赵顺，赵顺借着灯光一看，原来是黄表纸糊的，非常后怕，悔不该把老婆孩子扔到家里不管，又把家里输成这样，拿过蜡灯想把烟鬼的鞋烧掉，田妹急忙上前拦阻说：“慢着，明天烟鬼必来讨鞋，让你看个究竟，好还我的清白……”赵顺觉得无地自容。

果不其然，第二天夜里，烟鬼进屋就给夫妻俩跪下说："大哥大嫂，我错了，邻居住着，我不该抓嫂子当替身，人鬼邻居之间也要和睦相处，互相帮助，我也想好了，以后不想再超生了，生前做错了事，死后不该再糊涂了。求求大哥大嫂把鞋还给我，我就这么一双鞋，过几天我要到朋友家做客，光着脚咋去呀?"赵顺说："既然是邻居，以后就别干对不起邻居的事，再听说你抓替身，我决不饶你!""不敢了！不过大哥我得劝你几句，以后不要再赌了，害得嫂子一边刺绣一边哭，我见她如此伤悲才钻了这个空子，幸亏嫂子没上当，才幸免一难。""你说的话挺在理，就信你一回，以后不赌了，有啥需要帮忙的地方尽管来找我。"烟鬼叩头谢恩，穿上纸鞋一抹身走了。

打那以后，赵顺真的不赌了，他把烟鬼偷来的三块烟膏一把火烧掉，男耕女织，日子一天比一天好起来了。

采　　录：崔艳杰

采录时间：2003 年

拆不散的姻缘

从前，在柳条边里这块儿，有这么两个员外，一个姓张，一个姓金，两个员外是最好的朋友，终日形影不离，吃酒对诗十分投机。为了表示以后永结盟好，便指肚结了亲：要是两家生的都是小子，便结为兄弟；要都是丫头即为干姐妹；如果一男一女，便匹配为夫妻。

可巧，张员外家生了个千金叫玉莲，金员外家生了个公子叫金顺，两个员外高兴得不得了，整天请友换客泡在酒海里。

光阴似箭，一晃十年过去了。忽一日，金员外暴病身亡，老夫人也一股火死去。偌大个家业落到金顺身上，怎奈金顺年幼不拿事，只好依靠丈人张员外。起初张员外真心实意地扶持未来的姑爷金顺，把一切家产都经管起来了。日子一久，亲家的旧日交情如泡沫一样渐渐地消失了。俗话说，客走茶凉。他对金顺也不像以前亲近和关心了，感情也一天比一天疏远了。后来越发觉得这门亲事不遂心。他心中暗想：不如先霸了他的家产，然后将女儿找一官宦人家，日后也好跟着沾点光。他就在村外盖了两间房，先把金顺打发到那里去读书看房，慢慢地再想办法辞掉这门亲事。一来二去，四五年光景过去了。他心里一合计，丑媳妇难免见公婆，退亲之事早晚也得和金顺说，何况女儿正当妙龄，又长得如花似玉，不能把好事弄耽误了。谁知和金顺一说，金顺宁死不退亲，跪在一边痛哭，一边苦苦哀求，他说："我和玉莲早就立下了山盟海誓，生死不分离。"张员外把眼一瞪说："不离？死活也得离！以后不许你再提这门亲事。如让我听见了，一顿乱棍把你活活打死。"金顺一听这话如从万丈高楼上失脚一样，立时昏倒在地上，书童金四急忙上前拍胸捶背，忙乎了半晌，他总算苏醒过来了，禁不住嚎啕大哭起来。

张员外也觉得于心有愧。又一想：世间哪有那么多讲良心的事，干脆一不做二不休，吩咐家人禁止金顺和小姐来往。他又把玉莲看了起来，不准她再和金顺见面。玉莲知道了退亲的事，愁得她整天茶不思饭不进，日久天长，忧郁成疾，求医讨药无济于事，玉莲小姐含恨一命归西。张员外和老夫人大哭一场，将女儿草草地埋在离金顺住处不远的一个地方。

金顺闻听此信，哭个死去活来，最后他把心一横，死活也要和玉莲在一起。他趁着夜里，撬开棺材，将玉莲尸体抱回自己卧房。然后又把坟按原样堆好。回来点灯一看，大吃一惊，尸体竟然和活人一样，脸蛋儿红扑扑的，如睡觉一般。

白天他把玉莲的尸体藏到被褥里，晚上他就和尸体睡在一起。不管死活总算能够在一起了。一日两，两日三，时间一长，没有不透风的墙，张员外知道后吩咐家奴把金顺吊打了三天三夜，又重新将玉莲的尸体装入棺材埋了起来。金顺咬着牙，冲着张员外的宅子愤愤地骂道："负义的老匹夫，等我伤好了非把你用刀剁了不可!"

他忍着伤痛，没日没夜地磨刀，一连磨了七天七夜，伤势也逐渐地好了。这一天，他想趁夜半更深，去刺杀张员外。刚要动身，忽听外面有人叫门："金郎开门!"金顺开门借着月光一看，是玉莲，他简直都不相信自己的眼睛了："玉莲妹妹，难道你我在梦中相见吗?""不！金郎，我已成阴人，是鬼魂和你见面呢。奴家念你太痴情了，不忍心弃你离去，明天夜里你将我的尸体挖出来，用刀尖在你的心口窝画个十字口，将你心口窝的血，滴到我的心口窝上，然后对我嘴使劲呼三口气，咱俩就能永远生活在一起。"金顺一听，立刻打消了报仇的念头，转悲为喜。

第二天，金顺老早就把一切准备好了，盼啊盼，可下子挨到天黑。他悄悄地把玉莲的尸体盗了出来，背回家里，按玉莲说的一一去做了，果然灵验。玉莲如梦方醒，揉了揉眼睛，一下子扑到金顺怀里。于是，两个人急忙收拾了一下，悄悄地离开了张家庄。

讲　述：白玉莲　女　60 岁
记　录：崔红来　女　28 岁　中学文化
采录时间：1990 年

绝路逢生

早些年，关东边里有个莫老疙瘩，财大气粗，拴辆大胶车，经常跑奉天（今沈阳），方圆百里也算首富。

一天，莫老疙瘩赶车来到一个集镇，打算歇歇脚，喂喂马，吃点东西。他刚把车停在街旁，附近一家饭店开张，鞭炮一响，马冷不丁一惊，放开四蹄在街上狂奔。事也该着，不远处有两个小男孩弹玻璃球，其中的一个小孩见事不好磨身闪在一旁，另一小孩躲闪不及轧个正着。莫老疙瘩也顾不得许多，好不容易把车刹住，回来再一看，小孩已被轧死了。

看热闹的，围得里三层外三层。工夫不大，孩子的父亲来了，此人外号叫马二邪，是本镇有名的泼皮无赖。他抱住儿子嚎啕大哭多时，站起身来问道："谁是车主?"莫老疙瘩跪在地上面带痛苦说："这位大哥，我是车主，实在对不起，万没成想出了车祸，小少爷的死，我也很痛心。大哥您看是公了，还是私了?""公了怎讲?私了怎讲?""公了您就报官，官家怎么处理我怎么领。要是私了，我将这挂马车和这车绸缎布匹赔偿给你，总算合情合理了吧!"马二邪把眼睛一瞪说："说得怪轻巧的，我也不公了，也不私了，今天我非叫这辆车从你身上轧过去不可，好给儿子抵命。"马二邪的一些狐朋狗友也跟着起哄说："一报还一报，你也叫车轧过去!"

马二邪顺腰里掏出把牛耳尖刀，在莫老疙瘩面前晃了晃说："看着没有，你要是不让车轧过去也行，我就慢慢地一刀一刀地割了你。"莫老疙瘩一看，跑又跑不了，讲理讲不通，报官府离得又太远，于是把心一横，干脆顶命就顶命，回头告诉跟车的说："莫痴，我死后，你把我的尸体拉回去，以后绸缎店的事你就多帮忙照应照应。"说完磨身对马二邪说："这位大哥，说话可算数?"马二邪点了点头说："算数!"莫老疙瘩又问："如果车轧过去不死呢?"马二邪不耐烦地说："少废话，不死算你命大。"莫老疙瘩往地上一趴，对跟车的说：“莫痴，操鞭子朝我身上赶吧！”跟车的不忍心，磨磨蹭蹭下不得手，马二邪急不可耐地上前抢过鞭子，照着辕马后胯狠狠地抽了一下子，辕马负疼拼命往前跑，眼见车轱辘就要轧到莫老疙瘩了，事也巧了，有块小饭碗那么大块石头硌在车外胶轱辘上，差点将车垫翻，等外胶轱辘落地时，车早已从莫老疙瘩的背上腾过去了。

莫老疙瘩闭目等死，等了半天没动静，睁眼一瞧，车又从自己身上过去了，就觉得脑瓜皮被车里胶轱辘刮一下，用手一摸，弄一手血。不知伤得啥样，心里又是纳闷又害怕。又一想，自己虽受点伤，有命在还算万幸。想到这，他拍了拍身上的土，叫莫痴上车，从马二邪手里接过大鞭，乐呵呵地赶着胶车回家了。

讲　述：张显方

记　录：师桂忱　36 岁　大学文化

采录时间：1999 年

狐女月仙

从前，在东北老山里住着这么娘俩。老太太六十多岁，做得一手好针线活，绣荷包、窗帘、幔帐、枕套，玲珑精巧。小伙子叫郎佳，年近三十，长得粗壮有力，常年以砍柴卖柴为生。娘俩的日子比上不足比下有余。

一年腊月廿三，老太太说："儿啊，今天过小年了，你到集上把这些刺绣品卖了，回来买点年货。"郎佳挑上柴火，带上刺绣品走了。到了集上把东西一摆，五颜六色的鲜亮极了，绣花鞋上绣的鸳鸯戏水、围裙上绣的双鱼吉庆，各色各样荷包就有十几种，手帕、枕套、门帘、幔帐上绣的花鸟虫鱼活灵活现。人们一抢而光，连柴火共卖十两银子。郎佳打算到杂货铺里买年货，扛着扁担刚走不远，就见拐弯处围着一堆人，到近前挤进人群一看，有个猎人牵着一只白狐狸在叫卖。狐狸左后腿有血迹，走路一拐一瘸的，看样子是被猎人用踩夹夹的。白狐狸一见郎佳前腿一跪不起来了，两眼还直掉眼泪。郎佳觉得有些跷蹊，莫非白狐狸通人气，求我救它？顿时起了怜悯之心，自己宁肯少买点年货，也要救它一命。于是他上前问道："老客，这只狐狸多少钱？"猎人端详了一下郎佳衣兜，心想，这小子兜里挺鼓溜，我得多管他要几个钱，就说："少十两银子不卖！"郎佳思忖了半天说："刚才你不是说五两银子就卖吗？这会咋又长价了呢？""你买不买？不买我马上宰了它，还不卖了呢。"说着就要动手，郎佳连连点头答应说："买买买，我买就是了！"

郎佳抱着白狐狸往家走，母亲老早接出屯外，见儿子只抱着只白狐狸，奇怪地问道："儿啊，咋没买年货呢？"郎佳就把所遇的经过叙说了一遍，母亲也没怪他，到家给白狐狸擦了擦伤口，找了块干净布包扎上了，然后让儿子把它放回老林子里。过后郎佳心里合计，离过年还有六七天，多砍儿挑柴火卖，也能挣出年货钱。原先是头午一挑卖钱，下午一挑留着自己烧，这回一天三挑。老太太心疼地说："儿啊，别累着，年节好过，多有多吃，少有少吃，身子要紧。""娘，放心吧，我年轻力壮，再苦再累也得让您老人家过好年。"

转眼到了腊月廿八，郎佳上午砍完两挑柴火还挺早。下午依着老太太就不让他上山了，可他非要上山打算多砍点。砍着砍着天就黑了，他拢好柴火，挑着刚要下山，就听身后有娇滴滴声音："恩公，请留步！"郎佳回头一看，是个如花似玉漂亮大姑娘，顿时愣住了：在这老林子里咋会有这么俊俏的女子呢？莫非是妖精？看她慈眉善目的样子不像坏人，便奇怪地问道："这位小姐认错人了吧？""没错，恩公的名字叫郎佳，对吧？我父亲让我来接您到家做客，放下柴火跟我走吧！"郎佳更加纳闷，经常在这一带砍柴，从没见有过人家！为了弄个水落石出，就跟她走一趟。

姑娘领着郎佳翻过两座大山，来到一个山坳里，在一片树林里有座青堂瓦舍大院落。进院一看，灯火通明，丫环婆子来往如穿梭。这时打上屋走出个白发白胡子老头，拄着拐棍，一瘸一点地迎上来，拉住郎佳的手说："恩公，快请！"郎佳搀扶着老头来到上屋，老头把郎佳让到上首坐下，然后跪在地上磕了三个头，郎佳急忙上前扶起老头说："大伯，快快请起！晚生可承受不起。您口口声声称我恩公，不知从何说起？"

白发白胡子老头打了个哎声说："你是我的恩公，就实话告诉你吧，我非是你们人类，是修炼千年的狐仙家族。只因腊月廿二那天，和一些仙友喝醉了酒，现了原形，我怕卧道出事，急急忙忙往家走，不料误中了猎人踩夹。廿三那天，你救的那只白狐狸就是我，现在我这左腿还在瘸着呢。你为我花了买年货的钱，我于心不忍，特此让女儿前去接你到家做客。"这时家人献上茶水，水果，点心，又闲唠了一会，丫环婆子摆上酒席，郎佳一瞧，嗬，山珍海味，热气腾腾，异香扑鼻，看得眼都直了，长这么大从来没见过这么丰盛的酒席，老头亲自把盏，一老一少，开怀畅饮。

两个人喝得挺投机，约摸二更多天了，郎佳起身告辞说："大伯，天色不早了，我怕母亲惦记，该回去了，改日再来叨扰。"老头摆了摆手说："恩公，已经晚了，再喝几杯，我已打发人给你母亲送信去了，不必挂念了。"郎佳只得又坐了下来，老头吩咐说："月仙我儿，过来给恩公倒酒！"就见接自己的那个姑娘打外间走了进来，借着灯光一看，脸蛋红扑扑的，眼睛水汪汪的，唇红齿白，头上环佩叮当作响，红衣绿裙，灯光一衬，真是绝代佳人，美如天仙。

姑娘给郎佳倒了几杯酒后，老头说："恩公，老朽无所可报，愿将小女许配给你为妻，不知意下如何？""大伯，这门亲事我是求之不得，不过我家太穷，怕小姐受苦。""恩公，不要过虑，嫁鸡随鸡，日子在人过，再说我家金银财宝无数，需要多少拿多少。""既然如此，恭敬不如从命！"郎佳说着急忙跪倒磕头说："岳父在上，小婿给您叩头了。""贤婿请起！天色不早了，早些安歇，明天让月仙陪你回家过年。"有丫环过来将郎佳领到西下屋，屋里又干净又舒适，他简直不相信眼前是真的，久久不能入睡。

第二天一早，月仙姑娘老早来到西下屋，叫醒了郎佳，附耳低言说："夫君，一会儿吃完早饭，我父亲要送给你一些金银财宝，你什么也别要，就要桌子上放的那个坛子，地上那双皮乌拉鞋，门后那根扁担，千万记住！"月仙嘱咐完转身走了。

吃完早饭，岳父说："贤婿，明天过年了，我也不留你了，也不能让你空手回去，仓库里有很多金银财宝和好东西，到了你们人间哪样都是无价之宝。"说着将郎佳领进了仓库一看，金光闪烁，什么稀奇的宝物都有。他在仓库里转了一圈，来到靠北墙桌子旁，伸手把坛子捧到怀里，从地上捡起那双皮乌拉鞋，又拿起门后那根扁担说："岳父大人，我就要这三样东西行吗？"岳父打了个顿说："唉，拿就拿去吧！已经答应你了，喜欢拿啥就拿啥。"郎佳拜别了岳父，领着月仙回家了。

两个人回到家后，老太太见儿子领回来个漂亮大姑娘，乐得嘴都合不上了。问长问短，烧火做饭，忙个不停。月仙也帮着忙乎，不一会儿水烧开了，一摸袋子里没米了，郎佳说："你们娘俩稍等一会，我到下院邻居先借点米，下午买回米来再还他们。"月仙不慌不忙地说："夫君，且慢，你把坛子拿过来，再找两个口袋，想吃啥就有啥。"郎佳将坛子递给了月仙，又从里屋找来两个大口袋。月仙说："你撑着口袋，我往里倒米，倒面。"说着捧起坛子拍了三下说："宝坛，出米！"只见坛子里淌出来白花花的大米，一眨眼工夫，口袋就满了。然后照着坛子又拍了三下说："宝坛，出面！"接着又淌出来一袋雪白雪白的白面。老太太乐得不知说啥好，儿子领家个漂亮媳妇，又带来个无价之宝，真是双喜临门，一家人欢欢喜喜过了个好年。

转过年来，郎佳和月仙选了个吉日结了婚，郎佳仍然干砍柴卖柴的行当。奇怪的是穿上那双皮乌拉鞋，行走如飞。用那根扁担挑柴火，就像挑两个棉花团，难怪岳父说，到凡间都是无价之宝。挑得多，走得快，一天能卖五六趟。月仙在家纺线织布，婆婆刺绣，从此不愁吃，不愁穿，没多久又盖了座四合大院，小日子越过越红火。

谁知好景不长，郎佳娶妻得宝的事，传到知府耳朵里。知府姓郑，是个贪财好色之徒，他费了好一番脑筋，想出个坏主意。派人半路上将郎佳抓获，然后将一桩破不了的盗案安在他身上，屈打成招，收监入狱。又以抄家搜赃为名，想抢人夺宝。郑知府领着人马来到郎家，进门对月仙喊道："这是郎家吗?"月仙一愣，回答说："正是，大人，什么事找到我家来了呢?""郎佳偷盗犯案，供认赃物窝藏在家，来人，给我搜！"月仙一摆手说："慢，大人。想是为了我和坛子而来吧？别急，我给你取来就是！"郑知府点点头说："聪明的绝代佳人，一点就破，识时务者为俊杰！那就快去取吧！"月仙捧起坛子拍了三下，嘴里念叨着说："毒蜂快快出来，狠狠地蜇他们一顿！"

话音刚落，大群毒蜂从坛子里飞出，见人就蜇。知府见事不妙，转身想逃，哪里跑得了，毒蜂越来越多，将这些人马团团围住，蜇得哭爹喊娘，知府疼得跪在地上求饶说："郎夫人，饶命！"月仙说："饶了你们可以，得赶快把我丈夫放回来！不然这种蜂毒性很大，没有我的解药，三天内必然死亡，快点滚吧！放了人才能给你们解药。”月仙说完，收回毒蜂，郑知府领着手下人连滚带爬地跑回去了。

一个时辰过去了，只见一顶轿子落在门前，两个衙役搀扶着郎佳下了轿，一直送到屋里。另一个衙役捧着扁担进了院，将扁担递给了月仙，跪在月仙近前哀求说：“郎夫人，开恩！现将郎老爷送回来了，请夫人拿出救命的解药，小人好回去交差！”月仙顺坛子里掏出两大包解药，递给衙役说：“记住，这药用水溶开，白沫外敷，黑沫内用。告诉你们大人，如再来骚扰，我就往你们府里再放毒蜂！”三个衙役连连应诺：“不敢了！不敢了！”吓得抱头鼠窜地跑了。

打那以后，为了躲避官府再来纠缠，一家人搬得无影无踪。据说搬到长白山那一带去了。

讲　述：孙善桂

记　录：关丽梅

采录时间：1998 年

猎人与狐女

从前，在老山里有这么母子俩，小伙子叫韩雪，常年以打猎为生，娘儿俩撵吃撵穿，日子过得紧巴巴的。

这一年腊月。眼见过了廿三就奔年关了，家里的年货还没影呢！韩雪说："娘，我到山上去转一圈，要是碰见个猎物，过年不就有着落了吗？"娘说："儿啊，去可是去，加点小心，要过年了，打着打不着早点回来。""娘，您放心吧，多则三天，少则两日就回来。"韩雪说完，背上猎枪，带上干粮，奔老山里走去。天快晌午了，连个山兔野鸡都没碰着，他啃了两口干粮，继续在老林子里转悠，太阳偏西了，还是没开眼，正在着急之际，就听旁边壕沟里有人说话："哎哟，谁这么缺德，把踩夹下到道上了，把我的腿都快夹断了，哎哟！疼死我了！"韩雪顺着声音一看。是个老太太，正用两手去掰腿上的踩夹，怎么掰也掰不开。韩雪急忙上前把踩夹卸了下来，扶起了老太太问道："大娘，您伤着骨头没有？""骨头倒没伤着。不过我这只脚不敢着地。你们这些猎人，一点不懂规矩，哪有把踩夹下到道上的。"韩雪一边给老太太揉腿脚一边说："大娘，这踩夹不是我下的，我从来就不挖陷阱，不下踩夹，只靠这支猎枪。"老太太瞅了瞅韩雪说："是不是你下的我不追问，反正杀人杀个死，救人救到底，你把我扶回家去吧！""大娘，您的脚不敢着地，还是我来背您吧。""那就太感谢不尽了。"

韩雪背起老太太，按着老太太指点的方向，走了一程又一程，天蚂蚱眼了，老太太说："放下我吧，到家了。"韩雪放下老太太，想坐下歇歇喘喘气，一回身老太太没影了，觉得有点奇怪。他打了个唉声，自言自语地说："唉，真不走运，白折腾一天，趁着有点月亮地，赶紧往回踅，省得老娘在家惦着。"他站起身来顺原道往回走，走着走着就麻达山，怎么也走不出这片林子。索性就在林子里过一夜吧，他抱着猎枪，依在一棵松树上睡着了。睡着睡着觉得身上暖呼呼的，睁眼一瞧，见自己身上盖了件狐狸皮大衣，再往旁边一看，有个女子蹲在雪地上。两手托着脸蛋，静静地凝视着自己。借着月光仔细一瞧，嗬，美如月里嫦娥一般，她是妖精，还是仙女呢？他想到这儿急忙收回目光，不敢正视，佯做没看见。就听姑娘说："恩公，我叫冬云，刚才您救了我娘，无以报答，娘让我来接您到家中做客，正好碰见您在这睡觉，怕您着凉，把大衣给您披上了。"韩雪摇了摇头说："小姐。区区小事，不值一提，半夜三更的不好打扰。""不嘛，如果恩公不赏脸，娘会怪我的。""既是这样，恭敬不如从命。"

姑娘领着韩雪来到一个山坳里。就见前面有一座青堂瓦舍的大院套，上下房里灯火通明，老太太早已迎候在大门外，笑吟吟地说："恩公，请！""大娘。您请！"娘儿俩把韩雪让到了上房，分宾主落座，老太太吩咐说："上茶！上果品！"工夫不大，两个丫环端上了水果和茶水，韩雪偷眼一瞧，丫环一个比一个水灵好看，看样子是有钱有势人家。吃了几个果子，喝了两杯茶，接着酒宴摆上。韩雪长这么大还没看见过这样丰盛的宴席，满桌子山珍海味。香气扑鼻。酒过三巡，菜过五味，老太太说："恩公，如不嫌弃寒舍简陋，就在这儿多住几日，叫冬云陪您玩一玩。"韩雪说："不了，大娘，眼看快过年了，娘还在家里惦记着，明天一早我就走。""既是这样，明天让冬云送您回家。"说说唠唠的，天也不早了，酒也喝好了。冬云陪着韩雪来到一个非常典雅的卧室，悄悄地告诉韩雪说："恩公，您就住在这吧，有事随时呼唤丫环们。待您明天走时，娘必问您要什么财宝，您什么也别要，就要墙上挂的那个小口袋和小竹筒，再就要那阵给您盖的那件狐狸皮大衣。"冬云嘱咐完了转身走了。韩雪被刚才发生的一切陶醉了，心里美滋滋的，不知不觉地睡着了。一觉醒来太阳已经升起一竿子多高了，这时丫环们打来了洗脸水，梳洗已毕，酒菜摆上。韩雪觉得不怎么太饿，简单吃了几口，张罗要走。老太太说："恩公，我家金银财宝有的是，用多少拿多少，别见外，全当自己家的一样。""大娘，蒙您盛情款待，我就感激不尽了，不能让您老再破费了。""恩公，看您说哪去了，您啥也不要，老身心里过意不去。""既是这样，我就不客气了，我就要您墙上挂的那个小口袋和小竹筒，还有那件狐狸皮大衣。”老太太沉吟了半晌。说：“好吧，就送给您吧。”韩雪接过这三样东西，谢过老太太，由冬云引路，两个人回到了家里。

韩雪的老娘惦记着儿子，正在门口张望。一见儿子回来了，还领着个漂亮的大姑娘，乐得嘴都合不上了。问这问那，摸着冬云的脸蛋说：“这姑娘多俊，我要摊着这样的儿媳该多好呀，死也闭上眼了。对了，我给你们烧火做饭去。”冬云说：“娘，今天别做饭了，咱们包饺子。”“唉，孩子尽说傻话，咱这样人家上哪能吃得起饺子。”冬云拿过小口袋往盆里一抖落，眨眼之间变成一盆面，一磕打竹筒，又出来一盆肉馅。韩雪娘俩一下惊呆了，这可是千金难买的宝贝物件。要吃饺子就能包饺子，愿吃饼就打饼，得意馒头就蒸馒头，一家人欢欢喜喜过了个年。老太太抚摸着冬云的头说：“冬云呐，你要不嫌我们这个家。就给我儿子做媳妇吧。”冬云脸一红说：“娘，看您说的，只要您老人家不嫌我丑陋，我愿意伺候您到百年之后。”老太太一看有门，急忙张罗办婚事，既是媒人，又是主婚人，热热闹闹地结婚了。

光阴似箭，一晃三年已过，冬云生了个双胞胎一对大胖小子。一家人欢天喜地。正在高兴呢，突然有人敲门：“这是韩雪家么?”冬云大吃一惊，对着婆婆和丈夫说：“坏了，我娘找我来了。”急忙下炕开门，将老娘接了进来。老韩太太自然亲亲热热，问寒问暖：“亲家母来了，快上炕暖和暖和，看看您的外孙子长这么大了。”老太太板着脸说：“亲家母，别忙乎，今天我来有话就实对您们说了吧，咱们又不是外人。我们母子不是您们人类，是狐类。已修炼千年，成仙得道。只因那次我喝酒过多，踩中猎人下的踩夹，亏得韩雪相救，将我背回家去。无以报答，将小女冬云许给韩雪做三年夫妻，现在缘分已满，我把她接回去。”韩雪娘俩一听傻眼了。韩雪娘跪在地上哀求说：“亲家母，您就抬抬手，行行好，让我儿媳妇留下吧！千不看，万不看，还得看看您这两个外孙子吧。”老太太说：“不是我不开面，这是俺千年的家规。”冬云也跪在地上，鼻涕一把，泪一把地说："娘，您就可怜可怜我的婆婆和您的外孙子吧。等婆婆百年之后，孩子长大了，我一定会回到您老人家身边尽孝的。""不行，如果你不回去，我就处死你！""娘，您太绝情了，非要我跟您走，还不如把我处死，省得活着揪心。"老太太长叹一声说："真拿你没办法，为娘就免你一死，不过得把你的千年道行收回来，变成凡人。把你的皮大衣拿来！我把它烧掉。"冬云两手颤抖着把狐狸皮大衣递给了老太太，老太太从灶坑里抽出一把火，放上干柴，将皮大衣扔在火堆上烧着了。只见冬云就地翻滚，汗珠子像黄豆粒子似地往下淌。韩雪心如刀剜，想上前去扶冬云。老太太一摆手说："闪开！你一碰她会死的。"半个时辰过去了，冬云像死人一样，直挺挺地不动，老太太走到近前，掐掐人中，照着脑袋连拍三掌，冬云如梦方醒，翻身跪倒："娘，孩儿不孝，给您磕头了，报答您的养育之恩，望您老人家多保重！"老太太说："儿啊，你们好好过日子吧，我走了。"说完扬长而去。

从此，一家人过上了幸福美满的生活。

讲　　述：孙忠田
记　　录：孙宇策
采录时间：2000 年

货郎与蛙女

从前有个张货郎，光棍汉一条，靠卖些针头儿线脑儿为生，一年四季无论严冬酷暑，常年奔走在乡下。

这天，他走到一条大河边，突然发现有只像碗大的蛤蟆，“哇哇”叫着往后跳，不往前蹦，他觉着很奇怪。再仔细看看，吓他一跳，原来草丛里有条比茶碗还粗的蛇，正张着口把这只蛤蟆往肚里吸。张货郎麻利地抽出扁担，照准那蛇就往下夯，不料扁担被一块石头挡了一下，那蛇“哧溜”一声跑掉了。张货郎回头再看那只蛤蟆，只见它也不跑，两只眼睛不错珠地瞅着自己。张货郎自言自语地说：“可怜的小生灵，你还是跟我走吧，要不再碰见那条蛇，你就没命了。”说完把蛤蟆捧到货筐里，挑起担子又继续赶路了。

张货郎只觉得挑的担子越走越轻飘，走到天黑也没觉着累。他看天暗下来了，想找个地方过夜，可前不着村后不挨店，只好又走了一程。这时他发现不远处有座破烂的山神庙，心想：就在这儿将就一夜算了，于是就进了庙门。庙里一片漆黑，张货郎用火镰打着火，点起松明子四处一照，吓了一跳：满地尽是骷髅！他有心换个地方过夜，想想近处没地方去，只好硬着头皮住了下来。他把庙门用东西顶牢，靠着墙角铺上棉垫子，往那儿一歪就睡下了。半夜时分，“咔嚓”一声炸雷把他惊醒了。接着就霹雷闪电不歇气儿，把庙里照得通亮。雷声越来越紧，张货郎心里暗自琢磨：莫非蛤蟆是个精怪，做了坏事，要遭天谴了？如果真是这样，我把它送出庙门，雷一定会把它劈死。想到这儿，他把庙门打开，把蛤蟆送出了庙门。但过了好一阵子，不听有动静。张货郎心想，看来雷与蛤蟆毫无关系。再看那蛤蟆，正从外边往庙里蹦呢，张货郎忙又把它捧进了筐里。又过了一阵，雷停雨住。这时，突然从庙的东墙角发出一道蓝光，直朝张货郎射来。张货郎立刻觉得头昏眼花，出气困难。眼看他就支持不住了，突然从货筐里喷出一道白气，顶住了蓝光。两道光相持了半个时辰，白气渐渐弱下来。这时，突然又雷鸣电闪，蓝光也消失了。借着闪电的光亮，张货郎往冒蓝光的地方一看，大惊，有一条扁担似的大蜈蚣，正在蠕动。张货郎说：“孽种！看来庙里死的人都是你害的，今天看你还往哪里跑！”说着甩开扁担，使劲砸了过去，一下子打个正着。这条大蜈蚣翻腾了几下就不动了。他过去看看，发现墙缝里有东西，拉出来一瞅，是个小包袱，里边包的尽是金银首饰。张货郎想：这包袱的主人定是蜈蚣给害死了。我若不是筐里放出的那道白气相救，小命也得扔到这里，一担货物也得留给别人。正想哩，忽听身后有人叫他：“恩公，你真勇敢，为百姓除了一害。不要小看这只蜈蚣，它至少有一千年道行。要不是雷电威胁着它，咱都得死在这里。”张货郎回头一看，说话的是位少女，要多漂亮有多漂亮。他吃惊地问：“你是谁？”少女说：“我是你救下的那只青蛙呀。因为无法报答你的恩情，只有变成蛙女以身相许，愿烧茶煮饭伺候你。不知恩公意下如何？”张货郎愣了半晌才说：“虽然我救了你，可你也救了我呀！如果你不嫌我贫寒，情愿与你结为夫妻。”俩人就插草为香，拜了天地。

第二天，蛙女说：“咱俩既已成了夫妻，总得有个家呀。把那包首饰变卖了，买几间房子。再把蜈蚣的眼珠抠下来，那是无价之宝，留着以后用钱时再卖。”张货郎按蛙女说的去办，买了三间房子，又买了些用的东西，小两口恩恩爱爱过起日子。一天，张货郎卖完货刚进家，只见一条大蛇正要吞一只蛤蟆。他知道蛤蟆就是蛙女，拿起扁担上前去救，就听蛤蟆说：“张郎快走，不要管我！”这时，蛇也说话了：“货郎，前些时我在河边向蛙精求婚，它不答应，我要吞了它，不料被你给搅了。今天蛙精答应我的婚事便罢，如若不然，让你俩都死在眼前。”说着“嗖”的一下，将身子紧紧地缠在张货郎身上，还张口吸着蛤蟆，不让它跑掉。张货郎忽然想起自己腰里有把防身短刀，急忙将刀拔出，猛地扎在蛇肚子上。蛇疼得要逃窜，就听“哧哧啦啦”一阵响，肚子被刀破开。蛇滚在地上扑腾了一会儿，就不动了。蛤蟆又恢复了人形，变成蛙女，扑到张货郎的怀里流着泪说：“感谢你又救了我一次！两次救命之恩，今生今世也报答不完哪！”张货郎说：“患难夫妻，还说什么感谢报恩的话呢！算来咱俩也算为百姓除了两害，做了两件好事呀！以后只求日子过得安稳就好。”蛙女没有接腔儿，却岔开了话题：“蛇精的眼睛也是无价之宝，快把它抠下来，日后必有大用。”张货郎就把蛇精眼睛抠下，保存起来。

一年后，蛙女生了个胖小子，起名叫张贵，两口子爱如掌上明珠。

又过了二年，一天蛙女突然流着泪对张货郎说：“他爹，为妻要走了。我父母前几天催我回家，若再不走，父亲就会处死我的。我走后，你要好好照看孩子，让他好好念书，日后定会考取功名。”张货郎哪肯舍得让蛙女走呢，他们又来到那条大河旁，蛙女亲了亲孩子，转身跳进河里，一眨眼就没影了。蛙女走后，张货郎把蜈蚣精和蛇精的眼睛拿出来，卖了好多银子，盖了一座大宅院。张贵大了些，张货郎就按照蛙女的嘱咐，请了最好的教书先生，教孩子念书。

张贵聪明过人，十二岁中举，十六岁就中了头名状元。回家祭祖时，母亲没坟头儿，张货郎就领儿子到河边去祭。父子俩正哭哩，河水一翻花，蛙女从河里走了出来，还是那么年轻貌美。张贵不认识，张货郎一眼就认出是自己的妻子。张货郎拉着张贵的手说：“孩子快看，这就是你娘。”一家三口相见，悲喜交加，诉说离别之情。过了一会儿，蛙女要走，就嘱咐张贵说：“孩子，以后当官要清正，多为百姓着想。另外，你爹一个人孤单，叫他再续弦给你娶个后娘，到老了他们也好有个照应。以后，你们不要到这儿来找我了，我已搬到别处去了。”说完跳进河里就不见了。

后来张贵为官清廉，替百姓办了不少好事。张货郎又娶了个贤惠的妻子，老两口相互照应，安度晚年。

讲　述：孙忠田　记　录：孙喜臣

采录时间：2000 年

败子回头

从前，奉天城南有个程老员外，家里骡马成帮，牛羊成群，好地几百垧。老员外大半辈子只守一根独苗叫程世利，视为掌上明珠，要星星不敢给摘月亮。

星移斗转，岁月流逝，程世利不知不觉已经成年，媒人踏破门槛子，选了多少家闺女，终于娶了一位又漂亮又贤慧的媳妇。老员外高兴得胡子翘起老高，见人就夸儿媳妇聪明贤慧，街坊邻居也都夸程家娶了个好媳妇，一家人和和美美，倒也幸福。谁知好景不长，程世利喝酒赌钱老员外全然不在意，这一放宠，程世利更加放荡，天天抽大烟夜夜下窑子，整天泡在烟馆和妓院里。家人不敢向老员外说，外人更不讨那嫌，只瞒老员外一个罢了。老员外心里纳闷，这些日子少爷花钱花得太甚，干什么花的呢？于是他悄悄地跟进了城。到地方一看，大吃一惊，抽大烟下窑子，这还了得，这样下去孩子不就完了吗！老员外对儿子从来没责备过，这下可火了，把程世利劈头盖脑地痛斥一顿。程世利虽说不走正道，但对父母还是满孝顺的，跪在地上毫不隐讳地说："二老人家别生气了，我下妓院只看中了一位妓女叫秋菊，不但长得年轻貌美，心眼也非常好使，聪明伶俐，比我妻子强多了。她一心想要从良。让我把她赎出来做我的妻子。我答应了她。打算把妻子休回娘家，娶秋菊为妻。"老员外一听，摇了摇头说："我儿，既然你相中了妓女秋菊，我当老人的并不想干涉，不过妓女多数是水性杨花，怕是不诚实。依我之见，先试探她一下。如果她真心实意，我们当父母的成全你。""爹，您说怎么个试探法？""明天你去妓院，不梳头不洗脸，换上一身讨饭衣裳，她要问你时，你就说家里失火烧穷了，看她能不能再和你从良。""爹，您老人家的主意很好。明天试她一下，真的水性杨花，没有真心，以后我也就死心塌地，永不下妓院。""好吧，随你的便吧。"

第二天，程世利装扮了一下，来到妓院去找秋菊。一位叫春花的妓女说："秋菊正在接客呢，等一下就完事了。"等了半个时辰，秋菊扭扭捏捏地送客出来了，边走边娇滴滴地说道："王公子，以后你可常来哟，我的心早已给了你，你不能叫我失望……"程世利见此情此景，心里"格登"一下。等秋菊送走了王公子，刚返身回房去，春花过来说："秋菊姐姐，程公子来找你！""在哪里？""在门旁蹲着呢。"秋菊抬头一看，心里一怔，只见程世利满脸污垢，衣衫褴褛，样子十分寒酸。心里暗自合计，看样子程公子是败落了，这般模样怎能和他从良。不如不认，拒之门外，省得他与我纠缠丢人现眼，便说道："哪来的程公子，分明是又脏又臭的要饭花子，赶紧把他给我轰走！"程世利紧忙上前拉住秋菊的衣角说："秋菊妹妹，我确实是程公子，前几天你说我的门牙不好看，让我把门牙拔掉换两颗金牙，不是你陪我镶的吗？现在有金牙为证，不信你看！"秋菊恼羞成怒，上去就是一个耳光，嚷道："我要的是有钱有势的程公子，不要你这个臭要饭花子，快滚！"程世利一听抹身就走，回到家里放声大哭，悔恨自己上了妓女的当。哭罢，他擦了擦泪痕，把心一横，干脆给她个难看。于是他梳洗打扮，吩咐家人抬着给秋菊买的衣裳和首饰来到妓院门前。吩咐家人在外等候，独自进院来找老鸨子，并告诉老鸨子要见秋菊。老鸨子早就知道程世利是个富家浪荡子弟，不敢怠慢，急忙去找秋菊。工夫不大，秋菊笑嘻嘻地迎了出来，佯做惊讶的样子说："哟，我的程哥哥，你怎么好几天不来看我呀？都快要想死我了，快上楼吧！""慢，你来随我到院外看看，今天把我以前许给你的东西都带来了。"秋菊随着程世利来到大门外，程世利用手一指说："看，这就是给你准备的衣物和首饰。""那就快抬进去吧！程公子，你啥时能赎我出去呀？""贱货，险些被你骗了，我实心实意待你，你却嫌贫爱富，爱东西不爱人，丧尽天良！我赎你这忘恩负义之人有何用？我要在你面前一把火把这些东西烧了！也烧掉咱俩以前这段情。来呀！把那两箱子东西抬过来烧掉！"嗬，这两箱子衣物可非比一般，都是上等绫罗绸缎，贵重的裘皮大衣，价值千金。秋菊悔恨交加，羞臊难当，一头撞死在大门旁。程世利对老鸨子说："虽说负义之人已死，她的身价钱我包了。”说完拿出一包银子交给了老鸨子，长叹了一声，领着家人回走了。

打那以后，程世利把大烟也戒了，再也不下妓院了，人称败子回头了。

讲　　述：张玉田

记　　录：关丽梅

采录时间：1998 年

娄青学艺

宋朝末年，在娄家庄这儿有个秀才叫娄青。娄青虽然家业浩大，可他从不理家务，整天抱着书本不是看就是写。家里的一切事，都由妻子云面菩萨白香瑞支撑。要说白香瑞可真是个了不起的女流之辈，论模样，外人送号云面菩萨；论武艺，在江湖上很有名气；论文才，提笔成章。所以地方官吏不敢小瞧，毛贼草寇不敢骚扰，小两口的日子过得倒也安稳。不过娄青对妻子白香瑞整天练武感到厌烦，经常埋怨她不务正业，日子久了，白香瑞也就不计较这些了。

一天早上，白香瑞正在后花园里练武，忽听墙外有人嚷嚷说："老李，快走啊，听说今年娄家庙会可热闹啦，有大戏，有马戏，还有卖艺的……"白香瑞一听庙会这么热闹，心里有些发痒，急忙放下刀剑，来到内宅，对娄青说："呆子，我记忆不好，你也不想着点，今天是4月18日，赶紧收拾收拾，咱们逛庙会去。"娄青虽不想去，可又不好扫她的兴，只好按她的主意去办了。不一会，家人把马匹轿子准备妥当：娄青骑马，白香瑞坐轿，轻车熟路，七八里地不消半个时辰就到了。四面四台大戏，中间是马戏，旁边还有不少耍猴的、卖艺的、卖东西的，人山人海，摩肩接踵。人们正看得出神，突然人群一乱，打前面过来十多个贼眉鼠眼的家伙，手里提着鞭子和棍棒，瞅谁不顺眼就打谁，别处不去，专往妇女堆里乱挤，拥得姑娘媳妇东倒西歪。为首的那个家伙，歪戴着帽子，斜愣着绿豆眼，反穿马褂，露出毛乎乎的胸脯，手里拿着把绿绸扇子，拉这个姑娘一把，捅那个媳妇一下，吓得姑娘媳妇乱成一团。他往前挤着挤着，一眼看见了白香瑞：嗬，长得可真够漂亮的了，真如仙女下凡，呆呆地看了半晌方醒。他急忙向另个家伙递了眼色，这小子会意，照着娄青的马后胯就是一棒，马受惊往起一竖高，娄青一下子打马身上闪了下来，家人急忙过去拦住惊马，然后又扶起了娄青。白香瑞又生气又心疼地说："呆头呆脑的，连个马都骑不住，真废物。你坐轿，我骑马！”两个人刚换完位置，踢马的那个小子又凑了过来，刚一抬腿，被白香瑞手起一鞭子抽到脑袋上，疼得抱着脑袋转了好几圈跑了。为首的那个家伙还是不错眼珠地看着白香瑞，哈喇子淌了多长仍然不觉。白香瑞越看越生气，狠狠地吐了口吐沫，这家伙更绝，一歪头把吐沫接到嘴里咽了。白香瑞真想跳下马去撂倒他几个。可又一想不行，这里根本不是打仗地方，再说身上连块寸铁都没带，只好忍气吞声拨马顺轿而回。到家后，她对娄青说：“摊着你这样的窝囊废，这日子没个过，早晚得让人家欺负住。今夜我要去娄家庙找这伙贼寇算账，为这一方百姓除害。明天早上我要是回不来，你就别指望我了。逢年遇节的想着给我烧点纸。”娄青再三劝阻，可她就是不听。到了晚上，她换了身夜行衣，扎上暗器口袋，带了口柳叶单刀，气冲冲地走了。悄悄地来到娄家庙，四处看了看没有动静，翻身跃过庙墙，准备到上厢房抓个和尚问问贼人下落，找了半天连个人影都没有，转身刚要走，突然发现后庙堂有灯光，她悄足蹑踪地来到了窗前，轻轻地使了个鹞子翻身跳到了房檐上，接着又来一个倒挂金钩夜叉探海式，用舌舔破窗纸，注目往里观看。事也凑巧，屋里的人正是白天遇见的那个贼寇，地中放着一个长条桌子，桌上摆满了酒菜，几个家伙正在喝酒呢，就见为首的那个家伙说：“弟兄们，今天抓来的那些娘们我全不中意，就赏给你们每人一个。”“谢大哥赏赐！”“慢，白天遇见的那个小娘子看准是娄家庄的么？”“回大哥，没错，我们一直跟到她进庄子才回来的。”“好，她有地方就好办，明天早上就叫她变成我的身旁夫人，叫人头会这帮小子看看我二绝的本事……”没等二绝说完，白香瑞早就按捺不住心头怒火，从暗器口袋里取出巨簧石子，一扬手喝了声：“着！”嗖的一下子正打在二绝脑门子上，二绝一捂脑袋，喊了声：“不好，外面有人。”随后“噗”的一口把灯吹灭，有打窗户飞出去的，有从门蹿出来的，各拉腰刀佩剑，把白香瑞团团围住。二绝借着月光一看，来人正是白香瑞，在一旁捂着血葫芦似的脑袋说：“千万不要伤着我的娘子，谁要给我碰破皮，我就要谁的脑袋。”这些个亡命之徒哪敢不听，只是招架遮拦缠住不放。白香瑞将刀招一变，一刀紧似一刀，眨眼工夫撂倒两三个，可这帮家伙咋杀不退，反倒越战越勇。足足打了一个更次，白香瑞累得汗流满面，有些支持不住，不觉得心里有点发慌，稍一失神，被人家连环腿给绊倒了。二绝急忙过来把手下人喝退，上前抱住白香瑞的头说："我的心尖，摔疼了没有？这都是我的过错，一会儿我叫他们给你赔罪了。"说着话，二绝用嘴去吻白香瑞的嘴，白香瑞是个烈性女子，哪能容忍贼人这般污辱。心中暗想，我就是死了也要咬掉你一块肉，决不能白白放过你。想到这，她上去一口，把二绝的上嘴唇给咬下来一块。二绝疼得哇哇直叫，捂着嘴喊道："快，把这不识抬举的臭娘们给我砍了。"话音未落，刀剑齐下，可怜的白香瑞英明了半世，顿时化做南柯一梦。

自打白香瑞走后，娄青急得心如火燎，在家等啊盼啊，等到天亮也不见妻子回来。他急忙派家人前去打探，仍不见音信，急得直哭。过了两三天才听说，妻子白香瑞被贼头二绝给杀了。娄青哭得死去活来，一点主意也没有了，一心想死，哪知死也来不及了，突然家人慌慌张张来报："少爷，不好了，贼首二绝领着三四十人抄咱们庄子来了，少爷，您快躲一躲，留着青山在，不愁没柴烧。"娄青一想，死也没用，想办法报仇是大事。他慌忙带了些银子，选了一匹好马，顺着后花园角门子，悄悄地逃走了。

二绝进庄子后，见男人就杀，见女人就奸污，把个娄家庄折腾得乌烟瘴气。折腾完了，才发现娄青跑了，二绝急忙吩咐手下人追，务必斩草除根。娄青一口气跑出七八十里，见后面没动静了，这才松了口气。他边走边合计：告状吧，世道这么乱没人管；回去和他拼吧，一点本事没有白送死。怎么办呢？干脆，到深山老林里去访隐居的高人学艺，待武艺学成后，再报此仇也不晚。想到此，他信马由缰地奔老山里走下去了。走啊走，银子花光了就卖衣裳，衣裳钱花光了，又卖马，最后马钱也花光了。实在没着落了，他就想一死了事，解下腰带子，拴在一棵歪脖子树上，刚把脑袋伸进套里，带子就断了，抬头往树上一看，原来树上蹲着个须发皆白的老头，头戴一顶破草帽，穿着一身补丁摞补丁的杂色衣裳。左手提着杆小锄头，右手捋着长长的胡须，口唱着山歌：

铺着地，盖着天，
锄头小镐种庄田，
不讨人间烦恼事，
心静安然赛神仙。

唱罢，老头像一片落叶似的，轻巧地从树上飘了下来，他拍了拍娄青的肩膀问道："小伙子，有何为难着灾之事要寻短见呢?"老头这么一问，娄青心里更加难过，哭着把自己的遭遇说了一遍，老头听完，满不在意地说："我以为你有多大冤屈呢，只不过是一桩平常小事罢了。依我良言劝，随我种田栽树去吧，免得在世间招惹烦恼。"娄青寻思半晌，觉得无路可走，只好勉强跪在地上拜老头为师，师傅说："既然你拜我为师，我得看看你的决心怎样，先跟我走些日子山路再做道理。"娄青长这么大岁数从没干过活，饭来张口，钱来伸手，让他走山路比寻死还难。起初还勉强跟得上，后来鞋也掉底了，脚上长满了水泡，石头子路在脚下就像踩在刀尖上似的，要说师傅也怪，专往带尖石头上领。累了还不让歇，真赶上上刑一样。走啊走，足足走了一年有余，娄青觉得身上有使不完的劲，光脚走山路也不怕了。山路不走了，又让他提水浇树，这两个水罐可真够气人的了，不用说装水，空罐也够提的了，又厚又大，罐底是圆的，累了还不能歇，撂下就洒，一气就得提到地方，别扭劲就别提了。一晃一年又过去了，娄青身体练得非常健壮。师傅见他很诚实，非常满意，就把自己使的那对短兵器子母鸳鸯钺拿了出来，领着娄青到平坦空地上使了一回，然后对娄青说："孩子，你就学这种兵器吧！为师毫不保留地教给你。"娄青做梦也没想到，师傅竟是个隐姓瞒名的武林高手。他高兴得不知所措，跪在地上给师傅磕了好几个响头。打那以后娄青更加孝敬师傅了。虚心地学，认真地练。不到二年的工夫，把七十二路子母鸳鸯钺学得通熟。

一天，他忽然想起报仇的事来，跪在师傅面前放声大哭，哀求着师傅要下山报仇。师傅生气地说："孩子，你也不知天高地厚，凭你那一知半解，连你媳妇一半功夫都不到，还想报仇？再学几年再说吧！""师傅，您不答应我下山报仇，我死也不起来。"师傅无奈，只好答应了。临别时，师傅很不放心，把自己的看家宝贝梅花筒交给了娄青，并嘱咐说："梅花筒是一种最厉害的暗器，只要一按绷簧，里面喷出一股毒气，将人立刻熏倒，这种暗器不到万不得已时不能用。"师傅说完，又拿了二十两雪花白银，送给娄青做费用，娄青感激得掉下了眼泪，磕了好几个头，恋恋不舍地走了。一路上打了不少人间不平之事，结识了不少绿林好汉，眼见快到娄家庄了，他不敢轻易冒进，在附近的一家客店住了下来。探听了好几天，才听说，二绝占了庄子后，聚集了七八百人，烧杀抢劫无恶不作，把这一带百姓糟蹋苦了。娄青气得咬牙切齿，他急忙付了店钱，来到娄家庄门前，破口大骂，"杀不净的毛贼草寇，赶紧叫你家贼头二绝出来送死，就说仇家娄青搬他脑袋来了。"工夫不大，庄子里三声炮响，庄门大开，二绝领着五百小喽啰，来到庄前一字排开。他手握着一把铁扇子，笑嘻嘻地对娄青说："姓娄的，我正愁抓不到你，不曾想给我送上门来，去掉我一块心病……"娄青心中暗想，干脆，我也别费事了，用梅花筒把他收拾了也就省事了。想到这儿，伸手一摸暗器口袋，坏了，梅花筒不知什么时候丢了。原来他在半路住店时，不住手地摆弄梅花筒，一下子被二绝手下党翼夜入万户神偷手侯天禁看见了，趁着他睡觉时，悄悄地推开窗子偷走了。走时也没在意梅花筒丢没丢，还以为在暗器口袋里呢。他哪里知道，梅花筒早已落到二绝手里了。仇人见面也顾不得许多了，摆动子母鸳鸯钺直取二绝，二绝急闪身躲过，两个人改招换式打在一起，大约打了有三十多个回合，未分输赢，二绝偷眼一看，娄青的鸳鸯钺功夫确实受过高人指教，心里暗暗称奇。打着打着，二绝心里一合计，干脆别费事了，用梅花筒早点把他打发了也就去根了。他刚掏出梅花筒，还不等使呢，娄青眼快，看见二绝使的是自己的梅花筒，也来不及多想，抹身就跑，二绝领着人随后就追，穿山越岭，不知跑出多远。眼见太阳偏西了，突然一道涧拦住去路。不知多深，一眼望不到底。往回来吧，二绝领着喽啰们从后面已经兜上来了。怎么办？大丈夫宁死不辱，娄青把心一横，眼睛一闭，一纵身，跳进了无底的深渊里。人不该死终有救，要不是被一棵小树搪了一下，非粉身碎骨不可。他被摔昏了，不知过了多久才醒过来。他四周望了望，吓，这里又是一番天日，古树参天，草绿花鲜，狼虫虎豹成群，满山鸟雀乱飞，可就是出不去。他心里一琢磨，既然没摔死也就不死了，就在这块修仙了。这个地方还真不错，渴了喝口清泉水，饿了采些野果子充饥。没事了就练投石头打野兽，打着野兽用山石取火烧着吃，不到半年工夫，手法练得百发百中。奇怪的是就野猪打不住，他仔细注视猪的行动，只见野猪一有空，就将身子往对搂粗的大树上擦，擦得满身是松树油子。原来松树油子擦到身上发滑发硬，所以刀枪不入。他挺羡慕这种功夫，于是他每天学着野猪的样子，光着膀子往松树上擦。

光阴似箭，转眼三年过去了。一天，突然从山顶上放下来一条探山铁链，突如其来的巧事，使他精神一振，顺着链子爬了上去。出了山涧后，见铁链拴在一棵大榆树上，树下放着一个葫芦，葫芦底下压着一张纸条，他拿起纸条一看，只见上边写道："我徒娄青，出山涧后，可速回娄家庄报仇，今夜正是好机会，葫芦里是梅花筒解药，见到梅花筒立刻毁掉，师云中剑侠。"

他望了望深不见底的山涧，想起了往日之仇，恨不得把二绝生吞了才解恨。等他回到娄家庄后，天已经黑了。真凑巧，二绝又抢来个漂亮的少女，威逼成了亲，远近占山的贼寇都来贺喜。里面正推杯换盏，吆五喝六地划拳呢，娄青悄悄地翻过庄墙，来到里面见人就打，一眨眼的工夫撂倒三四十人，顿时庄子里就炸锅了，打得正起劲，就听对面人有高喊："呔，哪里来的野人，竟敢在此撒野！"娄青抬头一看，认得，来人正是二绝，二绝可不认得娄青了，娄青掉山涧后摔得嘴歪眼斜不说，身上的松树油子也有一指多厚，腰扎兽皮，光着两只大脚丫子，没个看。娄青也不答话，抡拳就打。二绝见来人凶猛，料自己难以对付对方，急忙掏出梅花筒，对准娄青按绷簧，娄青没在乎，嘴里早已含上解药。二绝一愣神的工夫，娄青闯到近前，一把夺下梅花筒，“咔嚓”折为两截。随后使出独角龙的三腿，打得二绝口吐鲜血不省人事。刚要转身，只见一绿衣道姑，披头掩面，手使阴阳双剑一直奔娄青刺来，刺了几剑，娄青动也没动，连皮都没破。娄青骂了声：“你这杂毛道姑，也助纣为虐，让你瞧瞧我娄青三膀子的厉害！”随后闪电似地拍了她三膀子，这三膀子不知使了多大劲，把绿衣道姑打出二丈多远，摔成肉饼。娄青正打得起劲，觉得耳旁生风，稍一闪身，一把大酒壶劈空了，扭头一看，侧面闪出个醉道人，左手提着百十多斤重的大铁酒壶，右手拿着把宝剑，边喝边趺趺撞撞地打将过来。真别说，这小子挺有能耐，娄青这三腿三膀够厉害了，不但没打着他，反倒更凶了。娄青边打边合计，用什么办法来赢这个牛鼻子老道呢？他猛然想起投石头打野兽的功夫，他虚晃一招，跳出圈子外，顺地上捡起两块大石头，趁着醉人没提防“嗖、嗖”地投了过去，不偏不斜，打个正着，立时脑浆迸流。大小喽啰，贼头寇首，一哄而散，娄青仰天大笑，一把大火把娄家庄烧为平地。

讲　　述：孙忠田

记　　录：孙喜臣

采录时间：1988 年

朱元璋出世

安徽省凤阳县是明朝皇帝朱元璋的老家，至今流传着朱元璋出世的一段故事。

传说，朱元璋的老家有一个专门看风水的阴阳先生。这老先生看风水看得挺准，经他看过阴宅、阳宅的人家，出了不少大官。老先生名声越来越大，方圆百里求者不断。老先生挣了很多钱财，生活过得很是富有。他有三个儿子，在老爹的资助下，都分别盖了漂亮的深宅大院，小日子过得都很不错。可是都不知足，为啥呢？因为三个儿子都怨怪老爹，把好宅地都给别人家了，让人家出了大官，而自家人却没有一个当官的。

这些怨言渐渐被老先生知道了，便把三个儿子叫到面前，说："你们不懂，这阴宅阳宅的风水虽然很重要，但与人的命运也紧紧相连，再好的阴阳宅地，如果命运不好，也是不能当官的。还有，你的命运再好，如果不能把握好机遇，也是枉费的。我给你们盖的房子，风水都是极佳的，但你们的命运不太好，可是有机遇，就看你们能不能及时把握了。如果把握得好，咱家不但能出官，还要出大大的官啊。这里的道理太深奥，你们自己慢慢琢磨吧。机遇一旦到来，可千万别放跑了。"

三个儿子听了老爹的教诲，怨气消了，一心一意地等待着好机遇。

有一天，老先生又把他们叫到一起，说："机会来了，咱们村的东河有一条鱼，你们去把它钓上来。"三个儿子听了老爹的话，来到东河沟。可到跟前一看，因为天旱，河沟早干了，没有一滴水，怎能会有鱼呢？哥三个有点泄气了，想往回走，但老爹的话又不可不听，只好挑着渔竿，甩下渔钩，懒洋洋地轮班钓起鱼来。时值盛夏，烈日当头，火辣辣的太阳简直要把他们晒出油来。钓了老半天，也没见丁点鱼影。正当他们想要收钩回走的时候，突然奇迹出现了，干水沟里真的蹿出一条鱼来，大约二斤多重，张嘴就咬住了渔钩。这是一条红鳞鲤鱼，红红的鳞片在阳光的照耀下，显得金光灿灿，好看极了。哥三个高高兴兴地把鱼拿到老爹家中，心想，这回可要当大官了，先听听爹咋说吧，看来老爹真有能耐啊！现在哥仨对老爹彻底服气了。

可哥三个却没想到，老爹见哥仨钓鱼回来虽然也很高兴，可啥话也没说，就让三个儿子各回各家了。哥仨心想，看来钓上一条鱼只能出一个官，这个官老爹还说不定让谁当呢？那就耐心在家等着听信吧。

老先生看儿子们都走了，就让老伴炖鱼。鱼炖好了，老先生就一口小酒，一块鱼肉香滋滋地吃了起来。不一会，鱼肉全部吃光，光剩下鱼头鱼刺。老先生让老伴把鱼头鱼刺先给老大家送去。并特意嘱告，让儿媳妇吃。老伴有点不愿意去，就说："我说你这当爹的，哪有你这样的，把鱼肉吃了也就吃了，这破鱼头鱼刺还让给孩子送去，谁稀罕吃？我不去。"老先生急眼了，说："我让你去，你就得去，不去也得去。"老伴一看老头子急眼了，只好端起鱼头鱼刺给老大家送去。

老大正在家里等候好消息，却见老妈送来一盘鱼头鱼刺，心里老大不满意，就问："妈，我爹说啥没有？"老妈说："你爹说，让你媳妇把这鱼头鱼刺吃了，别的啥也没说。"

没等老大回话，老大媳妇一听就来气了，心说：这老公公真抠门，鱼肉让他吃个溜光，破鱼头鱼刺却送给我，就像我八百辈子没吃过鱼似的，这不是故意寒碜我吗？大儿媳一赌气，端起鱼头鱼刺又送到老二家，说是公爹让送的，特意给二儿媳妇吃的，说完撂下盘子就走了。老二也在家听好消息呢，一见大嫂送来鱼头鱼刺。两口子都来气了，心想，鱼肉准是让你们吃了，这当官的运气也都让你们占了。给我们送鱼头鱼刺，这不明摆着羞臊人吗？二儿媳妇一赌气，也没吃，转身就给老三家送去了。她到老三家说是公爹让送的，特意给三儿媳妇吃的。三儿子和三儿媳妇一听也很来气，心想，看来我这当官的指望一点也没有了，这老爹真是偏向啊！三儿媳端起盘子想摔，又转念一想，这鱼头鱼刺也能唆喽唆喽，邻居老朱家太穷了，可能不嫌弃，给他家送去吧，兴许能解馋呢！于是三儿媳妇端起盘子，把鱼头鱼刺给邻居老朱家送去了。

老朱家是村里最穷的人家，平日吃糠咽菜，一年到头，吃不到一点荤腥，一见有人送来鱼头鱼刺，满屋飘香，老两口就你推我让地吃了起来，不一会就把鱼头鱼刺吃个精光。这年老朱太太正好五十岁，不想吃了鱼头鱼刺竟然怀了身孕。这件事很快传了出来，看风水的老先生也知道了，他悄悄来到老朱家，要求和老朱头换老婆，并倒找老朱头一百两黄金。可老头和老太太说什么也不干，说我家虽穷，但我俩恩恩爱爱，高低不能分开。

老先生碰壁而返，回到家中当即就把三个儿子三个儿媳全部叫来，把他们一顿臭骂："你们这几个不孝孽子，这个想当官，那个想当官。可机遇来了，你们却把好运让给老朱家了。你们把我当初讲给你们的话都忘了。错过，错过，真是错过呀！"三个儿子不解其意，问老爹怎么回事。老先生说："这是天机，不可泄露哇。虽然好运没有落在咱家，但我也不能破坏人家的好运哪。如果那样，我就得损寿了。"

老朱太太十月怀胎，生下一个男孩，这个男孩就是朱元璋，虽然历尽苦难艰险，最后终于当上皇上。老先生的三个儿子儿媳这才明白当年老爹让儿媳吃鱼头鱼刺的含义，可悔之晚矣。因为老先生没有泄露天机，玉皇大帝给增了阳寿，活了一百二十岁才无疾而终。据说，朱元璋回乡祭祖时，还特地看望了这位老先生。

讲　　述：刘宝山　民间艺人
记　　录：刘　明
采录时间：2000 年

李大毡鞋绑鬼

早年，在东山里有个姜家集，街西头有个光棍汉外号叫李大毡鞋，好赌好色。

一天夜里，他输了个精光，想出来偷点啥。走到一个背胡同，突然从一个墙角处闪出一女子，轻飘飘地向前走去，借着月光仔细观看，就见那女子梳着披肩发，穿着件白大衫，身段苗条，走起路像风摆柳一般。李大毡鞋馋得直流哈喇子，在后面紧追，追了几步，那女子突然停了下来，李大毡鞋走到近前用手抓住女子肩膀往过一扳，女子转过脸一看，“我的妈呀！”吓一蹦跶，大声疾呼：“鬼！”只见那女鬼两眼突出，放出绿光，舌头吐出唇外，“嘿嘿”地冷笑了几声，对着李大毡鞋脸上吹冷风，吹得李大毡鞋直打冷战。李大毡鞋虽然害怕，乍着胆子，眼珠子一瞪，恶劲又上来了，上去给女鬼个大嘴巴，女鬼恼羞成怒，扬起钢钩似的爪子，照着他脸上抓来，他用手往上一迎，一下子把手背子挠出血，他觉得火嗤啦的疼，一甩手，将血甩到女鬼脸上，女鬼立时不动了，被血定住了。李大毡鞋将女鬼背回了家，绑到里屋桌子腿上。

李大毡鞋眼珠一转，想出个馊主意，他告诉街坊邻居说：“我捉了个女鬼，谁想看鬼花五吊钱。”没曾想人们好奇，都纷纷前来看鬼。李大毡鞋一看，这倒是发财好机会，价钱涨到十吊钱。日子一久，女鬼脸上落满了灰尘，李大毡鞋想给女鬼打扮打扮，给洗了把脸，换了身新衣裳，不料把脸上的血洗掉了，女鬼挣脱了绳子跑掉了。到了夜里，女鬼破门而入，摔盆砸缸，将整个屋里打个稀巴烂。把李大毡鞋的发财梦也砸烂了。

讲　　述：刘占一
记　　录：刘春丽
采录时间：2005 年

梦二先生

孟二上山砍柴，见一棵大树丫巴上吊着一只鹦鹉，仔细一看，原来鹦鹉腿上拴着根红绒绳缠到树上了。他想起昨天人们议论的事：东村王家小姐丢了一只鹦鹉，许下了诺言，有人找到鹦鹉，年轻女子拜为干姐妹，岁数大一点男人拜为干哥哥，年轻小伙子就许他为妻。孟二心想，该着自己捡了个媳妇。马上到东村去找王小姐，声称自己会做梦，只要失者遵守承诺，丢的东西就能梦着。王小姐当面应允，吩咐丫环找了间空房子让他做梦。工夫不大，孟二急忙跑了出来说：“小姐，我梦着了，鹦鹉在西南山上有棵大树上吊着。”王小姐领着丫环们到那一看，果然不假，派家人上树解下鹦鹉，当时和孟二许下终身。

孟二梦见鹦鹉的事传开了，人们送他个美称叫“梦鹦”，这下可不是以前的孟二了。人们把他能梦见丢失东西的事吹嘘得神乎其神。

一天，来了个老头，说自己家老母猪丢了，肚子里怀着羔子，求梦鹦给梦一梦，梦着给半拉猪价。孟二心里没底，推托说：“这几天身体不适，去不了。”妻子王小姐说：“乡亲们信任，就是有病也得去！”妻子说话他不敢不从，只得跟那人去梦猪。到那家吃完晚饭，找了个空屋让他去梦。半夜没了主意，如果到天亮就露馅了，不如走为上策，打开后窗户悄悄地逃走了。跑到一片苞米地，一下绊了个前趴子，只听地上“哼哼”了两声，借着月光一看，是老母猪下羔子了。孟二这下心里有了底，悄悄又回去了，天没亮就把主人叫起来了，得意地说：“东家，老母猪我梦着了，在前边苞米地里下羔子呢。”家人到地一看，果然神了，把猪赶回家后，赏给孟二半拉猪钱。这下孟二更出名了。

不料这事传到县太爷的耳朵里，正好县太爷把大印丢了，派去一顶轿子去接孟二。孟二这下傻眼了，悄悄地跟妻子说：“以前我说我做梦准，其实我是蒙人。”他把以前做梦巧合的事叙说了一遍。妻子说："夫君，不要惊慌，镇静一点，窃贼听说你梦得准，不敢私藏，上轿你就叨咕，不是张三就是李四，都是家前庙后的人干的，只要我梦着他就是死罪，长脑袋的赶紧把印偷着交出来，我决不露出你的名字。"

孟二上轿就开始叨咕，两个抬轿的一个叫张三，一个叫李四，听孟二这么一叨咕，心里害怕，放下轿子，跪倒在孟二近前说："活神仙，都怪小人一时糊涂，偷了县太爷的大印，望神仙高抬贵手，饶了我们两个吧！""你们俩把大印藏哪去了？""就藏县衙后院书房里的房梁上。""好吧，只要你们自己不往外说就没事了！"

县太爷像接神似地将孟二接进县衙，摆了桌酒席，吃喝完了，找了间空屋子让他去梦。过了一个时辰孟二出来了，对县太爷说："大老爷，我梦着了，大印在书房里的房梁上。"县太爷到那一找，果然在房梁上。县太爷赏他白银五百两，并送他个美名"梦印"。

孟二回家后，妻子告诉他说："以后你逢人就说你的梦失灵了。也就没人再找你了。"后来人们叫他梦二先生。

讲　　述：张玉田

记　　录：岳　男　女　38 岁　中学文化

采录时间：2000 年

屠夫杀女

从前，有个屠夫叫刘三，家里三口人，老两口一个女儿，女儿名叫玉兰，年方二九，夫妻俩爱如掌上明珠。

一天晚上，刘三卖完猪肉往家走，半路上遇见一位姑娘，长得像朵鲜花，背着沉甸甸的包袱，戴着金耳环，金项链，金戒指，看样挺富有，心里起了贼心，便上前搭话问道："姑娘，独身一人行走，家里人能放心吗?""老大爷，你有所不知，我叫田小娟，因表哥结婚，父亲身体多病，走不了路，母亲在家照顾父亲，故而让我前去随礼。姑母家在杨家屯，初次来，不知杨家屯还有多远?"刘三眼珠一转说："杨家屯还有十多里地，天这么晚了，孩子，你就别走了，到我家住一宿吧，我闺女和你一般大，正好是个伴，明天早上吃完饭让我闺女送你。省得走瞎道。"姑娘一听，老汉心眼挺好使，也没多想，跟着刘三去了。

到了刘三家一看，孤零零的一户人家，三间正房，东西各两间下屋。刘三急忙招呼女儿玉兰出来，玉兰接过姑娘的包袱，把姑娘让进屋去。刘三又吩咐老伴烧火做饭。

田小娟和玉兰非常投心，像亲姐俩似的，唠不完的嗑，说不完的话，晚上姐俩要在一个被窝里睡，玉兰睡左边，田小娟睡右边。到了深夜，玉兰姑娘发出了阵阵鼾声，田小娟觉得好奇怪，为什么老两口不上炕睡觉呢?就听老夫妻俩嘁嘁喳喳说话声："你下手时必须看准左右，别让女儿知道了，干净利落些!""老伴，你就放心吧，咱闺女睡左边，她睡右边，我领来时没人发现。"说着就听屠夫"嚓嚓"磨刀声，田小娟发觉自己误上贼船，进退两难，想走走不了，不然就得挺脖子挨刀。情急之下，心生一计，将正在熟睡的玉兰姑娘从左边换到右边，然后用被将脑袋蒙上。

到了三更天，刘三进屋，掀起左边被子，手起刀落，将姑娘人头砍下，老两口将死尸拽了出来，用麻袋装好，背到一个山沟里，挖了个坑埋了。

刘三回来后，准备清理一下血迹，点着灯一看，被窝里空了，他立时脑袋“嗡”地一下，觉得事情不对，急忙跑到山沟里挖出尸体，点着灯一看，正是自己女儿玉兰，痛心疾首，放声大哭，恨不得生吞田姑娘。夫妻俩分头去追，追到天亮不见踪影。老两口怕事情败露，准备远走高飞。刚一出门，衙役们堵个正着，将老两口抓捕归案。

讲　述：王　义
记　录：王　华
采录时间：2005 年

占鬼便宜

从前，有这么个光棍汉外号叫周大赖。周大赖不但抠得要命，偷铁锹，拔烟袋锅，抓鸡摸鸭子啥坏事都干。买一个鲜瓜得先尝人家两个，屯子里人们没有不烦他的。

日子一久，周大赖的两间小草房年久失修，被雨浇塌了。没办法，只好走哪睡哪，街坊邻居一合计，这小子在屯里住是个祸害，不如借此机会把他整走。于是给他出了个主意说："老周，屯西那片乱坟岗子边上有个看坟小屋，近几年来没人住，你去住最合适。"

周大赖一想，这倒是件便宜事，收拾收拾搬了进去。可他常听说这片坟地闹鬼，也想看看这鬼到底啥样，一连住了多少天，没啥动静。一天，坟地里抬来一口大棺材，没下葬，他便打起棺材里面的主意来。到了夜间，他悄悄地撬开棺材盖，点着油灯一照，除了一具女尸外，什么都没有。就见女尸衣服上的纽扣挺新鲜，尽管女尸衣服不能穿，可这纽扣谁都可以用，便找了把刀子割了下来，拿回屋去，以为没人理会这点事。

当天夜里，周大赖睡得正香，就见一女人蓬头掩面，走进屋里，指着周大赖说："周大赖，你赶紧把纽扣还给我，想占我鬼的便宜，我叫你日夜不得安宁，掐也得把你掐死！"说着用手在他身上使劲拧，疼得他嗷嗷直叫，身上起了很多大紫疙瘩。

一连几天都这样，他一想，活人怕吃亏，死人也怕占她便宜，干脆把纽扣还给她。到了晚上，把几个纽扣又扔回棺材里。以为这下没事了。哪知到了晚上女鬼又来了，站在门口说："周大赖，你以为纽扣还给我就拉倒了，咋割下来的咋给我钉上！"周大赖吓得不敢吭声。女鬼见他不回话，上前又是一顿掐，掐得浑身青一块，紫一块。周大赖急忙跪倒告饶说："姑奶奶，你回去吧！明天把纽扣给你钉上就是了，以后再也不敢占便宜了。"

第二天，周大赖找来针线给女尸的扣子钉上了。打那以后，女鬼再也没来过。周大赖也学好了。

采　　录：崔艳杰　采录时间：2005 年

柳春奇遇老龙王

有个秀才叫柳春，柳春不但才学过人，还有一身好武功。龙虎之年进京赶考，走到半路上腰里盘缠就花光了，索性把骑的马也卖了，步行继续往前赶路。

一天，他路过一片密林，突然打前边闪出一只老狼，一拐一瘸地奔他走来。只差五六步远，老狼往道中间一坐，张着大嘴，耷拉着舌头，两眼眯缝着，从眼缝里露出两道凶光。柳春吓一跳，立时头发茬子发竖，脊梁骨发冷。心想，这畜牲要跟自己过不去。又一转念，自己有满身武艺，怕它何来，何况还是个瘸狼，不需三两下就把它结果了。

柳春拔剑向老狼刺去，老狼不慌不忙闪身躲过，"噌"地一下，跳在一旁，按了按前爪，张了张嘴，在柳春身前身后来回绕。柳春一看，老狼不但不瘸，动作非常敏捷，想干掉这个畜牲不大容易。他提高了警惕，不敢大意，持剑与狼周旋。遛了几圈后，老狼猛然发起袭击，向柳春扑去，蹿蹦跳绕，忙乎得柳春眼花缭乱，筋疲力尽。心里正在慌乱，突然老狼靠在一棵大树下不动了，"呼呼"地喘着粗气。柳春也松了一口气，擦了擦脸上的汗，乘狼喘息之际，可一剑结果了它，哪料一剑刺去，老狼迅速一闪，宝剑扎在树上，拔剑的工夫，老狼扑了上来，正在危急一瞬间，只听"噗嗤"一下，一把利剑刺透老狼的喉咙，"扑通"一声老狼倒在一边。柳春回头一看，是个英俊少年。

那少年对柳春说："这位仁兄，你没事吧？"柳春急跪在地上说："恩公，救命之恩，如同再生父母，请受我一拜！""仁兄请起！出门在外难免有个马高镫短，这点小事切勿挂齿。以后走路小心点，咱们来日方长，再会！"那少年说完转身要走，柳春急忙上前拉住衣角说："恩公留步，恕我冒昧，高攀一步，想和恩公结拜为兄弟，不知尊意如何？""既然仁兄不嫌弃，兄弟我求之不得。"于是两个人互通名姓，插草为香，对天盟誓！少年说："柳大哥，咱俩既已拜了把兄弟，就没有瞒着的事了，我是东海龙王的三太子，在龙宫里太寂寞，背着父王出来游玩，不料却遇上了仁兄你，以后你就叫我龙兄弟。”柳春拉起三太子说：“我兜里还有点碎银子，咱俩找个酒馆喝几杯。”

哥俩往前又走了一段路，遇到一家酒馆，要了四盘菜一坛子酒，两个人喝得好不痛快，三太子说：“仁兄，现在离考期还早，不如到我们龙宫里玩几天，游一游我们水晶宫的景致。”“龙兄弟，我是肉体凡胎，怎能进得去龙宫？”三太子顺怀里掏出个珠子说：“这个不难，你把这颗避水珠含到嘴里，趴在我背上，闭上眼睛，我不叫你睁眼，千万别睁眼，不需半个时辰就能到东海。”

柳春趴在三太子背上，就听耳旁风声“呼呼呼”山响，大约半个时辰左右，风停了，三太子说：“仁兄到了，睁开眼睛下来吧！”柳春睁眼一看，茫茫荡荡的东海，一眼望不到边。三太子拉着柳春往海里走，只见海水自然往两边分。一袋烟工夫到了水晶宫。

三太子领柳春进了龙宫，柳春眼神就不够用了。常听老年人讲过龙宫，可谁也没见着。今日一见大开眼界，比皇宫华丽辉煌，雕梁画栋，飞檐走壁，斜山吊角。虾兵蟹将迎请恭候。三太子拐弯抹角来到自己寝宫，吩咐蚌女，排摆酒宴，蚌女不敢怠慢，里里外外忙个不停。工夫不大，酒宴摆上。柳春长这么大从没见过这么多的山珍海味，美酒佳肴，不知不觉兄弟俩喝得酩酊大醉。醒来已是第二天上午，龟丞相传旨，召三太子上殿见驾。三太子急忙更衣换帽，跑上金殿去见老龙王。老龙王捋着胡须问道：“我儿，这几天不在宫中你到哪里去了？”三太子不敢隐瞒，就把出宫游玩，救了柳春的事情经过叙说了一遍。老龙王把脸一沉说：“孽障，你可知罪么？”“孩儿知罪！”“孤王本该罚你面壁七七四十九天，念你一片善心救人有功，将功补罪，下次再犯，决不轻恕！宣柳春上殿！”

柳春被带到金殿上，急忙跪倒：“父皇在上，儿臣见礼！”老龙王见柳春一表人才，心里非常喜欢，摆手说：“平身！柳春，你可知凡人进水晶宫都得处斩！朕念你是三太子的义兄，免去你的罪过。今天打发你离开水晶宫，一会让丞相领你到库房去取些财宝、珍珠玛瑙，钻石猫眼，任你随便挑选！”柳春再次跪倒磕头说：“父皇，儿臣打扰龙宫已过意不去，岂敢收受财宝？再说儿臣对财宝视为粪土，身外之物还是免了吧。”老龙王心里暗暗佩服，点点头说：“朕很喜欢你，封你为御儿干殿下！”“谢主隆恩！”“既然财宝不动心，我这有两名侍女，随你选一位。”柳春张嘴刚想拒绝，三太子在一旁递了个眼色。柳春会意，“谢过皇上！”他来到侍女近前，见两个侍女花容月貌，美如天仙，一个穿红，一个穿绿，看了看绿衣侍女，脸上冷冰冰的面带杀气，令人难以接近。再看红衣侍女，笑容可掬，温柔多情，还是红衣侍女正合自己本意，他向老龙王说：“父皇在上，儿臣选中了红衣侍女。”老龙王一摆手说：“红衣侍女，你就随干殿下去吧！”柳春给老龙王叩了三个头，领着侍女走了。

柳春刚走出不远，打旁边跑来一只小巴狗，虎头虎脑的，脖子上戴着一串铃铛，在身边跑来跑去，非常可爱。柳春一伸手抱起了小巴狗，连连亲了好几口，侍女急忙上前拦阻说：“干殿下，快放开，这是小公主！”柳春一愣：“怎么，它是小公主？”侍女急忙施礼说：“公主千岁安康！”小巴狗“汪汪”地叫了两声。柳春急忙放下小巴狗说：“对不起公主妹妹，哥哥实不知是妹妹，失礼了，望妹妹海涵。”小巴狗“汪汪”地叫了几声跑远了。侍女说：“公主顽皮，时常变成各种动物玩耍。”

两个人说着离开了水面上岸，侍女从怀里掏出一本书交给柳春说：“殿下，恕我不远送，你选中我，我只能送你一程，赠你一本书，这是本天书，能助你考上头名文状元。如果你选中绿衣侍女，也是同样，送你一程，赠你一本天书，天书助你能考上武状元，祝殿下前程似锦，保重！”说完飞进水中不见了。

柳春站在东海岸边　呆呆发愣，上京城往哪个方向走，路有多远，想问问路，连个人影都没有，怎么办呢？正在发愁，三太子从岩石后边走了出来，急步上前拉住柳春的手说：“仁兄，小弟等你多时了，侍女送你，小弟未敢打扰，现在小弟送你上路，趴在我背上，闭上眼睛！”柳春就觉得风声一阵紧似一阵，将近一个时辰，风停了，下地睁开眼睛一看，离京城不远了，影影绰绰望见了城墙。三太子说：“仁兄，离京城只有三五里路了，望仁兄多保重，早日金榜题名！咱们哥俩后会有期，再会！”说着腾云驾雾而去。柳春鼻子一酸，掉下了眼泪，望着远去的云彩连连招手，一直看不见了，这才往前赶路。

柳春进京后，找了家客栈住了下来，废寝忘食地攻读天书。离考期只有三天了，天书全部学通了，心想干脆烧了算了，反正也没用了，刚点火要烧，门外有人喊道：“仁兄且慢！父皇派我收回天书！”随着话音进来一少女，长得像一朵含苞欲放的花骨朵。柳春吃惊地问道“你是何人？”“我是龙宫里的公主，也是你的干妹妹，你亲了我好几口却忘了？”“原来是妹妹，父皇让你来取天书，还有别的事吗？”“我想让你陪我玩几天，等你应试完了，咱俩一块回去。”“好妹妹，你可别闹了，赶紧把书送回去，免得父皇惦念。”“你亲了我好几口，白亲了？我要做你的妻子！”柳春拿她没办法，只好答应她留了下来。

到了考场，非常轻松地考上了头名状元。皇上见他才貌出众，派丞相提亲，招为驸马，柳春婉言谢绝，皇上一怒之下，给柳春三日限，同意招驸马加官晋爵。如其不然，打入天牢，秋后处斩。柳春回客栈跟龙妹妹一说，龙妹妹说：“咱兄妹俩找一个没人的地方，隐姓埋名，无忧无虑地快活一生。”于是二人连夜逃走了。

讲　述：刘占一
记　录：崔艳杰
采录时间：2004 年

狐小妹

从前，在柳条边里这儿有个樵夫叫秦富，常年以砍柴卖柴为生。家里三口人，妻子白玉娘年轻貌美，聪明贤惠，会做靰鞡鞋。秦富每天上街卖柴又卖靰鞡鞋。有个七岁男孩叫秦宝，天真活泼可爱。一家人的日子比上不足，比下有余，倒也幸福快乐。

一天，秦富过生日，临上山时妻子给他带了不少好吃的东西。他把东西放在山坡上的一棵大树旁，便砍起柴来。砍到晌午，肚子也饿了，来到大树旁一看，吃的全没了，他猜想，八成让野兽给吃了吧？也没在意。

第二天，秦富又把吃的放在大树下，可到了中午一看，吃的又不见了，一点痕迹也没留下，秦富感到很蹊跷了。一连多少天都这样，他决心要弄个水落石出。

这天，秦富带了块肉和几个馒头，照样放在树旁，但没去砍柴，隐在离大树不远处偷偷地窃视。到了晌午，突然发现从草丛里蹿出一只火狐狸，直奔大树下，去吃自己的馒头和肉。说时迟，那时快，秦富用绳子套住了火狐狸，捆了个结实，提着回家了。

秦富将火狐狸吊在柱子上，火狐狸瞅他直掉眼泪。秦富咬牙切齿地恨道："看你还偷不偷我东西吃了，我扒了你的皮做副套袖，以解我心头之恨!"说着取来尖刀就要动手，这时妻子急忙上前拦住说："孩子他爹，这只狐狸通人气，有灵性，你看狐狸知道要死都掉眼泪了，虽是哑巴畜牲，也是条生命，怪可怜的！吃你几顿饭，吃就吃了吧，何必杀生害命的，放了它吧！修好比做恶强。"秦富最信妻子的话，言听计从。也没答应，也没反对，默许了。妻子上前把狐狸解了下来，对狐狸说："火狐狸呀，再见到我丈夫离他远点，免得再伤着你。"火狐狸点了点头，抖了抖身上的毛走了。

事隔十年，秦富上山被毒蛇咬了一口，毒发身亡，白玉娘和儿子秦宝母子相依为命。秦宝已经长成棒汉子，他非常孝顺母亲，一边念书，一边砍柴卖柴维持生活。

一天，秦母过生日，秦宝去集市上给娘买些好吃的东西，回来时天已上灯了，好在有月亮地。离家七八里地时，道旁闪出位姑娘来，手捧木盒。秦宝立时一愣，莫非我遇上鬼了，乍着胆子问道："你是人是鬼?"姑娘微微一笑说："秦大哥，看你说哪去了，好端端的一个大活人怎么能说成是鬼呢。今天你娘过生日，送点薄礼孝敬她老人家。"

秦宝借着月光一看，真乃仙女临凡，从没见过这么漂亮的女人，可又不能轻信她是人是怪。秦宝推辞说："姑娘，萍水相逢，怎敢收受这么贵重的礼物？请姑娘收回吧！"姑娘往手里一递说："这又不是送你的，你不认识我，可你娘认识我，她老人家还救过我的命呢。你回家一提，她老人家就知道了。"秦宝半信半疑，收下礼盒，道了声："谢谢姑娘。"说完抹身回家了。

秦宝回家跟母亲一说，秦母想了半天摇了摇头说："没有此事，倒是救过一只火狐狸。"娘俩觉得这事是个谜。打开木盒一看，里面装满了璀璨的珠宝和玛瑙，娘俩大吃一惊，方圆百里没有这样富贵人家呀！

没隔几天，秦宝去集市上卖柴卖靰鞡鞋，回来时天已夜色降临，半路上又碰上那位姑娘，手提竹篮，娇滴滴的声音说："秦大哥，等你多时了，今晚上我想上你家去看望你娘，秦大哥能答应我吗?"秦宝一想，为了弄个水落石出，便点头答应姑娘的请求。

秦宝将姑娘领回家后，秦母见儿子领回个姑娘，长得如花似玉，高兴极了，不用问就知道是送自己生日礼物的那个姑娘。急忙沏茶倒水，上下仔细打量姑娘，问道："姑娘，家住哪里？贵姓芳名？府上都有啥人?"姑娘羞答答地说："恩人，实话告诉你吧，我叫狐小妹，并非你们人类，我是修炼千年狐仙家族，也是十年前恩人救的那只火狐狸。皆因那日家母过生日，自己贪杯现了原形，跑到人间玩耍，偷吃你家伯父的午饭被捉，幸亏得伯母相救，不然死于非命。"说着跪下给秦母磕了三个头。

秦母咋看姑娘不像狐狸变的，越瞅越美，喜欢得不得了，情不自禁地说："姑娘，你能留下来做我的儿媳妇吗？"狐小妹脸一红说："伯母，我就是来报恩的，侍奉你老人家百年之后。"秦母乐得合不上嘴了。

秦母买了座大院套，又买了十多垧地。选了个良辰吉日，张灯结彩，雇了好几伙鼓乐，吹吹打打，老亲少故，街坊邻居，送礼的，道喜的，婚礼办得非常排场。

事隔十年，狐小妹生了个男孩，已经四岁了，秦母急病去世了，夫妻俩悲痛万分。料理完老人后事，狐小妹对秦宝说："秦郎，我对不起你，有件事始终没告诉你，在我和你成亲之前，母亲对我说：女儿，你要精心侍候恩人婆婆，等婆婆去世后，马上回仙洞，不然就会大祸临头。我本想尽心侍奉婆母，让她老人家长命百岁，你我也好长久地生活在一起。没曾想老人家这么快就离开人世了，咱们的缘分已尽，我只好走了！"秦宝抓住狐小妹的手泣不成声，哭了一阵子说："贤妻，说什么我也不能让你走，要死我们三人死在一起！"说完二人又抱头痛哭。

当天夜里，狐母派一只小狐狸来接狐小妹，狐小妹知道自己不走不行，望着床上睡熟了的丈夫和孩子，心如刀绞，哭得死去活来。

第二天早上，秦宝猛然醒来，发现妻子不见了，他明白了一切，十年的夫妻恩情，一夜之间化为泡影。于是他抱着孩子哭喊着来到和狐小妹相遇的地方，见到当年景象，无限悲伤，从日出哭到日落，嗓子都哭哑了，仍不见狐小妹的踪影。

这天，走过来个老婆婆，同情地问道："年轻人，何事如此伤感？"秦宝哭诉前情。老婆婆听罢，却拍手大笑说："说来也巧，我刚串门回来，没曾想碰见了姑爷。我是狐小妹的母亲，随我来吧！"秦宝转悲为喜，抱着孩子，随丈母娘去了。

穿山越岭来到一座四合大院门前停下了，丈母娘上前拍了三下门环，只听"吱呀"一声大门开了，跑出七个姑娘来，穿着打扮长相跟妻子一样，齐声喊道："娘回来了，想死我们了！"秦宝心里打开鼓了："哪个是妻子呢，咋不出来认我和孩子，难道她变心了？”丈母娘说：“姑爷，我这七个女儿长得一模一样，有时我也认不出来哪个是你媳妇。她不出来认你，我也没办法，你只好哪来回哪。要么你自己认，认错了你们父子就没命了。”

秦宝灵机一动，乘人不备，偷着咬破自己的手指，轻轻地往孩子脸上打两下，然后往孩子屁股上使劲抽几下，孩子“哇”的一声哭了，接着又拍了几下，嘴里叨咕说：“我打死你这个孽根，你娘心狠不要你，我也不要你了……”说着将孩子扔在地上。

狐小妹可沉不住劲了，急忙上前抱起孩子，一边哭一边擦孩子脸上的血。秦宝笑着说：“贤妻呀，莫要见怪，我使的是苦肉计，不然你不会出来的，孩子脸上血是我手指上的血。”狐母说：“刚才老身考考你，看你有没有这个心机，现在我把狐小妹还给你。不过你得把她身后腰间的尾巴剁下一半，还能陪你三年。”秦宝心一横，手起刀落，把狐小妹的尾巴连根剁了下来，狐小妹疼得就地翻滚。

秦宝一看傻眼了，跪在狐母面前哀求说：“岳母大人，快想个办法救救我妻子吧！”狐母为难地说：“办法倒是有，不过太难了。”“岳母大人，为了我妻子，油锅我都敢下！”“只需要一块人皮敷在她的伤口上，再喝一碗人血，方保无事。”

这时，狐小妹已痛得昏死过去了，秦宝没容多想，捋起裤腿，在自己腿肚子上割下一块肉皮，敷在狐小妹的伤口上，随后用刀在自己手腕子上扎了一刀，忍着剧痛将鲜血滴在狐小妹嘴里。

工夫不大，狐小妹醒了过来，狐母说：“我女儿失去了仙体，已成凡人，伴你白头到老，你一定要好好善待她！你们收拾收拾回家吧！”

夫妻俩跪在地上给狐母磕了三个头，抱着孩子回家了。

讲　述：朱雅清　女　58 岁
记　录：房振林
采录时间：2004 年

瞎子破案

从前，有这么个赵瞎子，五十多岁，光棍一个人，常年以卜卦为生。虽然他眼瞎，可心却不瞎，靠听觉能辨别出男女，生人熟人，多大岁数，一搭话就知道这个人是干啥的。整天走村串屯，没有固定住处，走哪住哪吃哪。

一天，他来到一家客栈投宿，老板说："先生，实在对不起，客房住满了官差和客商，只有二楼还剩半间闲房，如不嫌弃你就住在那里。""谢谢老板，我有个地方住就行。"赵瞎子刚住进去，又来一个卖瓦盆的投宿，老板解释说："客官，实在对不住，我们客房已经客满，还是到别处去吧！"卖瓦盆的哀求说："老板，行个方便，小人实在走不动了，哪怕住柴火房也行！"老板寻思了一会说："客官，我看这么着吧，楼上有半间闲房，只能住两三个人，刚才住进一个算卦先生，您要是不怕挤，就到那屋对付一宿吧。"

卖瓦盆的和赵瞎子见面挺投缘，互相一介绍，卖瓦盆的姓李，排行老二，人们叫他李二瓦盆。赵瞎子说："二兄弟，我出钱你跑道，下楼买些酒菜，咱哥俩喝点。""让赵大哥破费了，真不好意思。"说着接过碎银子下楼了。工夫不大，李二瓦盆把酒菜端了进来，两个人一直喝到二更天，撤下碗筷才睡觉。

傍三更天，赵瞎子想出外解手，披上衣服还没等下地穿鞋呢，就听对过房间"妈呀"一声惨叫，接着"咕咚、咔嚓咔嚓"几声响后，再也没动静了，根据声音断定，是一桩杀人案。如果喊人来，凶手会被惊跑。下楼报官，自己眼睛又看不见，深更半夜找谁去？再说报了官万一不是那么回事，非挨板子不可。

赵瞎子灵机一动，想出个办法来，他穿上鞋，摸着瓦盆就往走廊撇，"乒乓""噼里啪啦"撇得正起劲，李二瓦盆被惊醒了，急忙下地拦住赵瞎子说："赵大哥，你疯了，为啥砸我的瓦盆？"赵瞎子左手一把抓住李二瓦盆的衣领，右手"乒乓"给李二瓦盆两个嘴巴说："你他娘的没安好心，把盆放在道上了，害得我绊了个筋斗，没找你算账，反倒来问我，我全给你砸了!”说着继续往出撇。

李二瓦盆心头火起，揪住赵瞎子头发连踢带打，赵瞎子被打得“嗷嗷”直叫，把楼上楼下的客人都惊醒了。来到出事地点一看，是个三十多岁的汉子，打一个五十多岁的瞎子，人们感到不平，上前七手八脚地给拽开了。客栈老板谴责说：“卖瓦盆的，我好心给你找个地方住，你因啥打人家呀?”“老板你看，他无故把我的瓦盆砸了，家里还等着我卖盆买米下锅呢，这下全完了。”“老板，他说谎，我出去解手，不小心绊在瓦盆挑子上，我说赔他钱，他不容分说，抓住我头发就打。”说着他摸了摸腰，突然放声大哭：“不好了，我的钱袋不见了呀……”

这时底楼住的那几位差官也上来了，问道：“这位先生，你的钱袋啥时丢的，里边有多少钱?”“我的钱袋是刚才他们拉架时丢的，里面有五百铜钱，各位客官行行好，帮我找找吧，不然我就没法活了。”有个捕头在一旁吩咐说：“在场的人谁也不准走动，挨个给我搜!”几个官差仔细搜了一遍，啥也没搜着。捕头说：“先生，如果你无中生有，诬赖好人，可要坐牢挨板子的。”“差官老爷，小人决不敢妄言，确实钱袋丢了，乘着客人不缺，各回各的房间，在楼上各屋里找一找，没藏在身上，就藏在房间里。要是搜不出来，小人宁肯跟你们去坐牢。”

几个官差搜来搜去搜到对面客房里，发现床底下有个大柳条包，打开一看，是具死尸，已被大卸八块。杀人凶手抹身想逃，官差手疾眼快，抢上前去，将铁链套在凶手脖子上。捕头吩咐官差押着犯人，抬着尸体归案。并且把赵瞎子和李二瓦盆也带到公堂做证。

原来杀人凶手叫路文友，被害者叫李永和。两个人是要好朋友，常年以贩卖古董名人字画为营生。前几天收购来一张唐伯虎字画真迹，两个人卖了一大笔钱，准备到客栈里半分。不料路文友此时起了歹心，夜间乘人们熟睡之机，抽冷一斧子将李永和砍死了，然后大卸八块装进柳条包，打算天亮把柳条包弄走，再消尸灭迹。

第二天早上，一行人等来到县衙大堂上，县太爷先审理了赵瞎子和李二瓦盆打仗原因。赵瞎子就把为了抓住杀人凶手，故意摔瓦盆子引李二瓦盆跟自己打架，来稳住杀人凶手。装做钱袋丢了，让差官到各房搜钱袋，借机抓住杀人凶手的前因后果叙说一遍。县太爷手捋胡须点点头吩咐说：“胡师爷!”“在!”“这位先生是个残疾人，能够见义勇为，精神可贵。去账房取一百二十两银子，赏给赵先生一百两。赔李二瓦盆二十两盆子钱。”“是!”李二瓦盆这才明白赵瞎子砸瓦盆的用意，羞愧难当，早知道是这样，不该使劲打他。应该帮他抓凶手才对。

县太爷一拍惊堂木叫道：“带杀人犯!”话音未落，几个官差推推拥拥将路文友带上堂来。县太爷问过姓名住址，又拍了一下惊堂木说：“路文友，杀人证据确凿，识时务赶紧招供，免得皮肉受苦，不然我这几丨种大刑挨样尝尝?”“大人我招，我全招!”路文友供认不讳。当即画押，打入死牢，秋后处斩。

后来赵瞎子买了三间草房，娶了个老伴，改行说评书了，再也不四处奔波算卦了。

讲　　述：朱雅清
记　　录：孔庆宁
采录时间：2004 年

李老二钻坛子

清初，奉天城里来了个变戏法的，名叫李老二，五十多岁，衣裳褴褛，满脸污垢，整天蹲在街头摆摊卖艺，一会儿吞剑，一会儿喷火，不是变出只鸽子，就是变出一个桃，反正变啥有啥吧，不少人围着看热闹，不时地拍手叫好。李老二身旁放着个坛子，这个往里扔钱，那个往里扔东西。奇怪的是，这个坛子怎么扔也扔不满。日子一久，人们把李老二当成活神仙了。

李老二在街头卖艺，每天都收到不少钱物，可他还经常往出施舍，不管是讨饭的，还是穷苦百姓，只要伸手向他要钱，他总是从坛子里掏出一把小钱送给人家。要说世界之大，啥人都有。街里有个地痞叫王老六，经常来向李老二要钱，每次张嘴都不空手。可他觉得要一回只给一把小钱，太少了，不如趁他不注意多抓几把。巧了，心里正琢磨着，正赶这工夫李老二掉过脸去变戏法。王老六悄悄地把手伸进坛子里，就听“嗷”的一声，被一只蝎子蜇在手指上，疼得“哇哇”怪叫。李老二回头瞅了瞅王老六说：“年轻人，怎么不学好呢？每次你来讨钱我都舍给你，你不但不感谢我，怎么还偷到我头上来了呢？这是小小的惩罚，以后别做那些缺德事。”王老六又羞又恼，捂着手指灰溜溜地跑了。

王老六被蝎子蜇了后，又被李老二教训了几句，怀恨在心，费了好一番脑筋，想出个坏主意来。奉天城里有个魔术师，叫赫飞龙，号称东方魔王，手下有不少徒弟和打手。王老六见着赫飞龙，又作揖，又磕头，拍了一阵马屁后，非要拜赫飞龙为师不可。起初赫飞龙不想理他，怎奈他死嘎巴活缠，跪在地上不起来，没办法，赫飞龙只好答应了。这下王老六可找着进言机会了，添枝加叶，无中生有，给赫飞龙和李老二之间拴上了对。开始赫飞龙不信，王老六瞪着眼睛月儿百圆地说：“师傅，当时我问李老二说，你认识东方魔王赫飞龙吗？他摇了摇头说，没听说过。我就告诉他，东方魔王魔术高超，深不可测。他撇着嘴说：‘雕虫小技，不足为奇。’”

王老六说得有鼻子有眼的，赫飞龙喜欢奉承，就不愿听谁贬低他的话，当时一拍桌子说："下去吧，改日我去会会他。"

一天，李老二正在街头摆摊卖艺，突然来了一帮人，大声喊道："闪开！闪开！"为首的正是赫飞龙，用手杖一指问道："你就是李老二？"李老二点点头说："正是！先生贵姓？"赫飞龙傲气十足地说："在下赫飞龙，东方魔王便是！"李老二拱手说："幸会！幸会！"话音未落，赫飞龙从怀里掏出一条蛇来，一扬手扔了过去，"刷"地盘在李老二的脖子上，越勒越紧，李老二一不慌，二不忙，伸手掐住蛇脖子往下一抖落，原来是一根绳子。接着赫飞龙又从怀里掏出个黄布口袋，打开一甩，飞出一群蜂子，"嗡嗡"地围着李老二的脑袋转圈飞，这下李老二不敢怠慢，从坛子里掏出一团纸塞到嘴里，打着火镰一点，立时从嘴里喷出一道烈焰，将群蜂吧嗒吧嗒地烧落在地上，众人一看，全是黄豆。赫飞龙点点头说："果然厉害，咱们今夜三更见！"说完领着人走了。

赫飞龙走后，人们都替李老二捏着一把汗，劝他到别处躲躲。李老二谢过众人，像没事似地回到店房。他吃了一盘狗肉，喝了一坛子酒，倒头便睡，傍三更天左右，突然闯进五六个刺客来，李老二一骨碌身子爬了起来，顺墙上摘下防身宝剑，摆剑与刺客打在一起。一袋烟工夫，将刺客全部撂倒，点灯一看，全是纸人。他刚吹灯躺下，从上扇窗户撞进来只猫头鹰，直扑李老二面门，奔他的眼睛啄了下来。想去摘剑已经来不及了，急忙抓起衣服抡打，猫头鹰非常凶猛，咋打就是不退。他往地上一蹦，绊在笤帚上，哈腰捡起笤帚，照准猫头鹰一下子打落在地，捡起来一看，是一顶帽子。

李老二折腾了大半宿，干脆也不想睡了，静坐闭目养神，忽听外边有轻轻脚步声，他握剑在手，从窗户窟窿往外一看，吓，又来了个蒙面人，他以为又是赫飞龙使的幻术和障眼法，等蒙面人刚一进屋，手起剑落，把蒙面人的右臂砍了下来，"妈呀"一声，蒙面人抹身跑了。这下可惹祸了，这小子正是王老六，他见赫飞龙两次使出魔法，李老二不死也得吓昏了，他想乘这个机会探探虚实，如果得手的话，就把李老二的坛子偷来。哪知偷鸡不成搭把米，扔下一只胳膊回来了。赫飞龙见状，恼羞成怒：此人不除，日后必为祸害。于是使上钱财告到官府，状告李老二用妖术骗人，妖言蛊惑人心，企图造反。

赫飞龙不放心，亲自跟着衙役们去捕人。李老二依旧在街头摆摊卖艺。大捕头喊道："闪开！闪开！"众人往旁一分，捕头指着李老二气势汹汹地吼道："李老二，收拾一下跟我们走一趟。"李老二理直气壮地说："凭什么跟你走一趟？"捕头把眼睛一瞪说："到大堂上你就知道了。"李老二抱着坛子，提着宝剑说："走就走，没做亏心事，走哪都不怕。"到了大堂上，知府把惊堂木一拍，喝道："嘟，下面可是妖人李老二吗？"李老二立而不跪，嬉皮笑脸地说："堂堂知府说话好没分寸，我只不过是个变戏法的，靠在街头卖艺糊口，咋成了妖人了呢？"知府被问得张口结舌，十分恼火，一拍惊堂木说："你在街上使妖术骗人，妖言惑众，有造反之嫌，人人皆知，不是妖人又是什么？"李老二看了知府一眼说："大人，你说我妖言惑众有何证据？清律大法哪条规定变魔术就是妖术？"李老二问得知府哑口无言，尴尬半晌才说："李老二，是不是妖术，你当堂表演一回，本官自有定论。"赫飞龙在一旁插嘴说："李老二，今天你能钻进坛子里，不但知府定你无罪，我东方魔王从此消遁江湖，永不露面。"

李老二一拍坛子说："好，君子一言，我李老二让你们开开眼。"说着话，脑袋就往坛子里插，众人简直不相信自己的眼睛，这么点个小坛子，连脑袋都装不下，怎么可能装进去个人呢？说来奇了，不到一袋烟工夫，李老二整个人都钻进坛子里。赫飞龙说："大人，你看这是不是妖人妖术呢？"知府一摆手吩咐说："快！把妖人李老二抓住，推出去砍了！"衙役们喊道："李老二出来！"就听李老二在坛子里瓮声瓮气地说："狗官，说话不算数，不如狗放屁，你家李二爷就是不出去！"知府一听，李老二竟敢在大堂上骂他，火就更大了，气得暴跳如雷喊道："快！把李老二从坛子里拽出来。"衙役们往坛子里一伸手，里面空空如也。有个衙役用水火大棍上去一棍将坛子打碎，地上除了坛子碴外，连李老二的影子都没有，知府大惊失色问道："李老二，赶紧给我出来，不然抓到你碎尸万段！"就听每块坛子碴都说话："我在这里。赫飞龙，就你那点本事还配当东方魔王，赶紧回家抱孩子去吧，别在江湖上丢人了。我才是真正的东方魔王。狗官，以后别是非不分，黑白颠倒，再继续造孽，我李老二早晚取你狗头！我走了。"就完再也没动静了。

后来，人们把李老二誉为东方魔王。赫飞龙的魔术再也没人看了。

讲　　述：张玉田
记　　录：孙喜臣
采录时间：1990 年

宁死牛捉妖

从前，有这么个叫宁家祥的人，人送绰号宁死牛。此人三十多岁，长得五大三粗的，在县衙里当捕头，是个抓差办案的老手。

一天，他骑着小青马下乡办案，正巧路过姐姐家，好几年没见面了，怪想的，顺便到屋看看姐姐、姐夫。下马将缰绳拴在门旁柳树上，上前敲了几下门，里边没动静。用手轻轻一推，门是虚掩着的，进院一看，空荡荡的，正厢房走了一遍，人去屋空，心中犯疑，莫非姐姐家出了什么事?

宁死牛来到邻居家一打听，原来是外甥媳妇两个月前死了，家里闹鬼，住不消停，搬到东屯去了。他上马匆匆找到东屯姐姐家，进门就见一家人愁眉苦脸的，便问道:“姐姐、姐夫，听邻居说我外甥媳妇死了，她是怎么死的，这鬼闹得还挺邪乎吗?”

姐姐经弟弟这么一问，掉着眼泪说:“别提了，两个月前你外甥媳妇得了个怪病，说抽就抽，整天不吃不喝，一天比一天消瘦。据她说，天天晚上有个漂亮小伙，破门而入，一上床她就啥也不知道了。直到天亮才明白过来。请了多少个郎中也看不出啥病，后来瘦得皮包骨，躺在炕上不省人事，临死时发现脖子上的血管被咬断了。哪知，死后七天，宅子里闹开鬼了。半夜三更天，你外甥媳妇带着一股臊气，踹开房门闯了进来，一家人立时身不由己，她叫谁哭谁就哭，让谁唱谁就唱，拿着烟袋挨个往脑袋上刨，刨得个个脑袋尽是大包，然后按住你外甥，咬破他脖腔子那根血管吸起血来，现在你外甥也瘦得皮包骨，快要死了。弄得院子里鸡飞狗跳墙，直到天亮，她走才算消停。实在住不下去了，就搬到这来了。”

宁死牛眼珠转了转，心里有了谱，说:“姐姐、姐夫勿忧，今天晚上我先把你家这桩鬼案办了，然后再办别的案子，一定把鬼给姐姐捉住，弄个水落石出。只需姐姐给我炖两只老母鸡，买两坛子好酒，我自有用处。”姐姐怕弟弟有闪失，百般阻拦，宁死牛执意要去。姐姐没办法，只好把炖鸡和好酒准备齐全。

傍晚定更天左右，宁死牛拎着篮子和坛子来到这座空宅，点上油灯，拿出碗筷，坐在炕上自斟自饮喝了起来。喝着喝着就听房门“吱呀”一声开了，接着进来个人，抬头借着灯光仔细一看，正是外甥媳妇，花枝招展，穿红挂绿，脸色白里透红，显得格外俊俏。用娇滴滴的声音说：“哟，舅舅来了，奴家给舅舅见礼了！”宁死牛摆了摆手说：“免了！免了！自家孩子，不必多礼，家里人都去哪了？”“啊，公爹、婆母、丈夫都串门去了，家里就剩奴家一人。”“外甥媳妇，要是没吃饭的话，舅舅不是外人，咱爷俩一块吃点喝点吧！”外甥媳妇见着香喷喷的炖鸡肉，早就垂涎欲滴，舔了舔嘴唇说：“谢舅舅！”

外甥媳妇也不客气，坐在宁死牛身旁吃上了，宁死牛老给外甥媳妇夹肉倒酒，左一杯，右一杯，喝得外甥媳妇的脸像桃花似的。她也给舅舅一边倒酒一边说：“舅舅真好！炖这么香的鸡让我吃，拿这么香的酒让我喝，以后望舅舅常来这儿炖鸡吃，奴家好好地伺候舅舅，陪舅舅喝酒。”说着张开双臂撒着娇去搂抱宁死牛，宁死牛见事不好，外甥媳妇借故要咬自己脖子，急忙用手使劲一推说：“外甥媳妇请自重。想陪舅舅喝酒，吃炖鸡，那舅舅就常来。今夜初次在一起喝酒，非常投缘，咱爷俩就喝个痛快！”宁死牛一眼看见外甥媳妇身后裙子里露出个尾巴尖，断定非鬼即妖，下地一手抓住头发，一手掐住脖子，使劲往炕沿上撞，撞得外甥媳妇“吱吱”直叫。宁死牛嘴里不停地喊道：“妖怪，我撞死你，看你还害不害人了……”撞了一阵子，没动静了，宁死牛怕她不死，接着又撞。

这时天已大亮，姐姐见弟弟一夜未归，怕有不测，领着街坊邻居，拿着钓竿铁尺前来营救弟弟，进门一看，宁死牛掐着黄鼠狼的脖子，还往炕沿上撞呢。原来是个黄鼠狼精变成外甥媳妇在作怪。

讲　述：张玉田　记　录：孙宇策

采录时间：2004 年

舍出银钱免去灾

李海在外地经商已有三载，忽一日想起家中妻子来，决定把生意撂一撂，回去看望看望妻子。于是他就带上五百两白银，晓行夜住，往回赶路。

一天，正值晌午，火辣辣的太阳晒得人干渴难挨，他忽见道旁有棵大柳树，想到树下歇歇阴凉再走。

李海来到树下一看，有个七十多岁的白发白胡子老头，哭得鼻涕一把泪一把的，嘴里不住地念叨："大树啊大树，你一辈子净做好事，给过路人歇阴凉，为雀鸟歇脚栖身，你这一死可把老汉我坑个不浅，我还上哪去卖酒赚钱去，赚不来钱叫我指啥活呀……"李海越听越奇怪，便上前问道："大伯，你老咋知道这树要死了呢？"

老头擦了擦眼泪说："小伙子，你有所不知，我自幼学得满腹经纶，上知天文，下晓地理，通今博古，推算未来。虽有一身本事，却怀才不遇。一辈子不得志，虚度此生。上了年岁别的活干不了，只好在树下摆个酒摊，卖碗酒给过路歇脚的人解渴，赚两个钱糊口。不料今天早上我一来树就对我哭，我一推算，坏了，有人相中了这棵树，要锯回去做菜墩，用不了半个时辰就会有人来伐树了。"

李海听了半信半疑，好奇地在树下等了半个时辰，果然有两个汉子扛着锯来锯树。李海从心里佩服老头的神算，可又觉得老头挺可怜，便掏出五十两银子递给了老头说："大伯，你老别难过，我给你这五十两银子足够你生活一阵子了。"

老头非常感激地说："哎哟，我活了这么大年岁，从没见过你这么善良的小伙子，真是人间少有，我不白要你的银子，此次回家凶多吉少，送你三个锦囊，方保平安无事。过河时打开头一个，进家门里打开第二个，到县衙大堂上打开第三个，切记！切记！"老头说完把银子往兜里一揣走了。李海还没来得及道谢，老头眨眼间没影了。他心里忐忑不安，背起包裹急匆匆地往回赶路。一天，路过一条大河，河水茫茫荡荡，一眼望不到边。他正在岸边徘徊，从芦苇里划出一条小船，李海和船家讲妥了价钱，便开了船。随后又来几个人渡河，芦苇里又划出来一只船，几个人上船后船划了过来。

李海打开第一个锦囊一看，上面写道："船到河心别停船。"船到河心船家有点划累了，想停船歇一会，李海说："船家我有急事在身，请你不要停船！"船家不满意地说："我每次渡船都要在此歇一歇，这是惯例！""船家，我多给你五两银子，劳累你继续往前划行吗？"船家低头一合计，五两银子半个月也挣不来，挺划算，便点头答应说："既然你有急事就成全你。"

船家说着接过银子揣在怀里，继续往前划。划着划着突然起风了，风一会比一会大，浪头一个接着一个，打得小船左右摇摆不定。刚接近岸边时，一个浪头把船打翻了，亏得到了浅滩，死活抓挠上岸了。回头再看后边的船，早已被大浪吞没了。李海吓得半晌说不出话来，摸了摸锦囊还在兜里，背上包裹长长地叹了口气走了。

到家后，妻子非常殷勤，烧茶、烫酒、做菜，不大一会都做好了，端到桌子上说："夫君，你先吃着喝着，我去挑点水，回来陪你。"妻子说完挑着水罐转身挑水去了。李海打开第二个锦囊一看，上面写道："妻子有外心，睡觉别洗头。"李海看完心中不悦，闷闷地连喝几大杯酒，不知不觉地喝多了。

天渐渐地黑了下来，这时妻子挑水回来了。李海不满意地问道："娘子，挑水咋挑了这么长时间？"妻子支支吾吾地说："水罐掉井里去了，强捞上来。我去给你烧水，洗洗头，洗洗脚好解乏。"

一袋烟工夫水烧好了，妻子掺上洗头用的灰水，然后把水盆端到李海近前说："夫君，趁热洗吧！""娘子，今晚上我喝多了，不洗了，你愿意洗你自己洗吧！"

妻子一看，丈夫不洗这盆水，倒了怪可惜的，她却忘了和奸夫订的计策，于是自己洗了起来，洗完了，小两口放下被褥脱巴脱巴就吹灯睡觉了。

夜至三更，闪过来个黑影，悄悄地端开窗户，轻轻迈步，绕到两个人头前，眨了眨眼，屋里太黑，分不清男女，因为早先年男人也留长发，索性就按晚上订的计策而行，摸了摸两个人的头发，这个湿，手起刀落，“咔嚓”一下，把脑袋给切下来了，随后凶犯跳窗户逃之夭夭。

李海睡得朦朦胧胧，忽听有响动，他翻身爬起来，点灯一看，吓得魂不附体，妻子叫人给抹脖子了。人命关天，第二天一早，赶紧报官。

县太爷好久没案子了，正闲着没事干，听衙役禀报，来了一桩人命案，急忙击鼓升堂：“带李海！”李海被带到大堂上往堂上一跪，众衙役一喊堂威：“威——武！”县太爷一拍惊堂木喝道：“下面何人？”“小人名叫李海，昨夜小人妻子被人杀害，请大老爷做主，抓住凶犯，给小人报仇！”“李海，你妻子昨夜是怎么被人杀死的？把详细情况如实讲来！”

李海就把事情发生的经过叙说了一遍，县官使劲摔了一下惊堂木说：“嘟！李海，我且问你，你外出经商三年，妻子在家平安无事，偏偏你回家来便出这桩人命案，杀人凶手不是你又是何人？看来不动大刑你是不肯招供，来人！”“在！”“把刁民李海拖下堂去狠狠地打！”李海急忙喊道：“大老爷，先别动刑，我有话说。”“讲！”

李海从怀里掏出第三个锦囊说：“我昨天回家半路上遇见一个老头，见他非常可怜，便送给他五十两银子，老头赐给我三个锦囊。回到家后已应验了两个，还有一个让我在大堂上拆看，便知事情真相。”“既是这样，你把锦囊呈上来，本官倒要看看是真是假。”李海把锦囊交给衙役，衙役交给了县官，县官一看，上面写道：“杀人者，奸夫也！斗谷三升米，麻字去双木。”

县官看罢，心里不住暗自琢磨，斗谷三升米，剩下的即是糠，麻字去双木是个广字，明白了，杀人凶手康广。县太爷抽出一支签子往堂上一掷说："捉拿杀人凶手康广归案！"

不到一个时辰，衙役们把康广带到大堂上来。康广跪在大堂上磕头说："大老爷，小人实不知身犯何罪被带到这来？""来人！""在！""先烙他一顿烙铁他就明白了。"衙役们拿着红红的烙铁往前一凑，康广吓得磕头如捣蒜，连连求饶："大老爷，慢动刑，我招！我招！我全招！"

原来康广与李海之妻勾搭成奸二年有余，不料李海突然归家，妻子怕自己丑事露馅，借挑水之机，悄悄溜到康广家里，两个人一合计，必须杀了李海，才能做长久夫妻，趁外人不知道李海回来，夜里三更天动手。为了避免错杀，让李海洗头，夜里摸着湿头发就下刀，谁知李海喝多了没洗，妻子舍不得这盆灰水，也忘了晚上订的计策，结果被康广错杀了。

县官核实了康广的罪证，申报州衙，不几日回文批康广死罪，李海无罪当场释放。

讲　述：王淑文
记　录：于金艳
采录时间：2004 年

鸳鸯锦帕

乾隆年间，苏州城有个马举人，名叫马儒清。马举人胸怀坦荡，热衷于事业，努力奋斗多年，始终怀才不遇。其妻马氏，温柔贤惠，膝下只有一女，年仅十三，名叫玉妹，貌似鲜花，才智过人，夫妻视如掌上明珠。

马举人见自己年岁已高，仕途无望，便在城外买下一处房产，开办一家“紫竹书院”，广收学子。马举人学识渊博，待人宽厚，凡他教过的学生，个个都取得了功名，方圆几百里无人不知，多少富商和地方官员子弟，纷纷前来登门求教。紫竹书院门庭若市，百姓们送他个尊称：“马夫子”。

一天，马夫子正给学生们讲课，忽听墙外有人吆喝牲口，“喔！喔！”往日周围一片宁静，只听学堂里一片朗朗读书声，为了让学生们安静学习，才将书院远离闹市。这是何人如此无礼，跑到这来放牲口？他突然想起来，墙外是夫人和女儿种的一块小菜园，牲口能不能祸害菜地？

马夫子来到墙外一看，可不是么，有个十三四岁的孩子，正从菜地里往出牵牛，牛贪嘴只顾吃，咋拉也拉不动。马夫子捡根树棍，在牛背上狠抽了两下，才把牛赶出菜地。小孩急忙将牛拴在路边柳树上，返身来到马夫子近前，“扑通”一声跪在地上叩头说：“老夫子恕罪！都怪学生没看好牛，吃了园子里的菜，实在对不住您老人家，是打是罚任凭老夫子发落。”

小孩年岁不大，穿得虽破，说话挺斯文，很有礼貌。马夫子觉得小孩是块料，招人喜欢，有意将他收留下来，上前扶起小孩问道：“娃娃，快起来！快起来！刚才你口称学生，老夫何曾收你做过学生？”小孩脸一红说：“老人家有所不知，我早已是您的学生了。学生叫刘轲，今年 14 岁，是个孤儿，靠给东家放牛干杂活糊口，每次放牛路过书院时，都跳墙站在窗外偷听您讲课，不料今日却忘了拴牛，祸害了不少棵菜，心里实在过意不去，我想给您老人家干点杂活作为赔偿，不知您老人家意下如何?”

马夫子见刘轲忠厚老实，如此好学，心里更加喜欢，却又故意板起脸说：“刘轲，既要赔偿菜地损失，老夫就罚你在这干三年杂活，你可认账?”

刘轲心中暗想，都说老夫子待人宽厚，如今一看，名不副实，太黑了，祸害几棵菜，罚我干三年杂活。哎，谁让自己没看住牛了呢，便不情愿地说：“既然如此，我先把牛送还东家，明天再来府上听唤。”说完转身牵牛要走，马夫子哈哈大笑说：“傻孩子，你自称是老夫的学生，可你还没行拜师大礼呢。”刘轲这才恍然大悟，明白老夫子的用意，慌忙跪倒磕头说：“恩师在上，学生给您磕头了!”

从此，刘轲便住进了紫竹书院，成为正式弟子，白天与学生们一起读书，早晚担水劈柴，扫院子，老夫人见刘轲聪明能干就特别喜欢他，格外照顾，给他买新衣服。玉妹和刘轲常在一起玩耍。

转眼三年过去了，刘轲学得满腹经纶，长成了英俊的小伙子。玉妹才学过人，犹如一朵初放的鲜花。两人风华正茂，三年相处，心中早有了对方。刘轲常想托人提亲，可一直没有勇气，总觉得自己出身贫微，怕老夫子不愿意反遭没趣。玉妹几次言来语去暗示向刘轲求婚，刘轲只是搪塞回避，气得玉妹时常撅嘴顿足。

一天，玉妹实在有点沉不住气了，就将刘轲约到很远的一条大河边上，把自己亲手绣的鸳鸯锦帕交给刘轲，眼中含泪问道：“轲哥，难道你真的对小妹无情无意吗?”刘轲急忙解释说：“玉妹，非是无情无意，你是大家闺秀，千金之躯。我蒙恩师收留，已是万分感激，岂敢再有非分之想。”玉妹闻听，更是伤心：“我何曾把你当做下人，你若心中无我，只当我自作多情罢了。”说着转身要走。刘轲急忙上前拦住说：“玉妹，我决非别意，想我虽苦读三年诗书，却还是白丁布衣之身，待有朝一日，进取功名之时，非你不娶!”说着将手中的锦帕撕为两半，一块放入怀中，另一块交给玉妹。玉妹接过锦帕破涕为笑，甜蜜地偎依在刘轲的怀里。

好景不长。不料此事被马夫子知道了，心里十分不悦：虽然刘轲是自己得意门生，毕竟出身卑贱，如果真的做了自己女婿，有辱门庭，为了防备夜长梦多，日久生变，生米煮出熟饭就麻烦了。马夫子将玉妹许配给县太爷的儿子金宝，择日就要完婚。刘轲与玉妹得知消息后，顿觉晴天霹雳，二人跪在马夫子面前苦苦哀求，马夫子顾及面子，讲门当户对，无动于衷，吩咐丫环婆子将玉妹看管起来，不许两个人见面。怕节外生枝，又把刘轲赶出紫竹书院。

刘轲整日流落街头，眼见玉妹婚期临近，心如油烹。正这时有人传说，马夫子的女儿马玉妹夜里逃出紫竹书院，不知去向。家人四处追寻，在离家二十多里地的一片树林里，捡到小姐一只绣花鞋，附近还有血迹，恐怕小姐凶多吉少。刘轲一听，立时昏倒在地，过了好久，才醒了过来。他放声大哭，哭罢多时，他买了一些干粮，决意寻找玉妹，正所谓活着见人，死了见尸。刘轲无目标地到处奔走，嘴里不停地喊道：“玉妹！玉妹！等等我，我跟你一块去！”他来到定情的那条大河边上，哭一阵，笑一阵，掏出半块鸳鸯锦帕，用脸蛋亲了亲，一头栽进河里。

正这时，打河南岸过来三个人，为首的四十多岁，商人打扮，举止言谈很有派头，身边两个随从膀大腰圆。主仆三人见有人投河，紧跑几步来到河边，其中一位随从，一头扎进水中，转眼间将刘轲拖上岸来，放在一块大方石上控了控水，工夫不大，刘轲醒了过来。

随从满以为刘轲能感谢自己，哪料，刘轲反倒埋怨说：“我好不容易死的，都是你们多事，把我给捞上来了，我还得受二回罪。”说着抹身又要往河里跳，那位商人上前拦住说：“年轻人，什么大不了的事非得轻生呢？”刘轲不耐烦地说：“这位老爷，赶紧走吧！别耽误你们赶道，我的事神人也帮不上忙，也管不了。”那商人微微一笑说：“年轻人，话别说绝了，不妨说出来或许能帮上你忙，真帮不上忙再死也不迟。”刘轲心里一合计，也只好如此了，毫不隐瞒地将事情经过说了一遍。

商人听罢点了点头说：“年轻人，听了你的身世和遭遇，我很同情，不过有一事你没想开，光听说捡到玉妹小姐一只绣花鞋和发现地上有血迹，没见着她尸体怎么能证明她死了呢。如果你投河自尽了，她还在人世，你岂不是把她坑了吗？你才华出众，何不考取功名，为国家尽忠报效，做个有用人才。一旦找到了玉妹，也不失你对玉妹许下的诺言。”

刘轲觉得商人的话很有道理，“扑通”跪在地上连磕三个响头说：“感谢恩公指点迷津，不知恩公贵姓大名，一旦中了金榜，日后也好报答恩公。”商人上前扶起刘轲说：“年轻人请起！我的姓名你早晚会知道的，只要你进京专心应试，取得功名时，也就算报答我了，那时还你一块完整鸳鸯锦帕。”商人说完，又送刘轲五十两雪花白银。领着随从走了。

刘轲收拾了一下行装，带上笔墨纸张进京了。到了考场上还挺顺利，考题没费劲全答上了。客栈老板一听刘轲有希望，紧忙拍马屁，住店吃饭都不要钱，整天派专人伺候，要把自己女儿许配给刘轲，刘轲谢绝了。

半个月过去了，喜报传来，刘轲高中榜首，八抬大轿来接新科状元，刘轲赏了客栈老板，住进了状元府。此时，皇上准假刘轲一个月，回乡祭祖，然后再回京面君。状元府红灯高挂，满朝文武群臣纷纷前来贺喜，场面十分壮观。刘轲表面高兴，应酬众宾客，心里惦念玉妹寝食不宁。

刘轲回到苏州，重修父母坟地，回想起几年来马夫子夫妇对自己的照顾，即便有万般不是，也得看当初的好处，为了替玉妹尽儿女孝道，将马夫子夫妇接回状元府。马夫子自女儿失踪后，一病不起，紫竹书院也关门了。刘轲找遍城中最好医生调治，老夫妻俩更是羞愧难当，后悔不迭，不该当初嫌贫爱富，逼死了女儿。

假期已满，刘轲头戴乌纱，身穿朝服上殿面君，朝拜已毕，皇帝宣新科状元见驾。刘轲初次上殿，不免心里有些紧张，不敢抬头视君。皇上龙颜大悦，离开龙书宝案，下殿扶起刘轲说：“刘爱卿平身！抬起头来看看朕是谁？朕说过，朕的姓名你早晚会知道。”刘轲抬头一看，又惊又喜，这不是我的救命恩人吗，原来是当今乾隆皇帝，急忙跪倒磕头，皇上摆了摆手说：“免了！免了！”随后拍了拍刘轲肩膀说："刘爱卿，朕很赏识你的才学和为人，送你一桩美事，招你为驸马。"刘轲又跪在金殿上哀求说："皇上圣恩臣永不忘，肝脑涂地难以报答，只是招驸马一事，实难从命，还求皇上收回成命!"乾隆皇帝把脸一沉说："刘爱卿，刚才你说肝脑涂地难以报答，这会儿又说实难从命。朕是大清帝国一朝人王地主，难道这点小事朕就做不了主吗?""皇上，臣宁肯再去投河，也不能应允这门婚事!""刘爱卿，既然你执意拒绝这门婚事。千万别后悔，来人哪!""喳!""宣马玉妹进见!"工夫不大，宫女搀扶着一位美貌女子，向他走来。"轲哥，我是玉妹呀。"刘轲简直不相信自己的眼睛，仔细瞅了瞅，真是玉妹。情人见面悲喜交加，他再次跪在金殿上给皇上叩头谢恩。刘轲疑惑地问道："玉妹，你怎么会在皇宫里?"玉妹就把这段日子里的遭遇叙说了一遍……

原来自打那日玉妹逃婚离家出走，本打算到百里之外三姨娘家避几天风，事情一过，再找刘轲远走高飞。不料半路上从树林里闪出个人，正是赌鬼王六，夜间输个精光，准备出来得偷就偷，能抢就抢。王六一眼发现了玉妹馋得直淌哈喇子，心想该着今天走桃花运，遇着个大美人。又见玉妹挎着个包袱，里边不是银子也是贵重东西，便悄悄地追了上去。玉妹听见背后有动静，回头一看，吓一跳，就见王六龇着牙咧着嘴，活像夯拉鬼。玉妹见事不好，撒腿就跑，边跑边喊："救命啊！救命啊!"一不留神绣花鞋跑掉一只，玉妹也顾不得捡了，光着一只脚跑。她穿过一片小树林，不巧绊在一棵树桩子上，跌了个筋斗，脚也扎出血了，她自知跑不掉了，捡块大石头，准备拼命。王六此时追了上来，他喘了喘气，先将自己衣服脱个精光，猛地向玉妹扑来，玉妹用石头去砸王六脑袋，王六夺过石头扔在一旁，接着去撕玉妹衣裳，玉妹拼命挣扎，头发也撕乱了，衣服也扯开了，就在这危急关头，突然飞来一支神箭，正钉在王六左肩上，王六"哎呀"一声栽倒在地上。

接着从树林里走出三个人来，为首的是个商人打扮，正是当今圣上乾隆皇帝，他还带着两位大内高手，出宫微服私访。碰巧遇上此事，乾隆皇帝问道："这位姑娘，为何独身一人出走，家里人放心吗？刚才要不是遇上了我，后果不堪设想。”玉妹见商人不像坏人，就把逃婚的事详细说了一遍。乾隆皇帝说：“玉妹，我很敬佩你们的纯真爱情，如果你能信得我过，就到我家住一段时间，待我找到刘轲时，成全你们俩的美满婚姻，不知你意下如何?”玉妹急忙蹲身下拜说：“恩公在上，请受小女子一拜!”“玉妹，请起!”

乾隆皇帝命人将王六押送地方官治罪，又派人把玉妹送回皇宫。事也赶巧，第二天遇上刘轲投河，被随从救上岸来。乾隆皇帝被刘轲与玉妹的真挚爱情所感动，又见他才华过人，心里非常喜欢，掏出五十两银子，指点他进京赶考，有意撮合这桩姻缘。为了试探刘轲变没变心，皇帝招他为驸马。可叹，刘轲坚贞不渝，他宁肯再去投河，也不接受皇帝让他当驸马的旨意。

满朝文武百官听了这段故事，无不赞叹，皇上龙颜大悦，亲自做媒，择日完婚。

一对有情人终成眷属。

讲　　述：孙忠田
记　　录：孙宇策
采录时间：2000 年

侃爷田大白话

离田家洼子屯六里之遥，有片坟地叫榆树坟。坟地里树木茂密，杂草丛生，挺瘆人。每到六七月份，庄稼棵子长起来时，胡子就拉帮了，经常出没在榆树坟附近，劫道、绑票，闹得路断人稀，方圆几十里的百姓没人敢走这条道。有个单帮胡子叫郑大彪子，光杆子一个人，长得像水浒传里的黑李逵，五大三粗，打起架来三五个人不是他的对手。有人传说他武艺高强，其实他啥把式也不会，就凭他这坨儿，一身笨力气，叫人瞅着就发憷。提着刀往道上一站，不用动手，过往行人见了扔下钱物就跑。

一天中午，天空晴朗，一丝风都没有，火辣辣的太阳烤得大地像蒸笼。郑大彪子潜伏在榆树坟旁草丛里，等了好长时间，也没见着个单人过路，不是成帮就是结队，无法下手，是走还是守？正在犹豫之间，打西边过来个单身行人，郑大彪子跨步抢上前去，单刀一横拦住去路。那人见胡子打劫，吓得瘫软在地上。郑大彪子掏出绳子将那人捆绑起来，摸了摸身上一无所有，气就不打一处来，先是一顿拳脚，喘着粗气骂道："穷鬼，身上溜光，出门咋不带点钱呢？害得大爷连晒带饿白等一晌午，气死我了，今天我非宰了你不可！"说着将那人拽到榆树坟树林里，绑在一棵大榆树上，刀尖指着那人鼻子喝道："我郑大彪子刀下不死无名之鬼，快快报上姓名！"那人打了个唉声说："好汉，莫急！我叫田友德，外号叫田大白话。常听人说，你们江湖好汉讲义气。今天好汉要宰了我，我觉得死在你的刀下很值得。如果你真是条好汉，就应我三件事，不然我死不瞑目，到阴曹地府变成了鬼也要抓你！"

郑大彪子晃着脑袋说："那你就说给我听听。""头一件，给我弄点酒喝，壮壮胆，临死不惧，也当一回好汉。第二件，让我睡一会，玩了好几宿纸牌没睡觉，困得厉害。等我睡醒了再杀我，到阴曹地府也做个清醒鬼。最后一件，我死后挖个坑将我埋了，不然天热尸体腐烂臭味难闻，以后好汉无法在此剪径。""你这个人心眼倒挺好使的，就依你！干我们这行不狠不行，你可千万别怪我。”

郑大彪子顺腰间摘下酒葫芦，拧开盖，递到田大白话嘴边上说：“我这是二斤白干酒，你喝一半，给我留一半。”田大白话也不客气，将嘴伸到葫芦嘴上“咕嘟咕嘟”喝了一多半，喝完两眼一闭睡上了。睡了半个多时辰才醒，瞅了瞅郑大彪子说：“好汉，准备铁锹了吗？”“上哪儿找铁锹，不就挖个坑吗？用我这把刀一会就掘出来，你看哪块地势好？”“刚才我做了个梦，梦见我已到阎罗殿上去了，我问阎王说：‘阎王爷，郑大彪子杀我，你不惩罚他，反倒抓我，太不公平了吧？’阎王说：‘上辈子你杀了郑大彪子，这辈子郑大彪子就该杀你，下辈子你再杀他，这叫因果循环报应。’我这么一听，不寒而栗，冤冤相报何时了？咱哥俩辈辈得留个媳妇守寡，孩子没爹。我下决心了，下辈子咱哥俩有多大冤仇我也不再杀你。如果你不信，阎王告诉我，你身后那个孤坟里的尸骨，就是你前世的尸骨，挖开一看便知。”

田大白话说得有鼻子有眼的，郑大彪子用刀掘开一看，果然一堆白骨，半信半疑，随后又埋上了。田大白话说：“兄弟，你就在这个坟旁边挖个坑吧，把我杀了往里一埋，咱哥俩就算扯平了，谁也不欠谁的债了。”郑大彪子一听，觉得田大白话挺讲理的，不管话是真是假很有道理，冤冤相报何时了啊，他答应下辈子不杀自己，我这辈子就饶了他，比他还讲理。想到这，他对田大白话说：“我看咱们哥俩也别结来世冤了，磕头拜兄弟，让因果报应在咱们这辈上化解。”

田大白话心想，这伙计心眼倒挺实。看样还得接着扯，便点点头说：“我正有此意，不过你得答应我个条件。”“什么条件？”“你以后不要再当胡子了，不然还会和别人结冤缘，我跟你做兄弟也会受牵连的。”“好，就依大哥，幸好我没有血债，以后兄弟洗手不干了。”郑大彪子给田大白话解开绑绳，两个人插草为香，结拜为兄弟。

讲　述：孙忠田　记　录：孙喜臣

采录时间：2002 年

狼寨

大清年间，在关东大山里有个狼寨村。寨子里有个接生婆，不但接生拿手，医道还挺深呢，拔罐子、扎针、按摩，样样都通。

一天，接生婆去前山沟给一个妇女接生。回来时天色已晚，十几里山路走得她又累又渴。来到一条小河边，她俯下身捧起河水刚要喝，突然感觉有两只毛茸茸的手搭在她的肩上。接生婆心想，这黑灯瞎火的是谁跟自己开玩笑呢？她扭过头来一看，差点吓得七魂跑了三魄。原来身后一只大青狼正把爪子搭在她的双肩上。接生婆腿一软“扑通”坐在水里，心想这下算完了，双眼一闭坐在那儿就等死。

过了一袋烟的工夫，接生婆见没动静，偷偷睁开双眼一看，那只狼没有吃她的意思，蹲在水边，用哀求的眼神盯着她。接生婆定了定神晃晃悠悠站起身来就要走，大青狼上前用嘴叼住她的衣角，接生婆又被吓得坐在河里。大青狼见接生婆又坐在水里不动弹了，急得在岸上转来转去，嘴里发出嗷嗷的哀嚎声音。

接生婆坐在水里又冷又怕，哆嗦成一团，大青狼只好下到水里用嘴叼住她的衣角往岸上拽。接生婆心想，是福不是祸，是祸躲不过，横竖都是死，没别的办法，只好听天由命豁出去了。想到这些，她胳膊腿反倒有劲了，爬起身上了河岸，瞪着眼盯着半人多高的大青狼。大青狼没有吃她的意思，朝她摇摇尾巴掉头就走。

接生婆硬着头皮跟着大青狼爬上爬下过了道山梁，来到一条深山沟里。大青狼停下脚步，接生婆借着明亮的月光才看清楚，山坡上有个黑乎乎的大山洞。这时大青狼掉头叼着接生婆衣角倒退着往洞里走，洞里一片漆黑，伸手不见五指。

到了山洞深处，大青狼用前爪在洞底挖出来一颗珠子，顿时洞里亮如白昼，原来是颗夜明珠。接生婆仔细打量洞里，原来还有一只狼，正趴在一堆草上，“呼哧呼哧”地呻吟，肚子鼓得大大的，身底下淤着一摊血迹。接生婆明白了，这是一只正要产仔的母狼。

母狼用哀求的目光看着接生婆，连连点头，嘴里发出哀嚎声。这时大青狼又拽了一下她的衣角，示意让她坐下，又拽了下她手里的小包裹。接生婆心里明白了，原来大青狼把自己拽到这里来，是让她给母狼接生。接生婆这下放心了，定了定神，麻利地打开小包裹，取出剪子、刀、针、线，摆放在母狼身旁。然后拿起剪子先把狼肚子上的毛剪掉，又抄起刀在母狼肚子上拉个大口子，把肚子里的小狼仔一个个都掏了出来，眼尖手快干得麻利、干净，最后用针线将狼肚子缝上。母狼十分疲惫，但还用感激的目光看着接生婆，眼里还含着泪花。

一直在旁守候的大青狼伸出舌头舔着刚出生的小狼仔，接生婆心想趁这个机会得赶快走，晚了说不定就没命了。当她刚爬出洞口，大青狼一下子蹿过来咬住了她的裤角。接生婆心想，这回是死定了。可谁知大青狼却从洞里叼出那颗夜明珠和一个盒子，放在她面前，还向她连连点头，接生婆明白了大青狼是在答谢自己。她打开盒子一看，里面全是金银财宝，她把金银财宝放进包裹里，拿起夜明珠照路，深一脚浅一脚地朝山坡下跑去。

第二天早上，接生婆逢人便讲昨晚上发生的事儿，起初人们还不相信，后来有很多人进山打柴，都看见过两只大狼领着一群小狼仔，在后山坡的洞进进出出的。说来也怪，这群狼从来不伤人，也不祸害牲畜，人们渐渐地对它们也就不害怕了。

两年后的一天，突然从山外来了一队胡子，个个骑着高头大马，手持刀枪棍棒，闯进了寨子，顿时村里一片混乱，孩子哭，女人叫，鸡飞狗跳墙。队伍中一个满脸大胡子的强盗，闯进一户正办喜事的人家。新婚夫妇正坐在床上，大胡子直勾勾地盯着新娘子，哈哈大笑说："好漂亮的小娘子，过来陪陪大爷我！"说着便如狼似虎地扑过去。夫妻俩拼命挣扎搏斗，大胡子上去一刀先将新郎砍死，转身狞笑着再次扑向新娘，抬手撕烂她的衣服。就在这时，新娘子抓起一把剪刀，直刺入大胡子的腹部，大胡子惨叫一声，"扑通"摔倒在地上气绝身亡。

整个寨子被胡子强盗折腾得乌烟瘴气，阵阵的枪声震耳欲聋，一个强盗说："这寨子有个接生婆得了一盒金银财宝，还有一颗夜明珠，价值连城。"众强盗听后，"呼啦"冲进接生婆家，霎时间将整个房子院落翻个底朝天，也没找到金银财宝和夜明珠，就将接生婆一家人，从老到小，都捆绑起来，严刑拷打。正在危急之时，从附近山上传来了狼的嚎叫声，眨眼间，无数只狼冲进寨子，将接生婆家团团围住。为首的是只大青狼，嘴巴子插在地上"嗷嗷"嚎叫了几声，群狼一拥而上，将院里的强盗撕得四分五裂，血水横流。

接生婆一看，领头的是那只大青狼，就踉踉跄跄地冲到它跟前，抱住大青狼头，流出了感激的泪水。大青狼摇晃着尾巴，用舌头尖舔着接生婆的脸，依在她的怀里。

接生婆觉得狼比人都有情意，心中更愤恨那些恶人，便向全寨的人说明与狼的情缘，全寨的人跪在群狼面前磕头谢恩！群狼会意地向人们点头，大青狼嚎叫了一声，群狼全部撤出寨子，向山里走去。从此，狼与狼寨村的人们成了好朋友，寨子里经常有狼出入，有的人家还拿出肉来喂它们，人和狼群互不相扰，平平静静地生活着，这片山村再也没出现过强盗来骚扰。

讲　述：刘占一
记　录：刘春丽
采录时间：2003 年

杨小宝扶贫增寿

传说很早以前，有个放牛娃叫杨小宝。他七岁那年就没了爹娘，为了糊口，只好给一家姓张的老财主去放牛。放了四五年牛，不但一文钱没挣着，反倒欠了东家不少债。东家有个小少爷，年纪和小宝一般大，闲来没事时常欺负小宝，让小宝在他裤裆下来回钻，慢一点轻者罚跪，重者挨顿胖揍。

一天，小宝不小心放丢了一头牛，被东家毒打一顿，赶出大门外。他无处投奔，哭天天不应，叫地地不灵。只好怨恨世道不平，阎王不公，他把心一横，干脆找阎王评理去。听老年人说有个丰都城，于是他就奔着丰都城方向走去。饿了讨些馊汤冷饭，累了走哪歇哪。一连走了七七四十九天，终于走到了丰都城。

进城来到阎王殿上一看，阎王和判官以及行刑鬼卒只不过是一些泥雕塑像。他实在控制不住内心的委屈，一边哭，一边哀怨道："阎王爷呀阎王爷，你太不公平了，为啥老早就索去了我爹娘？让我这不幸的孤儿无依无靠，无处可归……"

他哭着哭着，不知不觉地趴在地上睡着了。

工夫不大，忽听有人叫他："下面可是杨小宝吗？"杨小宝睁眼一看，吓一跳，只见大殿上突然变得阴森可怕，大小二鬼拿着绳索非常威严，牛头马面手持刑具狰狞可怖，阎王爷横眉竖目地一拍龙案喝道："杨小宝，刚才你斥责本王不公道，有何根据？说不出理由本王割你的舌头！"

杨小宝一挺身坐了起来，把眼一瞪，理直气壮地说："阎王爷，你就是不公平，我和东家小少爷是同年同月同日同时生的，为啥让他有钱有势享福，让我受穷受苦呢？"

阎王爷听了不但没发火，反倒笑了："小宝，这你就不知好歹了，虽然小少爷有钱有势，只给他十八年阳寿，给你七十二年阳寿，这怎么能说不公平呢？"

"阎王爷，如果你真正公平的话，就让我和东家小少爷一样。"

阎王听了气得把袖子一甩，对判官说：“把生死簿子拿来，勾掉他五十四年阳寿，然后送他还阳。”判官改完生死簿，大小二鬼拿着鞭子“啪”地抽了小宝一鞭子，小宝“啊唷”一声，醒来乃是南柯一梦，说不定是真事呢。哎，不管真假，阎王殿不是久呆的地方，还得走。他无精打采地一步一步往前挪。出了丰都城不远，连累带饿，就觉得头迷眼花，“扑通”摔了个筋斗，他想这下子算完了，只好等死了。

哪料，人不该死终有救。有个大财主叫李万山，领着管家出门讨账往回走，正巧碰上了杨小宝。他见杨小宝衣衫褴褛，面色苍白，躺在地上挣扎不起，顿时起了慈悲之心。便吩咐管家，把小孩背回家去，到家将养了好几天，才缓养过来。一打听小宝的身世，非常同情，又见小宝憨厚老实，挺招人喜欢，心中暗想，自己已年过半百，身旁又无儿无女，眼见偌大家业无人继承，莫不如收他做儿子，到风烛残年也好有个依靠。想到这儿，他拍了拍小宝的肩膀说：“小宝，既然无处可归，给我当儿子愿意吗？”

这突如其来的好事，乐得小宝嘴都闭不上了，跪在地上磕了三个响头，然后叫了声：“爹！”

老员外乐得合不拢嘴，吩咐管家杀猪宰羊庆贺。从此以后杨小宝是一步登天，行走坐卧家人陪伴，吃不尽的山珍海味，穿不尽的绫罗绸缎，比以前东家的小少爷阔多了。光阴似箭，一晃二年有余。

一天，老员外突然暴病身亡，老夫人一股急火也死了，杨小宝大哭一场，厚厚的葬礼把老员外和老夫人发送出去了。他心里反复一琢磨，虽然得个万贯家财，可自己只有四五年阳寿了，这么大个家业吃不穷，花不没，死了又带不去，怎么办呢？有了，干脆施舍吧，于是张家没粮吃就给灌一口袋米去，王家没衣服穿，就给送些钱去。日子一久，人们称他是活菩萨。不料这事被阎王知道了，气得直哆嗦。“怎么？我赐给他的富贵，他反倒交人情了？这还了得！判官，打开生死簿子，看看他还有多长时间寿命？”

“王爷，杨小宝的寿命还差半天。”

“走，咱们先看看这小子到底都干些什么？然后再抓不迟。”说完前呼后拥地来到李家庄。进庄正好碰见杨小宝，阎王为了试探试探杨小宝，摇身一变，变成个瘸脚老爷爷左胳膊挽着篮子，右手拄着个枣木棍子，一步一点地走到杨小宝面前，乞求说：“小东家，行行好舍给碗饭吧，我好几天没吃饭了。”

杨小宝二话没说，领着瘸脚爷爷回家了。到家急忙吩咐家人弄点现成饭菜端来。瘸脚爷爷还挺挑拣，说什么不吃，要吃现做的，只好吩咐家人重做饭菜。做好了又说家常便饭他不吃，无奈叫厨子做些上等饭菜，阎王吃喝了一回，连个谢也没道，转身走了。可他觉得这事太平常，打发判官再去试一遭。判官变成个穷秀才，衣衫褴褛，脚穿一双破鞋，到了杨小宝家门口，一头栽倒在门旁，人事不省。杨小宝出门一看，好像是去京城赶考的举子。急忙上前拍胸捶背，折腾了半天，总算醒过来了。杨小宝一打听秀才昏倒的经过，秀才满眼含泪地说：“小人是去京城赶考的举子，不料半路上遇到强盗，将我的衣物和盘费都给抢去了，没办法，只好饿着肚子往前走，不成想却昏倒在这里。”

小宝非常同情地打了个唉声，吩咐管家说：“去给秀才取些吃的，再取五十两银子路上好用。”秀才吃喝完了道了声：“谢谢！”揣起银子转身匆匆地走了。

判官回来和众鬼们一说，大小二鬼、牛头马面一劲摇头。天底下竟然有这样好人？于是他们变成四个小乞丐，光着膀子，穿着破裤子，赤着脚。小宝见了觉得挺可怜，一家给了十两银子，又给了身衣服，众鬼感激得一劲道谢，一边走一边回头看，真是善人哪！

阎王一看果不虚传，便向众鬼们问道：“今天抓不抓杨小宝？”牛头马面乞求说：“王爷，我们俩情愿每人舍给杨小宝二年阳寿！”大小二鬼也哀求说：“我们俩也情愿舍给杨小宝二年阳寿！”判官说：“我舍给杨小宝十年阳寿！”阎王捋着胡须慢条斯理地说：“据本王看，杨小宝确实是个心地善良的人，依本王之见，将杨小宝生死簿子改为寿命无疆，老死拉倒。”

讲　　述：孙忠田
记　　录：孙喜臣
采录时间：1996 年

梦走阎王殿

在东北老山里有这么个村子，一共住着五十来户人家。村子西南角住着个年轻小寡妇叫李腊月，此人品行不端，整天里打公骂婆，还张家长李家短地扯闲话。她向人家借东西，总是借一斤还八两，大瓢借小瓢还。因此，人送外号“李小惦”，乡亲们就像见着鬼似地躲她老远。

这天，李腊月端着面箩又去邻居王家借面。王老太年近七旬，双目失明，无儿无女，靠着丈夫死后留下的一点家业勉强度日。王氏因眼睛看不见，就让李腊月自己到缸里去搲面。李腊月也不客气，搲了岗尖一箩面回家了。几天后，李腊月还王家面时就要了心眼，她翻过箩来，在箩底上铺了一层面，王氏用手一摸，认为面是满箩的，转身倒进面缸里。李腊月站在一旁洋洋自得，心想：这个瞎老太婆真好糊弄，赶明儿个我还得多借几次。离地三尺有神灵，李腊月的骗人手脚恰好被正巡游的地府里的黑白无常二鬼看在眼里。二鬼回到丰都城，来到阎王殿，向阎王禀报了此事。阎王听后大怒，说道：“判官，查一查生死簿子，看这个李腊月还有多少年阳寿？”判官打开生死簿，仔细翻看，过了半炷香的工夫，判官合上生死簿子，禀报说：“李腊月本该活到六十岁，因她平日里打公骂婆忤逆不孝，已损阳寿十年。簿上还记有她欺残压弱，对邻人王氏，不扶贫帮老，反而总是正箩借面反箩还粮，甚至往里掺沙子的恶行，又损阳寿十年。李腊月现正好二十岁，如今阳寿还剩二十年。”阎王听罢拍案大叫：“难道还要让这恶妇在人间作恶二十年吗？黑白无常，我命你们二人到阳间将李腊月的魂魄速速押来！”判官急忙摆手说：“大王，请息怒，李腊月虽然作恶多端，但还罪不至死呀。如果您硬把李腊月的魂魄押来，岂不是违背天规吗？”“你放心，本王自有巧安排。”阎王说完冲着判官诡秘地一笑。这天晚上，李腊月在灯下纳鞋底，纳着纳着，只觉得上下眼皮打架，头昏眼花，困得坐不稳了，她拿过枕头倒头便睡。突然一阵阴风刮过，将房门吹开，李腊月迷迷糊糊地发现，从门外飘飘悠悠地走进两个鬼来，一个身穿黑大褂的，手里拿着根铁链；另一个身穿白长衫的，手持勾魂牌，他们的舌头耷拉在胸前足有二尺多长。李腊月一看，吓得从炕上掉在地上，结结巴巴地问：“你们是人还是鬼，为何三更半夜地来我家?”二鬼差说：“我们奉阎爷王之命捉拿你的魂魄去丰都报到。”李腊月急忙跪在地上哀求说：“二位差爷放过我吧！我以后多给你们烧纸送钱……”二鬼差厉声喝道：“阎王让你三更死，我们怎敢留你到五更。赶紧跟我们走，别误了时辰！”说着，黑无常将手中铁链套在李腊月的脖子上，李腊月拼命地往后挣，白无常将手中勾魂牌朝她晃了三晃，李腊月就觉得身子轻飘飘的，不由自主地跟着二鬼差走了。

一路上漆黑一片，看不到星辰日月。这时，突然刮起一阵狂风带着沙石，将二鬼差和李腊月刮得东飘西荡。黑无常拽着李腊月在前面吃力地走着，白无常跟在后面，不时地拳打脚踢李腊月，嘴里还嘟嘟囔囔地骂道：“都是你，平时不行善，死后出门还要大风灌。”黑无常转过身对白无常说：“老兄，照她这个走法到天亮也到不了丰都城啊。误了时辰，阎王怪罪下来咱哥俩可担当不起呀!”白无常说：“可不是咋的，我看还是给她开开天眼吧!”说着，白无常将唾沫抹在李腊月眼睛上，李腊月顿时觉得头清眼亮，一条大路直通西方。

又走了半个时辰，来到一座城下，城门楼上三个大字“丰都城”，城墙被浓雾笼罩，显得阴森可怕。这时李腊月看见有两个鬼差押着五六个人迎面走来，最后的一个人很像死去的丈夫，走近一看果然是他。李腊月惊喜地叫道：“夫君留步！你可想死为妻我了。”奇怪的是无论她怎叫喊，丈夫就是不理她，一直朝前走去。李腊月问二鬼差说：“我丈夫为啥不理我?”二鬼差说：“你丈夫已经喝了迷魂汤，把阳间的事都忘了，现在正赶往阳间投胎。”二鬼差押着李腊月走进了城门，眼前现出一座大殿，门框上贴着一副对联，上联写着：天堂有路你不走，下联是：地狱无门自进来。横批：罪落十八层。只见屋里关着好多鬼，有的衣衫褴褛、披头散发，有的不是缺胳膊，就是断腿，还有的眼睛被挖掉，鲜血淋漓。众鬼手抓铁门狼哭鬼嚎地喊道："快放我们出去！我们要回家。"这时从旁边过来几个鬼差，手抡皮鞭乱抽一顿，打得众鬼嗷嗷怪叫。

李腊月往那边一看，两个鬼差持尖刀将一个女鬼舌头割下，鲜血顿时从嘴里喷出，疼得那女鬼声声惨叫。李腊月声音颤抖地问道："为啥割那女人舌头？"二鬼差没好气地回答说："因为她生前不孝敬公婆，还打东邻骂西舍，所以她死后要受如此惩罚。"李腊月一听，吓得脸色煞白，忙用手捂住嘴，两条腿像泡糟了的面条子，软得拉不开步了。

李腊月被黑白无常架着来到阎王殿，跪在大殿上偷眼向四下一看，只见阎王正横眉竖目地看着她呢，还有判官拿着生死簿也正瞅着她。他们身边还站着牛头马面、大鬼小鬼，各个龇牙瞪眼，吓得李腊月急忙低下头来。阎王一见李腊月，气就不打一处来，一拍桌案喝道："李腊月你可知罪？"李腊月赶忙向阎王磕头求饶说："我知罪，我不该打公骂婆，不该勾三搭四，更不该欺负瞎眼王氏。求阎王爷放我一回吧！我一定痛改前非，好好做人，多行善事。"

阎王"嘿嘿"一笑说道："晚了，早知今日，何必当初，把你打入十八层地狱，永不得超生。或是让你托生一只母鸡回到阳间给王氏老太婆家下蛋。因为你欠王氏的太多了，就以蛋偿还。"李腊月心想：我若留在十八层地狱，不是被掏心，就是挖眼睛，还要割舌头，还不如回阳间变成母鸡呢。想到这，李腊月说道："阎王爷，我愿托生成母鸡。"

阎王听罢说道："二鬼听旨，把李腊月的魂魄押到望乡台，让她投胎去吧！"黑白无常押着李腊月直奔望乡台，路过奈何桥边，只见一位老婆婆手里端着一碗茶汤向她走来。李腊月正口干舌燥，她抢过老婆婆手里的茶就要喝，二鬼差急忙将碗打翻，告诉李腊月说："这是一碗迷魂汤，如果你喝了，就会把生前的事都忘了，阎王有旨，让你必须记住生前所干的一切恶事。"二鬼差说完，将李腊月推下望乡台。

这天早上，王氏老太太早早起来，她在二十一天前孵了一窝鸡蛋，今天正好是雏鸡蹬壳的日子。王氏用手挨个摸着鸡蛋，心想都到日子了，咋还没孵出来呢？突然一只毛茸茸的小鸡崽蹦到王氏手里，这小鸡崽就是李腊月的转世投胎。半年后，母鸡开始下蛋了。日复一日，年复一年，一天一个蛋，有时还两天三个地下蛋，累得母鸡冠子都干了，羽毛也戗了。

一天，这只母鸡跳到王氏家的老祖宗板上去了，把香炉碗碰得叮当乱响。王氏气得抡棍子朝母鸡乒乓乱打，母鸡东躲西藏，一下子掉在地上的火盆里，烧得皮开肉炸，嘎嘎乱叫，使劲一挣巴，跳出火盆，可浑身疼得如针扎刀剜一般。李腊月被疼醒了，发现自己原来是做了个梦。她回想起梦中的情景，终于醒悟了：善恶终有报，为人做事还是行善为好。李腊月爬起身背上一袋子面朝王氏家走去。

讲　　述：刘占一
记　　录：刘春丽
采录时间：2004 年

程大屠夫轶事

清朝末年，吉林将军手下有个统领官叫程明。此人生来倔犟，宁折不弯，见事不公非管不可，就是皇亲国戚们犯了法，他也不留一点情面。尤其碰见那些仗势欺人，无恶不作的坏人，非杀不可。他杀坏人就像屠夫宰猪似的，故此，老百姓送了他一个绰号，叫程大屠夫。

侯八爷出面　一俊遮百丑

程明起先是个一人不饿全家饱的光棍汉，靠卖零工糊口。后来在山门镇财主侯八爷的门下落了脚。侯八爷见程明为人正直，两个人挺投心，感情越处越近，便结拜为把兄弟。侯八爷为兄，程明为弟。哥俩除了操持家业外，喝酒、狩猎倒也开心。

一天，程明突然慌慌张张地跑了回来，进屋就给侯八爷跪下了，拉住侯八爷的衣角说："大哥，今个兄弟出事了，快想个办法帮我一把。""出什么事了，兄弟？""我和东头赵老大的女儿秀兰很要好，日久天长我们俩就私订了终身，也怨我没出息，和她发生了关系，她现在已经怀孕了，不料这事被她父亲知道了，现在正逼着她让她死呢……""喔，我以为什么了不起的事呢，兄弟不必烦恼，这个事交给哥哥办好了。"侯八爷说完接着把烟袋往鞋底下磕了磕。戴上帽子大步流星地向村东头走去。

到了赵家进屋一看，可不是吗，炕沿上摆着一碗卤水，屋地上放着一条绳子，看样是非让姑娘死不可。赵老大坐在炕沿上抽着烟，生着闷气，娘俩坐在炕里抱头痛哭。侯八爷笑了笑说："赵老大，你可真是个好心人，知道我来串门，给我沏了碗红糖水，那我就恭敬不如从命，不客气了。"侯八爷说着话，端起卤水碗假装要喝。赵老大急忙拦住说："别！别！别！侯爷快放下！这可不是闹着玩的。""怎么，赵老大？我是你的东家，到你家串门连口水都舍不得让我喝？”

赵老大心里自然明白，侯八爷是来做说客，便长长地打了个唉声说：“侯爷，你的来意我知道，实不相瞒，我这是家门不幸，养了这么个现世的闺女，张家李家能干的小伙子有的是，不知怎么偏偏看上这个穷光蛋程明了，干出这种丢人的事，叫我有啥脸出外见人。”“我说赵老大，你说这话可不在理，那程明小伙子哪点不行？干活不行，还是个头和长相不行啊？要我看程明小伙子很有心计，以后会有出息的。再说虎毒还不吃子呢，你非要闺女去死，不就更丑上加丑了吗？我倒有个主意，保你两全其美，咱们来个一俊遮百丑，把闺女嫁给程明，明日就成亲，外人谁也看不出破绽。至于财钱好说，我侯八爷包了，你随便要个数，咱们两家立刻就张罗办喜事，你看如何？”

赵老大一想也倒是，趁这个机会管他多要两个钱是真的。于是他点了点头说：“侯爷你说的也是，不过我把她养大也不容易，不得不要两个钱花花，也算我没白养她一回，五十两银子不多吧？”侯八爷一竖大拇指说：“好！爽快人！就凭你这么开通，我再给你加五十，赵老大，够事吧？”“够事，够事，跟侯爷办事光彩，荣幸，大方，仗义，谢谢侯爷！”“我这就去取钱。”侯八爷说完起身去了，工夫不大，托着一百两白花花的银子回来了，往炕上一放说：“老大呀，一百两银子拿到，你过过目，从现在起，秀兰就是我们的人了，不许你再为难她。你们老两口马上给秀兰打扮一下，明天一早我们就来娶亲。”

侯八爷见赵老大把银子收了起来，这才离去。到家又拿出五十两银子，交给程明说：“兄弟，亲事已定，明天完婚，你也该准备准备了，把这些银子拿去，买一些香蜡纸码和结婚应用的东西。”程明感激得不知说什么好，接过银子乐颠颠地走了。侯八爷也没闲着，命人打扫洞房，撒下帖子请客。杀猪宰羊，忙得不得了。第二天，吹吹打打，热热闹闹地把媳妇娶家来了。婚后，夫妻俩非常和睦，程明帮助侯八爷跑跑外，秀兰帮着料理料理家务，生活过得倒也幸福。

光阴似箭，程明成家一晃两年有余，侯八爷总觉得程明在自己的门下，怕耽误了他的前程。于是，他就把程明叫到近前说：“兄弟，哥哥有件事要和你商量。这个事我想了很久，不是哥哥往外撵你，其实我家养几个闲汉倒不成问题，不过你在我这儿终不是长久之计，我打算让你到外面去闯一闯，干出一番名堂，真熬上个一官半职的，哥哥也跟着借点光。到那时你也有个归宿，哥哥也就放心了。”“大哥，你是知道我的，除了卖零工我能干什么呢?”“兄弟，你别想那么多，哥哥早已给你安排好了，让你去投军。”“投军?投军得有个家伙！我连个马毛都没有，让我拿着树棍子跟着人家马屁股后跑?”“兄弟只管放心，枪、马、盔甲，哥哥早已给你备好了，明天一早就登程，至于弟妹就得暂住我家，决不能让她受委屈。”程明心里暗自思量，这倒是那么回事。哥俩咋好终究是人家的家，不如自己闯出条路来仗义，到了暮年也有个着落。想到这儿便对侯八爷说：“大哥，兄弟此番投军不混出个人样决不回来见你。”侯八爷一竖大拇指说：“好，有志气！哥哥没白交你这个兄弟。”说完便回身吩咐家人取过盔甲，递给程明，程明接过来试了试，嗬，好威武，和画上的天神下凡一样，真乃人是衣服马是鞍，晚上侯八爷又摆了一桌丰盛酒席，算是为程明饯行。哥俩一直喝到深夜，这才各自安歇。

第二天一早，程明吃过早饭，披挂整齐，侯八爷取过盘费交给程明，千叮咛万嘱咐：“到军营要好好干，如有起色早回书信。”一送送出几十里，哥俩这才洒泪而别。

八爷舍头救朋友·程明刀下不走空

程明到了军营以后，那可是管老丈母娘叫妈——一心朴实。干在前，吃在后，冲锋陷阵一马当先。官兵们看他老实厚道，都很喜欢他，士兵们推荐，当官的提拔，一来二去的被提为吉林将军手下当统领官。直接授予程明生杀大权。

一天，程明听说叶赫那拉天主教私立公堂，与土匪勾结，抢男霸女，无恶不作，便带领本部兵马前去征剿，从吉林到叶赫那拉，一路上抓到土匪和天主教的大小头目十八人，准备在叶赫那拉就地正法。把营地扎下后，立即派人收拾法场，并晓谕百姓都去看热闹，一来以解民愤，二来警告人们遵纪守法。消息传开，方圆百里无一不晓。

再说天主教被抓的这些人当中，有个姓牛的小头目，叫牛荣春，他家在半拉山门住，并且和侯八爷很要好。牛家子女一听父亲被程大屠夫抓去，定死无疑，只有一条生路，去找侯八爷，于是一家老小来到侯家，都给侯八爷跪下了，不答应救人，死也不肯起来，侯八爷无奈，只好答应到叶赫那拉走一遭。

事不宜迟，套上骡子车，快马加鞭地赶到叶赫那拉，时至晌午，侯八爷把车安排到店房里，自己也顾不上吃饭了，急忙直奔程明营中走来，守营士兵老远喝道："站住！干什么的？"侯八爷止住了脚步说道："兄弟们，麻烦你们禀报你家程大人一声，说半拉山门有姓侯的叫侯八爷求见！"士兵们早有耳闻，急忙往里回报。程大屠夫简直不相信自己的耳朵，抓住士兵又问了一遍，高兴得差点把手腕子掐断，大声吩咐号兵："鸣号列队！"说完他急忙来到卧房换了一身崭新的军服，大步流星地来到营外，见了侯八爷抢步上前，一把抓住了侯八爷，接着眼泪就下来了："大哥，可想煞兄弟了，兄弟无一时不惦念你，家里嫂嫂和侄儿们都挺好吧！""好啊，好啊，家里都挺好，你也挺好吧？""侯八爷说着话上下仔细打量了程大屠夫一回，一身崭新的军服，半高鞡的皮靴，腰里挎着一把腰刀，威武雄壮，可不像当年的程明了，好神气！

哥俩手挽手来到自己的卧房。程大屠夫把侯八爷让到上首坐了，自己倒头便拜。侯八爷急忙上前扶起说："自家兄弟，何必多礼。请起请起！"接着两个人各自叙述了一番离别后的情景。士兵们早就知道程大人有个把兄弟侯八爷。不用大人吩咐，沏茶、炒菜、烫酒、做饭，忙得不可开交。不到半个时辰，一切准备停当，哥俩这才开怀畅饮。酒至半酣，侯八爷说道："兄弟，今天哥哥来有一事相求，望兄弟想啥办法也得帮我这个忙。""大哥见外了，我的荣华富贵都是你给的，莫说帮忙，就是要吃兄弟的心都舍得掏给你。”侯八爷满意地点了点头说：“看来我侯八爷还算有眼力，没白结交你这个兄弟。我有个朋友叫牛荣春，在天主教做事，昨天听说他叫兄弟你给抓来了，哥哥求你高抬贵手，网开一面放了他。”

程大屠夫听完沉吟了半晌说道：“大哥，你求兄弟啥事都能依得，唯有牛荣春罪大恶极，与土匪勾结，罪不容恕。此事兄弟万难办到。”“兄弟，刚才你说心都舍得掏给我吃，这么个工夫咋又万难办到了呢？你跟哥哥玩嘴片子咋的？”“大哥，你也听说过，凡是来保犯人的人，我都以罪犯一律同罪问斩，今天是大哥你来，我不能说别的……”侯八爷听到这，火腾地一下上来了。一拍桌子喊道：“好啊，程大屠夫，你个白眼狼，今个你出息了，竟然和我打起官腔来了，不办人事也罢，谁让我当初瞎眼了，交你这么个狼心狗肺的家伙。可你也不能拿大话来吓唬我，要杀你叫人把我捆起来，我和牛荣春一起去死……”侯八爷把手向后一背，吼道：“来吧！绑！不然你给我来个痛快的，以后你也别叫我哥哥，我也不认你这个兄弟了。”程大屠夫哪受得这个，“扑通”一下跪在地上：“大哥息怒，兄弟该死，只要你不生气打我骂我兄弟领了……”

士兵们听见屋里喝砸锅了，急忙往屋里跑，有的劝侯八爷，有的去扶程大人，程大屠夫死也不肯起来，折腾了半天，侯八爷的气总算消了一些，转念一想，到火候了，不管咋说，人家是统领官，掌握生杀大权，能给自己跪下也就够交了，换一个还不得让他宰了。想到这，上前扶起程大屠夫说道：“不是哥哥生你的气，哥哥待你怎样，我也不扒那小肠。这些年来头次求你帮这个忙，你一点面子也不给，叫我回去怎么向牛家和乡亲们交代，再说这一带都知道咱俩有过命之交，你死不肯给面子，人们对你我评价如何？”“大哥，你先回店房休息休息，容兄弟和手下人商量商量，明个一早给你准信咋样？”“不管啥信，我是要活的，不要死的。”

程大屠夫把侯八爷送走后可犯难了，不杀吧，不平民愤。杀吧，八爷不能答应。费了好一番琢磨，想出个好办法来，于是他把刽子手齐大胖子叫到近前，附耳低言这般如此、如此这般地说了一遍，齐大胖子点点头说："任从程大人吩咐。"天刚眼前黑，有士兵来报："报程大人，侯八爷在后门求见！"程大屠夫整了整军服，急忙接了出去，把侯八爷让进自己的卧房，哥俩落了座，差人献上茶来，侯八爷一边喝着茶，一边试探着说："兄弟，哥哥晚上来是着急听你的信，另一个是你我分手多年，我想今晚就在你这块睡，咱哥俩亲近亲近，叙叙家常。"程大屠夫吩咐道："再抬一张床来，拿一套铺盖，今晚和哥哥睡在一起！"一切准备完毕，两个人一直唠到后半夜方睡。第二天一早，侯八爷醒来睁眼一看，坏了，程大屠夫没了，这不耽误事吗？也顾不得一切了，鞋也穿反了，帽子也戴歪了，拼命往法场跑。一边跑一边穿衣服正帽子。

到了法场一看，犯人早已绑在桩橛之上，刽子手不是旁人，是本屯的齐大胖子和他徒弟陈四，手持鬼头大刀怒目横眉。程大屠夫骑着一匹枣红马，身披大氅，盔甲鲜明，手拿令旗立于高坡之上，晨风一吹，大氅轻轻飘动，好一派杀气。侯八爷去救牛荣春，士兵们哪里肯放，正在着急之际，就见刽子手陈四把鬼头刀往空中一举，喊道："请大人验刀！"程大屠夫说："好刀！""请大人发令！"程大屠夫令旗一摆："斩!!!"

陈四喝得酣醉，再加上出差时走到一家饭馆门前，一个小伙子泼了他一身脏水，心里正恼火，借着酒和气，一阵旋风刀，大刀左右开弓，干净利落，一连砍了十七个。当砍到牛荣春这块时，师傅齐大胖子一摆手说："止刀！"随着话音，齐大胖子的鬼头大刀就举起来了，侯八爷也顾不得一切了，甩开士兵，扑到牛荣春身上，只见刀光一闪，侯八爷心想完了，自己的脑袋也跟着搬家了。一闭眼睛工夫，就听"咔嚓"一声，没动静了，自己是死了，还是活着呢？等了一会，睁眼一瞧，只把牛荣春的头发和招子削掉了半截，然后齐大胖子用刀背拍了拍牛荣春的肩膀，低声说："牛荣春，学好吧，是侯八爷保你不死。"

说完，向场外喊道："牛家来人了吗？把人弄回去！"接着程大屠夫一声令下："撤！"大队人马全部回吉林去了。

屠夫怒宰杨榆树　将军无奈用程明

一天，程大屠夫带领大队人马剿匪得胜回城。忽听前面房里乱糟糟的，这个叫道："这把该我坐庄了。"那个吵吵说："我压天门！""……"程大屠夫把脸一沉问道："前面房里这么乱什么买卖？""回禀程大人，前面是杨榆树开的赌场和烟馆。""杨榆树是什么人？""大人，杨榆树是将军府三姨太的亲侄儿。""喔，三姨太的侄儿就可以随便开黑买卖，要是将军的独生子就可随便杀人了不成？把他这个买卖给我洗了！"随着话音，手下士兵道声："得令！"呼啦一下将整个赌场和烟馆围上了。

房里除了一些人在赌钱外，还有几个土匪在屋里抽大烟，一看院子被兵围上了，以为是要抓人，掏出撅把子枪就开火了，一下子撂倒了三四个士兵。程大屠夫更火了，将腰刀往空中一举："给我上！"一声令下，士兵们一窝蜂似地冲了进去。屋里顿时大乱，赌头和赌棍们吓得躲到旮旯里不敢动，几个土匪见事不妙，转身就跑，士兵们一拥而上，将他们一个个捆了起来，押到院子里。

杨榆树见势不妙，背起半袋子大烟土，夹着钱匣子要溜，刚出房门口，迎面碰上了程大屠夫。杨榆树认识程大屠夫，程大屠夫可不认识杨榆树，杨榆树故作镇静，瞪着蛤蟆眼，装腔作势地喊道："好哇，程大屠夫管到我杨某人头上来了，你可要知道，我姑夫是吉林将军，是管你的。明智点的赶紧把路让开，两来无事。不然，摸摸你的乌纱帽戴住戴不住？"程大屠夫一听口气，就知此人肯定是杨榆树了，把眼一瞪怒斥道："我宁肯不戴乌纱帽，也不放过你这坑人的孬种。来人！把他给我捆起来！"杨榆树还是不服气，大喊大叫："程大屠夫，我看你能把我咋的？你敢奈何我，摸摸你脑袋能不能长结实？"程大屠夫怒骂道："杨榆树，我宁肯掉脑袋，也要先把你脑袋砍下来！"刚说到这，手下人来报："回禀程大人，三姨太到！"杨榆树得意忘形地哈哈大笑道："程大屠夫，还不快快将我松开，饶你一死！"程大屠夫气得两眼圆睁，一摆手吩咐道："先把这害人的畜牲拉到后院砍了。然后再接三姨太！"杨榆树一听傻眼了。过来两个士兵把杨榆树拖到后院，一抹身的工夫就把杨榆树的脑袋拿下来了。

程大屠夫装做很庄重的样子把三姨太让到上房，分宾主落座，互相客套了几句，三姨太说："今天我来给程统领添点麻烦，求个方便：我有个不成器的侄儿，在这儿开了个黑买卖。这也怨我管教不严，犯到统领的手下，实在得罪，望统领看在将军和我的面上，网开一面饶了他吧。"程大屠夫佯做吃惊的样子说："卑职实不知杨榆树是夫人的侄子，方才夫人来晚了一步，被我给斩了。"三姨太一听，立刻觉得眼前发黑，气得二话没说，由手下人扶着回府了。没隔五天，吉林将军下令，革去程明统领官的职务。

消息一传开，被土匪头子神枪王义知道了，心中暗想：只要程大屠夫无权，打吉林势如破竹。于是分头带领大队人马把吉林就给围上了，烧杀抢劫，无恶不作，弄得城里城外乌烟瘴气，鸡犬不宁，老百姓怨声载道。将军如坐针毡，急忙派翟洲、韩太带五百名士兵前去征剿，两个人和神枪王义一交火，被王义一枪一个，毙于马下，五百名士兵无一生还。将军闻报大吃一惊，又派了几员武将前去讨伐，仍然不死即伤，大败而回。没办法，只好让程大屠夫官复原职。但限制他：除与土匪交锋时打死例外，如捉住的必须走完公文再杀。

捣匪巢王义漏网　笸箩沟匪首覆灭

程大屠夫复职后，神枪王义闻讯，吓得带着人马躲进深山老林里去了。程大屠夫发下誓言，不剿灭这股顽匪死不回吉林。

光阴似箭，程大屠夫带领五百名士兵在山里转悠了两个月有余，未见踪影，心中甚是焦急。于是他派了十几名精明士兵，到山里各处访察匪情。一晃半个月又过去了，仍然摸不着土匪的下落，时至五月，正是农忙季节，绿荫覆盖整个大地，青草没棵，寻找土匪实在困难。

一天，程大屠夫带领人马正往前走，突然看见道旁有七八个人铲地，其中有两个头扎白手巾的挺可疑，还有两个戴草帽的，其余的都光着脑瓜。这些人见队伍来了，就像没看见一样，仍然低着头铲地。程大屠夫勒马看了半天，这伙人照样干活，目不斜视地铲地，程大屠夫用鞭子一指说：“把那几个家伙给我带过来！”手下人疑惑不解地问：“大人，抓这些庄户人来有何用？”“快去！抓来便知。”士兵们一拥而上，立刻把几个人押了过来。程大屠夫把脸往下一沉，冲着两个头扎白手巾的人问道：“你们是什么人？”“大人，你没看见我们在铲地吗？庄户人呗。”“庄户人？庄户人为啥不庄户打扮，扎个白手巾呢？”“大人我们都是做工夫的，家里很穷，买不起帽子。”程大屠夫用鼻子哼了一声说：“有钱买手巾，没钱买帽子，把手伸出来！”程大屠夫挨个看了看手掌说道：“庄户人为什么手上没有老茧？依我看你们全不是好人，来人，给我搜！”

可不是吗，从这些人腰里搜出三支短枪。匪徒们一看露了馅，刚要反抗，早已被士兵们五花大绑捆了个结实。原来这些人是神枪王义手下的人，王义怕程大屠夫追剿，就跑到梨树县境内的吊石砬子屯躲了起来，派出几拨人马出来探听程大屠夫的消息，不料竟被程大屠夫碰上给识破了。程大屠夫喝令手下士兵：“打！”一顿乱棍打得几个土匪告饶了，并且招出土匪的老巢，程大屠夫吩咐士兵押着土匪头前带路，队伍直取吊石砬子。

此时王义躺在炕上抽大烟，就听外边爹妈乱叫，听得实在不耐烦，把烟枪往炕上一扔，顺手从墙上摘下撅把子枪，气冲冲地来到门外。见二当家的马老邪领着人正在拷打刚绑来的票（人质），有的用烙铁烙，有的用火烤，还有的按在凳子上灌凉水。马老邪把一个老头吊在树上，皮鞭蘸凉水，换着撇打，抽得老头“爹”一声，“妈”一声地叫唤。神枪王义越看越生气，骂道：“他妈的，不抓有钱有势的，抓些个穷鬼有啥用，吵得这个闹心，都他妈的给我滚！”随着话音，抬手一枪，给马老邪腿肚子锥了个眼。

这一打不要紧，程大屠夫领兵悄悄地刚摸到屯子边上，想靠近一点再打，突然听见枪响，以为部队被土匪发现了呢，挥起腰刀往空中一举道："给我往里冲!"眨眼之时就和土匪混战在一起。王义喊了声："不好，我们被包围了，弟兄们随我往外冲!"程大屠夫作战有方，部队训练得非常精练，个顶个的不怕死，英勇善战，土匪遭到突然袭击，乱成一团，只恨爹娘少生两只腿，四散奔逃。

王义一看，大势已去，带领兵杀开一条血路逃走了。跑出二十多里地，回头一检点人数，只有二十余骑，这时天也凑热闹，下起了一阵瓢泼大雨，王义长叹一声说："程大屠夫，今日败在你手，我死不瞑目。有一口气在，决不会放过你的!"说完直奔大笸箩沟走下去了。

大笸箩沟这儿有个姓刘的老财，家里老少三十来口人，四十多垧地，有好骡马三十多头。老当家的八十多岁了，也咬不动黄瓜了，三个儿子说谁谁不听，叫谁当家谁不当，让分家还不分，互相靠愣，眼见大忙季节无人干活，整天出去耍钱。老当家的一赌气，心中暗想，反正你们也不想好了，我弄点毒药，咱们一起吃，一齐死，我也就净心了。于是他吩咐儿媳妇们和面，剁馅，包饺子。真别说，干活没有人，吃饭一大群，要做好吃的都伸手。一家人正在忙乎呢，老当家的趁眼不见就把毒药拌到馅子里去了。工夫不大，饺子包好了，水也烧开了，饺子刚要下锅，就听院外人声嘈杂，老当家的往外探头一看，吓得舌头伸出半晌缩不回来。原来是土匪头子神枪王义领着残兵奔这里来了。

老当家的眼珠一转，有了，干脆，把这些饺子让给他们先吃吧。他笑嘻嘻地迎了出去："大爷们，辛苦了，快往里请!"王义也不客气，带着人马进院了。老当家的赶忙把儿孙们叫了出来，让他们拴马、拌料、刷洗、饮遛，然后把这帮家伙让到屋里，王义见锅里煮的饺子，觉得实在太饿了，叫道："老头，爷爷们饿急了，快点捞出来些我们先吃着。"

儿媳妇们正忙着捞饺子，老儿媳妇有个五岁小男孩，跑到娘跟前直喊饿，老儿媳妇顺手捞出半碗饺子递给孩子。小孩接过碗还没等吃呢，老当家的上去就是一巴掌，把碗打掉在地上，骂道："他奶奶的，客人没等吃呢，把个孩子摆头前了，没规没法的，给我滚外头去！”土匪们做梦也想不到饺子里会有毒药，一个个争抢着吃。老当家的满心欢喜，可回头一看，糟了，大门口还有两个料水子的（放哨），如果这两个家伙不死也是祸害。他急忙端碗饺子送了过去，两个匪徒饿得正没着落，见着吃的哪管三七二十一，大嘴咧巴着吃了起来。半个时辰过去了，土匪们像下饺子似的，“扑通，扑通，扑通”都倒了。

一家人正纳闷呢，程大屠夫领着队伍也赶到了，一问咋回事？老当家的就把事情经过说了一遍。程大屠夫把一家人训斥了一顿，说：“把我这二十多匹马送给你们十匹，农忙时耕地好使，以后不要好吃懒做，要钱闹鬼了。”一家人跪地磕头谢恩。

程大屠夫把刘家的家务事处理完，把这些土匪脑袋砍下，传令：“撤！”队伍连口水都没喝就开拔了。

讲　　述：王淑文
记　　录：王海山
采录时间：1990年

富翁买寿

人生在世，有买吃的、买穿的、买用的……可是，还有买寿的。买寿就是想把过去的时光再买回来，想长寿。到哪里去买？怎样去买？有谁卖寿？又是怎么个卖法呢？

有一个富翁叫钱旺。他父亲那辈家里就穷，穷得叮当响，自从有了儿子就指望独生子长大能有钱，所以给儿子起名叫钱旺。钱旺长大成人依然和他父亲一样穷得响叮当。穷不扎根，富不长叶。钱旺到了晚年时走了好运，一下子成了暴发户，钱真就旺起来了，家财万贯、使奴唤婢，成了富翁。钱旺以前的多大半辈子是吃上顿没下顿，衣不遮体、饭不饱腹，就觉得活着没啥意思，也不在乎生死，也不想多活多少年。有了钱却到了晚年，他想要长久地活下去，好好享受有钱的生活。人必有寿终的一天，钱旺也明白这个理。他想有钱什么都可以买，干脆买寿再活一次。

钱旺把管家叫来，让他去给买寿。管家说上哪买寿去呢？钱旺说有钱能使鬼推磨，有钱什么都能买来。管家知道这是根本办不到的事。事事不由东，累死也无功。一切都得按钱老财的想法办。管家一想也罢，挣人家的钱就得听人使唤。上哪去买寿？打听呗！干什么不是干呢。管家是个弯弯绕，这就是你糊弄我，我糊弄你。

管家来到一家杂货铺子，问有寿没有？“什么瘦？要猪肉瘦的？还是要牛肉瘦的？”铺子主人问。管家忙解释：“不买猪肉，也不买牛肉，要人的寿。”店铺老板一听火了：“什么，你还要买人肉？你是活腻了。”抡拳向管家打来。多亏管家跑得快，不然非打个半死。

管家回来，把去杂货铺子的事说了一遍。钱旺说：“就像有病乱投医一样，这里没有，另处也许有呢。”管家说：“好，我到另外一种买卖找找去。”

管家来到大街上，看见一家挂着“当铺”的招牌。他就走进当铺里。当铺老板问他当什么？管家说什么也不当，是来买当的。当铺老板说我这里有卖有买的，这才是真正的买卖。管家把钱旺买寿的事说了。当铺老板一听非常高兴，他心想有人不惜重金买寿，这可是一笔好买卖。可是自开店以来还没有当寿的。当铺老板眼珠子一转，告诉管家就在他的当铺里等，说不定哪一天就会有来当寿的。

管家就在当铺里等。左等一天没有当寿的，右等一天没有当寿的，四四一十六天过去了，也没有一个来当寿的。

管家只好回来告诉钱旺，当铺里也没有当寿的。钱旺思量一会，突然眼睛一亮，说："有了，有卖寿的地方了。到监狱里去买寿。那里有被判死刑的犯人都没有到寿，只是他们犯了王法被砍头的。上那里买寿是轻而易举的。找县太爷准成。"管家听后说："好，就去找县太爷。"

管家找到县太爷家，县太爷知道了管家来意后自然高兴，他告诉管家明天就有三个判死刑的被砍头。买一个人的寿十两金子，三个人三十两金子。管家说不要那么多，只要一个人的寿足够。县官说："好，交十两金子，明天午时到刑场去领寿。"

第二天，管家来到刑场。县太爷指着一个年轻的犯人说："他年轻，还有多半生的寿命。等砍完头，把他抬回去给你家主人。"三声炮响，三颗人头落地。管家哪敢去拎血糊糊的人头，心想如果不拎回去，何以见证买寿来。管家找人用布包了人头拎了回去。

管家回来把那布包的人头交给钱旺，说寿已买到，是个年轻的。钱旺打开布包一看果真是一青年人的头，他好一阵高兴，接着镇静了一下问："条子呢"？管家说："什么条子？"钱旺说："阎王爷给开的条子，就是那买寿的条子。"管家头脑反应得挺快，他说："就花十两金子，阎王爷嫌少，没给开条子。"钱旺说："那好，我给你拿一万两黄金去阎王爷那里开条子去。"

钱旺给管家一万两黄金。管家想：上哪找阎王爷去？管家犯难了，只好边走边问阎王爷在哪里。管家在路上遇见一位老者，这位老者风度不凡，且有文雅气质。管家心想让这位老者给出个道道，于是向老者请教，问："老人家，阎王殿在哪里，我想找阎王爷办点事。"老者听后连连摆手："去不得，去不得，去了就回不来。"管家把钱旺让他找阎王爷买寿开条子的事讲了一遍，并请老者给他出主意。老者想了想，拿出笔墨来，写了一张条子交给管家，并告诉管家："你把这条子用糨糊封好，不能让钱旺打开，就说天机不可泄露，等以后他有大病的时候再打开看……"

管家回来用糨糊把那张条子封好后去见钱旺。他把纸条交给钱旺。钱旺接过条子就要拆开看，管家急忙阻止："阎王爷说了，这买寿条子不能拆开看，如果看了，泄露天机，这条子就不灵验了，买来的寿也没用了。阎王爷还说得等你有大病的那一天再打开看。纸条里边有秘诀，到那时再看条子必能有效。"钱旺听了管家这番话，没敢拆那张纸条。闲着没啥事的时候，钱旺就想起那张纸条，用手摸摸，总想拆开看看到底写的是什么，每次都是欲拆又止。

两年过去了。这一天钱旺得了一场大病，卧床不起。遍请良医，就是治不好。一个月后找到一位名医，名医诊脉后说这病治不好了，让料理后事，也就是几个时辰的事。钱旺听了连连摆手："不会，不会，我这有阎王爷给开的条子，能延寿的。"钱旺从衣兜里拿出纸条，用颤抖的手打开纸条。只见纸条上写：一头白发催将去，万两黄金买不回。落款是地府阎王爷。钱旺不看便罢，一看气不打一处来，一下子昏了过去。在一家子人的呼喊下，又慢慢地清醒过来。他把管家叫来，说："我给你一万两黄金就买这个纸条子。是不是你没把金子给阎王爷，阎王爷生气没给开延寿条子？"管家说："阎王爷黑脸的，没收这金子，金子全在我那里保存呢。"他说完回自己房间把一万两金子拿来交给钱旺。钱旺把金子抱在怀里说："我自己去阎王爷那里买寿去。"他还告诉家里人们不要出殡，等他去阎王爷那里他还回来。说完闭上眼睛，死了。

钱旺一家人真认为钱旺到阎王爷那里能买回寿来，一直停尸在家没出殡，一等等到七七四十九天。这一天，管家闻到一股人肉腐臭味，他一摸钱旺尸体都已溃烂了，这才出殡埋葬。

古时，富有人家葬死去的老人都要发丧七七四十九天，又雇吹鼓手又请和尚念经。大概是等阎王爷开恩给放回来，好再延寿。

讲　述：张素文　78 岁
记　录：齐学田　56 岁　中学文化
采录时间：2000 年

四个瞎闺女

从前，有一家六口人，老两口和四个瞎闺女。老太太是个继母，前妻死后，老头为了照顾这四个瞎闺女，续弦娶了郎氏。郎氏进门就讨厌这四个瞎闺女，嫌她们死吃干嚼的，总想折磨死她们，常在老头耳边吹枕头风，说她们姐四个的坏话，日子一久，老头也就慢慢地随笼了。

一天，老头子想出一个新主意，对老伴郎氏说："反正她们四个什么也不能干，得养活她们一辈子，有她们四个吃闲饭，咱俩也吃不上好的，穿不上好的，不如把她们扔掉算了，去掉你一块心病。我听说离这七八十里地，山里有个很深很深的大沟，把她们四个扔到沟里，没个爬上来，早晚死在里边。"郎氏一听，这个主意挺好，正打心上来，连声说："行，行，明天早上就动手!"

第二天一早，郎氏老早就把四个瞎闺女都叫起来了，并让她们穿好衣服，说送她们去姥姥家串门。姐四个一听乐坏了，长二十来岁第一次上姥姥家。紧忙收拾收拾上牛车了。老头赶着牛车到了那个大深沟旁说："孩子们，下车吧！到你们姥姥家了。"姐四个下车往前没走几步，"咕咚""咕咚"都掉进深沟里去了。老头见四个瞎闺女都掉下去了，赶着牛车就往回跑。姐四个被摔得鼻青脸肿，幸运没摔死，都伤心地大哭起来，哭了好大一阵，才止住悲声。大姐说："妹妹们，别哭了，咱们得想办法爬上去活命要紧，不然饿也得饿死在这里。"于是她们四个人到处寻找出处，可摸到哪儿，哪儿都立陡立陡的，怎么爬也爬不上去。衣服也刮破了，肉皮也划得一道道口子，又找了好久，还是没出路。她们困了躺在草地上就睡，醒了就到处乱摸。也不知过了几个白天黑夜了，饿得实在挣扎不动了，只好等死。这时，忽听前边有滴水声，顺着声音摸去，大姐脚下滑了一跤，"扑通"掉进水潭，幸亏水不深，没淹着。她急忙喊道："妹妹们，快来呀！这里有水!"她边喊边用手捧着水大口大口地喝，觉得清爽凉快，立刻精神起来了。又捧了几把水洗了洗脸，觉得眼睛酸麻胀，使劲一揉，好像眼珠子揉破了一层膜。一眨巴眼睛，眼前露出一道光亮，又眨巴了几下，一睁眼什么都看见了。她连声喊道："我的眼睛看见东西了！我的眼睛好了！"接着三个妹妹也照样洗了一回，眼睛全好了。姐四个高兴得搂在一起，又掉了一阵眼泪，这下我们的眼睛全好了，能找到出路了。可往四周看了看，周围全是悬崖峭壁，哪儿也上不去。再往水潭上边一看，有棵树，树上结满了野果，大姐高兴地说："看来眼时饿不死了，吃点野果先度度命，然后再想办法出去。"姐四个吃了顿野果，好歹算是护过心口来了。天也凑巧，下起雨来，她们来到一棵大树下去避雨，发现树后有一个山洞，洞口有一人多高。她们急忙躲进洞里去避雨，往里面一走，里面很深很黑，又往前走了一段路，前面有光亮，到近前一看，是一个宽敞的大厅，厅里有石桌石凳，还有石床，石床上躺着一具骷髅。再往石桌上看，有两颗珠子，是珠子在发光。旁边有个石匣，打开石匣一看，里面五光十色，姐四个不认得，觉得挺好玩的，就都揣在怀里。她们走出洞来一看，雨停了，就听有人在悬崖上自言自语说话："今天真晦气，什么没打着，还挨顿浇。"抬头往崖上一看，是个打猎老头，姐四个放开嗓门喊道："救命啊！救命啊！"老头探头往下一看，是四个大姑娘，急忙问道："孩子，你们为什么到这里来啊？"姐四个就把这个事情的真相都说了。老头一听心酸了，说："孩子，你们等着，我回去拿绳子。"不大一会，绳子拿来了，把她们一个个都拉了上来。老头把她们领回家，给她们做好饭好菜吃，做好衣裳穿。姐四个无法感激，跪在地上磕头认老头干爹，老头子乐得胡子翘起老高。

日复一日，年复一年，她们在这儿已经生活二三年了。老头原先日子过得很好，一下子添了四张嘴，渐渐地贫了下来。后来老头拼死拼活地干，只能将将糊口度命，就连晚上煤油都买不起。大姐想起个事来，晚上就把在洞里得来的珠子放在桌子上，满屋亮堂堂的，老头惊奇地问："孩子，这珠子是从哪弄来的？"姐四个就把在洞里得的珠子和石匣里的东西都拿出来让干爹看，当时老头看傻了，呆了半晌说："孩子，你们有所不知，这些珠宝玉器是一百多年前，有个土匪头子叫神枪王义抢来的。被官府追剿得无处可逃，带着珠宝玉器潜到这个洞里藏身，后来是死是逃无人知晓。该着我这四个干闺女有福，也该着我老头子跟你们享点福。傻孩子，这些珠宝每件价值连城。明天咱不住这破草房，干脆，买地盖楼。"

第二天，老头开始买地运料，大兴土木，没几个月，一座崭新的庄院竣工了。置良田千顷，雇奴仆百人。骡马成帮，牛羊成群，成了当地首户富翁，四个干闺女打扮得花枝招展，长得像水中芙蓉，真乃一步登天，天壤之别。吃不尽的山珍海味，穿不尽的绫罗绸缎。大姐仨都先后找了个富贵人家，过上了幸福生活。后来老闺女招了个养老女婿，非常孝顺。老头幸福地度过了晚年。

自从郎氏定计把四个瞎闺女扔出去后，家里一天比一天穷，后来实在揭不开锅了，就到各处去乞讨。正好来到大闺女家门口，大闺女见老两口挺可怜的，给了不少钱和米，老两口千恩万谢。从谈话中得知，是自己以前扔出去的瞎闺女，没曾想却变成这般富贵，觉得无地自容，急忙地离开了。碰巧又来到二闺女家要饭，二闺女也给了不少银子，老两口一打听，知道又是以前扔出去的瞎闺女，变得这样漂亮和富有，老两口羞愧难当，慌慌张张地又走了。不知不觉地又来到了三闺女家，三闺女也很善良，给了不少衣物钱财。一打听，又是以前扔出去的瞎闺女，郎氏惶恐不安，急催老头子走开了。说不着念不到又到了四闺女家，四闺女供吃、供喝、供住，并且要认老两口为干爹干娘。一唠身世，原来又是以前扔出去的瞎闺女，老两口悔恨交加，怎么也挽留不住，来到扔四个瞎闺女的大深沟里跳崖自尽了。

讲　　述：张玉田
记　　录：孙喜臣
采录时间：1990 年

狼九妹

书生田禄，家境贫寒，二十六七了也没讨上老婆。白天靠上山砍柴、卖柴为生，夜里秉烛攻读。

屯东五里之遥有条狼洞沟，狼群经常出没在林子里，屯里人们没人敢去那里砍柴采山货，只有田禄不怕。有时在林子里砍柴，群狼就蹲在他附近卖呆，互不相惹。田禄还时常捡到狼吃剩下的猎物，回到家里煮着吃。

一天，田禄觉得身体不适、四肢发软、身上发烫，躺在炕上动弹不得。身边又无人照顾，病得口干舌燥，不知不觉迷迷糊糊似睡非睡。忽觉口内一股清凉，睁眼一看，发现身边坐着位如花似玉的少女，口吐清香，用软绵绵的手腕子搂着他的脖子，给他喂水。他心感诧异，便问起少女姓名住处。少女说："我叫九妹，家住在东沟里，离你砍柴的地方不远。奴家经常见你带着书本，边砍柴边读书。看出你是个有上进心的人，奴家很爱慕你这种读书人。这几天没见你去砍柴，心中甚是惦念，特意前来看看你。"田禄看姑娘如此多情，病情马上好了一半，可他觉得跷蹊，狼洞沟附近没人家呀？

自此，姑娘每天都来到田禄家侍候田禄，为他煮汤熬药、烧火做饭，照顾得非常周到。不知不觉个把月过去了，田禄的身体已经复原了，他和九妹之间产生爱情，整天形影不离，如漆似胶。田禄请求九妹留下来，九妹长叹一口气说："实话告诉你吧，我并非人类，是修炼千年的狼仙。我们姐妹九个，属我最小。虽然我爱你，可人狼无法结为夫妻，别耽误你娶妻生子。""九妹，今生今世非你不娶，你就是妖精，我也心甘情愿。"九妹见田禄情真意切，就同意了这门婚事，当天两个人就成亲了。

当地有个恶霸地主叫许大麻子，仗着叔叔在朝廷里官居四品，横行乡里、抢男霸女、无恶不作。哪家有漂亮的姑娘媳妇让他见着，早晚非让他给强暴了不可。

一天，许大麻子领着家奴去狩猎，路过田禄家门口，见田禄媳妇正在晾衣服，搭眼一瞅，立时惊呆了：简直不相信自己的眼睛，天下竟然有这么漂亮的女子？哈喇子淌出挺长仍然不觉。管家许三和尚捅了他一下说："东家，咱们走吧。"许大麻子这才醒过神来，依依不舍地离去。

没隔几天，许大麻子把田禄请到家里喝酒。酒至半酣，许大麻子满脸堆笑说："田禄，本东家待你怎么样？""东家如果你不让我上山砍柴，恐怕我早已饿死了。""看来你还挺有良心，以后咱们多亲多近，我就认识你这个干兄弟。"许大麻子说到这儿，给田禄连满三杯酒，田禄喝完顿时头晕脑发胀。许大麻子话题一转说："今天咱哥俩喝得高兴，打个小赌助助酒兴。"田禄也没加考虑，顺口说："行！"许大麻子说："明天你牵一只羊去集市上卖了，得了钱去买袋米，再用羊驮回来。这个事办妥了，我把狼洞沟那座山白给你。要是办不好，就把你媳妇让给我。"田禄喝得稀里糊涂，以为许大麻子跟他说笑话呢，点头答应说："行！行！行！"

第二天早上，许大麻子派人去找田禄卖羊，田禄一听，许大麻动真格的了，一头栽到炕上发起愁来。九妹不解地问："夫君，这是怎么了，看把你愁成这样？"田禄就把昨天许大麻子请他喝酒打赌的事说了。九妹笑了笑说："这是件好事呀！应该吃个喜才对。"她说完对着田禄的耳朵悄悄地嘀咕了几句，田禄转忧为喜，高高兴兴地赶集去了。

许大麻子得意地捋着八字胡，坐在太师椅上等着好消息。

待田禄牵羊驮着米回来时，许大麻子扁担钩眼睛——拉长了。原来九妹告诉丈夫的办法是，田禄牵羊到集市上，把羊毛剪掉，卖了羊毛再买米，然后牵着羊驮着米回来，不费本不费力赢来了一座大山。

许大麻子越想越窝火，美人没到手，倒输出座大山，实在不甘心。费了好一番脑筋，又想出个好主意来，派管家许三和尚把田禄请来喝酒。田禄心想，许大麻子又要耍老花招？不管他打啥鬼主意，有妻子的聪明智慧他赢不了。田禄胸有成竹，也不客气，啥好吃啥，吃得直打饱嗝。许大麻子说："兄弟，今天咱哥俩再打个赌，今天晚上你能数出天上星星有多少，我就给你一挂大马车；数不出来，就把你媳妇让我。”田禄二话没说抹身走了。

田禄回到家里又犯起愁来，别的东西都能数，这星星可没法数。九妹微笑着问道：“夫君，又有何事犯愁?”田禄就把许大麻子请他喝酒打赌数星星的事说了一遍。九妹附耳低言嘀咕了几句，田禄笑了。

第二天，许大麻子派许三和尚早早地把田禄找了去，问道：“兄弟，昨夜数出多少颗星星?”“东家，昨夜我数了好几遍，星星和我的头发一般多，不信你数一数，如果数准了，妻子就让给你。要是数不出来，我就把我赢的马车赶走。”许大麻子一听，差点气躺下，从来没碰过钉子，这下遇上克星，只好认输，田禄又赢了一挂大马车。九妹说：“夫君，现在咱们赢了许大麻子一座山和一挂马车，他决定不会善罢甘休，说不定打啥鬼主意算计咱们。不如咱们搬进狼洞沟里去住，离许大麻子远点，减少些麻烦和是非。”田禄对妻子言听计从，在狼洞沟旁盖了三间草房，小两口开了几亩荒地，过着无忧无虑的生活。

许大麻子越想越不是滋味，心里惦念着美人，吃不香睡不着，最后横下心来，非把这小娘们弄到手不可，别无他法，只有抢!

于是许大麻子背上猎枪，牵着猎犬，领着四个家奴，直奔狼洞沟。半路上碰见一只老狼坐在道中间，前腿奁拉着，眯缝着眼睛，吐着长长的舌头，若无其事的样子。许大麻子刚一摘下猎枪，老狼一欠屁股，抹身进树林了。许大麻子急忙放出猎狗，猎狗像箭打似地冲进树林，哪知从树林里转出七八条狼，猎狗有天大的本事也施展不开，被群狼扑倒，立时把猎狗的肠子扯了出来。许大麻子心疼得差点昏过去，当时举枪瞄准其中的一只狼刚要搂火，就觉得两只毛茸茸的爪子搭在自己的肩膀上。一愣神工夫，就被一只狼叼住了他的脚脖子，给拽倒了，群狼一齐扑上去，许大麻子和四个家奴让群狼美餐了一顿。

讲　　述：孙忠田
记　　录：孙喜臣
采录时间：2006 年

城隍和知县

清朝道光年间，新科进士彭林秀被朝廷任命为关东重镇伊通县县令。彭林秀接到任命，就带着夫人米氏乘坐一辆轿式马车，从河北沧县赶赴关东上任。为避免路上土匪抢劫，车棚上插有一杆新任伊通县令的彩旗。这是彭林秀好友告诉他的一个招法，土匪见了新任县令的官车，认为没有多大的油水，一般是不会劫道的。从沧县到山海关，一路平安无话。可一出了山海关，怪事就来了。在彭林秀后面不远处，也有一辆马拉车的轿车，上面也插着一杆新任伊通县令的彩旗。彭林秀不免犯了疑惑，难道是朝廷疏忽大意，一个县同时任命两个县令？还是遇上了土匪？彭林秀仔细一想，觉得不是土匪，因为土匪要想劫财，完全没有必要乔装官家，直接行抢就是了。彭林秀越想越不明白，索性也不再去想，等到了任上就会明白了。

傍晚，彭林秀宿在一家客栈，刚刚安顿完毕，就见后面的官车也来这家客栈投宿。彭林秀忍耐不住，便上前探问究竟。这位县令回答说："仁兄不要见怪，我乃阴间县令，也就是阴间的城隍，乃是阎王所派。恰巧你我赶在同一任期，还望今后互相提携相助。"原来这位城隍名叫冯雨翰，早已过了转世投生的期限，但阎王舍不得他这个人才，他也习惯了阴间的生活，投生的念头早已淡化。这次伊通城隍有了空缺，阎王便派他前来担任。

论起来两个人还是老乡，越唠越是亲近，从冯雨翰的话里得知，原来阴间的城隍虽然是泥塑，但也不是虚设，他奉阎王之命监督阴间的一切，阴间如有贪官枉法，或者恶棍刁民惹是生非，为非作歹，城隍便想方设法给予制裁纠正。纵有天大的冤假错案，或有屈死的鬼魂向城隍申冤，最终都能昭雪平反。原来城隍还有这么大的作用，令彭林秀不禁对冯雨翰肃然起敬，连说："晚辈初次为官，公事中定有许多不当之处，还望前辈多多赐教。"冯雨翰说："你我同任为官，还是以平辈相论为好，有什么难事咱们相互切磋。”

两人唠至深夜方睡，第二天又结伴而行，很是快活。几天后他们就到了伊通县城，冯雨翰拱手辞别：“如今到了你我上任之地，阴阳两界必须分明，你若想我，可到城隍庙来找我，庙里有一偏厦雅室，专为接待阳间官吏所设，你只要躺在床上合眼片刻，我就会来与你相会。”说完，冯雨翰一行人马便杳然不见了。

彭林秀来到任上，忙完了几件紧要的公事，很觉疲乏，还有很多前任遗留的公务，相当棘手难以处理。忽然想起冯雨翰分手时的话来，心想：何不找冯雨翰叙谈叙谈，一来唠唠官场之事，向他讨教讨教；二来也可放松一下心情；再有他还要看看到底能不能看到冯雨翰。于是他化装成平民百姓，只身一人走到城隍庙去会冯雨翰。

城隍庙里，只见城隍端坐大堂，满脸的浩然正气，两边衙役个个魁梧雄壮，气氛十分肃穆庄严。彭林秀暗想，这比阳间的官衙还要威风气派，也许他们真的比阳间的官府要公正廉洁，难怪阳间百姓世代都要供奉他们。彭林秀不禁生出几分敬畏。穿过大堂，果真有一偏房，室内灰尘不染，十分干净整洁，靠墙一张大床，被子叠得整整齐齐。彭林秀打开被子，躺上床去，合眼片刻就进入梦境。冯雨翰果真前来会他，分外热情。寒暄过后，彭林秀向他讲了繁杂棘手的公务，以求赐教。经冯雨翰的点拨，彭林秀茅塞顿开，受益匪浅。分手时，冯雨翰告诉他有几件前任判处的冤假错案，屈死者至今阴魂不散，频频向城隍告状，请他回去重审。彭林秀睁开双眼，天已大亮，他急忙回到县衙，找前任知县判处的案件，里面果然有冯雨翰交代的案子。于是他一一重新详加审理，果真是冤假错案。尔后他对这些冤屈者一一平反昭雪，这一举动深受全县黎民的拥戴，都说彭林秀是世上难得的好官、清官。

一年过去了，彭林秀把伊通县治理得政通人和，一片太平。他和冯雨翰的感情也日益深厚。有一天夜里，彭林秀又去拜访冯雨翰，冯雨翰在后花园里设宴招待，并叫出自己的家人。席间冯雨翰九岁的小女儿叫倩云，对彭林秀很是亲切，依偎在他胸前，不时地为他夹菜倒酒，彭林秀也非常喜欢这个女孩，不时地抱上一会。冯雨翰看在眼里，高兴地说："我女儿在阴间住够了，既然你这样喜欢她，就送你做你女儿吧！"彭林秀说："我真的很喜欢小倩云，可我怎能带她到阳间去呢?"冯雨翰说："这个好办，我早已奏请阎王，让倩云转世投生，我正在准备给她找一合适的人家，你不是正好吗！"彭林秀拱手称谢。天亮后，彭林秀返回家中，恰巧妻子生产，喜得一女。原来彭林秀的妻子已经怀胎十月，但没想到今天就生，看来定是冯雨翰相助。彭林秀抱起女儿端看，果然长得和小倩云一般无二。从此彭林秀对小倩云百般珍爱，视为掌上明珠。转眼间小倩云已是五岁，非常聪明伶俐，越发可爱喜人。彭林秀为她请了全县最好的私塾先生教她识字。小倩云学习十分刻苦用功，五六岁的孩子竟能和父亲出诗作对。彭林秀每当和冯雨翰会面，总免不了对小倩云夸奖一番。冯雨翰自己也十分高兴。他说："小倩云既是你的女儿，又是我的女儿，看来我没有看错人啊！但愿你把她好好培养，长大后为她择一佳婿，我就更加足矣。"彭林秀回答说："我也是这么想的，请恩公放心就是。"

这段时间，彭林秀处理公务非常顺手，因秉公执法，深受百姓爱戴称颂。可是不久，彭林秀遇到一件非常难缠的公务，使他很是头疼。原来，他家私塾先生的大儿媳妇，因为不能生育，经常受到婆婆的训斥，有时还遭毒打。日久，大儿媳妇不受欺辱上吊寻了短见。事后，娘家人把私塾先生的老伴告上了县衙。彭林秀受理此案，本想秉公而断，但有私塾先生说情，此事也就从轻发落，只罚了私塾先生家里五石粮米送给大儿媳妇娘家就算了事。大儿媳妇的冤魂不服，就向阴间的城隍告了一状。城隍冯雨翰判决，让大儿媳妇的冤魂化成厉鬼，天天夜间去骚扰婆婆，让她惊吓不安。私塾先生的老伴因为夜夜恐惧，已是骨瘦如柴，行将就木了，请了好多郎中也不见好转，无奈又请了占卜打卦的先生。这个阴阳先生法术高超，占出了其中原由，说："要老太太病好，还得请县令去阴间走一趟，求城隍开恩。"

平日彭林秀对私塾先生很是敬重，听了私塾先生讲情，抹不开面子，只好去见城隍。彭林秀说：“这件公案，是我顾及私情，如果将那老太太捉拿归监，但年事已高，恐怕也活不了几日，所以我才罚她五石粮米抵过，如果惩罚过轻，我可重新加倍惩罚，只是请恩公不要再让厉鬼去折磨她。”

冯雨翰说：“恕我不能从命，阳间有阳间的法律，阴间有阴间的法规，比如这个老太太，虽然儿媳妇上吊身亡不是她亲手所杀，但她毕竟犯了人命，像这样的案子，在阳间往往不能得到公正的处罚，但我们阴间都有办法，这叫死罪可免，活罪难逃。这个恶毒的老太太，如果不让她在心上遭受折磨，那世道也太不公平了，凡是在阴间作恶的人，即使他能有幸逃脱了阳间的惩处，但没有一人能够逃脱阴间的严惩，或在今生或在来世，都将遭到报应，所以这个面子我是不能给的。”

彭林秀虽然没有要到面子，但对冯雨翰更加佩服，办起公案来越发秉公而断，再也不徇私情。那个虐待儿媳的恶婆婆病情至死也没有好转。事情传开后，那些平日里在儿媳妇头上作威作福的婆婆，都把恶习改掉，待儿媳妇就像亲闺女一样。

彭林秀在伊通任职十年，因政绩突出，被朝廷升为直隶总督，离任前，为了感谢城隍暗中帮助，想向全镇号召捐助，为城隍重塑金身，被冯雨翰劝阻说：“此事千万不可，此举既劳民伤财，又毁了你的英名，如果哀怨过多，你还要受到阴间的惩处，”彭林秀只得作罢，带了家人上任去了。伊通县老百姓感念他的功德，倾城出动，泪雨纷纷，依依不舍，送了一程又一程。彭林秀说：“乡亲们不要谢我，要谢就谢城隍！”从此，城隍庙里香火十分旺盛。

彭林秀在直隶总督任上，一干又是十年，小女倩云年方十九，在彭云秀的选择下，嫁给了一名进士叫方禹臣，恰巧又被朝廷任命为伊通县令，到任后，倩云把他领到城隍庙，面向城隍说：“这也是我的父亲。”方禹臣很是惊讶，倩云向他讲了事情的经过，方禹臣十分敬仰，急忙跪拜说：“请岳父大人今后对小婿多多指教。”这天夜里，倩云和丈夫住在城隍庙里，果然看见了冯雨翰，冯雨翰对爱女和女婿十分亲切，特别是对女婿方禹臣如何当官为民、造福一方，一一做了指点，方禹臣也遵从城隍岳父的指点，把整个伊通治理得人人安居乐业，一派歌舞升平的景象。

从彭林秀到方禹臣翁婿两代县令，为伊通百姓做了很多好事，被人们传为美谈，后来编写伊通县志时，有个编修叫周正，曾做过县衙的师爷，知道详情，就把这个故事收进《伊通县志时遗录》里，所以流传至今。

讲　　述：刘志和
记　　录：刘　明
采录时间：2006 年

猎手除妖

明末清初，龙湾村里有一百多户人家，这里山清水秀，土肥民壮，人们男耕女织，过着无忧无虑的安逸生活。

这一年，也不知道闹了什么邪，村里接二连三地丢孩子，尽管父母看管再严，眨眼工夫不翼而飞，整个村庄笼罩着一片阴影，后来成立个巡防队，监视村里一切动静。一连半个月过去了，什么事情也没发生。

一天，风和日丽，有个老猎人进山打猎。走在半路上，突然间狂风大作，飞沙走石，电闪雷鸣，仅接着下起了瓢泼大雨，老猎手为这瞬间天气的变化感到蹊跷。他赶紧躲到一棵千年老榆树下避雨，雨越下越大，看样子一时半会儿停不下来，更让他疑惑不解的是，雷电“咔…咔…”一个接着一个地劈在这棵千年的老榆树上。老猎人心想，我这辈子也没做过什么坏事呀，是不是上辈子的孽债惩罚到我身上来了？雷声依旧“咔，咔”地劈向老榆树。

老猎人心里很难过，心想，早死也是死，晚死也是死，别躲躲藏藏的，看来我不出去这天是不能晴，他伤心地走到雨中，闭上眼睛等死。几个响雷过后，自己却安然无恙。猎人很纳闷，他抬头向天空望去，感觉老天不是来惩罚自己的，有可能树上有什么害人的精怪。他往树上一看，只见这棵千年古树枝繁叶茂，忽然从树上传出“吱、吱”的猴子叫声，顺着声音望去，只见树叶中间时隐时现是只白色毛猴，满脸皱巴巴，看样子是只老猴子精，足有百年寿命。它蹲在树冠中间，爪子拿着一个小孩红被，雷一劈它，它就慌忙举起红被一挡，雷就劈不着它。

原来自从村子里丢失了小孩之后，有几位老者想弄个水落石出，可怎么也找不到原因。人们不惜重金，请了一位法力高强的道士，道士吩咐众人搭了个法台，他站在法台上作法，烧了一百多炷香，香烟缭绕，烟雾弥漫，不一会天就黑了下来，周围有股神秘色彩，人们屏住呼吸。见老道站在法台上一动不动，他的魂魄进入了地府，他问阎王说："有没有吃人的魔鬼在村子里害人？"阎王说："没有！"道士又上了天庭，奏明了玉皇大帝，诉说这个村子经常有妖魔鬼怪出现，专吃小孩，玉皇大帝急忙派千里眼前去查看，俯首向人间一瞧，在千年榆树上有只白毛猴精在作怪。

玉皇大帝吩咐二十八宿和雷公电母下凡除掉妖猴。天兵天将不敢怠慢，驾着祥云来到千年榆树旁，雷公电母施展法力。可怎么也劈不着白毛猴精，瞬间古榆树上冒出一团白烟，将天兵天将驱散，怎么也到不了近前，唯有老猎人不怕白烟。老猎人终于看出白毛猴精的破绽，雷劈不着它的原因就在于小红被，他举起猎枪，瞄准小红被，"砰"的就是一枪，小红被随着枪声掉了下来，紧接着"咔嚓"一声巨响，树上掉下一物，老猎人定睛一看，正是专吃小孩的白毛猴精，被雷击得焦头烂额。

原来白毛猴精吃上七七四十九个小孩的心，就是大罗仙也斗不过它。今天吃到四十八个，还没练成魔力，就被雷公电母和老猎人除掉了。

道士见白毛猴精被击，便飘然而去。老猎人为当地百姓除了一大害，官府赏赐给他一匹枣红马，和许多金银财宝。老猎人把金银财宝都送给受害人家，自已只留这匹枣红马，每天骑着枣红马上山狩猎。

从此，村里人们又过上了太平安逸的生活。

讲　　述：刘凤英
记　　录：王　华
采录时间：2007 年

与鬼结缘

故事发生在东北小城子镇的一个偏远山村。

有一家母子二人相依为命，母亲常年为别人缝洗来维持生活，供养儿子读书。儿子叫刘善，年方十八，仪表堂堂，精通“四书五经”、“孔孟之道”，并且是个远近闻名的大孝子，令当地百姓敬仰。刘善读书的学堂，离屯二里多地，要经过一片树林，树林里有一座小庙，这是刘善每天上学必经之路。

一天，刘善放学回家。天色已晚，当他路过小树林时，只听见树林里有断断续续的哭声，悲悲切切，不觉打动了刘善的心，刘善壮着胆子好奇地向哭声寻去。

走到近前一看，原来有位姑娘在树杈上搭一根绳子，正准备上吊，哭声悲惨不已，刘善一看，非同小可，救人一命胜造七级浮屠，急忙跑上前去问道：“姑娘，太平世界，朗朗乾坤，为何自寻短见呢?”姑娘哭着说：“现父母双亡，无依无靠，只有一死了之，才能解脱人世间的烦恼。”刘善听罢，动了恻隐之心说：“姑娘你若不嫌弃，可到我们家去，我们母子二人相依为命。虽然粗茶淡饭，倒也无忧无虑。”姑娘听后，转悲为喜，说道：“如果大哥不嫌弃我，我情愿与你结为百年之好，白头偕老。”

刘善听罢，乐得合不上嘴，接着把姑娘领回家中。刘母见了，更是喜从天降。老太太怕夜长梦多，挑良辰，择吉日，紧忙布置洞房，排摆香案，刘善和姑娘同卧鸳鸯锦帐，一对有情人终成眷属。

转眼半月有余，刘善没有去学堂念书，先生很是关心，差人到家里探望，看见刘善已经喜结良缘，那人回去把情况向老先生如实地汇报。

第二天，刘善又重新回到了学堂。老先生会看阴阳八卦，会占卜吉凶祸福，老先生见刘善面无血色，印堂发暗，鬼魂缠身，妖气弥漫，阴盛阳衰。老先生急忙询问刘善这半个月情况，刘善如实讲述，老先生说：“你媳妇是个吊死鬼，现已将你迷住，继续下去，你命休矣！”刘善听罢，大吃一惊，急忙跪在地上说：“先生救我！”老先生说：“救你可以，你必须按我说的去做！”刘善一一应允。

一天，刘善放学回家，路过树林小庙，捂着肚子往家跑，跑到家里痛叫不已，刘母见状，甚是着急，以为刘善路过小庙冲着鬼神，要带刘善去小庙烧香还愿，保佑儿子平安。刘善媳妇不想去，刘母生气地说：“这事哪有媳妇不跟去的，心不诚，病就不能好。”媳妇无奈，硬着头皮跟去了。

一家人来到小庙，媳妇一脚门里，一脚门外，这时老先生躲在门旁，拿着一只黑驴蹄子，照着刘善媳妇头上砸去，立时将她脑袋砸了个大窟窿，“扑通”倒地气绝身亡。刘母回头一把手拽住老先生衣领吵道：“走，咱们见官去，你得给我儿媳妇偿命去！”老先生说：“你们别着急，看她是人是鬼。如果是人，咋不出一滴血呢？”母子二人仔细一看，确实如此。虽然这样，刘善母子仍然半信半疑。

俗语说得好，一日夫妻百日恩，刘善和姑娘毕竟夫妻一场，夫唱妇随，恩恩爱爱，虽然阴阳结合，但情深意浓，难免伤心落泪。老先生看在眼里，很受感动。叹道：“真是人间自有真情在，哪管阴阳两处分。”

老先生将女鬼火化，让刘善买二尺红布，将女鬼尸骨包好，放在小庙的供桌上。并告诉刘善说：“来年四月十八，你到庙里来，供桌上有什么你就拿什么，方保太平无事，一切如意。”

母子二人不知先生葫芦里装的什么仙丹妙药，只好照办。

盼啊，盼啊，好不容易盼到了四月十八这一天，娘俩急急忙忙来到庙里。推门一看，看见供桌上坐着一个漂亮的大姑娘，只穿着二尺红布短裤，正含情脉脉地望着刘善，母子二人细看，姑娘红颜倾城，有沉鱼落雁之容，闭月羞花之貌，靓极了。刘善三步并成两步，急忙上前去拉住姑娘说：“贤妻，快跟我回家吧，快想死我了，娘也在惦记着你……”“夫君，我就是你媳妇，咱俩前世姻缘，上天注定，我现在已经脱胎换骨，转世来到人间，和你白头到老，共度百年，可我这一身咋出庙门，你赶快回家给我拿套衣服。刘善往来如飞，欢天喜地把妻子接回去了。

据老年人说：夫妻二人，相敬如宾，如胶似漆。后来刘善在京城里做了大官，为百姓做了很多好事，又生了一子两女，子孙满堂，直到天年。

讲　　述：刘凤英
记　　录：王　华
采录时间：2007 年

捉鬼

从前，在西甸子屯有个年轻猎人叫刘安，自幼失去了双亲，靠街坊邻居把他拉扯大，跟舅舅学了一身好功夫，马上步下、枪棒拳脚非常精湛，尤其轻功、暗器，堪称一绝，江湖上很有名气。

一天晚上，刘安赶集回来，半路上人家就上灯了，他走着走着，突然从前面闪出个人来，借着月光仔细一看，是个年轻妇女，细柳高挑大个，穿着一件白大褂，蓬头散发，手里拎根绳子，边走边哽哽咽咽地哭。

刘安想撵上前去看个究竟，到底是人还是鬼，于是他加快脚步追了过去，可怎么也撵不上，你快她也快，像风飘似的。走到邻屯李玉娘家门前，她伸手轻轻推开门，迈步进院后，反手把门又关上了。刘安走到近前一推，里面插得死死的，他使了个鹞子翻身，跳进院里，用舌头舔破窗纸，往里观看。就见这女人鬼鬼祟祟从怀里掏出红绿两个小球，放在灶王爷供板上的香碗里，给灶王爷作了一个揖，然后进屋坐在炕沿上，对着睡得正熟的李玉娘叨咕说："死了好，死了好，阎王给裤子又给袄，山珍海味吃不尽，无忧无虑无烦恼。"李玉娘像中了邪似的，从炕上爬起来，哭哭啼啼。那女人拿过绳子递给李玉娘说："玉娘啊，还是死了好，人活着就遭罪呀，两眼一闭，一了百了……"

李玉娘接过绳子，搭在房梁上，脑袋刚伸进绳套里。刘安见此情景，心中早明白了八九分，破门而入，顺手拿起那两个红绿球，揣进怀里，闯到那女人面前劈头问道："你劝人家上吊对你有啥好处？"那女人颤抖着说："这位大哥，你有所不知，阴间野鬼想托生，就得一卯顶一楔，必须得抓个替死鬼才能托生。"刘安说："我替她死行不行？"那女人说："也行！"刘安问道："我得咋吊啊？"那女人说："把绳子吊在脖子上啊！"

刘安佯装听错了，把绳子吊在手脖子上，那女人说："不对，应该吊在下边的脖子上！"刘安又把绳子吊在脚脖子上，那女人生气地说："你咋这么笨呢，吊在脑袋下边的脖子上！"刘安说："那我可不会，你先吊一下打个样！"那女人把脑袋往绳套里一伸，眼睛向上一翻，舌头伸出老长，非常可怕，刘安将绳子拉紧，眼看那女人上气不接下气，手脚脑袋耷拉下来。

刘安以为这女人已经死了呢，就上前解开绳子，哪料那女人化做一股青烟，在屋里盘旋了一圈，飞出窗外。刘安不敢怠慢，抽出一支飞镖，顺手打了出去，在那股青烟里滴下了点点血迹。他提着灯笼顺着血迹，一直找到天亮，在一座坟旁躺着一具骷髅。

快到晌午了，刘安赶回李玉娘家，问明原因，李玉娘说："只因年初丈夫死后，想念丈夫，日夜伤悲，鬼怪乘虚而入，惹出祸端，亏得刘哥相救，死里逃生。"说完跪在地上磕头谢恩，刘安急忙将李玉娘搀起，两个人情投意合，结拜为夫妻，过上了幸福美满的生活。

讲　　述：孙忠田
记　　录：崔继英　女　43岁　大学
采录时间：2006年

人鬼邻居

大苇子沟的高龙是个好后生，憨厚诚实，聪明勤快。屯里人都很喜欢他。高龙从小就没了爹娘，是乡亲们把他拉扯大的，谁家有个大事小情他都帮忙。后来被屯里财主钱有财看中，雇他当长工，看果园，放牲口。

离屯一里之遥有个瓜窝棚，钱有财就让高龙搬进窝棚里去住。以前住过的人都说这块儿闹鬼，每到夜里三更天有女鬼哭泣声，有时唉声叹气。据说这声音打附近一座姑娘坟那儿传出来的，姑娘是喝药死的。后来谁也不敢去住了。高龙胆子大，不怕神鬼，住得满自在的。

高龙是个很能干的小伙子，天天早上把窝棚周围打扫得干干净净，精心侍弄着东家的果树。窝棚旁边修了个马棚，八匹大马养得膘肥体壮。钱有财见他挺靠实，就放心地把果园和马匹交给他经管。衣服没等穿破，东家就又给他买一套，逢年遇节还给他买点酒肉改善生活。

一天，高龙和往常一样上山去放马，不料有匹黄马一撒欢，将坟踩漏两个窟窿。高龙紧忙把马拴在树上，用镰刀割掉坟上的青草，又添了几锹土。心想到底是个姑娘坟，荒成这样没人管，怪可怜的，晚上回来用树枝子把坟拦上了。

打那以后，奇怪的事发生了：高龙每天下地干活回来，脱下的脏衣服扔在地上，到了第二天早上醒来时，不知是谁把衣服洗得干干净净，叠得板板正正，饭菜做好放在桌子上，天天如此。高龙觉得非常跷蹊，这块儿没有人家呀，会是谁干的呢？

过了几个月，好心的东家为高龙介绍个姑娘，南方人，名叫山妹，爹娘领着她来讨荒，一见高龙是个老实巴交庄稼人，长得不俊也不丑，挺连人的。老两口和姑娘一合计，也就同意了。东家给高龙做了两套行李，又给山妹做了套新衣裳，并且又送他俩两个猪羔，在窝棚里简单地结婚了。

婚后山妹嫌山上太寂寞，整天心里闷屈，有事没事和高龙发脾气，也不洗衣服不做饭。到第二天早上两口仍然吃现成的，衣服洗完晾在院子里。

高龙总觉得是个谜。又过了些日子，山妹突然感到恶心，还馋肉，晚上躺在炕上说："高龙啊，我已经怀孕了，我想吃肉，明天给我做点肉吃！"高龙没好气地说："这深山沟里哪来的肉，干脆咬一下腮帮子算了。"说完气呼呼地睡着了。

山妹本来心情就不好，再加上高龙一番气人的话，自己憋屈得哭成个泪人，梳了梳头，换了套结婚时穿的衣服，把绳子搭在房梁上，脑袋伸进绳套里，身子刚一悬空，绳子就断了。山妹"扑通"一声倒在地上，高龙被这一响动惊醒了，睁眼一看，妻子要寻死，紧忙下地把山妹抱在怀里说："媳妇，都怪我说话不好听，我这人没坏心眼，就是脾气倔点，以后一定改。明天上山套两只兔子，给你炖一锅肉。"从此高龙和山妹的感情非常好，秋后生了个大胖小子。可夫妻有一事心里不安稳：不管是人是鬼，天天偷着来给做饭洗衣服，欠人家的情太多了。

一天，山妹上集市上打油，把这事跟一个老太太讲了。老太太说："兴许是鬼，你用黄土泥做个泥人，放在灶坑门前，就能看清她的模样。"山妹回家后就照着办了。

傍鸡叫前，进来个姑娘做饭做菜，这时高龙和山妹看得非常真切，是个如花似玉的大姑娘，梳着两条大辫子，正忙乎做饭切菜。山妹赶忙走过去问道："请问妹妹芳名，为啥老默默地帮我家干活？"姑娘打了个唉声说："我叫喜凤，我不是人，是鬼，你们不要害怕，因为咱们是邻居，远亲不如近邻，帮哥嫂干点活应该的。"

夫妻俩把姑娘让到里屋炕上说："大妹子，太感谢你了，你对我家有啥要求就讲吧！"喜凤说："自从我死了以后，没人给我上坟添土，马把我的房子踩漏了，是大哥心眼好使，给我修好了房子、又用树枝子给围上了，我发誓一定报答你家！那日你上吊也是我救下来的。"

山妹想弄清喜凤的死因，便同情地问道："大妹子，你为什么要喝药死呢?”喜凤听罢，伤心地掉下眼泪说：“我和本屯刘宝私订了终身，刘宝虽然家穷，但人长得漂亮，聪明能干，善解人意。可我爹娘强行拆散我们俩的婚姻，说刘宝家穷，祖孙四代负担重。硬把我嫁给李家粉房的小儿子，他个子矮，还黑瘦黑瘦的，说起话来结结巴巴。家里再有钱我也不愿嫁他，还差三天就成亲，我一气之下服毒自杀了。”

喜凤说完泣不成声，山妹劝道：“好妹妹，别难过了，以后有啥难处有哥嫂照顾你，也别老帮我们家干活了，我和你哥很内疚，以后咱们就是一家人了……”喜凤擦了擦眼泪站起身来说：“大哥大嫂，一会儿鸡叫了，我该走了，改日再唠。”高龙拿回泥人，喜凤像风飘似地走了。

打那以后，高龙和山妹老早起来做饭做菜，衣服换下来就洗。逢年过节都给喜凤圆坟烧纸。有几个贼人来偷马，都被喜凤现形吓跑了。人鬼相处得亲如一家。

讲　述：宋桂芝　女　40岁

记　录：禹　梅　女　36岁　高中文化

与狼较量

从前，在东山里有只老狼精，吃人成性，方圆几十里吃个路断人稀。

在山南有家猎户，家里就娘儿俩，猎人叫刘成，枪打得准，伸枪见物，又有一身好功夫。

一天，母亲得了半身不遂，刘成请郎中开了几服药，要到离家四十多里地的集镇上去买。他找邻居帮忙照看母亲，背上猎枪、带上短刀上路了。

一路上打了不少山鸡野兔，到集镇上换了些钱，抓了十服药，买了四斤熟牛肉，装了一葫芦酒，边走边喝。走出十多里地时，突然道上出现一只老狼，老狼耷拉着舌头，眯缝着眼睛，坐在道中间。虽然老狼眯缝着眼睛，可从眼缝里露出了凶光。刘成意识到绝非一般的狼，会不会是那只经常在这一带吃人的狼精呢？想到这觉得身上发憷，几年前自己父亲就丧生在老狼精之口，他断定眼前的狼就是老狼精，这次碰上了，决不能放过。

刘成摘下猎枪，“砰”地一枪，枪响的同时，老狼精跃身而起，没打着。刘成大吃一惊，不容多想，用最快的速度装上了第二枪，瞄了又瞄，一扣扳机“砰”又是一枪，老狼精就地一滚，枪又走空了。刘成立时出了一身冷汗，麻利地装上第三枪。可这次没有轻易地放，退到一棵树丫巴较多的大树下。老狼精发现他要爬树，一步一步向前逼近，刘成刚爬到一人多高的时候，老狼精纵身跃起，向他发起了袭击。要不是刘成快搂了第三枪，早被老狼精扑下去了。

刘成爬到最高的树丫巴上，长出了一口气，可心里仍然“咚咚”直跳。往下一看，老狼精围着这棵大树来回趟，不时地往树上瞅。遛了两个多时辰，坐在树下不动了，似睡非睡，时而睁开眼睛往树上瞅一眼。

这时天已蚂蚱眼了，他摸了摸身上的弹药只剩一枪了，不敢轻易地放，留着万不得已时再用，看样子老狼精一时半晌不能走。我得把给娘留的那二斤熟牛肉吃了，不然耗不过老狼精。老狼精馋得直流口水，往树上蹿了几蹿，够不着，蹲在旁边一棵柞树下不动了。刘成觉得有些困倦，怕自己掉下去，用腰带将自己捆在树上，低着脑袋睡着了，老狼精只好蹲在树下候着。

刘成一觉醒来，已是第二天早上，红日东升，他站在树丫巴上尿了泡尿，没曾想老狼精也渴了，跑上前去接尿喝，刘成触动灵机，心里有了主意，要是这么耗下去，别说喂狼，饿也得饿死在这儿，家里的老娘咋办呢？他把抓这十服药里的砒霜成分，归拢在一起，然后用短刀将自己腿肚子肉割下一块，疼得差点昏过去，咬着牙把肉和砒霜揉在一起，扔在地上。

老狼精也饿了多少天，见树上掉下块肉来，连闻也没闻，一口吞了下去。工夫不大，老狼精就地翻滚，“嗷嗷嗷”地嚎叫了几声，四肢抽搐了几下不动了。

刘成怕老狼不死，炸着胆子，对准老狼精的尸体“砰”地又是一枪，走到近前自言自语地说：“老狼精啊老狼精，你吃了我爹，这回该我吃你了。娘的那份熟牛肉让我吃了，这回我给娘煮狼肉吃！”说着背起死狼回家了。

讲　述：孙忠田

记　录：孙喜臣

采录时间：2006年

打出个郎中来

从前，有个农夫叫徐梦。徐梦心眼小，总怕妻子偷汉子，每当下地干活时，不管有错没错，非把妻子打哭了不可。他认为只有这样使妻子心情不好，没心思勾搭男人，这才能放心下地干活。

妻子非常痛恨丈夫，封建社会讲究好马不备双鞍鞴，好女不嫁二夫郎，每天只好痛苦地忍受着。

一天，徐梦打完妻子刚走不一会，突然来了几个衙役，到屋讨水喝，喝完水便问："大嫂，附近可有医道高超的郎中吗？"妻子见问眼睛一亮，想出个坏主意来，平时总挨打，这回也得让他吃点苦头，便对衙役们说："几位官差大人，我倒有位人选，不过可千万不能说是我告诉你们的，屯西二里之遥有片玉米地，在地里铲地的那位就是方圆百里最有名的郎中，他叫徐梦，他这个人有些谦虚过度，你不揍他一顿决不承认自己是郎中。"

几个衙役来到玉米地一看，果然有个人在铲地，便上前问道："你是郎中徐梦吧？""我……我……我叫徐梦，但不是郎中。""我就知道不打你不会承认的，弟兄们给我揍！"没打上几棍子徐梦急忙招认说："官差老爷，我是郎中！""走！"几个衙役如狼似虎，推推拥拥押着徐梦来到县衙。

县太爷急忙欠身离座迎接，命衙役们看坐献茶，然后问道："这位郎中尊姓大名？你可有把握治好皇姑的病吗？"徐梦慌忙跪倒磕头说："大老爷，小人叫徐梦，是个农夫，不是你们要找的郎中，是几位官差老爷逼我来的，请大老爷放了我吧！"县太爷一听吼道："几个蠢货，让你们去找郎中，你们却找了个老百姓来糊弄本官，该当何罪？"

有个衙役来到县太爷近前低声嘀咕了几句，县太爷把脸一拉，恶狠狠地瞅了徐梦一眼说："你这刁民竟敢藐视本官，不肯给皇姑看病，目无君王，来人，打他二十大板！"到十大板上，徐梦紧忙承认说："我是郎中，愿给皇姑看病！"徐梦把尿都吓裤兜子里了，心想，这回是死定了，愁也没用，有肉就吃，有酒就喝，死了也闹个饱死鬼。

第二天，徐梦换了身新衣服，八抬大轿送进京城，皇上召见了他便问："你用什么良方能医好皇姑的病？""皇上做主，草民是个农夫，不曾学过医，是县太爷派人强行叫草民来的，望皇上开恩放小人一条生路！"皇上闻听勃然大怒道："你这个刁民，竟敢戏弄寡人，来人，将他拉出午门砍了！"徐梦连连求饶说："皇上刀下留人！我是郎中！""且慢！朕马上就让你去调治皇姑的病，治不好要你项上人头。"徐梦磕头如捣蒜说："皇上放心，草民一定治好皇姑的病，治不好就砍我脑袋。"

徐梦被带到皇姑的寝宫，只见皇姑脸色蜡黄，骨瘦如柴，快奄奄一息了，就是华佗再世也束手无策。看来想逃是逃不掉，外边都是御林军把守，这回必死无疑了。他在皇姑寝宫里呆了一个多时辰，太寂寞了，不如讲个笑话逗皇姑一笑，也许病情就会好转。于是他就在地上学兔子蹦，蛤蟆叫，大狗小狗抢骨头，偷眼一瞅，皇姑微微有点笑模样。乘着屋里没别人，伸手胳肢皇姑。皇姑再也忍不住了，"噗嗤"一笑，嗓子里喷出一块东西，仔细一看，是块骨头。

原来皇姑在自己生日宴会上啃鸡骨头，不小心卡到嗓子眼上，吐又吐不出来，咽又咽不进去，说话说不出来，已有五天没吃东西了，亏得徐梦胳肢她，她这么一笑总算呛出来了。

治好皇姑的病，皇上封他为御医，随即又下一道旨意：满朝文武众臣及家眷有患者前来就医。徐梦一听，心里暗暗叫苦，侥幸逃出一劫，天又降祸，老天绝我！前来就医的好几十人，一时走投无路，憋了一个多时辰，终于想出一个馊主意，把几十人送进一个大屋子，派御林军守门，任何人不准出入，禁食七天再开始医治。

人们饿到第四天头上就扛不住劲了，有心眼快的就说病好了，徐梦就把他放出去。众人一看，再饿几天病没治好就得饿死，有的说："我们不治了！"徐梦把眼睛一瞪说："不治不行，坏了本官的名声。"这些人只好说病好了。这才放他们出去。

徐梦急忙拜见皇上，辞官还乡，皇上允准，并赏白银五千两。徐梦回到家以后，请了教书先生，读书认字，又买了不少本医书，真的当起了郎中。

采　录：刘春丽

中国民间文化遗产抢救工程

断蛇

很久很久以前，在长白山老林里，有这么一对白蛇，它们在深山修炼了八百多年，已成仙得道。公蛇变成个俊俏书生，化名白云飞；母蛇变成个花容月貌的少女，化名白水仙。

二蛇原本是天上瑶池里的一对小白蛇，因在天庭里不准它们俩相爱，便偷偷地跑下凡来，你恩我爱，形影不离，过着甜蜜、美满、幸福的生活。白云飞文武双全，弹得一手好琴。白水仙心灵手巧，能歌善舞。二人经常在天池旁、山谷里，弹弹唱唱，翩翩起舞，引来山里的飞禽走兽与它们共欢。

一天，山下突然来了一队人马，为首的这个人叫张虎，长着一张长巴脸，脸色灰滔滔的，有点驼背，着眼一看就是个好色之徒。他仗着老子在朝廷里官居二品，家里养着一帮泼皮无赖，整天在街市上抢男霸女，无恶不作。他听说长白山不但风景秀丽，天池水能治百病，最让他动心的是天池边上经常有美女出现，决意要到长白山走一遭。

张虎备好钱粮，领着几十个家奴直奔长白山而来。当人马来到长白山天池边上时，静静的湖水如同美人的一面镜子，依偎在群山之中。他正在欣赏天池的美景，忽听对面山上有歌舞声。他快步来到山顶一看，被眼前的情景迷住了。只见一位英俊少年坐在地上弹琴，琴声悠扬，出神入化。还有位天仙般的少女正在歌舞，美妙歌声悦耳动听，轻盈舞步令人陶醉。周围有许多小动物摇头摆尾地伴舞。此时天气风平浪静，四周鸟语花香，真乃人间仙境。张虎不相信眼前的一切，使劲掐了下自己大腿，疼得一哆嗦：这不是做梦，老天赐给我个大美人。

白云飞正在聚精会神地弹琴，突然琴弦断了一根。他大吃一惊，预感到是一种不祥之兆。抬头一看，小动物们早已跑光了。不知啥时围上来这么些人，背弓挎箭，手拿刀枪棍棒，个个贼眉鼠眼不像好人。他站起身来上前拉着白水仙就走。张虎抢步上前拦住去路，嬉皮笑脸地说："二位留步，你们俩年轻貌美，留在这深山老林里岂不是太委屈你们了，还是跟本大爷我回府吧，保你们二位吃不完的山珍海味，穿不尽的绫罗绸缎，享不尽人间荣华富贵。这位公子正好给我寡妇妹妹做新郎，小姐给我做小妾，岂不美哉！"说着伸手去拽白水仙，白水仙气得柳眉倒立，厉声喝道："大胆泼皮，竟敢调戏本姑娘！看本姑娘好好教训教训你！"抬手一个大嘴巴，打得张虎转了个磨磨，差点栽倒。张虎捂着发烫的脸，恼羞成怒吼道："好你个不识抬举的贱货，竟敢与本大爷作对，我看你是活得不耐烦了。来人呐！把这两个捆起来押回府去！"众家奴蜂拥而上，将二人团团围住。

白云飞示意让白水仙先走，自己抵挡一阵再走。白水仙怕白云飞有失，死也不走，抽出腰间盘龙剑，二人与众家奴大战在一起，打斗了一个多时辰。

张虎觉得二人举动不像凡间人，非妖即怪。顺怀里一伸手掏出个镜子来，对准二人晃了过去。只见镜子里放出万道光芒，射得二人立时现了原形。张虎哈哈大笑说："原来你们是一对蛇妖，今天碰上本大爷，算你们倒霉。看，我这把宝剑就是你们的克星。"说罢抽出辟邪宝剑直取白云飞，白水仙飞身上前护住白云飞，张虎翻腕子横扫一剑，白水仙躲闪不及，被挥为两段。蛇头骨碌到山前，蛇尾滚落到山后。

白云飞身负重伤，已招架不住了，心中暗想，如果自己死了，此仇永远也报不了，留得青山在，不怕没柴烧。他悲痛欲绝，望了望身首异处的娘子，眼里流出两行血泪，又愤恨地看了一眼张虎等恶人，腾空而起，驾着云雾飞回白云洞。张虎见白水仙已死，白云飞负伤而逃，便带着家奴得意洋洋地下山了。

这时山脚下走来一位采药的老翁，虽然年已六旬，穿山越岭如履平地，是当地有名的神医，名叫邱仁。今天特别高兴，采到一棵千年人参，正打算往回走，突然发现地上有段蛇尾，向山顶方面蠕动。邱神医也没在意，走过山梁，又碰见个蛇头向山那边蠕动，蛇头见着邱神医张了张嘴，眼睛里流出了血泪，看样好像求救，立时起了怜悯之心，捡起蛇头，找到蛇尾，接在一起，脱掉外衣，撕成布条，将伤口包扎了好几层。邱神医有个习惯，不管走到哪里，身上都带着跌打损伤药和接骨药。主要怕自己有个磕碰能随时自救，再就遇见伤残者及时诊治。他顺兜里掏出两粒接骨药，塞进蛇嘴里，摘下腰间的水葫芦，给蛇灌了几口水。随后从背篓里拿出来那棵千年人参掂了掂，这棵宝参卖了也够他和老伴活到死。为了救蛇，只好忍痛割爱，用嘴啃下几块，塞进蛇嘴。工夫不大，白蛇来回翻动，半个时辰过去了，白蛇仰起头来朝邱神医点了几下头，腾空而起，向白云洞飞去。夫妻相见抱头痛哭，哭罢多时，白水仙就把被救的事叙述了一遍。二人发誓，不报此仇誓不罢休！夫妻二人苦心修炼二十年，还生了许多孩子。

一天，夫妻正在山下领着孩子们弹唱歌舞，远处传来了人喊马嘶声。到近前一看，原来是仇人张虎，领着众家奴到此地游山玩水。夫妻俩做起法来，狂风大作，飞沙走石，天昏地暗。张虎还没明白是咋回事呢，群蛇从四面八方袭来，领头的正是当年斩杀的那两条白蛇，其中的一条不是被自己砍断了吗，怎么又活了？也来不及多想，抹身想跑，已经来不及了，树上、道上、草棵里全是蛇。他急忙去掏宝镜，手慢一点，白水仙喷出一股白雾，罩住整个山谷，分不清东南西北，随后摇身变成条巨蛇，盘在张虎身上，勒得张虎喘不上气来。白云飞也现出原形，上去一口咬断张虎的喉咙，家奴们辨不清方向，乱做一团，走哪都是蛇，咬上即死。半个时辰后，几十个家奴无一生还。

一晃半个月过去了，邱神医又来到长白老林里采药。虽然年已八旬，耳不聋，眼不花，走路仍然那么轻块，就是头发胡子全白了。白水仙和白云飞见到了邱神医慌忙跪倒磕头说："恩公在上，我们夫妻俩给您磕头了。"邱神医愣了下神问道："年轻人，想是认错了吧，老汉我从没见过你们二人，何时有恩于你们？"白水仙就把二十年前的遭遇告诉给邱神医，邱神医恍然大悟。

白水仙让孩子们拿过来个木匣和布包，打开一看，木匣里装着棵千年人参。布包里是一百两雪花白银。白水仙说："恩公，当年您为了救我搭上棵千年人参，今天这棵人参就算补偿吧，一百两银子报答当年救命之恩。以后不要再上山采药材了，在家享享清福。”邱神医打了个唉声说：“我已八十多岁了，谁愿上山爬岭的，这不是前年张虎到这里打猎，掉深沟里把腿摔折，让我医治，治好后命手下家奴将我家的名贵药和积蓄洗劫一空。为了我和老伴两张嘴，就得天天上山来采药。”“恩公，张虎已被我们除掉，有这棵宝参和这些银子，够二老用一阵子了，以后缺啥少啥我会让孩子们送去的。”邱神医流着老泪跪在地上说：“你们两位年轻人真正是活菩萨，为民除了害，也替我报了仇，你们倒成了我的恩人了。”白水仙抢步上前用手相搀说：“恩公折杀我了，请起！请起！”随后吩咐孩子们把恩公送回家去。

邱神医回到家后，将人参卖了个好价钱。老两口不愁吃，不愁穿，过上了好日子。从此，白水仙一家隐居在白云洞，过着幸福、美满、快乐的生活。

讲　述：刘占一
记　录：刘春丽
采录时间：2003 年

狼妹

很早以前，在东山里这儿有个野狼沟，狼多得成帮成群的。群狼经常出没在附近村屯里祸害禽畜，大白天羊倌放羊，从树林里冲出几只狼，叼住羊的脖子，往背上一甩，撒腿就往林子里跑，羊倌脚跟脚追不上。

在野狼沟西二里之遥，有个十几户人家的小屯落，叫李家屯。屯里有个小伙子叫李吉，长得五大三粗的，家里就娘俩，靠种六亩多地维持生活，农闲时天天到野狼沟去砍柴，每次上山都碰见一只大狼，在他身旁几步远转悠。日子一久，也就不害怕了，狼也没有害他的意思，他也不去招惹它，人狼互不侵犯。

一天，突然来了一个漂亮大姑娘，咋瞅咋像仙女下凡，呆了半晌，才回过神来。姑娘走到近前说："李大哥，以后就不用老砍柴卖柴了，我给你条布口袋，需要啥，你就到山后，山坳里有条壕沟，在一棵槐树下有个洞，把口袋往洞里一搁，你想要啥，东西就给你装在口袋里。"

李吉刚想去问姑娘姓名，姑娘眨眼间不见了。他回到家里，拿着姑娘给的口袋仔细瞅，回味着姑娘的美貌、多情，如痴如幻，何不去试一试？他拿着口袋来到那个洞一试，果然灵验，要啥有啥。

一天，李吉没在家，家里来了个姑娘。李吉娘想，家里这么穷，压根儿娶不起媳妇，可她自己奔来了。老太太乐坏了，劝姑娘留下来别走了，姑娘也就答应了。可李吉一直犯寻思，不知是人是鬼，还是只大母狼变的，是不是要吃我呢？他准备了一把菜刀，放在枕头下，他这一举动被媳妇看见了，可她佯做不知。

转眼又是一年，夫妻生了个白胖小子，日子过得也挺好的。突然有一天，媳妇不见了，孩子哭个不停，李吉使劲掐了孩子屁股两下，气哼哼地骂道："你这个小狼崽子真他妈的能嚎，再哭我掐死你……"媳妇在外一听，十分生气，一摔笤帚疙瘩说："孩子他爹，我们娘俩咋把你恨成这样，你不想要我，我立马就走，省得你今天说我是狼，明天说孩子是狼崽子，我可受不了，离开你啥烦恼事都没了。如果孩子想我，就到离这十里之遥有个山沟，叫秋后背，在一棵大榆树旁，连喊三声‘狼妹’，我还能和你们父子见上一面。”说完打了个滚没影了。

自打媳妇走后，李吉心里十分空虚，后悔不该对妻子起疑心，即使她是狼精变的，也没害自己之意，孝敬婆婆，又给自己生了个大胖儿子，真是对不住她。他感到无限伤悲，抱着孩子痛哭流涕，天天到野狼沟和妻子相遇的地方去，一哭就是一天。

转眼三个月过去了，孩子想他妈，李吉咋哄也哄不好，没办法，抱着孩子来到秋后背大榆树下，连喊三声：“狼妹！”不大一会，妻子从树林里走了出来，上前抱起孩子哭了一阵。这时李吉说要去解手，妻子只顾和孩子亲近，也没在意，李吉钻进树林四处踅摸，没走多远，见地上有张狼皮，便卷起来藏在草丛里，来到妻子近前掉了一阵眼泪，亲了妻子几口，然后抱着孩子回家了，没等到家，媳妇追上来问道：“孩子他爹，我的衣服呢？”“媳妇，你的衣服我藏起来了，回家再告诉你。”

夫妻抱着孩子刚进屯，迎面碰上了财主周大赖，周大赖是个好色之徒，见着李吉媳妇如此美貌，惊呆了半晌，管家王七捅了他一下，这才醒过神来，边走边回头看。王七献媚地说：“东家，李吉这穷小子还有件宝贝，要啥来啥，他这几年咋富起来的，就靠他的宝贝口袋。”接着就把口袋秘密告诉了周大赖，周大赖简直不相信自己的耳朵，“呸”吐了王七一脸唾沫说：“大白天说梦话，哪有这等好事？”“东家，我用脑袋担保，我亲眼看见他往回搬东西。”周大赖掏出几块金元宝交给王七说：“这金元宝上刻着我的名字，把它藏在李吉的仓库里，明天你就去报官。”

第二天，李吉刚吃完早饭，闯进来几个衙役，不由分说，进仓库就翻，没翻几下就把金元宝找着了，将锁链往李吉脖子上一套说：“跟我们到县衙里去一趟！”说着牵着铁链就走，妻子急忙上前阻拦，衙役推了她一把说：“你丈夫偷了周家的元宝，人赃俱在，有何话可说！”

一晃过了三天，没有丈夫音信，妻子抱着孩子要上县衙找丈夫去。周大赖领着王七来了，皮笑肉不笑地说："弟妹，咱们乡里乡亲的，不想把谁置于死地，只要你把你的宝贝口袋借我使几天，我马上把你丈夫赎回来，要不你陪本大爷我玩几天，这事也就算扯平！"李吉媳妇笑嘻嘻地说："东家，既然你说出条件，我答应你，不过得先把我丈夫放回来。""那好，一手交人，一手交口袋。"

一个时辰过去了，王七用马将李吉驮了回来，妻子拿出口袋交给了周大赖。周大赖接过口袋，领着王七来到野狼沟，找到了那个洞口，把口袋往洞里一放说："老仙，请你给我装袋金元宝！"手还没等撤回来，一只大青狼咬住他的手脖子，使劲往洞里拽，青狼的牙像刀一样地快，硬把周大赖的一只手脖子咬断了。

王七好歹把周大赖抢了出来，搀着他拼命地往家跑。回到家后叫声不止。周大赖发誓：一定要报此仇。花钱雇了十几个杀手，前去杀人放火；另一方面把李吉老婆抢来，方解心头大恨！

到了晚上，来了十多个蒙面杀手，还没等进李家院，从各个角落里蹿出无数只狼，而且这些狼都很狡猾，杀不退，砍不着，蹿蹦跳跃，闪展腾挪。没到一个时辰，被群狼一个一个地吃掉了。李吉见出这么些人命，官府不能放过自己，连夜搬走了。

讲　　述：王　义
记　　录：王　华
采录时间：2006 年

秀才为鬼妻昭雪

也不知是哪年的事了。在十八道沟子屯有座学堂，看样荒废很久了。据附近人们说，每到夜里三更天，教室里传来了哽哽咽咽女人哭泣声，尤其夜深人静有月亮地儿时，一缕幽魂拔地而起，在学堂上空，悠悠荡荡，悲悲切切，泪如雨下，溅湿了学堂整个院落，嘴里念叨着："我死得好冤呐！"人们听到这凄惨的哭声，不寒而栗。

有个叫郑名的书生，进京赶考，路过此地，正赶夜色降临，又下了阵小雨。他想在此借宿一夜，到附近人家一打听，学堂闹鬼，无人敢住，每到夜里有女鬼哀号。郑名不信鬼神，好奇地住了下来，非要弄个水落石出。

郑名正在秉烛夜读，突然阴风骤起，黑雾弥漫，顿时遮住了明朗的月色。天暗了下来，烛光乱晃，似熄非熄。郑名觉得身上发冷，心想，莫非真的有鬼吗？鬼能吃人吗？他越想越怕，这时空中传来了悲哀的哭声，叙道："我死得好冤啊！"接着下起了小雨，这雨与往日不同，居然是血雨，风中伴雨，雨中伴着女鬼哭诉声，直刮得门窗噼里啪啦作响，郑名越发凝神屏息，侧耳倾听。

过了好一阵，风停雨住，月色复明，灯光明亮。瞬间，门外传来了急促的敲门声，只听一女子喊道："郑公子开门！奴家有冤情向你倾诉，知道你是正人君子，恳求郑公子为我鸣冤昭雪，别无他意。"郑名听女鬼这么一说，一颗恐惧的心这才放下，急忙上前打开门插关，推开房门，借着月光一看，眼前站着位年轻女子，清秀俊雅，苗条身段，头上缠着一条白绫，身穿着青纱散裙，影影绰绰看见额头上有血迹。郑名将她让进屋里，女子跪在地上泪如泉涌，边哭边叙说自己被害经过。

原来女鬼姓魏名叫三娘，姑娘家境很穷，被本地地主周大麻子的大少爷周纯看中。周纯笑面恶心，仗着家里有权势，强霸为妻，三娘无力反抗，也就认命了。后来周纯跟屯里刘四媳妇勾搭成奸，两个人为了做长久夫妻，周纯勾结江湖大盗恶棍，将刘四一顿乱棒打死了。没隔多久就把刘四媳妇娶进家门。刘四媳妇叫胡水仙，外号万人迷，不但长得漂亮，会拿情，勾引男人也手到擒来。她见魏三娘长得美貌，心里忌妒，常在周纯耳边下舌，搬弄是非，日子一久，周纯半信半疑。

一天，胡水仙弄来一套男人衣服，偷偷地放进魏三娘的衣柜里，硬说魏三娘偷汉子，领着周纯去拿赃，打开衣柜，翻了个正着，周纯也不问青红皂白，把魏三娘吊在房梁上，打了个半死。胡水仙还是不依不饶，撒娇放刁非把魏三娘置于死地不可，不然就告他杀夫夺妻的罪名。周纯无奈，也有了喜新厌旧的感觉，他只能选择把三娘捆绑起来，嘴里塞上了毛巾，在头顶心上钉了三颗铁钉，并扬言说，两口子吵架离家出走了。

魏三娘诉完冤情，泣不成声，悲伤过度，瘫软在地上，失去了知觉。郑名把魏三娘抱在屋里床上，拍前胸捶后背，大声呼唤她的名字，她长时间才苏醒过来，扑到郑名怀里，抽泣了好久，才止住悲声说：“郑公子，你才华横溢，日后必能金榜题名，等你高官得做时，一定为奴家申冤雪恨，我把一切希望寄托在你身上，不管以后是做人做鬼我都是属于你的。”

郑名非常同情她的遭遇，便点头答应她的要求。二人言语融和，越唠越投缘，两颗心紧紧地拴在一起，并山盟海誓订了终身，插草为香，拜了天地。郑名英俊潇洒，魏三娘美貌多情。二人凝视好久，终于搂抱亲吻在一起。然后宽衣解带，上床共寝，魏三娘用手在郑名的身上来回摩挲，郑名感到身上特别舒服，不知不觉地睡着了。

郑名一觉醒来，太阳一竿子多高，发现魏三娘不见了。急忙下床去找。找遍了整个学堂，不见踪迹，难道是梦吗？虽然一夜夫妻，她却把自己的心带走了，让人好想啊！他惦念冤深似海的妻子，坐卧不宁，娘子，你在哪里？心里感到无限空虚。他盘算着，离科考日期还很长，不如暂住几天，也许夜里还能相见，多给她些安慰和温暖。

到了夜里二更天，魏三娘又来了，进门就问："夫君昨夜睡得可好？""娘子，你去了哪里？叫我好生牵挂。""夫君，你有所不知，我们阴人鸡叫前必须得走，晚了就走不了，魂魄见光亮就会随风散去。我算计着离科考日期还远，不如再住上几日，为妻帮你攻读功课，考取功名时，可早日回来，惩办恶人周纯和胡水仙，为民除害。"郑名点头应允。于是二人前半夜刻苦读书，魏三娘通今博古，四书五经倒背如流，天文地理无一不晓。郑名一学就会，一点就通。后半夜夫妻同床共枕，有说不完的知心话，唠不完的知心嗑。魏三娘用手在郑名的身上来回按摩，郑名觉得身上特别轻松愉快，舒舒服服地睡着了。

一晃七天过去，魏三娘说："夫君，科考日期将近，收拾行装上路吧！此去定能高中榜首，一旦高官厚禄，免不了有皇亲国戚给你提亲做媒，不管你做了哪家王宫大臣的乘龙快婿，别忘了为妻的冤案！"

甜蜜的夫妻就要分手，哪能割舍得了，夫妻俩搂抱在一起，又掉了一阵眼泪，郑名难舍难离地走了。

郑名到了考场上，拿起考卷一看，心里开了两扇门：考卷上的题，都是妻子所教的题，很顺利地答完卷。没过多久，喜报传来，高中榜首，皇上召见了他，见他一表人才，才华过人。龙颜大悦，加封省督察巡府，又将他暂留宫中陪王伴驾，下棋对诗，非常投缘，并有意招为驸马。

一天，皇上设宴招待郑名，特意让御妹盈盈陪酒。两个人一见面，郑名惊呆了，天下竟有这般奇事？盈盈长得跟鬼妻魏三娘一模一样，就连说话语气都一样，感到特别亲近。盈盈要试试郑名的才学，便出了个上联："鸳鸯戏水水清波"，郑名稍加思索答道："夫妻相爱爱悠长。"盈盈公主听了心悦诚服，悄悄爱上了郑名。皇上哈哈大笑说："朕给你们加个横批：天作之合。"

皇上下旨，招郑名为驸马，择日完婚。可郑名惦念魏三娘，心神不安，盈盈公主见郑名魂不守舍，便追问道："驸马，有心事吗？难道我配不上你吗？""公主，如能和你结为夫妻求之不得，前世姻缘。”“你为什么闷闷不乐呢?”郑名就把和魏三娘的那段情缘叙说了一遍，盈盈公主也很同情魏三娘的遭遇。叹了口气说:“既然这样，派人将奸夫淫妇杀了不就完事了吗?”“公主，此言差矣，没有证据杀人是犯法，不能冤枉好人，也不能放过坏人。”盈盈公主更加佩服郑名的为人。没多久两个人拜堂成了亲，郑名把盈盈公主视为魏三娘，忘情尽兴，温暖如春，恩爱无比，如水中鸳鸯生死不离。

郑名和盈盈公主完婚后，如胶似漆，夫唱妇随。渐渐地淡忘了魏三娘的冤情，沉醉在荣华富贵的享受之中。

忽一日，皇上下旨，出征北巡。皇上赐他一把宝剑，遇见贪官恶霸先斩后奏。郑名辞别公主盈盈，领着大队人马上路了。

事也凑巧，这次巡查正路过这所学堂。扎下临时公馆，自己住进了学堂。二更天左右，魏三娘破门而入，怒气冲冲地说:“忘恩负义之人，有面目见我?”“娘子，为夫无一时不在想念你，只是官身不由己，此次北巡，也是为你平冤昭雪。只不过有件事你得配合我，目前缺少证据，有了证据他就难逃法网!”魏三娘转怒为喜说:“夫君，我的尸体就埋在墙外东墙角，挖出来只验头骨就真相大白了。夫君，我送你一块木块，做为惊堂之木，是用我的血泪浸泡而成，审案时只要一拍惊堂木，就会发出威严响声，震得罪犯胆战心惊，使罪犯不敢隐瞒犯罪事实。每当拿起惊堂木，就会想起为妻的冤情，促使你认真为民办案。”

第二天，郑名在学堂里设了个临时公堂。派人将周纯抓捕归案。开始周纯狡辩抵赖，咆哮公堂。郑名一拍惊堂木，喝道:“嘟，大胆罪犯，不动大刑如何肯招!来人，打他二十大板!”刚才一拍惊堂木，周纯一惊，心里发虚，立时没了主意，也不那么嚣张了。可他很快镇静下来，就是不承认，又挨了二十大板还没招供。有人把魏三娘尸骨抬了进来，从头骨里拔出三根铁钉子，摆在周纯面前，周纯死活不开口。这时又把胡水仙带到公堂上，郑名使劲一拍惊堂木，“啪”的一声巨响，震得大堂都颤动了。周纯吓得直筛糠，胡水仙哆嗦成一团，郑名喝道:“大刑伺候!”接着衙役们将夹棍、老虎凳、铁烙铁摆在堂上。胡水仙立时瘫软在堂上，哀求道："大人且慢动手，民妇招供！""从实招来，免得皮肉受苦！"胡水仙就把合谋杀害丈夫和魏三娘的犯罪事实供认出来。周纯在人证物证面前不得不招认。二人画了押，当场判决，斩首示众。听到这个消息，人们无不赞扬郑名是个清官！

夜里二更天，魏三娘来见郑名，流着眼泪说："夫君，我们分手了，阎王让我去超生，你想我时就把盈盈公主当成我，这块惊堂木带在身上，就等于为妻在你身旁，断案时惊堂木能帮你助威，使你能想起为妻的冤情。望夫君日后秉公断案，清正廉明，做个好官！"夫妻又抱头痛哭起来。一直到五更天，魏三娘才恋恋不舍地离去。

打那以后，衙门里就有了惊堂木这一审案工具。这座学堂里一片安宁，只有朗朗的读书声，再也听不到女鬼哭声了。

讲　　述：崔立元
记　　录：崔艳杰
采录时间：2003 年

人鬼姻缘

明末清初，有个书生叫刘梦，一表人才，谈吐文雅，在读书人中很有名气。因家中贫困，晚上秉烛攻读，白天到附近的杏花岭上，采些山货到集市上去卖，回来买些油米纸笔。

一天，他和往常一样，到杏花岭上去采山货，挑着两只大筐，腰间别了把短把小镐，一边走，一边读书，不知不觉地到了杏花岭林深处，碰见一片药材。于是他把书揣在怀里，放下挑子，抽出短把小镐刨起来，工夫不大刨满了一大筐，随后又采了一筐野果子和蘑菇。

时至正午，刘梦想找个阴凉地方歇一会，看看书再走。他坐在一块青石上，从怀里掏出书翻看起来，没看上几页觉得有点困，眼皮怎么也支不起来，躺在青石上睡着了。朦胧中见一少女穿着碧绿纱连衣裙，迈着轻盈脚步奔自己而来。看年纪约有十七八岁，容貌端庄秀丽，如月里嫦娥一般，口吐清香，依在他身上亲吻他的嘴唇。刘梦猛然惊醒，原来是个梦。他又闭上了眼睛，那少女依然躺在身边，搂住他的脖子亲昵。刘梦再次被惊醒，睁眼一看，梦中少女就在身边，慌忙推开少女站起身来说："男女有别，授受不亲，请姑娘自重。"少女羞答答地将自己衣扣系上，双手捂着脸默不做声，刘梦又问："你是谁家的姑娘，只身一人在荒郊野外？"

少女见问，便哭泣起来，良久回答说："我姓邱名月娥，三年前，有个泼皮叫汤二，见我长得漂亮，百般纠缠，告官没人管，只好躲在家中。一天，汤二闯入我家，嬉皮笑脸，非理于我。我宁死不从，与他殊死搏斗，将他胳膊咬下块肉，乘机想跑，被他一拳砸昏，将我装在口袋里，扛到这杏花岭上。我醒来时见汤二把我衣服扒光，像野兽一般强暴了我。受辱后，没脸见人，就吊死在这杏花岭上。公子莫怕，我虽然是鬼，却不害人，三年来，孤苦伶仃无人陪伴，其他的孤魂野鬼也都欺负我，我只好痛苦地忍受。当我每次看到你来杏花岭采山货时，都带着书本，足见你是个勤劳能干有志气的人，渐渐地产生了爱慕之情，如果你不嫌我，我愿做你的妻子！你若有意，今夜二更天我在这儿等你。”说完飘然离去。

刘梦回到家后，心里辗转起伏，品味着女鬼邱月娥美貌多情的笑容，婀娜多姿的身影，整个心灵都沉醉在甜蜜的回忆里。可下子挨到二更天，他穿好衣服提前来到白天约会的地方。邱月娥早已等在那里，很远就和刘梦招手，上前搀住刘梦的胳膊向山后的小房走去，亲亲热热地进了屋。刘梦将邱月娥抱到床上，两个人互相搂抱亲吻，却忘了阴阳相隔，亲热，快乐，情浓意绵，欢欣无比，他们谁也离不开谁，并许定终身。

正在幸福甜蜜之中，邱月娥突然哭泣起来。刘梦不解地问道：“娘子，有何难事落泪？”邱月娥抹着眼泪说：“我们虽为夫妻，却不能长久，为妻做鬼已有三年，前不久被一鬼王收为门下，鬼王既不是阴间鬼，也不是阳间人，只在阴阳界上修炼，法力高强，吃人成性。我几次逃走，都被她抓回来，皮鞭蘸了凉水抽得我遍体鳞伤，我的惨叫声惊动了土地公公。他偷偷地给我送些疗伤药，又给我吃了丸定魂丹，答应救我，帮我还魂。可鬼王这么厉害，怎能逃出她的魔掌，眼见恩爱夫妻不能长久，叫我怎不悲伤。”刘梦焦急地说：“难道就没有解救办法吗？”邱月娥说：“有，在这床底下就是我的尸体，现在还没腐烂，阴魂不散，土地公公说还有还魂希望，他已为我去求玉皇大帝。但必求夫君相助！”刘梦说：“只要我能和娘子永远在一起，赴汤蹈火也心甘情愿。”说着只见地上冒出一股白烟，土地公公现出原形，哈哈大笑说：“好一个重情意的公子，邱月娥没有看错人，这事你一定能办成，玉皇大帝已答应月娥还魂，只限三日，过期就永远没有机会了。”刘梦上前跪倒，给土地公公磕了三个头说：“感谢土地公公救命之恩，求土地公公指点迷津。”土地公公说：“公子，明天上午在家等候，有位道士在你家门前化缘，可求他帮忙。”正说到这，山下传来了鸡叫声，眨眼间土地公公和邱月娥都不见了。走出房门，天已放亮，回头望去，房子竟变成一座孤坟。

第二天，刘梦吃完早饭，正思想着昨夜之事，突然门外有人敲门化缘。开门一看，是个道士，身穿八卦道袍，童颜鹤发，手拿拂尘，走路轻飘飘的。刘梦急忙上前施礼相让，将道士让进屋后，倒了杯热茶端给道士，寒暄了几句，刘梦就把昨夜的事向道士叙述了一遍。道士点了点头说："贫道念你救妻一片诚心，就助你一臂之力，可这不是一件好办的事，你们凡人不知阴曹地府之事，阎王掌死，太白金星管生，办成此事，我得先去趟阎罗府，查一查你妻子的阳寿，再求太白金星将你妻子的魂魄还回阳间。乘着鬼王这些日子不在，尽快把事办完，不然鬼王回来就麻烦了。"说完化做一股轻风走了。

原来道士就是土地公公，他一直奔阎罗府，阎王正处理阴间两个杀人犯。只见阎王喝道："牛头马面，将这两个杀人犯打入十八层地狱，永不超生！"阎王回头见土地公公来了，赶忙欠身离座，上前迎接，大小二鬼搬来把椅子，分宾主落座，土地公公说明了来意。阎王阴沉着脸说："老兄，咱们同朝为臣，你怎么老越职管闲事呢？人间不平的事多着呢，你管得过来吗？"土地公公说："兄弟，你要让谁三更死，决不留人到五更，不过你也得讲究个好坏吧，你竟让那些好人没长寿，祸害百年，你算什么官呀？"阎王无奈查起了卷宗，翻了好大一阵说："此人寿命七十八，还有五十九年阳寿，因她没到寿终，死后也没走进我阴曹地府大门，在外边是孤魂野鬼，你先去她吊死的地方，把她的阴魂招来便是，还得求太白金星念聚魂咒，方可还魂。"土地公公听后，驾云上天去找太白金星。

三天限期已过了两天，刘梦心急如焚，正在着急，老道应约而来。刘梦按照道士的吩咐，顺着炕洞躺下，道士口念咒语，刘梦魂魄脱壳，道士拉着刘梦的手，来到杏花岭，刚到山坡上，道士口中念道："荡荡幽魂，何处留存，河边野外庙宇庄，宫亭牢狱坟墓森林，我今展策特来收魂。天门开，地门开，月娥魂魄奔我来！"这时只见有鸡蛋大的火光直奔道士而来，道士拿出聚魂盒，将火光装入盒内，递给刘梦。刘梦一边叫着月娥的名字，转身迈开大步就往孤坟这边跑。哪知，没跑多远，鬼王出现在面前，将黑旗一展，无数孤魂野鬼拦住去路。各个披头散发，龇牙瞪眼，钢钩似的爪子，向刘梦猛袭过来，抓伤了刘梦的肌肉，撕烂了长衫。尽管如此，刘梦拼命地搂着聚魂盒，道士见形势紧急，念动咒语，挥动玉皇大帝赐给的斩魔剑。蹿蹦跳跃，闪展腾挪，如切瓜砍菜一般，众鬼纷纷倒地，变成一堆堆骷髅。道士护住刘梦且战且走。

眼见快到孤坟时，突然飞来一群鬼头，叮咬在刘梦身上，鬼头颜色各异，凶相顽恶，牙如刀尖，咬进肉里，钻心刺骨地疼。他忍住剧痛，死死抱住聚魂盒，用力摆脱，无济于事，道士见状抢上前去，使出阴阳八卦神功，从背上抽出拂尘上前抽打，鬼头落地，立时起火化为灰烬。鬼王又晃了晃黑旗，冷风骤起，阴云滚滚，鬼哭狼嚎，阴兵阴将铺天盖地而来，道士和刘梦束手无策，正在危机之际，太白金星领着雷公电母，龙王站在云端之上作法，闪电照明了宇宙，雷声震动了大地，一阵瓢泼大雨将阴兵阴将驱散，“咔嚓”一声巨响，鬼王被雷击成一缕青烟飘往西北。

道士吩咐说：“公子，快把聚魂盒打开，将魂魄放进坟里!”刘梦紧忙打开聚魂盒，火光自动飘进坟内，太白金星念动聚魂咒，只听“咔嚓”一声巨响，孤坟裂开，邱月娥从坟里缓缓地走了出来。拉着刘梦的手、跪在地上正要给太白金星和众位天神磕头谢恩，眨眼间，太白金星和众天神们踪迹不见。

夫妻起身又去拜谢道士，土地公公现出原形，用手相搀说：“免礼！免礼！是你们俩的真情感动了天地，感动了本神！刘梦啊，快快回家附体，过了时辰就麻烦了。”

土地公公帮刘梦附了体，夫妻再次拜谢土地公公，土地公公捋了捋胡须说：“祝你们夫妻恩爱，白头到老!”说完化做一缕白烟消失了。

讲　　述：崔立元
记　　录：崔艳杰
采录时间：2003 年

讹鬼

月牙弯屯，有个赌鬼叫良发，外号良大吵吵，可能穷白话了，信他话死了都穿不上裤子。白话归白话，心眼倒不坏，挣点钱连赌带喝，年头到年尾两手空空。二十七八了，也没讨上个老婆，腿肚子贴灶王爷——人走家搬。

一天，良大吵吵去城里卖筐。离城五十多里地，挑二十多个筐，到城里也就小晌午了。卖了二十多吊钱，到小酒馆里喝了两壶，上戏园子看了场戏，手里也就剩下十来吊钱。太阳快落山了，扛着扁担，敞着怀，一步三晃地往回走。

走出二十多里天就黑了，他走夜道惯了，啥也不怕。走着走着，发现前面有座大房子，里面灯光明亮，就听里面喊道："三缺一，再找个人凑把手。"良大吵吵一听这话，手就痒痒，心想，跟他们玩一会再走，反正也晚了。进屋一看，屋里就仨人，纸牌放在炕上，每人前边放着一堆钱。见良大吵吵进来了，就急忙让座，"老良，玩一会吧？"老良也不管认识不认识，凑上前去就玩上了。

老良手挺幸，赢了一大挎兜子钱。这时天也快亮了，三个说："老良，我们的钱让你赢光了，改天再说吧。"说完都走了。

良大吵吵心里美滋的，卖这些趟筐，也没今天赢的多。到家了，天也亮了，掏钱数数吧，哪料，掏一把是纸灰，又掏一把，还是纸灰，心里这个气，这几个小子玩鬼，把自己的钱都给套去了。早饭也没吃，返身找这三个人去了。到地方一看，哪里有什么大房子，分明是一片坟地。周围的树和草都对，就是这个地方，房子的位置是座大坟，往坟头上一瞅，自己的那十几吊钱在坟顶上放着呢。心里明白了，原来和鬼玩了一夜。纳闷的是，鬼怎么和人一样呢？一点也不可怕，他把钱捡回来揣到兜里回家了。

没隔几天，良大吵吵又编了二十多个筐，挑到城里去卖，照样到酒馆里喝两壶，看了场戏。走到坟地这块，老远就看见那座大房子里灯火通明，里头还在喊："三缺一，再找一个来！"良大吵吵心里早就憋着火呢，扛着扁担进屋了。三个人急忙让座说：“老良，快坐！正缺你呢。”良大吵吵说：“你们是鬼，我不跟你们玩，你们三个合伙赢我，用纸灰骗我的真钱，我的钱倒让你们仨给套去了。”“老良这话就不对了，不管是人是鬼赌的是钱，你赢了我们哥仨不少钱，还闹个我们合伙玩鬼，不是钱你不要，看好了再往兜里揣。”良大吵吵一想，也倒是，今夜真得好好看看，弄个水落石出。经三个人一劝，又上场玩上了。

四个人一直玩到天快亮了，其中一个人说：“老良，今夜咱们就玩到这儿，我们有些困倦，改日再玩。”说完倒头便睡。良大吵吵也觉得有些困，也想早点回家睡一觉。他回到家里铺上被褥刚要睡，又一合计，虽然今夜赢的钱都仔细看过了，可还是不放心，掏出来看看有没有假，结果一掏还是纸灰。这事怪了，没人靠近我，怎么又让这三个家伙掉了包。不行，今夜我得去找他们算账去。

他气得一天没吃饭，没等天黑就走了。到地方一看，屋里仍然三缺一，良大吵吵不由分说，和三个人吵起来。那三个人说：“老良，别不讲理，我们阴间的钱到阳间就是纸灰，赢你的钱还你。”说着顺兜里掏出十几吊钱放在炕上。良大吵吵更有理了，吼道：“你们三个就是骗子，明知阴间的钱到阳间花不了，为啥要骗我跟你们玩，害得我白走好几十里路，少编不少筐，少卖不少钱，今夜说个明白，得包赔我损失，不然到阴间阎王那打官司，还是到阳间衙门里告你们。”

良大吵吵跟三个鬼吵了一夜，其中一个鬼说：“老良啊，别发火，也别告状，实话告诉你吧，我乃阴间霹雳财神，闲暇无事想玩玩纸牌，正好三缺一，让你凑把手，如果动真格的，你连纸灰都赢不去，本财神见你经常去城里卖筐，挺能吃辛苦，嘴大舌长的没坏心眼，我有意将我妹妹嫁给你。这场官司也就别打了，以后不要再赌钱，那是无底深坑，好好过日子。”

老良还是不依不饶地说：“你又在骗我，鬼怎么能和人结婚呢？你怕我告你，跟我套亲戚没门。”霹雳财神说：“老良别急，你们东村柳员外的女儿长得咋样？”“老兄别拿我开心了，笸箩大雨点也淋不到我头上。”“老良，别把自己看得那么低，雨点还真就淋到你头上了。柳小姐阳寿已尽，我将我妹妹的魂魄附在她体上，你们俩自然成为夫妻了。”说着从怀里掏出两粒丹药递给了良大吵吵说：“这是两粒还阳丹，给柳小姐服下后，片刻即可复活，那时你想不要还不行呢。”良大吵吵接过丹药，跪在地上磕了几个头说：“谢谢大舅哥成全！”

没隔几天，柳小姐和丫环们玩老鹰抓小鸡，被一块石头绊倒在地上，立时昏迷不醒，柳员外贴出告示；谁救活小姐，小姐就嫁谁为妻。

良大吵吵揭下告示，去找柳员外，柳员外将良大吵吵领到小姐卧室，掏出丹药给小姐服下，工夫不大，小姐还真醒过来了。柳员外承守诺言，为女儿择日完婚。后来良大吵吵真的戒赌了，柳员外见姑爷能干，就把家业交给姑爷管理，良大吵吵由穷光棍变成了良员外。

讲　　述：刘占一
记　　录：刘春丽
采录时间：2003 年

水秀姑娘

很久很久以前，有个崔员外，祖辈善良老实人家。当地有个恶霸叫张三坏，依仗舅舅在县衙当师爷，抢男霸女，无恶不作，他看中了崔员外的女儿水秀姑娘，并领着地痞来抢亲。

水秀天真活泼，爱说爱笑，乖巧纯洁，父母格外喜欢她。张三坏抢亲这天，崔员外吩咐大儿子崔祥和儿媳妇翠萍，带着水秀赶紧逃走，三人套上马车，装了些应用的东西，奔东北跑下来了。日夜兼程，一连走了一千多里地，终于摆脱张三坏的追赶。他们歇了半日，信马由缰地来到山门湖，三人见这里山清水秀，鸟语花香，不想再走了，搭上帐篷，埋锅造饭，安家落户。

姑嫂二人来到山门湖边玩耍嬉笑，脱下衣服，在湖中畅游，非常舒心。水秀累了，看见湖中间有黑乎乎圆溜溜大石头，水秀喊道："嫂子，这里有块石头，快过来歇会！"嫂子说："我不累，你先歇着吧，我再玩一会过去！"嫂了又游了两圈，想到石头上歇口气，一回头水秀和石头不见了，于是她慌了手脚，四处寻找，用力呼喊。崔祥见妹妹丢了，急得七窍冒火，跳到水里去找。

水秀姑娘正看嫂子游泳，就觉得石头一沉，接着悠悠荡荡来到水府里，躺在一张床上。原来那块黑乎乎圆溜溜的石头是只老乌龟变的。水秀慢慢睁开眼睛一看，是个水下宫殿。上面写着"水晶宫"三个大字，她坐起身来见自己赤身裸体，便曲身为自己遮羞。就听一个宫女说："大王，她醒过来了。"随后进来几个宫女，头是人头，身子是鱼身鱼尾，水秀姑娘觉得好生奇怪，难道这就是传说中的美人鱼吗？心中有几分恐惧。

这时，有个宫女手捧着一件彩衣，来到水秀面前说："恭喜小姐！贺喜小姐！我们大王喜欢上你了，这件彩衣是大王的心爱宝贝，只有他最喜欢的人才能配穿上。"水秀一想，自己衣服脱在山门湖岸上了，没办法，只得穿上这件彩衣了，又有宫女替她梳洗打扮，给她盘头戴花，转眼间水秀姑娘变得更加美丽无双。

水秀穿戴齐整，一男子问道：“打扮好了吗?”一个宫女回答说：“回大王，打扮好了。”水秀送目观看，见一位青年男子身穿一套黑色长袍，英俊潇洒，浓眉大眼，朝这里走来，向水秀深施一礼说：“不知小姐贵姓芳名，在下见小姐长得美貌，情不自禁冒犯了小姐，请小姐恕罪!”水秀见他彬彬有礼，一颗恐惧的心松了下来。

水秀回礼说：“我姓崔名叫水秀，因遭本地恶霸抢劫逃到这里。”言罢低头垂泪，男子表白说：“我叫万年，如小姐不愿嫁我，我可送你上岸。”水秀对万年进退两难，犹豫不定。万年很有信心，常为水秀消愁解闷，开怀一笑，从没摆过大王的架子。

水晶宫日夜灯火辉煌，五光十色，照得水秀的彩衣光彩夺目，配上水秀面容无比娇美，万年常为水秀的花容月貌倾醉，多次表白，都没得到水秀回音。万年只好耐心等待天降奇缘。

一年过去了，有一天，万年和一个蝎子精大战了三天三夜，被蝎子精咬了两口，伤势很重，毒性在体内发作，日渐消瘦，昏迷中呼喊着水秀的名字。水秀得知蝎子精害了许多人性命，万年是为民除害才受的伤。水秀被他的见义勇为所感动，水秀亲自侍候在万年身边，喂药洗伤，爱情在心中渐渐萌发，细细地端详着他，才发现万年是那样潇洒可爱，自言自语地说：“万年，你不能死，一定要活下来呀!”晶莹的泪水流了出来。也许是真情使灵与灵相合，心与心相通，万年慢慢地睁开眼睛，看着水秀，水秀把万年的头放在自己的怀里，他们眼神互相交流，万年顿时伤势好了许多。

万年从床上坐起来，紧紧握住水秀的手说：“你是我的灵丹妙药，生命的力量。水秀，嫁给我好吗？我一定好好待你的!”水秀的脸色润红，便点头答应万年的请求。

二人当夜在水晶宫拜堂成亲，宫内灯火辉煌，金光灿烂，万年终于解开水秀的彩衣，他们是那样的甜蜜、幸福。

二年后，水秀为万年生了个女孩，夫妻视如掌上明珠。可是水秀思家心切，经常偷着落泪。万年是有灵气之人，便知妻子的心事，于是就和妻子乔装打扮出了水晶宫。

崔祥和翠萍弄丢了妹妹后，日夜伤悲，以为水秀死去了，就在湖边埋了一个坟，将帐篷搭在坟旁，给妹妹做伴。

再说崔员外与老夫人，自从儿子和女儿逃走后，王三坏抄了他的家，抢夺了一切家产，老夫妻俩便四处寻找儿子和女儿，终于在山门湖边上找到了。老夫人听说水秀不知去向，整日落泪，不久哭瞎了双眼。

水秀和万年到哥嫂帐篷里一看，父母俱在，一家人团聚，悲喜交加，各自诉说离别后的事情经过。全家人见万年英俊潇洒，都感到满意，也就不计较是人是龟，大摆宴席招待姑爷。

万年用最好的草药治好了岳母的眼睛。从此以后一家人搬进水晶宫，这里年年风调雨顺，百姓安居乐业。

讲　　述：白玉莲

记　　录：崔红来　女　28 岁

采录时间：2005 年

为妻赔罪

有个酒鬼，生前喝醉酒就打老婆，妻子虽然受丈夫百般摧残，可还对丈夫百依百顺。丈夫死后到了阴间有所悔悟，常想为妻赔罪。一天，阎王让他去投生，他想如果我托生个牛，为她干活，让她打我，既可以洗去我的罪过，又能还清她的情债。于是他就选了张牛皮穿上了。托生到妻子家后，妻子从不让牛干活，也舍不得打一下。他一想，这样下去越欠妻子情债越多，干脆不吃不喝饿死算了。阎王见酒鬼又回来了，便问道："酒鬼，你咋又回来了呢?""老婆不打我，也不让我干活，还不上她的情债，所以不得不回来。"阎王又问："酒鬼，你还想托生啥，就自己去挑一件皮穿上，投生去吧!"酒鬼拣了一条蛇皮披上了。这条蛇在妻子屋里乱爬，以为妻子会把自己打死，哪料妻子不但不伤害它，还给它下河捞鱼吃。没办法，爬到车道沟里让车轧死了。

他又来到阎王殿上，阎王问道："酒鬼，你咋又回来了呢?""老婆不肯伤害，没办法就又回来了。""那你就去再找件皮穿上吧!"酒鬼又拿了件猪皮披上，等猪长够大了好让妻子杀了吃肉，也就了却了自己心愿。哪料，等猪长大，妻子却把它卖给了屠夫，让屠夫给杀了，又白托生一回。

阎王见他又回来了，便问道："酒鬼，这回还愿了吧。""妻子不肯杀我，把我卖给了屠夫，没办法又回来了。我不报妻恩不甘心。阎王，看在我酒鬼诚心诚意向妻子请罪的分上，再允许我托生一回吧!""好吧，最后一次，"酒鬼找了件癞嘟嘟的衣服穿上了，托生到妻子邻居一家小两口家里，小孩生下来聪明伶俐，会说话就管妻子叫干娘，长大了帮着干娘挑水、砍柴、做饭、打扫屋子，照顾得无微不至。妻子死后，他又孝敬自己父母，没过几年娶了个媳妇，和妻子非常恩爱，一直白头到老，也没吵过架。

讲　述：王　义　**记　录：**王　华

采录时间：2005 年

老狐狸怒惩姜猎户

杨家窝棚屯有户姓姜的猎户，家里五个孩子。三个大姑娘已经结婚了，还剩下老姑娘和老儿子。

这天老姜太太领着小儿子姜百岁去狩猎。娘俩来到离家十里之遥的西甸子，那里山鸡野兔多得是，尤其是狐狸随时可见。姜百岁走着走着发现个洞，他向里面望去，看见里面有只小狐狸，伸手将小狐狸掏了出来，用绳子把四条腿绑上，拎回家去。

邻居们见了都劝姜百岁把小狐狸放了，这要让老狐狸知道可不得了。姜百岁哪信那个邪，一棍子将小狐狸打死，姜家老姑娘叫姜月，挽起袖子给扒皮了，然后把皮晾到外边杖子上了，死狐狸扔到院外去了。

第二天，天刚放亮，有几个小伙子到西甸子去割草，就听见有女人“嘤嘤”啼哭声。几个人左瞧右看没发现附近有什么人，忽然有个小伙子看见不远处的一棵大树下，蹲着一只狐狸，用两只爪子抹眼泪，哭得凄凄惨惨的，瞅着怪可怜的。小伙子冲它喊道：“别哭了，我知道你的孩子在哪，被老姜家百岁给掏家去扒皮了。”这只狐狸像听明白他的话似的，立时不哭了，“腾”地蹿到远处跑了。

再说姜月，扒完狐狸皮后，自觉此事平常，也没在意。到了第二天中午，眼睛发直，身上脱得赤条精光，顺着门前的路往西跑，引来许多围观的乡亲们。街坊邻居都很着急，七嘴八舌地说：“这姑娘是咋的了？是疯了，还是冲着什么邪了呢？”有个小伙子说：“昨天他们逮住个小狐狸，打死扒皮了，触怒了老狐狸报应她家！”有的邻居说：“乡里乡亲的，别看热闹。找大仙给看看，这样下去不把孩子给坑了吗？”正说到这儿，从南面来了个穿蓝布大衫的老太太，胳膊上挎着白布包，穿着打扮很讲究，急忙摆手说：“不用请了，我就是大仙！”人们见状就是一愣，附近没有这么个老太太，举止言谈很有气质，都把目光集中到她身上了。

老太太指着姜月说：“你们这个人家太缺德了吧！你说你，人家没招你没惹你的，把人家孩子打死了不算，还扒了皮，你损不损呢？还有没有点良心呢？”

人们正在议论这个事时，老姜太太从院里跑出来，眼睛直勾勾地指着女儿说：“你扒我孩子皮，我就扒你的皮，让你生不如死。”

乡亲们“呼啦”一下跪在地上哀求说：“求婆婆发发慈悲，救救这姑娘吧！”

正在这时，姜百岁疯疯癫癫地拎着棒子出来了，指着老太太说：“不要折磨我小姐姐了，我给你孩子偿命就是了！”说着操起木棒照着自己脑袋砸了一下，“扑通”一声倒在地上，人事不省，街坊邻居央求说：“求大仙保佑，杀人不过头点地，他家姜百岁以命相抵，请大仙救救他们吧！”

老太太沉吟了半晌说：“乡亲们起来吧，姜家做事太绝情，老身只不过惩罚他们一下，姐弟并无大碍，片刻就好。”说着掏出银针，在姐弟俩身上各扎七针。工夫不大，姐弟俩如梦方醒。姜月低头一看，怎么会这样，身上一丝不挂，羞臊得捂着脸跑回屋去。姜百岁跪在老太太面前磕头说：“感谢婆婆救命之恩，晚生以后再也不伤害狐狸了！”老太太说：“老身暂且饶你这一次，下次再无辜伤害狐狸，必遭杀身之祸！”老太太说完眨眼间不见了，打那以后姜家弃行了，再也不上山狩猎了。

讲　　述：王　义

记　　录：王　华

采录时间：2003 年

人鬼情深

从前，有个秀才叫程名，京城开科，想去赶考，可囊中空空，无法上路。不考吧，十年寒窗付诸东流，无奈只好到磕头大哥刘福家去求借。刘福家虽然不穷，可也不算太富有。

程名到了刘福家说明来意，刘福妻子于氏顺柜子里掏出二十两银子，递给程名说："兄弟，这是哥嫂一点小意思，莫嫌少，路上好买些水酒喝。"刘福说："老婆，这点银子不够，你到孩子姥姥家再借五十两！"

于氏非常贤惠，对丈夫百依百顺，到娘家借来五十两雪花白银，递给了程名。程名接过银子，感激得掉下了眼泪，跪在地上磕了三个响头，并发誓说："兄弟不中金榜，决不回来见哥嫂！"他回到家里，收拾了一下行装上路了。

程名走着走着，忽听后面有风声。回头一看，打后面过来两个大旋风，上柱天，下柱地，奔他而来。程名觉得有些跷蹊，这两股旋风要跟自己抢道。常听老年人说，旋风是鬼，人不跟鬼争，让鬼过去。于是他转身下道，躲得很远。哪知两股风随着也下道了，围着他滴溜乱转。程名惊恐地问道："你们这两个恶鬼，何故缠我？"其中的一股旋风说道："程大哥，我是特来为你送行，虽然你不认识我，可你是我的恩人。""我何曾有恩于你？"旋风打了个唉声说："这是两年前的事了。我叫欧阳宝梅，我父亲是本地乡绅叫欧阳亮，为了巴结金总兵，将我许配给总兵的儿子金宝。金宝长得矬粗短胖，前鸡胸后罗锅，一脸麻子，我宁死不同意这门婚事。怎奈父亲苦苦相逼，我一气之下服毒自杀了。出殡那天正赶上下大雨，棺材无法下葬，正赶你路过此地，抱了几抱草给盖上了，后来你求人把棺材埋了。我无法感激，特为你送行。"程名点了点头说："感谢欧阳小姐好意，情我领了，你有事就忙你的去吧！""不，程大哥你走好，我们俩先行一步，在前边客栈等你！"说着旋风顺着大路走得很快，眨眼工夫没影了。

天渐渐地黑了下来，程名心想，再遇不到客栈就得露宿野外。又走了一段路，眼前闪出一座大客栈，里面灯火明亮，人来人往店客挺多。他走到门前刚要敲门，店门“吱呀”一声开了，店主和店小二都迎了出来，急忙上前接过程名的行李说：“程爷辛苦了，快请！”程名莫名其妙地问道：“店家，你咋知道我来住店呢？”“不瞒程爷你说，有位欧阳姑娘，早把你的房间和晚饭都订了下来。”接着店主吩咐说：“小二，把程爷送房间去！”

程名来到客房里一看，挺干净，工夫不大，店小二把酒菜摆上，程名没敢动筷，问道：“小二哥，这桌饭菜得多少钱？”店小二说：“程爷尽管享用，一切费用欧阳小姐早已付了。”程名正好也饿了，自斟自饮喝了起来，一直喝到二更天，酒足饭饱。店小二把残席撤下打来了洗脚水，给程名洗完脚后问道：“程爷还有啥吩咐没有？”“你忙你的去吧，有事我随时叫你。”

时至三更天，程名正在秉烛夜读，突然屋门“吱呀”一声开了，进来两个如花似玉的大姑娘，打扮得花枝招展。头上环佩叮当作响，两道柳叶弯眉，杏核大眼水汪汪的，粉嘟嘟的脸蛋一笑俩酒窝，朱红色的嘴唇衬托着碧绿色的连衣裙，美极了！程名问道：“两位姑娘，这么晚来，有事吗？”其中大个姑娘娇滴滴的声音说：“程大哥，你不记得我了，我是白天为你送行的欧阳宝梅。这位是我的师妹叫凤姣。自那日我死后，被一鬼仙收为弟子，学了一些法术，修炼成为仙体。我和师妹常在一起习武练剑，切磋文章。”

程名急忙站起身来让座道：“原来是欧阳小姐和凤姣姑娘，快坐！快坐！今天让欧阳小姐破费了许多，实在不好意思。”“大哥见外了，你对我有恩，也是我最敬慕的人，能为你做点事，也是我的福气。”

人鬼越唠越投机，程名问道：“欧阳小姐，你们阴间啥样？”“大哥有所不知，阴阳本是一个理，阳间有啥阴间就有啥。”“欧阳小姐，我们阳间人能到阴间游一会吗？”“小事一桩，不过不能太久。”欧阳宝梅吩咐说，“程大哥，你先躺在床上，师妹你留下守住大哥的躯体，我们一会就回来！”程名好奇地躺在床上，盖严被子，就觉得迷迷糊糊地睡着了。

欧阳宝梅领着程名来到阴司城，但见三街六市，五行八作，做买做卖非常繁华。走着走着，突然看见两个鬼卒押着个犯人擦肩而过。程名仔细一瞅，吃了一惊，这不是磕头大哥刘福吗？怎么被抓到阴间来了呢？不行，我得救他。想到这，他冲上前去，三拳两脚把两个鬼卒打跑了，拉起刘福就跑。欧阳宝梅一看，心里暗暗叫苦，这下可麻烦了，大祸将临。事已至此，紧忙领着程名和刘福逃出幽冥地界。来到客栈，程名附了体，欧阳宝梅惊慌失措地说："程大哥，这下你可惹了大祸，阎王不能放过咱们。我这有个聚魂盒，把你哥的魂魄装到里面，拿回去让他附体，一切事由我来承担。"

程名捧着聚魂盒，一溜气跑到刘福家。进屋一看，一家人哭得狼烟地动的，程名叙说了事情因果，并把大哥的魂魄从阴间带回来的经过告诉了嫂子和家人。然后打开聚魂盒，把魂魄往刘福躯体一推，刘福如梦方醒，一家人急忙给程名跪下磕头谢恩。程名上前扶起哥嫂说："哥嫂请起！这件事是兄弟理应做的，别放在心上。天色不早了，我该回家睡觉，明天起早赶程，大哥大嫂保重！"

第二天晚上，程名又赶到这家客栈住下了，便向店主打听欧阳小姐下落。店主说："昨天上午欧阳小姐把你今夜的店钱和饭钱付了，然后慌慌张张地走了，后来再也没见着她的踪影。"程名预感事情不妙，也无心吃饭，在店房里焦急不安地等待欧阳宝梅出现。

傍三更天左右，屋门"吱呀"一声开了，程名以为欧阳小姐来了。仔细一看，原来是凤姣，慌慌张张地说："程大哥，大事不好了，自打你救了人以后，两个小鬼不认识你，却认出了欧阳师姐，向阎王一禀报，阎王大怒，派黑白无常将欧阳师姐抓走，吊在一间屋子里，严刑拷打，逼问究竟是什么人劫走了人犯？欧阳师姐就是不说，眼看快折磨死了，程大哥快想个办法救她呀！"

程名寻思了半晌说："凤姣姑娘，劳你领我去趟阴曹地府，我去跟阎王讲清事情原委！""程大哥，使不得，阎王会把你处死的。""死我倒不在乎，是我惹的祸，不能连累别人遭殃，我去定了！”凤姣见他铁心要去，只好顺从他。

凤姣领着程名来到阎罗殿前，两个鬼卒拦住去路，大声喝道：“哪来的野鬼，竟敢擅闯阎罗殿！”程名大义凛然，毫无怯色地说：“二鬼，赶紧进去禀报，就说我程名投案自首来了！”

二鬼不敢怠慢，跑到大殿上报道：“大王，有个叫程名的人前来投案自首！”阎王一愣，心中暗想，自古以来，世人都惜命，逃都来不及，没有一个上门找死的。这倒是个怪人，看看此人啥模样？一拍惊堂木喝道：“把程名押进来！”

两个鬼卒把程名带到大殿上，阎王上下打量了程名一回，问道：“程名，你可知罪？”“阎王，好汉做事好汉当，劫走人犯是我干的，要杀要剐，下油锅，冲我一人来，放了欧阳小姐，不关她的事……”接着程名就把事情的来龙去脉叙说一遍。

阎王听罢，不但没动怒，反倒笑了，觉得程名小伙子挺正直，敢作敢为，心里非常喜欢。龙颜大悦说：“本王念你为朋友两肋插刀，舍生取义，侠义心肠所感动，赦免你和欧阳姑娘一切罪行，尤其是两位鬼差错抓了你哥哥刘福，本王已处罚了二鬼，想为你和欧阳姑娘做媒，成全你们俩的亲事，你意如何？”程名急忙跪倒谢恩，这时欧阳宝梅被带到大殿上，阎王好言安慰，欧阳宝梅和程名二人再次磕头谢恩。阎王掏出一粒丹药递给程名说：“年轻人，你还阳后，将这粒九转还阳丹，给欧阳姑娘的尸体灌下，半个时辰就能还阳，好就好在欧阳姑娘的棺材埋在一个泉眼上，尸体未烂。赶紧还阳去吧，别误了考期！”

两个人还阳后，夫妻双双进京赶考去了。

记　　录：禹　梅

采录时间：2003 年

一双绣花鞋

早年，在横水湾村塔子沟屯，有个叫柳春的人，五十多岁，做得一手好缝纫活。他的女儿叫凤梅，长得跟水葱似的，白白胖胖的，引得十里八村的小伙子都眼馋。可媒人介绍了好几个高枝，凤梅连瞧都不瞧，这可急坏了柳春老两口。柳春想让凤梅找个好人家，自己也能跟着沾点光，可凤梅谁也相不中。其实凤梅早有了意中人，她看中了邻屯长得五大三粗的李锁柱。锁柱正直能干，心眼又好，颇有心计。凤梅到田间地头，给锁柱送几张饼或几个热馒头，锁柱心里热乎乎的，两个人便偷偷地相爱了。凤梅白净的皮肤，羞答答一副俊俏的模样，让锁柱魂不守舍。每当傍晚，两个人经常相约在柳树下，或漫步在小河边窃窃私语。

不料这事被柳春知道了，他怎能让凤梅嫁给锁柱这么穷的小伙子呢。本想给姑娘找个富贵人家，将来也借个光；找这么个穷光蛋啥时候能是个头，便死活也不同意。凤梅拗不过父亲，跪在地上哀求父亲，柳春却无动于衷，用皮鞭蘸凉水抽了女儿一顿，不依不饶地说道："你就是死，爹也不会让你嫁给锁柱！"柳春将凤梅锁进仓房，一日三餐由丫环送饭，管得凤梅寸步难行。凤梅彻底失望了，可她心里只有锁柱，没有第二个男人。

母亲非常心疼女儿，看她憋在仓房里怪难受的，不忍心，趁父亲不在，将女儿放了出来。凤梅越想越伤心，心想自己活着是锁柱的人，死是锁柱家的鬼，就买来一包砒霜，写了一份遗书服毒自尽了。父亲知道后跑回来，他很痛心，没曾想傻闺女这么痴情，跪在女儿尸体旁长长叹了口气："哎！你坑了你自己，也坑了你爹我！还指望你养老送终呢，没曾想竹篮子打水一场空……"

柳春悲痛欲绝，哭得死去活来，他咬牙切齿地把这笔账算到锁柱身上，并报了官，撒谎说："李锁柱强奸了我的女儿，并使女儿怀了孕，女儿没脸见人服毒自尽了。请大老爷为民做主，给李锁柱治罪，赔偿我的损失，没钱就把地让给我！"县太爷急忙吩咐衙役们说："速传李锁柱！"一杯茶的工夫，李锁柱被带到大堂之上。县太爷一拍惊堂木问道："李锁柱，你强奸凤梅姑娘，还不如实招来！"李锁柱急忙跪在堂前："大老爷我冤枉啊！"李锁柱就把和凤梅姑娘暗恋的经过叙说一遍。县太爷找来医官进行检验，凤梅仍是处女，没破身子。县太爷大怒，"大胆刁民，竟敢欺骗本官，来人呐，打他二十大板！"柳春被打得鬼哭狼嚎，自己偷鸡不成搭把米，懊悔不及。

凤梅死后，埋在村里二里之遥的大道旁。早年有个说道，凡是喝药的、上吊的、被杀的都属于横死的。尤其没结婚的姑娘，只得埋座孤坟了。柳春觉得女儿的死，让他有些抬不起头来，也没操办，买口薄皮棺材，草草葬了。凤梅的尸骨被遗弃在这荒凉之隅，与蓬草荒树为伍，同野兔山狐为伴，她孤孤单单，凄凄凉凉躺在这黄泉之下。路人见了这座孤坟，无不怜悯叹息。只有锁柱年年节节偷着烧点纸。

几年后，听有不少过路的年轻小伙子说，每到夜里，就看到凤梅坟前有个姑娘，专撵小伙子要鞋穿，人们对此传说半信半疑。

一天，有个小伙子出门赶集回来，时已深更半夜，见路上有个姑娘等人，也没在意，就听姑娘说："大哥，送我一程吧！"小伙子也觉得一个姑娘家怪不容易的，哪会有什么鬼呀，便答应说"行！"等姑娘一转身，小伙子吓傻了，对面女子脑袋上全是头发，哪有脸呢。小伙子吓得屁滚尿流爬回了家，不久就死了。鬼越闹越凶，村里接连不断地发生这样的事，弄得人心惶惶。人们一想，这条道上只有凤梅一座坟，凤梅又是横死的，一定是凤梅闹的鬼。有的小伙子被撵时，听那姑娘说要绣花鞋，人们就满足她的心愿，让柳春夫妻到集上买双绣花鞋，埋到坟里。柳春两口子便叨咕说："闺女呀，爹娘对不住你，不应该包办你的婚姻，如有来世爹娘一定由你自己做主……”自那以后，这个小村子再也不闹鬼了。

讲　　述：王　义
记　　录：王　华
采录时间：2006 年

鬼妻救夫

书生李青进京赶考，半路上腰中盘费就快要花光了，只好起早贪黑赶程。

一天晚上，走得前不着村后不巴店，心想，上灯之前再遇不上人家就得夜宿荒山。又走了一段路，天渐渐地黑了下来。他正在发愁，突然发现前面密林深处隐约有灯光，立刻打起了精神直奔灯光走去。

李青走到近前一看，是家客栈，好大一座四合大院。他进屋一看，店主竟是个老太太，虽然年已六旬多，但身体硬棒，精神十足。她抬头瞅了一眼李青，问道："客官，住店吗?""老婆婆，有便宜一点的房间吗?""有，西跨院有两间客房，如不嫌弃简陋，你就住在那里，不收房钱。"说着又吩咐道："小二，把客官送到西跨院客房里!"

店小二把李青送到客房，安排妥当，抹身走了。李青见炕上躺着两个人，除了喘气外，一动不动，像睡着似的。他在旁边铺上被褥，头朝下倒头便睡。

正在朦胧中，忽听房门"吱呀"一声开了。李青睁眼一看，打门外进来个如花似玉的大姑娘，穿着绿色连衣纱裙，白里透红的脸蛋和绿色连衣纱裙相衬，显得格外美，令人倾倒。姑娘左手托着几张白面饼，进屋就瞅他笑，笑得他心里"扑通、扑通"直跳。李青纳闷，这半夜三更的，谁家的闺女来这儿干啥？一骨碌身坐了起来，问道："姑娘，这么晚来有事吗?"姑娘微微一笑说："李公子，别见疑，我是客栈里的使唤丫头，专为住店客人治病、调养、按摩解乏。"说着将手里的面饼贴在炕上躺着的那两个客人脑门上。就见那两个人身体动了动，喊道："好舒服啊!"

姑娘回身来到李青近前，说："李公子，我给你脑门上也贴一张面饼，调解调解神经，再给你按摩按摩，舒服极了。"李青心里寻思，谁家好闺女半夜到男人客房里来，保不住是个卖淫女？正在猜疑，那女子凑到他身边坐下了，身子一歪靠在李青身上，扭扭捏捏拿情撒娇，李青哪受得这个，“呼”地一下站起身来说：“姑娘请你自重，我不是那种好色之徒，别耽误我睡觉，你走吧！”姑娘一听，脸上笑容立刻消失了。心中犯疑，天下的猫哪有不吃腥的，八成这人有病吧？勉强赔了个笑脸，羞羞答答地走了。

李青见姑娘走了，随后下地把门关上，以为姑娘走了消停消停。上炕刚躺下，房门“吱呀”一声又开了。李青睁眼一看，还是那个姑娘，捧着几个大元宝，满面春风走到近前说：“李公子，奴家见你是个正人君子，非常敬慕！想是腰中盘费不足，奴家把多年积蓄资助给你，以备赶考路上好用，请笑纳！”李青摆了摆手说：“谢谢姑娘的好意，我李某决不收那不干不净的财物，赶紧走吧！”

姑娘一听，脸像巴掌打似的，抹身出去了，站在门口“呜呜”地哭了起来，哭得怪伤心的。李青心里顿时软了下来，觉得姑娘必有啥为难之处，不然咋哭得这么凄惨呢！

他下地出门问道：“姑娘，有啥难心之事不妨说出来，也许我能帮上你啥忙呢?”姑娘觉得李青是个有情有义之人，擦了擦眼泪，毫不隐瞒地叙道：“我叫冬梅，三年前被本地恶霸于坏水强暴后，怕我报官，将我掐死扔到野外。死后阴魂未散，被鬼王收为门下，众鬼们都叫她姥姥。她既不是阴间鬼，也不是阳间人，在阴阳界上修炼。她开这座客栈就是害人，每晚逼我来吸男人精血，用一百个男人的精血来炼她的魔法。炼成后大罗神仙也斗不过她，把面饼贴在人的脑门上，就能把人的精血吸干，鬼王才把人吃掉。要是一天夜里吸不到男人精血，就皮鞭子蘸凉水抽我，我恨透了姥姥，逃了几次，都被她抓回来打个半死。现在已吸九十九个男人精血，说你是天上文曲星下凡，最后吸了你的精血魔力无边。我有生以来头次遇见你这样不贪财不好色的正人君子。害了你吧，真不忍心；放了你吧，又愁无法向姥姥交差，故此伤悲。”

李青寻思了半晌说：“既然姑娘受姥姥辖制要挟，两面为难，我就成全你，吸我的精血吧！”姑娘摇了摇头说：“不，李公子，我宁肯去死，也不能去害我所敬慕的人。要不我嫁给你，咱俩远走高飞！”李青听罢，觉得自己误会了人家，姑娘不但长得美，侠义心肠令人佩服，爱慕之心油然而生。凝视了半天，两个人搂抱在一起，亲吻了一遍又一遍，并立下誓言，非他不嫁、非她不娶，生生死死永不分离，爱到天荒地老！冬梅说：“夫君，择日不如创日，现在咱俩就拜堂。”于是两个人插草为香，拜了三拜，拜罢，夫妻又搂抱亲吻了一回。李青说：“娘子，此地不可久留，天亮就走不成了。”“夫君，稍候，奴家把姥姥的乾坤剑偷来，以备防身！”工夫不大，冬梅拿着两把宝剑回来了，递给李青一把，收拾了一下东西，夫妻越墙往西而逃。

天快亮了，二人就听背后阴风呼啸，狼哭鬼叫，姥姥领着无数阴兵阴将杀气腾腾地追来。冬梅说：“夫君，你先走，我来抵挡一阵，随后就来。”“不，娘子，要活活在一起，要死死在一块，我跟姥姥拼了！”姥姥来到近前用拐杖一指说：“贱人，我让你吸男人的精血，你却背叛我，盗我的乾坤剑，偷情和野汉子私奔，你拿命来吧！”说着举杖便打，李青一剑刺去，姥姥用拐杖往上一磕，宝剑脱手，接着翻腕子横扫一杖，李青被扫了个筋斗，躺在地上动弹不得。眨眼工夫，姥姥掏出张面饼奔李青脑门贴来，冬梅见事不妙，一剑刺中姥姥手腕，面饼落地。姥姥恼羞成怒，长啸一声，孤魂野鬼一齐上，将冬梅困在当中。正在危急之际，打前边来了个须发皆白的老者，手拿拂尘，抽打众鬼，鬼卒们化做缕缕青烟散去，立刻现了原形，原来是堆白骨。

老者走到李青近前，用手在李青头上拍了三掌，李青如梦方醒，翻身跪倒磕头谢恩。老者说：“你们夫妻俩往回走十里之遥，路旁有座新坟，那是于坏水小妾的坟。于坏水喜新厌旧，将小妾偷着掐死埋在那里，你们二人把坟扒开，冬梅姑娘就附于坏水小妾体吧！”说着从怀里掏出一粒丹药递给李青说：“这是一粒还阳丹，放在尸体口内，你妻子即可还阳。快去吧！别误了考期。”夫妻正在磕头谢恩，老者冉冉升空，后来猜想到，老者就是天上太白金星。

冬梅还阳后，随李青进京赶考，非常顺利地高中榜首，不久被皇上提升为八府巡案。李青想到妻子冬梅被害的案子，心里不平，于是他带领人马来到于坏水的家乡，扎下行营，设了个临时公堂，派人把于坏水宅院围了起来，然后吩咐捕快将于坏水抓捕归案。

开始于坏水非常豪横，自称本地王知府干儿子，谁敢怎样？对横行乡里，杀人害命的事百般抵赖狡辩。李青下令重打四十大板，于坏水宁死不招供。李青把妻子冬梅传唤到大堂上当面对质。

于坏水见自己死去的小妾站在大堂上，大吃一惊：我已经把她掐死了，她怎么又活了呢？吓得抖成一团。接着冬梅就把害死自己和附他小妾的体，始末根由叙说了一遍。一个证人两条人命，事实面前不得不招认。

李青让师爷马上画供取证，又吩咐捕快把王知府传唤到公堂，当堂对质，杀人害命的事，王知府并不知晓。仗势欺人的事，无法推卸。

李青当堂判决，于坏水死刑，王知府革职为民。从此这里一派太平。

讲　述：刘占一
记　录：刘春丽
采录时间：2003 年

神医王晨

二道岭下，龙王庙旁边，有一座青堂瓦舍的四合院。院的主人名叫王晨，自幼聪慧，饱读诗书，承祖业悬壶济世，治病救人。到了十八九岁，名头就很响亮，方圆几十里有口皆碑。

王晨医道高超，望、闻、问、切，药到病除，多年的疑难杂症，四五服药必定见效。王晨有个嗜好，喜欢吟诗做对，每当诗兴大发时，上门看病患者必须耐心等候，不得打扰，不然非遭到拒绝不可。

一次，王晨从小溪边散步回来，大自然的美景诱发他来了灵感。这时，恰好有人求医，病人一路呻吟，汗如雨下，满脸灰暗，家人心急，一时忘了他的雅兴，气喘吁吁地说："快救人！"突如其来的呼救声打断了王晨的思路，气得他瞪了家人一眼："喊什么，大不了一死了之！"病人见王晨发火，只好咬紧牙关，不再做声，等着他诗成对就，好看病拿药。

过了一袋烟的工夫，王晨将诗句打成草稿，方回头诊视病人，从桌上器皿中拿出银针，找准穴位，一连扎了四十九针，提左旋右，半个时辰后，病人面色逐渐平和，皮肤红润；接着又给病人开方抓药，又过了半个时辰，病人下地能走了。

一天，王晨和远道而来的两位文友，在溪边饮酒作对，王晨出了一上联，是：溪水润桃花桃花映溪水清澈。此联看似平淡，溪水桃花两件事，但联中阐明了二者的因果关系，这就难对了。两个诗友苦思冥想，伴随着春风拂起的阵阵涟漪，进入了物我两忘的境地……

这时，一辆马车停在了四合院门前，地方保长走下了马车，气急败坏地说："你们没看见我来了吗？快点过来给我媳妇看病！"

王晨看见保长非常反感，这人心术不正，称霸乡里，贪占李老庚三百年玉镯，耍手段软硬兼施勒索了去。王晨的朋友见保长媳妇鼻子流血不止，劝王晨救人要紧！王晨详细询问了病人发病时间、地点、症状，反复把脉，细辨舌苔，最后斟酌再三，开出处方，便对保长讲："你媳妇的病还缺一种百年玉石为方，煎熬方法我亲自动手，可惜这玉石没处找啊！非得百年玉石为引，别无良方！"保长沉吟良久说："大夫，我这儿有副三百年的玉镯可以吧？我这就给你拿去。"工夫不大，将一对玉镯拿来，王晨接过玉镯到后屋熬药去了。

几剂药下肚，没隔多久，保长媳妇的病完全好了，保长十分高兴，不解地问道："这玉镯真有灵气，是什么原因呢？"王晨不慌不忙地说："玉镯和药相煎，本意取精华，精华既失，暗淡无光不足为奇。"

保长拿走了玉镯，王晨把另一副真玉镯还给了李老庚，李老庚跪在地上给王晨磕了好几个响头，千恩万谢地走了。

原来王晨买了一副同真玉镯酷似的赝品，将真玉镯物归原主。用妙手调包之计将假玉镯还给了保长，王晨开心地笑了。

过了些日子，王晨的文友来访，乃是：病人看医生，医生瞧病人，医生开心，病人舒心。

讲　　述：宋桂芝
记　　录：禹　梅
采录时间：2006 年

白蛇复仇

这是很久以前的事了。有这么个四十多岁的汉子叫王二，以砍柴卖柴为生，家里很穷，他总想改变自己的命运，做梦都梦见自己捡钱。

一天，在砍柴的路上，迎面见远处过来一位骑马的后生，他衣着华丽，走到十字路口徘徊。王二好奇地走了过去，后生作了个揖问道："借问仁兄岳家庄怎么走？"王二见他不是一般人家的公子，眉清目秀，书生模样，连骑的马都一根杂毛没有，马背上的褡裢鼓鼓囊囊，肯定有许多金银财宝。金钱不露白，财宝动人心。于是他贪婪的欲望占了上风，就向右边一指说："往前走就是了。"就在后生转过头去的一瞬间，他举起斧子照着后生脑袋劈去，后生连哼都没哼就倒在地上，脑浆迸了一地。王二向褡裢奔去，马见主人死了，用后蹄子把王二蹬了个仰八叉，褡裢掉在地上，马挣脱缰绳跑了。王二慌忙打开褡裢，里面全是金银财宝、首饰玛瑙，还有几件女人衣服。

原来，后生的祖父曾在朝廷做官，轮到父亲这一代就以经商为主。后生带着几个家丁，进京赶考，回来的路上奔家心切，给母亲买了几样首饰和衣服，没曾想半路上命断此处。

王二刚把尸体掩盖好，就见一队人马迎面而来，其中的一位问道："先生，是否看见我家公子在此路过？"王二顺手一指说："过去半天了！"这队人马卷起尘土飞奔过去，一场虚惊。他怕这队人马再返回来，就从另一条小道将褡裢背回家中，谎说过路人丢在道上的。

从打那天以后，他每天晚上都从噩梦中惊醒，梦见后生抬起血淋淋的头向他索命："王二，我死得好惨啊！你的心为什么这样狠，快还我的命来……"后生天天夜里来索命，惊吓使王二彻夜难眠。家人找了个得道高僧，僧人说："施主你害死过人，贫僧替你超度亡魂，方保平安！"果然日见好转。

一晃五年过去了，这年正值年头大旱，村里的河井都枯干了，妻子发现自家附近山旁边有个泉眼，泉水清澈见底，妻子就把泉眼告诉了村里人，村里人都纷纷去那儿拎水。

这天，王二去泉眼拎水，却发现一条茶杯口粗细的白蛇，在泉眼旁边转来转去，吐着信子，蛇头高高挺起。不知怎的，王二见了它，扔下水桶撒腿就跑。到家里上气不接下气，把见到白蛇的事叙说了一遍。妻子不信，来到泉眼边，看了半天什么也没有，埋怨丈夫看花了眼，王二也不敢较真，说兴许看错了。等到他再去拎水时，那条白蛇仍在泉眼边上环绕着，吐着信子，昂着头，像是遇到了对手。这回王二看得千真万确，确信自己不是眼睛花了。

回家后，王二就一病不起，他梦见了那条白蛇，白蛇说自己就是被害死的后生托生的，前来索命！不久他发现自家的草房里，大梁上盘着一条白蛇，跟在泉眼边上遇到的那条白蛇一样，别人谁也看不见，他常惊恐地喊道："蛇！"可没人相信他，他只得眼睁睁地看着白蛇在屋里乱爬。

王二索性搬走了。说来也怪，他搬到哪儿白蛇就跟到哪儿，后来到底被白蛇咬死了。

讲　述：陈桂华　女　67 岁
记　录：王　华
采录时间：2006 年

蜘蛛皮乌拉

一年，长白老林里来了一伙采参人，领头的叫把头张。众人在山脚下挖了两个地仓子，搭炕垒灶住了下来，白天大伙出去放山，家里只留李柱一人烧火做饭看仓子。头几天人们在附近转悠，一无所获，越走越远还是没开眼，有时五天八天也不回地仓子一趟。

李柱在这山里很寂寞，无聊时望望山上的美景，听听鸟儿啁啾啁啾地唱歌，晚上又想起了老婆和孩子。妻子盼着自己能挖到更多更大的参回去，儿子盼着自己回去给他买好吃的，想着想着睡着了，在梦里嘴角一咧甜蜜地笑了。

一天晚上，李柱刚躺下，就听外边有人敲窗户，他起身打开窗户往外一看，什么也没有，他又躺下了。正当李柱迷迷糊糊，似睡非睡，又有人敲门，他端着灯打开房门刚要发火，却见一位美丽的少妇站在眼前，李柱转怒为笑，从没见过这么漂亮的女人，他看傻了眼，这时少妇说："这位大哥，行个方便，我是岭南的，丈夫赌博成性，家里输个精光，我一气之下离家出走，愁得我好几天没有吃饭了，又饥又渴，想讨口水喝。"

李柱将少妇让到屋里，端上饭菜，少妇一阵风卷残云，将饭菜吃个精光，然后从水缸里舀了一瓢水，"咕嘟咕嘟"一饮而尽，接着两个人唠起了家常，言来语去，十分投机，大有相见恨晚之感。

不知不觉三更多天，少妇说："大哥，你看这夜静更深的，野兽随时出现，奴家赶路有些害怕，只好在你这将就一宿，明早天一亮就走！"李柱更是求之不得，色迷迷地说："大妹子，男女有别，同居一室，浑身是嘴也说不清楚，不如咱哥俩做个临时夫妻，欢乐一宿是一宿。"两个人凝视了半天，互相搂抱亲吻在一起。

自打来了少妇后，李柱心里甭提多美了，整天哼着小调，神魂颠倒，醉生梦死，少妇也没有要走的意思。两天后，李柱发现，从山外带来的米面油盐，还有鱼和肉，逐渐见少，难道让狼叼走了？还是盗贼盗去了？这两样都不可能。难道少妇偷去了？转念一想，她一个弱女子，这些东西怎么能运走？再说她整天从没离开自己，不可能！

一天，少妇说："我在你这儿住了一个多礼拜，家中必然惦念，我要回家一趟，两天后再和你共度良宵。"

少妇走后第二天，放山的人都纷纷地回来了，把头张进屋闻有股妖气，再看李柱，满脸晦气，面黄肌瘦，皮包骨头一般，把头张问他是怎么回事，李柱就是不说，把头张是个山里通，觉得事态严重，严厉地说道："我们走后谁来过这里？你若不说，我们大家就将你处死！"李柱这才害怕，就把近些日子发生的情况告诉了众人。

原来李柱的阳气已被少妇的阴气快吸干了，生命危在旦夕。把头张说："深山里哪来的漂亮少妇，肯定是个精怪，你不把她和你幽会的事说出来，咱们就都没命了。"

第二天晚上，众人埋伏在地仓子四周，预备足弹药，静静地观察四周动静。不一会，从林子里走出三位少妇，打扮得非常妖媚，众人眼睛都看直了。明明是三位如花似玉的少妇，把头张硬说她们是精怪，纯属坑人。这时就听其中的一位少妇说："姐姐，咱们姐仨能对付过那小子吗？""妹妹放心，他的精血早已被我吸干了，就连说话都没大气腔了，就等咱们姐妹到那儿吃他肉了……"

三位少妇走到地仓子前，绕着地仓子转了很多圈，等她们进了地仓子后，大伙走到近前一看，全惊呆了：地仓子周围拉的全是纳鞋底绳子那么粗的粘网，就连鸟儿都飞不出去，人们心里这才明白，原来这三个少妇是三个大蜘蛛精，如果人呆在里边，准会被它们吃掉。李柱被吓得尿了裤子。

把头张一声令下，将事先准备好的柴草点着，三个少妇急忙从屋里跑出来，想逃，众人一齐开火，少妇们应声而倒，各自打了两个滚，现出原形，人们走到近前一看，地上趴着三个像笸箩那么大的蜘蛛精。蜘蛛精经常用变美人方法迷人，吃掉了很多进山挖参的人。

人们正要回地仓子里睡觉，把头张发现蜘蛛精的眼睛放绿光，他忽然想起来老年人常说，凡是修炼千年的蛇精和蜘蛛精眼睛就是最好的珠宝。他找了把尖刀把三个蜘蛛精的眼睛挖了出来，是六颗成色最好的夜明珠，又用蛛蛛精的皮给每人做双乌拉鞋，穿上蜘蛛皮做的乌拉鞋，行走如飞，登山越岭如履平地，冬暖夏凉。

后来这伙采参人挖了不少大山参，也为山里除了三个祸害，他们变卖了山参和六颗夜明珠，都过上了好日子。

讲　　述：王　义
记　　录：王　华
采录时间：2006 年

两个瞎子吹牛

有这么赵、李两个瞎子，嗜好吹牛。他们二人以打卦占卜为生，每次出行都结伴而行，互相有个照应。给人算卦尽挑好听的说，两个人配合，左右逢源。人们都爱听吉祥话，故而称他们俩“先生”。

赵、李二先生经常对着吹。赵先生说：“本先生上知天文，下晓地理！”自比诸葛亮。李先生说：“本先生能测出前后五百年的事！”自比张良。赵先生说：“本先生能算出人的一生吉凶祸福！”自称半仙！李先生说：“本先生能卜一个人生老病死，并且分毫不差！”自称活神仙！两个人经常吹得冒烟咕咚的，到处编笆结枣骗人。

一天，两位先生给一户人家算卦，那家主人想仔细算一算自己生辰八字，特意准备了一桌饭菜。卜卦人见他们俩吹得挺大，故意试探了一下，将粉条端到两位先生近前，赵、李二先生用筷子一夹，感觉是粉条，心里这个恨，其实盲人最怕吃粉条，用筷子缠了又缠，觉得夹利索了，放进嘴里，吃得挺干净。这卜卦人感到惊奇，眼珠一转有了，干脆给他换上一碗炸辣椒，看他们俩能不能算出来。于是他悄悄地把粉条端走，换上碗炸辣椒。

赵、李二位先生还以为是粉条呢，用筷子卷了又卷，约摸差不多了，吃到嘴里发现上当了，辣得直翻白眼，嘴也麻了，汗也淌下来了，心里骂道：“狗人家，够阴损的，以后天天咒你生孩子没屁眼！”

卜卦人问道：“两位先生算没算出我给你们二位换上了炸辣椒了啊？”赵先生说：“我早就算出来了，因为我最爱吃辣椒，辣出点汗来省着得病，你没看我使劲夹了一大筷头。”李先生说：“大早上起来我就算出我今天有好东西吃，我见了辣椒就不要命了。”卜卦人一听心里好笑，两个瞎子吹没边了，我再调理他们俩一下，看他们俩还能不能算出来！

吃完饭，卜卦人拿出几枚铜钱，往炕上一扔说："先生，卦钱收好！"说完随手又收回去了。赵先生伸手一摸，碰见一只手在收钱，以为李先生收去了，没做声。李先生伸手一划拉也碰到一只手在收钱，认为赵先生把钱收去了，也没吭声。

两个人半路上互相问道："赵兄，你把钱收起来了？""老弟，别装蒜了，钱收就收了吧，反来问我，啥意思？"卜卦人也悄悄地跟了来，照着赵先生的肩膀上打了一下，抹身悄悄地溜走了。赵先生愤怒道："好哇，你小子收了钱不认账，还打我，你他妈的也不讲究啊！"抡起棍子打了过去。李先生也不示弱地说："你他妈的拿不是当理说，倒打一耙，我跟你没完！"两个厮打了一阵。赵先生说："既然咱哥们不合财，你走你的阳关道，我走我的独木桥。"两人各自散去。

赵先生赌着气走着走着，"扑通"掉进一个枯井里。心想，今天真晦气，好就好在井里没水，等来人再呼救吧！不一会，李先生也失足掉进枯井里。赵先生问道："李老弟，你不是算得准吗，咋也掉进这枯井里来了？"李先生说："今早我算了：甲乙丙丁，掉进井中，该着！该着！"说完反问道："赵兄，你不也算得挺准的吗，咋也掉进井里来了？"赵先生也不含糊地说："该着！该着！今天早上我也算过了：甲乙丙丁火，有你就有我。"说完两个人哈哈大笑，自吹自擂地说："咱哥俩算得真准！""真准！"

两个瞎子自欺欺人，糊弄别人也糊弄自己。

讲　　述：孙忠田
记　　录：孙喜臣
采录时间：2006 年

路遇群狼

杨玉富十二岁那年曾遇到一次惊险的事。他家住在东山沟里，那里群山环绕，没几户人家，人们赶集得走七八里地。

一天，杨玉富去集上买盐，他独自一人，边走边玩，当他走进一片树林里时，发现前面一棵杨树上有个鸟窝。他蹦着跳着直奔杨树而来。走到杨树近前还没等爬呢，一眼发现不远处站着与狗类似的动物。他常听老人说起过狼的貌相、习性，仔细一端详，眼前的动物，高粱茬子耳朵，细腿，尾巴耷拉着，确定遇见了狼，立时头发茬子发竖，身上起鸡皮疙瘩。

他警觉地往前后左右一看，脑袋“嗡”的一下，周围都是狼，少说能有七只。他想到狼群齐上，撕咬身上的肉……死的惨状，不敢想下去，一种求生的欲望占了上风。心里一合计，群狼包围了自己，唯有爬树能有一线生机。他从小就在林子里长大的，爬树是他的强项，“蹭蹭蹭”，用比猴子都快的速度爬到树中间。此时群狼露出狰狞的凶相，龇着牙，一齐奔杨树扑来，可已经晚了。其中一只大狼猛然往起一跃，差点把他扑下来。亏得他猛踹一脚，几只狼眼睛都红了，眼看到嘴里的肉跑掉了，急得在树下来回转悠，不时用贪婪的眼神往树上看。

杨玉富吓得浑身直哆嗦，怕不小心掉到狼口里立时没命了。他死死地抱住杨树不敢松劲，憋得满脸通红。福无双至，祸不单行，从鸟窝里爬出一根长虫来，一米多长，看样刚吞下鸟蛋，慢慢向自己爬来。下边有狼，上边有蛇，进退两难。

他一盘算，蛇要下树，干脆给它让路。于是他就爬到一个树丫巴上，哪料那杨树丫子又酥又脆，“咔吧”树丫子断了，接着连人带树丫子全掉下去了，只听“哗啦”！“扑通”！正砸到一只青狼身上，青狼“嗷”的一声，拼命挣了出去，群狼被这突如其来的情况吓得四散奔逃。

杨玉富魂都吓飞了，他迅速地爬上另一棵树，好半天心才平静下来，往树下看了看，群狼早已无影无踪。他仍然不敢下树，他知道狼是狡猾的动物，千万别上当。又在树上呆了半个时辰，才胆战心惊地下了树，左顾右盼，见周围没啥动静，这才撒腿往家里跑去。

后来他想起童年这件危险往事就心有余悸。

讲　　述：王　义
记　　录：王　华
采录时间：2006 年

生死之交的来历

自古以来，人们常把交情深厚，患难与共的朋友，叫做生死之交。你知道它的来历吗？这里有一个非常感人的故事。

说不清是哪个年代了，在一个叫莲花甸的屯子里，有一对小两口，家境贫寒，丈夫丰书年是个秀才，平日和妻子张氏耕种几亩薄田，维持生计；农闲刻苦读书，一心想考取功名。

这年京城大考，丰书年告别了妻子，急匆匆赶赴京城参加科考。一天傍晚，他来到一个偏僻的小镇，投宿在一家客店里。吃过晚饭，刚要休息，就听见隔壁的房间里传来阵阵的呻吟声。丰书年是一个古道热肠之人，他想，看来这人病得不轻，远离家乡无人照料，真是可怜，我得去看看他，于是丰书年来到病者的客房。只见这人瘦瘦的脸庞，鼓着一双大眼球，却没有一点精神。经过询问得知，这人名叫韩玉廷，也是一名赶考的秀才。十天前投宿到这家客店，第二天早起，不知得了什么怪病，只觉得浑身疼痛难忍，竟不能下地行走。请医吃药，花了不少银两，也不见好转。再这样下去，盘缠眼看着就要花光，不但赶不上京城大考，恐怕连家都回不去了。

丰书年听后更是同情，他说："仁兄不要着急，你我都是读书之人，历经寒窗之苦，就是盼望考取功名、荣登金榜。现在离大考还有些时日，我来伺候你，待病好后，咱俩同赴京城。"

韩玉廷一听，急忙拒绝："我的病重，是死是活难以断定，怎好再拖累于你，你的心我领了，但千万不要为我误了考期，耽误了你的前程，你还是自行上路进京赶考吧。"韩玉廷言语恳切，可丰书年却执意留下，无奈，韩玉廷也只好依从。

为了使韩玉廷早日康复，丰书年拿出自己的盘缠，四处奔波找名医，一日三餐精心调理，煎汤熬药十分周到。一晃十几天过去了，韩玉廷的病情虽见好转，但仍然不能下地行走。眼看临近京城大考，韩玉廷心里十分过意不去，多次劝丰书年赴京赶考，可丰书年就是不去。

这事说多怪就有多怪，说多巧就有多巧。韩玉廷的病早不好晚不好，就在丰书年的盘缠已经花光，京城就要举行大考之日，韩玉廷的病奇迹般地好转，能够下地行走了。虽然耽误了大考，丰书年心里却非常高兴，因为他救活了一条人命，这比金榜题名还要重要。韩玉廷却觉得自己万分愧对丰书年，他说："你是我平生少见的最讲情义仁义的人，你的大恩大德我一时难以报答，为了我们友谊长久下去，我想咱俩不如结拜为兄弟，你看如何？"

丰书年在伺候韩玉廷的日子里，也了解到韩玉廷是一个有情有义的人，很值得交往，就一口答应下来。于是，两人插香为盟、义结金兰。韩玉廷年长为兄，丰书年为弟。结拜后韩玉廷热情邀请丰书年去他家做客，丰书年愉快接受。客店的老板早被丰书年忘我救人的精神所感动，为他俩赠送了盘缠。兄弟二人一路谈论诗文、说说笑笑来到了韩玉廷的家乡，一个叫琼南山的山区小镇。

故事讲到这里可以说已是相当感人，但后面发生的故事更加催人泪下。

韩玉廷家在街面，开有一个卖日用杂货的小店铺，因为一心苦读诗书，店中生意全靠妻子冯氏打点，生意一般，日子过得很是清贫。韩玉廷回到家中，向妻子讲述了事情的经过，这令冯氏对丰书年的为人非常钦佩，一日三餐招待得十分丰盛。琼南小镇依山傍水，风光秀丽。韩玉廷陪伴丰书年游遍了琼南山，两人感情日益深厚，大有相见恨晚之意，几乎形影不离。一晃一个月过去了，丰书年想念妻子要回家乡。韩玉廷挽留不住，只好设宴送行。丰书年走时，韩玉廷依依不舍，送了一程又一程，一直送出二十多里才挥泪而别。分手时两人约定，明年端午节韩玉廷到丰书年家探亲看望。

再说丰书年的妻子张氏，丈夫走后，她一心盼望丈夫能够金榜题名。可丈夫一去久久不归，令她万分焦急牵挂，还以为出了什么意外。这一日见丈夫突然归家，自是分外欢喜，急忙询问丈夫一路如何，考得怎样。丰书年向她讲述了自己久而不归的原因，本以为妻子会跟他恼火，没想到妻子却十分理解，她说："你这是仁义之举，为妻怎能怨你。如果人人都像你这样，这世上就会到处充满亲情友爱，那该有多么祥和温暖。今后你就安心读书，家里活计全由我来承担，下次京城大考，我夫必能金榜题名。”从此丰书年更加苦读诗书，准备下次京城大考。

时间一天天过去，很快就来到了翌年的端午节。丰书年牢记这天是仁兄韩玉廷回拜的日子，早早准备好丰盛的饭菜，等待韩玉廷的到来。可是日头已经偏西，仍然不见韩玉廷的身影，夫妻两人都很着急，张氏说：“想必是韩兄家里有了什么急事，怕是不能来了。”

丰书年说：“我和韩兄相处虽短，但我深知他的为人，他同我一样，是一个非常讲信义的人，来是肯定要来的，恐怕是走错了路线，耽搁了时间，我到村口去迎迎他吧。”于是丰书年走到村口，耐心地等待。可一直等到日头已经落下西山，韩玉廷还是没有到来，这时张氏来到丰书年身边，说：“我想韩兄肯定家事缠身，耽误两日再来咱家，也是正常的事，我们还是回家吧。”

丰书年说：“我相信韩兄一定会来的，我要一直等待下去。”张氏见丈夫这样坚守信义，也就不再多言，便和丈夫共同等待下去。

天色越来越晚，就在繁星布满天幕之际，丰书年忽然看见，韩玉廷疾步走来。丰书年兴奋异常，心说：“韩兄果然讲究信义。”于是他大步迎上前去，刚要拉手亲近，可韩玉廷却触电一般急速闪到一旁，说：“贤弟不要向我靠近，我已是阴间之鬼，你看到的我的身体，乃是我的魂魄。阳间的人摸了我的魂魄，就会染上阴气，折损你的阳寿。”

丰书年吓了一跳，镇静下来问道：“仁兄怎么到了阴间？”

原来，自打去年丰书年走后，韩玉廷心想，我的病怎么早不好，晚不好，偏偏大考之日好转，还要耽误了人家前程。看来我没有金榜题名的命运，还是好好料理自家的店铺吧。

从此韩玉廷一心经营生意，日子也一天天好转。因为他整天忙于生意，果真忘记了去年丰书年拜访的约定。直到端午节的头一天，他看到邻居家都忙着包粽子，才忽然想起明天就是端午节，想起去丰家回拜的约定。可是已经晚了。他越想越是悔恨自己，怎么能忘记了约定呢？人家是那样地真心对我，我怎么能这样不讲信义呢？两家相距一千里地，一天时间，是无论如何也赶不到的，这可怎么办呢？如果我不去，就是薄情寡义之人，今后怎好有脸活在世上？左思右想，他猛然想起，民间流传一句俗语，叫做："人行一百，鬼行一千。"这句话不知是真是假，但既然流传，恐怕也有一定道理，不管是真是假，我也要试一试。于是他向妻子说了要去丰家探亲一事，但时间耽误了，只有做鬼了才能弥补。

妻子虽然被他这种精神深深感动，但怎么能舍得丈夫去死，便苦苦相劝。无奈丈夫决心已定，无论怎么劝也劝阻不了，还是自刎而死，临死前告诉妻子，说："丰书年是世界上最重情意的人，我死后，他肯定会来吊唁，千万要等他来时，我的棺木才能下葬。"

韩玉廷的魂魄本来可以按时来到丰家，不料刚行不远，却被黑白无常发现，拦住他说："我俩奉命去阳间索命，怎么没有你的名字？难道阎王也有疏漏之时？看来你的阳寿已到，还是随我俩到丰都向阎王报到吧，免得你到处游荡，误了转世的前程。"说完黑白无常就用锁链把他套牢，硬是把他带到丰都见了阎王。阎王根本不听他分说，只是打开生死册，发现他果真没到阳寿，这才问了详情。听后，阎王大为感动，这才将他放行，但还是耽误了一天的时间。

丰书年听了韩玉廷的述说，感慨万千："看来韩兄比我还要重情意，我一定不会辜负于你。"说完告别妻子，急匆匆上路去琼南山吊唁。

十天后，丰书年来到韩玉廷家。只见嫂嫂冯氏身穿孝服，棺木也没有下葬，正在等着他来吊唁。丰书年跪在灵前三拜九叩，然后打开棺木，见了韩玉廷的真身，禁不住泪雨滂沱，号啕大哭，悲痛万分。丰书年边哭边喊："韩兄，你的阳寿未尽，是为了见我而死啊！我怎能让你一人去阴间受苦，还是让我和你一起同赴黄泉去吧！"说完，趁人不备，一头磕在棺木角上，当即流血身亡。

无奈，冯氏又买了一口棺木把丰书年装殓，众位乡邻、亲友帮忙把墓坑挖大，将两人合葬在一起。刚刚葬完，天空霎时电闪雷鸣，大雨倾盆而下，乡亲们都说："这才是一对真情实意的好朋友啊！连老天都被感动得掉泪了！"

丰书年的魂魄到了阴间，到处去找韩玉廷，又被两位无常索去面见阎王。阎王打开生死册，发现丰书年阳寿未尽，便询问详情。丰书年如实禀告，阎王感慨不已，说："你俩都没到寿限，为情义所徇，实在难得，本王成全你，你们就同一日转世投胎吧！"阎王为了圆他俩前世金榜题名的梦想，分别把他们投生在两家书香门第。

十八年以后，他俩赴京城赶考，又同住在那家客栈。两人你瞅瞅我，我瞅瞅你，感到彼此相识，冥冥中忽然想起前世的事来，又结拜为兄弟。这年大考，两人同登金榜。当年的客店老板虽然年迈，却也认出他们的面貌，感到事情非常的奇巧，便传颂了下来。人们把他俩的感情就叫"生死之交"。

讲　述：李宝泉
记　录：刘　明

王大胆智斗黑蝎王

传说，明朝末年，在吉林、辽宁交界处，有一个王家屯，居住人大多姓王。其中有一个小伙子叫王才，长得五大三粗，胆特别的大，别人不敢去的地方他都敢去，为人仗义，家境贫寒，二十多岁还没娶上媳妇，但由于勤奋好学，掌握了一套能掐会算的本领，左邻右舍谁家丢了东西，在哪个方向，他都能帮你找到，却分文不取，深受大家爱戴，因此大家给他一个绰号：王大胆。

说来也巧，本屯还有一个大财主名叫王墨来，为人心狠手辣，欺压四方百姓，无恶不作，但他也会阴阳八卦，老百姓对他恨之入骨，背后送一绰号：黑蝎王。

由于王大胆掐算分文不取，又高黑蝎王一筹，因此黑蝎王恨从心头起，恶向胆边生，做梦都想置王大胆于死地而后快。

有一天，黑蝎王和王大胆说："都说你胆大，我和你打赌，前屯有一个大姑娘上吊死了，还没出殡，你如果不能在停尸房呆三夜，你就给我滚出王家屯。"大家都为王大胆捏了一把汗，不知黑蝎王又打什么坏主意，可王大胆不信那个邪，明知山有虎，偏向虎山行，一口答应下来。

黑蝎王又嘱咐老婆，每天鸡叫前，将他叫醒，晚间过阴，如此这般，安排一番。

第一天夜里，王大胆睡大棺材上边，可一想不妥，他又躺在里屋的小炕上。等到后半夜，只听得"咔吧"一声，棺材裂开了一条大缝，一个女鬼披头散发，伸着长舌，张着血盆大口，直奔棺材盖抓去，抓得直冒金星，留下条条深痕。大胆看得真切，如果自己躺在棺材上面，一定会被抓得血肉模糊，不死即伤。直把大胆吓得头发倒立，真魂出窍，虽然他号称大胆，可还没有遇到过这样恐怖的事情。女鬼足足抓了半天，也没抓到大胆，这时拂晓鸡鸣，鬼钻回了棺材里面，王大胆躲过了这一劫。

第二天天一亮，黑蝎王来到大胆家里，问道："你昨晚在停尸房哪里睡的?”大胆说:“我在里屋炕上。”黑蝎王暗想:怪不得我没抓到,让你跑了。

王大胆硬着头皮又熬来了第二个晚上。这一夜,王大胆躲藏在门后观望,后半夜时分,又听“咔吧”一声,棺材盖开了,女鬼爬出来,直奔里屋炕上,只见它把炕席抓得粉碎,连炕上的土都抓了起来,它累得呼呼直喘,又闹腾了很长时间,也没抓到王大胆,大胆在门口看得清清楚楚,天刚放亮,女鬼又钻回棺材里,大胆又逃过第二劫。

早上,黑蝎王又来到大胆家里,问大胆昨天呆在哪里,大胆说:“我呆在门后边了。”黑蝎王暗想,第二晚你又赢了,最后一晚看你往哪里躲,今晚你死定了。王大胆也想,最后一晚我也没处躲了,在劫难逃,可又没有别的办法,只好坐以待毙。

人不该死时总有救,就在第三天的中午,屯里来了一个老道,迳直走向王大胆的家中,说:“我是来给你占卜的,你大祸临头了。”大胆忙给老道跪下说道:“师傅救我。”老道说:“那我助你一臂之力,你在半夜前一定离开那房子,其余一切由我安排。”大胆一一照办不误。

待到后半夜,又听得“咔吧”声响,女鬼又从棺材里出来了,一直向门口抓去,将门板抓得咔咔直响,累得上气不接下气。抬头一看,见老道蹲在门槛上,张着血盆大口直扑老道。只见老道不慌不忙拿出一盆鸡血,一下浇到女鬼头上,女鬼当时扑倒地上,老道将一道神符贴到女鬼的心口上,叫女鬼永世不得翻身。

鸡鸣天亮,是神归庙,是鬼回坟,黑蝎王老婆无论如何再也叫不醒黑蝎王了。因为黑蝎王是借女鬼尸体还魂,想害死王大胆,不料却死在王大胆和老道的手里,王大胆得到了黑蝎王的全部家产和小老婆。

王大胆为当地百姓除了一大害,人们敬他为活菩萨。至今后人讲起这个故事,活灵活现像真事一样。

讲　　述:王　义
记　　录:王　华
采录时间:2006 年

一个教书先生

有一个教书先生，觉着肚子里吃了点墨水，舌尖嘴快，没事儿最好笑话人。

这年，一家有钱的人家，请了他来教两个孩子念书。有一天，他一出门口，看到了这家的小姐。这位小姐长了一脸麻子，看见请来的老师过来了就用手把脸遮上。他回去后，给小学生出了一副对联，让两个小学生对。小学生不会对，他就让拿回家叫姐姐给对。姐姐一瞅，这对联写的是："足板大，麻点多，怕人看，用手遮。"明白了：老师这不是在说我吗？刚才我看见老师时用手遮脸了。于是，姐姐对了一句下联，第二天叫弟弟给老师捎去了。老师一看，对联上的字是："假斯文，肚子空，花人钱，断祖宗。"老师很生气。

一晃，这位小姐出阁了，有了孩子。她想起教自己弟弟的老师，就带着孩子来看望。老师一看两个孩子长得挺可爱，就问小姐："哪个是先生的儿子？哪个是后生的儿子？"小姐一听，明白了：老师这不是在骂自己吗？于是回答说："先生也是儿子，后生也是儿子。"老师一听学生姐姐骂自己，就去找小姐的父亲。他进门就说："你的女儿先后都骂我两回了。第一次骂我是：'假斯文，肚子空，花人钱，断祖宗'；这回她领了两个孩子来看我，我看孩子很可爱，夸了几句，她又骂我：'先生是儿子，后生也是儿子！'"小姐的父亲听后，就把小姐叫来，问："你怎么能骂你弟弟的老师呢？"小姐说："他看我长得丑，脚大，就出了一个对联：'足板大，麻子多，怕人看，用手遮。'这不是冲我来的吗？所以我才写对联骂他来的；第二回他看我领两个孩子去看他，他说：'哪个是先生的，哪个是后生的？'这不也是想捉弄人吗？所以我也就骂了几句！"小姐的父亲一听，女儿满身是理，当时就把教书先生赶走了。

讲　述：李桐森　80岁　四平市评书老艺人

记　录：赵雪丽　女　45岁

四平幼儿师范学校　教师

傻子不傻

从前，有这么一家，哥三个娶了三房媳妇，老大和媳妇挺奸，老二和媳妇也挺奸，就是这老三有点缺心眼儿，大伙儿管他叫傻子。老三有点傻，老三的媳妇可不傻。

哥三个在一起过日子，过来过去就分心眼了，把家产都分巴了。家里有头老牲口，都老掉牙了，分给了老三。傻子一看，把破玩艺分给我，一寻思，回家就把马杀了。马肉烀吃了，马皮搁起来了。离傻子家不远有个财主，有个大院套，傻子把马皮包起来，偷偷地扔进财主家院子里。傻子回去后，就转转磨磨找马，三转两转就找到财主家，进院就问："看见我的马没有？"财主说："没有哇！"傻子说："我眼瞅着马朝你家院跑来了，咋就没了呢？"财主说："不能啊。谁也没看见呀！要不你就上院子里找吧。"傻子房前房后找，找到大墙根底下，看到一包马皮，就说："这马皮是从哪儿来的？分明是你们把我的马给杀了。给我赔马吧！"财主家有口难辩，看老三傻拉巴叽的，是个缺心眼的人，一寻思：咱大户人家，牲口有的是，让他挑一匹算了！于是，财主说："就算我赔你了。你到马棚里挑吧。挑哪个算哪个！"傻子挑了匹好马，乐颠颠地回家了。

两个哥哥看傻子有匹好马，就打听是从哪儿买的，傻子就照本实发地说了。他大哥一听：这倒挺好的。回去和媳妇一合计，就把那匹不太好的马也杀了，肉吃了，马皮包上想扔到财主家院子里去。老大拿着马皮来到财主家大墙下，还没等扔呢，让财主家的仆人看见了，连喊带吵吵，把老大吓跑了。老大回来说："咱挺奸，还没有奸过傻子。"

过了几天，大哥二哥合计要杀了傻子，就天天去打听傻子睡觉睡在炕的哪头。傻子就对媳妇说："炕头太热了，咱俩换个地方。"傻子睡在了炕梢。这哥俩进了屋，也没看炕头睡的是长头发的还是短头发的，上去就是一刀，就把傻子媳妇给捅死了。傻子醒来一看，媳妇死了，就把媳妇的脸洗净，头发也洗了，穿上新衣服，把媳妇的脑袋裹在衣服里，把尸首装上马车，盖上被子，拉着媳妇去上大户人家找宿去了。到了那儿，傻子说："让我媳妇在这住一宿吧！明天我来接她。"大户人家就把他媳妇留下了。第二天早上，傻子去接媳妇，到那儿就说人家把他媳妇杀了。要打官司告状。这家一寻思，昨晚也没看看人是死的还是活的，今天是让人家给赖上了！于是，财主说："你别告状了。俺家姑娘多，你就挑一个吧。"傻子一听，心说：抖起来了！就挑了一个好看的，领回家去。

哥俩一看没杀死傻子，傻子还得一个漂亮的媳妇，就去问傻子，傻子就把得媳妇的经过原原本本地学了一遍。这哥俩一听，回家就都把媳妇杀了，也推到那户人家去找宿。这回人家就搁细了，一看推来的是死人，就说："又想来骗我们！"就把这哥俩给打了回来。

这哥俩一寻思：傻子给咱俩弄得家破人亡，这回非给他扔河里喂王八不可。他俩到家就把傻子装进麻袋里扛走了。他俩走累了，想吃点饭，就把傻子放在离河不远的大树底下，吃饭去了。树底下有俩人正在唠嗑，一个说："你看我长得罗锅巴象的，放一群羊真挺累的。"另一个人说："你看我长得红眼巴嚓的，赶一群猪也不得消停。"傻子一听，就在麻袋里喊："直罗锅，捂红眼！"罗锅、红眼一看，说话的人装在麻袋里，就问他咋回事，傻子说："原来，我又罗锅又红眼，进麻袋里一捂就好了。"罗锅、红眼一听，就说："咱俩也进去捂捂吧。"于是把傻子放出麻袋，他俩钻进去。他俩一进麻袋，傻子就把绳系上了，把猪羊赶家去了。老大、老二吃饱了，也有劲了，到树底下把麻袋抬起来就扔进河里。他俩商量着回去把傻子媳妇卖了，赚几个钱。

他们到家一看，傻子正在杀猪宰羊呢。这哥俩说："我们不是把你扔进河里了吗？"傻子说："我去了，河神不要我，还送给我一群猪和羊，让我回来啦！"哥俩问："是真的吗？"傻子说："咱哥兄弟我能唬你们吗？"大哥说："我俩去赶趟吗？"傻子说："快去吧，赶趟！"到了河边，傻子问："你俩谁先进哪？"老二说："我先进。”老二朝河里一蹦，一扎煞胳膊，傻子催说：“大哥赶紧蹦吧。二哥招呼你呢！”大哥“扑通”一声，也跳进河里。哥俩都淹死了。

这哥俩到了阴间，越想越屈，奸的没诡过傻的，到阎王爷那儿就把傻子给告了，傻子会算，知道大哥二哥准会告他，就做好了准备。这一天，阎王爷打发两个秃鬼传傻子去。两个秃鬼说：“阴曹地府找你呢。”傻子说：“我正忙着栽头发呢。”秃鬼问：“能栽上吗？”傻子说：“咋栽不上！”秃鬼说：“我俩没头发，你给我们也栽上呗。黢黑的多好看！”“好吧。”傻子就找绳子把两个秃鬼绑在桩子上，一边绑一边说：“不绑上你俩就得动，一动就栽不上了。”绑好了，傻子手拿小钻子，在秃鬼的脑袋上钻眼儿，把他们的脑袋钻得血糊糊的，痛得直叫唤。等钻完眼儿，他俩说啥也不栽头发了，跑回了阴曹地府。阎王爷说：“你们的脑袋咋的啦？”小鬼说：“傻子把我们绑上，用钻子钻的。”阎王爷说：“这傻子太厉害了。这回我去治治他！”阎王爷心想：我变个啥能治服他呢？变个大叫驴吧！他一抓我我就踢他。阎王爷变成大叫驴来到傻子家，一进院就“呱呱”地叫唤。傻子一看来个大叫驴，知道是阎王爷变的，就和媳妇把叫驴抓住了。他骑上叫驴就在院子里遛开了，把阎王爷累得够呛，一尥蹶子跑回去了。这回阎王爷服气了：“傻子太奸了，治不了他！”

讲　述：王海龙　67岁
梨树县石岭乡磨盘沟　农民
记　录：吴　琼　女　20岁
中央民族大学　学生

元宝变成癞蛤蟆

早先年，一个屯里有这么张李两户人家，邻居住了几十年。张家老两口勤俭度日，安分守己，老太太五十多岁，老头不到六十岁，虽然膝下无子，可老夫老妻靠自己劳动过日子，也还算过得不错。一天张家老太太挎着筐挖野菜，不知不觉走到一个山坡上。她见可地都是苣麻菜，就挖呀挖，不一会儿就挖了一大筐。眼看太阳快落山了，忽然听见“咯噔”一声刀子被什么东西硌了一下。她使劲一扒拉，钩出一块元宝来。老太太挺纳闷：这是谁埋的呢？还是丢的呢？这么想着就又用刀耪了几下，又一块和先前同样大的元宝露了出来。老太太来了好心劲，连三撇四地抠巴起来，不大工夫挖出一个坛子来，扒开一看里面满满一下子大元宝。老张太太真有些不相信自己的眼睛，心想：我哪有那么大的福分呢。虽是这么想着，又向下挖了两下，没想到又有两坛子藏在那里。老张太太有些为难了：天色已晚，老头又不在跟前，怎么办呢？干脆，先埋在这里等回去商量一下再说。老张太太忙三伙四地埋完元宝，小跑着往家赶。

再说老头干活回来，见天都这么黑了，还不见老伴的影子，心里不落体，迎出老远才把老伴接回来。他问老伴为什么回来这么晚，老伴边往院子里走，边一五一十地学起挖菜时怎么碰到了几坛子银元宝的经过，说：“我寻思回来和你商量商量该要不该要。要呢，咱就去弄回来，不要就拉倒。”老张头听了老伴的话，满不在乎地说：“是咱的福，上咱来；不是咱的财给咱也不要。”俗话说：路旁说话草棵听，真是不假，张家老两口说的话全让隔壁李家老两口听去了。这老公母俩可美坏了，心想：有福不用忙，无福跑断肠，趁这事还没张扬出去，赶快把几坛银子搬回家归为已有。回到家里拿了两件应手的家什，趁着月黑头，摸到老张太太讲的那个山坡地里去，东挖西抠足足找了小半宿，终于挖出三坛子元宝来。老两口乐得真不知说啥好了，连抬带扛，把那些元宝搬动到里屋，连气都没来得及喘匀，就往炕上倒元宝。哎呀妈呀，万万没想到，倒出来的全是些活蹦乱跳的大癞蛤蟆，没一块元宝。这可把老两口气冒了眼睛，骂天骂地，骂完山神绝土地。李老太太乌脸嚎风地指着西院老张家说："没良心的，还阴损呢！竟使出邪门歪道来坑害到我们头上来了。"老头压服说："嘿，怪不了人家，在地里打开坛子盖那会儿，我看还是满满一下子元宝，回来咋就变成这玩艺儿了呢？这事有些蹊跷。算了，外财不富命穷人，扔到外边去算了。"老太太头晃得像个拨浪鼓似地说："没那么便宜，让他们白瞅笑话呀？"说完把那些可炕乱蹦的癞蛤蟆装回坛子，让老头帮着抬到院里。自己打开坛子盖，拎着癞蛤蟆，连三撇四地往西院扔。一边扔一边想：让他们幸灾乐祸，这回该我们乐了。

天刚蒙蒙亮，老张头起来收拾院子，一开门见满地是白光闪闪的元宝，忙喊出老伴，把元宝收拾起来。

从此，老张家老两口越过越富，老李家就穷得叮当响了。

讲　述：卢传军　56岁
四平薄板厂工人
记　录：赵雪洁　女　47岁
四平市农行

闲气

早先年，有这么个老头，有三个姑爷，大姑爷是教书先生，二姑爷是商人，三姑爷是农民。过年了，老头儿一高兴，把这三个姑爷都请到家里，说："今天咱们炖小鸡儿下酒，谁能说对鸡身上哪块地方叫什么，就吃哪块；谁要说不对就喝酒。"小鸡儿端上来，老头儿指着鸡脑袋说："这是什么？"三姑爷说："这是鸡脑袋。"老头儿说："不对。"大姑爷说："是鸣更。"老头儿称赞："对了。"三姑爷输了，喝杯酒。老头又接着揪下一个鸡脖子说："这是什么？"三姑爷想：鸡头我输了，这个我还答不上吗？忙说："这是鸡脖子。"老头儿说："不对。"二姑爷说："这是鸡梗梗。"三姑爷不服气地又喝了一杯。老头儿又指着鸡胸脯说："这是什么？"三姑爷说："这是鸡胸脯。"老头儿说："不对。"大姑爷说："那是前庆。"三姑爷又输了，气得在旁边直翻白眼。人家说对了把好的都吃了，这三姑爷是光喝酒什么也没捞着吃。老头儿揪下一个鸡膀子说："这是什么？"三姑爷说："那是鸡膀子！"老头儿摇头说："不对。"二姑爷忙说："那是双展。"老头儿说："对了。"三姑爷又被罚了一杯酒。老头儿接着指着鸡脊梁骨说："这是什么？"三姑爷说："那是鸡背。"大姑爷说："那是龟背。"老头说："你看人家说的就对，你又说的不对了！"三姑爷又喝了一盅酒。老头儿又揪下一个鸡大腿问："这是什么？"三姑爷一想：这回可跑不了啦，这我还不认识吗？于是说："那是鸡大腿！"老头儿摇头说："不对。看谁知道？"二姑爷说："我知道，那是后蹬！"老头儿看着三姑爷说："你又说错了，喝吧！"三姑爷又喝了一盅。说来说去，就剩鸡屁股了，老头儿问："这叫什么？"三姑爷想：就剩这个地方了，这回我可不能错了！于是说："那叫鸡眼！"大姑爷说："那叫粪兜！"老头儿又逼着三姑爷喝了酒。三姑爷气坏了。他看鸡汤上来了，心想啥也没让我吃，这回喝点鸡汤也行啊！可老头儿又问了："这叫啥？"三姑爷接着说："这是鸡汤！"老头说："不对不对。这叫闲气。"三姑爷连口鸡汤也没尝着。这叫啥事呀？三姑爷和三姑娘一气之下跑回家，心里明白，就怪自己没文化。两个人一商量，把家里那点钱都拿出来，叫三姑爷上学念书去了。

一晃几年过去了。三姑爷念完书考上了一个县官。老头子听说三姑爷当上县官了，挺高兴，忙去瞧看。一路上见人就讲："我早就猜三姑爷有出息呀！"到了县衙，三姑爷一听这老头儿来了，心说：我得收拾收拾他。于是就叫来当差的，说："你去牵着他的鸣更，掐着他的梗梗，别碰他的前庆，拦着他的双展，按着他的龟背，拽着他的后蹬，单打老粪兜！"当差的去了，不一会儿把老头子连打带推地拽上堂来。老头儿大声喊说："三姑爷呀，你咋让人打我呀？"三姑爷说："就为了让你胡罚我酒的那些闲气（嫌弃）！"

讲　述：董淑文　女　86岁
梨树县叶赫镇
记　录：赵雪丽

吹牛鬼儿

从前，有个王老先生，老两口无儿无女，住着四合院大瓦房。东下屋租给了一个卖花生的老马头。老马头身边就一个十六七岁的儿子，取名虎子。这两户人家处得不错。

王老先生靠吃房租过日子，有空也倒腾点大烟。这老头爱喝酒，二两酒下肚，云山雾罩，有的没的都讲。三句话没出，就说他如何如何胆大。一来二去，“王大胆”就成了他的代号。

这天下晌，王大胆在茶馆里，一边喝茶水，一边给几个常客讲瞎话：“有一次，我进城做买卖回来，天有些黑了。走到树林里，看见一帮人正在那儿耍钱呢。我就和他们玩了起来。到第二天早晨一看，钱都是纸钱，原来就是和一帮鬼耍了一宿钱。他们都向我要钱，我有钱能给他们？他们都往我脸上吹风。我怕那个！我能避阴气，啥也不怕，我就往他们身上吹，你说把他们吹得呀……”说到这儿，滋儿——呷了一口茶。

正在这时，从外面慌慌张张地跑进来老马头的儿子小虎子，走到王大胆面前趴到地下，当当当，就是三个响头：“王大爷，我爹没了。我身边没啥亲人，眼看到天要黑了，我想求你和我爹做个伴，我出城去接姐姐和姐夫。”说着，小虎子哭了。

王大胆这才知道是老马头归了天。虎子是让他和死倒做伴。他看大伙都眼巴巴地看着他，好像都说：这事也只能你王大胆去了。他想：我的妈呀，平时，你看我吹得像回事，我哪有那份胆量啊！可还是硬着头皮说：“好吧！”

王大胆从茶馆回到那四合院，对老伴说：“老伴呀，你可精神点，有啥动静你就出来，我和老马大哥做伴去。”“你吃饱撑的？一个死倒，做什么伴？”“是啊，可谁让我是王大胆了呢！小虎子当着众人面求我，我要是不答应，别人怎么看我？以后我还有脸见人吗？”他一边说着一边往东屋走去。

东屋里，老马头停在地下，脸上蒙着一张黄草纸，旁边的一张桌上摆着花生米、小炸鱼、酒壶、酒盅，看样子，老马头是没喝完酒就不行了。一盏小油灯被风吹得呼啦呼啦直闪。

王大胆手扶门框，半天没敢进屋。这么的也不行啊！他走进屋，跪在地上给老马头磕了几个响头，说："马大哥，咱老哥俩处得不错，我今天来给你做伴，就算对得起你。我这辈子净吹牛了，胆可小，你可别吓唬我呀！"说完，又是三个响头。磕完头，王大胆爹着胆子，搬个板凳挨门边儿坐下。

呼哒，呼哒……王大胆抬头一看，是那张蒙头纸在动，心想：莫不是要诈尸？他赶紧趴到地下又磕了几个头，嘴里还不住叨咕，求神爷保佑。他磕完头，一抬脸，看见了小地桌上的酒壶。心想：害怕也没啥招，吹牛都吹出去了，现在是嘴含槟榔，吐不出来水呀。啥也别想了，以酒解愁吧。他端起酒壶对老马头说："老哥呀，不是我嘴馋，喝点酒壮胆子。"说完，就着花生米、小炸鱼，滋儿，滋儿地喝起来。

"当——！当——！"钟鼓楼上响起了午夜的钟声。王大胆倒提着酒壶控了又控，把仅剩下的几滴酒也控到肚里，哭丧着脸说："唉，钟响了，城门关了，该着我给老马头做一宿伴了。"

王大胆正呆得无机六受，忽然，听到外面传来一阵乐曲声。嗬！可来了救星了。他跑到街上领来一个瞎子，这人外号李三弦，双目失明，专靠走街串巷卖唱为生。王大胆把李三弦领进屋，拿一条板凳放在死倒旁边，让他背对死人，面对王大胆坐下，对他说："三弦呀，今晚老哥不知他妈怎么的了，就睡不着，你就陪陪我吧！""嗬，老哥也有闲心听我这算卦之人胡咧咧？"李三弦知道王大胆平时净上茶馆闲扯淡，没想今晚倒添了这个兴致。王大胆哪有心听李三弦说这些，多一个人总比少一个人强。他搬个板凳坐在门边，催促李三弦："三弦老弟，你就快唱吧！照着一宿来，赏你一块现大洋。"这话可正合三弦的心，别说一宿，就是两宿也挣不来一块大洋啊，他满口答应了。还说："王老哥，我一个失目之人，也不容易。唱，倒是可以，只望我渴了你给我弄点水；饿了给我弄点吃的就行了。"李三弦调了调弦开唱了。

王大胆哪有心思听唱啊。他坐在门边一会看看三弦身后的死倒；一会儿看看后山墙上的破窗户，越看越害怕，越怕越不想呆。他看三弦唱得正来劲，忽然来个损招：站起来退出去，反手把门一关，锁上了。他干脆站到院子里做伴去了。

东屋里李三弦可不知这边的事，坐在那儿唱得有来道趣的。这时，从破窗户钻进一只猫，跳到小地桌上偷吃王大胆刚刚吃剩下的鱼骨头。嘎吱，嘎吱，小猫咬着鱼骨头那个香啊。李三弦不高兴了："王老哥，你可真他妈够意思！我扯着脖子唱了这半天，连口水你都舍不出，自己倒在那儿吃上了，你咋的也得给我弄块臭鱼烂虾呀。"说完把三弦扔了，正砸在小猫跟前，吓得小猫腾地跳到对面，竖起胡子，噗——就是一下。王大胆在外面听得真真切切。啊？这不诈尸了吗？"三弦老弟，天地良心，我对不起了。你呆的那屋住着老马头，他死了，你和他好好做伴吧，我在外面陪着你。"

王大胆声都变调了。李三弦听王大胆这么一说不要紧，想到自己明明听见嘎吱的声音，还听到什么东西"噗"一声，这是老马头诈尸了。他二话没说，拿起三弦就抡。那三弦抡起来风可不小，嗡——嗡——，小猫噗——跳到一边把酒壶刮到地上摔碎了。李三弦这个骂呀："王大胆呀，王大胆，你缺八辈子大德，都诈尸了，你咋还看热闹?"一边骂一边不停地抡着三弦嗡——嗡——，嗡——嗡，带起一阵阵风，小猫东躲西藏，弄得屋里噼里啪啦山响。王大胆哪知道是小猫在作怪，只当是李三弦和老马头厮巴到一块了，吓得腿都不好使唤了。"兄弟，将就点吧，明天给你十块大洋！"这么说着，他想：李三弦是我请来的，门是我锁上的，老马头这么闹腾，要是把李三弦捏死了，不得让我偿命？于是，他摸黑跑到衙门，请来两个衙役。衙役净和活人打交道，哪儿弹弄过死人？那两个人拿着个长钩子，胆胆突突地来到东屋窗下。只听里面嗡——嗡，嗡——嗡直叫，噼里啪啦山响，一个说："呀！这死鬼道行还不浅哪！带风来的，呜呜响。"那个说："老弟，咱俩就用长钩在外面钩吧，可别让死鬼把咱俩收拾喽。"这两个人从破窗户伸进铁钩子这个和弄哇，和弄来和弄去，忽然“嘭”的一声，这两个人以为钩住了，使劲往外就拽。他们使劲往外拽，里面的拼命往里拉，一拽一拉没几下，“乒”的一声，两个人闹了个腚蹾儿。

再说屋里头，根本不是老马头，而是瞎子李三弦。李三弦抡着三弦让钩子钩住了，莫名其妙。他使劲往里拽，没承想挣脱了，一屁股坐到老马头身上。他伸出两手，这头一摸是脑袋，那头一摸是两条腿，吓得大叫起来。“我的妈呀！”“死人怎么还能说话呀？”两个衙役造懵了。“不……不是，那里头还有个活人呢！”王大胆早吓得尿了裤子，话都不会说了。

讲　述：张秀堂　64岁　初中文化

记　录：赵星芳　四平职业大学

干儿子得参

在长白山的深山老林里，有一架破窝棚，因为年头太久，已是冬不挡风，夏不遮雨。这一天，趔趔巴巴地走来一个老山狗子。他刚进窝棚，就一头扎在乱草堆上，顺手摸过草堆里的草枕头垫在头底下。别看他挖参累了一身病，可是贪财的心还不小。他盘算着：七两为参，八两为宝。要是再能挖到几棵大参，我这一辈子也算没白在长白山溜达一遭。再熬一段吧，身子骨硬朗了，挖它几棵大参，就回家去。

这天，从窝棚外又来了一伙挖参人，他们想歇歇脚。一看，有个病老头躺在里边。有的扔下块饼子；有的留上一罐水就想赶路。其中有一个十七八岁的小伙子叫张宝，别看他衣着破旧，心眼可挺好使。见那老人孤苦伶仃，挺招人可怜，就没忍心离开，想把老人侍候好了再走。张宝给他烧水煮饭，煎汤熬药，特别上心。没料到老人的病到第二年春天还不见好。老人见张宝待自己比亲人还亲，打心眼里喜欢上他这个年轻人。

一天，那老人从贴身衣裳里取出剩下的一点钱，对张宝说："张宝啊，你拿这钱下山买点东西，咱爷俩好好吃上一顿。"张宝买回了山鸡野兔和老黄酒。一阵忙活后，张宝把热气腾腾的饭菜摆了一桌子。爷俩一边喝一边唠。老人心情沉重地说："张宝啊，咱爷俩今世有缘分，去年冬天若是遇不上你，我这把老骨头也就早喂狼了。你对我像侍候亲爹一样侍候着，一呆就是小半年，冲你这样，我就是死到阴间也忘不了你的大恩大德呀！"说着说着，还呜呜哭起来。

张宝忙劝道："你老不就像我的亲爹一样嘛！人生在世，谁没个三长两短的，你慢慢养好病，咱爷儿俩好一起下山回家。你家没别人，我就养活你老。"老头听张宝这么说，心里的高兴劲儿就甭提了。他拍了拍张宝的肩膀说："宝儿啊，就凭你这句话，我死也能闭上眼睛了。从今天起你就是我的干儿子啦！等我好利索了，咱爷俩高高兴兴回家过上几年舒坦日子。”老人眼泪围着眼眶打转转。“我要是不行了，这个破枕头可千万别扔了！它是咱爷儿俩的传家宝哇！”张宝回头看看那个蒲棒草卷又卷、勒又勒的旧枕头，点了点头说：“爹，你就放心吧！等到迎春花儿一开，我就是背也要把你老背回家。”老爷子别提多高兴了。

没承想，没过几天，老头突然咽气了。张宝那个哭啊，哭蔫了老树，哭呆了野兽，山泉水都有些流不动了。一些挖参人帮助张宝埋葬了老人，先后走了。张宝这才想起干爹说的话，他翻出那个枕头，里三层外三层，打开一看，不由大吃一惊，里面全是老山参，连小的也足有六七两重。张宝捧着这些参哭了。嘴里还不停地叨咕着：“干爹呀，干爹！你心眼太好了，你省吃俭用，有病都舍不得花钱买药，倒留下这些好参给我。我要是早知道你有这些参，也不能让你连件囫囵衣服都没有穿就走了呀！”张宝越哭越伤心。

第二天，张宝挑出几棵好参，下山到参行换了钱。雇车给老人买回一口顶好木料打的棺材，又买了寿衣和纸钱。他把干爹从坟丘子里移出来，穿上了寿衣，重新入了殓。接着，又烧了三天的纸，才带着干爹留下的山参回家了。

讲　述：王文山　76岁　铁路退休工人
记　录：赵星芳

梦先生上堂

从前有个人，好吃懒做，一天到晚什么活也不干。一来二去日子过不下去了，就和媳妇合计，领着孩子到媳妇的娘家去过。

到了那儿，老丈人没说什么，大舅子、小舅子也没说什么。可他自己总觉得不是滋味，总在心里想：自己不能干活，这么老在家呆着，时间长了家里人准会瞧不起自己。想什么办法呢？有一天夜里，他趁别人都睡着的时候，偷着起来了，把老丈人家的猪圈门打开，把老丈人养的老母猪和一窝猪崽赶走了，赶到南边的一块高粱地。他用一条绳子把老母猪后腿往高粱秸上一拴，小猪崽围着老母猪转着直叫。他又回到屋里睡觉了。天亮了，他老丈人起来一看，猪圈门开了，老母猪和小猪崽都没了，他想一定是让小偷偷走了，回屋里叫醒大伙："快起来，快起来，咱家猪丢了，赶快去找。"他们找了一圈没找到。吃饭的时候，这个姑爷装着没事的样子问大伙："你们嚷嚷什么，出什么事啦？"老丈人说："咱家的猪都让别人偷走了。"姑爷说："不能吧，昨天晚上我做了一个梦，这猪不能跑远，八成就在咱家南边那块高粱地里吧！不信你们到那找找，准能找到。老母猪腿上拴个麻绳系在高粱根上。"老丈人有点不信，我们找好几圈没找到，你一梦就梦到了。又一想也许这个梦能准，就让别人到那块高粱地去看。一看，老母猪正在那块高粱地里拴着。找回猪以后，老丈人想这个姑爷还真有两下子，做梦做得还真准。从这以后，大舅子、小舅子谁也不敢小看他。他会做梦的这个事一传出去，人们就给他起了个外号叫"梦先生"。

有一回皇帝把印丢了，就到处下圣旨：谁要是能把玉玺找到了，要黄金白银和什么东西都行。布告贴出来之后人们都围着看，正巧梦先生的大舅子到京城办事，一看布告，就说："我们家有人会做梦，他做梦挺准，人们都管他叫梦先生。"当差的一听就把这个事报告给皇帝，皇帝就派人抬着大轿吹着喇叭来请梦先生到京城给皇帝做梦，梦梦玉玺在什么地方。梦先生一看这个事坏了：去吧，他心里知道做梦咋能梦到玉玺呢？不去吧，违反皇帝圣旨就得杀头，就和媳妇说：“我这回去恐怕是不能回来了，皇帝把印丢了，让我去梦，到那梦不出来就得杀头，我上哪儿能梦上呢？到那碰碰看。”他媳妇着急地说：“那怎么办呢？”梦先生一拍大腿说：“我有办法了，我走以后你用一个筐把孩子放到井里后你就坐在井边哭，就说孩子掉井里了。”梦先生坐着大轿走到半道就叫着说：“不好了，我家的孩子掉井里了。”当差的听他一说，以为梦先生坐在轿上做梦梦到了，就只好听他的。把轿抬回来一看，他媳妇正在井边哭呢。梦先生把孩子救上来之后，又和媳妇说了些什么话，别人啥也没听着，接着又赶道了。又走一段路，这个梦先生又吵着说：“不好了，我家着火了！”两人又把他抬回家一看，真着火了，火烧得不大，他媳妇没舍得把草房点着，只点着堆柴火。把火扑灭后，抬轿的两个人又抬着梦先生往前走。这两个抬轿的一个叫张三、一个叫李四，他俩边抬轿边琢磨：这回可要糟，玉玺是我们俩偷的，京城皇帝让梦先生梦印在什么地方，若是真梦上是张三、李四拿的怎么办呢？趁着现在没到京城，咱俩叫梦先生来梦一梦，看能不能梦着。梦着了，咱俩给他磕头，求他别跟皇帝说；梦不着就更好了。两个抬轿的就对梦先生说：“咱们坐这歇一歇吧？”梦先生说：“歇一会就歇一会吧。”俩人说：“梦先生，你的梦挺准，你能不能先梦一梦咱们皇帝的印叫谁给拿去了？”梦先生一听，说：“能有谁偷皇帝的印？不是张三就是李四。”这两个人一听梦先生梦到的正是他俩，“扑通”一下跪到地上，一个劲地磕头，连连说：“梦先生，我们俩让你梦上了，皇帝的印是我们俩拿的，现在只有你能救我们俩的命，你行行好，救我们俩一命吧！”梦先生说：“那行，可你们得告诉我把皇帝的玉玺放到什么地方，我就救你俩的命！”他俩说：“我们把玉玺拿来后，放到墙外一个小窝棚的檐下边第十八个小椽子上边了！”梦先生说：“行了，见皇帝时，我不说是你们俩偷的。”接着他们一起抬着梦先生往京城走。

到了京城，梦先生见了皇帝，皇帝说：“梦先生你现在就开始给我梦，梦一梦我的印让谁偷去了，放在什么地方？”梦先生稍想一会便说："我梦到了，就在外边那个小窝棚檐下边第十八个椽子上边呢，偷玉玺的人早已逃跑了。"皇帝听了挺高兴，叫人到那儿，果然把玉玺取回来了，皇帝赏给梦先生一些金银财宝。再说皇帝宫里有个娘娘听说梦先生会做梦，而且梦做得还挺灵，有些不相信，心想：这不是和变戏法一样吗？等到娘娘过生日这一天，梦先生来给娘娘拜寿。娘娘为了试验梦先生做梦是真是假，就在桌子上扣个大碗，碗里扣个小猫，让梦先生梦碗里扣的是什么。梦先生心想，这回我算是脑袋保不住了，一切全完了。这梦先生的小名叫小猫，他就坐在桌子旁边小声自言自语道："小猫哇，小猫，反正你是活不成了，你的命这回马上就要没了。"娘娘一听，梦先生还真梦对了，把碗一掀说："这回你又梦对了，这碗里扣的就是小猫。"

从这以后，梦先生大名很多人都知道了。京城有一个财主家的一个姑娘得了病，找了许多医生都治不好。听说了梦先生，就把他请来让他梦梦，姑娘的病能不能好。梦先生到那儿看看姑娘，说要到后花园转一圈看看。一转弯他对这里的人说："你们先等我一会，我上趟便所。"就蹲在便所里想，磨蹭一会儿是一会儿，反正我也梦不着那个姑娘得的是什么病，便所外边有个拴马桩，他上便所把马往拴马桩上一拴，拴马桩成精了，就说："你别拴我呀！那个姑娘是让池子里的王八精迷住了，你缠我干啥呀，这也不是我的事。"梦先生不拉屎也没撒尿就回到屋里说："我梦见后花园养鱼池有个王八精，拿点石灰往水里一扔一呛它就上来了。"人们照他说的就那么办了，果真大王八精漂上来了，用钩子钩出来以后，就没事了，姑娘的病也就好了。

讲　述：席忠芳　女　54岁　农民

记　录：吴　琮

活 宝

早先年，有这么一个人家在京城开了个当铺。除了开买卖外，还有很多房子，租给外地来那里干活的人住，一个月交一回房钱，到时候不给房租就扣行李。

有一天，从外地来了一个鞋匠，把媳妇也带来了，就租了这个当铺店的老板家一间房子住下了。鞋匠白天出去干活，媳妇在家干些家务活。鞋匠的媳妇长得好看，房东一看动了心，起了坏主意，想勾引这个小媳妇。有这么一天，鞋匠又出去干活了，房东趁机来到鞋匠家，对他媳妇说："你们两口子搬来二三个月了，一分房钱也没交。"小媳妇说："我当家的一天也挣不上多少钱，对付着过日子，再过些日子我们想办法再给你房钱。"房东说："如果你们真的交不起房钱，你男人回来你告诉他一声：明天就搬家吧。"鞋匠媳妇一着急，哭了起来。房东一看就凑到她跟前说："你要是跟我睡觉。我就……"这老东西当鞋匠媳妇的面把话挑明了。鞋匠媳妇一听，急忙说："那可不行，我们穷是穷，可不能那么下贱！"房东立刻翻了脸，大声叫着："你们明天交不上房租就搬家，今天我说话就算数！"气得老脸像紫茄子，一转身就走了。等到晚上鞋匠回来，媳妇就哭了，边哭边说了房东的事。鞋匠差点没把眼睛气冒了，想了半天，来了个好主意。

第二天鞋匠又干活去了，房东一看这两口子干脆没提交房租的事，又过来对鞋匠的媳妇说："昨晚你当家的回来你和没和他说交房租的事呀？什么时候搬家哪？"鞋匠媳妇说："今天我当家的厂里有点紧活等做，白天干不完，晚上接着干，一宿不能回来了。"房东听了那个高兴劲就别提了。吃晚饭的时候他又来了，鞋匠的媳妇给他炒了两个菜，又端上一壶酒，放上桌子，对面坐下就喝上了。你一盅，我一盅，喝完了天也不早了，鞋匠还真的没回来，房东就打算在这儿睡下。小媳妇说："我给你准备被褥你先去睡，我收拾一下碗筷就来睡。"房东这下可乐得忘了东南西北了，像在自己家一样赶忙脱了衣裤躺下了。刚躺下就听外面传来“啷啷啷”敲门的声音。鞋匠媳妇问：“谁呀，这么晚还来敲门？”门外回答：“快开门，是我。”这可把房东吓破了胆，急忙坐起来问鞋匠媳妇：“你不是说你当家的打夜，不回来了吗？”那媳妇也假装惊慌地说：“我哪知道哇！也许厂里活干完了呗。”房东说：“那我往哪藏呀？”那媳妇急得生打唉声，不住叨叨：“这可往哪猫呢？”吓了一身冷汗，腿都抽了筋。他忽然看见了地下墙根有个木头箱子，就让鞋匠媳妇把自己藏在箱子里头。鞋匠一进屋，就故意高声说：“怎么的，咱家来人了？摆这么多酒菜。”媳妇说：“我一个人在家没啥意思，炒两个菜喝两口酒。”鞋匠说：“喝就喝点吧！你再给我弄点菜，我也喝点。”两口子对桌高高兴兴地喝起来了。吃饱喝足了，两口子上炕睡觉了。箱子里的房东可遭罪了，里面喘不过气来，有屎有尿又不敢吱声，伸不开腿，伸不直腰，大气不敢出。天亮了，吃完饭的鞋匠找来一个木匠说：“我这个木头箱子打算不要了。想当两个钱好交东家房租。”接着，鞋匠和木匠把那个大木箱抬到当铺的柜台前面放下。鞋匠上前对收货的掌柜说：“我们想当点东西。”掌柜的说：“当什么东西？”鞋匠说：“当一个木头箱子。”掌柜的说：“就一个木头箱子不能当，真想当，你得先打开，看看里面装的什么东西？”鞋匠说：“不能打，就这一个整箱子。”掌柜的说：“你们不打开，我们看不到里边啥样，咋给你们评价钱呢？”鞋匠说：“我们就要五百两白银。你给我们写个单子。”“什么宝贝那么值钱？”鞋匠说：“你收不收，我们这东西就是不能打开，打开一看就破了。你如果不写单子不收，我先管朋友借点钱花，就把这个箱子扔到河里去了，你可别后悔——我这个人脾气暴。”外边鞋匠和掌柜说的这些话，房东在箱子里边全听清了，当铺若不给鞋匠五百两银子，鞋匠来火真把箱子扔河里去，我的命也不就完了吗。一着急他在里边就喊上了：“掌柜的，五百两就五百两吧，快填写单据吧——你就快点写吧！”掌柜一听这木头箱子里有人，话语是本当东家说的，就不讲价了，忙答应：“写就写吧——可是货单物品名咋个填法呢？”鞋匠答道：“就写木头箱子呗。”掌柜说：“哪有木头箱子能值五百两白银的？”鞋匠说：“就写木头箱子里头装的一个老活宝吧！”掌柜刚迟疑，鞋匠又说：“不写活宝就不当了。我把它扔河里就省话了！”说着就喊：“往河里抬呀！”房东在箱子里嗷嗷一劲喊：“掌柜的呀，活宝就活宝吧，我在这里头都要憋死了。”掌柜的一听就写下了：“活宝一个，价值五百两纹银。”把票子给鞋匠，鞋匠就把箱子放在当铺，拿着钱回家了。

讲　述：席忠芳
记　录：吴　琼

老道投宿

很早以前，一个老员外身边有三个儿子。大儿子、二儿子早早娶了媳妇，只剩老三还没结婚。这年腊月二十六，老员外借这个黄道吉日给三儿子也办了喜事。老儿子娶媳妇——大事完毕，全家人就等着欢欢乐乐张罗过新年。

单说三十晚上，全家人坐在火炕上正围着桌子包饺子，忽然进来一个破衣烂衫的老道，一顶破帽子遮着乌漆墨黑的抽巴脸，破袖头子甩达甩达露着黑棉花套子。黑手颤巍巍地拄着一根糟榆木棍子，趿拉双破鞋，一瘸一点凑到炕沿边。老员外赶忙问："老道士，大年三十晚上来到寒舍化点什么?"那老道用破袖头子蹭了一下大鼻涕说："无量佛，贫道日行数里周身乏累，望施主行行善，找个安宿之处。"老员外问儿媳妇们："谁行行善把炕腾出来，让老道长安歇一宿?"大媳妇二媳妇你看看我，我看看你，捂着鼻子一声没言语走了。员外正在为难，只见三媳妇走到老道跟前，施上一礼热情地说："老师父，你吃斋念佛，出家在外实在不容易，您老如不嫌屋窄炕凉，就请睡在我那炕头上去吧!"老员外见三儿媳妇这样懂事，十分高兴。三儿子有些不高兴，可看爹爹和媳妇都这么热情也就没说什么。那老道也没推辞，就随她进了新房，衣服脱都没有脱，就像几辈子没得着睡觉似地一头钻进里外三新的被窝，不一会儿打起呼噜来。

老员外一家人欢庆新年鸣鞭放炮，请了喜神又接财神。到半夜吃完接岁饺子，三个媳妇嘻嘻哈哈提着灯笼到邻家看唱戏耍龙灯去了，小哥儿几个跟着老员外摸起纸牌玩。不知不觉鸡叫天亮。三媳妇忙着生火做年饭，对丈夫说："哎，快去叫醒老道，起来洗漱吃早饭。再晚了屯里人来拜年看炕上躺个老道，不得让人笑掉大牙，出去讲咱的闲话呀。"老三不高兴地说："哼，还说闲话呢，咱俩一宿也没进屋，还不知道咱那新做的被褥让他给糟践个啥样呢。你心眼好当钱花?"三媳妇听丈夫这么说也没理睬他，又往灶坑里填把柴火起身和丈夫一起进屋去叫老道："老师父，请醒一醒，天已大亮，请起身吃早饭赶路了。"喊了几遍也不见动静，老三稳不住神一掀被，惊得目瞪口呆：哪里有什么老道和尚的，只见大红缎子被下直挺挺躺着一个身穿雪白衣裤鞋袜的死人。小两口吓得出了一身冷汗，忙把老员外喊叫过来。老员外是个见过世面的人，弯腰细一瞧，乐得张着大嘴报喜："这是财神爷送的银人呀。财神爷让它先变成老道，看谁心眼儿好就把这财宝送给谁。这不，老三家夜里行善做好事，感动了财神爷，就当晚报答上了。"

再说大媳妇、二媳妇先头听说老道死到老三的炕头上时，还庆幸自己没上当呢。这阵子听说财神爷给老三家送来个银人，老员外又当场认可给老三了，顿时就傻了眼，肠子都悔青了，生踩脚直恨自己咋就没看透这步棋呢。

讲　述：席忠芳
记　录：赵雪洁

白吃不让吃

有一个人，外号叫“白吃”。他专讲吃别人的，可自己总也不让别人吃着。

这一天，他打了三两酒，买了点菜，准备回家自己偷着喝。不承想，被人盯上了。那人暗想：好呀！你净吃我们的，今天该我们吃你的了！于是，这人就凑上几个人，找上门白吃来啦。其实，他们就是好信儿，逗乐去凑个热闹。这几个人都是谁呢？一个是教书先生，一个是看病的大夫，还有一个说书的，另外加一个算卦的。他们一进门，见白吃刚把酒倒上，正端起要喝呢，这几个人就说：“我们来帮你喝喝吧！”说着，就都坐下啦。白吃一见，明白了：啊！你们商量好了，冲着我这三两酒来的。好。没那么便宜。我一点也不让你们喝着！于是，白吃说：“这么办吧，今天酒少，客人多，怎么办呢？我出一个酒令，咱们不管是哪行人，都不许说本行话，得照我们这酒令合辙押韵，还得上下相称，像个文章样，那才能行；如果说不对，就不许喝酒。”“好！”这几个人心里想，我们谁也不比你差，出吧！白吃说：“我这酒令是哑谜。”于是，他往上指了指，往下指了指，往前指了指，往后指了指，往左指了指，往右指了指，伸三个指头，又伸五个指头，最后又拍拍自己的胸口。大伙儿一瞧，这个白吃可真厉害。白吃说：“你们猜吧！说对了就喝酒，说不对谁也就别端这酒杯。”然后又说：“我本人也在内。我要是说了本行话，或者我说的不对，也不喝酒。这酒给你们喝。”

教书先生第一个说：“我猜着了。”白吃说：“好吧，你说！”教书先生说：“往上指是左物以上，右物以下，瞻之在前，顾之在后，左物交以左，右物交以右，三十而立，五十而知天命，有点心不在焉，对不对？”白吃说：“你这没猜着。”“怎么的？”白吃说：“你说了本行话。你是教书先生，你上这儿来教‘四书’来了？这不行！算你没猜对，没有喝酒的资格！”

这时看病先生说："我能猜着。"白吃说："你能猜着？你是又治病带卖药的。你说说看！"看病先生说："往上指是天门冬，往下指是地骨皮，前胡厚朴，治的是左瘫右痪，搁三碗水，煎五分钟，空心送下。"白吃摇头说："你这是治病哪？说了本行话，也没喝酒的资格。"

说书的先生说："我能猜着。"白吃说："那你当然能猜着了！你口若悬河，牙如利刃，你到各地都说过书，那你说说吧！"说书的说："往上指是天门镇，往下指是游地狱，往前指是前齐国，孙庞斗智；往后指是后齐国，岳毅伐齐，左有岑鹏，右有马武，三请诸葛，五虎破曹，用的是孔明的心计，对不对？"白吃说："你这是来背'三国'来了？你说了本行话，也不行。"

算卦先生赶忙说："我能猜着。"白吃说："那好，你说吧！"算卦先生说："往上指，我仰面识天文；往下指，我俯查知地理；前有青龙，后有白虎，左有朱雀，右有玄武，好比你们家死了三口人，五天出殡，让我给看看风水，费费心，对不对？""我们家怎么这么倒霉？"白吃心里叨咕，又说："你这也说了本行话了，也没有喝酒的资格。"

几个人齐声说："我们都说了本行话了，都没有喝你酒的资格。那好！你这庄稼人自己说说，我们听听看，怎么算对呢？"

白吃笑道："好。这回该我说了。往上指，我是上天无路；往下指，我是入地无门；前思，后想，左右为难，三两酒咱五个人喝，居心何忍？！"

那四个人听了，赶忙齐说："对。那还是你自己喝吧！"

讲　　述：李桐森
记　　录：赵雪丽

傻子发财

从前，有这么哥俩，老大聪明能干。老二理智上不健全，屯子人们都叫他傻子。老大觉得养个傻子弟弟拖累，想找媳妇都难。一天，老大说："二弟，明天咱哥俩分家吧，你住场院小房，八亩地一人一半，你种地打的粮食，哥哥一斤不要，你也老大不小了，该攒点钱讨个老婆了。"傻子歪着嘴含糊不清地说："行，我自己种地讨老婆，以后就不用哥哥老管着我了……"说着手舞足蹈，搬着行李走了。老大打发了傻弟弟，总算卸下了个大包袱，不再为说不着媳妇的事发愁了。

从此，哥俩就开始各种各的地。傻子哪会种地啊！他看见别人刨垄、上粪、下籽、培土挺繁琐，干脆刨了两个大坑，把一篓子高粱籽倒进一个坑里，又把一篓子苞米籽倒进另外一个坑里，挑了好几挑子粪，盖上土，非常简单地种完了。

到了夏天，别人家的庄稼都照垄了，可他种的高粱和苞米还没有拱土，到铲第二遍地时，傻子也和别人家一样，天天扛着锄头来到两个坑周围铲一遍。

偏赶上这年雨水勤，大雨一连下半个月，所有的庄稼全涝死了，唯有傻子家的地出了两棵苗，一棵高粱苗，一棵苞米苗，又粗又壮，颜色深绿，叶子肥大，傻子别提有多高兴了。

秋后，家家粮食绝收，傻子的两棵庄稼长得对搂粗，用斧子砍了一天一夜才砍倒。高粱和苞米打了四千多斤，哥哥帮忙，卖粮食种子，一斤粮食种子一两银子。

傻子发财了，娶了个漂亮农家媳妇。媳妇当家做主，买房子置地，另外拴两挂大马车，雇了十多个长短工，又教傻子种地。收成一年比一年好。傻子又给哥哥娶了个媳妇，哥俩又搬到一起居住，日子越过越红火。

讲　述：王　义　记　录：王　华

采录时间：2006 年

我找着了

从前，有这么个老财叫钱有财，一听说谁家发财他就眼红，爱财如命。他有个女儿叫钱盈盈，年芳二十，长得如花似玉，老财爱如掌上明珠。

钱有财雇了个长工叫石柱，石柱独身一人，二十多岁，忠厚老实，干活勤快，讨人喜欢。

给钱盈盈提媒的踏破门槛，可都被她推辞了，唯独看中了石柱。怎奈钱有财嫌贫爱富，说啥也不同意这门亲事，将石柱打发到自家老宅去住，老宅门窗破旧，四面透风，白天让他干杂活，晚上让他看场院。

大年三十晚上，石柱正吃饺子，一不留神，吃着个大沙子，硌得脑袋“嗡”的一下，大牙差点没硌掉下来，心里非常恼火，可大年三十的还得拣好听的说：“这下咬着了，该着发财!”这是说者无心，听者有意，这句话被东家听见了，钱有财错听成“这下找着了，该着发财!”心里一动，他以为祖上埋下的金银财宝让他找着了，心想，石柱发财了，该着石柱有福。转念一想，肥水不流外人田，干脆把女儿嫁给石柱，金银财宝不就都回来了吗。他性格好，人又实在，自己老了还能有个依靠。

钱有财怕日久生变，急忙托媒说亲，石柱更是求之不得，于是钱有财挑良辰，择吉日，张灯结彩，吹吹打打，石柱和钱盈盈拜了天地。

钱盈盈过门后，跟着石柱上顿糠、下顿菜，大家闺秀哪能受得这种吃糠咽菜的生活，实在接受不了，就问石柱说：“夫君，有钱咋不拿出来花呢，省下钱干啥呀?”石柱心里明白，刮风下雨不知道，自己兜里有没有钱还不知道，可又不好直接对媳妇说，只好支支吾吾打合拉语。日子一久，钱盈盈多了个心眼：你不说我自己找，就连烧火做饭时，都拿着烧火棍四处捅。

一天，钱盈盈起来做早饭，一边往灶坑里填柴火，一边用烧火棍往灰堆子里杵，觉得里面稀暄。心想，备不住钱就藏在这儿了。用扒火铲子把灰撮到一旁，然后用手去扒，不一会露出一块石板，拨开周围的土，掀开石板一看，有口大缸，缸里装满了黄橙橙、白花花的黄金白银。钱盈盈高兴地叫了起来："哇！我找着了！"

石柱心想，我哪有什么钱财，这是妻子歪打正着，自己找出来的。从此，小两口发了家，过上了好日子。

讲　　述：刘凤英

记　　录：赵红梅　女　38 岁　大学

采录时间：2007 年

吊死鬼抓替身

从前，有个老财主叫张继忠，外号叫“吝啬鬼”，就是跟亲戚朋友办事也想占便宜。

吝啬鬼有三个漂亮女儿，个个聪明伶俐。于是吝啬鬼又在三个女儿身上打起了主意。

眼瞅着自己家的旧房子也该翻盖了，这些房木、砖瓦、木工、瓦工的钱，加在一起得不少银子，他坐在炕上正在发愁。这时大女儿明月走进屋来，见父亲唉声叹气，便问道：“爹，什么事愁成这样?”吝啬鬼见了大女儿来了眼睛一亮，说：“唉，为父正为你们三个女儿婚事犯愁，想给你们三个都找个有钱人家的公子，以后就不愁吃穿了，为父也去掉一块心病!”大女儿识文断字，是个善解人意，情格温顺的好姑娘。她对父亲说：“富家子弟过惯了钱来伸手、饭来张口的生活，不会过日子。女儿只想找个朴实能干活的后生，不想过那种惰性生活……”吝啬鬼正中下怀，点头答应说：“去把你两个妹妹找来，看看她们姐妹态度如何?”

工夫不大，姐仨到齐，吝啬鬼就把大女儿明月的想法说给了小姐俩，小姐俩赞同大姐的想法，姐仨一齐应道：“女儿们听从父母安排!”姐仨互相一笑，做了个鬼脸跑了。

吝啬鬼心中暗喜，把三个女儿许配给三个年轻的木匠，瓦匠和铁匠，这样一来可以省很多钱，一个子儿都不用掏了，三个手艺人娶了老财主的三个漂亮闺女都乐颠馅了。

一天，吝啬鬼把三个姑爷叫到近前说：“我准备把房子重新翻盖一下，建一座青堂瓦舍大院套，你们三个要给我弄上好的砖瓦木料。”三个姑爷想：丈人真抠门，一个子儿也不掏，就想盖房子，做梦娶媳妇，净想好事。为了讨媳妇的欢心，只好硬着头皮答应下来。

于是三个姑爷在东边树林子附近踅摸一圈，砍了几棵又高又粗的榆树做房梁，又砍了几十棵松木作檩子，就缺门窗口木料了，他们赶着马车送了好几趟，在最后一趟往回走时，发现小壕沟边上有棵歪脖柳树，树干非常粗，三个联桥商量后，决定用歪脖柳树糊弄这吝啬的老丈人。三个联桥轮番砍了半个时辰，也没砍多深，几个人累得浑身是汗，二联桥直起腰来往树上看，恍惚间就见有个穿白衣裙的女子，坐在树丫上冲他甜甜地笑。他推了推树说："我上树往下压，你们在底下砍，折得快。"说着二联桥抱住柳树就往上爬，两位联桥说啥也不让他上去，因为树倒了人就会摔下来的，万一树把人砸了，后果不堪设想。二联桥有点好色，他见树上的漂亮女人向他使媚眼，就像中了邪似的，两个联桥谁也拦不住，像一头发疯了的公牛，继续往树上爬，不时地回头冲着他们干笑，笑得两个联桥直发愣。突然发现二联桥头发蓬乱，面目狰狞，两眼冒出绿光，看着瘆人，身上发冷，汗毛都竖起来了。

当二联桥爬到歪脖树尖上时，发出女人的尖叫声："嘿嘿嘿……"紧接着二联桥"咕咚"一声掉在了地上，两个联桥早已吓得昏死过去。吝啬鬼的二女儿整天哭哭啼啼，寻死寻活的，埋怨父亲坑了自己。

两个联桥昏迷了十多天，请了好几个郎中才治好，并讲述了那天发生的一切，吝啬鬼追悔莫及。因吝啬贪财失去了一个女婿，给自己二女儿坑了。吝啬鬼请来位道士，道士说："那棵歪脖树曾吊死过一个女人。他们砍树那天，正是她要寻找替身的时候，幸好她找到了替身，不然另两个女婿也得让女鬼掐死。"

讲　　述：王　义
记　　录：王　华
采录时间：2006 年

张三娶媳妇

葫芦头沟有户人家姓胡，老两口一个女儿，女儿叫胡小娟，年芳二九，花容月貌，一家人靠种六亩多地维持生活。

一天，胡小娟下地给父亲送饭，不小心脚脖子崴了，她一拐一瘸地往家走。这时乌云滚滚，雷电交加，眼见大雨就到了。正在着急之际，打后边走过来个俊俏后生，搀扶着她回到家里，母亲胡氏非常感谢，见小伙子一表人才，心里有七八分喜欢，便盘问道：“小伙子贵姓？家在哪住？”后生说：“我叫张三，家在岭南，以后伯母空闲时间到我家串门！”张三坐了一会儿，说了几句客套话走了。

没过两天，张三又来了，说来看看小姐脚脖子好没好？还拿了不少水果和肉。老头叫胡才，看张三挺帅气，心里非常高兴，女儿找这么漂亮女婿以后错不了。看模样、个头都挺称心，不知他家穷富，不如借送客之机顺便看看他家啥样。胡才领着胡小娟一直送到岭南，远远看见一片宅院，青堂瓦舍大院套，朱漆大门，幽雅别致，父女俩这才放心地回家了。

老两口一合计，就把姑娘嫁给他吧！姑娘也很乐意，一家人欢天喜地，买嫁妆，选日子，三亲六故离得远，附近又没人家，也就不操办了，张三来了简单地把姑娘接走了。

胡小娟跟着张三来到岭南，几日前的四合院也不见了，拐弯抹角来到一个狼洞跟前，张三说：“娘子，到了！”然后冲着狼洞喊道：“娘，我把你儿媳妇领回来了！”话音未落，出来个老太太，拉住胡小娟的手往洞里拽，亲近地说：“儿媳妇到家了，就别外道了。”胡小娟进洞一看，满地骨头，其中还有几个骷髅骨，一股血腥味。胡小娟突然发现婆婆身后边露出个尾巴，她意识到婆婆和丈夫都是狼精变的，立时毛骨悚然，想偷偷溜走，被婆婆看穿了她的意图，便守在洞口旁，不让她出去。趁着胡小娟睡觉时，娘俩悄悄地说：“儿啊，精神点，看住她，等生米做出熟饭，我抱上大孙子，那时她跑就跑吧！”张三说：“娘，你放心吧，我一定能看住她，不让您失望！”于是娘俩日夜守护着胡小娟。

这天婆婆出门打食去了，张三在洞里看着媳妇，时间一久有些困倦，直打哈欠。胡小娟说：“夫君，咱俩都过了这些天了，我还能跑吗？咋还信不过我呢？看你困成这样，人家怪心疼的，快睡吧！”

张三寻思，也倒是，她家离这儿不远，跑了和尚跑不了庙，也就放心地睡了。胡小娟见张三睡着了，轻抬腿、慢落足，悄悄地逃跑了。

她跑着跑着，就听后边有动静，回头一看，婆婆和丈夫撵上来了，她急忙爬上一棵大柞树，母子摇身一变，现出原形，两只大野狼，母狼往树上一蹿，差点把胡小娟扑下来。那只子狼使劲一跃，将胡小娟钩了下来。正在危急之时，“砰”一声枪响，子狼应声而倒，母狼见事不妙，抹身就跑。胡小娟回头一看，原来是北屯猎手王一枪，感激不尽，正好他也没娶妻，就以身相许，和猎人王一枪成了家。

讲　　述：崃桂珍　女　69岁

记　　录：徐慧洁　女　41岁　大专

采录时间：2006年

人狐姻缘

很久很久以前，赵家庄有个赵员外，一家三口，老两口膝下只有一子，名叫赵明。赵明三岁那年，老夫人去世了，老员外又为赵明续娶了个继母。三年后，继母给赵明生了个弟弟叫赵亮。老员外为了让两个儿子长大出人头地，便送两个儿子到学堂念书。

继母心胸狭窄，性情古怪，容不得别人，总瞅着赵明害眼。让他干杂活，吃残汤剩饭；对自己的儿子赵亮娇生惯养，饭来张口，钱来张手，要什么给什么。赵明不但不怨恨，对继母百依百顺，仍然那么孝顺，对弟弟赵亮又关心又娇宠。赵亮经常逃学打架，偷家里东西出去变卖，连喝带赌，把老两口气坏了。

赵明勤奋好学，老师和同学都很喜欢他，老员外也经常夸奖赵明有出息！继母一听这话心里就忌妒，怕他日后继承家产，变本加厉地刁难赵明，张口就骂，抬手就打，老员外也无奈。

又到了大比之年，老员外给赵明准备好行李、马匹、盘费，让赵明进京赶考，继母觉得是除掉赵明的好机会。于是她雇了几个杀手，在半路上将赵明打了个半死，然后把马匹、行李、银子都抢走了。

赵明并没灰心，忍着伤痛，一步一步吃力地向前爬！劳累、饥饿，再加伤势过重，昏倒在荒野山坡上。

不知过了多久，他清醒过来了，觉得口中湿润清凉，睁眼一看，一位花容月貌的少女，正吻着自己的嘴喂水，他一骨碌身坐了起来，吃惊地问道："你是谁家姑娘？为何独自一人在这荒岭之中？""奴家姓狐名月，家就住岭后，今天一早出来采药，碰见公子遇难，特来相救。你的腿被打断了，奴家为你敷了接骨药，这才不疼了，公子随我来！"那女子搀扶着赵明来到一座青堂瓦舍的大院套。这里清静幽雅，别具一格，狐月喊了一声说："摆宴！"不一会，婢女仆人，来往如穿梭，将酒宴摆上，狐月伸手示意说："公子，请！"赵明在家也常吃宴席，可比不上这顿宴席。酒过三巡，菜过五味，狐月说："公子，离开考日期还远，不如在这多住些日子，养一养伤，奴家帮你补一补功课，到考场上也好有把握一些。"赵明也正有此意，便答应住了下来。

赵明见狐月美如天仙，又有才学，心里早就喜欢上她了。"四书"、"五经"，天文地理，南朝北国，无不通晓，大长见识。交谈中情投意合，两个人感情融洽，便私订了终身。

一晃半月有余，赵明学问大增，狐月说："公子，考期临近，奴家也不留你了，前程要紧，收拾收拾起程吧！日后中榜别忘了奴家……"说着拿出一百两雪花白银送给赵明，赵明感动得不知说啥好了。一对情人难舍难离，狐月一直送出十里之遥，这才洒泪而别。

赵明顺利地来到京城，非常轻松地考中榜首，回家祭祖时，途中寻找狐月，那青堂瓦舍的宅院，早已无影无踪，分明是一片乱草蓬蒿野地，让他好生想念狐月，无限伤感：失去了心上人，求名求利又有何用？

等赵明回到家乡一看，父母和狐月老早接出村外，他又惊又喜，下马拜见过爹娘，然后走到狐月近前疑惑不解地问道："贤妻，你让我好找，啥时来家的？""夫君，奴家为了替你堂前行孝，你走第二天，我就来到公婆身旁，服侍二老。"继母眼含泪花激动地说："明儿，你找了个贤孝好媳妇，以前为娘对你有偏见，虐待你，思想起来，为娘感到惭愧……""娘，您不要自责，没有您严厉教诲，孩儿也不会成材。"

打那以后，赵明对待继母像对待生母一样，继母经常悔恨自责，逢人就夸："赵明虽不是我亲生的儿子，可比我亲生的还亲！"

讲　　述：袁喜林　70 岁

记　　录：袁秀荣　女　50 岁

采录时间：2006 年

管鸡叫"咕咕"的由来

相传，有个马家堡子村。这个村子背靠着大山，一条齐胸深的河从整个村子穿过，这里的村民大都靠种地为生。

在马家堡子的紧东头，山根底下住着这样的一户人家，是一对小两口和他们刚出生不久的儿子马壮，还有未出阁的妹妹在一起过日子。他们靠做豆腐来维持生活，一家人的日子过得挺和睦。

可是就在马壮长到六个月的时候，正值数九隆冬，天连降大雪，家里早已没有了做豆腐用的烧柴了。哥哥和嫂子就把马壮让妹妹看管，冒雪上山砍柴去了，因为下雪路滑，两人都掉下了山崖，双双丧了命，扔下了只有几个月大的小马壮。小马壮也没有别的亲人，只有和姑姑相依为命，姑姑只有一个心思，想把哥哥嫂子扔下的这个马家的独苗拉扯成人。害怕带孩子嫁人，日后马壮受气，也就一直没有出嫁，靠给大户人家做针线来勉强度日。小马壮和姑姑的感情也特别深，孩子学会的第一句话就是叫"姑姑"。这个孩子又聪明又健康。

在孩子长到三岁的时候，马家堡子附近村屯闹起了恐慌和不安，因为隔三差五地就有村民家的小孩子丢失，有的孩子没出家门就没了踪影，不少丢失的孩子在荒郊野地找到了尸身，身上的血被吸干，心脏也没了。据说，在后山有个狐狸洞，洞里有个黑狐狸，专抓童男童女，得喝七七四十九个孩子的血，就能成精。害得十里八村有孩子的人家都特别惊慌，村民对这个野狐狸更是恨之入骨。

马壮的姑姑知道此事后，更是小心提防，不错眼珠地看护马壮。即便是在这春暖花开的季节，天不黑，也就早早地关门闭户，生怕小马壮有个一差二错，对不起死去的哥哥和嫂子。

有一天，天还没亮，马壮正在酣睡中，就响起急促的敲门声，马壮的姑姑小心问道："谁呀?"门外传来一个男人的回答说："我是孩子的远房舅舅!"并说姑姑一个人拉扯孩子不容易，是来接孩子过去的。姑姑心想，从来就没有听说过孩子有过什么远房舅舅。

姑姑知道事情不妙，来者不善，自己又身单力孤，房屋的门窗又年久失修，不开门，惹恼了他，硬碰硬是不行的，也只好将计就计，走一步算一步了。就点亮了屋中所有的蜡烛，又随手把做针线活用的剪子揣在怀里，定了定神，就去开了门。这时从门外进来了一个陌生的细眼男人，穿一身黑色衣服。那个男人进屋看到正在熟睡的孩子，就着急要抱走。姑姑赶忙上前，满脸带笑地拦住说："他舅舅，既然是大老远地来接孩子，也算结了我的一个大的心病，我一个女人家带个孩子，总不是个长久事，我还求之不得呢。让我收拾几件孩子随身穿的衣服，你好一并带去。"细眼男人无奈，只好硬着头皮等马壮的姑姑慢条斯理地给孩子收拾衣物，还时不时看看门外的天。这时天快亮了，细眼男人很是着急，一手接过孩子的衣服包，一手就要去抱熟睡的马壮。姑姑用自己的身子挡住说："孩子很认生，得先把孩子叫醒，好认舅舅。"一边在叫醒孩子，告诉睡眼惺忪的孩子，眼前的男人是舅舅。孩子也不肯叫，只是双手使劲地扳住姑姑的肩膀。细眼男人也没有心思来理会这些，只是一味地催促快点干。姑姑说："孩子平时爱干净，得带上他常用的洗澡盆。"边说边顺手从墙上摘下那个木头澡盆，就往门外走，要送他们到门口。细眼男人嘴角露出了一丝不易觉察的笑意。

这时天有些灰蒙蒙的，他到了门口要把孩子从姑姑怀里接过去，姑姑往后退一步说："我去给孩子洗洗脸，你再抱走。"也没容那男人同意，边说边下了河堤去给孩子洗脸。细眼男人手里拿着衣服包站在河堤上，脸上露出了得意的笑容。姑姑蹲在河边给孩子洗脸，顺手把孩子放进木头澡盆里，随手使劲一推，澡盆被推到了河中间。这时站在河堤上的细眼男人一看，突然明白了过来，把手中的包裹向姑姑抛了过来，打在了河中，他就气急败坏地向河中的澡盆冲去。姑姑害怕细眼男人把澡盆开翻，就从怀中掏出那把剪子，向细眼男人扎去，一下扎到细眼男人的胳膊上，痛得细眼男人"哇哇"大叫。姑姑在河水边和细眼男人厮打起来。这时装着马壮的澡盆在河中间打了两个漩，就顺水漂走了，澡盆中的小马壮哭叫着挥着小手喊着："姑姑……。"在河水里和细眼男人厮打的姑姑，看见小马壮安全地漂走，急中生智，学起公鸡鸣叫，这时整个村子里的公鸡也都随着姑姑的鸣叫声一起鸣叫，天一下子大亮。细眼男人无奈地显了原形，原来是一条黑色的细眼狐狸。狐狸挣脱着想要逃跑，姑姑见此情景更是恨之入骨，就是这只狐狸它伤害了多少无辜的孩子，使多少家庭失去了骨肉至亲，搅扰得四邻不安，一定要为乡亲们报仇，绝不能放狐归山，以免以后再来残害百姓。姑姑就死死地用双手卡住狐狸的脖子不放，狐狸咬住姑姑的大腿不松口。姑姑决定和这个狐狸同归于尽，用尽全身力气，摁住狐狸的脑袋向河水深的地方拖去，姑姑和狐狸都被水淹没了，狐狸被淹死了，姑姑最终变成了一只鸡，飞上河堤，飞走了。

马家堡子的乡亲们看到了老天被感动，天一下子大亮的奇特现象，也听到了顺水漂走的小马壮的哭叫声，就把孩子从河水里的澡盆中救了上来，马家堡子的乡亲们收留了小马壮，小马壮是吃百家饭长大的。打那以后，小马壮一见到鸡就亲昵地叫“姑姑”。十里八村的乡亲们为了感谢和报答勇敢、善良的姑姑，就筹钱让小马壮入私塾。马壮长大后真的科考了七品知县，给老马家光宗耀祖。可他还是习惯给鸡叫“姑姑”，百姓一看，县太爷这个父母官都给鸡叫“姑姑”，那平民百姓也不能例外啊！也跟着一起管鸡叫“姑姑”，这样一来也就叫开了，也就成了现在的谐音“咕咕”。

采　录：岳　男

邻居

样子沟屯河东有两户人家，东院媳妇叫张淑平，三十多岁，生来好斗、不讲理，屯子人们背后叫她“张不说理”。西院媳妇叫高亚杰，比东院媳妇小两岁，脾气暴躁，外号“小辣椒”。两个娘们针尖对麦芒，谁也不服谁。

一天，张不说理三妹妹生孩子，她去伺候月子，满月回来后，发现家里的大黄鸡没了。碰巧西院粪堆上有黄色鸡毛，便怀疑西院小辣椒把黄母鸡偷去杀吃了。

小辣椒做完午饭，端着盆出外倒水，张不说理开腔骂道：“偷人家的小鸡吃不怕手生疔，长绝症……”小辣椒一听火了，将剩下的少半盆脏水泼到张不说理的脸上，吼道：“张不说理，别乱嚼舌头，弄清了再放屁，谁偷你家鸡吃不得好死，屈赖人出门就得让车撞死!”

张不说理没理辩三分，不依不饶地问道：“你没偷鸡接啥茬啊？还是心里有鬼。”小辣椒也不让步，理直气壮地说：“这疙瘩就两户人家，你不骂我骂谁呢？你这个臭婊子，再骂我把嘴给你撕开!”“损养汉的，粪堆上的鸡毛就是证据，你家养鸡了吗？事实面前还有啥抵赖的?”“一样东西有的是，都是你家的？我看你有点不知羞耻。”“养汉的啥事干不出来……”

两个人骂着吵着出了院门，各不相让，扭打在一起。张不说理把小辣椒的头发薅下来两缕子，小辣椒把张不说理衣袖扯掉了，嘴牙子也打出血了。你拽我扯，厮巴到柴火垛边上，突然打里面蹿出只黄母鸡“咯咯”地跑了过去，接着“叽叽喳喳”跑出一帮鸡崽子来，小辣椒一看更生气了，使劲一推，张不说理闹了个倒仰，她指着张不说理的鼻子说：“臭婊子，睁开你的狗眼看看，这不是你家的老母鸡和鸡崽子吗？你还有啥话可说的?”

原来张不说理家的小黄老丢蛋，张不说理以为黄母鸡把蛋下到别处去了，也没有在意。她给妹妹伺候月子期间，黄母鸡就在柴火垛里抱窝了。

事也凑巧，小辣椒丈夫过生日，小姑子给送来只黄母鸡，正好桌上有鱼没鸡，就把小黄鸡杀了凑道菜。张不说理见西院门前粪堆上有黄母鸡毛，认定就是小辣椒偷去杀吃了，所以造成这场误会。

张不说理羞臊得没处猫没处躲的，觉得这才叫光腚子拉磨——转圈丢人。尴尬了半天，站起身来捡了根树条子，一边抽打黄母鸡，一边往院走，嘴里叨唠说："死老抱子，我让你不着家，看我不打死你的……"

小辣椒上前一把拽住张不说理问道："张不说理，你别装做打鸡遮羞，我还背着偷鸡贼的名咋办？你得给我恢复名誉！"张不说理"扑通"跪在地上哭着说："大妹子，都怪我没有调查，错怪了你，打我两个嘴巴解解气！要不这窝鸡崽子连老抱子就归你了！"

小辣椒头次见张不说理服软，心里的气也就消了一半，夹了她一眼说："看在邻居的分上，不与你计较，起来吧！"

张不讲理满面羞愧地回家了。到了晚上，端过一大碗小鸡炖蘑菇，放在桌子上说："大妹子，咱俩今天争吵都因这只鸡引起的，为了表达咱俩家和好，我把鸡杀了，吃了这碗鸡肉，也算补偿你的精神损失。通过这件事，以后咱俩家就和好了。"逗得小辣椒"噗嗤"一声笑了。

后来两家和睦相处，再也没吵过架。

讲　　述：王　义
记　　录：王　华
采录时间：2006 年

人狐情缘

北甸子屯是一片涝洼塘，一下大雨就挨淹，人们就在房前屋后种稻子。稻子产量低，没多大收入，一年到头紧巴巴的。

屯里有个叫王贵的后生，独身一人，二十六七了，还没娶上媳妇，种几亩稻子还不够自己一年的口粮，无奈只好到邻屯一家烧锅打工。

一天，王贵到邻屯金家烧锅去要工钱，走到南河套边上，影影绰绰见河下游过来两个猎人，也没在意，刚迈上独木桥，就见岸边水漏子里有两只火狐狸，有猫那么大，正在酣睡。王贵急忙薅了一抱蒿草苫在火狐狸身上，又把附近的狐狸爪印用脚踢平。这时两个猎人走到近前。王贵一看认识，原来是北屯张一枪和刘大杂种。张一枪打招呼说："王兄弟，在这干啥呢？""这不给我家毛驴子和大鹅拔些蒿子和草，张口物不喂闹得慌。"三个人唠了几句闲嗑分手了。

王贵见两个人走远，这才把两只火狐狸捅醒说："快醒醒！快醒醒！要不是刚才我用蒿草把你们俩遮盖上命就没了。张一枪和刘大杂种往西去了，你们俩往东边跑！"狐狸似乎听明白王贵的话，点了点头，奔东边方向逃之夭夭。王贵奇怪的是，两只狐狸身上有股酒味。

一晃半个月过去了，王贵正在家里吃晚饭，忽听外边有人敲门，王贵随口问道："谁呀？""给王大哥送酒来了！"是个女子声音。王贵一寻思，压根跟女人没来往，尤其这女人声音又不熟，无故送酒没什么好事，便拒绝说："你拿回去吧，我这还有一桶酒呢。"门外的女子说："我们离这很远，今晚回不去了，在你这借宿一夜行吗？"王贵说："不行，男女有别，授受不亲，我这又不是客栈，你们快走吧！""快开门，不行也得行！"

王贵一听门外女子说话挺硬气，非常生气，把房门插得牢牢的，又用桌椅板凳顶住。心想，看你还怎么进来，时间一久，你就得走了。他撤下碗筷和桌子，正要扫炕睡觉，就听那女子说："王大哥，你真不让我们进去？”王贵说：“别啰嗦，死了这份心吧，别打扰我睡觉！”那女子说：“王大哥对不起，我可要破门而入了。”说着用手一指，房门“哗啦”一声开了，从门外走进来两个如花似玉的大姑娘。

王贵吓得不得了，哆哆嗦嗦地说：“你们俩要干啥？”两位姑娘说：“王大哥，我叫凤娇，她叫凤奴，送好酒好菜报答大哥的救命之恩来了。”王贵纳闷：自己啥时救过她们姐妹俩的命呢？他百思不解。既然人家送酒送菜，也是一片情意，只好同意留了下来。再一细看两个姑娘美如天仙，含情脉脉，令人倾倒。可他心里还是有些顾忌，毕竟男女有别，还不知她们的来历，犹豫不决。

两位姑娘看透了王贵的心思，便深情地说：“王大哥，如果你难为情的话，我们姐俩做你的媳妇如何，总可以同居一室了吧？”王贵左思右想，如果再不同意怕错过机会，以后难遇这样好事，这么漂亮的姑娘世间罕见，瞅上一眼心里也舒服。于是点头答应了。良宵苦短，这一夜嬉笑耍闹，欢乐无比。

第二天早上，天刚放亮，凤娇凤奴穿上衣服下地，匆匆忙忙地走了。王贵趿拉着鞋撵到外面，两个姑娘眨眼间不见了。王贵后悔不迭，忘问姑娘晚上还来不来。站在大门外失神地向远方张望，自己的心竟被两个姑娘带走了，让人好想啊！他回味着两个姑娘的美貌多情，心里感到无限空虚。

王贵茶不思，饭不想，坐卧不宁，恨不得立时见到凤娇和凤奴。烧锅金掌柜的派人找他上工，他谎说有病去不了，焦急不安地盼着日落月出。

光阴慢慢地流淌，时时刻刻都在折磨着人。他等啊，盼啊，可下子挨到天黑，凤娇凤奴又来了，手里拎着两个竹篮子，闻着喷香。王贵心里像开了两扇门，如同黑夜里送来一颗夜明珠，急忙上前牵手迎进屋去，好一番亲热，然后忙乎着做饭炒菜，凤娇凤奴说：“王大哥，别费事了，酒菜我们带来了，既然我们姐俩答应许你为妻，今夜就拜堂成亲！”

三人急忙排摆香案，月亮为媒，院里鲜花作证，愿夫妻三人生死相随，爱到天荒地老。夫妻拜罢天地，放上桌子，摆上酒菜，三人开怀畅饮，一直喝到天亮，凤娇凤奴又急匆匆离去。

一连数日如此。烧锅金掌柜一寻思，王贵这么多天不来上工，莫非他不想干了，还是在家干啥私活呢？于是他派管家于二和尚前去打探。于二和尚来到王贵家趴窗户缝一瞅，王贵正在炕上睡觉，看样像是有病。

于二和尚家住屯东头，每天上下工都要路过王贵家门口，他奇怪地发现王贵家整夜亮着灯，还有女人说话声。他来到窗前，舔破窗户纸渺目往里观看，立时惊呆了：嗬，真乃月里嫦娥下凡，俊俏无比，世间怎么会有这么漂亮的绝色佳人？简直不相信自己的眼睛，看得都直淌哈喇子。站久了觉得腿酸，这才恋恋不舍地离去。

第二天早上，于二和尚把昨夜在王贵家偷看到的情景一说，金掌柜的"呸"的一口吐沫，吐在于二和尚的脸上说："大白天尽说梦话，天下哪有这么漂亮的女人？想是你看走了眼，再说这么好看的姑娘怎么会跟个穷鬼？""东家不信可亲自去一趟，不就清楚了吗？"

到了晚上，金掌柜的跟于二和尚来到王贵家，趴窗户缝一看，可不是咋的，只见两位姑娘长得眉清目秀，唇红齿白，头上环佩"叮当"作响。一个穿红色连衣纱裙，一个穿绿色连衣纱裙，举止言谈有大家闺秀风范，如九天仙女下凡一般，惊呆了半晌，这时王贵出外解手，才将两个人惊散。

于二和尚卑躬屈膝献媚说："东家，你看姑娘长得怎么样？奴才不说谎吧！""昨夜本东家算是饱了眼福，于二和尚提供美人有功，本东家赏你十两银子！"说着从怀里掏出银子递给了于二和尚，于二和尚乐得手舞足蹈。金掌柜的眉头一皱，计上心来，趴在于二和尚耳边嘀咕了几句。于二和尚一竖大拇指说："太妙了！真不愧做东家的，就是聪明！"

第二天早上，于二和尚来到王贵家说："王大哥，东家让你去一趟，干不干给个回话，连把以前的工钱结了。"王贵也觉得东家说得对，去不去得给个准信，东家也好有个安排，再说也不能老在家猫着，过花天酒地生活。于是他跟着于二和尚来到烧锅。

金掌柜的一反常态说："王老弟，听说你有病挺重，老哥哥没能抽出空前去看望你。这些年来你为哥哥效力，心里有些过意不去，实在抱歉，今天把你找来，就是为你摆酒接风，略表寸心！"王贵深感东家的恩德，跟金掌柜的在一起喝上了酒。金掌柜的和他对饮了几杯后，又让于二和尚陪他喝，接着又有几个工头陪他共饮，左一杯，右一杯，一直喝到日落，就觉得天旋地转，烂醉如泥，趴在桌子上睡着了。

傍眼前黑时，金掌柜的领着几个心腹，包围了王贵的住宅。金掌柜的坐在屋里专等两个姑娘上钩，软的不行，就动硬的抢走。左等也不来，右等也不来，快到天亮了。金掌柜的恼羞成怒，吩咐手下把王贵的房子烧了！

王贵醒来已是第二天早上，回家一看，三间房子变成一片瓦砾，王贵立时晕倒在地。乡亲们过来掐人中，拍前胸，捶后背，过了好长时间才苏醒过来，放声大哭，边哭边叨咕说："老天爷呀为啥这样折磨我呀，我招谁惹谁了，放火人不遭报应，老天不公啊……"有个街坊说："王贵啊，想开点，哭死又有啥用，你不有个姑姑在杏花镇住吗，先到她那里住段日子，等心情好了，乡亲们再帮你把房子修上。"王贵一想也倒是，只好奔姑姑家去。

姑姑比王贵大两岁，在杏花镇上开杂货店，正好缺人手，非常热情地接纳了他，让他帮着打杂进货。当天晚上，凤娇凤奴又找上门来，姑姑一看，两个姑娘俊雅无双，真是侄子的福气。也答应她们住了下来，单打扫了一个房间，三个人仍然和往常一样，恩恩爱爱，搂抱亲吻。此时王贵早把烦恼抛到九霄云外去了。一直唠到深夜，凤娇说："夫君，寄人篱下，那碗饭也难吃。不如咱们自己租个房子，开个酒馆，挣一吊是一吊。""贤妻尽说梦话，我连个窝住都没有，哪来的本钱开店呢？""夫君莫愁，为妻在娘家时，倒攒下了一些积蓄，明日咱们就跟姑姑说，帮咱们买几间临街房子，修饰修饰就开张！"

王贵把自己打算跟姑姑一说，姑姑非常支持，帮着买下了五间门面房，装修得非常豪华。"聚仙居"酒馆开张了，人美酒香，买卖越做越兴旺。聚仙居酒馆的名字一传十，十传百，方圆几十里都知道了，喝酒人络绎不绝。

一晃三年过去了，凤娇凤奴说："夫君，我们要分手了，实话告诉你吧，我们姐俩并非你们人类，是狐仙家族，只因那日母亲过生日，多贪了几杯酒，哪料醉卧在水漏子里，遇见夫君相救。为报答君恩，以身相许。金家烧锅掌柜的烧了咱们的房子，为妻用搬运法将他家的银子搬来买的聚仙居，又搬运他家的酒来卖。这下金家的烧锅也赔黄了，得到了报应，我们也该走了。""娘子，你们走了会想死我的，能不能不走呢？""夫君，咱们缘分已满，不走不行啊，会遭天谴。你想我们时，就冲西南喊三声：'凤娇凤奴我想你们了！'我们很快就能见面。"说完姐俩收拾一下东西，抹身出门转眼不见了。

自打妻子走后，王贵大哭了三天，哪有心思料理生意，茶不思，饭不想，肝肠寸断，悲痛欲绝。正在绝望中，忽然想起了妻子的话，就冲西南方向喊道："凤娇凤奴我想你们了！"凤娇凤奴真的来了，夫妻相聚一回，悲喜交加。可妻子走了他就想，三天呼一回，两天呼一次，到二十次的时候，凤娇凤奴对王贵说："为妻只有二十一次见面的机会，现在夫君已经呼我二十次，还有一次机会了。"两位妻子又陪他住了一宿，天一亮姐俩又走了。只剩下一次机会了，王贵不敢再呼了，留着万不得已时再呼。

媒人踏破门槛子，王贵都一一谢绝了，直到七十多岁，仍不张罗续娶，思念成疾，医治无效，临死前冲西南方向大呼道："凤娇凤奴我想死你们了！"正要咽气时，凤娇凤奴来了，还像以前那样年轻漂亮，免不了又是一阵伤悲，哭着哭着没气了。

凤娇凤奴雇人把王贵葬了，到坟上烧了些纸，姐俩化做两股清风走了。

采　录： 王　华　孙喜臣

采录时间： 2007 年

看人下菜碟

山把头老田，领着几个兄弟在长白老林里挖了好几年棒槌，也没挖着像样的大参，临下山时挖到一棵千年人参，到营口一下子卖了一千两银子，哥几个高兴之余到饭店想大吃一顿，好回河北老家过年。哥几个来到一家名贵酒楼，坐下之后，等了半天也没人来问，把头老田一拍桌子吼道："掌柜的，上酒上菜！"店小二急忙跑过来问道："几位客官，想吃苞米面大饼子，还是小米粥，有小咸菜，豆腐脑……"老田生气地喊道："我想吃活人脑子，你有吗？"

掌柜的听见这边吵起来了，急忙凑了过来，一瞅这几个老客，满脸污垢，披着破皮袄，脚上穿旧靰鞡，夹着破行李卷。也没把他们看在眼里，不紧不慢地坐在椅子上撇着嘴问道："你们几个想用点什么便宜饭菜呀？"老田一听更火了，这是小瞧人，生气地说："本大爷想吃的恐怕你这没有。"掌柜的用鼻子哼道："要啥有啥，要吃活人脑子现砸！"老田非要叫板说："活人脑子多少钱一盘？"掌柜的见他们穿戴得很寒酸，兜里连二两银子都不一定有，赌气说："五百两银子一盘！"老田也不让步说："先给我上两盘。如果好吃就再来两盘子！"说着从行李卷里捧出一千两雪花白银。

老田这一举动，把吃饭的人造愣了，掌柜的也吓傻了，他急忙站起身来，躬身拱手道歉说："这位大爷，都怪小人有眼无珠，小瞧了你老人家！多有得罪，这顿酒饭钱就免了，也算给您赔罪了。"老田连连摆手说："吃起饭给起钱，我又不是来讹你来的，赶紧给我上活人脑子！"众客人对掌柜的做法也挺气愤。责骂他说："狗眼看人低。"掌柜的吓得央求客人们讲情，并把老田请到楼上雅间，倒茶上酒，送菜端饭，连连赔不是。老田吃喝完了，按价付了钱，教训掌柜的说："今后不要小瞧人，别净打鸟米眼往上瞧。"打那以后，这家酒楼再也不敢傲慢穷人了。

讲　　述：刘凤英　记　　录：赵红梅

采录时间：2007 年

十两银子

从前，有两个非常要好的朋友，张三和李四。张三好吃懒做，是个非常精明却总爱占小便宜的人。经常在朋友家混吃混喝，凭着他那三寸不烂之舌，也蒙混结交了不少弟兄。张三手里一缺钱就伸手向朋友借，他的朋友总能慷慨解囊。可很长时间过去了，张三也不提起还钱的事。朋友向他催讨，张三的脑袋摇得跟拨浪鼓似的，愣是装糊涂不认账。惹得亲戚朋友非常气恼，谁也不愿搭理他。一来二去他在人们心目中失去了信任，可唯有李四却始终如一，对张三非常佩服。李四虽然心眼实，却也不笨。他把张三当成了知己，心里有什么解不开的事或是遇到了什么麻烦，就找张三吐苦水，张三凭着那三寸不烂之舌，说得李四心花怒放。而且照着张三说的做了之后，效果非常好，李四从此更加崇拜张三。两个人经常是今朝有酒今朝醉，明日没酒现颠对。日久天长俩人把家产挥霍一空，没钱没粮了，张三就给李四出了个主意："骗"。可骗得了今天骗不了明日，时间一久，再也没人搭理他俩了。两个人只好走出村子，端着饭碗要饭去了。他们虽然衣衫褴褛，饥不择食，两个人却不知愁，自慰说："瞧咱们过得多好，优哉游哉，过着神仙般的日子。不用费多大劳力就把肚皮填饱了。"

这天，土地爷和山神爷正在一间破山神庙里边下棋边唠嗑。就见两个要饭花子走了进来。他俩走了一天，倒在草垫上就睡着了。山神爷开口说："这俩肉眼凡胎的穷要饭花子，不像吃苦的人，有钱也攒不下，你给他们俩钱却享受不了，反而会惹来杀身之祸。"于是山神爷就扔了十两银子。张三和李四睡得正香，忽听见"咕咚"，什么东西掉在地上的响动，他俩急忙睁开惊恐的眼睛，向四下望了望，就见墙角闪着亮光。"噢，银子！"两个人异口同声地说："是我先看见的！""是我先看见的！"露出了贪婪的神色，猛扑过去，看着这白花花的十两银子，张三兴奋地说："看来天老爷不想让我们贫穷，我们哥俩要发了！"他兴奋得手舞足蹈，使劲地摇晃着还在那儿发愣的李四。李四如坠云雾，不相信这是真的。他使劲给了自己一个嘴巴，“啪”！打痛了，他咧嘴乐了，看来这是真的。两个人这时又重新倒在草垫子上，他们的内心却不能平静，各自想着心事。张三折腾一宿也没合眼，李四恍惚间眼前闪现无数白花花的银子。就这样他们终于挨到了天亮。

两人商量后决定庆贺一下，张三手里捧着十两银子，打发李四买些酒菜。张三倒在地上，心眼儿又开始活动了，自言自语地说：“这钱不能分给李四，得想法除掉他，自己一个人能够享受一阵子了，无毒不丈夫。”他面目狰狞，露出可怕的神情。于是他心生一计……。且说李四也不笨，他见了银子也起了贪心，心里琢磨开了。两腿却朝药铺走去，向掌柜的买了些砒霜揣在怀里。又来到集上，自己要了一只熏鸡，开始啃上了。饭后又买了份饭菜拎了回去。他一路上乐颠颠地想着那即将到手的十两银子。张三从门后闪出，蹑手蹑脚早已走到他背后，手里拿着木棒向李四的头上打去，李四应声倒地。张三看了看李四的尸体，得意得哈哈大笑：“哼，还想和我争这十两银子，也不撒泡尿照照自己啥德行！”说完他狼吞虎咽将饭菜吃了下去。不大一会就觉得肚子里翻江倒海一样疼痛，让他痛不欲生。没多久，两腿一伸，瞪着一双不甘心的眼睛死去了。

山神爷从山顶上目睹发生的一切。他从山顶上直飘了下来，用拐杖磕了三下地。地面上裂开一道门，土地爷从里面走出来。山神爷手捻银须说：“怎么样老兄，我那十根胡须变成的银子让他们丧了命。他们没那命享受这十两银子！”土地爷遗憾地摇摇头：想不到人间竟有这样龌龊的人。说完两位神仙各自不见了踪影。

讲　　述：王淑文
记　　录：管彤彤　女　15 岁　初中
采录时间：2007 年

十两银子买句话

很久以前，在关东柳条边里住着个羊倌叫李海。李海八九岁上就没有了爹娘，在后婶家长大。每天给地主放牛，干了五六年活，辛辛苦苦攒了四十吊钱。后婶对李海说："你好好干，等把钱攒多了，就给你说个媳妇成个家。"

有一天，李海听见门外有人喊道："卖画了！"他跑出去一看，原来是个老道。便问道："你卖的画在哪？"老道说："我卖的不是看的画，是听的话，你要想买，得先给我钱。"李海一琢磨，老道卖的话想必是贵重，于是又问道："多少钱？"老道说："我的话共有四句，一句十吊钱。"李海就把攒下的四十吊钱拿出来，买下了这样的四句话："不染朋友妻；外财不图惜；听话听到底；害人害自己。"

回到家里，后婶听说后，气得破口大骂："你这个败家子，有钱买啥不好，你却买几句臭话，能当饭吃，还是能当水喝？你不想呆，就滚！"接着，就把李海撵出了家门。

李海无处安身，信马由缰，翻过一山又一山，趟过一河又一河，不知走了多远。

这一日，天像下火似的，烤得李海喘不过气来，就直奔松树林子里走去。可是，脚却被路边的一个什么东西绊了一跤，低头一看，原来是一个装满了银子的钱褡子。这下可把李海乐坏了。真是老天爷饿不死瞎家雀。他拾起银子刚要走，忽然想起买的那四句话里"外财不图惜"的一句。对呀！我把银子捡走了，丢银子的人不定多着急呢？怎能见便宜就贪呢！于是，李海斜靠着一块大石头坐了下来，等着丢钱的人。

等了半日，也不见有人来找钱。刚迷糊着，忽听附近有人哭。顺哭声一找，见前面树下有个人一边哭，一边往树上搭绳子。李海赶忙跑过去，对那人说："这位大哥，有啥为难之事，要寻短见呢？"那人回答说："我叫李才，家住前岭，是给人家跑外柜的，今天要账回来，不小心把东家的银子丢了。我没法交账，只好上吊算啦，唉！”说着又流出泪来。

李海听了，顺手把褡子交给李才。李才接过银子，转悲为喜，感激得不得了。他看李海老实巴交，又没爹没娘，孤身一人。就让李海到家中去，两个结为兄弟，一块过日子。

李才每天都出去给人家要账，有时十几天不上家，李海除了上山砍柴、捡粪，一有闲空就帮嫂子干些零活。

光阴似箭，一晃李海在李家住了四五年，个子比以前高了，模样也俊了。

这阵子，嫂子看李海越来越顺眼，人又聪明能干、勤快，便起了奸心，天天引逗李海。起初李海真有点动心，猛然间想起了四句话中有一句是“不染朋友妻”，就打消了自己的邪念，不再理睬嫂子的调情了。

嫂子使尽了花招，想法加害李海。没等李海回来，就在丈夫的面前说李海趁他不在家时调戏她，半夜三更敲她的门。李才开始不相信，可是后来，架不住老婆的枕边风，也就信了。

有一天晌午，李海砍柴回来，就听哥哥和嫂子在屋里嘀咕什么，隐隐约约听哥哥说：“他救过我的命，我不好下手……”嫂子说：“他不仁，咱不义，你下不了手，我想办法。”本来李海不想听下去，但马上想起自己买的话中，其中一句是“听话听到底”，就附身仔细听起来。原来，李才和老婆花钱买通了两个烧炭窑的炭黑子，趁李海今天晚上送饭的时候把李海送进炭窑烧死。

到了晚上，李海和往常一样，装着又给炭窑的伙计去送饭，路过土地庙时，就悄悄地躲了起来。

李才和老婆等了好长时候也不见有人来送信，贼人胆虚，很怕害不死李海。就让老婆穿上自己的衣服，戴上自己的帽子，装成男人的模样，到炭窑看个究竟。

两个炭黑子按着事先的约定，左等右等也不见李海到来，早等得不耐烦了，正在着急，忽见有一个人影向这边走来，以为就是李海没错，也没细看，上去一个人卡住脖子，另一个抱住大腿。不容分说，顺手把李才的老婆扔进了红红的炭窑。这真是应了李海的四句话中的最后一句："害人害自己"。

讲　　述：崔永涛
记　　录：崔继英
采录时间：2006年

鬼妻

从前，有家姓魏的人家，老两口一个儿子。儿子叫魏成，整天不务正业，哪有赌局往哪凑合。老头见面就吵，让他学好，他不但不听，就更不着家了。

一天晚上，老太太去喂驴，到驴圈一看，驴没了。邻居小孩说："好像你们家我叔牵走了。"一句话提醒了老两口，不用说，肯定是这孽种干的，他输了钱，偷驴还债。老头气得眼睛都红了，有空就磨刀，非把这败家子杀了不可。

魏成卖了驴还了债，在外边游荡了几天，又没招了，还得回家踅摸点啥卖，好还赌债。他偷偷溜进家门，正要偷自己家的羊，被老太太看见了说："儿子，赶快逃吧，你爹因你偷驴要杀你，刀都磨好了，赶紧远走他乡，千万别回来。"魏成吓得抹身跑了。

黑灯瞎火的，也不知往哪去。他含着眼泪乱走一气，走着走着，突然发现前边有灯光，他就奔灯光走去。到近前一看，是两间小平房，趴窗户缝往屋里一看，见一女子在灯下刺绣。魏成敲了三下窗户，那女子问道："谁呀?""我是过路的，想讨口水喝。""门没插，进来吧。"魏成上前施礼问道："请问小姐，这是什么地方?"那女子抬头打量了一下来人，微笑问道："深更半夜，大哥可要去哪呀?"这一问倒把魏成给问住了。是啊，我往哪去呀？自己也不知道。又一想，孤男寡女的不大方便。魏成愣了一下，那女子已经看出来了，便说："今夜就在这对付一宿吧。等天亮再走行吗?"魏成为难地说："如此说来，魏成感恩不尽，大哥我就在门外蹲一宿吧。"女子低头不语，只是微微笑了笑。

魏成站在门旁，女子把手中活计放下，上炕铺了两床被褥，回头含情脉脉地看着魏成。魏成偷眼看了看女子，长得像朵鲜花，明白了女子的意思，便小心翼翼来到女子身边，坐在炕沿上，眼睛不住在屋的四周瞧着。女子知道他瞧什么，笑着说："郎君，这屋里没别人，我在这里住了好几年了，从没来过一个人，太寂寞，今晚难得相会，这也是缘分。”说着女子流下了眼泪，伸手拉了魏成一把。魏成被感动了，什么都不想了，便上了炕。

第二天一早，魏成没有走的意思，女子更是高兴，魏成就把自己的情况跟女子叙说了一遍。女子也道出自己的姓名，她说：“奴家姓刘，排行老三，家人都叫我刘三小姐。”二人非常投机，当夜许定终身。

夫妻一直唠到天亮，吃完早饭，刘三小姐包了几件值钱衣服和首饰，让魏成去当铺当了，再买些油盐酱醋。临走时三小姐告诉魏成说：“你到当铺当东西时，千万别说出东西是我让你当的。”魏成哼哈答应完，拎着包袱走了。

魏成进城后，光顾高兴了，早把刘三小姐告诉的话忘了。到了当铺，掌柜的见了衣物大吃一惊，问道：“小伙子，这衣物打哪弄来的?”魏成像卖乖似地把遇到三小姐的经过叙说了一番。掌柜的愣了一下，多给了些银子回后屋去了。魏成上街买了些米油，乐颠颠地回家了。

刘三小姐早就算计到了，他跟掌柜的说了实话，急得像热锅上蚂蚁，又气又恨。等魏成回来后，劈头就问：“我不让你说出我的底细，你偏说，这下惹下了塌天大祸。我非教训你一下不可。”说着用手一指，只听“咔吧”一声，屋里出来一股黑雾，接着阴风滚滚，寒气逼人。他想逃出这个屋子，可四处一摸，都是木板，怎么也出不去。魏成苦苦哀求说：“娘子，你饶了我吧，以后你让我咋的，我就咋的。”刘三小姐手一摆，顿时雾消风停。

魏成见刘三小姐脸色铁青，惊呆了，尤其刚才发生的一切，令他心有余悸。刘三小姐见丈夫恐慌的样子，有些心疼，就告诉魏成说：“我是刘家的三小姐，二十岁那年得痨病死了，在这住了十五年了。我已修成鬼仙，能转变人体。我见你小伙子诚实，有心机，虽然没走正道，以后会改掉坏毛病的。我和你只一夜夫妻，以后是你的人了。刚才你去的当铺，正是我的娘家，父母认识我的衣物。我算定了，明天上午，父母领着人来刨坟开棺炼我的尸骨。你赶快去雇车，把我的尸骨挖走，咱们回你家去吧。”

魏成出去一个时辰也没雇回车来。刘三小姐说："干啥也不行，笨死了，看我的！"只见她用秫秸瓤子扎一套车马，吹了一口气，立时变成真车真马，二人收拾了一下东西，带上尸骨上了马车，马上加鞭，车像飞一样奔东边方向去了。

刘家当铺掌柜的，见收到女儿的衣物后，认识女儿的随葬品，便知女儿已成了魔鬼，找来了巫师要将女儿尸骨烧掉。领着街坊邻居来到坟地一看，棺材早已被挖出，棺材盖开着。人们到近前一看，里面是空的，人尸不知去向，只好作罢。

不到半个时辰，马车来到家门口。魏成心想，不就回家偷个毛驴吗，这下娶了媳妇，又有了马车，父亲一定能饶恕自己。高喊："开门！"老太太一看是儿子回来了，跟老伴说："咱儿子回来了，娶了个媳妇，还带回来一辆大马车。"父亲气消了一半。这才把魏成和媳妇接进了屋，全家人杀猪宰羊庆贺儿子有了媳妇。

魏成的舅舅是个阴阳先生，一见刘三小姐就是一愣。外甥是个耍钱鬼，姑娘长这么漂亮，怎么会嫁他？再说在荒山野岭之中出现独身女人，非妖即怪。他一掐算，原来是个女鬼，便跟姐姐说明此事。姐姐不信，儿媳妇挺孝顺的，接人待物挺懂礼节。舅舅说："姐姐你不信，我给你写道符，一试便知。"

第二天，老太太假装去集市上赶集，回到家里说累了，让儿媳妇扶她上炕，趁其不备，将符贴在儿媳妇身上。一瞅儿媳妇竟是一具骷髅，吓得昏死过去。等家人救醒后，人们问咋回事，老太太一个字没敢说，只说累着了。刘三小姐知道婆婆的用意，佯做没事一般。

老太太回娘家去请舅舅降妖，舅舅自知法力不行，为了姐姐和外甥，硬着头皮来。进院后没敢到外甥屋，到上房刚坐稳，老太太叫儿媳妇来点烟，儿媳妇就是不来。找急了，刘三小姐气呼呼地来到井沿，拎着满满一柳罐水，带着柳罐绳来到上屋，说了声："给舅舅点淹（烟）。"说着将水往屋地上一倒，绳子一撒手，接着屋地上的水泛起了波涛，直往上涨，眼看着淹到嘴边上，差点进到肚里，井绳变成了一条大长虫，盘到舅舅脖子上，越勒越紧。老太太急忙哀求说："儿媳妇，快饶了你舅公吧，以后再也不敢冒犯了！"刘三小姐吹了一口气，顿时恢复了原样，点指说："舅舅，不看你外甥的面，就你这点巫术，早让你死去多时了。"舅舅羞愧满面，灰溜溜地走了。

一天晚上，突然来了个老道化缘，坐在院子里，嘴念动咒语。就见刘三小姐在炕上翻身打滚叫唤，不一会儿昏死过去了，过了一个时辰才有了呼吸。

老道走后，刘三小姐才醒了过来，直喊身上好疼。家人来到近前一看，她脱掉了一层皮，家人才明白，刚才老道给她脱掉一层鬼皮。后来人们才知道，点化刘三小姐成人的老道就是天上的太白金星。

采　　录：陈　昊　女　21岁　山东大学　学生

采录时间：2007年

其里不知其外

从前，有个其员外，早年丧妻，膝下只有一子名叫其里。其里自幼聪明伶俐，为人正直厚道。老员外难耐寂寞，又续弦娶二房刁氏。不到一年，刁氏又生了个男孩叫其外。

一晃十年过去了，其里长成了英俊少年，老员外有意让其里掌管家业。可刁氏心里非常妒忌，她怕日后其里独据家产，心生歹计，花钱买通外村巫医。

突然一天，刁氏翻身打滚嚎叫，寻死觅活的，非点名要请那位巫医治病。巫医切了切脉，长叹一声说："准备后事吧！"老员外跪在地上哀求说："大夫，想啥办法也得救活我妻子，要啥给啥！""太难了，主要是药引子不好掏弄，必须得乙丑年七月十五日半夜子时生的少年心，如果三七二十一天找不到药引子，就是神仙也救不了。"

于是老员外就派人四处寻访这个时辰生的少年。眼看刁氏死期快到了，仍然一无所获，老员外急得如热锅上的蚂蚁坐卧不宁，刁氏的丫环对老员外说："老爷，咱们家大少爷就是这个时辰。"老员外犹豫了半晌，终于下决心杀掉大儿子救老婆，便吩咐管家其云，夜里三更天把其里的心挖出来给夫人做药引子。

其员外是个实在人，对其里感情非常好，心里明镜似的，他转念一想，刁氏心术不正，其外输要不成人，以后自己靠谁呀。费了好一番脑筋，想出个主意来：他杀了一条黑狗，把狗心挖出来充当其里心交给了刁氏，然后将黑狗埋在后花园的葡萄架下。给其里拿了点盘费，打后花园角门放走了。

其里刚逃出后角门，刁氏不放心，硬要见尸，管家被逼无奈，只好实话实说，刁氏又撒娇又放刁，老员外只好派人去追，其里见后边有人追，拼命地奔跑，一不留神掉进一口枯井，人们追到天亮没见人影，只好回去交差。

自打其里掉进枯井后，心想，这下死定了，在井里摸了半天，井里还有个洞，顺着洞往前爬，发现里面有光亮。来到光亮近前一看，是一颗夜明珠在闪闪发光。正在好奇地摆弄观看，忽闻有股香气扑鼻，顺着香味寻去，来到里面用夜明珠一照，有个锅灶，锅里还冒着气，掀开锅盖一看，锅里蒸着九头面牛、两岁画老虎、两条小面龙，活灵活现，栩栩如生。这会儿他觉得肚子有点饿，一溜气吃个精光，就觉得浑身骨节响，身上有了无穷的力量。他顺洞又往前走，走着走着发现前边有亮光，来到近前一看，果然是个洞口，发现自己已经走出枯井，天也放亮了。

其里从早上走到傍晚，来到一个集镇上。就见一伙人抬着轿子，哭哭啼啼往街西走，人们摇头叹息交头接耳。其里上前一打听才知道，在离屯五里之遥有座山神庙，最近两年山神庙里来了个黄面怪，经常到附近村屯吃人。人们逢年遇节给黄面怪供奉一对童男童女，方保太平。今天又到给黄面怪送祭礼的日子了，乡亲们花重金买了对童男童女到庙里供奉，其里上前拦住轿子说："乡亲们，不要白白断送两条性命，今天我庙里降妖，为乡亲们除害！"人们见其里如此侠义，都跪在地上磕头谢恩。其里抱下童男童女，自己上了轿子，来到山神庙，打发众人后，自己坐在供桌上闭目养神。

到了夜里三更天，只听外面狂风大作，飞沙走石。接着庙门大开，进来一怪，"哇哇"大叫，伸出簸箕那么大的双手直奔其里抓来，其里就势抓住妖怪的手腕子，使劲抡了一圈，然后摔在地上，只听"咕咚"一声，屋里再也没动静了，点着蜡烛一照，黄面怪物变成一堆金元宝。

天刚放亮，乡亲们手持刀枪棍棒来营救其里，见其里安然无恙，这才放心。其里把金元宝分给乡亲们一半，剩下一半自己当路费，雇了辆马车进京赶考去了。

路上又遇上几个地痞调戏一个姑娘，其里上前一顿拳脚，将几个地痞打跑了。姑娘获救后，非要以身相许，其里见姑娘美貌多情，便答应了这门亲事，当夜插草为香，夫妻你情我意拜了天地。

夫妻来到京城，没多久其里考上了头名状元，又将夜明珠献给皇上，皇上龙颜大悦，封他为四品知府。其里坐着八抬大轿回家夸官祭祖，刁氏觉得又羞又愧，厚颜无耻地问道："儿啊，你走了这么长时间，在外边是怎么度过的?"其里就把那日逃出家门的经过叙述了一番。

其里处理完一切事物，回京面君。刁氏反复一盘算：其里掉枯井里得这么多好处，又做了大官。莫不如将其外也推到枯井里，兴许运气比他好。主意打定，将其外骗到枯井旁，佯做失控，硬把其外挤到井里去了。

刁氏天天盼，夜夜盼，没有其外消息。一晃一年过去了，毫无音信。派人到枯井里一看，井底只有一堆白骨，刁氏不敢声张，找了个没人地方哭个死去活来。后来人们只知其里不知其外。"其里不知其外"这个成语就这么来的。

讲　　述：孙淑兰　69 岁
记　　录：关丽梅
采录时间：2006 年

虎为媒

樵夫陈四，家境贫寒，二十六七了，也没有讨上老婆。家里就娘俩，娘纺线织布，陈四上街卖柴卖布维持生活，日子过得紧巴巴的。

时至六月，天气炎热，陈四娘坐在门前大柳树下纺线纳凉。忽听身后有动静，她停下手中活计，回头一看，一只斑斓猛虎蹲在身后，陈四娘吓得"嗷"的一声昏倒在地。过了好大一阵才苏醒过来，她回头一看，老虎原地没动，还在那蹲着，陈四娘觉得蹊跷：老虎不但没吃自己，还吧嗒吧嗒掉眼泪，把身子掉过来让自已看，不时地用前爪子往身上比划。陈四娘往老虎身上一看，后胯上中了一支短剑，心里明白了，可能老虎通人性，是来求我帮忙把短箭拔掉。便问道："虎大仙，你是让我把箭拔出来吗？"老虎点了点头。陈四娘把短箭拔了出来，然后回屋取了包草药敷在伤口上，扯下衣襟把伤口包上了。老虎感激地向陈四娘点了三下头，一步一回头地走了。

陈四卖柴回来，吃完晚饭，娘就把给老虎治伤的事叙说了一遍，陈四也感到稀奇。娘俩一直唠到深夜，刚入睡，忽听外面狂风大作，飞沙走石，刮得窗户"噼里啪啦"山响，半袋烟工夫风停了，就听外面敲门声，这深更半夜的谁来干啥？娘俩趴窗户往外一看，一只老虎坐在大门口，吓得陈四紧忙缩回脑袋瓜。陈四娘仔细一瞧，正是她白天救的那只老虎，老虎来干什么？陈四娘端着油灯来到门外一照，老虎叼来一只狍子，老虎对娘俩点了点头走了。

打那以后，老虎天天夜里来，不是送野猪，就是送野鹿。陈四娘对老虎说："虎大仙，你老给我们家送猎物，老身难以回报，我想认你做儿子好吗？"老虎跪在地上磕了三个头，娘俩把老虎让进屋里去，煮了一盆野猪肉给老虎吃，正式成为一家人。

日子一久，人虎感情日益加深。有时白天也来，还帮着干活。老虎倒腾来的东西卖了钱，不到两年翻盖了房子，买了地，娘俩的日子一天比一天红火。

一天夜里，老虎又来挠门，娘俩还以为老虎又来送猎物，出门一看傻眼了：老虎跟前儿躺着个人，陈四娘惊恐地问道："儿子，你送啥猎物都行，你咋把人给叼来了呢？这不是摊上人命官司了吗？"老虎摇了摇头，用前爪子拍了拍地上躺着的人，用嘴叼住陈四娘的衣角，拽到那人身边，点点头走了。

陈四娘接过油灯，蹲下身来一照，竟是一个如花似玉的大姑娘。伸手一摸，心口窝还有气，娘俩急忙把姑娘抬进屋里去，放在炕头上。不大一会儿，姑娘醒了过来，陈四娘给姑娘做碗白面汤，拿着汤匙一边喂汤，一边端详姑娘的模样。心想，找这样漂亮媳妇那该多好哇。姑娘见老太太对自己这么热情关心，打心眼里感到亲近，姑娘喝完面汤，觉得身体好了些，急忙下地跪倒磕头谢恩，陈四娘上前扶起姑娘说："闺女，你家住哪里？姓啥叫啥？因何落到如此地步？"

原来姑娘家住二十里外李家窝棚，名叫李水仙，父亲李安是当地首富。老员外早年丧妻，亲朋好友都劝他续弦再娶二房，他怕娶了后娘给女儿水仙气受，都婉言拒绝了。李安视女儿如掌上明珠，要星星不敢摘月亮。

清明节，水仙去给母亲上坟，路上正遇地痞王七。王七见水仙长得年轻美貌，上前拦住去路，先用污言秽语挑逗，然后动手动脚，被水仙上去打了个大嘴巴。王七不但没恼火，还嬉皮笑脸地向她扑来。水仙见事不好，抹身往回跑，王七紧追几步抓住水仙，正欲施暴，突然打草丛里蹿出一只斑斓猛虎，扑上前去，爪子踩住他的身子，使劲一撕，王七脑袋拽下来了，水仙见状吓得立时昏厥过去。

老虎把王七吃掉后，就把水仙叼到陈家。李老员外见女儿失踪，急忙派家人四处找寻，愁得茶不思，饭不想，精神恍惚，终于病倒了。心里盘算着，女儿有个三长两短自己也不活了。正在床上寻思死呢，管家来报说，陈四送信让他去接女儿。老员外心里一下敞亮了，如同黑暗中送来一颗夜明珠，病立刻就好了。备上两乘轿子来接闺女。父女相见悲喜交加，接着陈四娘和老员外讲起老虎报恩的一段故事。

老员外见陈四老实憨厚，魁梧健壮，心里非常喜欢，对陈四说："既然老虎为咱两家做媒，也就是缘分。虽然我是富贵之家，但我们不讲究门当户对，只育恩德，今天就让虎兄为媒，天地为证，把小女许配给你为妻，从此你就是我的乘龙快婿。"

陈四乐坏了，一时不知怎样招待自己未来的岳父，腼腆地偷看了李水仙一眼，水仙羞得满脸通红。

李员外看出孩子们的心思，真是儿大不由爹，女大不由娘了，赶忙叫仆人张罗婚事！

成亲那天，喜事办得非常隆重，大摆宴席，高朋满座，推杯换盏，猜拳行令。正在热闹之际，突然一阵骚乱，人们东躲西藏，四散奔逃，众人喊着说："老虎来了！老虎来了！"陈四娘急忙迎了出来，招呼道："大家别乱，别乱，不要害怕。老虎是我的干儿子，也是我儿媳妇的媒人，它给我送礼来了！"老虎叼着一只狍子进了院，陈四娘抚摸着老虎脑袋说："儿子，你把客人都吓跑了，快给赔个礼！"老虎一拱前爪作了个罗圈揖，众人见状都松了一口气，便小心翼翼地走了出来。

陈四过来把狍子扛进屋去，随手给老虎倒了一大碗酒，盛上盆肉，老虎眨了眨眼，点了点头，把酒喝干了，肉也吃光了，扭身跪在地上给陈四娘磕了三个头，摆了摆前爪子走了。

从此以后老虎再也没出现过。婚后两家合为一家，夫妻恩爱，亲家和睦同处！

讲　述：刘占一
记　录：崔艳杰
采录时间：2006 年

锁柱开山取宝

从前，在东山里有个牧童叫锁柱。锁柱从小就没了爹娘，靠乡亲们把他拉扯大。七岁那年就给财主徐大麻子放牛，一放就是三年整。锁柱吹得一手好笛子，每到山上放牛时，就会吹起他心爱的笛子，悦耳的笛声引来林鸟争鸣，百兽齐舞。

一天，锁柱和往常一样上山放牛，坐在山坡上吹起他那宝贝的笛子。笛声悠扬，婉转动听，群鸟落在周围的树上鸣叫着，与笛声合奏，小动物们摇头摆尾，随着节奏跳起了欢快的舞蹈。

正在欢乐喜庆之中，不知啥时来了个八九岁那么大的小女孩，边跳边唱，歌声甜美嘹亮。小姑娘走到锁柱近前说："锁柱哥，你的笛子吹得太好了，我已经在这里听你吹了三年笛声，深深地吸引住了我。我知道你的心地善良，为人忠厚老实。我叫人参娃娃，告诉你个秘密：南山有棵葫芦秧，你把它锯开，里边有把金钥匙，拿着它能打开葫芦山，葫芦山里有许多金银财宝，你进去后，必须用半拉葫芦支撑住，不然合上就出不来了，取完金银财宝别忘把半拉葫芦撤出来。"

锁柱听了小姑娘的话后，便找到了那棵葫芦秧，浇水、松土、施肥、薅草，精心侍弄，葫芦秧一天比一天见长，结出来的葫芦一天比一天大。刮大风，锁柱就在四周夹成障子，下大雨就盖上蒿子和草。

一天，天下冰雹，他怕雹子打坏了葫芦秧，脱下蓑衣盖在葫芦秧上。可冰雹越下越大，干脆就在这儿过夜了。一直等到天亮雹子才停了下来，他这才赶着牛群回家了。

徐大麻子先打了锁柱几个耳光，接着操棍子逼问道："你昨晚究竟干什么去了？不说实话我把你腿打折了！"锁柱没办法，只好说出实话。徐大麻子和老婆觉得这倒是发财好机会，于是他派人日夜守护这棵葫芦秧。

一天，葫芦终于长大了，还差几天成熟，徐大麻子迫不及待，紧忙把葫芦摘了下来，锯开后取出钥匙，往葫芦山上一插，山开了个大缝，里面的金银财宝放出夺目的光芒。徐大麻子用半拉葫芦撑住裂缝，侧身钻了进去，装了一口袋财宝，刚钻出半截身子，由于葫芦没长成，支撑不住，"轰隆"一声，裂缝合上了，硬把徐大麻子夹扁了。

锁柱见葫芦被徐大麻子摘去了，伤心地哭了。这时人参娃娃又出现了，她对锁柱说："锁柱哥，别哭了，你再去看住葫芦秧，它还能结出个葫芦来，千万记住，葫芦不到日期先别摘！"锁柱也不放牛了，整天吃在葫芦秧旁，睡在葫芦秧旁，精心侍弄葫芦秧。没多久真的又长出个葫芦来。他等啊等啊，终于葫芦成熟了，锁柱锯开葫芦，取出钥匙，打开葫芦山，背出一口袋金银财宝。然后葫芦山自然合上了，以后再也没人打开过葫芦山。

锁柱把财宝分给了贫苦的乡亲们，自己只留下几块金元宝。打那以后，乡亲们都过上了好日子。

讲　述：孙淑兰
记　录：关丽梅
采录时间：2007 年

两个姑爷答题

有个老财过生日，大姑爷和二姑爷前来祝寿。大姑爷是县衙里师爷，穿的是绫罗绸缎，拿的是寿糕、寿桃、寿面。二姑爷是庄稼汉，穿一身破衣烂衫，挎着一筐鸡蛋。

丈人打心眼里看不起二姑爷，人客百众的怕丢面子，不想让他上桌陪客，可又没理由不让人家上桌。苦思冥想，想出个主意来：让两个姑爷答题，题目是“出头”。谁先答上谁就到上房喝酒，答不上就在下屋吃饭。

大姑爷先回答道：“由字上出头，甲字下出头，申字两出头，田字不出头。”丈人拍手叫好说：“妙！到上房喝酒去吧。”

二姑爷想了半天也没答上来，忽然想起昨晚的事，大姐夫铺红毡子盖花被，自己却盖一个半大孩子的被子，一宿冻了够戗。马上来了灵感，答道：“昨夜盖的孩子臊被快冻死我了。往下盖，上出头；往上盖，下出头；盖中间，两出头；两头扣一头，不出头。”

丈人、丈母娘听罢羞愧难当。

讲　　述：徐井春
记　　录：房振林
采录时间：2007 年

谁也不告诉谁

刘发请李波和王七来家喝酒。六样菜都已洗好、切好，就等客人一到马上开炒。刘发妻子赶紧和面做主食，把两岁的孩子放在炕上来回爬着玩，刘发去食杂店装酒。刘发妻子和好面到外屋去取擀面杖的工夫，客人李波先到，正看小孩拉完屎往面盆里抓，李波也没声张，急忙躲出去了。刘发媳妇回屋一看，孩子打屁屁腻了，赶紧擦，收拾完一看，面盆里还有，想重做，已经来不及了，又一想小孩屎不埋汰，揉巴揉巴烙了两锅饼，接着她又做了一盆汤。这时一只公鸡跳到了灶台上，她飞起一脚，把鞋甩到汤盆里。事也凑巧，客人王七开门进来了，他见刘发媳妇正从汤盆捞鞋，急忙把脸扭过去，装没看见。刘发媳妇以为王七没发现她捞鞋，糊弄糊弄就端上去了。

喝完了酒，到吃主食时，王七专吃饭，李波捧着汤碗喝，两个人都瞅着对方笑。饭后王七小声对李波说："你喝的是鞋汤。"李波对王七悄声说："你吃的是屎饼。"两个人出外对呕起来，把吃的东西全吐出来了，恶心了好几天才过劲。以后再也不上刘发家吃饭去了。

讲　　述：徐井春
记　　录：房振林
采录时间：2007 年

蚕姑娘的来历

很久很久以前，有个周员外。家里就父女俩，养了一匹枣红色的公马，老员外总也舍不得骑它，天天好草好料地喂养。

一天，老员外要到千里之外寻亲，临走时嘱咐女儿在家喂好马，不要出外乱跑。老员外带足盘费上路了。

女儿丽丽按父亲的吩咐去做了，整天大门不出，二门不迈，在家精心侍弄红马。日子一久，丽丽想念父亲了，开玩笑地对枣红马说：“你如果能把我父亲替我迎接回来，我一定嫁给你！”

枣红马听了这话，挣断缰绳，四蹄腾空，飞奔而去。一气跑到老员外那里，老员外一看是自己家的马，从千里跑到这儿来，又惊又喜。奇怪的是枣红马朝着来的方向嘶鸣不止。老员外心想，枣红马无缘无故地从故乡跑来，莫非家里出了什么事？立刻骑马回家去了。

回到家里，女儿说家里没发生什么事，父亲这才放下心来。拿出上等草料来喂马，这马也不吃也不喝，见着姑娘就又踢又叫。

老员外觉得奇怪，便追问女儿怎么回事。丽丽就把和马开玩笑的事说了，老员外不让女儿说出去，也不让女儿踏出院门半步，找来几支狼牙箭，将枣红马射死在马棚里。剥下马皮，将皮晾在院墙上。

老员外有事出门了，丽丽和邻居的小姑娘们在马皮旁边玩。丽丽一见马皮又害怕，又生气，用脚踢了几下，嘴里不停地骂道：“不要脸的东西，我一个漂亮女孩怎么能嫁给你个畜牲呢？异想天开。”

丽丽正在骂杂呢，马皮忽然从墙上飞下，包住丽丽，向后山上飞去。邻居家的小姑娘们全都吓坏了，没人敢上前去救她。一直等到老员外回来，姑娘们便把刚才发生的事告诉了老员外，老员外急忙向后山方向寻找，搜遍了整个后山不见踪影。

几天后，老员外在后山坡桑树棵子上发现全身包着马皮的女儿，渐渐地变成了一条蚕。老员外大哭了一场，整天看守在桑树棵子旁，不让鸟儿啄，防备蚂蚁咬，丽丽姑娘在父亲呵护下，在树上吐丝作茧。

打那以后，人们争着把这种蚕饲养起来。

讲　　述：赫秀英　63 岁
记　　录：王桂杰　36 岁　高中
采录时间：2007 年

小聪明巧治富阎王

从前，在月牙弯屯有个老财主叫富有才，爱占便宜，见钱眼开，经常变着法剥削穷人，人们叫他“富阎王”。

一天，富阎王又骑着高头大马到各村收债，逼得佃户们砸锅卖铁，叫苦连天。

屯里有个年轻小伙子，绰号叫“小聪明”。他见此情景，非常气愤，要替乡亲们抱打不平，便想出个好主意想治一治这个富阎王。

小聪明牵着两头瘦驴，驮着两口袋黄豆，事先来到屯西道旁烂泥塘里，毛驴使劲扑腾，越扑腾越往下陷，等富阎王来到近前时，两头瘦驴只剩下四只耳朵在稀泥上面扑煽，小聪明手里攥着一把黄豆坐在道边上，富阎王见状好奇地问道：“喂，小伙子，你在干啥呢？”小聪明慢悠悠地回答说：“你没看见我在种驴呢吗？”富阎王又问：“毛驴能种？”小聪明指着边上那两袋黄豆说：“这两袋是毛驴种子，扔到稀泥里，半个时辰就能长出驴来。”说着往烂泥塘的驴耳朵一指说：“瞧，这不长出两头驴来。”富阎王往稀泥里一看，果然有四只驴耳朵在晃动，时而还能看到驴脑袋露出来。他便动起心来，要用马背上的半袋铜钱来买那两袋毛驴种子。小聪明假装不卖，富阎王非要买，以为不到价，又掏出几两银子说：“我再搭一匹高头大马，总可以了吧。”

小聪明假做不情愿的样子，卖给了富阎王。于是他跳上马背，驮着半袋铜钱，跃马扬鞭，飞奔而去。他回到屯里把半袋铜钱按数退还给乡亲们。富阎王往稀泥里扔了半口袋黄豆，等了一夜，也不见稀泥里长出毛驴来，就连原先那四只驴耳朵也不见了。这时才恍然大悟，知道上当了，当时气了个倒仰。

讲　　述：赫秀英
记　　录：关丽梅
采录时间：2007 年 6 月

张大嚷借粮

有个叫张大嚷的人，说话大嗓门，总吵吵巴伙的，哪有事哪到。张大嚷家里穷得吃了上顿没下顿，断顿了就东家借瓢米西家讨碗饭。家里两间茅草房，四面透风，房顶上长满了蒿子和草，要不是房山用木头支着，恐怕早倒了。

一天，屯里刘大愣来讨债。张大嚷哪有钱还债，逼得他没着落了，指着里外屋的东西说："老刘，你看我家啥值钱你就拿啥!"刘大愣里外踅摸了一回，炕上有床荷叶被褥，拿起一闻恶臊，撇旁边去；有两个饭碗拿起来一看都带豁牙，气得使劲把碗摔在地上；只有外屋那口铁锅挺好，顺手拎走了。

张大嚷越想越憋屈，活个啥劲，吃饭家什都让人家拿走了，干脆找根绳子吊死算了。幸好还有根柴火绳子在门后挂着，他拎着绳子走出七八里地，来到一片大树林里，将绳子搭在一棵歪脖树上，脑袋伸进绳套里，身体刚一悬空，绳子断了，摔了个仰巴叉。心里这个气：人要不顺茬，喝水都塞牙，想死都这么别扭。自已嘟嘟囔囔结好绳子又吊上了，不料绳子又断了，又摔个够戗。

连吊了两次绳子都断了，这回不吊了，撞死算了。他运足力气刚要往歪脖树上撞，就听树上有人哈哈大笑，说："年轻人，有啥为难之事要寻短见呢？不妨说出来，也许我能帮你什么忙!""大伯，我是将死之人，也不怕您笑话了，家里穷得一无所有，有两间房子还要倒了。要吃没吃，要穿没穿，更不用说讨老婆了，连吃饭家什都让人家拎跑了。没活路了，只有一死了之。"老头说："我以为啥了不得的事呢，我借给你点粮吧，再送你一口小黑锅。"

老者领着张大嚷来到一棵大树下，左转三圈，敲了三下大树，喊声："开门!"就听大门"哗啦"一声开了。走进去一看，又一番天日：楼台亭阁幽雅别致，鲜花异草芳香扑鼻，泉水哗哗奔流不息，蜂蝶纷飞，百鸟争鸣。老者把张大嚷让到楼上，摆了一桌山珍海味，张大嚷从来都没见过这么丰盛的酒席，吃了真香。席间，老者说："大嚷，老朽见你挺实在。尤其去年，你救了我女儿一命，我得报答你！"张大嚷一听愣了：什么时候救过他女儿，仔细回想，只是救过一只狐狸。

酒饭吃过，老者说："年轻人，仓库里有的是粮食，借你一袋，我这有个口袋，你装一袋子拎家去吧。另外灶房还有口黑锅你也拿家去吧。"张大嚷拿过布袋一看，心想，老头真不大量，这小布袋好许能装一升米。又一想，要饭就别嫌馊，回去省着吃也许能吃几顿，糊弄几天是几天，于是他背着口袋拎着锅回家了。

到家后，这米怎么吃也吃不没。日子一久，屯里有的来要债，他就用米来还，奇怪的是咋倒也倒不完。他兴奋极了，等人们走后，他就往炕上倒，炕上倒满了往屋地上倒，屋地上倒满了就往院里倒，他知道老仙送给他一个宝物。正倒着呢，屯里有个光棍汉也来向他要债，看见这小口袋倒出这么多粮食，禁不住喊道："这破口袋咋这么能装呢？"他这么一吵吵坏了，只听"噗"一声，口袋瘪了。

张大嚷把多余粮食连还债带卖，修了房子，讨了老婆，买了地，日子一天天富了起来，屯里人们再也不小看他了。

一天，他忽然想起跟老者借的那袋粮食，别人都还了，唯有老者的粮食未还。他装满了一大口袋粮食，扛着来到这棵大树下，左转三圈，右转三圈，拍了三下大树，"哗啦"门开了，他扛着粮食进去了。老者接了出来，连连夸道："年轻人，挺守信用，还倒仓库粮囤子里去。吃完饭，帮我扫一扫后院，扫完你就回去！"

张大嚷喝了几杯酒，拿起扫帚就扫，鸟粪厚厚一层，扫光了这层又拉那层，就见扫了落叶第二天又长出了绿叶，他一想这么扫没头，我得赶紧回家。等忙完家活，再来扫院子，他告辞了老者回家了。

按原路回到家里一看，豪宅大院，叫开门后，出来一大帮人，其中一个老太太问道："死鬼，你脱生了好几十年上哪去了？"张大嚷不解地问道："老奶奶，你是这宅上什么人？""呸！你不是张大嚷吗？我是你老婆！"然后她就指着年轻人们说："这个是你儿子，这帮是你孙子和孙子媳妇……”张大嚷一摸后脑勺想道，我去了这么多年了？老太太一拽张大嚷说：“老伴，进屋吧！”

讲　　述：赫秀英
记　　录：关丽梅
采录时间：2007 年

宝碗

黑仔的爹娘死得早，从小他就和哥哥嫂子过日子。嫂子的心眼不好使，对黑仔一点也不好。黑仔整天干活儿，还不给好吃的。这天，哥哥出去了，天还没亮，嫂子只给黑仔两个窝窝头，就让他上山砍柴去了。黑仔揉着眼睛，一边走一边啃着窝窝头。走着走着，迎面过来一位老奶奶，老奶奶穿的可破了，又脏又老，还拄着拐棍，对黑仔说："好孩子，给我点吃的吧，我饿坏了。"

黑仔一看，忙把剩下的一个窝头送给了老奶奶。老奶奶狼吞虎咽地把窝头几口就吃光了。吃光了对黑仔说："你这孩子心眼真好，我要好好谢谢你，你有什么愿望，我会帮助你的。"

黑仔是个诚实的孩子，哪有什么过分的要求。只要睡好、穿暖、吃饱就知足了。于是，黑仔对老奶奶说："我想好好睡一觉，再吃上一顿饱饭，身上有件暖和的衣服。"

老奶奶从怀里拿出一个铁碗送给黑仔说："孩子，这是一个宝碗，你只要对它说你想要什么，就会有什么，不过不要让别人知道。"说完，黑仔还没来得及说句客气话，老奶奶就不见了。黑仔砍完柴穿上新要的衣服就回家了。

嫂子看见黑仔的新衣服感到很纳闷，就问黑仔，黑仔只说是好心人送的。晚上，黑仔饿了，他拿出铁碗，要了四个白馒头，桌上立刻摆上了热气腾腾的白馒头，黑仔高兴地吃了起来。这一切被在外面偷看的嫂子看见了，她一下子冲进屋里，抢走了这只碗。

嫂子把铁碗拿到自己房中，对着碗说："我要白馒头。"桌上立即出现白馒头。啊，这是宝碗呀！于是，嫂子对着宝碗大喊："我要金子，我要金房子，我要变成金子……"嫂子兴奋地大声喊叫，话也没说明白，自然就变成金人了。第二天，黑仔一看，嫂子和他住的房子全变成了石头。从此，黑仔再也不受贪心、黑心的嫂子欺负了。

讲　　述：徐井春　记　　录：吴庆福　60 岁　中师

采录时间：2007 年

樵夫与狐女

樵夫许成，家里就娘俩，靠种四亩多地，上山砍柴卖柴维持生活。

正值盛夏，他娘心口疼病犯了。娘对许成说："儿啊，你进城给娘买几服心口疼药，娘这次心口疼得很厉害，快去快回！"许成是个孝子，早饭也顾不上吃了，拎了件布衫就走了。

六七月天气，太阳一烤像下火似的，走得干渴难挨，浑身是汗，想找个阴凉地方都没有。正在发愁，发现前面蒿草上面有顶草帽，许成心中暗喜：这可真是造化，老天有眼，解我一时之困。他走到近前，伸手一抓草帽，觉得很沉，好像草帽带起件重东西。往草帽底一看，差点吓个筋斗，就好像偷人家东西让人家抓住了似的，脸色一赤一红的。原来是个十七八岁的大姑娘，戴顶草帽，蹲在蒿草棵里解手。

许成从来没讨过人嫌，尤其是个女孩家，让旁人知道了还有啥脸见人了。就听那姑娘生气地说："你走你的阳关道，我蹲我的小茅道。你这个人咋这么讨厌呢，要流氓也不是你这样的！"许成赔礼说："我只顾捡草帽，没看见底下蹲着个人，不是故意的，我许成给你赔礼了。"说着给姑娘鞠了个躬，姑娘提上裤子抿嘴一笑说："原来你是许大哥，我在这等你多时了。奴家叫凤娇，你母亲是我的大恩人，救过我的命，你又是个孝子。咱们今生有缘，带我到你家去孝敬你娘吧！"

许成听姑娘这么一说，这才敢正眼看了姑娘一眼。只见姑娘长得如花似玉，美如天仙，尤其一笑，千娇百媚，打心眼里喜欢上姑娘了。纳闷的是：我娘什么时候救过她的命呢，没听母亲说过此事。不想这些了，还得赶紧给娘抓心口疼药去。便推辞说："姑娘你的情意我领了，不是我不带你回家，娘心口疼得厉害，我得给娘买药去！"姑娘说："许大哥，只怕你买的药治不了你娘的病。孝敬父母人之常情，你先去买药，我在这儿等你，你若心里有我，给我买回十张馅饼！心里没我也就算了。”说着转眼不见了。许成心里犯嘀咕：她能不能在这儿等我呢？虽然没说上几句话，她的美貌多情把自己的心给勾去了。他恋恋不舍地走了。

人逢喜事精神爽，许成忘记了饥饿和劳累，天气再热也不觉热，三步并做两步，不到一个时辰来到城里。他先买了几服中药，然后又到饭馆里去买馅饼。一掏兜钱不够了，立时犯了难，回去怎么向姑娘交待呢？思来想去没着落，一咬牙把布衫当了，买了十张馅饼，还差人家几纹钱，赔了不少人情话，才让他拿走。自己的肚子饿得“咕噜咕噜”直叫，馅饼的香味馋得他直咽口水，可他顾不上这些了，心急火燎地往回赶路。到了和姑娘相遇的地方，四处张望，不见人影。

许成心想，姑娘不守诺言，这可别怪我不讲信用，还是先回家给娘送药去吧。他往前走着走着，发现前边树林深处闪出一座青堂瓦舍大宅院，两个丫环守在大门旁，见着许成笑嘻嘻地说：“许相公，我家主人有请！”“你家主人是谁？”“进去就知道了。”许成随着两位丫环来到上房，一进绣房，香气扑鼻，有种舒适感。碧纱窗帘，红罗锦帐，屋里五光十色，金碧辉煌。姑娘坐在床上笑盈盈地说：“奴家在此等候多时了，许大哥，果然是守信用的正人君子，把自己的布衫卖了，给我买饼。奴家一定报答你对我的情意！”说着吩咐道：“摆宴！”随着吩咐，仆人一阵忙乎，宴席摆上，山珍海味，人美酒香，许成尽管馋得直流口水，可他还惦记家中老母，站起身来说：“谢谢小姐盛情款待，母亲病重，我得赶紧回去给娘送药。这顿酒宴就免了吧。”“许大哥，你娘的病我已治好了，吃的、烧的我都备齐了，你就在这安心享受吧。”

许成半信半疑，见姑娘表情坦诚，一个劲劝酒夹菜，许成盛情难却。佳人陪伴，良辰美酒，真乃世外桃源，人间仙境。

两个人一直喝到上灯，屋里又换了一番景色，灯红酒绿，金碧辉煌。姑娘回卧室里又换了身碧绿连衣纱裙，头上的首饰和衣服上镶嵌的银边，灯光一晃金紫金鳞。毛嘟嘟的大眼睛含情脉脉，唇红齿白，面带微笑，如仙女临凡。许成被姑娘的美丽容貌给迷住了。

借着酒力，胆也大了，开口求道："小姐，嫁给我吧！我会拼命挣钱养活你，用我的真情换来你的幸福……""许郎，为奴早就知道你是个大孝子，为人正直，讲信用，卖掉衣服给奴家买馅饼，这种情意不是用金钱能换来的，你的诚心感动了我。既然许郎不嫌弃，奴家愿意与你结为夫妻，相伴到永远……"两个人说着搂抱亲吻在一起。二人商量，今夜就成亲。

凤娇吩咐丫环们说："给新姑爷沐浴更衣，排摆香案，我和许郎今夜拜堂成亲！"工夫不大，丫环婆子摆上了天地桌，点着香蜡，二人发了誓言："月老做证，群星为媒，许成和凤娇结为夫妻，愿我们俩的爱情像鲜花一样美，直到地老天荒！"许久许久……夫妻入了洞房。

第二天早上，许成洗漱已毕，丫环们摆上了早餐，许成惦记家中老母，简单地吃了几口，起身和妻子告辞，凤娇说："夫君，咱们已是夫妻了，要回一块回，为妻也好替你堂前尽孝。"说着吩咐仆人："备车！"随着话音，仆人说："小姐，车已备好，请小姐和姑爷上车！""你们好好看家！"夫妻双双上了马车，快马加鞭，不到半个时辰到家了。

母亲早已等在大门外，见着凤娇非常亲热，上前拉住凤娇的手说："孩子，多亏你给我送药，老身这才能下地干活。"许成上前说："娘，都怪孩儿不孝，耽误给您吃药。""儿啊，娘都知道了，不必自责。""娘，她就是您的儿媳妇。"老太太乐得眼泪都快下来了，拽着凤娇的手说："媳妇，快进屋吧！"

自打凤娇进门后，孝敬婆母，操待家务，纺线织布，这下老太太可享清福了，见人就夸儿媳妇好！转过年来凤娇生了个大胖小子，长得特别好看，很像凤娇。夫妻爱如掌上明珠，放到头顶上怕吓着，用手捂着怕化了，像得宝似的那么高兴，整天你抱我亲不离怀，又给孩子起了个名字叫许梦。

就在许梦五岁那年，老太太暴病身亡，凤娇哭得死去活来。她把婆母葬了后，对许成说："夫君，实话告诉你吧，我并非你们人类，是修炼千年的狐仙家族。只因那日母亲过生日，我多贪了几杯，跑到凡间玩耍，在山上现了原形，偷了你的午饭，被你捉住，拎回家中，准备剥我的皮，亏得婆母心肠好，救了我的命，为了报答婆母救命之恩，我才嫁给你，以便孝敬婆母。婆母已故，咱们缘分已尽，我该回仙界了，不然父母怪罪于我。我走后你们爷俩保重身体，想我时可到白云山找我。”说完化做一股清风走了。

自从凤娇走后，许成日夜思念妻子，痛不欲生，许梦也哭喊着找娘。他背着许梦来到当初结婚的那片宅院，早已人去屋空，屋子里布满了蜘蛛网，触景伤情，肝肠寸断。要不是为了孩子，早就了断自己的后半生，省得受那相思之苦。几次哭得差点昏倒。他背着孩子木然地回家了。给孩子做了点粥，哄孩子睡下后，收拾了一下东西，备好了干粮，决意要到白云山寻妻。天一亮，他背上孩子带上干粮上路了。

白云山离家二百里之遥，走了三天三夜，终于到了白云山。来到一个山坳里，有好大一片宅院，房屋几十间，一色青砖瓦房结构，朱红色大门半开着。许成正往里张望，打院子里出来个老太太，问道：“年轻人找谁?”“我找我妻子凤娇。”“你是她什么人?”“我是她丈夫，背的是她儿子。”“原来是姑爷，快进来吧！”

老夫人急忙吩咐仆人排摆酒宴，款待姑爷和外孙子！丫环仆人一阵忙乎，摆上一桌丰盛酒席，老夫人把姑爷和外孙子让上桌去，一个劲地给外孙子夹菜，外孙子也给姥姥夹菜。老夫人看姑爷长得憨头虎脑的，外孙子更招人喜欢，高兴得合不上嘴。

第二天上午，妻子凤娇急忙过来说：“夫君，别出声，父亲知道你们爷俩擅闯仙界，非常震怒，要将你们爷俩赐死。宴席上山珍海味别动筷，酒菜里都有毒，你就说不会喝酒，这几天拉肚子沾不得油腥。吃几口饭就下桌。”说完慌慌张张地走了。

工夫不大，酒席摆上，老丈人过来坐在主位上，许成急忙跪倒磕头拜见过老丈人，老丈人急忙搀起许成说：“姑爷，快起来！都是自家人，不必多礼，快入席吧！”席间老丈人发现爷俩都不吃菜，便给外孙子夹块肉说：“姥爷给你夹块肉，快吃吧！”外孙子说：“姥爷，我和爹这两天拉肚子，沾不得油腥。”

丈人大吃一惊，五岁的孩子说话这么脆快，出人意料。仔细一看，长得像自己的女儿，心里非常喜欢。接着又让许成喝酒，许成说："谢过岳父大人，小婿不会饮酒，望岳父大人见谅。"爷俩简单地吃了几口饭下桌了。老丈人抱起外孙子亲了几口说："外孙子，你个臭杂种，来上姥爷这干啥来了?""姥爷，我来接娘回家，啥时让我娘回家去呀?""这孩子真乖，姥爷看在你这么聪明份上，明天吃完早饭就让你娘跟你们爷俩回去。"

晚上，凤娇又急匆匆地来了，慌慌张张地说："夫君，别出声，明天早上的饭菜再脏也要吃，临走时啥也不要，只要放咱们走就行。"说完转身走了。有丫环婆子又重新送来的鸡鸭鱼肉，爷俩吃个痛快。

第二天早上，厨房里摆好了饭菜，老丈人老早坐在首席上，许成领着孩子拜见过岳父，入座后往桌上一看，差点呕出来：一盘蝎子，一盘蜈蚣，一盘蛐蜒，一盘大曲。许成闭上眼睛夹着吃，孩子下把抓着吃，老丈人摇了摇头说："这是天意，该着你们爷俩都有仙缘，你们一家都走吧!"说罢离席而去。一家三口人各得八百年道行，驾着祥云回家了。

讲　　述：孙忠田
记　　录：孙喜臣
采录时间：2007 年

火狐狸仙

大柳树屯有个猎手叫李道金，伸枪见物，附近山上的山猫野兔几乎被他打光了。

一天，他碰见一只火狐狸，连打了三枪没中。心中纳闷：邪了，莫非这只火狐狸成精了？干脆放狗撵它。三只猎狗像箭打似地追这只火狐狸。眼看快追上了，突然猎狗身上着火了，烧得猎狗“嗷嗷”直叫，拼命地往家跑，进院就钻柴火堆里去了。接着柴火堆也着火了，眨眼间火烧圆盆，这时又刮来一股风，连房子也烧着了。李道金的老婆急疯了，一心想死，用衣服蒙上脸就往火坑里跳。邻居上前把她拽了出来，差点没出人命。

屯里有个老徐头不信邪说：“那玩意没个狗大，怕它干啥，能变成人才算仙呢，我就不相信那一套！”话音未落，背上背的那几捆柴火就着火了。险没把他烧死，吓得他再也不敢乱说了。

有两个过路人，听说狐仙作怪，两个人不信，互相议论说：“还是猎手枪法不准，神仙难躲一溜烟，再能耐一枪打中了它也得死。”

两个人说着唠着，刚一转身工夫，背的行李就冒烟了，两个人把行李解下来，拼力扑打，咋整也不灭，反倒起火苗了，顺手把行李扔水坑里去。在水坑里火也没灭，越着越旺，不一会烧得一点没剩，两个咧着嘴像吃苦瓜似的，啥话没说就走了。

人们一提起火狐狸仙，啥错话也不敢说，生怕招来祸端。后来乡亲们凑钱修了座狐仙堂，年年节节烧香上供，总算太平了。

有一年，日本鬼子下乡抢粮，屯里老张家小媳妇长得漂亮，好打扮，总是穿得花枝招展的。她上邻居家串门，正碰上日本鬼子，几个日本兵一看，馋得直淌哈喇子，喊道：“花姑娘的干活！”奔着小媳妇扑过去。小媳妇紧跑几步躲到庙后柳树苗子里。日本鬼子追到狐仙堂这儿，就看花姑娘一闪身人没了。找了半天也没找着，气得日本兵朝庙里连开数枪，也不知咋这么灵，日本官连骑的马全着火了，几个日本兵身上也着了火。烧得鬼子“哇哇”直叫，狼狈逃窜。

日本官听翻译官说：“太君，这个地方有狐仙作怪，不死就算捡条命，狐仙大大的灵！”日本官恼羞成怒，调来几门六〇炮要把狐仙庙炸平！不知咋那么邪，狐仙庙没炸着，倒把自己人炸死十来个。

讲　　述：刘凤英
记　　录：赵红梅
采录时间：2007 年

樵夫对答

从前，有一位柳员外，家大业大，是当地最有钱的财主。柳员外有三个姑爷：大姑爷是文官，二姑爷是武官，数三姑爷没啥能耐，是个砍柴的。为三闺女的婚事，柳员外总是恨得牙根咬得直响。

这一年，柳员外要做六十大寿。过去有讲，这时要儿孙满堂。柳员外生三闺女的气啊，就不想让三闺女回来。别人劝他说："这哪成啊！你这样的人家，咋能不齐全呢？还是捎个信儿对。"

柳员外碍于脸面，只好这么办了。

三闺女小两口一听着信儿，就合计开了。三闺女说："咱这样，到爹那儿也没人瞧得起，别打扮什么了，这就去吧！"樵夫答应了。

庆寿这天，柳员外一看他俩的穷酸样，气不打一处来，勉强"嗯"了一声，就不再搭理。

开宴的时候，做文官的大姑爷说："今天是爹的六十大寿，大喜的日子啊！怎么办呢？咱们应该喝酒吟诗，这才有意思。"

大家伙一听，都齐声叫好。

大姑爷美滋滋地又说："作这诗嘛，还要有说道。第一句要有'同生同世'四个字；第二句要说'什么比什么多两翅'；第三句要说'什么是由什么变来的'；第四句得问'是也不是'。"接着他就摇头晃脑地道：

"蚂蚱和蜻蜓同生同世，蜻蜓比蚂蚱多两翅，
我说蜻蜓是由蚂蚱变来的，你们说是也不是？"

大伙一听对啊，都叫上好了。柳员外乐得也合不上嘴了，心中寻思：我这姑爷不愧是个文官，真有学问。

该二姑爷的了。他是个武官，膀大腰粗，说话也瓮声瓮气的：

"耗子和燕蝙蝠同生同世，燕蝙蝠比耗子多两翅，
我说燕蝙蝠是由耗子变来的，你们说是也不是？"

大伙一寻思，着啊！也叫上好了。柳员外这下更美了，眼睛挤成了一条线。

到三姑爷樵夫了，大伙都为他捏了一把汗。柳员外也板起了面孔。

樵夫不慌不忙地，夹了一口菜，放在嘴里品尝了半天，才慢声拉语地对两位姐夫说：

“你我三人同生同世，

你们俩的帽子比我多两翅，

我说你们俩是靠我养大的，

你们说是也不是？”

这下没人敢吱声了。大姑爷、二姑爷可急了眼，说：“你这是什么话，咋骂人呐？靠你养大的，真他妈见鬼了！”

柳员外狠狠地瞪着樵夫。

樵夫解释说：

“大伙评评理：他们俩常年穿的绫罗绸缎，是不是庄稼人养蚕织布做的？他们俩天天吃的五谷杂粮，是不是庄稼人种的？他俩是靠像我这样的庄稼人养活大的，是不是这个理？”

大伙一听，心里一合计，可不是咋的，说得对呀！

两个姑爷无话可说，气得把筷子一扔，到后堂去了。

第二天吃饭的时候，大姑爷又说了：

“今天这么的，作诗嘛，头一句里要带个‘圆’字；第二句要说说自己的出身；第三句说说自己是咋来这儿的；第四句要有‘神仙’二字。”接着，他又抢着道：

“我的轿顶圆又圆，受尽十年寒窗有今天，

十个轿夫抬我走，顶上坐个活神仙。”

二姑爷说：

“我的盔甲圆又圆，百战沙场有今天，

高头大马驮我走，马上是个活神仙。”

又该樵夫的了。他知道这是两个姐夫成心羞辱自己，心中有气。他大声说：

“我的草帽圆又圆，成年劳动有今天，

迈开双脚自己走，脚底下踩着两个活神仙。”

两个姑爷一听又要火，柳员外一见自己两个宝贝姑爷叫这穷小子治了，一时也想不出好办法，就打个圆场，酒席便散去了。

大姑爷、二姑爷这个气啊！他俩不服啊，寻思咱俩这么大学问，这么高身份，让一个穷樵夫捉弄得够呛，这脸可往哪搁？不行，非让樵夫出出丑不可。

二姑爷对大姑爷说：“明天，简单的也不出了，整最难的！这下不让他服了咱，咱哥俩这脸可丢尽了。”

大姑爷不在乎地说：“行啊，你就瞧好吧！”

过了一夜，又开宴了。

大姑爷早盼这会儿治治樵夫，也就说了：

“今天作诗跟往日不同。第一句中要有两个字一样偏旁的；第二句把字拆开两下用的；第三句要用第二句中的字说明第一句中的字。”

大伙一听这可难了，都大气不出地想听个新鲜。

大姑爷早就琢磨好了，张口就来：

“二字同旁锡和铅，出字拆开两座山，

我说一山产锡，一山产铅。”

二姑爷也不示弱，朗声道：

“二字同旁汤和酒，吕字拆开两个口，

我是一口喝汤，一口喝酒。”

樵夫看两个姐夫那副不可一世的样子，甭提咋来气了。趁着酒劲，樵夫拿着筷子指着他俩说道：

“二字同旁你和他，爻字拆开两把叉，

我是一叉叉你，一叉叉他。”

“轰”的一声，大家伙这个乐啊！柳员外一看受不了了，凑上前阴声怪调地对樵夫说：

“三姑爷啊，看不出你还真有两下子！这样吧，我问问你：你说天上飞的大雁咋会叫呢？松柏树冬夏咋总是青呢？路边的大榆树咋会有个大疤瘌呢?!”

大伙听了，差点没乐出声来，寻思这老丈人狗屁不通，有这么问的嘛！

谁知樵夫倒挺正经，耐心说道：

“爹啊，你老问的问题也太简单了，有啥好说的，你再想想别的。”

柳员外一听心里这个美啊，寻思这下我难住了他不是？他一高兴，自作聪明地解释说：

“年轻人，毕竟见识短啊！我告诉你吧：大雁会叫嘛，那是因为它脖子长；松柏树咋不变色呢？那是它腹中实撑啊！道边大榆树上的疤瘌嘛，本是车撞伤。”

樵夫打了个呵欠，漫不经心地问柳员外：

“你说河里的青蛙没有脖子咋会叫呢？江南的竹子心是空的咋也青呢？你老脸上这块疤瘌又是咋弄的呢?”

柳员外答不上来了，气得干嘎巴嘴。

两个姑爷也灰溜溜地走了。

采　　录：陈　昊

苦命的姑娘

从前，有个苦命的姑娘，自幼没了爹娘，跟着叔婶过日子。

姑娘长到十八岁这年，婶子起了奸心，熬了一锅酱，烙了几个饽饽，给姑娘吃了后，就把她锁在屋里。姑娘干渴难挨，出不去门。两天以后，婶子端来一碗浑水，里边有两条蛐蜒，姑娘渴得没办法了，两眼一闭咕嘟咕嘟喝下去了。打那以后，姑娘的肚子一天比一天大，婶子对叔叔说："这孩子不知跟谁怀了孕，多给咱丢人！趁早把她整死算了。"

一天，婶子让叔叔用车拉出去，把手剁下来拿回来，叔叔当不起婶婶的家，只好忍痛这样做。叔叔套上了车，说送她去姥姥家，马车直奔西南大树林子，姑娘说道走得不对，叔叔说对。到树林子中间，见四下无人，叔叔让她下车，她问叔叔："你要干什么？"叔叔眼含泪水，只好把婶子说的话告诉了她。姑娘说："叔叔，你不能这样做呀！"叔叔说："这都是你婶子逼的。"没办法，姑娘只好把眼睛一闭，两只手伸到车厢板上。叔叔咬着牙，一狠心，把侄女的手剁下来了，苦命的姑娘在树林子里哭得死去活来。

这时，有个叫徐青的公子放学回家路过这里，听着哭声顺着声音找下去。到林中一看，吓了一跳，奓着胆子问道："你是人还是鬼？"姑娘哭着说："我是人，不是鬼。"并把叔婶怎样怎样害她的经过叙说了一遍。

徐青听了很是同情她，就把姑娘领到自己家里。徐青母亲一见，姑娘长得很漂亮，就是缺两只手，徐青对母亲说："别看她缺两只手，我也喜欢她。"于是，两人就结了婚。

一天，姑娘正在睡觉，母亲烙了几张饼，放在她枕头边上，等她醒了，好吃。可是，姑娘肚子里的蛐蜒闻到香味，就顺鼻子和嘴爬了出来，连小蛐蜒都爬出来了，姑娘肚子小了，显得更好看了。

这一年，正是大考之年。龙虎之日，徐青进京赶考，得了头名状元，就写了封信，向媳妇和母亲报喜。报喜的书童走在半路投宿，正好住在姑娘的婶子开的店里。晚间唠嗑，店家得知徐青的媳妇就是自己失去双手的侄女，又生了毒计。等书童睡着了，写了封假信换了出来。书童把信送到徐青家，打开一看，上面写道："我中了头名状元，怎能和你一个没手的女人结为夫妻，你赶快离开我这个家吧。"

婆媳看完信，抱头痛哭，不一会儿媳妇说："光哭也不顶用，我就是这个命，不能拖累你儿子，我走。"

媳妇告别了婆婆，自己直奔西北，走了一天一夜，来到一个大芦苇塘。靠河边有一间小屋，她走了进去，看见一位白发苍苍的老太太正纺线。她说："大娘我渴了，想喝口水。"老太太说："河里有的是，你上那儿去喝吧。"她说："我没有手。"老太太说："没手你就不喝。"说完还是纺线。她渴得没办法了，只好到河边去喝，弯下身子使劲够，一不小心，两只半截胳膊插到水里了。等她拿出来时，不知不觉又长出两只手来。她感到奇怪，自言自语地说："我这不是做梦吧。"

媳妇来到小屋一看，老太太没有了，纺车也没了，就剩空房子，她就住在那里了。

徐青得官回家祭祖，听母亲说媳妇走了，便四处打听四处找。

一天，他来到媳妇住的地方，老远就看见她，怎么长出手了呢，他又不敢认。媳妇也老远地认出了他，生气地说："你不要我了，还找我干啥？"徐青说："谁说的？"媳妇说："你别装糊涂了，你写的信你还不知道？"说着拿了信递给徐青。徐青一看就知道书童半路上被人骗了，他领着媳妇回家和母亲重新团聚。

回家后，徐青打听到书童，竟然是婶丈母娘干的缺德事。让仆人摆酒席，派人把婶丈母娘请来。媳妇在众人面前送给婶子一个纸包，说是一份礼物，婶子打开一看，是两条蚰蜒，婶子羞得一头撞死在墙上。

采　　录：陈　昊

采录时间：2007 年

让阎王接走了

刘德贵和儿子一起生活，老伴去世得早。他把儿子拉扯大后，又给儿子张罗个媳妇。刘德贵这辈子受了很多苦。自从有了孙子之后，给他平淡的生活增添了无穷的乐趣。

这天中午，一家三口人正在吃饭，刘德贵说自己想吃饺子，儿子栓柱不高兴地说：“你看有饭有菜的，你吃什么饺子呢！”刘德贵委屈得像个孩子，眼泪在眼眶里打转转说：“我临走之前吃顿饺子还不行吗？”儿子更不高兴了：“您这是说什么话呀？”刘德贵就把今天上午在家吃饭时，忽然从柜里走出几个穿白大衣的小人，手拿账本，说过两天要接他走的事说了一遍。儿子埋怨道：“你说你一天没事瞎琢磨，天地间哪有什么鬼神呀？想是你看走眼了。”儿媳妇特别孝顺，知道老公爹这么多年拉扯刘德贵不易，就急忙放下碗筷，扎起围裙，“叮叮当当”剁起菜来，她手脚麻利，仅一袋烟工夫，就把饺子包好了，煮熟了端到公爹近前。刘德贵看着孝顺懂事的儿媳，又看了看招人怜爱的孙子，鼻子一酸说：“我要走了，没啥不放心的。”说着把饺子夹给儿子、儿媳和孙子。儿子幽默地说：“往哪儿走哇？从东屋走到西屋吧。饺子是给你包的，你自己吃吧。”刘德贵吃完饺子，对儿子说：“我上西屋睡一觉，你们别打扰我。”又过了一会儿，刘栓柱告诉儿子说：“去，招呼你爷去，下午有事。”孩子来到爷爷的屋里，看见爷爷睡得正香，不忍心去打扰他，便轻声地说：“爷爷！爷爷！”见爷爷未醒，又推了几次，仍然纹丝没动。孩子回屋对父亲说：“爸爸，爷爷怎么叫不醒啊？”

刘栓柱急忙来到西屋，一试鼻息，老人已经停止了呼吸。看见老人安详的样子，回想老人临死之前说的话，使夫妻俩感到世间有许多让人类不解之谜。

讲　　述：张铁奎　50岁

记　　录：张佳妮　女　16岁　初中

采录时间：2007年

路遇仙人

凤彩家住偏僻的深山老林，在她十岁那年母亲得了急病，需要到山外求医。凤彩平时性格内向、温柔，有菩萨一样的心肠，她的胆子很小。但是看着母亲奄奄一息，卧病呻吟的样子，生活的磨难使她刚强了。为了治好母亲的病，她勇敢地上路了。她想：我一定要把母亲从死神手中救出来，这么一想，她就什么也不怕了。

一天早上，她一个人走进山里，山里毒蛇猛兽随时出现。一路上她除了碰见小鸟，什么也没碰到。途经一片荒甸子时，她看见不远处的一棵小树上，白得耀眼。她仔细望过去，见小树上蹲着个矮墩墩的白胡子老头，白胡拖地，浑身上下都是白色。她并没有害怕，这棵小树离她并不太远，她以为自己看花了眼，就使劲揉了揉眼睛：确实是那白胡子老头。突然白胡子老头越看越小，工夫不大不见了。

当她来到看病先生家，先生却出诊不在家，凤彩急哭了。就见先生妻子正在烧香拜佛，那人同情地说："孩子，你过两天再来吧，吉人自有天相，菩萨会保佑你母亲的。"凤彩心急如焚，急急往家赶路，本来路很远，一路奔跑，很快到家了。

她发现母亲面色红润地坐在那儿，正在缝补衣裳。母亲对她说："你走后，妈感到口渴，就挣扎坐起来，突然外面打了个响雷，紧接着又射进一道白光，击在我身上，我当时就失去了知觉。不知过了多久，等我醒来时，浑身轻松，好像没生过病似的，可能是我人老了，自然多病。"母亲又笑吟吟地说："咱们家祖祖辈辈都积德行善，可能老天爷看有这么聪明善良的女儿，不想让我死。"说完，母亲开心地笑了。

女孩渐渐长大了，随母亲和哥哥搬进城里。母亲老死之后，她嫁给一个小伙子。

一次，在搬家的路上，马车装得满满一车东西，下坡时锅碗瓢盆颠掉一地，奇怪的是一个也没摔坏。

凤彩性格温顺，丈夫有脾气时，她总是在一边默不作声，从来不与丈夫争执。家里养的一些牛呀、鸡呀、狗呀，她从来不舍得打一下，总是和它们有唠不完的嗑。

一次，家里来客人了，要杀一只公鸡，当丈夫从鸡窝里将鸡拎出来时，她像抱孩子一样，在怀里悠来荡去，用自己的脸贴在鸡脑袋上说："大鸡，大鸡，你莫怪，你是来客一道菜。"

讲　　述：张铁奎

记　　录：张佳妮

采录时间：2007 年

“囍”字的由来

新婚之喜，洞房门窗上总爱贴上大红“囍”（双喜）字。喜字不光渲染气氛，它还象征着双喜临门这一吉祥习俗。据说：双喜字与宋代王安石有关。

相传王安石二十岁时，从抚州临川到洛阳赶考，途经马家镇住店候试。一天饭后上街，偶遇镇上马员外家门高挂一对走马灯笼，旁边贴上一联：走马灯、灯走马，灯熄马停步。王安石看罢沉吟半天，拍手叫绝：“好对！好对！只可惜没有下联。”此话被马家老家院听到，便立即进家禀告马员外，待马员外闻讯出来时，王安石已赴了考场。

无独有偶，事有凑巧。王安石在考试中因交了头卷而受到主考官的赏识，主考官便传他面试。考官指着厅外的飞虎旗说：“飞虎旗、旗飞虎，旗卷虎藏身。”王安石随口以“走马灯、灯走马，灯熄马停步”相对。考官见他对得既快又工整，赞叹不已。

离了考场，王安石春风得意，信步又走到马员外家门。谁知他竟被老家院认出，被邀请进院谒见老员外。还没等王安石开口说明来由，马员外便将“走马灯”上联吟了一遍，并叫仆人取来笔墨纸砚，请王安石对对子。王安石信手写道：“飞虎旗、旗飞虎，旗卷虎藏身。”马员外见他对得又快又工整，便以女儿相许，并择吉日在马府完婚。原来走马灯的上联是马员外为马小姐选婿而出的。

正当新郎新娘拜天地时，报子来报：“王大人金榜题名得中进士，明天请赴琼林宴。”马员外听后更加高兴，便重开酒宴，王安石则喜上加喜，不免多喝了几杯。高兴之余，取来笔砚、红纸，在纸上写了一个“囍”字贴在门上，并吟道：“巧对样成双喜歌，马灯悄虎结丝罗。”

从此，“囍”字便作为新婚之喜的象征，相沿至今。

讲　　述：闫　志　59 岁
记　　录：吴庆福
采录时间：2007 年

“洞房”的传说

久旱逢甘露，他乡遇故知。

洞房花烛夜，金榜题名时。

在我们中国，古往今来一直流传着四大喜事的说法。新婚之时新郎新娘的新房称之为“洞房”，那么新房为什么要称为洞房呢？

相传秦朝时，秦始皇大兴土木，建造阿房宫，并派大臣到民间强选美女。当时，有一位十分俊美而聪明的三姑娘，被强迫送进阿房宫。但勇敢倔强的三姑娘不甘心过那被奴役蹂躏的黑暗生活，就逃出宫外，直奔华山。当时，秦始皇焚书坑儒，无辜地迫害读书人，读书人被迫逃命。有个叫沈博的书生，当时也逃到了华山。一天，三姑娘与沈博相遇，二人都衣衫褴褛，面容憔悴。他们各自倾吐了自己的不幸遭遇，逐渐产生了爱慕之情。于是插枝为香，结成为患难夫妻。在上无片瓦、身在密林的情况下，他们便以一洞穴为新居。夫妻俩情投意合，相亲相爱，生活在一起，虽然生活困难，但感到生活甜蜜。后来，此事广泛在民间流传，并对不畏强暴争取自由的三姑娘产生了崇敬和怀念，便在华山山路沿途修建不少寺院，每个寺院土殿都供奉着三圣母的神位，这个三圣母就是三姑娘。

后来一些文人又杜撰了像宝莲灯、劈山救母等美丽多彩的神话和吟咏“洞房花烛夜，金榜题名时”等诗句，使“洞房”的传说更加优美动人。

讲　　述：齐丽平　女　59 岁
记　　录：吴庆福
采录时间：2007 年

隐身服

很久以前，有一个叫杨单的孤儿。他很小就失去了父母，一直是一个人孤苦伶仃地生活。

他每天起早贪黑地干活，可还是过着贫穷的日子。

这天，他干完活，一个人坐在田埂上，看着远处的大山叹气。

“你别叹气，我看你穷，是给你送宝贝的，这是一件宝衣，你如果遇到困难时，就穿上它，缺什么、少什么就到财主家去拿。”还没等杨单省悟过来，那人就不见了。杨单接过衣服一看，这是一件里面白色、外面青色的黑大褂，和普通衣服也看不出什么区别，再看刚才送衣服的人早已无影无踪了。

杨单穿上这件衣服回家，一路上他和往常一样，和别人打招呼。奇怪的是却没人理睬他，他这才知道这衣服能隐身。杨单回到自己简陋的小屋，面对自己一贫如洗的家，想：为什么现在不试一试呢？反正财主家的东西都是剥削来的，少一点又有什么关系呢！于是他穿上了这件衣服，大摇大摆地走到了财主家，他看到那些家丁们都老老实实地站在那里，他确信没有人看见他，也就大胆地拿了一些吃的、用的，旁若无人似地回家了，从此，他的家里便什么都有了。生活一天比一天地好了起来。

杨单邻居有一个好逸恶劳的懒汉叫张洋，人称他“二赖子”。他见杨单家里一下子富起来，感到很生好奇，隔三差五一个劲地缠着杨单说出原因。杨单恨他平时总是欺负人，就没有告诉他。但张洋不死心，就动起了坏心眼儿。

有一天，张洋请杨单喝酒，心眼实在的杨单被他灌醉后，就说出了底细，张洋趁着杨单喝醉睡觉的当儿，便将隐身服偷了过去。等杨单酒醒后发现隐身服不见了，便找张洋索要，但张洋死不承认，杨单也就自认倒霉罢了。

张洋得到隐身服高兴得不得了，天天到财主家偷财偷物，而且一天也没有停。后来财主发现自家的财物一天天地见少，财主很生气，但也毫无办法。

张洋一看隐身服确实管用，胆子越来越大了，竟然偷到了官府。于是官府里的金银财宝源源不断地盗入张洋家，杨单见张洋家中一下子暴富起来。这才确认是张洋偷了他的隐身服，就找张洋索要，并劝他不要再偷了。但张洋得到了甜头，他怎么舍得隐身服，不再偷了呢！于是两个人便抢起了隐身服，结果将隐身服撕坏了一个角。张洋还是像从前那样，每天到官府里背这背那，官府里的财宝越来越空。

官府的衙役因为失职，总是遭到痛斥，责骂，他们也仍然不知道问题出在哪里。尽管每天坚守岗位，尽职尽责，就是没有发现一点蛛丝马迹。

最后，官府严令衙役，仔细侦察，就是一只苍蝇蚊子也不能让它们过去。

衙役们一商量，那我们就给他抓几只苍蝇和蚊子吧。从此，衙役们就开始特别认真地察看起来。有一天，他们看见一个像白蝴蝶的东西晃了进来，直往仓库里飞，衙役们一窝蜂似地跟了过去，原来是杨单撕开的隐身服露出的里子，隐身服的口子被人抓住，再也不灵验啦。

大家蜂拥而上，将贪财的张洋打入监狱。

讲　　述：杨贵臣　50 岁
记　　录：吴庆福
采录时间：2007 年

“李连贵大饼”的来历

四平的李连贵大饼与天津的狗不理包子齐名。要说“李连贵熏肉大饼”的来历，得追溯到1907年。

那一年仲夏，河北滦县十多天连降暴雨，肆虐的洪水像脱缰的野马，淹没了农田，吞没了村庄。为了生路，李连贵决定闯关东，投奔梨树街的二舅。他带领四个弟弟，搀扶老母，第二年初冬来到了梨树。在二舅和乡亲们的资助下，李连贵在买卖街（今梨树镇）租了两间草房，开了个“兴盛厚”生肉店，后兼营熟肉、吊炉大饼、叉火烧等。由于李连贵热心、勤快，办事认真，干净利索，对顾客又和气，深受乡亲们的喜爱。老乡们都把小店当成了歇脚的地方，时常聚到这里，天南地北地唠家常，来光顾的人多了，小店的生意也日渐红火。

有一天，天刚蒙蒙亮，李连贵就早早起来忙着店里的事情。忽然，他听到门外一阵急促的哨声，划破了买卖街的沉寂。出门一望，梨树一区的区官刘汉交带领几个警察和便衣侦缉，挨家挨户地搜查逃兵。雾气里，他看见一个小女孩领着一位双目失明的老人在街上行走，两个警察与他们正好相遇。其中一个尖嘴猴腮的警察看小姑娘虽然衣衫褴褛，但身段苗条，姿容俊秀，顿生邪念，借机上前调戏小女孩，小女孩吓得大声哭叫。老人见此情景急了，厉声骂道：“畜生！你们想干什么。”不想惹恼了警察，把老人打得遍体鳞伤，满身都是血，昏厥过去，警察见事不妙，赶紧溜走。

李连贵急忙赶了过去，看到小姑娘正趴在老人身上大哭，老人已奄奄一息。李连贵赶紧招呼哥几个把老人抬回家中，包扎伤口，煎汤熬药，守护在老人身边精心照看。翌日清晨，老人才从昏迷中渐渐苏醒过来，知道是李连贵救了自己和小孙女，感动得泪流满面。李连贵劝说老人要安心养伤，并像对自己亲人一样与老人唠家常。

一晃一个月过去了，老人伤已经痊愈，临别时依恋不舍，说出了自己的身世。他说："我叫高品芝，在沈阳开了家中药铺，没想到在这里遇到贵人，才大难不死。"再三感谢李连贵。停了一会，又说："你心地善良，你的恩德，我和孙女一辈子也忘不了。今儿个要走了，没什么可答谢你的，只有祖上留下的熏肉秘方送给你，日后肯定会派上大用场。"

送走老人后，李连贵忙叫二弟李广思按照老人的秘方，从天德堂、益兴泰、德庆亨、广增玉等几个中药铺，分别抓来配方所需的药料。起早贪黑，用秘方进行煮肉熏肉，忙个不停。经过李连贵多次熏煮，潜心研究，终于研制出风味独特、幽香不绝的熏肉来。李连贵制作的熏肉色泽棕红，皮肉剔透，肥而不腻，瘦而不柴，香味悠长。

熏肉成功了，李连贵没有就此满足，后来又用熏肉的老汤和老汤油制作出独特风味的烙饼。大饼为七层，层层分离，层薄似纸，可透视字迹。如果以饼夹肉，回锅再烙，则肉香浸入饼内，饼酥肉美，幽香四溢。由此，"李连贵熏肉大饼"备受食客青睐，誉满东北。

李连贵病故后，其子李尧继承父业。他带着秘方从梨树迁到了四平，办起"四平李连贵熏肉大饼铺"。从此，"李连贵熏肉大饼"在四平扎根落户。经过几代人的努力，成为"四平名小吃"，深受海内外人们的喜爱。

采　录：陈明宏

聪明的媳妇

长工张三娶了个聪明漂亮的媳妇，不料被财主刘大赖知道了，想要霸过来为妾，可一时又找不出什么理由。费了好一番琢磨想出个办法来。

一天，刘大赖对张三说："明天你去集上给我办点事。你呢牵着羊到集市上把羊卖了，买袋白面，再用羊驮回来，我赏你五两银子。要是这个事办不来，就把你媳妇嫁给我。"张三一听傻眼了，知道刘大赖有意难为他，可又惹不起老财，看样子妻子非让人霸去不可，回到家里一头栽到炕上犯起愁来。妻子急忙上前问道："夫君，有啥为难之事不妨对奴家讲来，也许为妻能替你分担些忧愁？"张三带着哭腔把财主刘大赖难为他的事说了一遍。妻子听了，不慌不忙，笑嘻嘻地给他出了个主意。

第二天，张三上集卖了羊，买了面，牵着羊驮着回来了，又得了刘大赖五两银子。聪明的读者，你猜张三用什么办法把羊卖了，买了面，又用羊驮着回来的？

讲　述：张玉田
记　录：关丽梅
采录时间：1990 年

挑灯笼

有个叫郑强的年轻人，家里三口人，寡妇娘和妹妹。后来娶了个聪明能干，漂亮贤惠的媳妇，夫妻俩非常恩爱，结婚两年多从没吵过架。可未出嫁的小姑子却乐不起来，整天愁眉不展。长得矬粗短胖，满脸横肉，一张男人面。眼看快三十的人了，连个提媒的都没有。

小姑子非常苦恼，动不动就跟家人发脾气，大家伙都忍让着她，理解她的苦衷。小姑子忌妒心强，看见哥嫂那么互相体贴，嫂子小鸟依人的样子，两个人动不动就打情骂俏，心里非常嫉恨。

嫂子见小姑子表情有异常，急忙过来逗她，小姑子都把脸扭向一边，更生气了，她认为这是嫂子拿她嫁不出去开心。她苦思冥想，心生一计，嘴角露出了笑意。

一天，嫂子约小姑子洗衣服，嫂子心想，想和丈夫恩爱，就得先和婆母小姑子搞好关系。两个人说说笑笑正在河边洗衣裳，从远处过来个年轻人，走到近前问道："郑家村怎么走?"嫂子怕小姑子误会，就朝右边一斜眼、一努嘴，意思是在那边。小姑子竟然想歪了，认为嫂子和那男人眉来眼去调情呢。心想这回你可没那么多好日子过了。嫂子和小姑子有说有笑回到了家中。

当晚小姑子就把白天洗衣服碰到男人的事，添油加醋地向母亲和哥哥描述了一番。

郑强一听，火"腾"地一下上来了，回屋揪住妻子头发就打，妻子抹着眼泪说："你打我知晓，背后有人挑，心中明又亮，指明路一条。"（打一生活用品）

聪明的读者，请您猜一猜，这是什么物品。

（谜底：灯笼）

讲　　述：王淑文
记　　录：管彤彤
采录时间：2007 年

借衣服

很久很久以前，正过大年三十，一家小两口商量正月初一回娘家拜年。可是小两口家境贫寒，连件像样的衣服都没有。如此寒酸，怎样回娘家拜年呢？但又不能不去，经过商量只能到村西头的刘顺家借一件衣服。

穷姑爷来到刘顺家，不巧刘顺不在家，穷姑爷只好与刘嫂说明了来意。刘嫂笑眯眯地说："正月没有初一。"穷姑爷一听，心里凉了半截，明明正月有初一啊，却怎么说正月没有初一呢？分明是不愿意借给我。

于是，穷姑爷悄悄地走出了刘顺家门，口中还不停地嘟囔着："正月没有初一，正月没有初一……"忽然他眼睛一亮，恍然大悟，急忙返身走回刘顺家，一面向刘嫂道谢，一面拿下墙上挂着的衣服，高高兴兴地回家去了。

聪明的读者，穷姑爷是怎么知道刘嫂同意借给他衣服的呢？

原来"正月没有初一"便是同意借给衣服的字谜，你猜到是什么字了吗？

谜底：（肯）

采　　录：孙喜臣　吴庆福

摇钱树

从前，有一个人从小就好吃懒做，长大以后仍然恶习不改，整天吃喝玩乐，东游西逛。后来他把父母的遗产挥霍一空，连吃饭都没有着落了，就这样他宁可饿着肚皮，也懒得去干活。

有一天，他听人家说有一种摇钱树，用手一摇，那树上的钱就哗哗往下掉。懒汉心想：我一定要找到摇钱树，找到它，这一辈子就有享不尽的荣华富贵。于是，他见人就打听："摇钱树在哪里？你们这儿长摇钱树吗？"人们被问得莫名其妙，都以为碰到精神病啦，谁也不搭理他。就这样他一连问了九十九天，也没有问出个结果来。虽然累得筋疲力尽，但他还是不死心。

到了一百天头上，他见到了一位精神饱满的老农夫在地里干活。就拱手问道："老大爷，您知道哪儿有摇钱树吗？"老人家上下打量了他一番，然后笑着对他说："你找的摇钱树到处都有。"懒汉听了，急忙说："老大爷，您赶紧带我去找一棵吧？"老人家一摆手，然后说："你先别着急，让我把摇钱树的样子告诉你，你自己就可以找到它啦！"你听着：

摇钱树，两枝杈；
两枝杈，十个芽；
摇一摇，开金花；
柴米油盐全靠它。

懒汉听了如梦方醒，连声向老人道谢。从此以后，他靠着老人的指点，勤劳过日子，一天比一天富裕起来了。

聪明的读者，你知道这摇钱树是什么吗？（谜底：手）

讲　　述：赵立忠　58 岁
记　　录：吴庆福
采录时间：2007 年

狗看家的由来

很久很久以前，狗原本是不看家的，它经常坐车出门。那么谁拉车呢？是老鼠。赶车的又是谁呢？是小猫。

有一天，狗又要出门了，小猫把老鼠套上，搀扶着小狗上了车。小狗吩咐道：“到小白兔家串门去。”

小猫“叭”的一声，一甩手中的鞭子，老鼠赶紧拉车就走。

这天的天气特别的热，小兔家又住在山里头，老鼠拉车拉得又累又热，豆粒大的汗珠直淌，小狗还是嫌走得太慢，一个劲地催小猫说：“快赶车，你快赶啊！”

于是，小猫将鞭子甩得山响，吆喝着老鼠：“快走，快走！”

老鼠已经累得上气不接下气了，猫仍然不断地用鞭子抽打它，老鼠实在受不住了，心想：我本来就身单力薄，又拉着你们走在这山路上，就是累死我，我也不能再快了。

走不快，就要挨鞭子，老鼠一怒之下，咬断绳套跑了。

老鼠跑了，没人拉车了，气得小狗大叫起来：“快把那该死的老鼠追回来！”小猫哪敢怠慢，急忙去追老鼠，这时老鼠已经躲在山洞里，小猫怎能找到呢！小猫没找到老鼠，垂头丧气地回到小狗身边。

小狗见小猫独自回来的，就知道是怎么回事了。它怒气冲冲地瞪着小猫说：“没追回来老鼠吧？既然这样，你就给我拉车吧。”小猫一听，可受不了了，当即叫起来：“什么，叫我拉车？我是赶车的，怎么可以拉车？”小狗说：“谁让你没抓回老鼠呢！”小猫说：“那么，你就在家等着吧，我再去抓老鼠，什么时候抓住老鼠，什么时候再让它为你拉车！”

至今，小狗天天蹲在家门口，养狗的人是为了让它看家，其实狗的本意是等着小猫抓回老鼠来拉车呢！打那以后，猫就开始抓老鼠了。

讲　　述：徐井春
记　　录：吴庆福
采录时间：2007 年

于家沟抗击沙俄的故事

那是在光绪二十六年（1900年）的农历八月，沙俄侵略军一支马队在二龙湖畔宝贝山脚下、今梨树县石岭镇小孤家子村刘磨房屯安营驻扎。这伙侵略强盗来到这里到处抢劫财物、强奸妇女，无恶不作。“毛子兵”所到之处，田园荒芜，鸡犬不宁，方圆几十里的猪、鸡，甚至耕牛都被他们宰杀殆尽。

距离刘磨房屯不远，有一个小村落叫于家沟，仅有六户人家，八间茅草房子，二十多口人。屯中住着一位于河的老汉，世代务农。于老汉有六个儿子，老大、老二、老三都在四平街谋生，老四于永春是个木匠，老五于永清、老六于永祥在家种田。自从沙俄侵略军的马队在刘磨房屯安营扎寨，全屯的百姓为了生命财产的安全，纷纷在山里搭了窝棚，挖了地窖，掩藏了一部分牲畜、粮食和衣物。

农历八月廿八上午，村民们正在地里干活，沙俄侵略军的一个小头目，领着一个士兵突然窜入于家沟，像土匪一样挨家逐户地翻箱倒柜，抢劫粮食及衣物。这天，于家老六于永祥的媳妇刚刚产后不久，不能进山躲藏，只好呆在家里。沙俄兵闯进于家后，看到了正坐月子的媳妇，那个士兵兽性发作，当场强奸了这位年轻妇女。此时，躲在院外暗中看护妻子的于永祥和哥哥于永春，听到屋内发生的惨叫声，疾步奔进家中，看到毛子兵做了伤天害理的事情，怒不可遏，抡起棍棒便与两个俄兵拼打在一起。于永祥一棒打去，将俄兵小头目打昏在屋内，另一俄兵见势不好抱头逃窜。于家二兄弟追赶到屋外，于永祥照其腿上横扫一棍，将其打倒在地，这时于永春上去操起木匠板斧拼力砍去，眼看毛子兵的脑袋被砍得血浆四溅。屋内的俄兵小头目苏醒过来后，慌忙夺路而逃。

杀了一个毛子兵，虽解了心头之恨，但灾难并没有过去，人们料到沙俄侵略军绝不会善罢甘休，必来报复。于是，全屯的百姓带着衣物，背着干粮，转移到附近的宝贝山和苍子山树林深处，并安排十几个青壮年藏在山沟两侧的树丛中，保护进山的百姓，准备同沙俄侵略军进行一场血战。

果然不出所料，跑掉的那个小头目回到刘磨房营地，向上司报告了于家沟百姓杀死了他们一个士兵的事。下午，沙俄马队立即出动，奔向于家沟。这伙强盗一出刘磨房，不问青红皂白，就枪杀三个过路行人，又杀了正在山坡上干活的村民贾广荣。当路过邻屯王金的家时，又将其全家老少五口杀了。沙俄兵进了于家沟后，不由分说就放火烧房，然后又向山沟这边搜来。隐藏在牛槽沟灌木丛中的孙家兄弟见此情景，义愤填膺，决心给侵略者坚决的打击。他们立即溜到沟口侵略军拴马的地方，一把火把周围的干草枯枝点着了。八月秋风助火威，烈火烧向那些拴着的军马。侵略军见到自己的马被烧，立即返回来解救。他们进入牛槽沟后，村民从上面飞石击打，当时砸死了七八个毛子兵。其他毛子兵抱头鼠窜，还有几个被大火烧死，山沟中留下数具敌人的尸体。

正当村民们返回村子，将火扑灭，刚想吃顿安生晚饭时，沙俄侵略军又调动一百多人的马队直扑于家沟而来。于永春和乡亲们看到这一切，眼睛都红了，胸中燃起怒火。大家都争着要留下，谁也不想上山。这时，于永春的父亲抱着孙子大声喊道：“不走都去送死吗？让老四留下，大伙赶快上山躲起来。”

于永春提着板斧，保护乡亲们撤出了屯子。他自己则登上了西山岗，居高临下，用石头向马队砸去，为了拖住敌人，掩护乡亲，他还大声喊着，故意让敌人看到他，来吸引敌人。然后，于永春拼命向相反的方向跑，敌人便在后面追。突然一颗子弹射进了于永春的胸部，这位勇敢的年轻人当即牺牲。

沙俄侵略军来到苍子山的山沟里，进行全面搜山。结果只发现十几处窝棚，没见到一个人影。恼羞成怒的沙俄兵便在四周点起火来。乡亲们见家园被毁，从四面奋起，同沙俄马队展开殊死肉搏，鲜血洒满了苍子山。

在这次于家沟惨案中，共有二十名无辜百姓惨遭沙俄军队的杀害。梨树县为了纪念于家沟村民不畏强暴、奋勇抗击沙俄的英勇气概，在当年的于家沟村民抗俄遗址，建立了一座纪念碑。在碑上，刻下了沙俄侵略军在于家沟制造惨案的事实，并建造了“抗俄勇士于永春之墓”，以昭示后人，继承先辈不畏强暴的精神。

采　录：陈　昊

王二棒打工头

日伪统治时期，到处都有吸血鬼。当时，四平铁路保线工区的工人，在鬼子工头监视下，一天要干十二个小时的活，吃苦受累不算，还常常挨打受骂。那时，工人们盼开工资，可又怕开工资。因为一开工资，鬼子工头就扒皮，想法克扣工人的血汗钱。

一天，又到了发工资的日子。工友们在工棚里眼巴巴地盼着。不一会，领钱的工友垂头丧气地回来了。一问才知道，十个人的工资只给了八个人的，剩下的被鬼子工头独吞了。工友们实在忍不住了，纷纷去找工头讲理。一个叫王二的工友气冲冲地闯进了鬼子工头的屋子问："我们一天到晚像牛马一样干活，挣几个钱还不够填你们腰包的，简直是欺人太甚了。"

"什么？你们想造反，死了死了的。"鬼子工头一边骂着，一边走近王二，冷不防就是几个耳光。血，顿时从王二的嘴角流了下来。

"小日本，老子和你拼了！"王二跑出屋去，操起一把铁耙，照着追上来的鬼子工头就打。这一打不要紧，另外几个鬼子工头一齐围了上来。王二一看，好汉不吃眼前亏，他大叫一声，打倒一个鬼子工头后，拔腿就跑。

晚上，王二悄悄回了家，他左想右想觉得实在没活路了，还不如找鬼子工头拼上一场。想到这，王二拿过酒瓶，咕咚咚就是几口。然后，他牙一咬，心一横，找了一根铁棒，就朝鬼子工头家奔去。此刻，鬼子工头正在家中大吃二喝，桌上摆满了鸡鸭鱼肉。这一看，王二更是怒火燃烧。他一脚踢开门，横棒而立。鬼子工头正乐滋滋地喝着酒，冷不丁门被踢开了，当时吓了一大跳。这家伙一抬头见是王二，不由倒吸了一口凉气，一转身猛地从墙上抽出了战刀，凶狠狠地瞪着王二。王二不吃这一套，抬脚踢翻了桌子，像一头猛虎似地扑了过去。两个人在屋里一来一往地打了起来，叮叮当当刀棒相碰，冒着火星。王二身强力壮，越打越勇。鬼子工头可就不行了，是越打越怕，呼呼地直喘粗气，最后只有招架之功了。

鬼子工头一看自己不是对手，立刻服了软，抽回战刀连连赔不是：“你的息怒，工资我的给，咱们喝酒的有。”

王二这才住了手，警告说：“告诉你，中国人不怕死，今后老实点，免得把命送了。”说完，王二大摇大摆地走出门去。

未曾想，王二的一根铁棒还真的打出了威风。

事后这个鬼子工头惊恐地说：“中国人不好惹，大大的厉害。”从此，这个家伙再也不敢随便克扣工人们的工资了。

讲　述：汪志民
记　录：汪天福

敲钟问耻

民国十九年（1930 年）间，四洮铁路局管辖的四平北站扶轮小学，操场南侧有一讲台，讲台旁边竖一个木制的三脚架，架上挂着一口铁钟，钟长一尺二，口大如脸盆，钟顶铁环上拴有一个系着红绸子的木槌，用以击钟。四平市知情的老前辈都知道这口钟叫“耻钟”。

原来，自打民国四年（1915 年）起，窃国大盗袁世凯与日本帝国主义签订了丧权辱国的“二十一条”之后，东洋鬼子吞并中国的贪婪野心日益膨胀。国难当头，民族危亡，激起了无数仁人志士的极大愤慨与反抗。

四平街扶轮小学的教师们经常聚在一块私下议论，探索救国良策，深为国家前程担忧。其中有一名教师想起“暮鼓晨钟”的说法，灵机一动，想到钟声可以焕发人们的斗志，催人醒悟，于是提到铸钟一事。不久，捐资铸钟的消息便在全校师生中传开了。一呼百应，师生们纷纷捐款，一口铁钟很快铸成了，取名曰“耻钟”，就是雪掉国耻之钟。

“耻钟”铸成之日起，扶轮小学每天的朝会[1]便多了一项内容：学生们排列整齐地站在钟前，体育教师刘兆斌[2]指令学生尚久红[3]开始“敲钟问耻”。每敲三下问一句，敲九下问三句，由学生们齐声响亮地回答。尚久红首击三下钟，问：“‘廿一条’的阴谋是什么？”众答：“是奴役中国人民。”又击三下钟，问：“‘廿一条’是不是我们的耻辱？”众答：“是。”再击三下钟，问：“我们怎么办？”众高声回答：“取消‘廿一条’！”击钟后，尚久红带领同学振臂齐呼：“打倒日本帝国主义！雪耻强国，奋勉读书！”喊声响

[1] 朝会：伪满时期，学校早晨集合做早操及训话。
[2] 刘兆斌：当年扶轮小学体育教师，现离休。
[3] 尚久红：现名尚志行，原辽宁大学中文系副教授。

彻云霄，雄壮激昂。

没有不透风的墙。校内敲钟问耻的行动，外面早有耳闻。一天朝会后，一个学生跑来悄悄对刘兆斌老师说，方才他看见有一个商人模样的矮胖子，在铁篱外探头探脑向里面张望。刘老师立刻警觉到：那人可能是日本侦探。果不出所料，一个星期天，刘老师去浴池的途中，发现有人尾随身后。二人四目相对，此人正是那个矮胖汉子。刘老师将此事记在心里，没有声扬。校内朝会敲钟问耻，一天也没有停止。转年，发生"九·一八"事变。事也巧，就在"事变"那一天朝会敲钟时，钟槌上那个木头疙瘩掉下来了。不祥之兆，在全校师生的心上投下了暗影。

此后，扶轮小学被迫停课。就在民国廿一年（1932 年）三月的一个夜间，两名日本宪兵突然闯入教师宿舍。一个用枪口对准人们，喝令勿动；另一个翻箱倒柜，肆意搜查。临走，以从刘兆斌老师床头搜出一册《童子军讲义》为借口，当场将他抓走了。刘老师记得在狱中初次被提审时，见主审官一摆手，立即进来一名身着和服的矮胖子，刘老师一眼认出了他——就是跟踪他的那家伙。主审官狞笑几声："你的，讲给他听的！"矮胖子便把扶轮学校敲钟问耻的过程复述了一遍。主审官捻着八字胡，得意洋洋地朝着刘老师问："你的，中国人的服不服？"刘老师仍然坐那儿沉吟不语，他此刻心里清楚，日本鬼子对扶轮敲钟问耻之事早已怀恨在心了。

后经扶轮小学校长及学生家长多方营救，日本人才将受尽残酷折磨的刘兆斌老师释放出来。

讲　述：孙荫轩
记　录：崔祖明

战斗英雄金桐元

1948 年 2 月，我在中国人民解放军一纵二师四团一营二连当连长。金桐元是我连的一位朝鲜族战士，家住吉林延边，1946 年参军分到我们连的时候，刚满二十岁。他大高个儿、圆脸、高鼻梁、大眼睛，平时话语不多，可行军打仗却是个非常活跃的人物。有一次夜行军，他一个人背三支步枪外加两个背包，足足走了一宿，第二天跟敌人遭遇时又夹回两箱子弹。打这以后，大伙都管他叫“金刚力士”。

2 月下旬，金桐元随队伍开到了四平北莫扎铺。当他听说要攻打四平的消息时，乐得一蹦多高，他用不太流利的汉话逢人便讲：“解放四平街！解放四平街！”为了表示自己的决心，他还咬破中指写了“杀敌立功”四个鲜红大字。

那年冬天的雪特别大，放眼望去，真是一片银白。3 月 12 日凌晨两点钟，我连接受了攻城的突击任务。为了在天亮打响前接近敌人，我们就借白雪铺地的条件，把棉袄棉裤的白里子都翻过来。穿上这样的衣服，头上全系着白羊肚手巾，身后再披着白被单，几十米以外，真难分清哪是人哪是雪了。黎明前，我们从三道林子出发，顺着中长路的铁道线悄悄地摸到北河附近，潜伏在一条比较隐蔽的雪壕里。前面一百五十多米远的地方就是敌人的前沿阵地，敌人的探照灯在雪地上不停地扫来扫去。这反倒帮了我们的忙：可以看见前面的铁丝网、鹿寨和绊马桩，还可以看见城墙上的碉堡群和火力点。此刻，金桐元就趴在我身边，只见他纹丝不动，一双布满血丝的大眼睛死死地盯住前方，好像是用仇恨的目光在朝敌人射击。

“嗖嗖……”五枚绿色的信号弹腾空而起。接着，我们的炮兵开始猛烈地轰击，无数发炮弹如流星在敌人前沿阵地爆炸。敌碉堡被掀翻了，铁丝网和工事被炸毁了，整个四平顿时被烟雾笼罩起来。

七时三刻，冲锋号响了，战士们跳出雪壕，像爆发的山洪一般，朝敌人阵地勇猛冲杀过去。眼看敌人的前沿阵地就要被突破了。“哒哒哒……”突然，从侧翼铁道路基下面的暗堡里喷出五条火舌，这和正面的敌人形成了交叉火力，一下挡住了我军前进的道路。为了迅速拔掉这颗钉子，二排六班连续两次组织爆破都没有成功。指战员们都懂得时间就是胜利。为了扫除前进路上的障碍，给后续部队尽快地打开通道，金桐元再也按捺不住，他一忽身，猛地从旁边爬过来，向我恳求说：“连长，下命令吧，让我去干掉它！”我同意了他的请求，随后命令全连集中火力掩护。金桐元夹起炸药包，在弹雨中跟敌人展开了周旋。他时而左右翻滚，时而匍匐前进，有时还抽冷子往前跃进几步。敌人的机枪发疯地吼叫着，子弹在他周围雪地上掀起一串串白花，我焦急地盯着他。他每前进一步，都使大家心里感到增加一分胜利的喜悦。忽然，只见他身子一震，左肩中了一枪，鲜血顺着胳膊流到雪地上。我向周围掩护的战士们大声说：“狠狠地揍敌人！”不一会，敌人的火力被我们压下去了。就在这一瞬间，金桐元纵身一跃，敏捷地贴近了敌人的暗堡，随手拉断导火索，然后把身子往旁边一滚，接着就是惊天动地的一声巨响，敌人的暗堡炸翻了个。“杀杀杀……！”战士们呼喊着向敌人阵地发起了新的冲锋。这时，敌人又调集了两个排的兵力前来增援。我一看形势紧急，忙组织火力还击。金桐元比别人更着急，为了保证胜利地完成突击任务，他冒着枪林弹雨，爬上城墙，抡起冲锋枪，跟敌人展开了近战，打得敌人不敢抬头。在战壕两端的敌人一见他已经冲上来了，就把火力向这面集中过来，妄图把突破口堵住。在敌众我寡的情况下，金桐元坚定沉着，勇猛顽强，一连打退敌人两次反扑。等我带人上来时，他已经打死了七十多个敌人，周身已被鲜血染红！牺牲时双手还紧紧地抱着那挺从敌人手中夺来的轻机枪。战士们含着眼泪，继续向前冲去。

金桐元虽然牺牲了，但他的英雄形象却永远活在我们心里。他的光辉事迹，鼓舞着我们每个指战员奋勇杀敌。战斗结束后，部队开庆功会时，给金桐元记了特等功，纵队司令部还追认他为一级战斗英雄。

讲　述：周保江　战斗英雄
记　录：李伯勋

攻占气象台

1948年3月初，解放四平的中国人民解放军，对盘踞在四平城里的国民党军队，形成了包围。12日凌晨，空中升起了五颗红色信号弹，四平总攻击战开始了！接着我军万炮齐发，炮弹如冰雹一般向敌军碉堡射去，敌人的很多碉堡、工事被摧毁、打塌了。我军“顽强冲杀连”——担任突击任务的某团三连，一个个战士活像小老虎似地杀出战壕，向前冲去。

敌人不甘失败，拼命抵抗。三连指导员刘梅村带领几个突击手，摸到敌人一个钢骨水泥碉堡跟前，投出一排手榴弹，借着滚滚硝烟，冲进战壕和守敌拼起刺刀，杀得敌人望风而逃。刘梅村带领大家一举突破了敌71军的第一道防线，又经过一阵白刃格斗，夺下了碉堡中心的小青楼。在小青楼里，刘梅村指着前面的气象台大楼说：“这就是气象台——它是敌人榴弹炮观测所。我们打下它，就等于揍瞎了敌炮兵的眼睛。”众战士一齐答道：“坚决攻下气象台！”指导员作完战斗部署后，带领大家立刻投入新的攻击。

气象台大楼在四平的西北角。这座楼房建筑坚固，从下到上全是石头砌成，窗子小、墙又厚，一般的炮弹穿不透、炸不塌。敌人处于居高临下的优势，机枪像爆豆似地猛扫，手榴弹噼里啪啦往下甩，小青楼距离气象台大楼之间的开阔地被敌人火力封锁得严严实实。可我们三连战士在指导员刘梅村的指挥下越战越勇。虽然从早晨打到日头偏西，伤亡很大——连队干部只剩指导员一个人了，可是仍然没后退一步。指导员刘梅村在阵地前沿，调整一下队伍，把原一排和二排只剩两个班的战士，临时合编成一个突击排。排长赵福田虽然刚刚受过伤，但不肯退下火线，向刘梅村请战：“指导员，让我带领这个突击排上去吧！”刘梅村望着他刚毅顽强的面孔说：“可以！”刘梅村看着战士们眼里闪耀着替战友报仇的光芒，高声说道：“同志们！上级相信咱三连，让咱担当主攻的光荣任务，我们绝不能给‘顽强冲杀连’的旗子抹黑！”指导员话音一落，战士们齐声回答：“指导员放心，坚决拿下气象台！”

“准备战斗——”刘梅村大喊了一声，他一手抓过机枪，立即命令道：“我来掩护，爆破手上！”

“是！”爆破手只剩下王香庭一个人了，他挟起炸药包刚要冲出战壕，排长赵福田一把拉住他问：“你一个人能行吗？”王香庭毫不犹豫地说：“没问题，有人帮我扛炸药就行！”战士李树山刚好包完伤口，不顾肩膀上还在出血，一个箭步走上前，说了声：“我去！”不等回声，便掖上几个手榴弹，扛起炸药包跟着王香庭冲出了战壕。气象台大楼上敌人看见我们进攻了，轻重机枪一齐扫射，打得地面土飞草断，手榴弹、迫击炮弹嘶叫着在王香庭和李树山身前身后，接连爆炸。刘梅村的机枪怒吼着，两梭子弹，就把敌人的火力压住了。王香庭和李树山一会儿猛跑，一会儿卧倒，爬不了就滚，好一阵工夫，终于冲过敌人严密封锁的开阔地。刘梅村的机枪响得更猛烈了，打得大楼上的敌人几乎不敢还枪。这时大楼下传来一声惊天动地的巨响，围墙炸开了一个大豁口，为突击排打开了道路。突击排战士们立即冲出阵地，不想他们刚冲出三十多米远，大楼里的敌人又组织了火力反扑。像暴雨一样的子弹，压得战士们抬不起头来。这时王香庭迅速爬到大楼旁边，放稳炸药，拉响雷管，转身躲进围墙旁的壕沟里。只见火光一闪，“轰隆”一声巨响，这座钢筋水泥体的气象大楼，只炸坏不大一块。王香庭和李树山一看，牙齿咬得咯咯响。他俩正想趁硝烟未散净，贴着墙根返回楼下，找准大楼的要害地方，再放个大炸药包上去。不料被大楼上的敌人发现了，嗖嗖嗖，从楼上投下几颗手榴弹来，李树山又一次负了伤。赵福田排长一看形势十分危险，忙带领另一个爆破小组来增援。刚冲过墙角，赵排长的两条腿同时又负伤了。敌人乘机又疯狂地用火力反攻了，子弹像飞蝗一样满地落。指导员刘梅村心想：如果不把敌人火力压住，爆破手就无法完成任务。于是他把机枪瞄准大楼的窗口，狠狠地射击，一梭连一梭，把机枪筒都打红了，终于把敌人的火力压下去了。

这时赵福田的突击排两个班已经伤亡近一半人了，可是剩下的战士们仍然英勇顽强地战斗着，有几个轻伤的坚决不下火线，跟队伍继续向大楼匍匐前进，边掩护爆破小组把炸药往大楼下送去。

王香庭和李树山在战友的火力支援下，第二次爆破，终于成功了：气象台大楼被炸开个大缺口。突击排的战士飞也似地迅速从突破口冲进大楼里去。守敌一看我们的人冲进楼来，端枪就往楼梯射击和甩手榴弹。突击排战士就往楼上边扫射，边投手榴弹，边高喊着："解放军优待俘虏，缴枪不杀！"敌人一看堵不住了，就乱跑乱蹿起来。楼上楼下枪声，手榴弹声响成一片，像开锅一样。

指导员刘梅村看突击排同志冲进了大楼，他对身边仅有的四个战士喊道："跟上我！"话音未落，一马当先，向气象台大楼突破口冲去。机枪班和小炮班的战士，也抓起步枪，插上刺刀，拿着手榴弹跟着指导员刘梅村打进大楼里去。

楼里的战斗越来越激烈，战士们先是用冲锋枪射击，接着就拼刺刀，展开了肉搏战。

敌人一看顶不住了，有的举手投降，有一些顽固分子撒腿就往地堡里不要命地狠跑。战士们把大楼上下的敌人消灭后，就脚跟脚追进地堡群里，和敌人展开一场白刃战。有个战士被敌人抱住了，另一个战士一刀将那个敌人刺了个透心凉；其他敌人一看吓得丢下枪就跑。我们的战士穷追猛打，经过几个小时激烈的争夺和肉搏战，终于全部干净彻底地消灭了气象台大楼的守敌，生擒三十多个敌人，缴获了大量武器弹药。

在这次战斗中，我军牺牲很大。突击排最后只剩下的四个战士还都挂了花。但是，"顽强冲杀连"，攻下了所谓固若金汤的气象台大楼——敌人榴弹炮观测所。这等于打瞎了敌人炮兵的眼睛，他们的炮再也打不准了。这对减少我军兄弟部队损失，加速向四平城里胜利进军，作了很大贡献。

讲　述：刘梅村　战斗英雄

记　录：王永成

北蔡山的水泥坨子

在二龙湖上游的孤山河畔，是伊通火山比较集中的地方，其中有一座叫北蔡山。在北蔡山东坡，有一个水泥坨子。关于它，有个传奇故事。

“九一八”事变后，日寇侵占了东三省。北蔡山一带属伊通小孤山区，也沦为日寇统治区。日寇实行“三光”政策，妄图长期霸占这一带。“哪里有压迫，哪里就有反抗，哪里就有斗争。”当地相继也有了反日武装。日伪以剿匪为名，经常进行讨伐。当时北蔡山周边有好几个屯子，自然环境靠山临水，林木也很多，反日武装也经常打击日伪军。有一次日寇又纠集不少兵力，在装甲车的掩护下讨伐反日武装。在这次战斗中，死伤了好几名日伪军。其中就有装甲小队长（有人说是日本的一个曹长）被击毙。

在日伪初期，日本人尸体都被运回本国；中期死的人多了，火化后把骨灰运回本国；再后期，骨灰往本国运也办不到了，只好埋在当地。这个装甲小队长就是在这种情况下，埋在了北蔡山东坡，用水泥做了个碑。

抗战胜利后，日本无条件投降了。活着的日军回了日本，死了的自然没人管，长期埋在了当地。这是侵略者可耻的下场。解放后，当地人看这碑就来气，把碑打碎了。二十世纪六十年代，二龙山水库建成，水越来越大，就把北蔡山淹没一大半。由于水的冲刷，逐渐碑座（水泥坨子）露了出来。近几年天旱，水位又大幅下降，北蔡山重新露了出来。附近村庄有人打石头，彻底把它挖了出来。这是日本军国主义侵略中国的铁证！

你有幸去旅游采风，当地牧民会告知你此事。各人说法不太一样，但总的是一致的——正义必定战胜邪恶，侵略者必定失败！

讲　　述：白力清
记　　录：关丽梅
采录时间：2007 年

收编刘二虎

一天，张作霖正在府里议事，忽听有士兵来报："报告大帅，昨夜又有几家商行被抢。"张作霖一拍桌子喝道："他妈拉个巴子的，反了，给我全城戒严，挨家挨户地搜，凡是可疑的人都给我抓来！我就不相信刘二虎长三头六臂，能上天入地？"

一声令下，部队全员出动。大街小巷严密封锁，将整个奉天城像剃头似地刮了一遍。快要小晌午时，抓来二十多个土匪，推推拥拥地来到帅府。张作霖见土匪带到，用毛巾轻轻地擦了擦脸上的汗问道："下面哪位叫刘二虎？站出来我倒要见识见识！"只见土匪中有一个身材魁梧、上中等个儿、满脸络腮胡子的汉子，把头一扬，胸一挺说："我是刘二虎，你要怎样？""我要你的脑袋，难道你不怕死吗？""怕死？脑袋掉了碗大个疤，今日被擒来，随你的便！"

张作霖凑到刘二虎近前，上一眼、下一眼地看了半天说："妈拉个巴子的，我与你有啥过不去的？哪疙瘩得罪着你了？为啥非要和我老张作对？""大帅，虽然你没得罪我，可你以前跟我一样，胡子打底，刚扔下捅狗棍就来打花子，和绿林人作对，从这一点我就不服你。你有胆量放了我，咱们再比试比试，看看谁的手段高强。"

刘二虎说完轻瞥了张作霖一眼。张作霖不但没生气，反倒哈哈大笑说："现在你已成了我的阶下囚，你的小命在我的手心里攥着，还有啥话可说？即使放了你，我有雄兵几十万，你只不过二十几个人，量你身上长出翅膀，也逃不出我的手掌。""大帅，你用这么多部队来对付我，有点不仗义吧？我刘某有胆量敢跟你较量，在你的眼皮底下做了这么多活计，足以证明我的能耐不比你低。""好！本帅佩服你的胆量和能耐，我毙了你，看你的能耐还上哪去使？"说着话，张作霖掏出手枪对着刘二虎的脑袋，"砰"的就是一枪，子弹"嗖"的一下，从刘二虎的脑瓜皮擦过。刘二虎连眼皮都没眨，压根就没在乎。

张作霖一竖大拇指说：“好样的，有胆量，我佩服你是条好汉，放了你！”说完亲自解开绑绳，拍了拍刘二虎肩膀说：“好汉，请吧！”“大帅，你若有诚心放我，就把我这些患难兄弟都放了，不然我不会饶你的。”张作霖毫不迟疑地吩咐道：“来人，把他们都给我放了，多拿些盘费！”

刘二虎领着弟兄们，连个谢字也没道，掉头就走。走出五十多步远，见四处没啥动静，并无加害的意思，突然领着众弟兄返身又回来了，“扑通、扑通”，全都跪倒在地上，刘二虎磕头说：“大帅，你对我太宽宏大量了，我是你的死对头，你能不计较前仇放了我，我刘二虎是有心计的人，你的恩德我终生报答，愿在你的帐下当个小卒牵马扶镫！弟兄们都愿在你的帐前效力！”“大帅，收下我们吧！”

张作霖一见这个场面，乐得嘴都闭不上了，急忙上前扶起刘二虎和众弟兄说：“请起！请起！从现在起，你们都是我的兄弟了，每个人都来个官做做！”说完一摆手吩咐道：“摆酒庆贺！”随即封刘二虎连长，他手下的弟兄张大炮、王二鹅、三里三、二里二等人也都一一封为排长等职务，从那以后奉天城里城外一派太平。

采　　录：孙喜臣

笑话

笨媳妇做菜

有个笨媳妇，饭菜啥也不会做。丈夫要下地干活，临走时告诉她，中午要吃烧茄子牙捣蒜。于是她就把茄子放在灶坑里烧上了，烧完茄子又用牙去嚼蒜。

中午丈夫回来要吃饭，笨媳妇把烧煳了的茄子端了上来。丈夫一看很生气，便埋怨说："你真算有两下子，咋寻思做的呢?"笨媳妇以为夸她呢，笑嘻嘻地说："烧茄子倒没啥，牙捣蒜不好捣，辣嘴。"弄得丈夫哭笑不得。

讲　　述：张玉田
记　　录：张立华　女　40岁　大学文化
采录时间：1998年

一双狗皮袜子

早年，在张家窝棚这儿有个老张头，中年丧妻后，常想再讨个老伴，怎奈孩子年幼，怕娶了后娘给孩子气受，可下子把孩子拉扯长大成人，娶了媳妇，儿子儿媳妇都不同意老头娶老伴，以后家产没法办，不如好好侍候他，让他得到儿女们的温暖，也就不再张罗娶老伴了。于是儿媳妇天天给公爹做点小灶，晚上炕烧得热乎乎的。满以为这样老张头就不再提续娶老伴的事了。

老张头和儿子住一个屋，小两口住南炕，老张头住北炕。每到夜里，老张头翻身打滚烙饼，一个劲地折腾。儿媳妇问道："爹，您老不舒服吗？""底下凉啊！"儿媳妇就给公爹做一套厚厚的被褥。老张头消停了一个多月。

儿媳妇寻思这回没事了，啥都满足他，他也就再无所求了。哪知夜间又来回骨碌上了，儿媳妇关切地问道："爹，您老还哪儿不舒服啊？""底下凉啊！"儿媳妇又上集上买了双狗皮袜子。

老张头穿上狗皮袜子后，夜里睡觉稳当了。

一天，老张头有点感冒，躺在炕上不起来。儿媳妇急忙煎汤熬药。这时外面响起锣鼓鞭炮声。老张头瞪大眼睛问道："大媳妇，外面吹吹打打，热热闹闹的干什么呢？""爹，您老不知道，是东头王二娶媳妇，一会让您坐席去。"老张头瞥了儿媳妇一眼说："娶那玩艺干啥，买双狗皮袜子啥都顶了。"儿媳妇脸一红，心想，闹了终归还是想娶老伴。

讲　　述：朱雅清
记　　录：孔庆宁
采录时间：2004 年

一提我的名字你准放了我

早年，关东边里这是清王朝皇帝狩猎的地方，叫做“龙兴之地”，蒙汉人不得入内狩猎，挖药材。

有个叫孙学礼的年轻人，外号叫“小聪明”，胆子大，脑袋非常机灵。他经常偷偷地进边里挖药材，然后到边外去卖。

一天，他正在山上偷挖药材，一不留神被巡逻官兵抓住了。按清律法，有偷进边里挖药材或狩猎者，轻者罚银，重者坐牢。当官的审问道：“你叫什么名字？”小聪明眼珠一转回答说：“一提我的名，你准得把我放了。”“你叫什么名字？”“我叫屁！”“你叫屁？”“大人，你听我的名字够烦人的吧，大人有屁放不放呢？”当官的不假思索地回答说：“当然放了！”“谢谢大人，你说放了我，那我可走了！”

当官的说完才回过味来，这小子咬字眼儿把自己给绕进去了。

讲　述：宋桂芝
记　录：董　宇　14 岁　中学
采录时间：2006 年

大嘴姑娘相亲

在李家沟屯里有这么一个二十多岁的大姑娘，身段长相哪样都行，从背面看可以说算得上是个美女了，从前面看也还算行，所不足之处就是嘴大了些。她要是不吱声还好点，尤其她这一开怀大笑，嘴里都能扔进个豆包去。

邻居给她介绍了不少对象，都是因为她的嘴大而告吹了。这一天，媒人王婆又来给她介绍了个对象，让她去相亲。走在半路上，媒人王婆一再嘱咐她："到了对象家你可千万要少说话，千万别笑，如果有人问你话时，你要尽量用闭口音回答，记住没有？"姑娘点头答应了。

不一会儿，到了对象家。对象的母亲见到姑娘长得挺俊俏，于是就和姑娘搭起话来。对象母亲问："姑娘你贵姓？"姑娘说："姓鲁！""多大年纪了？""二十五！""家住在哪里？""十里堡！""干什么工作的？""卖布！"

对象的母亲一听，觉得很满意，顺口也就同意了这门亲事。并且留媒人和姑娘在家吃了中午饭。吃饭间对象又给姑娘敬了三杯酒，谁知酒刚下肚，酒劲一上来，姑娘早把媒人在路上嘱咐的话忘得一干二净。

偏巧这时候对象的三姨来了，顺口问姑娘说："姑娘贵姓？"姑娘说："姓花！""多大年纪？""二十八！""家住哪里？""北大洼！""干什么工作？""卖瓜！"说完姑娘张开大嘴"哈哈哈"地乐了起来。她这一乐不要紧，把对象吓得撒腿就往炕里跑去。

于是，这桩婚姻又告吹了。

采　　录：关丽梅
采录时间：2007 年

听话的长工

王老汉雇了个长工，名叫小顺子，心眼实，听使唤，王老汉拿着他当自己亲儿子，不管干啥活都领着他。

一天，王老汉领着小顺子去集上卖山货。见一扒手正偷一个妇女钱包，小顺子刚要喊，王老汉上前捂住小顺子的嘴说："别多嘴！小偷偷不着钱该用刀捅你了。"小顺子吓得不敢做声。

王老汉卖完山货，准备到酒馆喝两盅。刚一转身被扒手把钱偷走了，到酒馆要了两个菜，烫了两壶酒，喝完结账时，钱没了。自言自语地说："我的钱哪去了呢?"小顺子说："刚才让小偷偷去了。""你怎么才放屁呢?""那阵我吱声怕他架刀捅我。"

回家路上，小顺子捡了双新鞋，急忙喊道："谁的鞋?"王老汉急忙捂住小顺子的嘴说："别张扬，快藏起来，没人找就留着咱们自己穿。"

到家吃完晌饭，套上爬犁下地了。半路上耧耙信子掉道上，小顺子捡起耧耙信子藏在草棵里。到了地里，套上犁杖正准备趟地，一眼发现耧耙信子没了，顺着道往回找，找到家也没有找着。回来问小顺子说："小顺子，你在后边跟着，见没见着耧耙信子掉了?"小顺子毫不隐瞒地说："捡着让我藏起来了。""你这个浑犊子，我这么找你咋不吭声呢?""头午不是你告诉我的吗，捡东西别声张，先藏起来，反正也是自家的，晚上我拿回去就是了。"王老汉一听都气出了鼻涕泡来了。

王老汉扶犁，小顺子牵套。没趟上两垄地，小顺子要尿尿，跑到这块地，地里有人；跑到那块地，地里也有人，急得来回乱跑。王老汉吼道："小顺子，你懒驴上套，不是拉屎，就是尿尿，耽误了多少活，瞎跑啥呀，蹲哪挡挡眼就尿呗!"

到了晚上，一家人吃晚饭，嫌屋里热，挪到院子里去吃，吃得正香，小顺子突然背过身去，手捂着脸，蹲在桌旁尿了泡尿，王老汉怒斥道："你这小王八羔子，咋不懂礼貌呢，在家也这么没规矩。”“这不是你在地里给我立的规矩吗？让我挡挡眼就尿。”

采　　录：禹　梅
采录时间：2006 年

后　记

四平市是一个民间文学资源较为丰富的地区，其中大部分资料和原生态作品散落在民间，正濒于失传的危险，如不及时保护、抢救、挖掘，随着年迈的民间故事家的逐渐故去，这笔独一无二的文化遗产就将永远地被带进坟墓里而“失而难得”。这些非物质文化遗产不应该失传，我们有责任、有义务为世人和后代留下这笔珍贵的精神财富。

根据中国民间文艺家协会关于组织开展民间文化遗产抢救工程的指示精神，四平市民间文艺家协会受吉林省民间文艺家协会的委托，在全市开展了大规模的民间文化遗产抢救挖掘工作。2006年，四平市民间文艺家协会成立了《中国民间故事全书·吉林·四平卷》编纂工作领导小组和编委会，先后召开多次会议研究和布置此项任务。参与此项工作的同志们利用大量的休息时间，克服了重重困难，坚持完成了这项光荣而艰巨的历史任务，共征集地方风物传说、历史故事、名人轶事、道德传统故事和农村新人新事故事上千篇近百万字，从中精选出230余篇近40万字，编纂而成《中国民间故事全书·吉林·四平卷》。

在普查、挖掘、搜集整理过程中，四平市民间文艺家协会的诸位同仁付出了很多心血和汗水，尤其是四平市山门文联的同志们把主要精力投入到了此项工作中。他们走乡串户，活跃在农村、农民家里炕头上，听老年人讲故事，辛勤笔耕，不辞辛苦，采集了大量历史故事、民间传统故事及一些地方风物传说。一些老同志更投入了巨大的热情，像伊通满族自治县70多岁的白力清老人，竟然骑自行车100多里来四平亲送稿件，实在令人感动。

应该说，在民间的口语言传中，真正的神话是很少的，本卷收录的几篇也不一定属于典范的神话；传说与故事则比较丰富，但有时又不好分得很清晰，本书也只是大致划分而已；为了体现时代性，本卷还选录了十几篇现代故事。在编纂过程中，我们坚持原创性、地域性和代表性的原则，尽量体现故事的原生态和原汁原味，保持了讲述人的口语特点习惯以及富有地域和民族特色的方言俚语。为了把各地区有影响的代表性风物传说和故事收录进来，具体落实中国民协和省民协关于“全书”的编辑要求，我们还从20世纪80年代编辑的《吉林省民间文学集成》四平市的县（市）区卷中选辑了部分作品，在此表示感谢。

这项工作自始至终得到了中国民间文艺家协会副主席、吉林省民间文艺家协会主席曹保明先生和吉林省民间文艺家协会副主席兼秘书长傅胜华女士的热情鼓励和悉心指导。后期工作还得到了四平市市长刘喜杰、吉林省旅游局局长于国志的充分肯定和大力支持。中共四平市委常委、副市长李鸥亲自撰写前言《传奇的土地 隽永的史诗》；吉林师范大学、四平红嘴高新技术开发区、市文化局、市旅游局、市财政局、市文联、四平二龙湖水库管理局、李连贵风味大酒楼等单位给予了有力支持和帮助；市哲学社会科学规划项目领导小组还把本卷主编陈明宏负责主持的“四平民间文化遗产抢救工程·民间故事整理与研究”课题，确立为四平市哲学社会科学规划2007年度研究项目即市社科基金重点项目。本卷主要由孙喜臣、赵四达等组织稿件，最后由陈明宏负责编选、排版和文字终校。由于时间紧，任务重，难免出现差错，请广大读者批评指正。

民间文化犹如百花园中一朵带有泥土芳香的奇葩，期待着人们来欣赏，激励着人们在建设具有中国特色社会主义伟大事业中贡献自己的智慧和力量。抢救挖掘民间文化遗产，组织编辑中国民间故事全书，是中国民间文艺家协会发起和组织的中国民间文化遗产抢救工程的一部分，这也是一项承上启下、继往开来的工作，任重而道远。我们将继续搜集整理工作，支持、指导我市各县（市）区相关部门的热心同志编辑各分卷，使民族民间文化更好地为全市的精神文明建设和文化建设服务，让历史的文化、家乡的文化源远流长，发扬光大。

陈明宏

2009年2月1日

责任编辑：孙　昕　　　　　　　　责任校对：董志英
特约编辑：关艳如　　　　　　　　责任出版：杨宝林

图书在版编目（CIP）数据

中国民间故事全书·吉林·四平卷/白庚胜总主编.—北京：知识产权出版社，2009.3
ISBN 978-7-80198-911-6

Ⅰ.中…　Ⅱ.白…　Ⅲ.民间故事—作品集—四平市
Ⅳ.I277.3
中国版本图书馆 CIP 数据核字（2009）第 004908 号

中国民间故事全书·吉林·四平卷
总 主 编　白庚胜
本卷主编　陈明宏　韩昆辉

出版发行：知识产权出版社
社　　址：北京市海淀区马甸桥马甸南村 1 号院　　邮　　编：100088
网　　址：http://www.ipph.cn　　邮　　箱：bjb@cnipr.com
发行电话：010-82000893　82000860 转 8101　　传　　真：010-82000893
责编电话：010-82000889　82000860 转 8111　　责编邮箱：sunxin@cnipr.com
印　　刷：北京凯达印务有限公司　　经　　销：新华书店及相关销售网点
开　　本：880mm×1230mm　1/32　　印　　张：17.875
版　　次：2009 年 3 月第 1 版　　印　　次：2009 年 3 月第 1 次印刷
字　　数：513 千字　　定　　价：58.00 元
ISBN 978-7-80198-911-6/I·086（1965）

版权所有　侵权必究
如有印装质量问题，本社负责调换。